David Lodge

A
MAN
OF
PARTS

天才的私密

A MAN OF PARTS

David Lodge

[英]戴维·洛奇 著

罗贻荣 王旭 程卓 译

新星出版社　NEW STAR PRESS

第一部

── 第一章 ──

　　1944年春天的汉诺威联排公寓看上去显然饱经战火。这是纳什爵士[1]设计的一个气派的联排公寓大厦，东临摄政公园。它的奶油色灰泥墙面自1939年以来就没人打理过了，如今已肮脏、龟裂、脱落；许多窗子毁于炸弹爆炸或者来自樱草山防空炮火的冲击波，它们现在都被封了起来；接近大厦一端的一套公寓被燃烧弹击中，烧得只剩下被浓烟熏黑的空壳。雅致的连柱拱廊跟大厦等长，充当所有公寓前门的公共门廊，如今也已破败不堪；几根硕大的陶立克式石柱托起整个建筑的中心部分，即一个三角楣饰，楣饰框中有一些从事各式各样实用和艺术行当的古代人物的雕像，现在有两个雕像没了头，一个少了一只胳膊。原本立于三角楣饰顶端、紧握一个球体的女神像已被移走，以防因爆炸突然倒下而砸伤下面的人；曾经将辅路和路旁的灌木丛与公园的外环路分隔开、被涂成整齐漂亮的黑黄两色的铸铁栅栏，很久以前就被拆走拿去制造军火。
　　唯独13号公寓在整个战争期间被房主H.G.威尔斯先生一直占

---

[1] 约翰·纳什爵士（1752—1835），英国著名建筑家。

据着。在1940年至1941年的伦敦空袭期间，人们常常打趣说那个房号的不吉利可能会得到证实，而他的回应是在前门旁边的墙上涂上一个更大的数字"13"。他一生对迷信不屑一顾。他固执地拒绝搬到乡下，说"希特勒（或者在场的是男性的话，'那狗娘养的希特勒'）打不跑我"，坚持住在汉诺威联排别墅，而邻居们一个个都偷偷搬到了安全的乡村庇护所，将公寓出租给别的房主或者干脆让它空置着。

只要身体允许，H.G.就会戴上钢盔，到汉诺威联排别墅楼顶的防火瞭望哨值班，部分出于爱国职责，部分出于个人对客厅里的奥布松地毯的担心。这同时也给他带来一份令人沮丧的满足。实际上，从这个大看台上他可以观察到，他早在1908年就做出的预言现在应验了。在他的小说《大空战》中，未来战争的主导将是空中力量，无选择的轰炸将造成城市的毁灭和平民伤亡。应该承认，他假定执行空战的主要武器是大如客轮的巨型飞艇，而不是飞机，这一点错了。不过鉴于1908年的航空工程状况，那一猜测并非那么荒腔走板，而几年后德国的齐柏林飞艇就出现在英国夜空，使他的预言更显神奇。企鹅出版社考虑到《大空战》与当前战争仍有足够的相关性，于1941年再版了此书，并加上了他本人新写的前言，前言的结束语是他希望刻在自己墓碑上的墓志铭："我这样告诉过你。你们这些该死的蠢货。"

防火瞭望哨他现在去不了了，不过也几乎用不着去了。1944年春天，警报很少响起。原来，年初德国人意外恢复的夜袭仅仅是象征性的，是为了报复英美空军对德国城市的地毯式轰炸，不久便逐渐消失。现在只是在白天偶有空袭，那是一些低空快速飞行战斗轰炸机，它们躲过雷达网，溜进来打了就跑，很少能到达伦敦市中心。纳粹德国军方有更重要的事情要考虑：抵抗东线苏军进军的严酷战斗，为击退盟军对沦陷的法国的反攻做好准备，谁都知道这一反攻已迫在眉睫。伦敦重获安全，汉诺威联排别墅的房主们又陆陆续续回来了。H.G. 瞧不上这些人，他自己一直待在这里，日常生活一如既往，写书，回信，做每天的健身活动——穿过大街去摄政公园，去动物园或者玫瑰园，或者沿贝克街去布鲁克街的塞维尔俱乐部，顺道去史密斯书店翻翻书。

最近他不得不放弃这类短途旅行——甚至玫瑰园也太远了。他身体不是太好。没有力气。胃口也不佳。很晚起床后坐在小起居室或者阳光房——玻璃封闭的后阳台——的扶手椅里，膝上盖上围毯，读书，间或打个盹儿，直到书滑落到地板上或者儿媳玛乔里进屋的动静将他惊醒。自从妻子去世后，玛乔里就担任他的秘书。她会不时拿来一些需要回复的信件，或者只是来查看一下他是否舒服。晚上，玛乔里的丈夫，也就是他的大儿子基普，或者小儿子安东尼会来看他。安东尼是他与丽贝卡·韦斯特的私生子，出生于第一次世界大战爆发的第一天。他能感觉到这三个人在他的房间进进出出，皱着眉头担忧地端详着他。有时候家里雇有夜间护理；现在他的医生霍德勋爵建议他们再雇个日间护理。他不知道这是不是意味着自己快要死了。

4月的一天晚上，安东尼·韦斯特给母亲打电话。她在家里接

5

的电话。她家住在伊布斯通庄园，那是一座摄政时代的大宅第幸存的侧楼，有毗连住宅的私家农场，位于靠近海威科姆的乡间。她和丈夫亨利·安德鲁斯住在那里。亨利是一位银行家兼经济学家，目前供职于经济作战部。

"我恐怕有个坏消息，"安东尼说，"霍德说 H.G. 得了肝癌。"

"噢，天哪！"丽贝卡说，"太可怕了。他知道吗？"

"还不知道。"

"你不会告诉他吧？"

"嗯，我跟基普谈过这事，我们觉得应该告诉他。"

"可是为什么？"

"H.G. 总认为要面对事实。他不怕死。他好多次这样说过。"

"可是说是一回事……"

"我觉得我们没法在电话里讨论这件事，雷克。"安东尼说，他用了她的昵称。她嫁给亨利后，他们夫妇分别用法国动画里的两只狗里克和雷克的名字称呼自己。"我希望我能过来当面跟你说。"

"因为你感到害怕？"

"因为我觉得你会害怕。"

"好吧，我当然害怕。"丽贝卡稍稍控制一下情绪说道。他们的交谈往往暗中夹枪带棒，隐含指责和辩解，常常会演变成激烈的争吵。

"我现在不能来伊布斯通，"安东尼说，"我们远东部人手不够，我很忙。"他目前在 BBC 海外新闻频道远东部担任助理编辑。

安东尼概述了霍德对病情做出的预测：H.G. 的症状可能会有

所缓解，但他也许只有一年的生命了，最多一年。他们又在要不要将诊断结果告诉 H.G. 这件事上争吵起来，直到丽贝卡气冲冲地挂断了电话。她走进书房写日记，日记是这样结尾的："我主要是希望这个消息不要给安东尼带来太大打击。我已经跟 H.G. 和解。我并未忘记他对我做的那些冷酷的事情，可我们的爱真切而又鲜活。"她写日记时还要顾及她未来的传记作家们，因为他们会引用她的日记。

安东尼打通了琼的电话。琼是个漂亮的年轻姑娘，黑色头发，超大的胸，是 BBC 海外新闻频道总部布什大厦的秘书。他正在与她热恋。他将父亲的病情告诉她。她表示同情，但并不能完全体会他的情感，因为她从未见过 H.G.，也不能被介绍给 H.G. 或者家里的其他成员，因为安东尼已经跟吉蒂结了婚。当他在 BBC 上班时，吉蒂管理着他们家的农场，并照看他们的两个孩子。吉蒂目前还不知晓琼的存在。安东尼在伦敦上班时，住在汉诺威联排别墅 13 号公寓后花园尽头由马厩改成的单元房里，家里人称它为"芒福德先生家"，芒福德先生是很久以前在那里住过、大概已经去世的房客。

"你还没跟你妻子说我们的事吗？"琼问安东尼，她压低声音，以防同屋的菲丽丝听到。他们的幽会主要是在琼住的这套单元房完成，因为它就在布什大厦附近，菲丽丝去上班时，他们忙里偷闲来此交欢十分方便。

"还没。"

"那你什么时候说？"

"要等个合适的时间。"

"永远不会有合适的时间。你得说了。"

"现在我们所有的人都在为 H.G. 的病情担忧,我不能说。"

"那……"

"我爱你,琼。"

"我也爱你。可我讨厌这样偷偷摸摸的。"

"我知道,你耐心点儿,亲爱的。"他说。

几天之后,丽贝卡接到玛乔里的电话,要求她来看看 H.G.。"他欢迎我去吗?"丽贝卡问。他们在一起十多年,这段关系争吵不断,也激情似火,1923 年或者 1924 年分手(他们两人从来都没弄清楚最终分手的准确时间)所留下的伤口已经愈合,近些年他们一直友好相处,可是得知他患了致命的疾病,这可能会让见面变得紧张。"他说他想见你。"玛乔里说。"好吧,我会去的,"丽贝卡说道,"他知道他的……""知道。"玛乔里回答。

丽贝卡带了一篮产自伊布斯通庄园农场的鸡蛋、黄油和奶酪,管家心怀感激地收下了这份珍贵的大礼。"不管我怎么做,威尔斯先生就是不爱吃蛋粉,"她说,"上好的新鲜的溏心鸡蛋会让他有胃口的。"H.G. 晚上睡得不好,所以丽贝卡到达时,他还没有完全准备好见她。她被带到二楼的长客厅等候。她从不喜欢这套房子:它很大,可是又冷又暗,抛光的黑色拼花地板,淡棕色的墙,高雅但毫无人情味的家具,就像昂贵的宾馆。客厅铺着奥布松地毯,壁炉架上摆放着唐三彩马,可是它们除了显示主人的富有,并不表现他的个性。H.G. 从来没有什么视觉上的品位,她思忖道。他对住宅建筑的实用性着迷,但对装饰没有兴趣,对管道设施很狂热,但对绘画的鉴赏力很差。这套房子里缺少女人的格调——他1935年买下这套房子时,他的情人穆拉·巴德伯格明智地拒绝嫁给他,也不同意跟他同居,她之后再没有继任者。甚至他的书房——丽贝卡去盥洗间途中匆匆往里看了一眼,红木书桌上摆放着有绿色灯罩和很重的金字塔形底座的台灯和皮质吸墨纸夹——也像银行董事长的办公室,只是抛光的桌面上有两个用旧了的马尼拉纸文件夹摆放在吸墨纸夹两边,看上去里边装的是手稿而不是账目。

在一楼的衣帽间,五十岁的她从镜子里审视着自己的脸,寻找新添的皱纹,梳了梳花白的头发。她重新涂了口红,往鼻子上补粉,舔湿手指整理了一下眉形。她觉得自己表现出这种虚荣有点傻——可是一个人在见旧情人时,总想让自己显得最美,哪怕对方已病入膏肓即将死去。她见到洗手间旁边收纳橱顶上的笔记本和铅笔时忍不住乐了——H.G.有个习惯,不管住在哪儿,他都要四处放些笔记本,以便突然有什么想法时,可以随时记下来,要不就会忘了。她偷偷翻开笔记本,里边是空白的。

H.G.准备好后,她被请进了小起居室。那里比大客厅舒适些。她见到他神情沮丧,忧心忡忡,意气消沉。他没精打采地坐在扶手椅上,身旁是闷烧的炭火,腿上盖着围毯,那双5号大的脚从围毯下微微露出,脚上整齐地穿着拖鞋。安东尼和基普已经告诉他他得了癌症,但没有告诉他医生的预后诊断。"我想知道我还剩多少时间,"他的语气郁郁寡欢,"可是他们不会告诉我。就是霍德也不会告诉我。"

"那是因为他们也不知道。你还能活好多年呢，美洲豹。"从前相爱时，他们在床上或者书信中以"黑豹"和"美洲豹"互称对方，她以为这一称呼会让他高兴。可让她失望的是，这使他更加心烦意乱。一滴泪顺着脸颊滚落，消失在他乱蓬蓬的髭须根部，这些髭须如今已变得灰白，而壮年时，他常用这些髭须搔弄她身体的私密部位。

"我不想死，黑豹。"他说。

"谁都不想死啊。"

"我知道——可我们无可逃避。我们当然都有一死。我感到羞愧。"他在扶手椅里坐直身子，微微一笑，伸过手来握住她的手，"谢谢你来看我。"

"我从农场里给你带来些鸡蛋。"

"你真好，"他说，"你怎么样？还写作吗？"

"只给报纸写点东西。战争这么持续下去，我没法集中心力去……"

"你在空袭中还努力写完了《黑羊和灰隼》。"

"我得写完它。我完全被它耗干了。那你呢，美洲豹？"

"我拖拖拉拉地这里写两页那里写两页。我有两个东西同时忙着，可这两个我都不确定要不要写完。毕竟，现在没人对我感兴趣了。"

"别胡说。"丽贝卡语带恭敬地说道。

H.G. 问到亨利。"他在部里为战后重建卖力工作，"丽贝卡说，"我得说，在眼下我们其他人都束手无策的时候，看到他对未来信心十足、目光坚定，让人很安心。穆拉怎么样？"

"她在乡下,跟塔尼娅住在一起。"

"她来看过你吗?自从……"

"自从霍德宣布死刑判决?"

"别这么说,美洲豹!"

"我跟基普说先别把这件事告诉穆拉。她自己近来感觉也不是很好,所以到塔尼娅家去休养了。我不想给她添乱,没必要。"

"我明白了。"丽贝卡思忖着这一信息,不确定自己优先于H.G.的现任情人——如果穆拉现在依然是的话——被召唤前来安慰生病的他,是应该感到在被讨好,还是在被利用。他和穆拉之间关系的性质一直成谜——H.G.自己也跟其他人一样不清楚,他声称。

"说实话,"他说,"我恐怕她知道我快要死后,会从俄国大老远来看我,就像高尔基小说的某个人物一样,喝醉了白兰地伤心落泪,让我越发抑郁。"

"我知道你的意思了。"丽贝卡微微一笑。穆拉,巴德伯格男爵夫人,的确像从俄国小说里走出来的人物,留下一串传奇剧式的、几乎让人难以置信的爱与冒险的故事:大革命时期,她曾步行穿过俄罗斯和爱沙尼亚之间的冰雪,找她的第一任丈夫和他们的孩子;丈夫在家里死于谋杀,她后来嫁给了一位男爵以获取爱沙尼亚护照,她的回报是替他偿还赌债,不久他们离了婚;她是英国间谍罗伯特·布鲁斯·洛克哈特[1]的情人,涉嫌与他一起卷入1918年刺杀列宁的阴谋,但因为是马克西姆·高尔基的秘书助理而获得庇护。

---

[1] 罗伯特·布鲁斯·洛克哈特(Robert Bruce Lockhart, 1858—1949),十月革命期间的英国外交官,英国特工。

丽贝卡知道最后一个细节是真的，因为H.G.1920年访问苏联时跟高尔基待在一起。他回国后向她承认，他跟穆拉在彼得格勒的单元房里睡过觉，那件事引发了他们之间最激烈的一次争吵，并最终导致分手。他们的关系结束几年后，H.G.的妻子简死了，他跟穆拉再次相遇，断定她就是他的生命之爱，于是帮助她在英国定居，徒劳地说服她嫁给自己。安东尼喜欢穆拉并赞同她和H.G.的关系，但跟许多其他人一样认为她是苏联间谍。丽贝卡不能确定，她是不是该相信这样的看法：尽管穆拉有可能做过美女间谍，但如今已是个有些邋遢的半老徐娘，很难看出她还能扮演那种角色。可是她本人是位直言不讳的苏俄批评者，所以她与穆拉谨慎地保持距离。

在她跟H.G.聊着一些轻松的、不痛不痒的话题时，这些想法一直在她脑海里流动着，直到她注意到他的眼睛差不多闭上了。"我不想招你烦了，"她说，"我要走了。"她站起来，弯腰吻吻他的脸颊。脸颊不再像过去那样光滑、丰满，但他的皮肤仍然散发着淡淡的、令人愉悦的胡桃味儿，就跟他们初次成为情人时一样。萨默塞特·毛姆曾带着半是讥讽的语气问她，H.G.的年纪是她的两倍，也不是特别帅气，身高才一米六五出头，体态肥胖，他吸引异性有什么秘诀？她回答说："他身上有胡桃味儿，他像一个可爱的动物那样欢蹦乱跳。"

离开房子时，她回忆起这一评语笑了。在前厅遇到基普从外面进来，她脸上的笑容立即消失了。她痛斥他和安东尼，不该把他们父亲的真实病情告诉他，让父亲心烦意乱。

"他不停地问这个事，"基普说，"我不想对H.G.撒谎。他就是这样教育弗兰克和我的,要说实话。这是好科学的基础。"基普是伦敦大学学院的海洋生物学准教授[1]。

他们厌恶地瞪着对方。看到他,几乎让丽贝卡感到恶心,他太像他母亲了。那个娇小、优雅、低调的简,尽管丈夫三番五次不忠,她仍然不离不弃,让 H.G. 对她死心塌地。她努力尝试过,可她永远也没有可能说服 H.G. 跟简离婚。这样一个老婆当然很适合他,照顾得他事事舒心,招待他的朋友,为他打手稿,整理账目,而他则在任何时候想走就走,跟任何他看中的女人睡觉。可是没有哪位有自尊的女人会忍受这一切。丽贝卡从不怀疑,要是简要求 H.G. 必须在她们两人之间做出选择,他一定会跟简离婚,跟自己结婚。他们会是一对神仙眷侣,才智相当。那样,就不会有那么多情感痛苦,对安东尼来说尤其如此。

"安东尼同意我们告诉 H.G.。"基普说。

"我知道,"丽贝卡说,"不过我认为他后悔这样做了。我跟他通电话时他听上去非常紧张。"

"嗯,他当然心神不定,"基普说,"安东尼对 H.G. 忠心耿耿。"

"安东尼有反向俄狄浦斯情结!"丽贝卡大声说道,"自从他知道谁是他父亲,他就想杀母娶父。因为抚养他的人是我,我是那个受他抱怨送他去寄宿学校让他遭霸凌、被嘲笑、生活悲惨的人,而 H.G. 一直是那位神一样的叔叔,时不时坐着轿车从天而降,给他派发礼物,拉着他又是去剧院又是去餐馆。"

---

[1] 准教授(Reader),具有英国特色的角色,等级介于高级讲师与教授之间,仅次于教授。

"是的，那……"基普嗫嚅道，"这对安东尼来说一定不容易。"

"不容易的是我！"丽贝卡差点又大喊大叫起来。

H.G.一个人坐在小起居室里凝视着炉火，想着他死后人们会怎么议论他。当然，各种讣告已经写好了。鉴于他的年纪和声誉，它们一定在那些报馆里存档多年了。定期有人修改更新，随时准备时辰一到便见诸报端。当他在1935年为BBC一个幽默广播连续剧写"自写讣告"时，并没想到这个时刻会来得这么早。这份"讣告"刊登在《听众》周刊上，并被世界各地的报纸转载。"昨天下午，H.G.威尔斯因心脏衰竭在帕丁顿医院去世，享年97岁。对年青一代来说，他的名字几乎是陌生的，"讣告这样开头，"但是对于那些成年时代的记忆可以回溯到本世纪头几十年的人，以及那些分享过那个时代五花八门读物的人，将会回想起他写过的许多著作的名字，还可能在某个僻静的阁楼里找到几本他的书。他的确是那个时代最多产的'三流墨客'之一……"他将1960年代的自己描绘为"弯腰驼背、衣衫不整、不修边幅，近来稍显肥胖"，借助一支拐杖在摄政公园蹒跚而行，自言自语。"'有一天，'有人听见他说，'我要写本书，一本真正的书。'"这个片段意在搞笑，是自嘲式的轻松搞笑，人们一般认为也是如此，但现在似乎一语中的。

当然，真到那个时候，发表的讣告将会又长又恭敬，它们会赞扬他成就斐然，他的一百多部作品，他的数千篇文章，他早期的《时间机器》《星际战争》之类科幻小说的独创性，他的《安·维罗尼卡》一类小说的性关系描写所产生的有争议的影响（他本人混乱的性生活将被小心翼翼地遮掩起来），他的《基普斯》和《波里先生的历史》一类小说中狄更斯式的温情幽默，他的很多预言引人注目的准确性（另外一些错误的预言将被巧妙地避而不谈），《世界史纲》在全世界的成功，两次世界大战中那些鼓舞士气的新闻稿件，他与政要们的过从甚密，他曾担任过的国际笔会[1]主席一职，他对科学、教育、消除贫困、和平、人权、世界政府等事业不遗余力的倡导……是的，还有许多可写。可是赞美将不可避免地曲终词尽，他生平最后二十五年声誉下降、乏善可陈，这一点将无法掩饰。这期间他出版了太多的书，品质却一本不如一本。唯一要强调的将是他的前半生，以1920年为界。据乔治·奥威尔几年前在《地平线》发表的文章称，他的影响止于那一年："生于本世纪初前后的理性人，某种意义上就是威尔斯本人的造物……1900年到1920年间写作的作家——至少是以英语写作的作家——中，我怀疑还有哪位作家对年轻人有如此深刻的影响。"他经常重读那篇文章，可以轻松地回忆起那些文字，"威尔斯、希特勒和世界国家"，他轻抚着文章标题，好像那是一道依然作痛的伤口。

——那是一项相当了不起的成就，不是吗？造就了整整一代理性人……

最近，他常常听到这个声音，可环顾四周，并没有其他人在

---

[1] 国际笔会（PEN International）是1921年创立于英国伦敦的非政府作家组织，旨在促进世界各国作家间的友谊与合作并积极保护作家免受政治迫害。约翰·高尔斯华绥为首任会长。

房间里，所以那一定是他心里的声音。这个声音时而友善，时而质疑，时而不偏不倚地询问。它清楚地说出那些他已忘却或者压在心底的东西，他很高兴记起或者宁愿不再有人提及的事情，他知道有些是别人在他背后对他的议论，还有一些大概会是将来他死后，他的传记、关于他的回忆录，甚至写到他的小说里对他的评论。

——那一定是一件值得骄傲的事吧？

——不是奥威尔那种说法。他说，当初那些让我看起来像个爱德华七世时代有创见的预言家的能力，让如今的我成了一个浅薄、不够格的思想家。他还说1920年以来我在挥霍天才屠纸龙。

——如果我没记错的话，他其实补了一句，"但是无论如何，不管多少，他毕竟还有才华可以挥霍。"

——那只不过是一种安慰，蜇了人最后试图拔掉毒针。他或许是在清样里加上的，因为他那时记起艾琳[1]曾经邀请伊内兹和我参加他们家的宴会。

1941年，他通过小说家伊内兹·霍尔登第一次见到奥威尔，那年伊内兹租住在芒福德先生家。就在那次宴会前几天，她送给他最新一期《地平线》杂志，里面有关于他本人的那篇文章。她说："H.G.，我想你最好下周六之前看看这篇东西，因为乔治会认为你已经读过它。别太往心里去——他确实是欣赏你的，真的。"那篇

---

[1] 艾琳（EileenO'Shaugnessy），奥威尔的第一任妻子，1936年与奥威尔结婚，1945年在一次手术事故中去世。

文章让他不安。开篇即抨击他"二战"的早期为报刊撰写的文章。不过得承认,就在德国开始席卷苏联前夕,他确曾轻率地声称德国军队已是强弩之末。不过真正激怒他的是,文章断言:"威尔斯所想象和为之奋斗的很多东西已经在纳粹德国成为现实。秩序、规划、国家对科学的鼓励、钢铁、混凝土、飞机全部都在彼国。"

——嗯,它们的确都在德国,不是吗?
——是的,可是背后的意图全然不同。那不是我提倡和试图构想的未来世界,那是对它的拙劣模仿——我在那次宴会上就是这么跟他说的。

他随身带上《地平线》杂志,以便对那篇文章提出异议。他发现奥威尔手里也有一本,显然对这场争辩有所准备。他们面对面坐在桌旁,他和奥威尔一段一段地讨论,伊内兹和艾琳神情紧张地听着,另一位客人威廉·燕卜荪[1]喝得越来越醉。到晚上聚会结束时,宾主言欢。可是那之后不久,奥威尔发表了一个广播谈话,谈话中他说,在科学更有可能毁灭世界的时候,H.G. 威尔斯臆断科学可以拯救世界。他对这第二次攻击暴跳如雷,火速写了一个字条让BBC转交给奥威尔:"我根本没那样说,你胡说八道。去看看我早期的作品吧。"

---

[1] 威廉·燕卜荪(1906—1984),英国著名文学批评家、诗人。代表作为《含混七类型》《田园诗的几种形式》《使用传记》等。

——比如说？

——比如《莫罗博士岛》。比如《酣睡者醒来时》。比如《星际战争》。并不是科学拯救地球于火星人之手。地球得救是因为火星人碰巧对地球上的病毒感染缺乏免疫力。

——可是在别的书中，你声称科学的应用可以拯救世界。

——应用，是的。人类进步完全依仗科学的善意应用。可是我们的文学知识分子从来都不相信那种可能性。比如艾略特，[1]他在所有其他方面都跟奥威尔势不两立，但在那方面却是一致的。

——T.S.艾略特发表在《新英语评论》杂志的那篇文章中说过一些恭维你的话。

——可他通篇是一副居高临下的口吻，文章末尾他说，"威尔斯先生将他所有的赌注都押在不远的将来，他已非常接近绝望的边缘。"像艾略特那样的基督徒，从不期望人性中有比闪电战和集中营更好的东西，因为他们相信原罪。所以他们可以冷静地沉思文明的末日，跷起二郎腿等待基督复临。

——为什么那些人让你如此心神不宁？

他凝视着炉火中心，炭块在灰白炭灰的包裹下火焰渐渐黯淡。

——因为我害怕他们说的可能是对的。我的确非常接近绝望。

"老人又自言自语嘀咕开了。"日间护理换班时对夜间护理说。

"说些啥？"

---

[1] T.S.艾略特（1888—1965），英国著名诗人，代表作《荒原》，1948年诺贝尔文学奖得主。

"别问我，"日间护理说，"我只听清了个把词儿。'讣告'说得最多。"

——还在为你的讣告纠结呢？
——我觉得应该允许得了绝症的无神论者看看他们自己的讣告。当然是保密的，也无权回应——除非可能需要更正某些事实。
——为什么只是无神论者可以看？
——嗯，要是你相信来世，你期待的事情之一，一定是打听同代人对你的真实看法，做了鬼魂还可以偷听他们的交谈，从他们身后偷看他们手里的讣告……除非他们每天都将所有的报纸投送到天堂。或者其他地方。可是我们永远无法打听。真是没办法。
——你想打听什么？打听你是不是被评为伟大作家？
——天哪，不是，我很久以前就放弃了这种野心——把它留给亨利·詹姆斯那样的人吧。我在《布恩》里批驳了整个伟大的文学这一观念，记得吗？"由于出现超量的新作家和日益扩大的读者群，世代相袭的小说家、诗人和哲学家们成为文学贵族，拜其所赐，伟大的文学日渐稀缺……诺贝尔奖论资排辈颁给他们……"
——这样的话……那是什么呢？伟大的思想家？伟大的预言家？伟大的人？
——不是任何伟大的东西。伟大这一观念完全是19世纪一个罗曼蒂克的死亡陷阱。是它导致希特勒之类暴君的出现。我们得重视集体而不是个体，服务人类心智而不是用我们的个人意志对其施加影响。三十年来我一直在这样说，可是没有人认真听过。要是他们听了，我们不会像现在这样混乱，欧洲也不会迅速沦为一片瓦砾。

——战争也可能带来正面的东西。比如，建立联合国这一组织的主意，在讣告中应该赞扬你的贡献。

——要是这样想还不错。可是我们离建立世界政府还很遥远。不在集体思维方式方面有所改变，它将和国际联盟一样毫无用处。

看过H.G.后不久，丽贝卡约安东尼在伦敦兰斯道恩大厦她的俱乐部会面。他们有一段时间没见面了，她对他的外表颇为不满。年届三十的安东尼仍然帅气，身材魁伟，略胖，可是今天他的脸颊看上去那么肥胖，几乎是肿胀着的，头发也好久没打理了，像荒草一样耷拉在脑门上，衣服也是皱巴巴脏兮兮的，毫无疑问那是因为他离家很久，没了家庭主妇吉蒂的照顾。当话题转到H.G.身上，以及告诉他本人他得了无法医治的癌症是对还是错这个问题上时，他说的话在她听来显得有些造作、虚情假意。他握住她的一只手，以一种有意让自己显得充满同情心的语调，说了一些冒犯她的话，"我不想伤害你，雷克，我真的不想那么做，可是你不该掺和H.G.的健康和幸福。事实是，你很早以前就已经不是H.G.的生活中心了。""我太知道这一点了，"她怒气冲冲地说，"我二十一年前就走出了他的生活中心。你要拿它说什么事？""我只是想说，H.G.跟基普和玛乔里比跟你亲近得多，"他说，"他们必须做必要的决定。""我没必要假装赞成他们的决定。"她说。她问及吉蒂和孩子们时，安东尼眼神躲躲闪闪，似乎藏着什么东西。她不久就会发现那是什么。

丽贝卡五月中旬收到吉蒂的一个简短便条，说安东尼向她提出离婚。"这完全出人意料。他上周日晚饭后说的，孩子们都睡了以后，他说他在BBC遇到了某个人，想娶她。我说：'那很遗憾，亲爱的，因为你已经娶了我。'我以为他在开玩笑。但他不是。"

丽贝卡义愤填膺，满心焦虑。她喜爱并赞赏吉蒂，吉蒂是位有天赋的画家，一个漂亮女人，安东尼在1936年以最浪漫的方式将她追到手。他们第二次见面他就向她求婚，随后锲而不舍地追求她，直到她举手投降。在丽贝卡看来，那时安东尼的追求似乎是典型的一时冲动，是堂吉诃德式的行为，可是傻人有傻福，他成功了。吉蒂比安东尼年龄大些，也比他成熟许多。是她说服他放弃当画家的野心，因为他决不可能真正擅长此行，不过他可以像父母一样成为作家，尽管他还没有写出什么东西，但他为《新政治家》写的小说评论已经显示出某种天赋。他们在一起显得很幸福，尤其是安东尼解开了关于战争问题的心结之后——他是一个反战主义者，又不希望显得自己逃避爱国责任，最后做了牛奶场工人。这是一份可以免服兵役的所谓"保留职业"。他出人意料地喜爱农场的工作，吉蒂也是。不过大约一年后，他接受了在BBC的兼职工作，对他来说，这份工作似乎可以算作对抗战较为高尚的贡献，可现在却导致他陷于这种愚蠢的痴恋。"她是谁？"丽贝卡在电话里诘问安东尼，但他拒不回答。"我想见见她。"丽贝卡说。"唉，不行，"他说，"这事跟你没什么关系，雷克。这是我跟吉蒂之间的事。""你怎么能做得出遗弃那两个可爱孩子的事呢？"丽贝卡说的是两岁半的卡罗琳和一岁的埃德蒙,她对他们宠爱有加。"那,你就可以让H.G.遗弃他的孩子。"安东尼回敬道。愤怒的丽贝卡"啪"一声撂下电话,接着又后悔这样做了,因为她还有更多问题要问他。比如,H.G.知道他的私生子做的这件最新的蠢事吗?

H.G.的确知道此事,安东尼告诉了他,并受到他的严厉斥责。他大骂邪恶的离婚行为,这让安东尼大吃一惊。"可是你也跟你的第一个妻子离了婚,"他指出,"跟第二个妻子过得很幸福,我相信。""那跟这件事没有关系,"父亲的声音升高为短促的尖叫,他激动时总是这样,"伊莎贝尔和我没有孩子。""吉蒂和我会轮流照看孩子,"安东尼说,"吉蒂不会报复我。她在这件事情上很通情达理。""你受之有愧,"H.G.说,"你是个傻瓜。我理解不了你。我一直理解不了。""我恋爱了。"安东尼说。H.G.嘲讽地哼了哼。"我原以为你会比其他人都更理解我。"安东尼说。

H.G.沉默了,瞥了安东尼一眼。安东尼看见他的双眼闭上了。他是睡着了还是假寐无从得知,但安东尼整理他膝上的毛毯并怏怏不乐地离开房间时,他没有动弹。他在厨房里见到夜间护理正跟管家聊天,他对她说他要回芒福德先生家了。

——**我认为他有个想法没说出来。**

——什么想法?

——**你一生有太多恋爱事件。**

——我是卷入了许多男女暧昧关系。大部分并无爱情。从我这方面看不过是快乐的相互授受——对其中的大部分女人也是如此。你得假意爱上一个女人以便跟她做爱这一主意——这要归功于基督教和浪漫小说——是荒谬的。它能给你的无非是身体的空落和情感的痛苦。健康的男女总有性的欲望，也总是需要得到满足。爱情，真正的爱情，难得一见。就像我在《自传实验》里说的那样，我一生只爱过三个女人：伊莎贝尔，简和穆拉。

——你不爱丽贝卡吗？

——我曾经爱过她。在她之前，我也曾经爱过安珀。但那是一种不同的爱。最危险的一种。

——为什么危险？

——你以为自己终于找到了完美伴侣——既是灵魂伴侣也是床伴……

——就是你在自传的秘密后记里所称的"影子爱人"。

——一点没错。

——你一直在读荣格。

——是的，不过跟他的阴影[1]不完全相同。那是一个人，一个体现你人格中所有缺乏的东西的人。跟那人在一起，你一直梦想着的东西，就可以得到完美实现。可其实当你以为你真找到了她时，常识便消失了。你就像被施了魔药，或者被施了魔法——就像《仲夏夜之梦》[2]里的恋人。那是一种疯狂。如果这就是安东尼身上所发生的事，那会毁了一切。

---

1 荣格的"阴影"概念是指人的不被承认的、只在梦中出现的潜意识。
2 莎士比亚著名戏剧。

安东尼从后门离开漆黑一片的房子，借助光线微弱的手电，沿小径前进。一路上，谷地里暗中开放的风信子和百合的香味扑鼻而来。他走到了园子尽头的墙下面，不顾灯火管制的规定，拿手电往上照在墙头用黑色颜料画的院墙装饰带上。那是 H.G. 以他卡通画风格的"皮克刷"[1]描绘的造物主的沉浮，是一组人物素描，从史前巨人到戴高顶丝质帽的人类。画底下写着"往后光阴"。

院墙上有一扇门，这让安东尼想起 H.G. 一个短篇小说的故事。故事讲的是一个人童年时代在伦敦一个不知名的街道发现了墙上的一扇门，门后是一座天堂般的花园，阳光普照，鲜花盛开，人人快乐，他往后余生都在渴望重访那座花园，可是一切徒劳。眼前这扇门后并没有天堂——只有芒福德先生家，一套相当简陋的单元房，年久失修，屋内陈设着零星杂物——安东尼记得是从 H.G. 位于埃塞克斯郡乡间的伊斯顿·格里伯别墅搬来的，二十世纪二十年代学校放假时，他总是去伊斯顿·格里伯别墅度假——一个褪色的、衬垫上有破洞的沙发，一个折叠桌，一个旋转书架，以及一个引人遐想、像奖牌一样挂在墙上、用得很旧的曲棍球棍。盛年的 H.G. 举办家庭聚会时，会为宾客组织许多纵情玩乐的游戏，球棍就是那时留下的纪念物。都是些寻常的破烂物件，不过它们唤起了他曾经探访伊斯顿·格里伯别墅的记忆，那些经历对当时那个不快乐的小男生而言就像是天堂一瞥。

---

[1] 原文为"picshuas"，威尔斯喜欢给家人和朋友画线条画，或说漫画，他还经常在信件里画此类漫画。这也是他自我表达的手段，他的漫画幽默、讽刺，原创性高。

他打电话给琼，但占线，可能是琼的同屋菲丽丝在用电话，她差不多每天晚上都要跟她妈妈煲电话粥。他在那张褪色的沙发上坐下来，为了打发时间，从旋转书架上取出一本厚厚的H.G.短篇小说选集，翻到《墙上的门》。

小说这样开头："两个多月前的一个夜晚，我跟莱昂内尔·华莱士推心置腹地交谈，他对我讲了这个故事。"莱昂内尔·华莱士是一位四十岁的成功政客，五六岁时曾离家出走，在西肯辛顿迷了路。他突然发现长满弗吉尼亚爬墙虎的白色高墙上有一扇绿色的门，门打开，他被引入一座被施了魔法的花园。"园中弥漫着让人飘飘欲仙的空气，给人一种明亮、祥和、康乐之感；视野所及，色彩清新、完美，却又巧妙地鲜亮耀眼。进入园中的一刹那，顿觉赏心悦目……一切都美轮美奂……"两只黑豹友好地走向小男孩，其中一只用耳朵摩擦他的手，像小猫一样发出满足的咕噜声。一个高挑的漂亮姑娘迎接并亲吻了他，带他沿着一条林荫道，来到一座有喷泉和所有漂亮东西的宫殿。一些小伙伴跟他一起开心地玩游戏，不过他后来再也记不得那是些什么游戏了。当然没有人相信他的故事，他还因为撒谎和独自离家而受到惩罚。他往后余生都渴望回到那座花园，可当他刻意寻找墙上的那扇门时，他找不到了。有几次，他碰巧路过它，却没有停下脚步走进去，因为他正要赶去处理一些紧急的俗务——牛津大学的奖学金考试，一次涉及他荣誉的异性幽会，一场议会里至关重要的分组表决。这种机会后来变得越来越多。"一年中有三次，那扇门——那扇通向平安，通向快乐，通向一种超越梦幻的美、超越尘世之善的门扉——就在我的眼前。结果我丢弃了它。"

安东尼读到这里时,电话铃响了。是琼打来的。他有些不耐烦,因为故事只剩一两页就结尾了,却被打断,这让他忘了像平时一样在问候语里带上亲热语调。

"有什么事吗,亲爱的?"琼问道。

"没。我只是读H.G.的一篇小说着了迷。"

"噢,我很抱歉打扰到你,"她语带讥讽地说,"那我晚点再打过来?"

"不,不,当然不用,"他说,"跟你说实话,我有点心烦意乱。刚刚挨了老头儿严厉的训斥。"他向她大概描述了与H.G.的交谈。

"他有点紧张,不是吗?"琼说,"从你跟我讲的情况来看,他本人完全不能算婚姻忠诚的榜样吧。"

安东尼轻轻干笑一声,"的确不是。可我向他提起这一点时他很不高兴。"

"也许我该见见他,"琼说,"要是他耳根那么软,也许我能把他争取过来。"

"现在不要,亲爱的,"安东尼急忙说道,"现在还不行。"

电话打完,他马上回到书中的故事里去,想搞清华莱士到底怎么样了。噢,是的,想起来了。有人在伦敦地铁附属建筑的一个竖井底下发现了他。原来,那里有个临时封闭建筑工地的围挡,围挡上有一扇因疏忽而未上锁的门,他走进这扇门摔死了——要么是意外,要么,更有可能是他深思熟虑的行为。"我们看我们的世界,它普普通通、差强人意,有围挡,有深井。以我们所理解的准则,他走出安全地带，步入了黑暗、危险、死亡。可是他自己真的这么看吗？"

  与此同时，在13号公寓主楼小起居室，对话者变成了质问者。
  ——你一生只爱过伊莎贝尔、简和穆拉三个人吗？
  ——是的。
  ——两任妻子和一个情人。
  ——简过世后我是想娶穆拉的。
  ——可她拒绝了。
  ——是的。
  ——也许是她害怕，如果你们结了婚，你就再也不想跟她做爱了。
  ——你那样说是什么意思？
  ——瞧，你的两次婚姻都在性生活上失败了，不是吗？
  ——我宁愿说失望，而不是失败。
  ——伊莎贝尔在床上让你失望？
  ——我们结婚时我渴望做爱，可她没有反应。我缺乏恋爱经验，而她是个极其传统的年轻女人。
  ——所以不久你就去别的女人那里，寻找更让你兴奋的性生活？比如找你老婆的小助理？
  ——埃塞尔·金斯米尔不是我找的，是她自己主动的。不过是的，是她让我知道，世上还有跟我一样"口味"的女人。
  ——大约一年后，你就为了你的一个学生埃米·凯瑟琳·罗宾斯离开伊莎贝尔。奇怪的是，你还给埃米重新起名为"简"。

——我不喜欢凯瑟琳这个名字。她用这个名字是因为不喜欢"埃米"这个名字，所以我给她起了个新名儿。

——不过那不是个很浪漫的名字，对吗？跟性爱没有关联。"不起眼的简"[1]……简·奥斯汀……

——简·爱怎么样？她够充满激情的吧？

——你喜欢那部小说？

——既然你问到，不喜欢。不过……

——为了简，你跟伊莎贝尔离婚，最后娶了她。可正如你在你的《自传》里说的那样，原来她在床上跟伊莎贝尔一样让你失望。你娶了一个又一个性冷淡的妻子，这不是很让人迷惑吗？就像王尔德说的那样，"一次是不幸，两次就是不慎"。

——你怎么看呢？

——或许，在你不为人知的潜意识中，你从不真正想要一个性感十足的女人做妻子。你实际上只喜欢野性的、被禁绝的、打破常规的性爱。穆拉也许感觉到了这一点。

——你胡说八道！

——是吗？

"他又自言自语了。"一天下午，基普来汉诺威联排别墅时，玛乔里对他说。基普像往常一样，从大学学院回家时顺道儿来看看。

---

[1] "不起眼的简"原文"Plain Jane"，英文中泛指外表平凡的女孩。

她默默地将他带到小起居室半掩着的门前,他在门外过道上驻足细听了几分钟。只能听清几个单词和词组,但老人对话的声音节奏,让他想起弟弟弗兰克年幼时类似的习惯。

"弗兰克小时候常常跟一个想象中的朋友谈话,"回到玛乔里办公室的房间后,基普对她说,"我曾经偷听过,因为要是他觉得旁边有人,他会立刻停下来一言不发。如果他心里装着什么事情——比如做了什么顽皮的事,又不知道会不会被发现或者要不要坦白——他就会跟另一个男孩讨论,分别代表问题的两方进行争辩。我觉得很有趣。就像听广播剧一样——不过那个时候当然没有收音机。可能H.G.就在做同样的事情,只是他现在是处于自己的第二童年。"

"嗯,这是个有趣的推测,"玛乔里说,"下次弗兰克来我们得问问他怎么看。"基普的弟弟弗兰克是个纪录片制片人,目前受雇做公务员,为房子遭受轰炸而无家可归的人安排食宿。他要花很多时间往返于伦敦和乡下的家,只能偶尔来汉诺威联排别墅探望父亲。照看H.G.的责任主要落在了基普和玛乔里夫妻的头上,但他们任劳任怨。他们两口子都对H.G.忠心耿耿。

几天之后,丽贝卡再次来看望H.G.时,谴责安东尼不负责任的行为。H.G.告诉她,他尽了最大的努力劝阻他们的儿子,劝他不要拆散自己的家庭,但没有成功。

"看在老天的分上,他为什么就不能跟其他人一样,只出出轨就满足了?"丽贝卡抱怨道,"要是他行事谨慎,吉蒂也不会介意——她在电话里也差不多这么说过。"

"我完全赞同，"H.G.说，"可是安东尼太傻了，太夸张，太孩子气。很难说这到底是他性格里天生的弱点，还是教育的错。"

"我希望你不是在指责我。"丽贝卡说。

"我指责我自己生了他。"

两人都陷入了片刻沉默，回忆起怀上安东尼的情景：那是在他位于圣詹姆斯庭院酒店的公寓房里一次激情的拥抱，他的双手探进她的衣服，她做出热切的反应……可是有个仆人一直在房子里，仆人的存在让他无法带她去备有避孕套的卧室，所以他加快节奏，打算依靠及时抽出避孕，可是关键时刻失去了控制。同一个想法出现在他们的脑子里。多么可悲，片刻欢愉的结果，是这么多年的愤怒、失望和互相指责！而且仍在延续……

"如果安东尼愚蠢地坚持离婚，"丽贝卡说，"我认为你应该修改你的遗嘱，留些钱给吉蒂。"

"我也一直在想这件事，"H.G.说，"要足够给孩子们提供舒适的生活。"

"当然，这给不了他们一个父亲。"丽贝卡说。

H.G.耸耸肩，"我只能做这么多了。"

丽贝卡从玛丽波恩火车站坐头等座返回海威科姆。三个上了年纪、戴圆顶礼帽的商人与她坐同一个隔间，不时从他们的晚报后面窥视她。她忧心忡忡，害怕有一种施加在缺德父亲身上的诅咒，在一代又一代人身上灵验。她自己的父亲在她八岁时抛妻弃女，去南非从事某种他并不了解的投机生意，从此杳无音讯，留下妻子抚养丽贝卡和两个姐姐，勉强度日。而她自己又不得不独自养大安东尼——应该承认，安东尼的父亲提供了比较慷慨的经济支持，可是H.G.要保持与他们的距离，也不会放弃自己自由自在的生活，结果现在，安东尼又要抛下吉蒂，让她独自抚养他的孩子们。而妻子们呢，强加给她们的责任让她们缺吃少穿、灰心绝望。她们得到了什么样的回报？她们最终成为孩子发泄怨恨的替代对象，那就是她们得到的回报。她从未放弃一个希望，希望她亲爱的爹地，会以某种方式回到家里，对他的消失给出一个体面的解释，就像《铁路边的孩子们》里的父亲一样（书的结尾曾让她感动落泪）。直到她13岁那年，她们听说他已经死了。后来她从母亲那里知道，他是个不可救药的风骚男人，勾引家里的女佣，还嫖娼。回顾过去，她承认自己青少年时代是个不听话、爱捣乱的孩子，总跟姐姐们争吵，指责母亲；安东尼长大后也一样——将父亲当英雄崇拜，却把学校里所有痛苦经历一股脑儿归咎于她。她不难想象，不出几年，小卡罗琳和埃德蒙会重蹈覆辙，对安东尼满是敬慕，对含辛茹苦抚养他们、经营农场、要是运气好还能挤出点时间画画的吉蒂施加她本不该承受的惩罚。成年后的丽贝卡终其一生都在从事女权运动，这一运动让女人在性方面获得了解放——不管怎样，让她们在精神上更为勇敢——却并没有纠正男女关系中这种基本失衡：雌性有抚育后代的本能，雄性则有不加选择地播撒精子的本能。H.G.就是她父亲的翻版，只是比他更有知识、更成功而已。在这方面甚至亨利也让她失望。亨利始终对她很好，呵护有加，欣赏并支持她的工作（她为《黑羊和灰隼》做研究时，坐着肮脏的火车在南斯拉夫的荒野里穿行,住满是跳蚤的旅店,他一直护卫着她,与她同甘共苦),风度完美无缺,有足够的钱让她过有品位的生活,从各方面看他都是那种完美配偶,可是除了一样:易于迷恋年轻漂亮的女人。而且1937年以来他就不再跟她做爱了。一天夜里,她躺在他身边,在黑暗中哭出声来:"为什么你不再跟我做爱了?"但他睡着了,或者假装睡着了,什么也没说。当然,从那以后,她也有了自己的情人。不过现在没有了。她沮丧地想到,她的性生活也许到此为止了。

6月,战事出现了戏剧性转折,国内前线和国外都是如此。6月6日,期待已久的盟军登陆法国行动开始了——不是如预料的那样从加来海峡登陆,而是从诺曼底海滩登陆。英国上下既兴奋又心神不定,热切关注着被严格控制的每一丁点儿有关新闻。几天后,行动似乎获得了成功,盟军获得了安全的立足点,增援部队和补给经由那些用预制构件巧妙建成的桑椹人工港,源源不断地转运进来。这毫无疑问是结束的开始,尽管丘吉尔将阿拉曼战役描绘为结束的开始后,人们已经等了很久。可是接着,就在大家刚松了口气开始庆祝时,像童话剧里的恶魔一样张牙舞爪的希特勒又生产出了一种新式武器,来显示他还没有彻底完蛋:那就是戈培尔[1]所称的V1导弹,两种"复仇武器"[2]的第一种,它们被用来报复盟军对德国城市的轰炸。(还没有人知道V2将是什么样子。)V1导弹就是

---

[1] 戈培尔(1897—1945),纳粹德国宣传部长,后任总理。
[2] "二战"中由德国研发的两种型号的导弹,该系列导弹统称为V型武器。

一架无人驾驶的小飞行器，涂成不祥的黑色，机翼又粗又短，炸弹型的机身装满成吨的高爆炸药。推动它的喷气发动机安装在机身上方，犹如熨斗的手柄，发出一种独特的嗡嗡嗡的声音，英国人因此给它起绰号叫"苍蝇弹"或者"地王八"。[1] 当到达预先设定的时刻，喷气式发动机就会停止运行，然后导弹会坠落到地面。从导弹引擎停止运行到它任意击中地上目标发出爆炸声之间那几秒钟的寂静，让人心跳骤停，成为苦战久矣的伦敦人新的恐怖之源。

空战的这一发展是 H.G. 所未曾预见的。V1 导弹可以在低空不分昼夜全天候快速飞行，当它现身时可以看到喷气引擎喷出的火舌。防空炮几乎毫无用处，最新式的"喷火"战斗机或者"台风"战斗机才能跟上它的速度，它们可以击落它或者挑翻其机翼将它送入大海，或者让它坠落在乡村旷野（挑翻它是一项高难度的操作，而向它射击则要冒着炸伤自己的风险）。V1 导弹轰炸从 6 月 13 日开始，到当月底，共发射了两千五百枚，大约三分之一在英吉利海峡坠落或者被击落，三分之一落在英国东南部，三分之一到达伦敦。7 月这一数字仍在增加。似乎又一次闪电战即将开始。政府制订了将妇女儿童从首都疏散的计划。汉诺威联排别墅的房主们都溜回了乡下的避难所。各类朋友和知交都敦促 H.G. 搬到安全一些的住处，可他不屑地拒绝接受这些建议。V1 攻击对他的健康似乎起到了滋补良药的作用。他的胃口变好了。也可以做更多运动，在屋子里散步，天气好的时候甚至可以到公园遛遛弯儿。

---

1 "苍蝇弹"原文"buzz-bombs"，形容导弹飞行时像苍蝇一样发出嗡嗡嗡的声音；"地王八"原文"doodlebug"，形容导弹状如蚁狮虫（俗称"地王八"）。

33

穆拉有一天不期而至，她用自己手里的钥匙打开大门，进了公寓，这让屋里的人吃了一惊。不过这是个惊喜，尽管她本人神情紧张。那天早晨她从女儿位于牛津附近的家赶到伦敦，发现自己单元房的窗户被 V1 导弹的爆炸震碎了。这太吓人了，她说。接着她要了一杯白兰地给自己压压惊。"把瓶子放这儿吧。"酒送来时她冲 H.G. 挤挤眼吩咐管家道。她喝白兰地有着传奇般的酒量。她说"汉诺威联排别墅"时带着她特有的英式俄语发音，听起来像"夯欧威联排别墅"。[1] 他从没见过她因宿醉而难受——难受的都是头天晚上跟她飚酒的男人们。"你为什么不搬进来住啊，等你的单元房修好？"他提议说，但她摇摇头，给自己又倒了一杯白兰地。"不，我要回塔尼娅那儿。"他不怀疑这是因为她害怕 V1 攻击。她声称她一生遭遇过许多致命的危险，并经受住了它们的考验幸存下来，如果其中只有一半得到证实——嗯，再考虑一下，一半大约是个正确的比例，所以就说四分之一吧——她声称她闯过的险境如果有四分之一得到证实，她的勇气和胆量就不容置疑了。"只要你愿意，你可以住那间客房。"他说。她冲他晃晃手指，"艾吉![2] 你要打破我们的约定吗？"

一般情况下，跟他的女人们打交道时，他是那个发号施令，为"条约"——如他所称的那样——立条款的人，但跟穆拉，他不是。他们之间的条约要追溯到 1930 年代中期。那时她愿意做他的情妇，

---

[1] "汉诺威"原文为"Hanover"，穆拉说成"夯欧威"。
[2] 此处及后文中的"艾吉"，是穆拉对"H.G."的俄式发音。

并在社交场合陪伴他,但不会跟他结婚,也不会与他同居。有一天,在发生多次争吵后,他生气地说,既然这样,他想要回汉诺威联排别墅大门的钥匙,她马上交给了他。随后,她因为某个特定的理由又把钥匙借走了,而他也没有再向她要回来,所以她就获得了随她所愿出入别墅的自由。如果他们共度一个夜晚后在汉诺威联排别墅做爱,之后她会离开他,坐出租车回家。他常常在打电话叫过出租车后,躺在床上看着她,她正借着带罩台灯暗淡的光线穿衣服——所有的衣服,除了紧身胸衣。她会在离开前将它叠起来放进一个纸袋,因为她不想仅仅为了坐出租车而费神艰难地穿上它。

"你曾经把紧身衣落在出租车上过吗?"他突然一时冲动问她。

"你在说些什么?"她说。

"那时候我们在这儿做爱,你回家时不会穿上胸衣,总是把它装进一个纸袋里。我在想,你会不会把它落在出租车后座上,司机发现它后会怎么想。"他笑着说道。穆拉似乎并不觉得好笑。也许她并不在乎有人提醒她需要穿紧身衣。他初次见到她时,她是个苗条、身段柔软的年轻女人,但人到中年后,身体发福了。

"你胡说些什么,艾吉!"她说道,"别开玩笑了。你怎么样啊——说实话?"

"我感到好多了,"他回答,"见到你更好了。"他看不出有什么必要把霍德的诊断告诉她,他已经开始怀疑这个诊断了。

"那些飞弹呢?它们没吓着你吗?"

"一点也没有。"

"可是你得把那些窗子都封上。答应我。"他不情愿地答应了,不情愿是因为那样会弄得房子里很暗。不过总还可以用装有玻璃的阳光房，反正无论怎样也无法防止它受到爆炸的破坏。

整个7月他都定期给穆拉写信，告诉她他在V1导弹轰炸下兴高采烈地活着，让她放心："亲爱的小穆拉：你让我做的每一件事我都言听计从。你不让我做的每一件事我都不敢越雷池一步。所以结果我还活着，尽管今天下午飞来个"地王八"，但它一定是落在了天边，因为我再也没有听见它的任何声响……全心爱你的，艾吉……亲爱的小穆拉：昨天晚上有一个V1就在附近爆炸，不过我们小心谨慎遵守你所有的禁令&现在我们就住在一个所有门窗都用木板封闭起来的无窗房子。我的身体越来越强壮，恢复得很快。向你致以全部的、最温暖的爱，你的忠诚的艾吉……我的亲爱的穆拉：飞来的自动炸弹越来越多了，但是由于我严格按照你的吩咐做，所以我没有受到任何伤害（屋子里的其他人也安然无恙）……我继续工作&我一天天越来越自立……我爱你亲爱的&我永远是你的艾吉。"信中反复提到穆拉将窗子封起来的吩咐，意在赋予她一种安排他的家居生活的主妇地位。他总是受到孤独恐惧的困扰，害怕没有为他谋幸福的女性伴侣，而且他没有全然放弃那个希望，还想着说服穆拉某一天搬进汉诺威联排别墅。

有时候他坐在书房的书桌前，打开桌上两个马尼拉纸文件夹中的一个，翻开里面的几页手稿，偶尔用钢笔做点笔记或者修改，有时候打开另一个。这两项工作已经齐头并进数月，他在两者间来回转换,反映着他情绪的起伏变化。其中一个是题为《幸福的岔道》的短篇作品。作品这样开头:"我在做梦,梦境比战乱侵入我醒着的时光之前更为遥远",接着描绘了一个反复出现的梦,那个梦基于他身体好时在公园里所做的日常健身活动。

  我梦见自己正准备从大门出发,沿惯常的路线走一遭。走出门,我突然意识到,可能有一条我未曾留意的岔道。奇怪的是我从未走过那条路,可路就在那儿!刹那间我脚下生风,以前所未有的轻快,爬上小山,走下山谷,一路上全是世所未见的幸福美景。

这是一篇乐观的散文幻想作品,是他的短篇小说《墙上的门》的狂欢式改编之作。这篇文章受到了乔治·杜·莫里耶小说《彼得·爱贝森》中"梦游术"[1]构思的启发,甚至受到亨利·詹姆斯短篇小说《好去处》更大的影响。它们都是世俗版的超越神话,都是复乐园的故事。"在这个获得解脱的世界,没人会死去,而他也不对任何人怀有憎恨。"他见到了耶稣,并与他促膝相谈。耶稣"对基督教的嘲弄和蔑视超过了我最激进的言辞",耶稣声称自己最大的错误是收了门徒。"我差不多是胡乱挑选了十二门徒。那是怎样的一帮人啊!我听说,甚至你提到的那些福音书对他们的记叙都是直言不讳。"有时候他梦见"一个纯粹的建筑世界,我观赏着那些

---

[1] "梦游术"(dreaming true),拥有此术者可以借此在梦中去任何想去的时空,梦中人还可以互相交流。

巨型建筑物，设计华丽的风景一望无际，移动的大路将你送到任何想去的地方，不用自己行走……"他的乌托邦小说描写未来派的城市风景，其中的人们显得冷漠而又野蛮，科达出品的《笃定发生》[1]中的人物尤其如此，而在他的梦中，"难以计数的美好新事物变为现实，而所有人类的心爱之物都不会失去"。他将结尾放在了极乐世界，和一群诗人、画家、艺术家"讨论美、善、真"，这个片段也许就是全书结尾，但尚未完成。

另一个作品的风格迥然不同。题目是《走投无路的心灵》。

> 作家找到了相信自己的世界已山穷水尽的非常重要的理由……我们称为生命的每一样东西都即将不可避免地终结。他在告诉你，现实促使他自己的头脑得出一些结论，他认为你可能有足够的兴趣思考那些结论……这一观察中最重要的东西，是突然发现了迄今为止无可置疑的事实，即物质在量上的可调性是有上限的……作家相信，面临这一绝境，逃不脱，绕不了，穿不过。这就是尽头……生命世俗有序的发展似乎存在一种绝对固定的极限，因此，对于即将发生的事情，我们便有可能大抵描绘出它的模样。然而，这一极限已经到了，还变成了一种前所未有的混乱……如今事件循着完全不可靠的次序一个接着一个到来。没有人知道明天将发生什么，除了科学哲学家，没有人能够全然接受这种不可靠性。甚至在他那里，它也

---

[1] 《笃定发生》(*Things to Come*)：根据本书作者威尔斯同名作品改编的科幻电影，出品人为亚历山大·科达 (Alexander Korda, 1893—1956)。

不能在他的日常行为中发挥作用。在这一点上他能够理解普通大多数。仅有的不同就是他怀有那个严酷的信念，相信整个生命濒于终结……但这不能妨碍他有日常的喜爱、兴趣、愤怒……头脑也许已接近山穷水尽，可是每天的戏剧还要继续演下去，因为这是生命的一般构成，无可替代。

没有什么比安东尼的婚姻危机及其后果更能成为这种悖论的生动例证。欧洲的命运在诺曼底悬而未决，在那里，盟军部队困于泥淖无法前进，恶劣的天气毁坏了桑椹人工港，阻碍了盟军的空中支援，并将诺曼底乡间林地的小路变成泥潭；越来越多的V1导弹，喧嚣着从英国东南部天空飞过，像突发心脏病的鸟群，死在伦敦的屋顶。对科学哲学家而言，这些事件乃不祥之兆，在它们往前发展的同时，安东尼、丽贝卡、吉蒂和其他近亲头脑里最伤脑筋的事，他们交谈、打电话、写信时萦绕于心的事，就是他们个人生活中充满戏剧性的那件事。这是谁的错？安东尼的还是吉蒂的？或者那个女人的？该怎么办？这一切该如何结束？

丽贝卡为安东尼和亨利安排了一次会面，希望丈夫的冷静忠告会比她的劝告产生更好效果，让安东尼恢复理智。安东尼同意了，接着又取消了约会。丽贝卡指责安东尼这是一种逃避行为，并说，安东尼计划中的离婚有一些财务方面的问题，亨利的意见会对他有用。"那让亨利跟吉蒂谈吧。"安东尼说道，并安排他们在7月初的一天在卡尔顿烤肉店一起吃午饭。这次见面尽管丽贝卡未获邀请，但她坚持要陪伴亨利，而亨利则非常担心，产生争执时她会发脾气。丽贝卡总是没完没了地寄信给吉蒂，一股脑儿痛斥安东尼，自封为吉蒂的主要盟友和保护者。吉蒂早已对此厌烦。丽贝卡在卡尔顿烤肉店的不请自来，让吉蒂十分反感。结果，作为报复，吉蒂在接下来的讨论中，站在安东尼一边。吉蒂比安东尼大四岁，不过金发碧眼的她有着俊俏的外表，她拒绝扮演受害配偶的角色，并对眼下的情况采取达观的态度，说"男人恋爱了，这种事并不稀奇"。"可是安东尼行为反常，"丽贝卡反驳说，"跟他通电话时，我听得出他头脑不正常。""很有意思，安东尼也正巧是这么说你的。"吉蒂嘲讽道。"我希望你不要在卡罗琳和埃德蒙面前指责安东尼。"她又补了一刀。"当然，"丽贝卡说道，"那我想对他说，我认为他离开孩子们会后悔的，我有权这样说吗？""没有，"吉蒂回答，"这是安东尼和我之间的事。""我就说点我的看法都不行？"丽贝卡说。"不行，"吉蒂说，"这是我的事，跟你没关系。你就别掺和了。"

亨利咳嗽一下，说他要去看看他们的餐位准备好了没有。可是并没有餐位可用——看起来，亨利和安东尼在预定餐位的事情上出现了误解，所以他们打出租车去了丽兹饭店。一路上吉蒂进一步刺激丽贝卡，说安东尼终于开始显示成熟的迹象，她希望他会因为目前的感情投入而成长起来。丽贝卡说她真傻——安东尼完全就是个不负责任的男人，头脑一点也不沉稳。午餐大家都没吃多少东西，席间，吉蒂越是为安东尼说话，丽贝卡就越是更为歇斯底里地大骂她的儿子。他卑鄙邪恶，什么用也没有，给周围的人带来的只有痛苦。他就是个坏坯子。她真希望她从没把他带到这个世界上来。她希望他死了。渐渐地，周围桌子上吃饭的人变得异常安静，这种暴风骤雨般声色俱厉的谩骂吓坏了他们，也强烈地吸引着他们。最后亨利招来侍者领班，一起搀扶丽贝卡离开餐室，将她送上开往玛丽波恩火车站的出租车。亨利回到餐席向吉蒂道歉，并吃完了自己盘中的食物。"我恐怕丽贝卡非常焦躁。"他说。

当天晚上，吉蒂在电话里向安东尼描述这一片段时，他坐在椅子里摇晃着身体，紧闭双眼想象着当时的情景。他哼哼着，大笑着，半是惊骇半是欣喜，欣喜的是，他对母亲的偏见的正确性得到了彻底的证实。他立刻向琼转述了这个故事，并像小说家可能做的那样，为了增强效果而添油加醋。结果，在他的版本里，丽贝卡被亨利和领班从椅子上拎起来，抬出餐室，她的双腿在空中乱踢，仍然尖叫着诅咒安东尼，直到旋转门在她身后关上。他非常喜欢最后那个细节，以至于他相信，实际情形就是如此。可是这个故事与其说逗乐了琼，不如说让她从中发现了值得她忧虑的东西。"我觉得我肯定应付不了跟你母亲的见面。"她直截了当地说，"那就像走进一个放着炸弹的房子，随时可能爆炸。""别担心，亲爱的，"安东尼说，"她最终会冷静下来的。"那天夜里，亨利回到伊布斯通庄园时，发现丽贝卡的确相对温和了些。他为她在丽兹酒店餐厅里的行为而责备了她，还指责她无缘无故攻击吉蒂。"抱歉我发了脾气，"丽贝卡说，"不过呀，实际上她也多次挑衅我。我觉得她说的一些话你并没有听到——你知道，你的耳朵越来越背，里克。"这是她找到的一个最为行之有效的办法，可以让亨利无话可说，因为他无法否认自己听力变差的事实，也不能确定，他没有错过某些重要信息。

7月底，终于从第二战场传来好消息。美国装甲部队突破瑟堡半岛，击溃德军在圣洛的防守，越过布列塔尼，向巴黎挺进。最终巴黎在8月25日获得解放，德国人放弃了抵抗。英国和加拿大军队拿下卡昂，迅速推进到法国东南部。H.G.安排将《幸福的岔道》的一部分刊登在《领导者》杂志十月号。但是迅速结束战争的希望，在9月落空。盟军企图空降阿纳姆，在莱茵河上建立三个桥头堡的计划遭到惨败。同月，希特勒的第二种复仇武器V2开始向伦敦发射。英国对这种导弹毫无防守之力，它巨大的火箭带着两千磅重的高爆弹头，几乎无法预警，因为它以五倍音速飞行。如果你碰巧在它出现时仰望天空，可能会看到空中一束红色火苗，几秒钟后，某个不幸的街道、办公楼、或者商店就会发生毁灭性的爆炸。但是不过如此。从某种意义上说，V2不如V1那么令人恐怖，因为它没有爆炸前的那种暂时静默带来的可怕悬念，也根本不可能来得及进掩体。弹头会让你送命，或者不会。如果会，你将无从知晓。这让人们产生了一种听天由命的宿命论思想，他们会不理睬来袭导弹的爆炸声，除非它非常近，要么只是听到爆炸声时耸耸肩膀或者做个鬼脸。H.G.的确在他早期的作品中预见了火箭武器的发展，但绝非如此庞大的规模。他合上装着《幸福的岔道》手稿的文件夹，打开装着《走投无路的心灵》手稿的文件夹。

迄今为止，重复似乎是生活的第一法则。夜晚随白天而至,循环往复。可如今,我们的宇宙进入了一个奇怪的新阶段。很显然,在这个新阶段,事物不再重复了。一切都在不断变化,变成了一个无法参透的谜团,进入了一片无声无息、无穷无尽的黑暗。我们得不到满足的心灵也许会顽强、迫切地斗争下去,但也只会斗争到其被彻底斗败之时。

逃不脱,绕不了,穿不过。

与此同时,安东尼的婚姻危机仍然没有解决。吉蒂沉着地拒绝在离婚程序上合作,而安东尼则发现自己没有推动此事向前发展的意愿。一天晚上,他一言不发地坐在H.G.身边,想着琼、吉蒂和孩子们的事,心里一团乱麻。他试图在心里做道德和情感上的平衡,但毫无结果。他瞥了一眼在扶手椅里打盹的父亲,吃惊地看到,他炯炯有神的淡蓝色眼睛正在盯着自己。

"哈喽,H.G.!"他说,"你醒了?"

"你看上去忧心忡忡。"父亲说。

"嗯,当然……我不想伤害吉蒂,还有孩子们。我希望每个人都有最好的结局。"

"那么不是因为BBC里纳粹的事了?"

"什么纳粹?"

"就是那些要挟你的人。"

经过几番询问,安东尼才弄清楚,原来H.G.相信,他正在被潜入BBC的纳粹特工操纵。

"那完全是胡说八道,H.G.。"安东尼声明道。

"是吗?"父亲狐疑地问,重新闭上了眼睛。

安东尼没费多久就想明白了,这个不着边际的胡思乱想的起因是丽贝卡。她的《黑羊和灰隼》1941 年出版,这部五十万字的书写的是南斯拉夫的历史、地理、民族和文化,这奠定了她作为该国权威研究者的地位。德国占领南斯拉夫后,英国支持流亡的保皇主义政府和塞尔维亚族米哈伊洛维奇将军[1]领导的抵抗运动,她显然是同情和支持塞尔维亚人的。可是,因为丘吉尔转而支持铁托领导的共产党,她便感到自己受到孤立,并易于受到右翼评论家和政客的攻击。她向安东尼提到过这种担忧,并暗示,外交部的亲铁托派为了攻击她,可能会对他在 BBC 所扮演的角色产生怀疑。那时他几乎没有将这种典型被害妄想症式的想法放在心上。可是现在他明白,H.G. 荒唐的误会就跟它有关系。他立刻拿起电话。

"雷克——你有跟 H.G. 说过,我受到 BBC 的纳粹渗透者的要挟吗?"

"当然没有。你为什么会这么想?"

"你完全没有跟 H.G. 说过我在 BBC 的处境?"

丽贝卡停顿片刻,才以一种更具防御性的语气说:"嗯,你知道,我担心我的敌人会利用你的历史记录去损害你的名誉,还会连累到我……"

"你指的是什么——什么历史记录?"

"他们知道你有一段时间是个反战主义者,他们很可能已经查

---

[1] 德拉扎·米哈伊洛维奇(1893—1946),南斯拉夫将军,1941—1945 年南斯拉夫沦陷期间任保皇军队"切特尼克"首领。

明,战争初期你曾因间谍嫌疑受到警方监视。"

"那完全是一场闹剧,你知道的,雷克!"

他和吉蒂曾在他们的威尔特郡农场招待过一些比利时朋友,因此受到怀疑。那些说佛兰芒语[1]的比利时人被误认为是说德语的德国人,飘动的窗帘被看成旗语信号,乡村警察板着脸在农舍搜查犯罪证据,没收了安东尼的外国书籍、地图、旅游指南,以及他小时候 H.G. 送给他的士兵玩偶藏品。

"你可能认为我说的话荒唐可笑,他们后来之所以搁置调查,是因为我上头有人,比如哈罗德·尼克尔森和哈罗德·拉斯基。"丽贝卡说。

"那你最近跟 H.G. 说起过这些吗?"

"我可能提到过。"她承认。

"你瞧,他加上自己的推测,将它变成了一个可笑的阴谋,说 BBC 的纳粹渗透者要挟我。要是你能纠正他的那些奇思妙想,我将感激不尽。"

"那,我试试吧……可是,我恐怕,这些听上去像是他的老年病闹的。"

"你就试试吧。"安东尼说完撂下了电话。

她是否做了澄清,他无法查明。他向父亲保证说,没有任何针对他的阴谋,还让基普和玛乔里来证实,可 H.G. 还是一次又一次提到"你在 BBC 的纳粹朋友"刺激他。这到底是老年痴呆所致,

---

1 佛兰芒语一般指弗拉芒语,是比利时荷兰语的旧名称,主要通行于比利时北部区。

还是有意为之，安东尼无法判断，不过他们之间这一额外的摩擦让他感到痛苦，也无助于改善他和母亲之间的关系。

* * *

10月，安东尼的婚姻危机突然结束了。有一天下午，在琼的单元房做过爱后，安东尼躺在乱成一团的被子中间，吸着烟，看着琼穿上长筒袜并仔细检查每只袜子是否有抽丝。他提起，如果他真的离婚的话，H.G. 会修改他的遗嘱，留些钱给吉蒂和孩子们。这一消息让琼始料未及。"从你将得到的份额里扣吗？"她问道。安东尼说是的，那似乎也是公平的。琼不以为然。她不明白为什么那些钱要从安东尼应得的遗产里扣除，因为他父亲一定非常有钱。"没那么有钱，"他说，"这些年H.G. 那些书并没有挣到大钱，他挣大钱的时候花钱也很随便，还送给别人很多钱。""那剩下的钱你更应该得到公平的份额。"琼说。安东尼指责琼太看重钱。琼生气了。他们开始了激烈的争吵。她让他走。他说他不会回来了。她说她无所谓。谁也不知道这段恋情的终结是因为H.G. 的遗嘱，还是两人本已互相厌倦，正好寻得了个借口。

安东尼依然住在芒福德先生家，因为吉蒂不愿意让他马上回家，要求他反省一段时间。这也是可以理解的。有一天丽贝卡来访时，他对她说，他希望一段时间后，和吉蒂会重归于好。丽贝卡松了一口气，并差不多已跟安东尼和解。H.G. 很高兴自己不用再为此事操心了。他要思考自己的生命，不想被分心。

一年将尽,天气渐冷。让伦敦陷于前工业时代黑暗的灯火管制,开始得越来越早。夏天里他体力恢复的感觉开始逐渐消失。他变得更为离群索居,他生活在自己的大脑里。公寓里的其他人,护理、厨师兼管家、每天来打扫房间的女清洁工,还有他的家人玛乔里、基普和安东尼,看着他颓然坐在小起居室的扶手椅里,凝视空中,自言自语地嘟囔着些什么,有时候坐在书房的书桌前翻弄纸页,偶尔站起来从书架上取下一本书,或者在抽屉和文件柜里翻找信件或照片。他们不知道他的脑子里在想些什么。头脑是一架时间机器,在回忆中返回过去,在预言中走进未来,但是现在他已经不再预言。他的心灵走投无路,他不忍提前目睹混沌的世界。他回望自己的一生:总体来说,它到底是个成功的故事,还是个失败的故事?要试着回答这个问题,第二个声音的出场还是有益的。比如说,他可以对自己的过去进行采访,提出一些简单问题,然后滔滔不绝地回答它们,就像过去记者们还有兴趣采访他时,他常做的那样。

第二章

——那么你在何时何地出生？

——1866年9月21日，在阿特拉斯屋，位于布罗姆利商业街——一个不起眼的地方。布罗姆利位于市中心和乡村的中间地带，在伦敦以南大约十英里处，不久就被伦敦市吞并成了它的一部分。"阿特拉斯屋"其实是个瓷器店，名字显得可笑又有些自夸，小店长期不赚钱，是一个亲戚骗我父母接手了它。不管父亲还是母亲都没有商业上的天赋。我母亲婚前做过一个大户人家的女仆，我父亲是同一家人的助理园丁。父亲还是一名不错的板球运动员——婚后成为职业队球员，为肯特郡球队效力。这给家里增添了一些收入。他还在店里售卖板球装备，但并不怎么赚钱，有谁会想到去一个瓷器店买板球棒呢？

——你最早的记忆是什么？

——透过我家厨房的窗棂看路上行人的脚走过。我们家就建在小店后面的斜坡上，所以厨房和洗涤室低于地面。整个房子漆黑、狭窄、卫生欠佳。一个很陡峭、很危险的楼梯从后起居室往下通到厨房和洗涤室，洗涤室里有全家唯一一个带水泵的冷水龙头。院子里一条未封闭的臭水沟将家里的废水半渗半流地排进户外厕所下的粪坑,那粪坑离为水泵提供新鲜水源的水井不过几码远。

——到了三十四岁,你就挣到了足够的钱,在福克斯通附近的桑德盖特[1]建了自己的大房子,还是海景房,由一位著名的建筑师设计——

——还有我。那是村子里的第一间私人住宅,里边每间卧室都有毗邻的单独卫生间。那是我的主意,为了这个设计,我跟沃依奇[2]没少吵架。不过要是没有在布罗姆利商业街那种陋宅里长大的可怕经历,我大概没有建黑桃别墅[3]的眼力。这让我一生对住宅建筑学着迷。我憎恨 19 世纪后期遍布于英国城郊的那种设计拙劣的住宅,它们就像某种患麻风病的砖头灰浆怪物。我可怜的母亲竭尽全力维持阿特拉斯屋的整洁和体面,可那完全是徒劳的。壁纸和家具里有虫子,你见到后可以碾死它们,可永远消灭不了它们。

——这样,你生于贫穷——

——不是真正的贫穷。我们从没挨饿,但我们吃得很差,这让我得不到正常发育,动辄生病。我们从未光脚走路——但我们穿的是不合脚的靴子或鞋子。可以算某种还算体面的贫穷。家里从不允许我带朋友来玩,怕他们看到我们请不起仆人,连最起码的女佣都没有,他们的话会在左邻右舍传开。父母省吃俭用,送我到最便宜

---

[1] 福克斯通,英国肯特郡东部海港城市。桑德盖特:福克斯通附近的村庄。
[2] 沃依奇(1857—1941),英国著名设计师、建筑师,一译"沃赛"。
[3] 黑桃别墅(Spade House),据说建筑师沃依奇喜欢在他建造的房屋大门上安装一个大大的心形投信口,威尔斯不喜欢心形,作为妥协,他们将投信口倒过来变为黑桃图案。此屋由此得名。

的私立学校，避免到寄宿学校遭受羞辱，可是在寄宿学校我本可能有水平高些的老师。

——你是否意识到自己有天赋，而天赋又受到这种环境的压制？

——隐隐约约吧。我在书中发现了别处有更令人兴奋、更令人满足的世界，可是我为无法接近这个世界而绝望。

——你认为你人生的最低谷是什么时候？

——噢，有很多，难以取舍……不过我认为那是我到南海布店[1]的第一天，我要在那里开始我的第二个学徒期。那时我十五岁。此前我十四岁便辍了学，因为父母无力承担我继续学习的费用，尽管私立布罗姆利中学的学费已低得不能再低。我大约十一岁时，父亲在事故中弄断了腿，导致他完全中断了自己的板球生涯，此后家里便入不敷出。母亲开始培养我像两个哥哥一样成为布商，可是我在温莎当学徒时表现太差，几个月后被开除了。那时母亲已回到上庄园，那是靠近西苏塞克斯郡米德赫斯特镇的一个乡间大庄园，她婚前就是在那里做女仆。她在那里谋到了管家的职位，这对她来说是一份意外的好运。她因此可以在那儿为我提供短期食宿。我在米德赫斯特镇试着做了一段时间药店学徒，觉得比布店更适合我。可是药店学徒学费更高，母亲负担不起，所以没多久就结束了。不过做药店学徒的那段时间足够将我送到米德赫斯特文法学校，跟校长学习私人拉丁语课程——这样我才能看懂处方和药瓶上的标签。后来上庄园家对我继续在庄园出现感到不快，母亲便让我在学校的学

---

[1] 南海(Southsea)：位于朴茨茅斯的一个海滨胜地。

生宿舍住了几周，同时为我寻找新的布店当学徒。她十分相信布匹零售这一行，差不多跟信教一样虔诚。可是在米德赫斯特文法学校的学习，让我尝到了某种类似真正的教育的东西的滋味儿。我还发现上庄园有个图书馆，那是一个美妙的地方，书架高得要搭活动梯子才能爬上去，图书馆的那些书包括《格利佛游记》和柏拉图的《理想国》。在我卧室旁边的阁楼上，我还发现了一架老式反射望远镜的零件，我费力将它安装好，架在卧室窗台上，观看月球上的那些坑——也许《月球上的第一批来客》就是源自这一经历。拥有上庄园的家族很少使用他们的图书馆，望远镜更是从来不用。可是瞥见他们文明的、闲适的生活方式，刺激了我少年的头脑，打开了所有那些我从未有过的视野。我并不确切地知道我要从生活中得到些什么，或者我要取得什么成就，但我知道，那一定是比当布店伙计更有前途的某种东西……我讲到哪儿了？

——你的第二个布店学徒期。

——对。那就是为什么它的第一天让我如此沮丧的原因——因为那是第二个。我记得我拿着手提包走进那间阴郁的宿舍的情景。那是学徒和低级店员的住处，光秃的地面上排列着八张铁床和四个洗手台，洗手台上摆着破损的搪瓷盆。我得在那里等着，直到有人带我到所有房间看看，提前熟悉环境——无窗的地下室是我们的餐室，由一盏没有灯罩的煤气喷灯照明，潮湿的墙上挂着水珠，空气中还散发着头天晚上的白菜味儿。八点半我要在这里吃面包加黄油的早餐，这之前我要在店里干一小时的活儿，为店铺开门做好准备。白天的活计是搬运大捆大捆的布料，对那些妄自尊大的顾客卑躬屈膝，受资深店铺巡视员的支使干这干那。漫长的一天之后，再回到餐室吃正餐。"快点，威尔斯！"他们有事使唤你时总是这样咆哮……宿舍的窗子面向一个狭窄的、平淡无奇的死胡同，就像监狱里的院子。我往外瞥了一眼，感到自己就像一个有前科的犯人，二进宫来服第二个刑期——为期四年。母亲差不多提前支付了所有的学徒费。那就是我的至暗时刻。

——你认为什么是你一生最重要的转折点？

——离开那里。那个地方恰如我所害怕的那样。要是你读过我的小说《基普斯》，就知道那是什么样子。这就是薪资奴役。更为糟糕的是，这个行业的性质要求我们模仿顾客们的体面派头，这比奴役方式和工作本身一样粗暴的工厂和矿场更为糟糕。我在这种虚假体面和小钱的氛围里感到窒息。那是个多么引人联想的词，小钱！在那个世界里，一切都是小的——小主意、小聊一会儿、小调情、小野心。似乎永恒的真理就是靠一锱一铢量出来，一尺一寸裁出来，其价格要精算到分毫不差。行为要求严苛到稍有不慎——不仅工作时间，还包括我们少得可怜的业余时间——就会被即刻开除。丢掉饭碗，跌入贫穷深渊的恐惧悬在店员和学徒头顶挥之不去。除了老板，每个人都有这种恐惧，而几乎没有人想过自己会有成为老板的希望。那部小说里有个叫闵顿的闷闷不乐的人物，他是个资深学徒，他对基普斯说，"我告诉你，我们都在一个他妈的排水管里，我们得顺着它爬，一直到死。"这段话来自我的真实经历，不同的只是跟我说话的那小子说的是"该死的排水管"。我坚持了两年，那时我已经受够了……我知道，唯一能够爬出排水管的途径是教育。我是聪明的，但没受过多少教育。我很怀念在米德赫斯特文法学校的短暂时光。我还知道有一些被称为助教的人，他们在自己学习课程的同时给低年级学童当老师。所以我给那位名叫拜厄特的校长写了一封信，问他是否可以雇我做那份工作。拜厄特知道我很聪明，因为他教过我拉丁文，我在五周里学到的拉丁文，远比他教过的大部分初学者一年努力学到的还多，他曾为此吃惊不已。他觉得我对他有用，所以给了我那份做学生助教的工作，没有报酬，但提供食宿。一个周日我歇班，我步行十七英里到上庄园，告诉母亲我想做什么。她当然反对这个主意。她哭了，她跟我争辩，恳求我"再试一试"做布店学徒。我觉得最让她担心的不是失去那笔学费——而是做一个非正式教师未来的不确定性，最重要的是，我背弃了她所信仰的布匹零售业。

——你父亲呢？他说些什么？

——他对我要丢掉学徒学费怒不可遏，不过他的意见并不重要。母亲回上庄园后他独自一人住在阿特拉斯屋，自称在经营店铺，直到最后宣告资不抵债。那次事故之后他实际上已经彻底精神潦倒了——板球就是他的命，而且他也擅长打板球。他是唯一在甲级板球赛中，连续直接命中四位击球手身后球门的球员。你可以在威斯登板球年鉴里找到有关信息。不过母亲一直是家里说了算的人，所有的决定都是她来做。从法律上来说我还是儿童，不经她同意拜厄特不能雇用我。当天晚上我必须回到南海布店。但我对母亲说，要是她不让我去米德赫斯特，我就自杀。

——你是认真的吗？

——我相信是的。在南海我很多次想过自杀，琢磨过什么办法最好。我的结论是，淹死。这是我能看到的爬出排水管仅有的另一种方式。母亲可以判断我是认真的。这让她大吃一惊。她是一个虔诚的低教会派[1]英国国教教徒，认为自杀是不可饶恕的罪过。而我却没有这种顾虑——我从来没怎么信过基督教的上帝，甚至小时候便如此。大约十五岁时我彻底失去了这种信仰。

——有具体原因吗？

——我周日去过朴茨茅斯几个不同的教堂，尝试各种礼拜仪式。有一天我进了一座天主教教堂，听到某位穿着长裙的神父大人关于地狱的布道。那简直让我作呕——残酷成性，他的目的就是向人们灌输恐惧。你知道乔伊斯的《一个青年艺术家的画像》里写的布道吧？就跟那一样。多年以后，我给了乔伊斯那本书好评——书中的描写让我回想起朴茨茅斯天主教堂的那个周日上午，历历在目。那一天我扔掉了心里残存的一丝宗教信仰。我在学徒宿舍里说了很多无神论言论，还挑战上帝说，要是他真的存在，就用雷劈死我，这些都曾经让其他学徒感到惊恐。

——你不再信神的事告诉母亲了吗？

——没有，不过她大概从我的自杀威胁里猜到了这一点。幸运的是，打算雇用我的拜厄特修改了我的待遇，提出头一年付给我二十英镑，要是我的工作让人满意，第二年提高到四十英镑。母亲勉强承认了她的失败。这样，我离开了南海布店，去了米德赫斯特

---

[1] 低教会派（Low Church），基督教新教圣公会派别。

文法学校。讽刺的是，到了那儿不久，我不得不同意行坚信礼，因为学校要求所有教师必须加入英国国教。我讨厌忍受那些繁文缛节，讨厌撒谎，但是别无选择。我一生还有其他一些转折点，但那是最为关键的一个。它影响了所有此后发生的事情，所有此后发生的事情都是因为我相信自己的潜力而做出的选择，因为我对让自己接受教育的坚持。

——那么，你在米德赫斯特文法学校的工作让人满意吗？

——当然了……拜厄特是个好人，我很感激他，但某种程度上他也利用了我。每次考试他都从政府得到拨款，你知道，每个学生通过那时教育部支持的科学科目的考试，学校就可以得到一笔拨款，每个优等成绩四英镑，次等两英镑，等等。拜厄特为我申请了所有他能想到的科目，我不得不恶补多得难以置信的课——生理、植物、地理、数学、化学、物理……这样我获得了几乎所有现代科学科目的基础训练——那都是初级的，但以后对我有很大的帮助。我废寝忘食地读各种课本，只是为了通过考试。可我不仅仅是通过了考试——我获得了几乎所有我参加的考试的优等成绩。我当然很高兴，拜厄特也开心，但我并未意识到我取得的成绩有多了不起，直到我被邀请申请在南肯辛顿的科学师范学院[1]读学位的奖学金，并成功获批。全英国只有五人得到这项奖学金。可怜的拜厄特因为我瞒着他申请奖学金而怒不可遏，指责我撕毁合同。可是在伟大的

---

[1] 科学师范学院：即后来的皇家科学学院。现在是伦敦帝国理工学院的一部分。

托马斯·赫胥黎[1]的执教下学习，是一个不容错失的好机会。那是我第一次意识到，我的大脑有比一般人更强的吸收、消化能力。

——可是你的自传副标题是"一个普通大脑的发现与结论"。

——是的，嗯，小小的谦虚总是很受英国公众的欢迎……

——你什么时候想到自己可能会作为一个作家名扬天下？

——噢，毫无疑问，那是《时间机器》出版的时候。到那时为止，我不过是一名报刊撰稿人——根据市场需求生产文章、报道和故事。我已经放弃了教师职业。1890年代是报刊业兴盛的时期。要是你有大量的新思想，有一定的笔头能力，你就可以当个自由撰稿人维持体面的生活。可是，碰巧的是，1894年我的许多固定收入来源——喜爱我的文章的杂志和编辑——突然枯竭，结果我囊中羞涩。那是个艰难时期。简正等着我跟伊莎贝尔离婚，为了她的健康，我们迁出了伦敦，她跟我一样身体都不太好。我们在七橡树镇[2]寄宿在一个房东家里。心存狐疑的女房东不久便查明我们非法同居，但是她没法真的去控告我们，因为她不能承认偷看了我的信件。所以她只能在日常生活中使绊子，让我们过得不舒服……不管怎样，就是在这样的境况下，我挖出一个自己曾经草拟的故事，题为"永远的阿尔戈英雄"——那不是个引人注目的题目，是吧？——我对它进行了彻底改写，起名"时间机器"。幸运的是，我从前的主顾威廉·亨利失业一段时间后被任命为一家名为《新评

---

1 托马斯·亨利·赫胥黎（Thomas Henry Huxley, 1825—1895），英国著名博物学家、生物学家、教育家，达尔文进化论最杰出的代表。

2 肯特郡一小镇。

论》的新杂志的主编，他接受了《时间机器》并在他的杂志上连载。他付了我一百英镑的稿费。一百英镑！那对我们来说是一大笔钱。出单行本后，书惊人地畅销。我记得有一本叫《评论之评论》的杂志评论说，"H.G. 威尔斯先生是个天才"。就一部处女作来说，你不能要求再多了。此书出版后从未停印。

书房里有一个带玻璃门的书橱，收藏着他的小说的首发版。他打开书橱门取出《时间机器》。那本薄薄的三十二开本小书由海尼曼出版社出版，是浅灰色的布面精装本，封面刻印着紫色的书名和线条画画的斯芬克斯。他最近习惯于时不时走到书架前，取下一本过去的书，随意翻到一页，试试读的感觉，就像将样本放进试管，举起来对着光观察一番。可这次并非随意的测试，因为书被翻到的地方以前被翻到过多次，那是他最得意的段落之一，写到时间旅行者驾着时间机器来到一个海滩，太阳正在一步一步走向死亡，地球上的生命正在终结。

> 我前进着，时走时停，迈着跨越千年甚至更久远的步伐。怀着对地球命运之谜的好奇，我带着一种奇特的迷恋眺望西天的太阳，它变得越来越大，越来越暗。老旧的地球正在渐渐死去。黑暗飞速降临。海边荡起一道涟漪，发出沙沙的声响。除了这无生命的声音，这世界一片寂静。寂静？这种死寂难以言表。人类的一切声音、绵羊的咩叫、鸟的鸣噪、昆虫的低哝，形成地球各种生命之背景的动静——所有的一切都终止了……

天完全黑了。这吞噬一切的黑暗造成的恐惧向我袭来……这时，太阳的边沿像一张炽热的弓出现在天际。我走下机器让自己回过神来。我感到眩晕，无力面对这回归之旅。我无精打采地站在那里，不知所措。就在那时，我再次看到那个在浅滩上移动的生物——这次没有看错，那是个移动的生物——红色的海水映衬着它的身形。那东西呈圆形，大约足球大小，或许大一点，身上拖着触须；在翻滚着的血红色海水映衬下，它看上去是黑色的，它间歇性地四处蹦跳。我感到一阵眩晕。但我害怕自己孤立无助地躺在这个遥远而又可怕的黄昏等死，这种恐惧支撑着我爬上了机器的车座。

——车座？

——是啊，我照自行车设计了我的时间机器，很有趣是吗？我猜要是现在，我会让它更像小汽车——或者飞机。可是我写这本书时是自行车的时代——汽车只是原始样式，飞机还没有出现。对大多数人来说，自行车是机械化交通工具的顶峰，毫无疑问每个人都能理解。而且自行车还带有某种诗意，有一丝魔幻色彩。我曾经见过一幅画，画上是一辆自行车被安装在一组滚筒上，一个男人骑着这个自行车锻炼身体，它让我产生了这一灵感：时间在逝去，他产生了随着车轮转动而向前运动的错觉，尽管他一直待在原地。可是假定他实际上在穿越时间，场所的样貌随之而变……

——现在读起来感觉怎样？

——非常棒，我必须说。当然它完全是那个时期的产物，1890

年代，世纪末，所谓颓废主义。悲观主义在知识界很时髦，而我那时也想让人们将我看成严肃的文学作家。别忘了王尔德的《道连·葛雷的画像》中那段懒洋洋的对话："'这就是十九世纪末的颓废风啊'……'我看是世界末日吧'……"《时间机器》就感染了那种情绪。不过现在读起来仍然让我毛骨悚然，那个长着触须的黑色生物，在猩红色的海滩上间歇性地四处蹦跳。在进入逆向进化之后，那是这个星球上动物生命的最后遗存。

——**那是一幅十分荒凉的图景。**

——熵就是荒凉。我们太阳系早晚会耗完能量，地球上的生命将会终结。但实际上与其说它早，不如说它晚。它过于遥远，不值得担心，因为早在那个时间点之前，人类就以别的什么方式毁灭了自己，或者迁出这个星球，到宇宙别的小角落去殖民了。

——**在你看来哪种可能性更大？**

——目前来看，是前者，毫无疑问。我写《时间机器》时就应该这么说的。但是那之后的许多年里，我对人类未来较多地抱有希望，希望即使地球死亡我们也有能力挺过来。

——**就像你1902年在皇家研究院的一次讲座中说的那样，"总有一天，一种潜伏于我们的思想里、隐藏在我们腹中的生物，将会像我们脚踩踏脚凳一样站在地球上，大笑着将手伸到星际之间。"**

——是的。那次讲座引起了轰动。

——费边社[1]是因为那次演讲产生了召你入社的兴趣吧?

——它肯定促成了此事,不过他们此前就对我有了兴趣。我的《预测》一书在那之前已经出版,他们一直在研究。

他走到首版书书橱前,取下那个深红色封皮的厚重的大三十二开本书,翻到书名页。

——《机械和科学进步对人类生活和思想之影响预测》,全名是这样的。

——在那本书里,你对科学进步对人类生活的改善基本上是乐观的。

——是的。

——但在《时间机器》里,主要故事发生在遥远的未来——

——公元802000年。

——你想象那时人类已经分为两个种类——

——仔细想想,那太遥远了。我很怀疑人类文明还能不能存在那么久。

——两类人:一类是孱弱、闲散的埃洛伊人,他们在地面上过着田园诗般优雅、懒散的生活;另一类是吃人肉的莫洛克人,他们白天在地下的工厂里劳作,只有晚上才来到地面挑选埃洛伊人,他们像养牛一样养着这些埃洛伊人,然后吃他们的肉……这是一种对

---

[1] 费边,全名为"拖延者"昆图斯·费边·马克西姆斯·维尔鲁科苏斯(约前280—前203),古罗马政治家、军事家,曾五次当选为执政官。以其名字命名的"费边社",是二十世纪初英国的一个工人社会主义组织。

推翻工业资本主义梦想的暗讽:新的阶级成为统治阶级,但是他们又以一种异常恐怖的方式剥削上层阶级。是什么让你在大约五年的时间里发生了那样的转变,由那种噩梦般的想象,变成了《预测》中对一种良善的社会制度做出充满信心的预言?在《预测》里,你预言在一个世纪之内就可以实现以下愿景——人人都是中产阶级,居住在满是汽车和代力家用器具的市郊天堂。

——简短的回答是,我开始挣钱了——这归功于《时间机器》。那本书来自三十年的贫穷、不良饮食和糟糕的健康状况,如果它将荒凉感投射进了遥远的未来,那是因为在我看来似乎我自己的短期未来是荒凉的。我的肺有毛病,被怀疑得了肺结核,肾也有问题。简的身体也好不到哪儿去。我们俩都没指望活过十年。《时间机器》获得成功后,我最大限度地利用这一成功,魔鬼附体般地写了许多长篇和短篇小说,抓住每一点我自以为所剩不多的时间。就在同一年,也就是1895年,我出版了另一部长篇小说《奇异的到访》和一部短篇小说集。第二年我又出版了两部长篇小说《莫罗博士岛》和《机会之轮》。1897年出版了《隐形人》和另一部短篇小说集,1998年出版了《星际战争》。更不用说那些无以计数的报刊文章和评论。有些小说和《时间机器》一样阴暗、恐怖——我总爱让我的读者感到害怕,挑战他们的思维定式,展示在某种完全无法预测的灾难——就像我的小说里写的火星人入侵,或者巨大的彗星进入太阳系,产生撞击地球的威胁——发生时,我们的文明将会多么脆弱。不过我总是让世界延续下去——彗星偏离了地球、火星人死于细菌感染——而且这些故事的结尾都暗示,因为恐惧和磨难,人类会形成新的团结。

与此同时，我和简的生活迅速得到改善。《时间机器》发表的那一年我成功离婚，所以我们得以结婚并很快提升了生活水准，我们不停地搬家、换地方，直到最终留在桑德盖特。几年之内我挣的钱足够在那里的最好地块建一栋房子，但我仍然不指望能够长寿。我让设计师将卧室中的几间跟起居室设计在同一楼层，因为我那时确信，要不了多久，我就会行走不便，需要坐轮椅，上不了楼梯。我真是那么想的！可是等到房子建好时，简和我都在感受优质饮食、海边空气、体育锻炼和舒适的家居生活带来的好处。我们学会了游泳、打羽毛球和网球。我们变得越来越强壮和健康。渐渐地，我们开始明白，我们的寿命远远超过了曾经的预料，生活充满了令人快乐的可能性。我暗自想——我没有直截了当地说出来，它只是潜在地漂浮在我的头脑里：既然我可以通过写作，加上一丝运气，改变自己的命运，为什么大部分男人和女人不可以通过较为理性的社会安排，使他们的命运得到改变呢？是贫穷、不良饮食和糟糕的健康使他们在排水管里爬行至死，使他们早于那些生活在优越环境里的人死去。从排水管的出逃使我变得十分激进，让我想抓住僵化的社会制度的后脖颈，猛地摇晃一下——让它看到事情不该如此安排，让大多数男人和女人过着被禁锢的、行尸走肉般的劳役生活。并不需要通过暴力革命来改变它——需要的只是一场思想上的革命。通过将科学智慧和常识应用于工业社会的结构，我们可以和平地实现利润更为公平的分配。这一观点对费边社有强大的吸引力。他们自称社会主义者，但拒绝马克思主义通过阶级斗争实现社会主义的模式,所以他们邀请我加入该社。依我看来他们提供了一种将我的思想传播给有关民众的最为便利的渠道。我们是天然盟友。或者说在1903年我加入费边社时,看起来如此。

——可是联盟并未持续下去。

——是的。

——为什么?

——有若干理由,回忆起来似乎是显而易见的,但当时并非如此。我们同意,大部分人都过着贫穷或者准贫穷的生活是不能容忍的,国家要接管资本主义制度和私人土地所有制的许多功能和资源,借此进行财富的重新分配。我们都认为这一点应该通过法律而不是暴力来完成。可是费边社相信所谓"渗透"——就是说,他们要通过印刷物和公开辩论来推行这些思想,这些思想会逐渐渗透进政治家和主要政治党派的思想里。"渐进"是他们的关键词。

——他们的社名由此而来。

——是的,这个社名取自古罗马大将费边,即"拖延者费边"。社名就向我们揭示了它的基本性质。我认为他们本质上从不真正想建立社会主义国家,特别是那些较为富裕的社员。他们乐于认为,他们在推动这一理想在遥远的将来实现,可是一想到真正生活在这样的国家,比如说,没有仆人,没有私有财产,这让他们暗自感到恐惧。我没那份耐心。我希望事情能做好。

——那你愿意放弃你的黑桃别墅和仆人吗?

——在我设想的那种制度下,我没有必要放弃房子。我会直接向国家交付租金,而不是拥有房子的产权。至于仆人,我在《预测》里做过解释,智慧型的房屋设计和代工设施——集中供暖、电动除尘器、自动洗碗机等等——将使人们不再需要仆人。

——可你自己现在还是用仆人。

——可是我们并没有建成社会主义国家,也没有建成类似我所设想的高科技社会。你不能这样挑我的刺儿!我过去常常受到左翼人士,特别是工党和行业工会运动那帮人的批评,他们说我一边自诩为社会主义者,一边享受高水平的生活。我的回答一如既往:我很乐意跟其他所有人一起放弃特权,与此同时,我认为我自愿放弃这些东西于事无补。我最大的奢侈就是长时间无偿地为社会主义事业而工作。

——你说你急于让事情做好。你认为费边社应该做些什么?

——嗯,最初我认为他们应该更为积极地致力于工党运动,去竞选国会议员,但我后来改主意了。我认识到,只要工党被控制在行业工会手里,它本质上就一定属于保守势力,迷恋于提高工资和改善工作场所的条件,而绝不会从根本上质疑工作本身的性质和组织制度。我越来越得出一个结论,要让国家有进步,只有把管理国家的权力交给一批新的政治精英,一个受过科学教育的、有献身精神的管理者团队。

——就是你在《现代乌托邦》里所谓"武士"[1]?世界国家的守护者?

——是的,不过这一思想在《预测》的"新共和"里就已初

---

[1] 武士,原文"Samurai",特指日本武士。

见雏形。后来我称它为"阳谋"。其实它们都是同一种思想，一种对公平的、理性治理的环球社会的想象，在那个社会里，战争、贫穷、疾病以及人类文明所有的其他弊病都将被消灭。

——可这个社会不是为所有的人准备的。不是为那些积贫者、失业者、病人、低能儿、罪犯、酗酒者和赌徒们准备的——也就是你所谓"阴间人"。

访谈突然之间变得听上去更像质询。
——你说得对，不是为他们准备的。那些在身体或者智力上无力用好新的机遇，获得幸福的、有意义的生活的人，将不得不被……
——消灭？
——嗯，显然，不会允许他们寄生在这个社会里。会阻止或者防止他们生育。
——就像你在《预测》里写的那样："给予他们平等，就是降至他们的等级，保护和爱惜他们，就会被他们高效繁殖的种群湮灭。"
——一点没错。
——你还写道："那种对阴间人进行最坚决的筛选，培训，绝育化，输出或者毒杀的国家……毫无疑问将在公元2000年前成为最强大、最有统治能力的国家。""毒杀"难道不是个相当令人震惊的建议吗？
——你这是断章取义。请听完整段落："那种对阴间人进行最坚决的筛选，培训，绝育化，输出或者毒杀的国家；那种以最微妙的方式成功盘查赌博和妇女堕落，以及那种不可救药的赌博家庭的国家；那种通过遗产税之类的巧妙干预，设法对无能的豪门贵族没收财产并消灭他们，同时为个体野心保留自由的国家；简言之，那些将占最大比例的无用脂肪转化为社会肌肉的国家，毫无疑问将在公元2000年前成为最强大、最有统治力的国家。"

——**你认为，哪个国家会成为那样的国家？**

——我不知道。看样子，不是英国。

——**可是"毒杀"……你这不是鼓吹谋杀吗？**

——我想的是类似安乐死之类的事情，自愿无痛苦地结束生命。对于那些无望获得幸福美满生活的人，将会有人劝服他们，死是更好的选择。"毒杀"是个语言上的不幸选择，我常常为此后悔。这个词一直让我备受指责，特别是近来，有报道说纳粹在用毒气杀死吉普赛人和有精神缺陷者。

——**还有犹太人，实际上大部分是犹太人。**

——我从未将犹太人看成劣等人种。我在《预测》一书里做了明确的声明。瞧，在这儿，第316页："我真的不能理解，为什么有人对犹太人持另眼相看的态度。"我接着列举了种种反犹现象，并表明我们可以发现，犹太人跟其他种族毫无二致。我反对犹太复国主义，但我不反对犹太人。

——**看看下一页如何："至于其他人，成群的黑色和棕色人种，灰白色人种和黄种人，谁不符合新的生产效率的需要？在我看来……他们得走。"**

走到哪儿？你是指去死，或者被杀掉吗？

——去死，或者灭绝。显然，如果全球人口以眼下的速度持续膨胀，地球将无法为它的所有居民提供理想生活的支持。必须有一个世界权威，它能够通过这样或者那样的手段，控制人口增长：节育、绝育、安乐死。否则，食物和水的短缺将导致饥荒或者战争，它将以更为残暴的方式带来同样的结果。

　　——费边社反对《预测》里的这些内容吗？

　　——没这个印象。那时候人种改良学在左派政客中十分流行。

　　——所以那不是你跟他们失和的原因？

　　——对。它与政策和人格有更大的关系。还有性问题。他们基本上不同意我在性方面的观点，或者说，让他们反对我的，与其说是我的性观点本身，不如说是我按照这些观点行动的事实。

　　——什么行动？

　　——说来话长。

第二部

第一章

说起来话很长很长，始于他听说"费边"这个词之前许多年。讲述这个故事的，是他脑中一个新的声音，它不是谈话参与者，不是审问者，也不是采访者，而是一位小说家。这位小说家跟早年的他自己既相同又不同。他早年写过很多类自传式小说，在一部又一部小说中，主人公们一直在寻求某种解释，这种解释可以回答人类世界到底出了什么问题，怎么做才能亡羊补牢，以及他们在拯救世界的进程中如何担当大任——这种宗教性语言，也许表面上有悖于他毕生对体制性宗教的敌视，比如说，对他母亲信仰的那种压服式的、让人感到恐惧的低教会新教，或者保守的、教条主义的罗马天主教的敌视，但他一直认为自己的使命感从根本上说是宗教的。当他这样描述自己的使命感时，常常让他不信教的朋友和相识感到困惑或者震惊。任何提倡个人愿望服从集体利益的思想，比如说社会主义思想，或者世界政府的思想，在他看来，从根本上说都是宗教的。它不必忠诚于一个教会，甚至也不必忠诚于一个神。不过，他尴尬地回忆起，在他一生的某一个时期，在他的一些著作中，他曾试图将神吸收进他拯救世界于自我毁灭的行动方案中。比如1917

年出版的《隐形王上帝》，这是一本他从未从书橱里拿出来玩味的书，他完全知道，此书不会给他带来什么惊喜。

在那些描写人物试图理解当代社会所出现的问题，并努力为自己在社会中找到某种有用角色的书中，1909年出版的《托诺-邦盖》是最好的一本。实际上，他认为以正常的文学标准评判，它在他的各种类型小说中都是最佳作品。此后的小说都较为好争辩、较为散漫，而且，除了《安·维罗尼卡》以女主人公为中心，是个例外，这些小说的男主人公都如此地一本正经，品格高尚，以至他私下里称它们为"道学家"小说。包括《新马基雅维利》《婚姻》《热情的朋友》《伟大的研究》在内的那些小说，都是写男主人公们从青春到成年的成长历程，在某种程度上，他们都是他本人的理想化版本：身材更高，外表更帅，出身于更高的社会阶层，在与异性的关系中谨慎得多。这些男人无一例外都经历了人生中的一种冲突，即个人的使命感和跟一位特定女性结合的欲望之间的冲突。这种使命感要么是智性上的抱负，要么是政治上的追求。女人通常被证明是履行使命的障碍，要克服这一障碍，要么女人转而忠诚于男人的事业或者死去，要么男人有所放弃。

女人，以及他跟她们的关系，处于他与费边社矛盾的中心。在政治的目的与手段方面，他的见解与社里那些要人存在分歧，这些分歧可能常常引起冲突，但最终导致他们决裂的，是他在两性关系方面的行为。此后他单枪匹马地致力于启蒙世界，那种行为始终与之如影随形。女人以及他与她们的关系，清晰可辨地反映在那些小说作品中；虽然清晰可辨，但并非真实可信。强烈的性欲在他自己的性生活中如此重要，可是在那些作品中，却全然不见踪影，偶有小心翼翼的暗示，几乎完全被掩盖在表现高尚的浪漫之爱的人物语言中。短语"噢，亲爱的……"包含了丰富的内容，省略号所表示的强烈情感，只能靠读者无助地想象了。当然，要是在小说中如实描写追求强烈性欲的满足，会被检举为色情作家，而他不像詹姆斯·乔伊斯和D.H.劳伦斯一样，是那种努力拓展性描写许可边界的现代小说家。尽管《安·维罗尼卡》1909年出版时，曾被报界和教会谴责为腐化堕落的书，但那是因为书中年轻的处女主人公直率地宣称，她要跟已婚的男主人公做爱，而不是因为小说对他们最终如何享受这种行为有任何描绘。在这方面，这部小说跟兰姆姐弟[1]的《莎士比亚故事集》一样纯洁。实际上，他从未感到有任何迫切的需要，要在小说中描写性行为及其翻新花样——这种话语他宁愿保守其私密性，仅限在自己的情书和枕边谈话中使用。甚至他为其自传写的秘密后记，也没有披露他和女人们在床上做了些什么。那篇后记是他的性生活回忆录，在他本人和所提及的所有女人都过世后，由他的遗嘱执行人发表。那篇后记"纯洁"的部分原因可能是原稿由玛乔里打字。一个男人不管他如何诚实，如何对他的性行为不以为耻，也会在跟自己的儿媳分享此类信息时，对其尺度加以限制。他脑中的那位小说家没有此类禁忌，不过他感兴趣的，不是性行为的细节，而是性欲在一个男人生活中的运转方式，在他的生活中的运转方式，它为什么可以有时候仅仅是对某一个女人——几

---

[1] 查尔斯·兰姆（1775—1834），英国著名散文家；玛丽·安·兰姆（1764—1847），女作家，著名散文作家查尔斯·兰姆的姐姐。

乎任何勉强有吸引力的女人——的兽性欲望,且片刻之间便得到缓解,而另一些时候,却可以被一个特定的女人弄得五迷三道,渴望和嫉妒带来的痛苦与折磨经年累月,扰乱其严肃的追求社会进步的事业。

他一生一定有过一百大几十个女人,有些仅是萍水相逢,大部分他连名字都忘了。他永远无法判断,到底是他的性欲比别的男人更强,还是他追求性欲满足比别人更为成功。也许两种说法都正确。如此,这种性方面的大胃口来自何处?没有明显的遗传基因或者环境的根源。母亲过世后他看过她的日记,在她对早期婚姻生活的记叙中,他没有发现任何性意识被唤醒的暗示,只有掩藏在浓厚的基督徒情感之下初为人母的喜悦。父亲外表颇具男子气概,跟妻子比起来更乐于追求快乐,但他所钟爱的是体育,特别是板球,在社交娱乐中,乔·威尔斯主动结交的朋友都是酒馆里的男性。长大后,青春期的他进行过观察和回顾,父母的婚姻生活在他看来完全是无性婚姻;他们分床睡,他后来怀疑,这是否是他们节育的一种方式,如果是,父亲似乎默认了这种安排。据他所知,他的兄弟们也没有什么性方面的冒险行为。家里绝不会谈论性方面的事情,这个家就是一个微型的母系社会,四个男人被一个意志坚定的小女人统治着,实施严格的清教教规,大家必须谨言慎行。学校里流传的下流玩笑和趣闻,只会让他感到恶心而不是兴奋。可是,从不谙世事的少年一直到耋耋老矣,他对女人都有着根深蒂固的、永不止息的欲望,这作何解释?

他最初在这方面受到的影响，来自虚拟、幻想和古典艺术。大约七岁或者八岁时，他因为胫骨骨折，在阿特拉斯屋前客厅里躺了几个星期养病。事故是因为一个友好的年轻人，在当地板球运动场为了显示自己的力量，好玩地将小波迪[1]扔向空中，但没有接住他，结果他摔倒在一个帐篷桩上，撞断了胫骨。这简直是一个奇异的巧合，短短几年内，父子先后遭遇腿骨骨折，都带来了重大结果——对父亲是一场灾难，对儿子则是解放。父亲从布罗姆利文学社的图书馆给他借来一些书，其中有《笨拙》的合订本，里面有坦尼尔[2]的政治漫画，漫画中有代表世界各国的讽喻性人物形象。一般情况下，在他家阅读那些杂书被视为无所事事，但那时他得到允许，纵情阅读五花八门的书籍，他津津有味、如饥似渴地读历史、自然史、大众科学、冒险小说，以及《笨拙》合订本，不管父亲借多少，他很快就能读完。这为他将来创作小说打下了基础。从《笨拙》的卡通画中，他早熟地产生了对国际国内政治的兴趣。不过漫画中那些代表各个国家——英国、爱尔兰、哥伦比亚、法国——的化身，都是美丽的半裸古希腊神话人物，她们袒露着胸脯和大腿，在他心中搅动起了一种难以言说的情感。他所认识的每一个女人都从下巴到脚裹得严严实实。坦尼尔的漫画形象让他对层层织物包裹下可能的情形有了最初的模糊认知。他还在西德纳姆的水晶宫[3]仔细观看过古典雕像的石膏复制品，这使他在早期青春期对此有了更

---

1 威尔斯的昵称。
2 约翰·坦尼尔（1851—1901），英国漫画家、插图画家。
3 水晶宫是1851年伦敦万国工业博览会的一部分，是以钢铁和玻璃建成的建筑。

深的体验。女神们的雕像甚至比坦尼尔的漫画人物更为暴露，豪臀上的褶形布长袍欲落未落，她们的三维立体形象也更富于感染力。他把这些女神的形象储存在自己的记忆里，回家后，晚上躺在床上，他将她们一一唤醒。幻想中，她们变成了有形的肉体，他要让长袍从她们的臀部滑落。他俯卧着让生殖器戳捣着床垫，长袍滑落的情节会让他来一次美妙的射精（就像学校里那些野男孩所称的那样）。这样并不算真的手淫，不会让他产生负罪感。并不是他那时就知道"手淫"这些词，而是当母亲在洗衣服的日子拆床单时，严厉地问他是不是"碰自己"了，他就可以诚实地作出否定回答。

* * *

这种与虚拟女人的相遇，使他对体态优美的女性着了迷，并渴望拥抱美丽女人的胴体，赤裸着拥抱。他在上庄园的图书馆偶然发现了一本皮质封面的弥尔顿《失乐园》旧书，书中有雕版画插图，其中一幅描绘亚当和夏娃堕落之前在乐园的情形，夏娃的长发仅仅半遮住乳房，手中的花枝勉强盖住下体，一棵小树宽大的叶子巧妙地遮盖亚当的裆间。看到那幅画，他的渴望愈发强烈。亚当牵着夏娃的手，走向他们的婚礼花门，尽管弥尔顿让人气恼地对之后发生的事情语焉不详，并用堂皇的诗句将它掩饰起来，可那些诗句还是让人惊心动魄：

一见销魂，一触夺魄；

> 我初次感到，情欲奇异的刺激；
> 对其他一切享乐，固然有超然
> 而不动的心，但在这儿却敌不过
> 瞥见美艳时的强大魅力。[1]

他的裸体拥抱之梦多年后才得以实现。在那之前，他的性爱经历进展缓慢，都是些暗中偷欢，隔靴搔痒，半生不熟，而且都是隔着多层衣服进行。比如跟伊迪丝——一个远房"叔叔"阿尔弗雷德·威廉斯的幺女儿——就是如此。阿尔弗雷德叔叔在萨默塞特郡的伍基村经营一所学校。他十四岁时，在结束第一个学徒期开始第二个学徒期之前，曾经在那里待过一段时间，做免费助教。伊迪丝比他大几岁，没有实际性经验，但痴迷性交，掌握大量有关性交的知识，她承担起考问他性知识的责任，并细致地纠正他的误解，其细致程度让他有多尴尬，就让她有多兴奋。有一天天气炎热，他们在河边的柳树下乘凉。她躺在草地上，闭上眼睛，允许他在她裙子下的双腿之间探摸，了解女人的身体。那是他第一次发现女人有阴毛，惊异之下他骤然抽回自己的手。之后他为此后悔。后来他再次得到机会，尝试重复那次经历，她却扇了他一耳光。

他在西本公园的出租公寓里，有过类似令人困惑的经历。在科学师范学院读一年级时，他就住在那里。颇有讽刺意味的是，母

---

[1] 此处《失乐园》片段中译文见：弥尔顿著，朱维之译，《失乐园》，人民文学出版社，1984年。

亲送他去那儿，是因为她知道，那个女房东是米德赫斯特镇一位虔诚的福音派教友的女儿。实际上，那女人早就背离了她父母的高道德标准，持家风格十分低俗，其安息日行的是婚姻女神而不是耶稣基督礼拜式。周日午餐是大块连骨烤肉加啤酒和黑啤，午餐后，孩子们被打发随女仆去周末学校，女房东和丈夫、一对租客夫妇会回各自卧室"躺一会儿"，不过离席之前免不了对"躺一会儿"这个说法的真实含义旁敲侧击打趣一番，留下他跟一个叫阿吉的年轻女人待在一起。这年轻女人跟女房东有某种沾亲带故的关系。"规矩点啊！"离开他们时，两对已婚男女会对他们喊叫一声，脸上带着不怀好意的笑，明显是在用反话怂恿他们。阿吉似乎也期待着，不过当他在沙发上抚摸她，企图解开她衣服上五花八门的纽扣和钩子时，她对他的探险之举有着严格的限制。"哎呀！住手啊！不行！那儿不行！"她会这样说着拍打并拉开他的手。"你当俺是哪号人呐？"可她从没表现出真正的愤怒，也没有任何离开房间的打算；她似乎十分满足于花一个下午抵挡他的进攻，好像这是一种得到认可的客厅体育运动，一种坐式摔跤。他不明白自己为什么百折不挠，因为她既不漂亮又头脑空空。可要是你像他那样身无分文，在冬天的周日下午，没有其他事可做，也没有别处可去，你能干些什么呢？

　　女房东本人似乎有意对他随和一些。有一天，她进房间换枕套，发现他在房间时吃了一惊，或者假装吃了一惊。她穿着宽松的居家便服，未扣领扣，她俯身整理枕套时，他看到她未穿胸衣的乳房来回晃动，她见他盯着她，卖弄风情地拿起枕头遮住前胸。接着他们嬉闹着争抢枕头,过程中他趁机将手伸进了她的衣服。她骂他厚脸皮,但没有立刻移开他的手。"你这么闹,谁都以为你是个大人了。"她说。"我就是个大人。"他大胆地回道。他没有说出后半句,"我需要女人",不过他一度希望她会在一定的时候满足他的需要。幸运的是,事情尚未发生,还没有让他陷于可能不体面的境地,他就很快被带离了那间公寓。父亲有个在肯辛顿一家百货店工作的侄女,她受托来查看他的生活状况。她迅速判断出这个家庭的道德格调,安排他搬到了他的姑姑玛丽位于尤斯顿路的出租公寓。他就是在那里遇到了表妹伊莎贝尔,在接下来的六七年里,他全部的罗曼蒂克热望和性爱渴望,都将聚焦于她。

因为要为搬家做准备,他去了一趟尤斯顿路的出租公寓。那时他正在客厅里跟玛丽姑姑和她的姐姐贝拉姑姑喝茶,门开了,一个跟他年龄相仿的年轻女人静静地走进来,发现他时她停下脚步,犹豫着。

"伊莎贝尔,这是你表哥波迪。"玛丽姑姑对她说。

他起身跟她握手,他感到她的手又凉又软。她羞怯地微微一笑,低声向他问好。他觉得她异常美丽。她在摄政街做修描照片的工作,尽管成天劳作,但外表显得惊人地干净、清新。她有着模特儿般精致的身材,棕色的眼睛,眼窝幽深,一头浓密的鬈发呈深棕色。她身着一件简单的拉斐尔前派风格的深蓝色羊毛连衣裙,显出她苗条的腰身和线条优美的胸脯。想到他将与这道风景共处一屋,他便满心欢悦。

这个公寓本身提供的条件，只比西本公园的公寓略有改善：算是有个浴室，有个时好时坏的燃气热水器，热水慢吞吞地滴进浴缸，房客一周只能在规定的时间使用一次。不过两处公寓都是同一种建筑类型，千万栋这种千篇一律的房子遍布伦敦近郊：它们是对上层阶级联排别墅捉襟见肘的模仿，原本为带仆人的中产家庭而建，后又拙劣地改为多家居住。在玛丽姑姑的出租公寓，他的房间位于顶楼，房间里没有壁炉也没有任何其他取暖设施。冬天里冷风从关不严的门底下吹进来，扫过无地毯的光地板，以至他有时候得用内衣裹住穿着袜子的双脚，将五斗柜底部的抽屉打开，把脚放进抽屉里，才能学习。然而，眼下伊莎贝尔在这套房子里的存在，使所有这些缺陷和匮乏都变得可以忍受。

* * *

他们是表亲，这使他们频繁的出双入对变得理所当然，一段时间内不至于引起长辈的怀疑，认为他们的相处超出了一般亲密关系。早上他们一起离开公寓，他一直陪她到摄政街的照相馆，然后继续往南肯辛顿街走去。星期天，伊莎贝尔会穿上她最好的户外装，而他则戴上高顶丝质礼帽，穿上从南海布店以折扣价买到的燕尾服，他们一起去摄政公园散步，去美术馆，或者上教堂。是的，上教堂！伊莎贝尔并非虔诚的教徒，但她将偶尔上教堂视为常规的体面行为，而他之爱她，足以让他随她听完忧郁的赞美诗和乏味的布道，更不用说还可以在拥挤的长凳上紧挨着她，大腿紧靠着她的大腿。

伊莎贝尔很喜欢听他讲话，那不同于她一生听到的任何东西，满是狂热的、激进的思想，那是他在参加哈默史密斯大厦的威廉·莫里斯[1]的社会主义者聚会时听来的；他还会给她讲一些学院的课堂里学到的令人惊讶的科学事实：工业资本主义的罪恶，宇宙的广袤，进化论的化石证据……对于这些热情洋溢的讲述，她只能偶尔表达自己的惊奇和胆怯的怀疑（比如说，她拒绝相信，她在夜空见到的某些星星已不存在，而她见到的只是它们在灭绝前发出的光，这些光在太空中旅行数百万英里才到达地球并为她所见），但她把他的这些博学的长篇大论当成对她的某种献礼，某种热诚之心的象征接受下来。而对他来说，她是他的情人这一点就足够了，他可以将自己所有对未来的朦胧梦想和野心都投射到她身上。他很清楚自己并非一个理想的好情郎。因为营养不良，他瘦弱得可怜。他在赫胥黎教授的实验室，站在一个类人猿骨架旁照过一张照片，照片里，破旧衣衫下的身体瘦骨嶙峋，很难说比旁边那具难看的遗骸肉多。他对自己身体上的短处极其敏感，骨瘦如柴的手臂能挽着这样一个漂亮姑娘拍拖，他心怀感激。他们不失时机地亲吻、搂抱，但要是他变得过于热烈，让她感到不舒服时，她会以比阿吉巧妙、机智得多的方式，从他的拥抱中脱身。他不得不长时间忍受这种纯洁的追求，而鉴于伊莎贝尔的个性和他们的家族关系，他别无选择。

---

[1] 威廉·莫里斯（William Morris, 1834—1896），19世纪英国设计师、诗人、早期社会主义活动家。

他以优异的成绩通过了学院第一学年的考试，但他第二年跟伊莎贝尔待在一起的时间越来越多，以致学业荒废，而且才气横溢的赫胥黎教授之后，教课的是物理学科那些枯燥乏味的教授，这本身也让他兴趣大减。晚上，他在他冰冷的房间里草草做完作业，以便可以早点下楼去后客厅，伊莎贝尔坐在那儿的炉火旁等他聊天。当天气变暖，他们晚间会去公园散步。其后果是，他的一门课考试不及格，其他课也成绩平平。他害怕失去奖学金甚至被中途开除，不过还是被允许继续第三年的学习。尽管有了此次警示，他还是没有集中精力勤奋学习，准备毕业考试。他更热衷于阅读关于社会主义的书籍，在学院的辩论协会上发表言辞激烈的演讲，创办学生刊物，写故事、散文和诗歌，还参加其他一些课外活动，包括跟伊莎贝尔约会。

夏天的毕业考核中，他两门课程的论文不及格，结果没拿到学位离开了学校，对此他不应该感到意外，可是他的确十分意外，也很震惊。这一挫败让他感到羞耻，士气低落，它使他与伊莎贝尔可能的婚姻变得遥遥无期。他把这个消息告诉她时，有几分迁怒于她。那是一个夏日的傍晚，他们坐在摄政公园的长凳上。他颓然坐着，两手插在裤兜里，没有像往常那样握住她的手，阴郁的目光越过湖泊，向远处凝望。

"你现在怎么办，波迪？"她忧心忡忡地问。

"我得在什么地方的私人学校找个教书的工作。"他说。

"伦敦吗？"

"哪儿都行，只要不挑剔资质。实际上，越远才越好呢。"

他说。

"为什么?"她满脸焦虑。

"既然我们结婚没有现实的可能性,我宁愿不再天天看到你,不想再受折磨。"他说道。他这样说时并不真正希望她会投进他的怀抱,安抚他的挫败感,而是意在冷酷地让她分摊自己的痛苦。他成功地做到了这一点。她默默地流着眼泪,说不出话来。公园忧伤的钟声响起,提示内环路大门即将关闭,也为他们田园诗般的恋情的终结而鸣。

向各类教育机构发出大量申请后,他在威尔士的雷克瑟尔附近一个叫霍尔特学院的学校,得到了一个助教的职位。学校的宣传册让人满怀希望,但现实十分骨感:教室破破烂烂,伙食难以下咽,宿舍肮脏不堪,校长窝窝囊囊,学生主要是当地农夫的儿子,对学习任何东西都毫无兴趣。一股穷乡僻壤浓浓的沉闷之气,笼罩着那个村庄和周围了无生机的乡野。报到几天后,他给大学时的朋友亚瑟·西蒙斯写了一封信,那些滑稽的错别字之下几乎掩饰不住他的失望情绪:"这旮哒一片阴暗,我真希望我死了。孩子们舂不拉叽&无法无天到京人程度,化学实验柜徒有其名。"一个月后,他就逃离了那个地方,不过是因为一个不幸的事故,事故差点实现他夸张的求死愿望。他玩足球比赛时,一个粗鲁的学生恶意犯规使他受伤,后来导致便血。经过几天的恢复,他回到教室,可是很快就撑不住了,他咯出更多的血。看起来他被伤到了肾脏,但当地医生怀疑他也可能得了肺痨。母亲安排他去上庄园养病,刚到那里,他再

83

次大吐血,似乎证实了那位医生的诊断。

康复期间他也没有完全闲着。他再次利用这个机会在上庄园的大图书馆给自己充电。搬出那里后,他来到斯塔夫郡的波特里斯[1],与大学时的另一个朋友同住。根据一种并不可信的说法,住在那个地区有利于肺痨患者康复。在那里,他试探性地开始文学创作,包括写出他的时间旅行小说的初稿。可是想到自己可能壮志未酬身先死,甚至还没有真正尝过女人的滋味,他便陷入自我哀怜的情绪。后来他发现,肺痨几乎是一种无痛之病,它会助长患者危险的消极情绪,他意识到自己已经爱上了这种舒适的死法,可实际上他的体力正开始恢复。

转折点出现在1888年晚春一个阳光灿烂的日子,那天他正在斯托克城郊外一个小树林散步,那时还看不见制陶厂那些吐着浓烟的烟囱,野风信子遍地盛开。在一个林中小径,他迎面遇见一位漂亮姑娘,他脱帽向她致意,并带着坦诚的欣赏直视姑娘的眼睛。她羞涩地微微一笑,继续往前走,他则停下脚步回首看她,欣赏她裹着裙子的臀部的摆动。他躺在草地上,置身于风信子丛中,呼吸着醉人的花香。他想象着自己跟那个美丽的姑娘做爱,赤裸着身体躺在树下,就像花门之下的亚当和夏娃,然后他在想象中将姑娘换成伊莎贝尔。他自言自语道:"大半年都没死,我死不了了。"他立刻回到伦敦,开始找工作。

---

[1] 波特里斯:英格兰中西部一个地区,位于特伦特河谷。下文提到的斯托克城属于该地区。

突然之间，他获得了新生，他精力充沛，野心勃勃，信心满满。在接下来的两年里，他先是在基尔本区一家私立学校找到一份教职，然后在一个函授学院谋到了待遇好得多的导师职位。那个函授学院为伦敦大学的非住校生提供教学，他负责设计教材，编辑内部刊物，为住在伦敦的学生讲授生物课，他已是学院不可多得的人才。没过不久，他就挣到了三百镑的年薪。他本人也成为该校一名非住校生，并以动物学优等生成绩拿到了理学学士学位，一雪被科学师范学院开除的耻辱。他开始筹划自己在教育行业的职业生涯，但没有放弃文学上的追求。他在师范学院辩论协会上发表过一篇文章，在此基础上，他写成了一篇关于科学推想的文章，题为《珍奇再探》，并成功地投给了有名的进步刊物《双周评论》。他将刊物接收函寄给西蒙斯，兴高采烈地在背面草草写道："这是衔着月桂枝的鸽子吗？是可怜的朝圣者初次瞥见闪亮的白色城市？或者只是海市蜃楼？"它不是海市蜃楼，可是所有这些努力都损害了他的健康，他又生了两次大病，其中一次又出现大吐血。他每次都是在短暂的康复期之后，带着更大的热情重新开始工作，他需要攒够钱娶伊莎贝尔，要让他对她的爱终成正果。

尽管在摄政公园有那次不愉快的谈话，但他离开伦敦时他们没有正式分手，因为他们从未正式订婚。在霍尔特学院和斯托克城期间，他偶尔写信给她，用的是朋友而非恋人的语调，伊莎贝尔也报以同样的风格。但他回到伦敦后重拾旧情，似乎一切都未曾被打断。伊莎贝尔这期间也没有其他男友。不久，他重回玛丽姑姑的出租公寓。随着他事业的成功，那家人认可了这样一个事实，他和伊莎贝尔结婚只是时间早晚的问题,而伊莎贝尔的近在咫尺,也让他越来越急不可待,渴望早成连理。

他兴奋而又期待地想象着他们的新婚之夜,可是对自己的缺乏经验有某种担忧。一天晚上,他在学校工作到很晚,事后他没有像往常一样回到住处,而是冲动之下去伦敦西区找了一个妓女。他在干草市场后面的街道挑选了一个女人,她并不像在背阴处花言巧语跟他搭讪时显得那么年轻和清秀。她将他领上一个肮脏的、木板吱嘎作响的楼梯,进到一个狭窄的、陈设简陋的房间,点燃了煤气灯。他见到的是一个脸色疲惫、浓妆艳抹的成熟女人,职业性地冲他笑时,露出难看的门牙齿缝。她径自脱下衣服,没有卖弄风情的姿态,蹲在一个水盆上,用一块旧布洗她的私处,似乎那地方并不比一个脏盘子更让人感兴趣或者更敏感。然而,她厚颜无耻的举动却让他兴奋起来,他神情恍惚地盯着以前只在伊迪丝的裙子底下摸过的那个部位。"哎,还不脱衣裳?"她说。见他犹豫,她会意地说道:"头一回是吗,小亲亲?"

"嗯。"他嘟囔道,转过身去脱下外套、鞋子、长裤和内裤。他没有脱掉衬衣。这不是他一直渴望的理想的、田园诗般的裸体之抱,而只是那个行动的机械实施。"天哪,你这小人,家伙还真大。"女人一边说着,一边在床上躺下岔开双腿。这是他第一次听说自己在这方面天赋异禀,因为从小到大他还没有机会跟别的男性作比较。受到这一评论的鼓励,他趴在女人身上开始用力乱顶她的裆部,但始终不太成功,直到她轻车熟路地用手将他引入。行动旋即结束,带着剧烈快感的射精无可阻挡,算是了结了。他变成了男人。之后伊莎贝尔见到他时,似乎对此有所觉察。她脸红了,垂下眼帘,似乎觉察到了他欲望中的一丝新的明了,她感到害怕。

他后来又有几次去找过妓女,只是为了肉体发泄。他使用橡胶避孕套,这种东西在低级理发店、后街药店和暧昧读物书摊都可以买到,他用它,一半是为了预防感染,一半是为了熟悉它的用法,因为他不打算一结婚就添丁进口。"想过我们要孩子吗,波迪?"伊莎贝尔曾经问他,并试图说服他推迟要孩子,多攒点钱。"我们不要。"他说。"可你怎么肯定孩子不会来?""可以用个东西。"他回答。"东西?"她惧怕地重复道,似乎在想象着什么又硬又尖的工具。"橡胶套,"他说,"男人戴的。""噢,波迪,"她低语道,双手捂住通红的脸,"别。"最后那个单音节词是什么意思?是说"不要用它",还是"别说这个,我好尴尬",他想不出来,直到很久以后,他才明白她大概是要说:别以为我像你似的对性的事迫不及待。

* * *

他们于1893年10月的最后一天结婚,是在教堂。为了宽慰自己的世俗良心,他做过象征性的努力,劝伊莎贝尔去婚姻登记处举办世俗婚礼,心里完全知道她和她妈绝不会同意。伊莎贝尔结婚的条件很清楚——银行里的存款足够负担得起他们自己的房子,一个"适当"的婚礼。第一个条件满足了,他在旺兹沃斯租了一个八居室的房子,位于伦敦西南郊一个平凡却不失体面的住宅区,然后他也没有在第二个条件上制造任何争端,他不希望他们的结合再有任何延迟。当天,他们在离教堂不远的街角餐馆举办了亲友参加的婚宴——实际上更准确地说是下午茶——但没有蜜月旅行。他们在新家里度过新婚之夜。

那并不是他长久以来梦寐以求的、欣喜若狂的裸体之抱。伊莎贝尔羞于将自己暴露在他饥渴的目光之下。她先用浴室——他们的房子有像样的浴室,浴室里有高效的热水系统——轮到他用时,她脱衣上了双人床,盖上被子,将它拉到齐下巴的位置。他来到床边准备进被窝,她要求他先把灯关了。他脱去睡衣抱住她时,发现她紧紧裹在细亚麻布睡衣里,拒绝脱掉衣服。"我不要,波迪。别逼我。"她恳求道。他不得不扯开裹住她屁股的亚麻布衣服,终于插了进去,当他刺穿她的处女膜射精时,她发出痛苦的喘息。几乎跟和第一个妓女一样短暂便告结束。第二天清早,一缕薄光透过窗帘照进来。他急不可耐地掀开被子,不顾她的反抗,将她的睡衣往上撸起套在她的头上,再次要她,并徒劳地试着引起她的回应。他上下抽动,她在他身下疼得畏缩着轻声啜泣,但仅此而已。当他颓然停下,从她身上滚下来时,她拉上被子盖在自己身上,转过身去,哭泣着。"对不起,最亲爱的。"他说,他被吓着了,抱住她,安慰她。"我不想伤害你。""我知道,亲爱的,"她啜嚅着,用被角擦着眼睛,"我知道你不得不做。"片刻之后,她坐在床边,背对他将睡衣重新穿好。

遗憾的是,那就是他们亲密生活的既定模式了。他体谅她的天真无邪和缺乏经验,相信到一定时候她会从性生活中获得某种乐趣并回应他的爱抚。可她依然故我,是性生活中的一个被动伙伴。她把性生活视为一种合法强奸，是造物主为了繁衍人类，令人费解地立下的规矩，所以女人得忍受。而他沮丧地想知道，是不是妓女之外的所有女人都持同样的看法？但他很高兴这一猜想在某天下午被埃塞尔·金斯米尔证伪，后者是伊莎贝尔的照片修描艺术工作上的助手兼学生。结婚后，伊莎贝尔在家里继续为摄政街的老雇主工作，每星期一到两次去店里收活儿和揽活儿，她母亲玛丽姑姑也搬进来帮他们操持家务。因为他自己常常也在家里工作，所有八个房间全用上了。埃塞尔频繁出入他们家，在过道或者楼梯上碰到他时，总是给他甜甜的微笑和暖心的问候。她性情活泼，嘴很宽，身材匀称，穿着打扮的风格比伊莎贝尔引人注目：上身是带泡泡袖的条纹衬衫，裙子紧紧裹住臀部。这一切让她显得十分迷人。当她去顶楼照片工作室时，在楼梯上与他擦肩而过，她的动作里有一丝卖弄风骚的味道，眼神里带着媚态。他越来越确信，小埃塞尔·金斯米尔不是天真处女，而且对自己有意。

一天下午，他在书房批改学生的生物学作业，这时敲门声响起，随着他一声"请进"的邀请，埃塞尔·金斯米尔推开门，一只脚踏进门来。"我要给自己沏杯茶，威尔斯先生，"她说，"你想要一杯吗？"

"你真是太好了，"他说，"玛丽姑姑通常这个时候会给我送一杯来。"

"她去购物了，"埃塞尔说，"去了西区。"

"是吗？"

"威尔斯夫人在摄政街的店里。"

"是的，我知道。今天是她去店里的日子。"

他们看看彼此，会意只有他们俩在房子里。

"那你自己在忙什么呢？"

"威尔斯夫人给我留了些工作，不过我已经做完了，"她说，接着又厚脸皮地问，"你在忙什么呢？"

"批改学生论文。"他说。

"我可以看看吗？"未等许可，她径直走向书桌，越过他的肩膀看他正用红笔批改的论文。她念出论文题目："花卉受精，"并咯咯地笑了，"就是那些小鸟啊蜜蜂什么的，是吗？"

"差不多。"他说，微笑着抬头看她。

"我觉得人类乐趣更多。"她说。

"你怎么知道的？"

"那会惊到你。"

他们互相注视许久，揣摩着对方的想法和意图。"你知道，那惊不到我。"他说。他突然抓住她的手，将她拉过来坐在自己的腿上，吻她的嘴唇。她反应热烈。

"我看你来这里就是为了这个，"他说，"是吗？"

"我一直想要你，"她说，"第一天来这儿就想要你。你看不出来吗？"

"这几天我注意到了，"他说，"我得说，我也想要你，埃塞尔。我们怎么办？"

她嘴对着他的耳朵悄声说："你想干什么都行。"

他掏出怀表，边看边计算时间。"现在三点一刻，"他说，"玛丽姑姑什么时候走的？"

"两点。她最早也要四点后回来，她喜欢在外面喝茶。威尔斯夫人绝不会四点半以前回来。"

"你好像全都算好了，"他笑笑说道，"我们去长沙发上好吗？"他的心脏因为兴奋快速跳动起来。

"你会小心的，是吗？"他领她走向他偶尔躺在上面读书或者休息的长沙发时，她说，"我可不想惹麻烦。"

"别担心，"他说，"我会用一个东西。"

"噢，好。"她说。

他向书桌走去，书桌带锁的抽屉里存有一些避孕套。当他转过身来时，她已脱掉裙子，衬裙和胸衣，正在仔细地将它们搭在椅子上。看着她站在那里，腰以上穿着衬衣端庄娴雅，下半身放肆地半裸着，这更让他欲火中烧，他跪下来，扯下她的内裤，脸紧贴她的下腹。他做这些时她大笑——大笑！他跟伊莎贝尔做爱时她从来不笑，不说话，也不动弹。这姑娘抬起臀部迎合他的刺插，达到快乐顶峰时叫出声来，"噢，真好真好真好！"这也使他快乐倍增。

他们没有将衣服全部脱掉，以防伊莎贝尔或者她母亲出乎预料提早回家。他们匆忙重新穿上衣服。若不是如此仓促，那将是他总在梦想又不知道是否存在的两性交合：不是婚礼花门下庄严的狂喜——那是一个不同的梦，而是释放与消遣，跟一个急迫的床伴，没有羞耻，没有罪恶感，不用承担任何义务。不需要誓约、诺言、套话式的爱情宣言，不需要用这些东西来使两性交合名正言顺，因为它不需要法律的认可。他们刚刚穿戴整齐，就听见玛丽姑姑在身后关上大门的声音。他竖起食指放在唇上,埃塞尔溜出房间,只在房门口停下来给他送了个飞吻。他听到她走下楼梯,跟玛丽姑姑打招呼,说她正要去烧一壶水沏茶。真是个又沉着又机灵的小贱人!

那晚,他躺在熟睡的伊莎贝尔身边没有睡着,迷糊中想着两个女人之间是不是曾经隐晦地谈到过性生活和婚姻——比如说,伊莎贝尔拐弯抹角地提到他"那方面很难对付",埃塞尔从她的话里话外推断他可能很欢迎一个更热情的床伴,于是那天下午大胆地进了他的书房。不管作何解释,他都为了这次送货上门而感谢维纳斯。[1]那晚他睡得很香。

他本希望还有机会重复上次的偷欢,可是,不知道是碰巧还是伊莎贝尔或者玛丽姑姑起了疑心,埃塞尔和他再也没有机会在房子里单独相处,一直到大约一个月后埃塞尔的学徒期结束。这成了他记忆中一个挥之不去的片段,它刺激着他去寻找同样的机会。这样的机会日后有的是,但眼下,他被来自家庭的烦恼和责任压得喘不过气来。母亲患了严重的耳疾,越来越无力承担上庄园管家的职责,因此被辞退了,得了一笔一百镑的补偿金,不情愿地回到那间乡村小屋,跟丈夫住在一起。小屋是阿特拉斯屋的店铺破产后,他在上庄园附近为父亲租赁的住处。他的两个兄弟也在事业上陷入困境,需要他的帮助。他不久就要为家里花掉三分之一的收入。

他越来越感觉到环境和亲属期望所赋予的责任给他带来的压

---

[1] 维纳斯,古希腊神话中的爱神和美神。

力：他既是挣钱养家的男人，又是勤奋工作的丈夫、尽职尽责的儿子和兄弟。上帝给他的每一分钟他都在工作。在旺兹沃斯登上区域线列车，坐在满是同样不胜烦扰、神情沮丧的已婚男人的车厢里，到查令十字站下车，行色匆匆地走在斯特兰德大街和金斯威大街拥挤的人行道上，赶到红狮广场伦敦大学函授学院总部，写各种各样的信件，批改作业，讲授生物课，然后晚上又重上列车，要是幸运，可以找到个座位，将学生论文勉强搁在膝盖上批改，晚饭后回到书房，继续编写生物学教材，希望那本书可以挣到足够的钱，用来缓解他所有的家庭义务带来的经济上的紧张状况。到他终于上床时，他疲劳但是神经紧绷，需要释放性欲，放松身体，清空大脑。可是伊莎贝尔通常已经睡着了；要是没睡，或者他以强求的拥抱弄醒她，她也不过被动顺从，并提醒他小心，不要弄出响声让她妈妈听到，她就睡在楼梯平台对面的房间里，她睡觉很轻。

在对伊莎贝尔长时间的追求中，他对她的渴望受到压抑，这种渴望吸引了他全部的注意力，以致他忽略了一个事实，即她对他所沉迷的那些东西并不感兴趣，甚至断然反对，比如科学教育、社会与经济改革和致力于这种改革目标的各式各样社会主义思想流派。因为这一点，他婚姻中的没有性爱便变得更为苦涩。她在价值观和个人抱负方面不可救药地传统。她想要的，只是一种有着基本舒适、无过无失、受人尊敬的生活，挺好的房子、挺好的家具和衣服。"挺好"是她最爱用的表示满意的形容词。正如包括他本人在内的所有人所认为的那样，她本人也挺好。她温柔、善良、忠诚、无私。可是他忧虑地意识到，他们在身体和灵魂方面完全水火不容。到底是什么让他们卷入了婚姻？那完全是社会制度的错，基于过时宗教信条的陈旧道德给人们带来沉重压力，它阻止年轻人在酿成永久错误之前，自由探究彼此在性方面的适配性。

在这种心境下，他便很容易对红狮广场的学院里的女生们心生赏识。在她们中，有一位于1892年秋季学期加入了他的实用生物学课程。她登记的名字是埃米·凯瑟琳·罗宾斯，但她对朋友称自己"凯瑟琳"，但对他，她当然是"罗宾斯小姐"。她长得异常漂亮，外表很像伊莎贝尔，但发色较浅，身材更为娇弱。她的家庭背景远高于自己和伊莎贝尔——真正的中产而不是中下阶层，教育背景也更好。加入他的课程时，她因为父亲刚去世而穿着丧服。父亲的去世显然让妻女陷入了困窘的境地，她的打算是努力获得教师资格，来养活自己和母亲，这让她增添了几分英雄主义色彩，使他更加心生爱怜。他也被她的外表所打动，黑色的服饰反而给她增添了魅力，她敏锐的头脑和流畅的谈吐也让他十分赞赏。

罗宾斯小姐和母亲一起住在普特尼，距旺兹沃斯不远，所以他下课后，她常常陪他步行到查令十字站赶区域线火车。一天，他提议在斯特兰德大街泡腾面包公司的茶馆里喝杯茶，她毫不犹豫地同意了。这种相对新潮的茶馆是很受欢迎的去处，干净而雅致，在那里，一个男人跟一个无人陪伴的少女交谈，双方都不会感到尴尬。他在交谈中得知，她父亲是在普特尼附近的铁轨上意外死亡的。

"不清楚到底发生了什么。有人在铁轨旁发现了他，显然是火车撞的，"凯瑟琳说，"他可能要穿过铁轨，他经常在附近的林子里散步。验尸官判定为意外死亡，不过你免不了怀疑，是否真的是一场意外，尤其是在他的生意状况那么糟糕的时候。但这类疑惑我对妈妈只字未提，对任何别的人也都没提过。"

看来她的老师是个例外。他深受感动，分享了自己类似的秘密。"我有时也怀疑我父亲是不是想自寻短见。"他说。他描述了导致约瑟夫·威尔斯腿骨摔断的那场相当蹊跷的事故。在阿特拉斯屋的院子里，父亲从一个晃晃悠悠放在板凳上的梯子上摔了下来，声称当时正在设法修剪房子后墙上的藤蔓。这不像是他会做的那种傻事。"要是他并不真想结束自己的生命，我认为他也是有意粗心大意，不在意自己的死活。他那时店里的生意不成功，打板球的盛年期也过了。"他突然想到，他以前从未跟别人吐露过这类想法。这位年轻女子清澈澄明的眼睛关切地注视着他，让他产生信任感，也增强了他的信心。

回家路上歇歇脚，在泡腾面包公司茶馆跟罗宾斯小姐喝茶，成为他的日常活动。不久他就发现，她不仅对科学感兴趣，和他一样，她也喜欢当代文学和激进思想。她读过易卜生的戏剧和王尔德的《社会主义制度下人的灵魂》。[1] 用当时的时髦语言来说，她渴望成为"新女性"，热烈赞同妇女接受高等教育、投票选举、穿灯笼裤骑自行车的权利。当他鼓吹国家应资助母亲以使其经济上独立于丈夫，并微妙地暗示这是他本人的原创思想而不是来自托马斯·潘

---

[1] 奥斯卡·王尔德（Oscar Wilde, 1854—1900），19世纪英国著名作家，以其剧作、诗歌、童话和小说闻名，唯美主义代表人物。其《社会主义制度下人的灵魂》一文认为，在资本主义条件下，艺术家不得不为他人劳动以求生存，艺术因此得不到发展，只有在社会主义条件下，当个人不受任何束缚时，艺术才会繁荣起来。

恩[1]时,她几乎佩服得神魂颠倒。她承认自己是宗教上的自由思想者,赞同性爱自由原则,只要男女彼此真心相爱,其结合不应受到国家或者教会的干预和控制。他意识到,他多少有点迷恋她,而且,他们密切的关系已经包含了某种风险。可是,由于不满于自己的家庭生活,他觉得他有权利享受一个聪明漂亮的女学生无害的倾慕,在他看来,尽职尽责的辛劳是他生活的荒野,而他们在泡腾面包公司茶馆的促膝相谈,则是一种文明的休闲,是荒野里的一片小小绿洲。

然而,这种辛劳通常要付出代价。5月中旬的一天,他匆忙往家里赶——这次是独自一人——走到查令十字站他开始咳嗽,结果在干线车站大厅下的男洗手间里,他开始吐血。他硬撑着回到家,晕倒在地,被弄到床上。医生来后给他开了鸦片丸,并在胸脯上敷上冰袋。伊莎贝尔捎信给学院,说他在本学期剩下的时间不能去上课了,而他自己心里想的是,他将不得不永久放弃教书,以写作为生。没过几天,罗宾斯小姐来访,焦急地询问他的病情。伊莎贝尔不在家,玛丽姑姑代为转达这位学生对病人的问候。"这位年轻的女士看上去很关心你。"她说。"是的,是同病相怜,"他回应道,"她自己也被认为得了肺痨。""是吗?可怜的人,真可惜,"玛丽姑姑叹了口气,"多俊的女孩。"他写信向罗宾斯小姐表示感谢,配了一幅自己穿着睡衣坐在床上的漫画,看上去悲惨可怜,蓬头乱发;他邀请她一周后再来看他,那时他妻子会在家,他也可能可以冒冒险

---

[1] 托马斯·潘恩(Thomas Paine, 1737—1809),英裔美国思想家、作家、政治活动家、理论家、革命家、激进民主主义者。

下楼会客了。在他养病期间和之后,这种间或来访和通信继续着。

伊莎贝尔看得出那个姑娘崇拜他,但她似乎并不感到有什么威胁,还的确拿这件事来打趣。他认为他理解她处之泰然的原因。一方面,罗宾斯小姐非常年轻,另一方面她身体弱不禁风。跟他在一起时,她的言谈举止没有卖弄风情的迹象,而且她对伊莎贝尔和她母亲都十分尊敬。他知道自己生病时不是个容易伺候的人,所以,常常有客人来聊聊学院里的闲话,进行需要动动脑子的交谈,家里的女眷们是十分欢迎的。然而,有人劝他,为了恢复健康,他应该搬到距离伦敦更远些的地方,所以8月他在萨顿租了一个仿都铎风格公寓,在那里,可以呼吸北部高地吹来的清洁空气。这个新住处离普特尼有点远,凯瑟琳的来访变得不那么频繁了,新学年开学后尤其如此。有一天,伊莎贝尔有些自鸣得意地对此评论一番,并补充说:"我猜她为自己找到了个好小伙子。""噢,我认为她不会。"他回应说,接着很快补充道:"嗯,可能你是对的。不过她学习很认真——她满脑子想的都是拿到学位。"实际上,他十分确定,凯瑟琳没有为自己找小伙子,因为,伊莎贝尔不知道的是,他本人依然常常在伦敦跟凯瑟琳见面。

现在他忙于给报刊写小故事和幽默散文。故事投稿运气不太好,主要的收入来源是散文。他6月在伊斯特伯恩养病时,读了詹姆斯·马修·巴里[1]的小说《男人单身时》,该书给了他创作动力。书中一个人物说道,作为自由撰稿人,让自己的作品获得出版的最

---

[1] 詹姆斯·马修·巴里(James Matthew Barrie,1860—1937),苏格兰著名小说家、剧作家。创作了许多经典的儿童文学,代表作有《彼得潘》。

可靠方式,就是就常识性的话题写逗笑短文,比如写烟斗、雨伞和花盆。他立刻草就一篇题为"论海滩晒太阳的艺术"的短文,发给当秘书的堂姐伯莎·威廉斯,伯莎是伊迪丝的姐姐,她用打字机帮他把文章打出来。他将短文寄给了《帕尔摩报》,编辑马上发表了它,并要求他再写更多同类文章。在接下来的几个月时间里,他撰写了大约三十篇文章,题目都是"煤桶""动物的喧闹声"以及"上相的艺术"之类。这些文章并不是提高文学写作水准的最好东西,不过万事都有开头,而且,跟写这种东西花费的时间比,其报酬相当不错。他在许多不同的报刊上发表这类文章,这让他有必要常常去伦敦——萨顿火车站就在他家附近,十分方便——跟编辑们建立联系,送稿子,并获取新的约稿;另外,尽管他辞去了伦大函授学院的教职,他仍然跟学院有联系,间或跟前雇主有业务上的往来。这些旅行让他有大量机会见凯瑟琳,请她在饭店吃饭,或者在泡腾面包公司茶馆喝茶。天气好的时候,他们会去查令十字火车站旁的河畔花园漫步。

1893年11月的一个下午,天气异常暖和,他们并肩坐在俯瞰泰晤士河的长凳上。正值满潮的河水,载着装运惯常货物的驳船、轮渡、游船和垃圾流向大海。"瞧这河,真像一条边境线,"他评论道,"看看这边的建筑,再看那边,差别多大。"他指点着南岸,码头、吊车、货仓和冒着浓烟的工厂现出低矮的、参差不齐的轮廓。"而这边,我们的右侧是议会大厦,左侧是萨默塞特宫,全是高贵、庄严、奢华的建筑,它们在告诉人们:'这就是伦敦,这就是历史,这就是权力之所在。'河对岸则像工业贫民窟,用于商贸的建筑物杂乱无章地肆意蔓延，拥挤在一起，没有规划，没有考虑过外观是否好看，也没有顾及在其中劳作的人们是否便利。这些建筑之外，就是真正的贫民窟，那是些肮脏得令人作呕的廉租房。更远处是一些街道，街道两旁是狭窄的联排平房，要不就是被分割成单元房的联排别墅，这种联排别墅也好不到哪儿去，它们根本就不是为了分割成单元房而设计的。伦敦广大的地盘上同样如此，比如东区，不过只有在这里，两个世界才有如此鲜明的对照。你看这座丑陋的大桥，"——他指指查令十字路铁路桥硕大的、锈迹斑斑的桥身——"就像一条铁臂，是底层阶级的铁臂，底层阶级的拳头飞过泰晤士河，砸向英国统治阶级的脸，可是有些够不着，或者说拳击力量变弱了，被吸收了，它不过是变成了一个管道，工薪奴隶们每天通过它进城出城……我恐怕没法把这个比喻圆下去了！"他大笑着扭头看看凯瑟琳，她正以崇敬的眼神凝视着他。

"不，说得好极了！"她说，"听你讲话真是好极了。威尔斯夫人好幸运啊！"

"我恐怕，威尔斯夫人对我的想法不感兴趣。"他苦笑着说。

接着是片刻沉默，两人都在暗忖这句话的言下之意。他掏出怀表查看时间。"我现在最好赶火车回家。"他说。

"替我向威尔斯夫人问好。"凯瑟琳说。

"凯瑟琳……"现在单独在一起时他叫她的名字，不过他没有请她称呼自己"赫伯特"或者"波迪"。头一个名字他从来都不喜欢，而后一个又显得有点太熟了。她解决这个微妙问题的办法就是不以任何名字称呼他。

"什么事?"她提示他说下去。

"威尔斯夫人不知道我来伦敦时跟你见面。"他见到她眼里闪着兴奋的光。"我觉得她还是不知道的好。她可能会误解我们友谊的性质。"

"当然,"凯瑟琳垂下眼帘说道,"我理解。"

"那就好。"他站起来,伸出手帮她站起来,但她仍然坐着。

"可对我来说这不只是友谊。"她说,没有抬眼看他。"我爱你。"

他重新坐下,叹了口气,双手握住她的手,"凯瑟琳……我是结了婚的人。"

"我知道,"她说,她直视着前方,似乎在发表一篇烂熟于心的演讲,"我不希望从你那儿得到什么。我不希望你离开你的妻子跟我出走。我知道没有希望。我只是想让你知道。现在你可以赶火车回家了。"她的眼泪夺眶而出。

接下来他当然要安抚她。他重新抓起她的手,以最温柔的声音对她说,虽然他珍惜她的好意,并为之感动,但对此他们都无能为力,他们唯一能做的就是以后别再见面了,他会为此而感到遗憾。

"噢,不,不要那样!那样我会死的,"她说,"我很抱歉我说了刚才的那些话。我太蠢了。"

"不,你很可爱。不过我们得有分寸。"她点头同意。"现在我真的必须去赶火车了,"他说,"你也是。"

在此后几天和几周里,他的思绪常常回到那场交谈。他们仍然偶尔见面,而那场交谈,则成为他们谈话时共有的无声的伴奏曲。他完全相信，要是他试着引诱凯瑟琳，他会成功，她完全不会有抗拒的意愿，然而，其后果将是毁灭性的。她不是埃塞尔·金斯米尔，不是那种寻欢作乐的老手，可以享受一起滚床单而不必负任何责任。她是个处女——他从未遇到过这样的女孩，举止和外表冰清玉洁，可在讨论性爱自由和生育控制之类话题时又如此无拘无束——她也不会放弃自己的童贞，除非遇到无条件的爱。他也无法想象她会满足于做个秘密的情妇，跟一位妻子分享自己的爱人。不，要是他跟她开始一段私情，用不了多久就会暴露，那会毁了一切。所以，他得克制自己。不过诱惑难以抵挡。当他们单独在公园的树下，或者天黑之后在某个后街小巷煤气灯之间的阴暗处，他很难抵挡将这个热情的年轻姑娘揽在怀里亲吻的诱惑。他赞赏自己的克制，他知道，别的男人完全没有他那么谨慎，尤其是在他正走近其边缘的文学圈和艺术圈。他感觉自己被困在一个永远不会得到满足的婚姻中，有时候，当这种感觉变得几乎无法忍受时，他会允许自己推测，毁了一切对有关各方是不是最好的结局。"我不希望你离开你的妻子跟我出走。"她说过，可是在他的意识里，这个否定陈述还留有一丝积极意味。假定他真的跟她一起出走呢？这一结局可能比一种沉闷的未来更糟糕吗？未来之路就摆在他的面前，不佳的身体状况使其雪上加霜，它不就像高墙之间一条狭窄的死胡同吗？

在这个关口，凯瑟琳自己采取了主动：12月中旬，她邀请伊莎贝尔和他去她位于普特尼的家，跟她母亲和她一起过长周末。邀请函虽然十分正确地发给了伊莎贝尔，但受邀人免不了感到困惑。

"她为什么要邀请我们?"她说,坐在餐桌旁吃早餐时她把邀请函递给他。"为了友谊呗。"他说,他快速扫了一眼邀请函,感到惊讶的程度不亚于伊莎贝尔,"看,她说了嘛,我们搬到萨顿后她没怎么见过我们。她妈妈也想认识我们。""我们去了那儿,整个周末干些什么?"伊莎贝尔问道。"我不知道,"他说,"聊天,吃饭,散步,玩牌呗——这类做客通常就是干这些事情嘛。""除了家里人,我们从没跟别人待在一起过。"伊莎贝尔说,她说的是实情。"嗯,也许我们应该改改了,"他说,"也许我们该找点乐趣。我们的生活有点刻板。"他推测,凯瑟琳发这个邀请之所以没有征求他的意见,是不想让他有机会否决她的主意——可背后的动机是什么呢?

到了那个周末,宾主相见,那动机便变得越来越明了,她要有意无意地(他倾向于猜想为有意)将他们的关系挑明,把事情推向危局,并逼出某种结果。她穿上了她最迷人、最优雅的衣服,成为家里最殷勤有礼的女主人,而她母亲则满意地退居后台。"都是埃米做的。"有人称赞食物可口或者对客人的照顾周到体贴时,罗宾斯夫人会以自我贬抑的姿态这样说。"她做所有的事情——这丫头忒机灵——没有她我真不知道该怎么办。"无论如何,她似乎是在向追求者秀自己待字闺中的姑娘。凯瑟琳没有用任何言行明目张胆地宣示什么,但其话语和行为中却有无数微妙之处,传达着这样的信息:她已跟他打得相当火热。她准确地知道他对食物的口味——他最喜欢在松糕上抹哪种果酱,鸡蛋他喜欢煮多少分钟,他喜欢吃烤鸡的胸脯肉还是腿肉。她跟大家聊起伦敦的各种特点和休闲设施——包括斯特兰德大街的泡腾面包公司茶馆——并请他为自己的评论提供佐证,俨然她提到的都是他们共同的经验。她还提到他曾借给她的那些书,以及他们对那些书的不同观点。罗宾斯夫人对这种熟络程度似乎并不感到惊讶,以为(他猜想)她跟威尔斯家本来就这么熟,可是他可以看出,伊莎贝尔对此十分惊愕,被搞得心烦意乱。在那位心大的寡妇面前上演的这出小小戏剧,让他既警觉又兴奋。凯瑟琳有胆量走多远?伊莎贝尔对这种挑衅会作何反应?

当晚退到客房,她立刻提出质问,"你和那女孩好像一直在伦敦见面。"

"你是说凯瑟琳?我总是见到她呀,我有时候要去学院。"

"也去斯特兰德街的泡腾面包公司茶馆吧?"

"它离查令十字很近——我们有一两次一起步行去车站,顺便停下来喝杯茶。"

"你叫她'凯瑟琳'有多久了?"

"噢,我不知道,我记不得了,"他轻描淡写地说道,"因为我不再教她了,叫她'罗宾斯小姐'好像太过正式。你为什么问这个?"

"要是你看不到,你一定是瞎了眼,"伊莎贝尔说,"那女孩在勾引你。"

他强装一笑,"别傻了,亲爱的,她只是人挺好而已。"他使用她最喜欢的形容词并无讽刺之意,但这导致她将凯瑟琳大肆贬损了一番,他不得不求她小声点,以防被隔墙听到。她在愠怒中一言不发地上了床,背对着他,未道晚安。

第二天气氛没有任何改善。早餐时,伊莎贝尔对凯瑟琳几近无礼，就连感觉迟钝的罗宾斯夫人，也隐约觉察到有什么事情不太对劲。而对他本人而言，为了掩饰妻子的不悦，不得不格外努力地表现得风趣、开朗，可是这只能通过与凯瑟琳的互动来完成，他回应她的提示，她附和他的打趣，其效果是进一步加深了伊莎贝尔的怀疑。他们事先约好远足去邱园[1]，凯瑟琳声称，冬天里植物园的暖房提供抗风雨的消遣，不过在那些满是异国树木、藤本植物、灌木、花卉和仙人掌类植物的暖房里，也为她提供了一个绝佳机会，可以跟他大谈各类物种的奇异特性，展示她的植物学知识。可怜的伊莎贝尔因为不懂那些术语而插不上嘴，只能跟在两位科学家后面，和罗宾斯夫人毫无意义地闲聊。他意识到，伊莎贝尔心中的怨恨在发酵，可他对此感到无能为力——或者也许他根本就不愿意去做任何事情来安抚她。事实上，一位漂亮女郎陪着参观暖房，而且她还熟悉他们所见到的植物并为他做讲解，他很享受，他想不出有什么理由放弃这种乐趣。有一个这样的女人做伴侣会怎样？他脑子里形成了一幅生动的图景——她将跟你有着共同的兴趣，帮你分忧，做你的工作助手，欣赏你的抱负。

回萨顿的路上伊莎贝尔不祥地一言不发，他跟她说话时，她要么不理不睬，要么蹦出个单音节词回应。可回到家里，她大发脾气，说他和凯瑟琳调情的行为伤害了她，让她颜面尽失。他为自己辩解，说她不可理喻，小题大做。

"谁不可理喻？"伊莎贝尔反问道，"谁都看得出那女孩爱上了

---

[1] 邱园（Kew Gardens）：英国皇家植物园的一部分。

你。剩下的问题是——你爱上她了吗?"

这个直截了当的问题让他吃了一惊。"我不知道,我不允许自己有这种想法。"他说道,可说这话时,他意识到自己并没有说实话。凯瑟琳是他灰色生命里的一束光亮,跟她见面是他唯一真正盼望的事情,她就是那个从不会让他厌倦和烦躁的人。"我想我也许爱上了她。"他说。

"那好,"伊莎贝尔说,"你必须在我们中做出选择。"

她冷静、清晰、果断地向他发出这一最后通牒。要是他想维持婚姻,他必须答应跟凯瑟琳断绝来往,永不再见她。突然之间,他那注定乏善可陈、一眼可以望到头的命运和未来,开启了既令人兴奋又充满危险的新的可能性。他转过身去在客厅踱步,掩饰着脸上不难看出的得意表情。

"这太突然了,伊莎贝尔,"他说,"我需要想一想。"

她从椅子上站起来。"别让我等得太久,"她说,"这段时间我在客房里睡。"

第二天清晨,伦敦雾霭笼罩。他在学院里徘徊,直到凯瑟琳出现。她见到他吃了一惊。"我们得谈谈。"他说。"我要去上实验课。"她说。"好吧,我等你。"他说。"不,我们走吧,"她说,她感觉他有急事找她,"我不去上课了。"

他们走进林肯律师学院广场,因为长凳太湿没法坐,便在砾石小道上漫步。天气阴沉、潮湿,湿气凝结成水滴从光秃秃的树枝上滴下来。穿着黑色长袍的律师们和拿着大沓法律文书的书记员们从薄雾中现身,他们盯着他俩,似乎感觉到有戏剧正在上演,接着又隐没在雾霭中。他将伊莎贝尔的最后通牒告诉了她。

"那你怎么办?"她以几乎听不到的声音问道。

"我不能没有你。"他说。

"噢!"她低语道。她的身体摇晃了一下,似乎要晕倒。

他将她揽在怀里,亲吻她。"我爱你,凯瑟琳。"他说。

"你知道我也爱你,"她依偎着他说,"我多么幸福。"

"可是听我说,亲爱的。事情不会那么容易,我们会很难。我们要像他们说的那样,一起'姘居'。"

"我不在乎。那将是我们心里真正的婚姻。"

"你真可爱,"他再次亲吻她说,"不过肯定会有流言蜚语。你母亲会气疯的。"

"噢,可怜的妈妈!"凯瑟琳叫道,不过语调中带着一种笑。"是的,她会受不了的,不过我能照管好她。"

"你的整个家族都会怒不可遏。我会被说成黑心诱骗者。"

"他们阻止不了我。我二十一岁了。"

"你是个奇迹。"他又一次亲吻她说。

"告诉我我需要做什么。"她说。

"暂时不需要做什么。首先我得跟伊莎贝尔谈。然后我要在某处为我们找个房子。然后,越快越好——你必须来跟我住在一起。最好先别告诉你妈妈——给她留封信悄悄从家里出来。不然她会想方设法阻拦你,即使你已经二十一岁。"

"你的意思是——私奔?"说到这个词,她眼里顿时闪烁着罗曼蒂克的激动。

"一点没错。"

"不过别在圣诞节之前,"她说,"我不忍心让妈妈独自一人过圣诞节。"

他马上同意,因为仅仅一个星期多一点就是圣诞节了。他陪她回到学院,告别时只是紧紧握了一下她的手,因为在那样的环境里,拥抱是鲁莽的。分手后他回到十字路,乘火车赶回萨顿。

伊莎贝尔悲伤而又无奈地接受了他的决定。"我知道我们两个你会选谁,"她说,"对你来说,我从来都不够聪明,波迪,我也永远不会有那么聪明。"

"不是那样的,伊莎贝尔。"他说,他本该诚实一些地说:不只是那样。"是因为我们彼此不适合做爱侣——你知道我在说什么。可能因为我们是表亲。我爱你,我认为你是个了不起的漂亮女人,可我们更像兄妹之爱,而不是夫妻之爱。"

"你认为她会在那方面让你满意?"

"我相信会,是的。"他说。

"你跟她睡过吗?"

"当然没有!"他说,"不管怎么说,她不是那种女孩。"

"好吧,我希望你们幸福,波迪。"她说。

让人难以理解的是,他从没像他们婚姻崩溃的那一周那样钦佩过伊莎贝尔。要是她表现得像个泼妇,对他破口大骂,摔东西,打他,歇斯底里大爆发,离开她就会容易得多。她在危机中的冷静和尊严,让他觉得抛弃她有负罪感。而且,从他无意中听到的一次提高嗓音的交谈中,他知道玛丽姑姑完全不赞同女儿的做法,认为她是个傻瓜——"你这不是赶他走吗",她是这样说的,"就因为他跟一个傻瓜小丫头调情"。有那么一刻,他自己的决心动摇了,要是伊莎贝尔那天晚上反对他那番兄妹之爱的说辞,在他面前脱光衣服,恳求他要她,想怎么粗暴就怎么粗暴,想多么激情就多么激情,谁知道会发生些什么。但做这种事不是她的天性。所以他继续为分手做准备。

他跟伊莎贝尔达成协议,按月定期汇一笔钱给她。"这样直到我们离婚吧。"她说。"离婚"一词让他心里轻轻打了个寒战。"我们必须离婚吗?"他说,"这根本就是情感方面的私事,真要让法律和律师搅和进来吗?""那你不想跟那女孩结婚了?"她吃惊地问。"我们不相信习俗上的婚姻。"他说。"可是,我相信。"伊莎贝尔说。他留意到,她的言外之意是她本人有一天会想再婚,并发现这个想法让他心烦意乱,以致急忙从脑子里赶走了它。

他回到伦敦为自己和凯瑟琳找住处,在卡姆登镇的莫灵顿街找到了一个两居室,是一个联排房屋的一楼。想到自己又滑落到了住寄宿公寓的年代,他有些郁闷,但他无望租更好的房子,因为,在可预见的未来,他得同时负担伊莎贝尔和凯瑟琳的生活费。他在附近的一家小饭馆给凯瑟琳写信,告诉她寄宿公寓的地址,指示她节礼日去那里跟他会合。"别把地址告诉你母亲,当然——跟她说她可以把写给你的信寄到卡姆登镇的邮政总局。在无名指上戴一枚戒指,能明显让人看到,记住对我们的女房东说你是'威尔斯太太'。"他写道。即使是性爱自由的信徒,也必须谨慎行事。他步行回到查令十字路,路过斯特兰德街那些装点着花哨的圣诞饰品、陈列着圣诞礼物的店铺橱窗。特拉法加广场圣诞颂歌的歌声隐约可闻,向人们通报着安详快乐的讯息。

他真希望他的婚姻危机发生在另一个季节,因为圣诞的临近和与之相连的仪式和欢庆活动,都像是在嘲笑他,嘲笑他家遭遇的苦痛。"我们还要吃圣诞晚餐吗?"圣诞之夜他见到厨房里备好的火鸡时吃了一惊,他问道。"我们得吃点什么嘛,"伊莎贝尔耸耸肩膀说,"那就还是吃火鸡呗。妈妈很喜欢火鸡,每年都盼着吃火鸡。""只要别拉彩色拉炮,别戴纸帽子就行。"话刚出口,他便后悔自己说这阴阳怪气的话了,伊莎贝尔瞟了他一眼,其表情显而易见,"过这样一个可怕的圣诞节,是谁的错?"三个人,伊莎贝尔、玛丽姑和他自己,几乎是一言不发地吃着烤火鸡和惯常与之配套的餐食。装好东西的行李箱就等在门厅里,第二天他将带着它离开。饭后他几乎要吐了。

清晨,他蹑手蹑脚地走出房间,伊莎贝尔还在睡觉——或者说还在床上,要是没睡着的话。他不想当面跟她说再见,而是留了个字条,语气尽可能体贴又不显得虚伪。他用一个独轮手推车推着行李箱来到火车站,给了一个脚夫一先令,让他将独轮车送回住宅。在售票处,他习惯性地说"查令十字往返",但很快改口,要求买单程票。一旦坐上火车,火车开始启动,他的大脑便转换了频道。新的生活在眼前展开,充满风险和不确定性——可是得到了自由!还有一个新的女人的身体,苗条、柔韧、性感的身体,他将拥之入怀,同涉爱河。

午后，凯瑟琳乘坐一辆租来的双座双轮马车，带着两个旅行包来到寄宿舍。她面色苍白、神情焦虑，一待两人独处，她便投入他的怀抱，紧紧抱住他，仿佛他是暴风雨之海里的一条桅杆。过了好一阵，她才开口说话。

"我告诉了妈妈，"她终于说道，"我不能只是给她留下一封信。那样显得我像个胆小鬼。"

"她的反应是什么？"他问道。

"你觉得她会有什么反应？她泣不成声，不停地流泪，跪下来求我别来找你。太可怕了。"

"我可怜的小可爱，"他说，"可你来了。我勇敢的姑娘！"

"直到出租马车到了，她才停止歇斯底里发作，我说我会去找隔壁的女士来照顾她——她立马振作起来。是想到不得不向邻居解释所有这一切……"

"胜过提神药。"他笑着打趣道，接着修正了自己的表情，以免显得过于轻慢。

"我丢下她有气无力地躺在沙发上，用一块浸了科隆香水的手绢敷着额头。幸运的是表姐杰米玛和她丈夫今天来做客喝茶，所以她会得到些帮助。"

"对了，茶！"他叫道，"多好的主意。我去让房东给我们沏壶茶。茶和松糕。"

女房东是个德国人，似乎已经猜出，他和凯瑟琳即便结了婚，也是新婚不久。这大概不需要多大的辨识能力，就能从他们局促不安的举止上做出推断。然而，她对他们有好感——实际上，几乎太有好感了。她给他们端来茶和松糕，稍晚又准备好了晚餐，做这一切时频频意味深长地傻笑，不时地点头、做手势。她还总是搓着双手眼露艳羡地盯着他们，近乎猥亵。他可以看到，她的这种关注让凯瑟琳畏缩。他有种感觉，要是这位斯科尔兹太太能神不知鬼不觉地溜进他们的卧室，她会在他们的床上撒玫瑰花瓣。

实际上，他已经决定，他们在一起的第一个晚上，他不会试着跟凯瑟琳做爱圆房。凯瑟琳白天太紧张，受够了苦，而且他想避免重复他与伊莎贝尔新婚之夜的挫败。再者，他也不需要如此急不可待，就好像多年被压抑的欲望非得在那晚得到发泄不可。待斯科尔兹太太端走晚餐托盘，并几乎流着口水道了晚安，他关上门转动房门钥匙，凯瑟琳听见门被锁上的声音后，神情紧张而又庄严地看着他，似乎准备坚强地经受一场严峻考验。他抱住她，说："我想，亲爱的姑娘，今晚我们不必成为完全意义上的爱侣。我们等等、等你安心些、放松些的时候吧。今晚，我们只是相拥而睡。喜欢吗？"

"噢，好！"她即刻答道，满脸如释重负。

他们的住处原本是这座房子的餐厅，一道永久固定的折叠门将它分为两间，前半部分当起居室，后半部分当卧室。他让她先脱衣上床，然后他再加入。房间被衣柜上的一支蜡烛照得半明半暗。凯瑟琳散开的头发摊在枕头上，她穿着睡衣，扣子扣到脖颈，怯生生地冲他微微一笑，他开始脱衣服时，她转过头羞怯地盯着墙壁。他先将睡衣套上，然后脱裤子和衬裤，吹灭蜡烛，上床在她身边躺下。他将她拥进怀里，她偎着他，满足地舒了一口气。虽然她透过

111

睡衣感觉到了他的勃起,但她没有躲避它。也许是因为她并不知道彼为何物。只有当他隔着她的薄布睡衣抚摸她的背,手往下滑握住她的臀部时,她才像受到惊吓似的紧绷起身体。他暗忖道,除了婴儿时期,应该没有谁碰过她的身体。他挪开手,放在一个较为合宜的位置,而她显然因为白天情感的折磨和一路奔波而筋疲力尽,很快就睡着了,留下他计划着在一定的时间里以何种方式占有她。禁果越等越甜。

结果,等待超过了他的预期。第二天,凯瑟琳忍不住去了卡姆登镇邮政总局,查看母亲是否寄信到那儿。果然有信。不过当凯瑟琳拿着信从柜台转过身来时,突然发现表姐杰米玛的丈夫雷金纳德,他正以得意扬扬的表情盯着她。原来他一直埋伏在那里等她。她急忙跑出邮局,可是他追到外面抓住了她,要求她带他去他们的住处,他要去会会"那个诱拐你的无赖"。"他没有诱拐我。是我自己心甘情愿去找他的,"她说,"要是有引诱那也是我引诱他。"她大胆地补充道。"你真不害臊,"雷金纳德说,"你妈都精神错乱了,她一直在哭。我们很担心她撑不下去了——你自己读吧。"他指指她手里的信。"我自己会找个合适的时间读的,"她说,"现在拜托你让我自己待着,不然我叫警察了。"她转过身急速走开,他没再试图阻拦她。回到莫灵顿街的寄宿舍,她一会儿哭一会儿笑地将这一切告诉她的"诱拐者"。

他赞扬了她的勇敢,并称她"女英雄"。他提议他们立刻上床做爱。但她说这场意外搅得她心烦意乱,而读了母亲浸满泪水的信,她心里的烦乱有增无减。

"她说她要自杀。"

"胡说八道。不过是感情勒索。"他说。

"我知道,可我必须回去看看。"她说。

凯瑟琳立即去了普特尼。当天她给他发来一封电报:"妈很不好句号要陪她一两天句号相信我句号爱你凯瑟琳。"

尽管电报结尾处那样说,可他还是担心,一旦回到家里,压力会让她留在那儿并放弃他,尤其要是他们发现她依然是处女之身,更会如此。他开始后悔,觉得自己的绅士风度有些过头,过于体谅她少女的敏感,因为,要是他突然发现,自己孤身一人被落在伦敦一处破旧的寄宿舍,抛弃了结发妻子却没有搞定情妇,他会显得,同时也肯定会觉得,自己委实愚蠢。第二天,这种担忧变成了惊恐,雷金纳德和他兄弟西德尼找上门来了,他们不知如何弄到了莫灵顿街的地址。兄弟俩都人高马大,面相吓人,穿着黑色外套,戴着高顶帽子和黑色手套,就像殡仪馆员工。他们闪烁其词地威胁他,要是他不在一份文件上签字,承诺不再联系凯瑟琳,他们将会采取法律行动,告他绑架或者诱拐。他大笑着对他们说,谁也别想拆散他和凯瑟琳,其语气意外地自信。第二天云开日出,她回来了。得知亲戚们来搅扰,她十分气愤,她对他们的行为一无所知。"他们真是无礼,"她说,"他们无权干涉。""那他们不是从你那里得到的地址喽?"他问道。"当然不是,"她说,"那天雷金纳德一定是从卡姆登镇邮局跟踪我来这儿了。你觉得我会告诉他们吗？""不，不，"他说，"不会自愿，我只是以为他们可能会威吓你。""他们就是夹断我的拇指我也不会告诉他们。"她说道，那一刻，她看上去就像一幅老油画里的童贞烈女，面对折磨她的人，沉着冷静，大义凛然。现在她回到他身边，让他心里石头落地，突然间，一股对她坚定不移态度的感激之情涌上他的心头，他将她揽在怀里。"今晚我们要成为爱侣。"他悄声说道。她喃喃地表示赞同。

第二章

——可那并不是你希望的那种欣喜若狂的共享体验,对吗?

——我并未真正指望那会是。我对她说,"第一次可能会疼,但那之后你会感到快乐。随着时间的推移,越来越快乐。"

——可她并没有感到快乐。

——是的。为了我,她做了尝试——那天晚上和那之后的晚上,她都试了。她远比伊莎贝尔努力。为了取悦我,她脱掉了睡衣。我们做爱时,她让我点亮衣柜上的蜡烛。可那就像教怕水的人游泳一样——她躺在我身下,每一块肌肉都因紧张而紧绷着,双手拼命搂住我的脖子,好像害怕淹死。一段时间后,她稍微有些适应了,有了些许回应,但仅此而已。1898年,我们第一次出国去意大利,在佛罗伦萨的一家书店,我拿起一本阿雷提诺[1]的《姿势》,但她不想看,更别说试了。

——她有过高潮吗?

——我认为没有。的确没有。后来在我们的婚姻生活中,有

---

1 阿雷提诺(Pietro Aretino, 1492—1556),意大利诗人、散文家、戏剧家。

时候，做爱后她宣称她很受用，但我从不相信。基本上，她缺少性欲。而对我来说，做爱就是性欲的愉快释放。这是人的动物性。我喜欢跟女人上床时像个野兽，咬她，舔她，跟她肉搏，然后享用她。简很讨厌那样，她没法加入这种野兽游戏。她过于娇弱，过于精致，过于苛求完美。

——可你跟她私奔前就知道她是什么样的姑娘。"凯瑟琳"不属于那种肉感类型。

——我想那时我以为自己可以唤醒她的性欲。初次失败后，我假定那是她所受的教育使然，就是那种伦敦近郊英国中产阶级的教会压抑的、拘谨的、执迷于"体面"的教育所产生的效果。在思想上，她用自己所有新女性的东西去反抗那种教育，可在身体上，她不是。而且，莫灵顿街这个没有浴室却有一个老鸨一样女房东的房子，真不是开始初夜的吉祥之所……我们颇为明智地搬出那里。简在莫灵顿大道为我们找到了另一个寄宿舍，就在附近，女房东为人比较好，可是房间跟之前的住处没什么两样，仍然没有浴室。可供洗澡的是一个仅够容身的铁皮桶。我曾在简擦澡时透过折叠门缝隙打趣地偷看她，并提议进去给她搓背。我们很像一对孩子，还玩假扮爸爸妈妈的游戏。我们自以为在大胆地向世界挑战。未婚同居使最正派的做爱也显得惊世骇俗。我们表演着一种对伪善、压抑的社会秩序的雪莱式反抗[1]——我们为从财产、义务、责任中解放出来而自豪。这并不是说我们过着懒散的生活，完全不是这样。房东太

---

[1] 雪莱（Percy Bysshe Shelley，1792—1822），英国著名浪漫主义诗人，其诗歌的重要主题之一是反封建暴政和宗教迷信。

太用餐盘给我们端来一日三餐,所以只要我们愿意,我们可以一整天自由地读书写作。简帮我对我的报刊文章草稿进行修改润色,并以清晰的字迹完整地誊写出来,然后寄给我堂姐用打字机打出稿件。

——她辍学了。她没拿学位。

——是的。再回学院一定会招来流言蜚语。她参加了打字课的学习,这样可以帮我打手稿,也可以省些钱。她自己也写些小文章,我帮她做点润色后拿去发表。我们是一个团队。等待邮件让我们兴奋,急切地想知道那些信封里是否有用稿通知——或者支票!我们很需要钱,直到我的《时间机器》出版并开始进入我的创作盛期,报刊投稿似乎是我们最好的赚钱途径。后来我们又几经搬迁,在沃金[1]找到了第一个合适的住宅,然后又搬到伍斯特公园[2]的一幢房子——那可真是一个又大又坚固的房子,它有自己的专有名称"海瑟利亚",而不仅仅是一个门牌号,它有占地半英亩的"大院子",而不仅仅是带个花园。那时我们嗅到了胜利的气息——我说的胜利,是指对那些反对我们私奔,试图拆散我们的人的胜利。简的母亲卖掉了她自己的房子,帮忙出了一些钱,搬来伍斯特公园跟我们一起住了一段时间。我和伊莎贝尔办了离婚手续,裁决一生效便跟简结了婚。这时简的母亲终于妥协,同意我们结合。我们俩也都同意,为了原则而继续未婚同居没有什么意义,反抗对性爱自由的偏见,太消耗时间和精力。

---

[1] 英国萨里郡西部城市。距伦敦半小时火车车程。
[2] 伦敦西南市郊一商业区。

——你又一次跟一个性爱方面没法满足你的女人结婚,不感到苦恼吗?

——我想我还没有对简下那样的结论。或者也许是我内心不想承认这一点。我们婚姻中的任何其他事都称心如意,我不想把那个问题挑明,简也不想。在若干年的时间里,我们心照不宣地对此视而不见。我们炮制了一种孩子气的私密语言,有点像一种神话,来避免直面我们婚姻关系的本质。我们用宠物名和有关家庭生活的搞怪语句,编成打油诗,画成滑稽的皮克刷。她是"比兹"或者"比兹小姐",一个专横、讲究实际的女人,我叫"宾"或者"宾先生",一个性格软弱、动辄得咎的惧内男人。这种游戏从我们同居时就开始,并持续到婚后。那种顺口溜我还记得一些:

> 我们的主是好玩的主。从前病夫宾先生,心宽体胖托他福不再秃秃不再装腔老宾先生提笔道喜忙忙忙。

那首"诗"这样结尾:

> 搜索枯肠我坐下来为至上的主歌唱。(可我总是不爱我爱比兹在心口难开。)

这种游戏给我们带来很多乐趣。它成了我们婚姻中所缺失的性爱的替代品。

——所以你从别处寻找性爱了。那是从什么时候开始的?

——我想是我们住在沃金的时候，跟我在布罗姆利的一个发小西德尼·鲍克特有关系。离开中学后我们就再没联系过，但有一天，我在报纸上读到一篇报道，讲的是那个名字的剧作家被控剽窃。我知道那一定是他，因为那个名字不常见，而且他从小就梦想上舞台。那时他写的一部戏剧已在郡县巡演，该剧据称是根据乔治·杜·莫里耶的小说《特里尔比》[1]改编的，而戏剧《特里尔比》当然早已在伦敦轰动一时，由比尔博姆·特里主演。我记不得那个案子到底怎么回事——我想他输了，但我写了封信给他。有一天他到访我们在沃金的家，吃惊地发现他学童时的老友竟然是声望日隆的小说家H.G.威尔斯。他娶了一个漂亮的蓝眼睛犹太女演员，名叫内尔·德·博尔，他们住在泰晤士迪顿的一间小屋，离我们不远，所以我开始十分频繁地去找他。我们一起在萨里的小路上骑自行车，谈论生活、艺术和女人，尤其是女人。鲍克特是位情场高手，或者说他愿意让我相信他是，他常常绘声绘色地给我讲一些他如何招蜂引蝶的故事。在我们那时的熟人中，弗兰克·哈里斯也是一个喜欢这样吹嘘自己的人。那些话很粗俗，可是很有煽动性。我开始渴望在那方面有一种比在家里得到的更带野性的东西。没多久，我就得到了——实际上，是跟内尔·鲍克特。那天我造访他们的小屋，发现西德尼因为剧院业务在城里。或者并不是什么业务——内尔不会误以为他对自己忠诚，而且她一直想报复回来，而我则十分乐意成全，不止一次。若干年后，我把他们俩写进了《基

---

[1] 又译《软帽子》。

普斯》,他们就是作品中的奇特洛夫妇,我将他们进行适当渲染,就写成了狄更斯式的喜剧型夫妻,不过那时他们已经分手了。内尔·鲍克特是我通奸冒险中的第一个女人——我指的是在我和简在一起之后的第一个女人。当然,我对伊莎贝尔也有不忠。曾经有埃塞尔·金斯米尔,她之后还有其他一些露水情缘。在鲍克特到沃金找我,并开始向我灌输他的思想之前,我对简是忠诚的。

——可你的忠诚没维持多久,不是吗?离你跟她私奔还不到两年吧?

——是的。但直到过了一段时间后,我才开始利用每一个机会"招徕"女人。

他出身卑微,身材矮小,身染疾病,这让他形成根深蒂固的不自信,他短促而尖厉的嗓音,也让他永远无法彻底抹去自身的粗鄙之迹。过了好长一段时间,他才克服这种自卑,并意识到自己作为作家越来越大的成功和声望,让他有了吸引女人的魅力。直到他和简在桑德盖特定居,开始建黑桃别墅,他才开始对这一事实有足够的认知。也是直到那时,他的声名鹊起才使身体上的不足得到相当程度的弥补。他绝不是一个高大美男,不过现在,他那双穿着漂亮鞋子的小脚走起路来充满活力,他皮肤光滑,有规律的健身运动让他肌肉强健。甚至他的小胡子也不再稀稀拉拉,而是变得浓密而光滑。不止一个女人告诉她,他微眯的蓝灰色眼睛的凝视,有着奇异的穿透力,对他注目的对象可以产生近于催眠的魔力。而脱去衣服后,他可以靠他雄健的阳具("桑德盖特的优秀成员",这是他有时候在荤段子中的拟人化称呼）应付自如，让人赞赏，这也使他在情场上自信有加。然而最为重要的，当然是他在文坛的声誉带来的魅力。跟小说背后的男人亲密接触的可能性，像磁铁吸引铁粉一样，吸引着那些多情的女人。大部分情况下，他发现她们有求必应，有时候还是她们采取主动。比如那位澳大利亚女人。他已想不起她的名字，只记得她有金色的毛发，头上和下身都是，白色皮肤和被太阳晒黑的部分界限清晰，就像画了一张地图。她到访伦敦时，通过出版商转交给他一封信，说她读过《基普斯》，非常享受。她邀请他来她的住处，与她共度一段时光，并希望彼此愉悦。她说在她读过的所有当代小说中，《基普斯》的男主人公是一位性方面的顶尖天真汉！那的确是一个令人愉快的下午。

在桑德盖特定居后，他时常在一周的中间去伦敦待两三天，在克莱门特旅店他租的小单元房里住一晚，跟出版商和编辑会面，约朋友一起共进午餐或者晚餐，参加文学圈的聚会。就是在这个过程中，他跟那些愿意跟他上床的女人相遇，只要她们成熟而老到，和他一样抱着直率的享乐主义态度，事后就不会有让人不快的后果。这些女人中包括埃拉·达西，那位红发碧眼、常常在《黄皮书》上发表讽刺性短篇小说的女作家，还有长篇小说家瓦奥莱特·亨特，据说艾伦·特里曾经描绘她美得"像从波提切利[1]和伯恩-琼斯[2]画中走出来的维纳斯"，此时她已不再那般令人惊艳，但风韵犹存，

---

1 桑德罗·波提切利（1445—1510），意大利文艺复兴时期著名画家，代表作有《维纳斯的诞生》。
2 伯恩-琼斯（1833—1898），英国画家。

她刚刚不愉快地结束了一段长时间的恋情，他给了她抚慰。这种谨慎而老于世故的熟女，不会让他难堪，也不会败坏他的名声。是那些年轻女人，那些希望找名作家和激进思想家带她们初涉爱河的年轻处女，是她们让他陷入困境，致使他走上公共事业的弯路。她们是罗莎蒙德、安珀、丽贝卡……还有多萝西，多萝西·理查森，不过她经过了比其他迷妹更长时间的犹豫，才要求他解除她的童贞，她对后果更为谨慎。

——**我们会在合适的时间说到那些年轻的处女。现在还有一些关于妻子们的问题要谈。在你的自传里，你说伊莎贝尔认为"做爱不过是对不情不愿的妇女的强暴"，可是在那本自传的另一处，谈到简无力回应你的性需求时，你又说，"我们之间没有产生那种性爱固恋，我心中对表妹的那种情感仍然挥之不去"。这不矛盾吗？**

——其实不然。伊莎贝尔的性冷淡让我心灰意冷，我心存怨恨，用一些小小的不忠进行报复，可这并没有减少我对她的心仪。我在自传里承认，甚至在我策划跟凯瑟琳私奔时，只要伊莎贝尔做出努力挽留我，我完全可能回心转意。

这份旧情还有多深，直到三年之后才真正揭晓。他和伊莎贝尔不时有书信往来，沟通他们的离婚事务，但彼此并未谋面，直到1898年。那年年初，她写信告诉他，她在弗吉尼亚湖附近买了一座小小的养鸡农场，打算在贝拉姨妈的帮助下经营。她说她在读《星际战争》，她感到很惊讶："你到底从哪儿得到的那些奇思妙想？你还把它们写得那么真实。真是太棒了。"几个月后，她再次写信给他，说她遇到一点经济上的小麻烦，求他帮帮忙。她需要的钱并不太多，他本可以轻松地直接寄张支票给她，可是他感到自己有一种抑制不住的好奇心，想见见她，所以在6月一个晴朗的日子，他将支票簿揣进衣兜，骑自行车从伍斯特公园赶往农场。他现在是一位热心的自行车骑手，觉得那不过是两小时左右的车程。

对此次相见引起的情感效应，他毫无心理准备。让他感到意外的，部分是那里的环境——在乡下，她显得那样安逸自在，照看她的鸡群，抱起她心爱的鸡，抚摸着它们的羽毛，呼唤它们的名字，然后带他参观园子，指点着她种植的花果和蔬菜，弯腰拔除一根杂草，或者伸手摘掉玫瑰花丛里枯萎的花朵。她显得比任何时候都美丽、青春焕发，他意识到，这个田园世界才是她之所属，她不属于伦敦单调、肮脏的街巷，他就是在那儿向她求的婚。她并不怨恨他抛弃了她，对简也没有嫉妒，他想到，以她的处境，极少女人会做到如此宽宏大量。他们一起度过了美妙的一天，自在而友好地谈天说地。他过去几年出版的大部分书和发表的短篇小说她都读过，对它们满是朴素而真诚的赞美。他几乎不敢相信自己完全重新爱上了她，可是他感到的确如此，一个疯狂的念头抓住了他，他要挽回她，要将已经发生的一切反转过来。他故意拖延时间，直到无法在天黑之前骑车赶回家，她不得不邀请他留宿一晚。贝拉姑姑上床休息后，他试着说服她做爱。她双目圆睁，惊讶地瞪着他。

"你到底什么意思啊，波迪？你忘了，我在那方面永远没法让你满意？"

123

"都是我的错。我太笨拙,没有耐心。现在应该不一样了。我要为那些不愉快的夜晚补偿你。求你,行吗?"

"可我们怎么可能?"她率直地应道。

他可以听到楼上卧室里贝拉姑姑走动的声音,认为那也许就是伊莎贝尔犹豫的原因。"我们可以出去,到你家谷仓里,"他说,"我看到那里有一堆麦秆,我们可以躺在那儿。要不就去地里——今晚很干爽。"

"我看你疯了,波迪,"她语气坚定地说,就像母亲对任性的孩子,"我们离婚了,你已经再婚,一切都结束了。"

她在客房里为他铺好床,他躺在上面辗转反侧,早上早早就醒了。他试着悄悄溜出去,不打扰她,就像在那个痛苦的节礼日早晨离开萨顿的家一样。可是她听到了他弄出的声音,下楼来到厨房,坚持要为他做早餐。"你不能空着肚子骑那么远。"她很在理地说。他将支票交给她,他原本打算将它留在桌上的。她说钱太多了,但他说服她收下。他们拥抱,他在她怀里哭了。她站在农舍门口向他挥手,他骑车远去,对黎明天空的美景和田野里冉冉升腾的乳色雾霭完全无感。他无精打采,空虚无聊,相信自己失去了生命中延续幸福的唯一机会,而这一切都是咎由自取。

不久,他便对伊莎贝尔的清醒和明智十分感激,要是那天她同意了他的请求,他们该会发现自己陷入一个多么严重的道德和情感困境啊。不过五年或者六年之后,他听说她又结婚了。实际上已经再婚一年。他推测此事她之所以不让他知道,是为他着想,她不想让他为此苦恼,而这当然让他苦恼。有好几天,他都陷入疯狂的嫉妒不能自拔。想到另一个男人占有她的身体，也许还唤起了他未曾得到的快乐的迎合，他便痛苦不堪。他抹去了伊莎贝尔的所有痕迹，将所有信件、照片，以及任何形式的纪念物统统堆到黑桃别墅的院子里，付之一炬。两岁的小儿子困惑地看着他。简也从窗子里看着这一切，她完全知道他在干什么，也知道原因，但理智告诉她，她最好什么也别说。

又过了几年，在他跟安珀·里夫斯如胶似漆的时候，他再次见到伊莎贝尔，发现那种"性爱固恋"消失了，一劳永逸地消失了。从那以后，他便可以自在、友好地跟伊莎贝尔交往了，在这种交往中，不再有丝毫嫉妒和欲望。她和简相处和睦，时常来黑桃别墅跟他们住在一起，后来他们搬到伊斯顿·格里伯别墅后也是如此。她来他们家时，会帮简打他的手稿，整理他的文章。看她们一起埋头于那些工作，他很开心。在过去所有那些感情风暴之后，他们三人可以平静地享受彼此的陪伴，这似乎昭示了他们的成熟和优雅。

——有意思的是，你跟一些女人不再有性关系后，还雇用她们当秘书或者抄写员。包括伊莎贝尔，当然还有简，安珀也在你20年代写《世界史纲》、30年代写《劳动、财富与人类幸福》时帮你，你好多年付费让多萝西·理查森为你校稿……

——大部分情况下都是出于友情，帮她们解决经济困难。

——不过那也让你觉得，你仍然以某种方式拥有她们，你还供养着她们，她们就像你年老色衰的后宫佳人。

——这是荒唐的臆测！简从一开始就充当我的秘书。她把这当成自己的职业,而且十分满足于这份工作。多萝西30年代真的需要钱,那时她的小说销量下滑。她像编辑一样为我审读《自传实验》原稿,我付给她五十镑,她十分高兴。安珀很乐意通过那些书引起关注。至于伊莎贝尔,尽管她再婚后我没有义务给她一分钱,她一生中我都以这样或那样的方式在经济上帮助她。她跟我们待在一起时给简当帮手,是她表达感激的一种方式。

——虽然如此,人们还是不能不发现你生活中的一种模式。一旦你占有了一个女人,娶了她,或者让她做了你的情妇,你差不多很快就厌倦了;她的唾手可得让她不再在性方面给你满足,所以为了刺激、激情、释放,你会去寻找下一个或者多个新欢。而伊莎贝尔重新变得对你有吸引力,是因为她跟你离了婚。

——我将是第一个承认自己是一个在性生活方面追求新奇和花样的人。实际上,在生活的各个方面都是如此。我生来就有某种躁动的气质。我在自传中称其为"逃亡冲动":一旦我觉得在某个地方或者某种关系中安定下来,马上就有被束缚、被限制的感觉,我便渴望逃离。基本上是它,而不是性爱上的失望,让我离开伊莎贝尔跟简私奔,而多年后再次见到伊莎贝尔,她漂亮又青春焕发,我突然恍然大悟,我们性生活的不愉快完全是我的错,因为那时的我缺乏经验,不懂体贴,所以我满心渴望弥补,将过去扭转过来。这种想法很荒唐,但基本上不是出于自私。我并没有厌倦作为爱侣的简,我们结了婚。我们的性生活从一开始就不融洽,但最终我们不得不面对现实。我们本该分居并离婚,可是在其他任何方面,我们都堪称神仙眷侣,有彼此的陪伴我们都感到十分幸福。所以我们达成了一种默契。我们可以保住婚姻，简继续做我亲爱的妻子，孩子们慈爱的母亲，能干的家庭主妇，我朋友们大方得体的女主人，我文学事业上不可或缺的经纪人，我则可以谨慎地跟别的女人来点逢场作戏的私情，正如法国人所说的露水之爱。这是一个非常文明的解决方案。

——是的，你在自传里是这么说的。可是事情的发展并非完全如此，不是吗？比如说，基普出生后她给你写过一封信。那是一封情书。

——我不记得了。

——你记得的。那封信的落款是"你的厚颜无耻的、爱着你的妻子"。你保留着它。你知道放在哪里。

他相当不情愿地走向一个文件柜，柜子里收藏着跟简有关的书信和其他文件，它们按年代顺序摆放，他很容易地找到那封信。信上没有日期，但信笺头有"黑桃别墅"字样。他念出声来。

——"亲爱的，亲爱的，亲爱的，亲爱的——别忘了我——不要辜负我。我亲爱的爱人不要怀疑。相信我一点——我会让你完全相信我的——等我可以给你看。噢，我爱你，我只是渴望那一天的到来。我的亲亲爱的。你的（厚颜无耻的）、爱着你的妻子。"

——听上去不像一个跟滥交丈夫达成"默契"的女人写的信。

——是的，那时我们还没有到那个阶段。

——它也不像出自一个性冷淡的女人之手。你认为她说"厚颜

无耻"是什么意思？

——我不知道。我那时也纳闷。

* * *

信是在拉姆斯盖特的邮局收到的，基普出生大约三个星期后。简分娩时间很长，很痛苦，难产，他发现这种体验让他极度不安。可是，爱是生命中最强烈的情感之一，爱的行为就是以这种方式，实现大自然盲目的目的：以鲜血、汗水和痛苦的呼喊。当然，生产过程中他没有在场，但他可以从书房听到简的喊叫。一被允许进卧室，他就见到了她经受过苦难的证据：洗衣篮里染血的床单，枕头上简精疲力竭的、苍白的脸，浸满汗水的黑头发。医生向他道贺，护士面带喜色地在他眼前哄着摇篮里的婴儿。他惊奇地看着新生的儿子，心里涌上一股对妻子的柔情，恭敬地吻了吻她的前额。然而，几乎同时，一种不同的情绪反应也开始出现。家里的一切都围绕着新生儿运转。他的吃喝、他的拉撒、他的睡眠、他的哭闹，事无巨细，一切都成了兴趣和关注的焦点，他自己则在很大程度上被排除在对这些事情的讨论之外。每天一次，给婴儿洗澡几乎成了女佣们充满宗教狂喜的仪式，不久他岳母也加入其中。他原本将这个家设计成一座天堂，可以在其中从事高效工作和文明的休闲活动，现在摇身一变成了育婴所兼医院。"逃亡冲动"攫住了他。他有了一种压抑不住的强烈欲望，要逃离这座托幼所令人窒息的氛围——跳上自行车一脚蹬出去，能走多远走多远，能跑多快跑多快。

产后还没过几天，简听他说要外出骑车旅行，心里不是太高兴。去哪儿？什么时候？去多久？她问。他说他要去看他父母，告诉他们，他们当祖父母了，他不是十分确定那之后要去哪里，也不知道什么时候能回来。他只知道他得离开，也许两周或三周。简绷着脸。她说她不理解他怎么能在这个时候无故离开她。她妈妈也不会理解，仆人们也不会理解。那会让她难堪，让她蒙受耻辱。他说他很抱歉，可是他得走。他走了，就在第二天早晨。他到她的房间来告别时，她没有说话，他试着吻她，她转过脸去，他只吻到了她的耳朵。他将几本书、少量必带的衣服和洗漱用品装进自行车驮篮，骑上开阔的道路，感觉得到了极大的放松。他的父母现在住在汉普郡东部一个叫利斯的村子，住在一间比上庄园附近的村舍要好的小屋。他去那里看望了他们，然后去苏塞克斯和肯特探险。他喜欢避开大路，走僻静的小道，穿过宜人的乡野，在乡间旅舍和海滨客栈留宿。他频繁地往家里寄明信片，告诉简他要去的下一个地点，在那些歇脚处，他收到简的许多信件，那些信里的语气很快就由冷变热。显然她心里的恐慌在增长，害怕他突然离家所引起的怨恨，会恶化成永久分居。

因为简怀孕，他们的夫妻生活已经搁置一段时间了。在黑桃别墅，他通常睡在毗邻主卧的更衣室，这使他们节制性生活变得容易一些。他常常凌晨很早醒来，脑子里萦绕着正在创作的作品的新构思。他不会吵醒简，他打开灯，穿上晨衣，开始伏案写作，有时一直工作到早餐时间。有时候，他可能有了做爱的心情，也许是由白天读到或者自己写到的什么东西，或者遇到了某位可心而不可求的女性,抑或是简的一个眼色或者评论让他意识到,他已经很久没有以这种方式展示他的爱了。这个时候,他会在简准备上床时说,"我今晚能去你房间吗?"对此她总是报以端庄的微笑,并点点头,除非那天是月事日。在他看来,上流社会分房睡觉的习俗很值得推荐,不只是因为这给了他早起工作的自由,还因为这样可以为性生活保留一些罗曼蒂克氛围,而婚床上朝朝暮暮习惯性的肌肤相亲则会让这种氛围销蚀殆尽。分房让行使婚姻权利成为情人幽会。他在自己的房间脱着衣服,激动得颤抖,想着新浴的简身体带着芳香在隔壁床上等他,可以保证他勃起。他觉得她也发现这种安排十分合意。可是现在,她可能害怕他从此再也不会跨越分开他们房间的那道门了。噢,我爱你我只是渴望那一天的到来。我的亲亲爱的。你的(厚颜无耻的)、爱着你的妻子。坐在拉姆斯盖特旅舍的床上,这封信让他半是明白半是困惑。她从未跟他面对面用这种语言说话。她显然想说,她盼望恢复性生活。可她说"厚颜无耻的"是什么意思?是说她渴望跟他一起做所有那些他从前徒劳地要求她尝试的新花样?

回到家,他们在情感上和好了,不过过了一段时间,简才暗示她的身体已经从难产造成的伤痛中完全恢复,随时准备再次在她的床上接纳他。此次做爱的起始阶段,他十分体贴和温柔,一切都没有问题,可当他开始变得较为冒险时,她便一如既往地不开心了。要么,这封"厚颜无耻的"信以及信中所有的承诺,不过是在情感压力之下所写,一旦他回到家里,便烟消云散;或者,这一修饰词指的是,她不知羞耻地匍匐在他面前向他索爱。这样,他们又恢复了惯常的不冷不热的性生活。没过多久，她再次怀孕，他们俩都同意，现在昵称基普的小乔治·菲利普应该有个弟弟或者妹妹。结果是个弟弟，不久之后，两兄弟会成为极其要好的玩伴。

——**就在那时，你又来了一次小小的闪逃，去寻找你的自由，是吗？就在弗兰克出生之前，你离开家，跟格雷厄姆·沃拉斯一起去瑞士阿尔卑斯山徒步旅行，去了一个月。**

——嗯，随着简生产的时间越来越近，我们俩都变得更为紧张和焦虑，我们还记得她生基普时的艰难。我觉得要是我先离开一阵儿——实际上是提前释放我的"逃亡冲动"——然后在生产时赶回来会比较好。一切都顺利按计划进行。我享受了一个很棒的假期，回到家里健康又快乐，准备好面对婴儿降临带来的所有家庭剧变。

——**你旅行途中还玩弄了两个温顺的女仆。**

——是的。沃拉斯感到很震惊。他斥责我行为不检点。和许多费边社的老社员一样，他原则上是自由主义者，骨子里是个清教徒。

——**你告诉简那两个女仆的事了吗？**

——我想没有，没有。

——**那么你和她是什么时候达成那个"非常文明的解决方案"的？**

——这很难说。尽管我有时候提到它时，将之称为"协议"，但我们并没有某一天在桌旁坐下来推敲出一个协议。事情不是那样的。也许在我们发生口角后我说过些什么，或者更有可能的是，我不在家时给她写过一封信——在书信里，我们常常比面对面时更坦率地交流——说到我是多么爱她，多么离不开她，可是我常常需要别的女人，纯粹为了生理上的释放，这一点我不想蒙骗她；但是我也不想总提这件事来揭她的伤疤，所以，我们能不能接受这个现实，享受婚姻中的其他乐趣？她没有马上同意，但也没有拒绝这个提议，后来我们不时谈起这个话题。一天晚上——一个夏天的晚上，我记得，天还亮着，落日余晖照进花园——我们静静地坐在黑桃别墅的客厅，我看书，她做着什么针线活儿，她突然说起此事，就像我们一直在讨论它似的，其实我们已有一段时间没提起过它了。"只要我知道你在做什么，跟哪些女人，我不会在意。但是你要对我完全诚实。我讨厌被欺骗。我讨厌别人知道一切并在我背后可怜我，嘲笑我。"我当然很高兴地同意了。这对我们俩来说都是极大的解脱。是我误解了，我一直希望不伤害她的感情，所以才隐瞒我的露水之爱。我认为那是一个转折点。那之后，我们之间的相处便容易得多。

——你向简坦白的第一个女人是谁？

——我想肯定是多萝西。但那是个特殊情况——因为她是简的朋友。

多萝西·理查森是简上中学时的闺蜜。她们一起就读的学校是普特尼的南区中学，从这两位校友判断，那是一所很不错的学校，他们开设的传授开明思想的课程非同寻常。毕业后她们就失去了联系，但当简在海瑟利亚舒舒服服地安定下来后，她产生了跟老友恢复联系的冲动，于是她给多萝西写信，提议在伦敦的某个茶馆（其实就是斯特兰德大街的泡腾面包公司茶馆，他和简的关系有了实质性开始的地方）见面。那天晚上见面后，简满怀重聚的兴奋回到家，刚脱下帽子和外套，就给他讲从多萝西那里听来的故事。"可怜的多萝西！几年前她父亲突然破产了，跟我爸爸一样，不同的是，不是她爸爸，而是她妈妈陷入了严重抑郁——本来多萝西照看着她，可她刚出去几分钟，她妈妈就用切面包的刀割喉自杀了。你能想象有比这更可怕的事吗？不过她好像已经缓过来了。不管怎样，我已经邀请她下周日来吃午饭。你会很高兴见到她的。我认为她很聪明。读了很多书。"

"读过我的书吗？"他问道。

"我觉得没有，不过她当然听说过你。我嫁给你这件事给她留下很深的印象。"

接下来的那个星期天，多萝西如约到访。原来，她不仅十分聪明，还很漂亮，她的动作有些僵硬，像玩偶一样，一脸严肃的表情，偶尔现出小酒窝微笑一下，脸上才有了光彩。她叫简"埃米"，那是她中学时的名字，不过她还有个绰号"小神气"。得知这一黑历史，他咯咯地笑了，简因多萝西泄露了这个秘密而责骂她——"现在他要取笑死我了。"她说。"不，我不会的，小神气。"他说道，引得多萝西又现出一个带小酒窝的微笑。他感到有趣的是，他发现简很享受向老同学展示她的新宅和新婚丈夫。而显然，比起房子，多萝西对男主人的兴趣要大得多。毫无疑问，跟简见面后，她浏览了他写的书。她颇有见地地提及那些书，没有刻意奉承。她坦陈自己有个野心，就是什么时候要"写"她自己。她现在在哈利街一家牙科诊所当接待员维持生计。

这是一次成功的聚会，宾主尽欢，不过他们的愉悦各有不同的因由，多萝西决不会拒绝再访的邀请。他们搬到桑德盖特后，她成了黑桃别墅的周末常客，有时候只有她一个客人，有时候则是一场大型派对中的一个。在派对中，她带着一丝怀疑的神情，听着其他客人喋喋不休地谈论文学和政治，偶尔自己也发表一些抬杠的言论。令他印象深刻的是，在像萧伯纳、阿诺德·本涅特[1]、弗兰克·哈里斯[2]和福特·休弗[3]这样一些健谈的大腕面前，她拒绝表现出敬畏。他慢慢才明白，她的自信不过基于一种牢不可破的自我膨胀。她毫无底线地以她自己、自己的感觉、自己的认同为中心，宇宙中的其他任何东西都在她那个超级自我之下。

她显然对他着了迷，但看起来这种着迷与其说是敬慕，不如说是敌意。她总是跟他争论，抨击他的科学和进步信念，在她看来，这种信念缺乏个人和精神的维度。她本人并没有始终如一的意识形态信仰——她偶尔参加费边社聚会，有一个无政府主义男友，那是一个流亡的俄国犹太人，名叫本杰明·格拉德，她有时候引用本杰明的言论，有一段时间又援引一位名叫麦克塔加特的剑桥理想主义玄学家的观点反驳他。她给他写很长的信，直率地谈她的思想探索和读到的书，他则即刻做简短回复，鼓励她将自己的想法写成文章或者小说。在这种知性交流之下，还有一种异性之间猫捉老鼠的游戏在进行着，对此两人都心知肚明，尽管她似乎不愿承认这一点。

---

[1] 阿诺德·本涅特（Arnold Bennett, 1867—1931），英国小说家。

[2] 弗兰克·哈里斯 (Frank Harris, 1856—1931)，爱尔兰裔美国作家、记者、出版家。

[3] 福特·休弗（Ford Madox Ford, né Joseph Leopold Ford Hermann Madox Hueffer, 1873—1939)，即福特·马多克斯·福特，英国小说家、诗人、批评家、编辑。

趁两人单独待在一起时,他将手放在她的手上,或者搂她的腰,每到这个时候,她总是冷静地躲开,并继续不受干扰地交谈。他还没在被他吸引到的女人身上遇到过这种抵抗,这刺激他加大力度展开诱惑。

1905年早春的一天,他感到合适的时机到了。那天午后,他们去福克斯通滨海大道散步,留下简在家照看发烧的基普。一场从西部横扫英吉利海峡的暴雨不期而至,他们找到一个面朝大海的掩蔽处避雨。因为不是旅游季节,避雨处只有他们两人。他将聊天话题转向两性关系,或者如报刊评论员和教士常常称呼的那样——性问题。照例,她将话题转向自己的性问题。

"我是处女,你知道。"她以惊人的坦率说道。

"真的吗,多萝西?你惊到我了。"他说,不过实际上他对此并不感到惊讶。"那个年轻人,本杰明,你们总在一起——我以为你们大概是情侣。"

"不是,本杰明不会跟我睡觉,除非我嫁给他,可我不想结婚。"

"你主动要求跟他未婚同居,他拒绝了?"她点点头。"本杰明好像是很不寻常的那种无政府主义者,"他说,"居然拒绝像你这样的女孩,不管他信仰什么,都极不寻常。"

"是的,他是不寻常,"她说,"他曾在精神病院待过一年。"

"噢,"他说,"那你不跟他结婚做得很对。"他用胳膊揽住她的肩,她没有耸肩耸掉他的胳膊,这是对他的鼓励。

"这并不是说我就拼着命想跟他发生关系,完全相反。没有性关系我们相处得很好。只是有时候我想,如果我要当作家,我是不是应该有这种经验。"她转过头来严肃地看着他。"你怎么想呢?"

"我认为你应该有。"他说。

他身子前倾亲吻她的嘴唇。她没有抵抗,也没有转过脸去,不过也没有回应。那一吻让她陷入沉思,就好像被喂了一种新的食物,让它的滋味停留在味蕾上,判断自己是否真的喜欢。

"不,"她说,"我不能——不能跟你。简是我的朋友。"

"简不会在意。我们信仰性爱自由。"他说。

多萝西思虑片刻,接着站起来,"不,还是感觉不好。雨停了——我们回去吧?"

可是几个星期后,他收到她寄往他在改革俱乐部[1]地址的一封信,说她在瑞士度过了一个愉快的假期,刚刚回来,要是近期什么时候在伦敦见个面,那将好极了。她将信寄到俱乐部只有一个原因——防止简从信封上的字迹发现寄信人身份。多萝西显然改了主意。

他带她去苏活一家饭店吃饭,那是弗兰克·哈里斯提到的一家餐馆,有不必通过主餐厅即可到达的雅座。小巷里有一扇不起眼的门,你按响门边的门铃,就有侍者带你走上一段楼梯,进入一个小房间,房间里有一张可坐两人的小圆桌,一个酒瓶和几个酒杯在枝形吊灯下闪闪发亮,窗户上拉着红色天鹅绒窗帘,灯光照不到的晦暗处有一张沙发床,供餐后放松消遣……

---

[1] 伦敦市中心一酒店。建于1836年,当时是支持1832年议会改革的激进人士和辉格党人俱乐部,后来一度成为自由党总部。

——多萝西在她的小说《黎明凶兆》中描绘过那个房间。

　　——鉴于小说写于二十五年之后,她描写得非常准确。她一定是那天晚上一回到家就做了笔记。

　　——她写到你们俩饭后脱衣服,你将衣服叠起来时,还自言自语哼着不着调的曲子,她突然发现她不喜欢你脱光后的身体。"他的身体不漂亮。她找不到他穿熟悉的衣服时的可爱……他自我本性中的某些东西似乎离他而去……"

　　——是的,我从她脸上的表情看得出来。我得说,那让我举棋不定。我的意思是,我绝不会自以为自己的裸体像米开朗基罗的大卫,可至少我天资没那么差呀。她瞪着我的神情的确让我迟疑。作为一个即将失去童贞的女子,她显得超乎寻常地沉着。她站在那儿,一丝不挂,双手叉腰,没有难堪,没有害羞,没有欲望。就像要洗一次并不需要的冷水浴。我第一次遇到这种情况,害怕勃起不了。她似乎觉察到了这一点,变得温和了些,走过来双手搂住我,接着说了一句非常古怪的话。

　　——"我的小宝宝刚出生。"小说里写了。她说这话是什么意思?

　　——我不知道。显然来自一本她自己也记不得的书。我只是向她重复了那句话,接着说,"我们这样抱着一起躺下吧。"我们这样做了。我们盖上一个小毛毯,睡了两小时,然后穿上衣服,出去到一家她熟悉的意大利咖啡馆喝咖啡。

　　稍后,他将她送上出租车,往她手里放了一枚一英镑金币付车费,说,"下个周末来桑德盖特。"她说:"我不能去,我要去我姐姐那里。"他接着说:"那就下下个周末来。"她同意了。他知道他必须尽早行动,弥补那晚的溃败。他也考虑到简最近跟他说过的话,她说要是他跟哪个女人出去,一定不能瞒她,对此他还没有做过测试。跟多萝西喝咖啡时,他突然想到,这也许是个做一次测试的机会。他几乎没有注意她跟咖啡店老板在闲聊些什么。

第二天,在家里,晚饭后他在客厅看报纸,简在做针线活儿,他说:"昨天我在城里见多萝西了。我请她吃饭。"

"是吗?她怎么样?"

"她很好。她最近去了瑞士伯尔尼高原,度过了一个很棒的假期。"

"噢,不错。我想,她需要好好度个假。上次她来这里显得很疲惫。她很快就会看起来像个真正的老女人的。"

"嗯,这正是问题所在。她厌倦了做处女。"

正在埋头缝补短袜的简抬起头,瞪眼看着他。"她跟你说这个?"

"她的俄国男友瞻前顾后,没有成全她。她想让我跟她做爱。"

"那你想吗?"

"想,"他回答得很干脆,"你一定知道,我们一直有一种异性间的互相吸引……"

"当然是了。她被你迷住了。"

"但她从不承认。我们之间总有一种障碍,它总是刺激着我们,让心里的欲望得不到满足——这就是我们不断争论的原因,争论就是升华的性欲。这就是她在这里时总有一种紧张气氛的原因。我想消除这种障碍。"

"那这样最好了。"简说，接着埋头缝补短袜。

沉默片刻，他说："我邀请她下下个周末过来。"

"好啊，"简平静地说，"那个周末我们没有什么安排。"

"好的。"他说，然后继续看报纸。

他们此后再未谈起此事，多萝西在约定的周末来到黑桃别墅时，他也没有跟她挑明。但三人都明白即将发生什么。他们挨过了午饭后例行的散步和喝茶时关于书籍的闲聊，可是他觉得一切似乎都在恍惚中进行，说的都是记好的台词。晚饭后，两个女人像往常一样，为他演奏钢琴二重奏，他斜躺在扶手椅上，默想着她们之间奇特的关系。她们很享受让对方出丑，互相开刻薄的小玩笑。多萝西取笑简是个过于吹毛求疵的主妇，永远在不停地拍松靠垫，抻直窗帘，重新整理花瓶里的花；简则批评多萝西是个老迷糊，被动接受没有前途的工作。他总觉得她们并不真正喜欢对方，也许上学时就是如此，然而她们之间却有一种强于喜欢的相生相克，眼前就是一个有代表性的场景，为了取悦他，两人一起演奏钢琴，神情专注，潜心合作。他感到自己好像后宫里的土耳其国王，将两个宠妻招来伺候左右，片刻之后陷入同时享用两个女人的幻想，尽管很难想象两个并非合适的参与者如何一起纵乐。

接下来的一切在谨慎中默默进行。他在简的房间跟她告别，表情严肃地吻了她，然后退回自己的房间，看了一小时书。接着，他只穿着睡衣，轻轻走到过道另一头的客房。如他所愿，门没锁。他静静地走进去，在身后关上门。"这儿冷，"他说，"你一定是开着窗子吧。"她没说话，但在床上动了动，发出轻微响声以示醒着。房间里一片漆黑，但他没有试着开灯或者拉开窗帘——这一次他不想让她看到自己的裸体。他摸索着走近床，将睡衣脱在地板上。他的眼睛逐渐适应了房间里的黑暗，见到她掀开被子，他钻进被窝在她身边躺下。她也一丝不挂，躺在一块毛巾上面——尽管有些过于冷静，但不失为周到之举，就像躺在手术台上的病人。他做了他来这里要做的事，很快就结束了。没有什么狂喜，他也没有过这样的期待。他起床穿上睡衣。"晚安，亲爱的。"他说，俯身吻她。"我很恍惚。"她说，这是她第一次开口说话。"你会恢复的。"他说，"会好起来的。别把初次看得那么重要。"

实际上他们再也没有在黑桃别墅一起睡过。后来他们在伦敦帕丁顿火车站附近的一家破旧旅馆见过两次面，可是多萝西似乎总是不确定是否真的想跟他发展暧昧关系。她曾加入一个妇女俱乐部，俱乐部有一个叫莫法特小姐的女人，是一个不好对付的四十岁老处女，她搬出原来的寄宿舍，跟那位莫法特小姐合住在一个一居室的单元房里，就好像要确保她无法跟他在自己的床上睡觉一样，而他则开始对她失去耐心。这一插曲唯一值得肯定的结果是，他与简之间的默契得到了确认。

——可那之后你并没有把每一个女人都告诉她……

——嗯，是的，没有。不过如果是她认识，或者见过，听说过的人，我会告诉她。这个很重要。我觉得通过对此知情使她有一种权力感，这真是一个奇特的方式。在一定的时候，她接受我跟别的女人保持长期情人关系，也接受我跟她们的露水之爱。实际上，她甚至给我提供有关她们的建议，友善地给她们写信，送她们礼物。有些人觉得那太离奇了，离奇地宽容或者离奇地堕落。可是那跟性爱自由原则是一致的，我们一起私奔就是基于这个原则。

——所以那就是一种开放婚姻了，不过只是你的单方面开放。

——简不想有情人。

——你确定吗？她写过一些短篇小说，小说中的女人们陷入不尽如人意的婚姻，但渴望浪漫冒险。你将这些小说收进了《凯瑟琳·威尔斯之书》。我们可以看看那本书吗？

他走到书橱前，取下《凯瑟琳·威尔斯之书》。该书由其丈夫H.G.威尔斯作序，1928年出版，那是她死于癌症后的第一年。查托和温达斯出版社的这本书做得不错。书里有凯瑟琳生平不同时期的三张写真肖像画，它们不是印在书页上，而是像私人相册里的照片一样镶嵌在书页上。她多美啊！

——可她在照片里总显得那么悲伤，哪怕在快照里也是这样。你有一张她微笑的照片吗？

——我不知道。

——要是有你会知道的。

——我记得她在生活中既微笑也开怀大笑。那对我来说就足够了。

——有趣的是，这篇题为《带围墙的花园》的小说模仿你自己的小说《墙上的门》，不同的是她的花园是个牢房，而不是天堂。女主人公嫁给了一个叫布雷的男人，他是个乏味又自大的诗人兼作家，因不合自己的口味而改了她的名字，就跟你把凯瑟琳改为简一样，他在性方面没有让她满意——

——可那是因为他跟她做爱时"谨慎而又谦恭"——很难说是我的风格。

——嗨，那不就是作家们掩饰自己的自传素材的典型手法吗？直接将事实反过来写就是了：把太粗暴的伴侣写成胆怯的。简从你那里学到了这一招。不管怎样，那一点不影响小说的基本主题，即女主人公的性缺憾问题，当遇到来给丈夫照相的帅气摄影师而丈夫又不在家时，她立刻坠入情网。"我的老兄！找到了！找到了！"她在心里默念道。她决意下次他再来时采取主动，可是，他再也没有来，她也再没见过他。因此，她转而决定做个好母亲，从中寻求满足。小说的最后一句话是："可她想要的不是布雷的孩子。"

——我承认，读这篇小说时我感到一阵不安。它是在一家发行量很小的杂志上发表的，可我想象得到，我的朋友——还有敌人——正在一边传看一边窃笑。"简在报仇了，我看到了！""H.G.自尝苦果了吧。"诸如此类。当然，我从没跟简说过这篇小说那方面的事。她和往常一样把最初的手稿给我看过，我只限于从文学的角度发表些意见。我记得，我对"我的老兄！找到了！找到了！"提出过异议。我认为不符合人物风格，过于D.H.劳伦斯化，但她坚持保留。

——鉴于你如此频繁地在小说中描绘得不到满足的婚姻，而小说中的一些女人或多或少都跟简相似，你很难抱怨她这篇小说的内容。

——的确如此。她也从没跟我抱怨过。这是我们达成的默契的一部分，我可以随意将我们的生活写进小说。要是你想写当代生活，除了写自己的经历，的确别无选择。不过那篇小说，以及其他几篇，的确让我伤心地想到——特别是在简，或者不如说凯瑟琳死后——她有一种对浪漫爱情的渴望，这种渴望没有得到实现。这就是我给这本书起名《凯瑟琳·威尔斯之书》的原因。

——凯瑟琳就是那个渴望浪漫之爱而未曾实现的女人。她接受你为她更名为"简"时，她的自我的那一部分就被压抑下去了。

——这样说有点带着偏见。我认为她没有什么要压制下去的力比多。正如我在这本书的序言里说的那样："心有渴望，但那不是势在必得的渴望。那是对美和温情陪伴的渴望。心有爱侣，从未谋面，从未确证，在渴望之心中腾挪闪躲。渴望与失望相伴。"

——可是设想一下，如果那是一种更为强烈、更为势在必得的渴望呢？设想一下她的渴望并非无限期的失望。设想一下要是她确曾有过一个爱侣？

——那我会嫉妒得发疯。

——你承认了。

——奥赛罗[1]跟我比起来都黯然失色。

——尽管你信奉性爱自由。

---

[1] 奥赛罗，莎士比亚同名悲剧中因嫉妒而杀死女主人公苔斯德蒙娜的男主人公。

——我将它作为我要追求的理想。不幸的是，它总容易毁于嫉妒。我在很多作品中做反对嫉妒的说教，可我从未完全免俗。有时候完全为嫉妒所困，不能自拔——比如伊莎贝尔再婚时，穆拉1934年回苏俄看望高尔基并对我撒谎隐瞒时——可是简从未给我此类刺激。

——你很幸运。

——是的。

不可思议的是，唯一一个让他害怕发现简有某种不忠的时刻，出现在她去世几周之后。简是1927年10月去世的。她最后的病痛，让他们变得比之前许多年里更为亲密。那时他正在法国南部度过一年中最好的时节，突然接到弗兰克发来的电报，告诉他简被确诊患了不可治愈的癌症。她感觉不舒服已经有一段时间了，但她照例对此轻描淡写，自己预约了探查手术，没有告诉他，不想让他担心。他立刻赶回伊斯顿·格里伯别墅。此后五个月她日渐衰弱，他一直陪着她，他钦佩她的坚韧、耐心，钦佩她没有顾影自怜，竭尽全力照顾她。她只希望能够活着看到弗兰克结婚，可遗憾的是，就在弗兰克要跟一位当地姑娘在伊斯顿镇举行婚礼的前一天，简去世了。两个年轻人私下里结了婚，预定的婚礼取消。一周后举行了葬礼，他邀请了一大批朋友参加，他的朋友古典学者T.E.佩奇念颂辞时，他大声哭泣，洋相尽出。那篇颂辞是他写好的，但他不放心让自己致辞。"今天，我们在此教堂相聚，"颂辞这样开头，"最后一次向我们亲爱的朋友凯瑟琳·威尔斯致以敬意。我们祈望她可以在我们中间勇敢而又可爱地长享岁月，不幸她英年早逝，我们满怀悲痛。夺走她生命的是癌症，那个尚未被征服的人类幸福的敌人。数月来她的力量日渐衰弱，而其勇气和仁慈永在。她从容面对生命的最后时刻，对侍奉左右的人们始终带着温柔的微笑。"

去世前若干年，她在布卢姆斯伯里租了一套小单元房，离大英博物馆不远。那差不多是她的天堂，一个只属于她的地方。他和家里其他人都没有进过那套房子。她并不经常来这里，来后也很少待过数小时以上。她使用这套房子是为了写作——她说，在伊斯顿或者伦敦的家里，她很难写自己的东西，因为那里满是他多产的文学生涯的提示物，而且她还要忙着帮他管理这一切。他理解这一点，并鼓励她用那套房子，那是她"自己的一间屋"，正如弗吉尼亚·伍尔夫若干年后写的一本书的标题所称的那样，跟伍尔夫的大部分书比起来，他更喜欢这一本。他付房租时曾跟简开了个小小的玩笑，说相信她不会拿它做爱巢，她的反应是微微一笑，并摇摇头。他丝毫没有怀疑过她会做这种事情。直到她葬礼后不久的那一天，他不得不开始带着感伤的心情处理她的一些事务，清理她的财产，从她的写字台抽屉里取出整齐地贴着写有贝德福德广场地址的钥匙，去清理她在小单元房中的物品。

在途中，他突然为一个想法而苦恼。他害怕在那个房间里发现某种证据，证明她在那里过着秘密的浪漫生活，跟一个他不认识的爱侣幽会。他对自己说，这个想法是荒唐的，但它就是挥之不去。助长了这种猜疑的，也许就是他自己的虚构想象——是小说家能构想出的一种反转情节：屡次出轨的奸夫突然发现乖顺的小妻子对自己不忠的证据，而他已不再有可能对她做出指控……或者，也许是因为自己没有在简活着时给她足够的爱而良心不安，他的良心在以这种让他心神不宁的念头惩罚他。不管何种原因，他来到那个房子时，几乎害怕得瑟瑟发抖，将钥匙插进楼门和套房锁孔时十分困难。

然而，一旦进入房间，他的恐惧便烟消云散。这是一套装修简陋的小工作室，只有一张窄沙发床、窗前一张书桌和一把椅子，一把安乐椅，一个书橱，一个衣橱。墙上有几张印刷的静物和海景油画，煤气壁炉旁边摆着一瓶枯萎的花。一切都井井有条——床罩一丝不乱地盖在床上，上面的靠垫对称地摆放着，书桌上的文具也摆放得整整齐齐。俨然一个修女隐修室。他在书桌抽屉里找到了她的小说和诗歌手稿，大部分她都给他看过，而那些她之前未曾给他看过的，也并不包含性爱嫌疑的迹象。不过整体上，它们的确隐含着一种深深的遗憾，她知道，她被排除在生命中的一个领域——激情的领域——之外。这是一种从手稿纸页中散发出的暗示，就像她最喜爱的香水残存的气息，在滞留房间的空气中若隐若现。坐在书桌前，他盘算着要将这些手稿中的佳作汇集成书，作为对她的纪念。

——**那么你和简之间的性爱关系是什么时候结束的？**
——我不知道。记不得了。这件事我们并没有明确约定。性爱之间的间歇越来越长，最终直接结束。
——**可你一定知道大约什么时候结束吧？**
——也许是1907年、1908年，或者1909年。

——**就是你跟罗莎蒙德·布兰德和安珀·里夫斯发生私情的时候。**

——简并没有因为那些姑娘而嫉妒或者生气,也没有对我说过"永远也别再进我的房间"。实际上她完全是个慷慨大方的大好人。要是没有她的支持,我那时挺不过来,特别是跟安珀发生私情的那段时间。你知道,那差不多毁了我。我焦虑到疯狂——我数十年为之努力的一切,好像都在动摇,失去控制:我的文学事业、政治使命、私人生活,势必同时毁于一旦。

——**这是你自酿的苦酒。**

——是的,我是自酿苦酒。

第三部

── 第一章 ──

到了1902年,他获得了十年甚至五年前做梦也不会想到的世界地位。他拥有了一幢精美的房屋,那是设计大师按照他的要求量身定制的大宅,尽管房子的建造伴随着诸多细小的失望和延迟——自从金字塔建成后,建筑行业在方法和工作实践方面似乎就罕有改善——但最终的结果还是值得等待的。这幢房子为生活舒适和便利而建,而非为了夸耀主人的社会地位而建。建筑的正面正视图十分简朴,门廊和正门从整体比例看都不算大。从建筑正面的窗户向外眺望,视野中的兴趣点主要是桑德盖特索道,那是一个设计巧妙、由水力推动的索道系统,运送乘客往返福克斯通滨海大道的坡道——它让那些对技术感兴趣的人着迷,但没有什么景观价值。房子背面朝南,十分壮观,白色的拉毛墙面在阳光的照射下熠熠生辉,吸收太阳的热量。有一个引人注目的大露台和两块草地,其中一块草地大得足够做羽毛球场。在庭院之外,地势急剧下落,可以从树木之间看到英吉利海峡。主屋西边有一个砖砌的小屋,背朝主屋,屋顶盖着装饰瓦,沃依奇原本打算用它做园丁小屋,但东家本人捷足先登,很快将它改造成了一个小书房。夏天天气晴朗的日子，他会在凌晨起床，来到这里写作几小时，直到吃早餐。他可以时不时地从稿纸上抬起头，欣赏坡下远处的风景。桑德盖特大街在慢慢苏醒，晨曦中现出村子背后树木葱茏的小山，海浪无声地拍打着布满沙砾的海滩，海滩沿圣玛丽湾向西一直伸展到迪姆彻奇小镇。新鲜、湿润的空气透过打开的门扑面而来，呼吸着这甜美的海滨空气，他有时候会回想起莫灵顿街出租屋里的那间卧室，只有一个挤在床和衣橱之间的小书桌，往窗外望去，邋遢的庭院被那些千篇一律的房子的后墙包围着。他心满意足地想，他和简已是今非昔比。

实际上到伦敦只有七十英里的距离，东南铁路公司却将它搞成了两小时十五分钟的车程，不过乏味的旅程并不足以阻挡周末宾客造访，而且访客不在少数。吉辛[1]来了，本涅特来了，随着费边社开始拉拢他，比阿特丽丝·韦伯[2]和西德尼·韦伯[3]夫妇来了，还有萧伯纳夫妇，以及社里的其他名人都来了。他很享受招待来自伦敦的朋友和相识，大家一起打羽毛球，聊书，做游戏，简虽然有些过于焦虑，但依然是个能干的主妇。这并不是说本地缺乏自己的文坛名流。亨利·詹姆斯就住在不远处的莱伊小镇。自从和简 1898 年迁居此地，他就和詹姆斯保持友好往来。当时他正因最后一次肾病发作在新罗姆尼住院。受损的肾脏终于在那里切除，留下一个健康

---

[1] 乔治·吉辛（George Gissing，1857—1903），英国小说家，散文家。
[2] 比阿特丽丝·韦伯（Martha Beatrice Webb, 1858—1943），英国社会学家、经济学家、社会主义者。
[3] 西德尼·韦伯（Sidney James Webb, 1859—1947），英国社会学家、经济学家、社会主义者，伦敦经济学院（即后来的伦敦政经学院）共同创建人。

的肾，自此运行良好。詹姆斯和他的客人埃德蒙·戈斯[1]从兰姆屋骑自行车来拜访他，并善意地询问他是否需要从皇家文学基金会申请经济资助。他跟他们说不需要，并计划在此定居，用小说稿酬建一幢自己的房子。他们闻此十分高兴，显然也非常欣赏。

若干年前，他为《帕尔摩报》写过一段时间的剧评，幸运的是，在写剧评的初始阶段，他对詹姆斯灾难性的作品《盖伊·多姆维尔》给予了好评，这让他们之间得以发展一种基于相互赏识的友谊——因为他们的创作个性迥异，年龄差距很大——幸运地不存在竞争关系。他们的交往主要靠书信。也许是担心自己无法令人信服地赞美黑桃别墅（每个卧室都有自己的厕所这一信息似乎困扰他），詹姆斯总找借口拒绝屋主的邀请，不过其书信的巴洛克式铺张，对面晤的稀缺有所弥补。"兄台如此慷慨之至，感人至深，昨夏惠赠精美而羡煞旁人之卷册，在下竟未集须臾之时与一词半字致以当之无愧之谢忱——倏忽明了之际，羞愧几乎让在下周身战栗，兄台的投枪已了结在下，在下现在不幸加以证实"——如此这般，詹姆斯用华丽的辞藻，为没有告知在收到《时空故事》之前收到《酣睡者醒来时》道歉。他们形成了一种习惯，互相赠送新出的书并恭维对方。老作家过分恭维的赞美总是被一些颇具暗示性的保留意见所修正，而这些保留意见本身都披着恭维的外衣。在读过《时间机器》后，詹姆斯当天很晚的时候写道："拜读大作时，在下斗胆重新给你写信，重写了许多——这是我糟糕的傲慢无礼对一位作者所能给

---

[1] 埃德蒙·戈斯（Edmund Gosse, 1849—1928），英国翻译家、文学史家、批评家。

予的最高礼遇。"不过他很乐意跟詹姆斯保持这种亲密关系,后者是作为一种艺术形式的英语小说最为杰出的代表,虽然不是最受欢迎的。

在这一英国海隅,东苏塞克斯郡和西肯特郡交界之处,还住着另外两位声誉日隆的小说家,他不久便结识并喜欢上了他们。他们是福特·马多克斯·休弗和约瑟夫·康拉德,[1] 两人本身也是朋友,还偶尔合作。当你看见他们在一起时,他们显得并不那么合拍——休弗高大魁梧,金发碧眼,蓄着八字胡,举止开朗外向,康拉德则皮肤黝黑,蓄络腮胡,容易动怒。因为休弗突出的门牙,他私下里给他俩起绰号为海象和木匠。熟识后,他才知道人们称福特为"福迪"。福迪一直在寻求吸收其他作家加入自己的项目,以使英国当代文学现代主义化,而波兰人康拉德是位退休船长,他将欧洲大陆的严肃和其冒险经历的宝藏带进休弗的文学事业,尽管英国式喜剧风格的韵味令他困惑。"亲爱的威尔斯,关于简·奥斯汀的这些东西是怎么回事?"康拉德会皱着眉头打着手势问他,"她到底写了些什么?所有这些到底写的是什么啊?"

因为詹姆斯、休弗、康拉德和他本人都住此地,似乎一个新的文学圈子正在形成,而美国人斯蒂芬·克莱恩[2] 和科拉·克莱恩[3] 的加入一度使这一圈子短暂扩大。斯蒂芬·克莱恩是一位杰出的美国青年作家,《红色英勇勋章》的作者,漂亮的科拉被看作其妻

---

[1] 约瑟夫·康拉德(Joseph Conrad, 1857—1924),波兰裔英国作家。
[2] 斯蒂芬·克莱恩(Stephen Crane, 1871—1900),美国小说家、诗人、评论家。
[3] 科拉·克莱恩(Cora Crane, 1865—1910),美国商人、作家、记者。

子，可她实际上嫁给了他人，有传言说她在美国西部开了一家妓院。克莱恩夫妇1897年来到英国，在莱伊小镇附近的布莱德村租了一栋破烂不堪的大宅子——布莱德别墅，在那里，他们举办了一个难忘的1899/1900跨年晚会，在长达三天的聚会中，人们欢宴，狂饮，玩游戏，表演戏剧。亨利·詹姆斯接到了邀请，不过谨慎地拒绝了。宾客如此之多，以至于男人和女人得分开在不同的集体宿舍就寝，而且，与黑桃别墅形成强烈对比的是，布莱德别墅只有一个厕所，是供女士们用的，因此，一到清晨，人们便见到男士们前往附近的树林，有意带着心不在焉的神情，装着彼此视而不见。尽管有这样那样的不便，大部分客人都玩得十分开心，只是可怜的克莱恩，显然因肺结核病得很重，半年之后便在瑞士的一家疗养院去世。他经常怀念克莱恩，那是个勇敢、快乐的人，其悲惨的早逝本来很有可能发生在他自己身上，这让他倍感好运对自己的眷顾。

这样到了1902年，黑桃别墅自豪的主人已是一个拥有健康儿子的一家之主，在当地社区备受尊敬（一直有人提议他做市镇治安官），宾客盈门，社交生活丰富多彩，与一些重要作家和思想家建立的朋友圈日渐扩大，而他本人作为作家和思想家的声誉也越来越高。《预测》一书卖得跟小说一样快。1月份他在皇家研究院做了一次演讲，题为《未来的发现》，讲稿也很快被印刷成册，供没能买到演讲门票的读者阅读。不过在同一年，他还写了另一本十分不同的书，出版后让他的许多新崇拜者困惑不解。那是一本名为《海女》的中篇小说。该小说是水妖神话[1]的变体，游戏性地将并不相容的想象和现实元素混合在一起，但主题是严肃的。故事讲的是一个姓邦廷的中产阶级人家，住在桑盖特海滨的一座房子里，有一天见到一个在海里游泳的年轻女人，她显然遇到了困难。她被搭救上岸，一块毛毯包裹着她，毛毯里藏着一条尾巴。所有的人都被她迷住了，特别是那位叫查特里斯的年轻人，一个注定要作为自由党议员大获成功的青年。他爱上了那个美人鱼，这让他的未婚妻阿德琳感到绝望，阿德琳是汉弗莱·沃德夫人[2]的书迷，致力于改善穷人的状况，而这是一个遭到海女嘲笑的抱负："什么是穷人的状况？是存在之床上闷闷不乐的辗转反侧，是因为不知道所有这一切是一个什么样的梦而永远为其后果苦恼、恐惧……她怎么会关心穷人的状况！她的梦想是做个杰出的善人，维护自我，在感谢、赞美和祝福中控制他们的生活。"海女神秘的座右铭是"定有更好的梦"。查特里斯在欲望和责任之间摇摆不定，最终委身于前者，在海女的怀抱里，沉没于波涛之中。

小说的灵感产生于1900年在桑德盖特海滨的一次经历。海滨有一排别墅，它们的后院都延伸到海边，男女混浴十分方便，在守旧的桑德盖特这被视为一种大胆的行为。那时黑桃别墅正处于建造中，他们租了其中的一座别墅，名为阿诺德屋。一个天气晴好的早晨，他在落潮的海边散步，正要回到后院门，听到海那边有人叫：

---

[1] 水妖（Undine），又称温蒂妮，水女神。欧洲古代传说中掌管四大元素（火、风、地、水）的"四精灵"之一。后来温蒂妮被描绘成居于水边的美丽女性精灵。
[2] 汉弗莱·沃德夫人（Mrs. Humphry Ward, 1850—1920），英国小说家。

"波迪叔叔!"他扭头循声望去,浅滩上,一位超凡之美的女神踏浪而来,波提切利的《维纳斯的诞生》活了。

那是梅·尼斯比特,E.F.尼斯比特的女儿。他为《帕尔摩报》写戏剧评论时,尼斯比特是《泰晤士报》的剧评作者。实际上,尼斯比特写过一篇关于《盖伊·多姆维尔》的毁灭性评论,亨利·詹姆斯仍然一想起它就会痛苦,但他从未向詹姆斯坦白自己跟那位剧评作者本人有私交。他们频频在剧本首演之夜会面,尼斯比特是一位有经验的媒体人,对他颇有好感,给他提了一些专业上的建议。交往到一定的时候,随着友谊加深,尼斯比特向他透露,其在肯特郡高德赫斯特的中学里有个私生女。后来,重病缠身的尼斯比特给他写了一封信,请求"我亲爱的威尔斯"在其死后照顾那个姑娘,接着很快就出现了他去世的消息。因此,他得继续为姑娘付学费,偶尔邀请她来桑德盖特度假,他让她叫他"波迪叔叔"。成为她的被监护人之初,她还是个腼腆、脸上长粉刺的小女孩,可是这个夏天,十七岁的她,已出落成一个容貌出众的小美女。瞧,晨曦中,她裹着湿漉漉的泳衣向他走来,像一个年轻的女神。她的泳衣是中学女生的那种简单样式,没有最时髦泳装的那些褶边和花哨装饰,而且对她来说相当小,这更加显露出她的身材。泳衣盖住了上齐脖颈下到小腿中部的身躯,但它像第二层皮肤一样紧裹着她完美的青春胴体——在她微笑着向他走来时,他甚至留意到她隆起的乳房的乳头。她似乎集年轻女性纯洁、健康和肌肤之美于一身,他被淹没在汹涌而来的无望欲望之中。

"早上好,波迪叔叔。"她一边用力摘下泳帽一边说道,金发散落下来披在肩膀上。"你要去游泳吗?"

"不,我要扯掉你的衣服,舔干你美味身体上的每一滴海水,马上跟你疯狂做爱,就在沙滩上,就像萨提尔[1]和森林仙女在爱琴海的海岛上一样。"他想这样说,可实际上说的是:"也许一会儿吧。我更喜欢涨潮时回屋里去。"

也许意识到他说话时紧紧盯着她看,她脸红了,环顾左右寻找浴巾和浴衣,但它们被她放在海滩更高处。"我该进去换衣服了。"她说。

"对,别着凉了。"他说。他忍不住又加上一句:"你变成了个小美人,梅。"

她再次脸红了,羞涩一笑,嘴里含糊不清地似乎在说"谢谢"。他望着她向海滩高处走去,欣赏着她被泳衣裙摆紧裹着的两块屁股上下起落,直到在干处的砾石上找到浴巾和浴衣,披在身上。直到那时,她才转身朝他挥挥手,他也挥手回应。

梅有一定的音乐技能,并心怀感激地接受他的提议,由他资助接受培训,将来做中学音乐教师。可她是个相当迟钝、缺乏想象力的姑娘,唯一的迷人之处是长得漂亮。要是他成心引诱她,也许会成功,然而,基于道义和人之常情,这个想法当然是不容考虑的。在假期剩下的日子里,他让自己仅限于以一位多情叔叔的方式跟她调调情,看看最轻微的恭维会突然让她陷入怎样的慌乱,并以此自娱。可是那天早晨她如同阿佛洛狄忒[2]一般从海中升起的景象,一

---

[1] 萨提尔:古希腊神话中形体为半人半羊的森林之神。
[2] 阿佛洛狄忒:古希腊神话中的爱与美之神的希腊名,拉丁名为维纳斯。

直萦绕在他脑中,由它激起的渴望,让他构思了海女的故事和海女致命的诱惑力。

那篇小说的意义是含混的,他本人也不是十分清楚到底要说什么。海女超越生死,可她不死的生命对她来说却是沉重的负担。她嫉妒人类,"因为你们可以期待一个终结",她也批评人类,因为"你们如此拙劣地利用你们拥有的短暂时间"。她的妖媚被证明对男主人公而言是致命的。这个寓言到底是在演绎性爱的毁灭性效果,还是赞美其超凡力量?他实际上并不知道。他似乎徘徊在生命中一个新阶段的门槛,突然为一种疑惑而苦恼,他试图在这种幻想中解决这种疑惑,他要摆脱它。看来这种努力是有效果的,因为那年年底,他决定加入费边社,从而让自己投身于激进的政治改革事业。同时他知道,他也可以在黑桃别墅定下心来,创建自己作为爱德华七世时代文人的惬意文学生涯,倘若循着那样的路径,他未来将从事安定的、心满意足的工作,间或接受文学圈和餐会上的流言蜚语以及彼此恭维为其调色,那将使他最终获得骑士身份和一大堆荣誉学位——可他知道,那不会让他满意。是的,他会继续写作,可是他已经体验过作为作家获得成功时的激动,余生的期待,仅仅是通过一本又一本书,在论资排辈的文坛竭尽全力维持自己的地位,对此,他没有兴趣。他想成就更多,希望触及那些不读文艺小说的普通人的生活,那就意味着要投身政治事业。他想留下一个更好的世界,比他诞生其中的那个要好。是梅·尼斯比特赋予了他海女的灵感,不久之后,他将遇到真正的海女,遇到那个理想化的梅·尼斯比特。而梅·尼斯比特不过是那些出现在他生命中的其他年轻女人的先导，那些年轻女人会搅乱他的使命。

他们此时的隔壁邻居，是友善的波帕姆一家，他在《海女》中冒昧地以他们为原型塑造了一家人。波帕姆夫人有个弟弟叫格雷厄姆·沃拉斯，偶尔来姐姐家做客，他是新近创立的伦敦经济学院的讲师，就是因为与此人相遇，他首次被引入费边社的轨道。他们志趣相投，很快就喜欢上了对方，尽管在气质上他们迥然有别。他赞同沃拉斯通过教育创造一个"伟大社会"的目标，而在沃拉斯一方，让其激动不已的，是《预测》中的激进版新共和国。沃拉斯年长于他，1884年费边社创立，两年后他加入该社，自此一直是费边社执委会成员，不过其坦言，近来随着韦伯夫妇和萧伯纳占据主导地位，自己的影响力已经式微。"我认为费边社已迷失方向，"他们沿桑德盖特海滨散步时他说，"我们似乎不能在任何严肃的议题上下定决心。我们因布尔战争而分裂。我们因关税改革而分裂。我们因妇女选举权而闹崩。我们无休止地辩论，从未决定任何事情。会员数大大下降，少到七百人，达到我们的下限，会员大多是中老年人。我们需要新思想，威尔斯，费边社执委会中不止我一人认为，你就是那个能给我们新思想的人。我可以告诉你，韦伯夫妇和萧伯纳都怀着极大的兴趣读过你的《预测》。我很乐意把你介绍给他们。"

"我见过萧，"他说，"不过我怀疑他是不是还记得。参加亨利·詹姆斯《盖伊·多姆维尔》首演之夜后，我和他一起步行回家。那时我们都是剧评作者。"

"那就更好了,"沃拉斯说,"我敢打赌他还记得你。"他又刻意补充道:"我要是个赌徒,我就打这个赌。"他在牛津大学上学时就放弃了基督教信仰,但还是留有福音派新教教养的烙印。

另外一份示好来自费边社秘书爱德华·皮斯的来信,询问他是否见过韦伯夫妇:"他们就是你的新共和国里的先锋。我们多年来一直靠韦伯夫妇的政治思想活着。我们希望有别的人提出新思想,这就是我欢迎'预测'的原因。"韦伯夫妇受邀周末到黑桃别墅做客,他们对彼此都有一番客气的评价,这似乎让双方都满意。韦伯家多次邀请威尔斯夫妇到他们在伦敦的家里共进晚餐,不过通常是他独自一人去。他知道他绝对不会喜欢上韦伯夫妇,而且他有些怀疑,除了夫妇俩互相喜欢——虽然是那种不冷不热的喜欢——是否还有任何其他人喜欢他们或者他们还喜欢任何其他人。沃拉斯告诉他,他们曾经在都柏林花费整个蜜月研究爱尔兰工会运动史,他对此并不感到惊讶。乍一看这对夫妻似乎并不般配,她高挑、苗条,来自中上阶层,他又矮又胖,来自中下阶层,可他们是一对令人生畏的组合。西德尼有一副公务员头脑:总是不知疲倦地刻苦工作,善于搜集事实和统计数据,并将它们相互关联起来。比阿特丽丝则更聪明,也更感性。但是他们以一个声音说话(真说话时,他们的口音会暴露其不同的出身背景),或者说以一个声音写作,他们似乎从没有发表过任何两人不共同署名的文字。他们还跟一些要人很接近,他们邀请这些人出席由名为系数的餐饮俱乐部所主办的宴会。他也受邀参加这类宴会。在某个他们自己的晚宴上,跟他同桌的有自由党要员赫伯特·阿斯奎思、[1]工会领导人约翰·伯恩斯、萧伯纳夫妇,以及埃尔科夫人。埃尔科夫人来自"灵魂社",该团体成员都是拥戴保守党首相贝尔福伯爵的开明贵族,这次相识后,他接到邀请参加斯坦威别墅的周末家宴,斯坦威别墅是埃尔科夫人位于科茨沃尔德[2]的一幢漂亮的17世纪建筑。

陪他出席宴会的简有些怯场,而他面对这种场合的社交挑战时自信地应付自如,她很佩服他。他知道进门时仆人打开你的包时不必惊讶,知道周一早上告别时给仆人多少小费。他知道何时该去自己的房间换装准备赴晚宴,准确地知道晚餐开始前多久应该下楼到会客厅。"我知道这些,是因为小时候从仆人的视角观察过这种宴会。"他向她解释说。他常常心怀感激地回顾在上庄园的经历,这是原因之一。他母亲曾经在上庄园做管家,那时,他先是因为当学徒被开除,后来又因为当小学老师时生病,在上庄园住过一段时间。通常情况下,他所拥有的洞悉英国社会历史和结构的机会,是一个出身于他这个阶层的青年绝不可奢望的。这座拥有大群仆从、恭恭敬敬的租户和村民以及广袤田地的乡间府第,是在遥远的过去通过巧取豪夺、征用和圈围而来,被少数拥有特权者世世代代继承,似乎那是他们神圣的权利,这就是英国故事。它体现了一种文明而又等级森严的社会体制,这一体制两百年内几乎毫无改变,人们假定其长盛不衰,却没有意识到,由于社会和经济的变化,其基

---

1 赫伯特·亨利·阿斯奎思(1852—1928),英国自由党政治家。1908年至1916年任英国首相,"一战"爆发后,因反对与保守党合组联合政府,被迫辞职。
2 科茨沃尔德:地名,位于格洛斯特郡。

础正在被撼动。他已经开始酝酿一部小说，对新的工商寡头进行考查，研究其对传统土地贵族阶层地位的动摇，不过要过一些时间才会动笔。眼下，他更关心的是一种政治上的迫切需要，即更为公平地分配土地使用权和工业革命的利益，而费边社似乎是推动这一计划的最佳平台。

他于1903年2月加入费边社，入社介绍人是格雷厄姆·沃拉斯和萧伯纳。萧仍然清楚记得他们一起步行穿过伦敦西区，前往卡姆登镇的事。那天他们刚刚经历了臭名昭著的《盖伊·多姆维尔》首演之夜，不幸的作者在演出结束后出来鞠躬致谢，却被观众喝了倒彩。"你告诉我你的一本叫《时间机器》的小说卖了一百英镑。"费边社办公室位于舰队街附近克莱门特旅店一间昏暗的地下室，当沃拉斯在那里重新介绍他们认识时，萧这样说道。"书名给我留下了印象——稿费的数额也是，我的任何一个单篇作品都没挣过这么多——我一直很有兴趣地关注你后来的发展。我必须说，你干得不错。""你也是。"他回应道。他们初次相遇时，萧一直在为自己的剧作得到上演机会而努力，但近些年他已被公认为是英国当代最令人瞩目、同时也是最有趣的剧作家，各个剧院都纷纷上演他的剧作。"我们都干得不错，"萧说，"但我花的时间比你长。"他们的年龄相差十岁，对这位纳新的社员，萧似乎采取了一种慈父的姿态，差不多比他高一英尺的身体条件让萧更容易做到这一点。"你入社真好，威尔斯，"萧亲切地往下看着这位新社员金黄色的胡须说，"我们需要大改革。我们需要输入新鲜血液。你就是那个可以吸引年轻人的人。"这一切都让他觉得受到抬举，但他感到萧会利用他在社里推行改革，萧认为改革是有必要的，但萧参与改革不可能不疏远执委会里的老朋友，而且还会叫停那些他认为过于激进的提议。

他无意做萧的牵线木偶，但他在社里发表的第一篇演讲，没有让费边社的"老守护神"，或者如执委会老人所称的"老帮"的任何成员有感到惊恐的理由。演讲本身比题目"关于市属企业科学划分行政区的问题"（好像出自西德尼·韦伯之手，要不就是有意戏仿其笔风）要有趣得多，它是《预测》中观点的发挥，认为现代世界传播速度正在加快，这使得先前被一致认可的区域和国家边界的概念失去了意义，不可避免地导致人们在一定时候建立一个世界政府。不过演讲并未引起什么争议，世界政府的想法过于遥远，不会让费边社社员不安。在他的"处女秀"后向他表示祝贺的新朋友中，有两位费边社的资深铁杆社员，休伯特和伊迪丝·布兰德[1]。

数月前，在迪姆彻奇，经格雷厄姆·沃拉斯介绍，他和简结识了布兰德夫妇。迪姆彻奇位于距桑德盖特几英里之外的海滨，他们家在那里有一座度假别墅。"你们一定要见见布兰德夫妇。"早在初次相识时，沃拉斯就对他们这样说道，显然他认为，结识布兰德夫妇将增加费边社对他们的吸引力。事情的发展的确如此：他和简跟布兰德一家很快成为朋友，此种速度和热心程度在此前的交友过程中十分罕见。

---

[1] 伊迪丝·布兰德（Edith Nesbit Bland, 1858—1924），英国作家。

沃拉斯提到，伊迪丝就是儿童文学作家、《寻宝人》作者"E. F. 尼斯比特"，从那一刻起，他就渴望见到他们。在之前十多年的时间里，他都知道有位写诗和短篇小说、名叫 E. F. 尼斯比特的作家的存在，该作家常常写儿童文学作品。他对那些作品没有太大兴趣。他不读当代诗歌，迄今也没有孩子要哄，而 E. F. 尼斯比特写的成人小说，他似乎将它们归于二流作品。然而，1898 年或者 1899 年，他碰巧拿起一本《帕尔摩杂志》翻阅起来，杂志里有《寻宝人》连载第一集，其开头引起了他的注意：

> 开始讲这个寻宝故事之前，有一些事情我必须交代，因为我自己读过一些书，我知道有些故事的开头多么让人讨厌，"'哎呀！'希尔德加德深深叹了口气说，'我们一定要最后看看这个祖传的家园'"——接着另外某个人又说了些什么——读了一页又一页，你还是不知道家园在哪里，也不知道希尔德加德是谁，更不知道关于那个家园的任何事情。我们祖传的家园就在刘易舍姆路。[1]

读到这里，他轻轻发出赞赏的笑，这并不是因为那时他正在写小说《爱与刘易舍姆先生》。刘易舍姆这个姓借自布罗姆利和查令十字之间一个火车站的名字，纯粹因为头韵的缘故。他继续往下读：

1　刘易舍姆路（Lewisham Road）：伦敦一街道名。一译"路厄森路"。

那是一幢半独立式房屋,有一个花园,花园不是太大。我们姓巴斯特布尔。除了爸爸,我们一共有六个人。妈妈死了,要是你因为我没有过多地谈起她,就认为我们不在乎她,只能说明你一点也不理解人。多拉是老大。然后是奥斯瓦尔德——然后是迪基。奥斯瓦尔德在预备学校得了拉丁文奖,迪基擅长算术。爱丽丝和诺埃尔是双胞胎:他们十岁,霍勒斯·奥克塔维厄斯是我最小的弟弟。讲故事的是我们中的一个——不过我不会告诉你是哪一个:到最后,我也许会告诉你。故事往前发展的时候你可能会试着猜,可是我打赌你猜不到。

儿童文学中这种新鲜和原创的写作非同寻常,让他印象深刻,为孩子们读书的父母同样也会喜欢。孩子们对年轻叙事者这种口语式的、实话实说的风格反应敏感,成年人(也许是较为成熟的大孩子)则会欣赏作品中的文学戏仿和"我们祖传的家园就在刘易舍姆路"之类机智的顿降法。这种双重效果贯穿于连载小说的始终,他时断时续地在《帕尔摩杂志》上读完了它。小说的主要情境是父亲的生意遇到了麻烦,缺钱,所以孩子们想办法挽回家里的财运,那些办法都是从故事书里学来的,因此不切实际,令人失望,并常常让他们陷入困境,不过偶尔会意想不到地从心照不宣的好心人那里获得报酬。孩子们到底是真相信他们那些办法会获得成功,还是拿它们当游戏玩,作为失去母亲后的安慰,这一点并不完全明了,小说对此巧妙地含糊其词。虚构带来的乐趣一直保持在现实的框架之内,直到小说结尾,它设计了一个大团圆结局,那是一个明显不合理的情感转折。为了消除读者的怒气,叙述者(原来是奥斯瓦尔德)说道:"要是结尾像狄更斯,那我也没办法,因为事情碰巧就是那样发生的。现实生活常常和书里的事一样。"

小说大受欢迎,他对此毫不感到惊讶。实际上,它成了E. F. 尼斯比特的成名作,作者很快趁热打铁,出了续集《好孩子协会》,以及有不同人物的另一本小说《五个孩子和一个怪物》。让他感到惊讶的是,他发现作者是个女人。"我一直以为'E. F. 尼斯比特'是个男人,"第一次见面时他承认说,"署名用首字母而不是名字的作家通常是男性。比如,我就如此。""威尔斯先生,我并不是第一个投稿时使用这种手段引起出版商注意的女作家,"她回应说,"我也不会是最后一个。那,你以为'E'代表什么?""欧内斯特。"他不假思索地回答说。"我不希望我听上去像那种热切的[1]作家。"她说。"不,不,完全相反,"他急忙说道,"最先吸引我的是你微妙的幽默。"然而,随着他们友谊的发展,他有时称她欧内斯特。她是一位容易招来许多调侃性绰号作为爱称的女人,包括"夫人""公爵夫人"和"阿姨",均因为她性格中的霸道倾向而起。

要是将布兰德一家写进小说,他肯定不会使用那个姓氏。伊迪丝身材高挑、线条优美、十分漂亮,她有一头浓密的棕发,轻轻挽成两个小辫,对称地垂在头两边。她年轻时一定是位拉斐尔前派风的真正美人,如今虽然年过四十,生养孩子让她有了中年妇女的身

---

[1] 英文中"欧内斯特(Ernest)"和"热切的(earnest)"谐音。

材，但表情安详时，仍然会让你想起罗塞蒂[1]笔下倦怠、忧郁的少女。她喜欢穿颜色鲜艳的、飘逸的长裙，腕上戴着一大串银镯子，她每出一本书，布兰德先生就送给她一个镯子以示纪念。她烟不离嘴，自己卷烟卷，随身带着一个装烟丝的硬纸盒，盒上一家著名紧身衣制造商的名字清晰可见，她将卷好的烟卷插进长长的烟嘴，这一动作格外有戏剧性。她偶尔抽雪茄。不过她也是位精力充沛的运动迷，喜欢打羽毛球、游泳、骑马、踩三轮车。他觉得他们在许多方面志趣相投。和他一样，伊迪丝也是个工作狂，且多产，她也喜欢清晨独自一人，在精神高度集中的状态下，完成一天的写作定额，然后在剩下的时间休闲锻炼，跟朋友一起娱乐，人越多越好。跟他一样，她也很爱冲动，静不下来，易于厌倦，喜怒无常。

休伯特·布兰德同样与众不同，并带着传奇色彩，不过他身上许多各不相同的部分，更难拼凑成一个一致的、可以理解的性格。他曾经是一个名叫"新生活"的唯心论乌托邦社团的成员，1884年，他跟几个同仁一起脱离该社团，创立了费边社，自此一直担任它的荣誉财务官，但他并不是该社代表性成员。他的思想是进步与反动的奇怪混合：他认为费边社应该向组建独立社会主义政党的方向努力，并协助安妮·贝赞特组织著名的布莱恩特和梅火柴厂女工大罢工；可他又是个热忱的帝国主义者，他反对妇女选举权，理由是一旦资本主义被废除，她们将不需要选举权。他自称罗马天主教教徒，并严格遵守周五斋戒，可是从没见他礼拜日上过教堂。他的

---

[1] 罗塞蒂（Gabriel Charles Dante Rossetti, 1828—1882），意大利裔英国画家，19世纪英国拉斐尔前派重要代表。

外表引人注目,像漫画一样十分夸张,宛若漫画里易怒的退休上校,或者托利党[1]财务官。他身材高大、壮实,一头银色头发,眉毛也是银色,不过他那相当严肃的、嘴角下垂的嘴上方,蓄着黑色的八字胡,那黑色也许是染的。他戴一个单片眼镜,争论中有谁反对他,他会透过镜片吓人地瞪着对方。一般人不想招惹他,因为他是个熟练的拳击手。据沃拉斯讲,他在伦敦的家里藏有一把来福枪,有时候,他会只用单手将它从枪架上取下来,像拿左轮手枪一样端起它,以此展示他的力气。他习惯穿黑色长礼服,戴高顶礼帽,打扮成生意人的模样,可打听之下,他似乎也就是在一家银行做过职员。实际上,他是位记者兼随笔作家,他的随笔写得不错,有着明白晓畅的风格,旁征博引,他多年来为曼彻斯特《星期日新闻》撰写定期专栏文章,该报在英格兰北部有大批忠实的读者。结婚后,他在各种文学和新闻出版企业跟妻子合作,但近来,他们家主要靠伊迪丝一人之力养家糊口了,休伯特也许不喜欢这一地位上的变化,开始变得容易动怒,举止傲慢无礼。

他并不真正喜欢休伯特,但为了跟伊迪丝的友谊,他容忍了休伯特的缺点。布兰德夫妇两人都比他年长十岁左右,而且很年轻就组建了家庭。他们有四个子女:两家相遇时保罗和艾里斯分别二十二岁和二十一岁,罗莎蒙德十六岁,约翰三岁。本来还有一个男孩,名叫费边,那时应该十七岁了,但让人悲伤的是,两年前做了一个扁桃腺手术后死了。两个大孩子十分内向,保罗缺乏自信,

---

[1] Tory:托利党,英国政党,产生于17世纪末,19世纪中叶演变为英国保守党。

艾里斯闷闷不乐，不过罗莎蒙德是个迷人又开朗的姑娘，就她的年龄来说，身体发育得十分成熟。约翰还太小，显不出什么性格特征，不过有望成为基普的玩伴，一个叫爱丽丝·霍森的保姆兼管家照看约翰。爱丽丝常常被昵称为"耗子"，她也是伊迪丝的陪伴和助手，大家对她以家人而不是仆人相待，不管去哪儿她都一起去。威尔斯夫妇和布兰德夫妇尽管有年龄差距，但有许多共同之处。两家都没有个人收入保障，也没有受益于上流阶层的传统教育（布兰德夫妇两人都没有上过任何大学），但都通过职业写作获得了成功；他们都好交际，尽管在一些特定问题上不尽相同，但共同追求普遍进步事业。不过布兰德夫妇过着更有派头、更为有声有色的生活，自由奔放，对传统习俗不予理会，相比之下，他觉得他和简则带有些许土气和保守的味道。他不至于嫉妒布兰德夫妇的生活方式——那过于不计后果，过于喧闹了，不合他的口味——但偶尔沉浸其中，给他和简的存在增添了令人愉快的色彩和变化。

两家人在迪姆彻奇首次相遇并开始交往，那是一个舒适、寂静的小镇，因地势低洼而避开了海风，得天独厚地拥有宜人的沙滩。多年来，布兰德一家每个夏天都在那里度过，最先他们住在寄宿舍，后来自己买了一个小屋。不过要充分、完整地欣赏布兰德一家生活的质感，你得在他们伦敦的家的环境中了解他们。说伦敦并不恰当，其实是在肯特郡的埃尔瑟姆，周围都是田地。不过伦敦正在不可阻挡地向外蔓延，变得越来越近，而且此地有连接伦敦的火车，停靠站点就在他们庄园附近，十分方便，车站就是以他们庄园的名字命名：威尔庄园。

布兰德一家先后住过联排的，半独立式房子——跟刘易舍姆路的巴斯特布尔家的房子一样——渐渐地，房子越来越大，设施越来越多，可总是无可救药地凡俗。最终，在威尔庄园，伊迪丝建起了自己的梦幻之家，一个作家的宜居之所，对一个儿童文学作家尤其如此。这是一幢建于18世纪的红砖房，现在房子上面爬满了常春藤——这也许让庄园的优点更为突出，因为房子本身不是特别漂亮，但别具一格，而且是建在历史遗迹之上。"原来这栋都铎式房子属于罗普尔家族。"伊迪丝第一次带他参观庄园时告诉他，"托马斯·莫尔[1]最宠爱的女儿玛格丽特，嫁给了威廉·罗普尔，据说，父亲被处死后，她带回他的头颅，埋在了花园里。"

"真的？在哪儿？"他急切地问道。

"噢，没人知道，"伊迪丝说，"你为什么这么感兴趣？"

"我一直在读莫尔的《乌托邦》，"他回答说，"我正在计划写一个现代乌托邦，一直在研究古典乌托邦样本。莫尔的乌托邦无疑最佳。"

"我们这里有鬼。"伊迪丝说。

"当然啦！"他说，"像这样的地方怎么可能没有鬼呢？那就像一幢现代建筑没有管道。"

"实际上，要是威尔庄园装了现代管道我是不会介意的，"她说，"我们花了一大笔钱，才让这个地方变得适合居住。买下它时完全是破烂不堪的。"

---

[1] 托马斯·莫尔（1478—1535），英国人文主义学者，《乌托邦》的作者。

"那鬼呢？是托马斯·莫尔在找他的头吗？"

"不是。可能是玛格丽特。我肯定是她。她非常轻声地弹古钢琴，就在隔壁房间——不管你自己在哪里，她总是在隔壁房间。可是她一点也不让人害怕。有时候我在紧张工作时，听到微弱的叹息声，我有种感觉，她正越过我的肩膀看我在写些什么，可当我转过身，那儿并没有人。"

"那是满意的叹息，还是失意的叹息？"

"有时候是满意的，有时候是失意的。"

"也许是你自己对当时工作感觉的情感投射。"

"是的，我想过你会这么说。你不相信鬼魂，是吗？"

"对，但我承认它们对小说家有用。"他说。

威尔庄园高三层，背后有一个摇摇晃晃的阳台，阳台俯瞰着花园，花园大到足够打网球和羽毛球，花园三面环绕着护城河，护城河里夏天可以游泳、划船，冬天结冰的日子可以滑冰。护城河外有灌木丛，有两棵巨大的雪松，树上有猫头鹰栖息、鸣叫，还有一个长满荒草的果园，以及一个附属房屋。主屋住满时，附属房屋可供宾客住宿，因为布兰德夫妇要招待的客人很多。受邀参加晚宴的客人来时从坎农街坐火车出发，在布莱克希斯镇转车，晚宴后常常赶不上回城的末班车，要么因为宴会开始晚了，要么因为饭后参加娱乐活动——跳舞、玩猜字谜游戏、玩黑暗中的恶魔游戏——这些活动往往让人们乐而忘返。要是你受邀来过周末，你最好根据建议赶早班火车来，趁大批客人到达之前占个卧室。宴席摆在正门后的大厅里的一个长桌上，所以正门一直关着，迎客的人会提示"入口在楼背面"。星期天晚上有定期的政治论坛，发言人是切斯特顿兄弟[1]和西莱尔·贝洛克[2]这样的名流，他们会跟萧伯纳、布兰德以及较为年轻的费边社成员辩论，观众多达四十人。

据他观察，有时候，休伯特担忧所有这些好客接待的开销，但因为是伊迪丝兴旺的事业支撑所有费用，他也没法反对。她喜欢扮演慷慨女主人的角色，而且总有一个或者多个年轻男粉陪伴左右。她跟他们在多大程度上是柏拉图式关系，是人们猜测和闲谈的内容。有传言说，她几年前跟诗人理查德·勒·加里恩纳[3]热恋，在一次跟布兰德争吵后，威胁要跟他出走，据沃拉斯说，在那之前，她还一度爱上萧伯纳。"我认为，萧在某种程度上有所回应，因为他知道休伯特并非最忠实的丈夫，但他也不想陷得太深。可她追着不放。她曾经在大英博物馆截住他，而萧只是领着她在伦敦四处没完没了地散步，竭力拒她于其住处之外。"根据社里关于休伯特的闲话判断，作为丈夫他更是远远谈不上忠诚，其如何将自己的行为与在性道德上的自我标榜调和起来，是这个人性格中许多难解之谜中的一个。从各方面看，这都是一个高度异于凡俗的家庭。E. F. 尼斯比特的儿童小说写的是可敬的中产阶级父母的孩子，他常常饶有兴趣地想象，要是她的热心读者走进威尔庄园，观察女作者如何操办聚会，将作何感想。

---

[1] 吉尔伯特·切斯特顿（Gilbert Keith Chesterton，1874—1936），英国作家、文学评论家；塞西尔·切斯特顿（Cecil Edward Chesterton，1879—1918），英国记者、时事政治评论员。
[2] 西莱尔·贝洛克（Hilaire Belloc，1870—1953），英国作家。
[3] 理查德·勒·加里恩纳（Richard le gallienne，1866—1947），英国作家、诗人。

1904年，伊迪丝因《凤凰与魔毯》再度走红，和往常一样，书恰好在圣诞节书市推出。此书将奇幻与可辨识的现实天衣无缝地结合起来，在这方面，该书为她的作品添加了一个新维度，他不得不承认，比《海女》更为巧妙、熟练。他给她写了封信，开玩笑地称她为"发紫的夫人"，向她表达真诚的祝贺："这样的大作持续在每个圣诞问世，从不错过一个圣诞，从现在开始你将在六年内成为英国标配。没有什么可以阻止这个进程。所有自尊的家庭都会自动买你的作品，你会富得超过你最贪婪的梦想，你的才能让在下佩服得五体投地。"

他自己刚刚完成一部名为《基普斯》的小说，这是一部狄更斯式喜剧现实主义小说，写作不太顺利，挣扎着写写停停好几年。要是他也缺乏天赋、智力和意志力，小说中的故事就完全可能是他自己的经历。和波迪·威尔斯一样，阿瑟·基普斯是一家海滨布店可怜又不快乐的学徒，无望凭自己的努力摆脱贫苦命运。一笔意外得到的遗产，让他可以过上绅士的生活，可是他既没有受过适当教育，又没有天赋才干，最终完全力不从心，才不配位，受到他如今混迹其中的上流社会的剥削利用和羞辱。他一度打算让基普斯改为信仰社会主义，并从中获得拯救，可是随着他越来越多地卷入费边社的政治辩论，要将那类话语跟他正在创作的那本书里亲和的、喜剧性的作者声音结合起来，变得越来越困难。在同一个时间段，他还在写作《现代乌托邦》，那是一部更适合表达他的政治思想的作品，所以他决定，阿瑟·基普斯最终应该娶个女仆，开个小书店安居乐业。他将手稿寄给经纪人平克尔时承认，小说最后一部分"草率……东拼西凑，但总体上十分好看"。他自信小说的前三分之二部分比他写的任何这类小说都好，也更有趣，而且他认为，一旦作品吸引住了读者，他们会原谅你的许多缺点。平克尔的反应让这一点得到证实，小说很快被麦克米兰出版公司接受，计划于1905年秋季付印。

《现代乌托邦》早于《基普斯》在同年春季出版，并搅起了一场不小的风波，在费边社社员中尤其如此。继《预测》之后，书中断言，人类手中掌握了足够的工具，只要有意愿和智慧，就可以消除贫困和疾病——"科学，这个十分称职的仆人，站在那些争吵不休的杂种主人身后拿出了资源、设备和纠偏方法，可是愚不可及的主人们弃之不用。"更为大胆的是，它想象了一种社会演化的可能性，这种演化离不开人类治理体系的彻底变革。他基本的叙事策略，基于从理论物理学家那里听来的学说，即认为可能有另外的宇宙，跟我们所知的宇宙并行存在。设想一下这种可能，从一个宇宙穿行到另一个宇宙，你发现你所熟悉的世界焕然一新，你遇到了你的同貌人，他也发生了类似的变化。这样的事就发生在《现代乌托邦》的叙述者和他那相当愚蠢的同伴——一个植物学家身上。在瑞士阿尔卑斯山徒步旅行时，他们俯瞰悬崖下的意大利，"看哪！一眨眼的工夫我们就到了另外一个世界"。这是一个有秩序、有理性、美丽、生活便利的世界，人们精神平和，身体健康，当然，它还有一个世界政府——不是通过民主选举产生，而是由"志愿者精英"组成，他们是柏拉图《理想国》中卫国者的翻版。书中称他们为武士，是一批一丝不苟、乐于奉献、天资聪颖的男人和女人，他们为了人类的共同利益管理着人类事务。武士之下有四个阶层，根据他们的性格划分：诗人富于创造性，活动家具备实用智慧，庸人没有什么特别才能，鄙夫缺乏道德感。头三类人在武士的领导下，为社会公益做适当的贡献，而有犯罪倾向的鄙夫，则被遭送到边远地区和无路可逃的岛上，让他们用自己的卑劣互相以毒攻毒。乌托邦里没有监狱，因为"监狱应该有狱卒，可是没有足够聪明、善良、廉价的人来当狱卒"。

如此细致入微地描绘他的理想社会，特别是其中有关性与婚姻的规则，他很享受，他与简最近关于他们之间关系的谈判，在其中得到反映。在他的乌托邦社会，婚姻是留给那些希望养育孩子的人的，而性交则跟国家没有关系，有效的避孕工具可以免费获得。结婚的妇女生孩子由国家支付报酬，因而她们是独立的，不过因为有必要知晓孩子的出身，她们必须忠实于自己的丈夫，违者处以离婚。然而，只要妻子不反对，结婚的男子可以自由地跟其他女人发生关系。作为一般小说，该书吸引力主要来自那位植物学家，那是个在现实世界饱受性爱挫折折磨的家伙，因为传统道德风俗掣肘，他无法将与他相爱的女人从误嫁的男人那里带走。这让植物学家对乌托邦并不怎么有兴趣，而且他拒绝跟自己的乌托邦同貌人见面，并导致他和叙述者突然之间双双回到一个肮脏、沉闷的伦敦城，在那里，报纸公告公布着最新的危机和暴行，还有"一个穿着破衣烂衫、邋里邋遢的奶孩子的母亲，怀抱她为帝国新添的人丁从酒馆出来，她有些站不稳当，用发红、皲裂的手背胡乱在鼻子、嘴上抹了一把……"

该书受到广泛的评论和讨论，它巩固了他在费边社的地位，尤其是在那些年轻社员中，他们对他大胆的幻想反响热烈。他期待着老帮成员发表更多评论，因为他完全知道，他的精英主义乌托邦跟正统的社会主义模式几乎没有相似之处。然而，他们的反应总体上却令人惊讶地正面。实际上，不管是韦伯夫妇还是布兰德夫妇，都不是现行民主体制热心的支持者，他们也不相信应该给予未受教育的大众更多权力。他们在一个理想世界看到了自己，韦伯夫妇尤其认为，自己完全就是书中的武士，通过将他们超群的智慧应用于实践，无私地将社会和谐带给社区，不必向任何其他人负责。只是他的乌托邦性道德观念，让人们轻轻挑起眉毛噘起嘴巴，这暗示着他的麻烦即将到来。

那年6月，他母亲在乡村小屋的楼梯上跌倒后，去世了。若干年来，她日渐衰老，无法完全理解儿子在世上出人头地的程度。她去世前一年，简为母子俩照过一张照片，照片里他们一起坐在黑桃别墅洒满阳光的露台上，画面充分显示母子俩的关系以及母亲的精神状态。他很放松，穿着柔软的耶格牌羊毛套装，跷着二郎腿，一只手搭在膝盖上，侧身前倾，努力引起她的注意，她穿着黑色长裙，戴着帽子，看上去像寡居的、最近去世的维多利亚女王，她正将目光从儿子身上移开，白色圆脸上现出困惑和畏惧的表情。她显然不能相信，这幢奢华的大宅子属于她的波迪，也不相信他通过诚实的手段拥有了它。她自己的父亲就在经济状况方面欺骗了妻子和孩子，死前除了抵押贷款和大量其他债务，没有留给他们一个子儿。她显然随时等待法警出现,将家具搬出黑桃别墅。尽管他告诉她他所挣的稿费,还有他结交的那些地位显赫的朋友,可都无法消除她的疑虑。身体尚好时,她还可以读儿子的书,对她来说,他跟那些贵族、名媛和内阁大臣平等交往的故事,就像他的科幻小说一样奇幻和无法理解。"怎么会",不管他告诉她什么,她总是狐疑地如此嘟囔。"想想看。"

让他感到悲伤的是,直到去世,母亲从未理解也从未真正欣赏过他的成功。这是他们之间一种意志较量的结果。这场较量本来是他胜了,要是她能承认他是对的,而她错了,并为这种结果而感到快乐,他会很开心,他们也会达成最后的和解。可事情并非如此。她围着白色蕾丝边围巾躺在棺木里,他亲吻她的前额,感到像大理石一样又冷又硬,棺盖合上前,他照了几张她的照片。可那些照片并非可以给他带来安慰的纪念物:她双唇紧闭,表情只能描绘为对生活所给予的一切的全然失望。在她的遗物中,他发现了一本她年轻时的日记,上面写满了各种抱怨,特别是对她父亲的抱怨,抱怨他的无能迫使她去当了用人,还有对她丈夫的抱怨,她本来工作出色,生活安逸,是他使她放弃那份工作,让她在一个形同贫民窟的家里操持家务,陷入长年累月没有报酬的劳役。她生活中唯一的快乐,来自她的女儿弗朗西丝,昵称"波西",九岁时死于阑尾炎。她认为,她的第三个,也是最小的儿子,就是被赐给她来代替那个圣徒般的女儿的,而他,显然没有满足她的期待。他读着这些日记,陷入了对母亲既同情又失望的矛盾中,同情的是她不快乐的一生,失望的是生活将她变成了一个如此心胸狭窄、自我中心、假意虔诚的人。

母亲的死让他心烦意乱,但他又不愿意跟简分享这些想法,也不愿意跟任何其他人分享。在葬礼后的几周里,他变得易怒、烦躁,无法回到已经开始的《彗星来临》一书的写作中。他因家务琐事跟简争吵,因孩子们在书房窗外花园玩闹声太大而怒骂,骂得小弗兰克大哭。"你这是怎么啦?"简问道。"我需要离开这儿。"他说。"要去哪儿?""不知道,"他回答,"也许去改革俱乐部。我可以在那里的图书馆工作。"那年3月,他已被那家著名的俱乐部接纳为会员,这是又一件值得他骄傲的事。他将几件衣服和《彗星来临》手稿装进旅行袋,出发前往伦敦,可是在途中,待在改革俱乐部的想法又失去了吸引力,因为,7月中旬,俱乐部里所有他认识的人,像阿诺德·本涅特和亨利·詹姆斯,都应该去了乡下或者国外。他需要陪伴,有同情心的陪伴。他想到了伊迪丝·布兰德。

他没有事先给威尔庄园发电报,而是提着旅行袋不请自来。伊迪丝下楼查看是谁按门铃,他说:"嘿,欧内斯特,我来这里待几天。"她脸色发光,愉快地笑了。"多大的惊喜啊!"她抓起他的手,吻他的脸颊。"你可能会奇怪,为什么——"他话没说完,她挥挥手示意他不用解释了。"我们什么时候都很高兴见到你,H.G.。你想待多久就待多久。"

晚上,为了让他开心,并有家的感觉,一家人用他的书名玩猜字谜游戏。保罗坐在桌旁读课本,做笔记,打扮成丘比特的小约翰做着用弓箭射向他的动作。他马上猜到那是"爱与刘易舍姆先生",但假装猜不出来,让演员们有足够的时间玩。伊迪丝和管家兼保姆爱丽丝·霍森表演的节目让他猜了较长时间,直到最后,他大声喊出"预测"!罗莎蒙德此时年方十八,已是个容貌出众的年轻女人,面容姣好,身材丰满,她扮演"海女"做着蛙泳动作,而休伯特·布兰德挥舞着一个捕虾网满屋子追她。他也受到感染,即兴表演了两个尼斯比特小说的书名助兴,受到热烈喝彩。几个星期以来,他都没有如此快乐过了,他带着愉快的心情上床睡觉。"要是我明天下午以前不露面,你不会介意吧?"伊迪丝向他道晚安时说,"我早晨和上午都工作。""我也是。"他回答。"那再好不过了。"她说。

主人给他两间卧室:一间在第二层,供他睡觉,另一间在第三层,供他写作,三层的房间窗前摆放着书桌,窗外可以看到别墅正门和一个小屋,小屋被体面地美其名曰"乡间小屋"。那一周天气晴朗,大部分日子他和伊迪丝都在花园的阴凉角落工作,他们井水不犯河水,避免彼此打扰。要是他一边舒展腿脚散散步,一边思考小说下一步的发展,有时候会瞥见她坐在青藤棚架下,时而埋头在大页纸文件夹上奋笔疾书,时而停下来删去某些字句,时而仰望天空凝神静思,接着又重新运笔如飞。有时候她一直写到半下午,才停下来去喝茶,打羽毛球,或者在护城河上划船。她压力相当大,同时写着两个连载小说,要竭尽全力在交稿期限之前写出一两集。从一月开始,《铁路边的孩子们》持续每月一期在《伦敦杂志》上连载，单行本计划在圣诞书季出版发行；《护身符》从五月开始已经在《斯特兰德杂志》上连载，要在明年同月完成。《护身符》用的是跟之前的小说一样的魔幻手法，现代伦敦的英国儿童被转移到遥远时空，那里危机四伏，他们开始经历种种冒险。

"护身符实际上就是你的时间机器。"一天下午，他们聊到自己的作品，他狡黠地评论说。

"我承认这受惠于你，H.G.，"她说，"你的新书又让我有了新的灵感。我最近在重读《现代乌托邦》，比第一次读时喜欢得多。我打算在新的一章里让我的人物旅行到未来，在那里，孩子们要是不能上学会大哭大喊，因为学校太好了。"

"我很期待。"他大笑着说。

他们喝过茶后，坐在花园栗子树的浓荫下继续闲聊，罗莎蒙德热切地听着。她有追随母亲脚步的野心，显然被两位作家之间的对话吸引住了。其他人喝完茶都回屋了，只有他们三人还坐在木桌旁，一群胡蜂正在享用盘中残留果酱的盛宴。伊迪丝吸着烟嘴，将烟吹向胡蜂。

"我很喜欢《护身符》，"他说，"尤其是你让一些历史人物穿越到现代伦敦那部分。巴比伦王后试图找回大英博物馆一个盒子里她的珠宝……太好玩了！不过你知道，欧内斯特，《铁路边的孩子们》会是你的杰作。"

"噢，我同意！"罗莎蒙德说道，"又感人又好玩。每次等着看下一集我都快急死了。"

"那是因为它从头到尾都有一个引人入胜的情节，罗莎蒙德，"

他说,"爸爸出什么事了?他做了些什么?他会回家吗?我们都急于知道。"他瞥了一眼伊迪丝。

"嗯,别指望我会告诉你们,"她微微一笑说,"你呢,H.G.,你的新小说写什么?"

"背景是未来,书名叫《彗星来临》。你知道恩克彗星要在明年再次现身吧?"

"我恐怕从没听说过。"伊迪丝说,罗莎蒙德也摇摇头。

"但你们听说过哈雷彗星——它应该会在1910年再次出现。这本书写的就是那些彗星,是它们给了我这本小说的灵感。彗星闪闪发光的尾巴包含大量气体,不久前有人发现,如果彗星进入另一个星体——比如地球——的引力场,那种气体就会脱离彗星尾部。我想象有一颗硕大的彗星越来越接近地球,引起巨大的恐慌——因为,一旦它撞上地球,其效果将是毁灭性的,可能就是世界末日——这恰巧发生在英国和德国之间爆发战争之时。还有一个由嫉妒所推动的爱情故事情节。结果彗星没有撞上地球,只是擦肩而过,导致地球被它的气体所笼罩,这却带来了一种奇特的好处:它使人类陷入深度睡眠,醒来时获得重生,并认识到他们曾经多么愚蠢,根本就不必有战争和嫉妒,因而开始重建世界。"

"那么,是一个新的乌托邦了。"伊迪丝说。

"是的,不过比起前面的小说,里边有一个更让人激动的故事情节。"

"听上去太棒了!"罗莎蒙德的大眼睛盯着他说。

那天晚些时候,晚饭前,他和伊迪丝出去散步。他们走出护城河,在杂草丛生、大大疏于照料的果园里漫步,最后来到一座旧凉亭,在一个旧柳条长椅上坐下来,一场最有趣的对话在那里展开。

"你第一次读《现代乌托邦》为什么不喜欢呢?"他问她道。

"我不喜欢里边已婚男人可以有婚外情而妻子则不能有的观点。"

"你认为已婚女人也应该可以有婚外情?"

"不。我认为他们都不应该有。"她说。她的回答让他吃了一惊,因为跟他所知道的她的婚史并不相符,可他不能这么说。注意到他的沉默,她说道:"我的意思是,我知道他们有,肉体是软弱的,心是敏感的……我不会声称休伯特和我完全……可是我觉得,它不应该像在你的乌托邦里那样,得到公开赞成,被视为理所当然。我认为我们必须维护传统原则,性关系应该限定在夫妻之间。"

"即便我们知道并非如此?"

"是的。要是你有个像罗莎蒙德那样的女儿,你会赞同我的看法。她那样的姑娘,知道一切而且什么都不害怕。她们不相信宗教,读任何她们喜欢的书,达尔文,马克思,法国小说,甚至读哈维洛克·霭理士[1]也不会让我惊讶,因为是我们养育了她们——我的意思是,像我们这样信奉自由与进步的人养育了我们的孩子——以彻底的思想自由养育了她们。这让她们非常容易受到伤害。我不担心艾里斯,即便她在斯莱德艺术学院[2],任何事情都在那里发生。她是个头脑冷静的姑娘,有个很不错的当公务员的小伙子在追求她……可是罗莎蒙德……"

---

1 哈维洛克·霭理士 (Henry Havelock Ellis,1859—1939),英国性心理学家。
2 斯莱德艺术学院,伦敦大学二级学院之一。

"不过你和休伯特都是罗马天主教徒,不是吗?就没有……"

他故意没有说完这个问题,但她毫不费力就推断出他要说什么:"我们刚刚被接纳。休伯特是1900年,我是那之后两年。太晚了,对罗莎蒙德的教育没有任何影响。她是个可怕的小多神教教徒,我恐怕。"

她的回答让他深感惊讶,因为布兰德留给他的印象是,他属于英格兰北部一个古老的天主教家族,宗教改革运动剥夺了家族的财富和财产。他没有去探究这一抵牾之处,不过,冒险让他对一件更为困惑的事情提出了一个直接的问题:"我不希望自己显得无礼,欧内斯特,为什么你们俩要加入一个坚持反对费边社所代表的所有原则的宗教呢?"

伊迪丝显得有些窘迫,"是啊,知道这件事的老朋友都感到惊讶,有些朋友不赞同我们的做法。休伯特一直被罗马天主教吸引,理由十分罗曼蒂克,也十分文人气,不过他付诸行动是在费边夭折之后。你知道费边的事吗?"

"是的,听到那消息我非常难过。"

"我曾经有个孩子生下来就死了——那够扎心的了。婴儿生病总让人害怕。可是,失去一个十五岁的儿子,带走他跟我们在一起的所有日日夜夜……而且他是一个那么可爱的男孩,是我的亲爱的宝贝,我的心头肉……"让他惊恐的是,她开始哭泣。

"欧内斯特——伊迪丝——我很难过。请原谅我问了个粗鲁无礼的问题,"他说,"让我们谈点别的吧。"

"不,不,偶尔说说这些事没什么。"她说道,并从袖子里抽出手绢擦去泪水。"你瞧,他的死是完全可以避免的,我们有多么蠢,正是这些才让我们无法承受。那只是个小手术,在家里做的,小到我们完全忘了约定的时间,外科大夫和麻醉师来到家时,费边还在花园里挖土,我得吩咐他去洗个澡,穿上睡衣,然后做手术。手术后三氯甲烷的药效还没消失,医生们留下他继续睡。家里出现了混乱。我以为休伯特跟他在一起,休伯特以为我跟他在一起。等休伯特进卧室,可怜的费边已经死了——他在麻醉状态下气管堵塞,窒息而死。我可怜的孩子在孤独中死去。你能想象休伯特和我是什么感觉吗?失去心爱的孩子让我们崩溃了,而这一切都是我们自己的错。"她又开始哭起来。

"你一定不能这么想,伊迪丝,"他说,同时搂住她的肩膀安慰她,"那只是该死的坏运气。"

"我知道,"她重重地吸着鼻子、擤着鼻子说,"谢谢你这么说。可我们就是那么想的。这件事对休伯特的打击非常大。我觉得他决定加入天主教是因为想得到赦免——他们有忏悔式,你知道,真正的忏悔,不像英国国教里那种相形见绌的模仿。一旦你被纳新,你得忏悔整个一生的罪过,你会得到宽恕。那好像起了作用。他可以原谅自己了。他恢复了从前的精气神。所以我也决定随他一起加入教会。"

"对你也起作用吗?"他问。

"在某种程度上,"她说,"不过不像对休伯特那么起作用。对你说实话,我们并不是真正非常好的天主教徒,我们俩都不是。我们不常去做礼拜——实际上几乎从来不去。不过属于教会,你可以得到一种安慰。需要的时候,你知道有教会在那儿,这让人感觉很好,可是在生与死的巨大危机中,对面对费边的死,坦白来说,并没有太大的帮助。"她冲他苦笑。"亲爱的 H.G.,你耐心听我说所有这些事情,你真好。你有一双多么不同寻常的眼睛啊。"

两人同时意识到,他的双臂仍然搂着她的肩膀,他们的脸凑得很近。以一个亲吻结束这场交谈似乎是自然的事情,这个吻也远不是清心寡欲之吻。他们的嘴唇紧贴在一起,而且持续了一段时间,这期间,他的一只手移到了她的腰上。最终伊迪丝的头靠上了他的肩膀,有一会儿两人都默默无语。他不知道,并认为她也不知道,下一步做什么。伊迪丝叹了口气,坐直了,脱离他手臂的支撑。"也许我们该回屋了。"她说。

他确信,要是他采取主动,他可以享受到更多亲吻,而且,谁知道接下来会发生什么呢?"肉体是软弱的,心是敏感的……"伊迪丝是个激情四射的女人,而布兰德因为报业方面的事需要出差,去了英格兰北部,情况十分方便。但琢磨下来,没有抓住这个机会跟她开始一场露水之爱,他为此感到欣慰。其原因很不高大上。她比他高几英寸,短暂地将她抱紧在怀里时,他也感受过她飘逸长裙下相当有厚度的身体。想象她赤裸着躺在床上跟他做爱,他觉得那幅图景有几分滑稽。所以,在那个凉亭里,他们之间最好还是不要有什么不可挽回的言行。他可以跟她保持单纯的友谊,他们的交谈使这种友谊更为亲密,但没有复杂的情感麻烦。当布兰德从北方出差回来,他可以直视男主人的眼睛,而没有良心上的不安。

布兰德兴高采烈地回家了,当两个男人餐后散步时,布兰德揭晓了原因。晚饭因布兰德回家而推迟,饭后布兰德向他提议出去"透透气"。天已经黑了,但一轮满月让他们可以沿小路漫步而不必掌灯。月光在草地上投下树木清晰的阴影,这让他想到,如果彗星在夜空也如此明亮,每个物体都会有两个影子,它们会倾斜向不同的方向:他心里想着要将这一点写进小说。布兰德带着他来到花园一角,树和灌木丛让这个角落成为隐蔽之处,他在一个肥堆旁停下来,解开裤子拉链。"只要有机会,我总喜欢在露天里撒尿,你呢?"布兰德说。

"嗯,我在露天里有更喜欢做的事。"他一边解开裤裆纽扣一边说道。这并非符合他口味的幽默方式,可是跟布兰德这样的男人——比如弗兰克·哈里斯或者西德尼·鲍克特——在一起时,他发现自己不由自主,同时又十分鄙视自己如此低级趣味。

布兰德会意地大笑。"你说的不是打羽毛球吧!"他叉开腿,微微后仰,排出的尿液在空中形成一个抛物线在月光中闪烁,落在压实的树叶和杂草堆上,发出轻轻的嘶嘶声。"我个人更喜欢上好的大床,有结实的床垫,"他说,"说到床……我昨晚就好好地利用了一次这样的床,那是我在曼彻斯特认识的一个年轻女人的床。几个小时里我三次让她欲仙欲死。"他嗓子里发出放空后的咕哝声,结束了那泡大尿,他晃了晃下身,拉起裤裆,扣上扣子。"我这个年纪的男人,不错了,嗯,威尔斯?"

"很不错了,布兰德。"他也已经方便完,一边整理衣服一边说。

"你一晚上最多多少次?"他们继续散步时,布兰德问。

"我不知道,"他说,"上了两位数我就不数了。"

布兰德爆笑着拍拍他的背。"你这流氓!不过要是你更喜欢露天,你该在一个暖和的夜晚到布莱克希斯试试,就在格林尼治公园大门附近。那儿有各种有趣的女人在等你。"

他禁不住问布兰德,他如何解决这类冒险行为和他所皈依的宗教教义之间的冲突。"照你的信仰来看,这不是罪恶吗,布兰德?"

"当然是。那是很不道德的。"他说,"可是要知道,正是罪恶成全其意义。对于你们这些不信教的家伙来说,那就跟打个喷嚏一样不值一提。对我们来说,那意味着冒灵魂堕落的风险。所幸总还有忏悔。"

他不知道布兰德是不是在开玩笑,不过他好像是完全认真的。他禁不住想,要是布兰德将他所有的罪恶积攒到临终进行忏悔,他将很难有足够的时间忏悔完他所有的罪过。不过他还是努力克制着自己,没有把话说出来。

* * *

他在威尔庄园住了一周,《彗星来临》写作进展很快。20世纪后期,上了年纪的叙事者威利·利德福特正在回忆发生那场大变前自己的一生。那场大变是由彗星来临导致的。威利是个与他本人十分类似的人物,年轻时,他很聪明,但其理想受制于卑微的出身和低下的地位,在性方面也遭受挫折。他将小说开头的环境设置为波特里斯,因为他把此地跟自己的人生最低谷联系在一起,这将冒着

僭越阿诺德·本涅特领地的风险[1]。不过威利家的原型,完全就是布罗姆利的阿特拉斯屋:

> 我们家这种旧世界的洗涤室里,潮湿、气味难闻,大半部分在地面之下,前边是没有隔墙隔开的起居室和厨房,漆黑一片,厨房里一般都很肮脏,但在我们家,由于里边有一个黑黢黢的煤坑,凹凸不平的砖地板上满是踩上去吱嘎作响的煤屑,更是脏得难以形容。那就是我们家所谓的洗涤室,是每顿饭后充满油污的、湿漉漉的洗涤劳作进行的地方;空气中任何时候都弥漫着冷凝蒸气,煮白菜的记忆,到处是因短暂放置铁锅和水壶留下的黑色污迹,有被排水管过滤网截住的成堆土豆皮,还有由收集起来的破衣烂衫组成的、被称为"盘子抹布"的东西,想起那个名字,那难以描述的恐怖便重回我的记忆。

回忆母亲在这种肮脏不堪的环境里辛劳的、自我牺牲的一生,他仔细审视她的去世在他心中留下的复杂情感,并将她塑造为一个令人心酸的社会牺牲品形象。"和那个时代的众多妇女一样,她受到被普遍接受的东西的无情恐吓而屈服。在现存秩序的控制下,她成为一个卑屈的遵奉者、膜拜者。它让她累弯了腰,熬白了头,磨昏了双眼,以致五十五岁便只能透过廉价眼镜看到我朦胧的脸,它让她满心焦虑……"小说中,威利带着强烈的嫉妒,追寻他的前女

---

[1] 波特里斯是阿诺德·本涅特的出生地,也成为他若干小说的背景。

友内蒂和她的新男友、来自上层阶级的维罗尔,在这个情节设计上,他探测了自己在伊莎贝尔与他离婚再嫁后对她的感情。和往常一样,将这些东西写成小说,自由地进行改造,提升,并以后见之明对自己的经历进行解释,对他来说是一种情感净化。

在威尔庄园的最后一天,午饭前他在花园里散步,遇到罗莎蒙德,他有一种强烈的感觉,这不是一次偶遇。他正走在青藤棚架搭成的阴凉廊道里,她在廊道的另一端出现,微笑着向他走来,就像一位从田园诗里走出来的村姑,光脚上穿着凉鞋,头戴草帽,宽松的蓝色薄纱连衣裙的开领让她的胸脯愈加引人注目。

"今天的工作做完了,威尔斯先生?"她向他打招呼。

"是啊,我已经写完了一章的结尾,还没想好下一章怎么写。打算留到明天回家后再写。"

"我刚听说您要离开我们了。好可惜呀,有您在这儿真是太好了。您跟我们成了一家人。"

"我在这儿也很开心,"他说,"可我有自己的家——我真得回去了。我们在……"他用手示意一条长凳,接着他们坐下来。"威尔庄园是作家的完美天堂。"他说。

"嗯,对您也许是这样……"她微微撇了撇嘴说道。跟她母亲一样,她有着富于肉感的下巴,让人想起罗塞蒂画中的美女,只是她没有长发,而是留一头微微卷曲的浅色短发。

"我相信你自己有文学上的抱负,罗莎蒙德。"

"是的。噢,实际上我出过两本小童书。"

"真的吗?我不知道。祝贺。"

"噢，它们不值一提——我不想王婆卖瓜。不过是小小孩看的小小书。一本叫《猫咪的故事》，一本叫《牛牛的故事》。不过是蹩脚小书，真的——都是伊迪丝给我的稿约。赚了点零花钱，不过仅此而已。我想写些更成熟、更有原创性的东西，可是，假如你有伊迪丝和休伯特这样的著名作家做父母，在背后盯着你，这就很难了。还有，要是我想自己出门去什么地方，他们就会大惊小怪。如果我什么经历都没有，怎么能当作家呀？"

"这些会有的。你的整个生活都会在你面前展开，"他慈祥地宽慰她说，"与此同时，你们的家也会给你很多灵感。"

"您指的是什么？"在她的棕色眼睛里，他一时看到了一种惊讶的表情，差不多是惊恐。

"这是个多么罗曼蒂克的地方。充满历史气息。比如，托马斯·莫尔的头就埋在地下某个地方，没有人知道具体在哪儿。这应该是个很好的故事素材。伊迪丝没有写它我感到非常惊讶。"

"噢那个呀……"

"为什么你自己不试试？"

她脸上带着一种放肆的笑看着他，"要是我写，您会帮我看稿子写意见吗？"

"当然。"

"那我就写！"她拍掌道，"谢谢啊。我得读关于托马斯·莫尔的资料了。"

"一定要看他的《乌托邦》。"他说。

"那不是一本相当乏味的书吗？"

"完全不是。关于婚姻的那章尤其有趣。"

"为什么?"

"去读吧,你会找到答案。"

"我会的。"她说。

有人(大概是爱丽丝)叫"罗——莎——蒙——德"的声音从主屋方向传来。

"真讨厌,"罗莎蒙德说,"我想她是要找我帮忙弄午饭。失陪了。"

"没问题。"他说,他看着她沿着隧道一样的廊道走去。走到尽头,她停下来,转身向他挥挥手,让他想起了某件事,或者某个人。

带着无与伦比的好心情回到黑桃别墅,他立刻给伊迪丝写如佛[1]。出于某种不明原因,布兰德家的暗语把致谢信称为"如佛"。信这样开头:"亲爱的女士,这是如佛!我不知道该如何动笔!我想简必须承担这个任务,描绘一个上周二离家时脸色蜡黄、满怀痛苦、糟糕透顶的男人,一周后回来满面红光——半是脸色红润,半是因自我反省而脸红",结尾这样写道:"在'乡间小屋'和楼梯之间,有令人愉快的隐形连线,将我和楼上楼下的居室联结在一起,把我带到草坪的树下,花园小径……那是快乐、难忘的时光。你的永远的,H.G. 威尔斯"。

---

[1] 原文"roofer"的音译,英文口语"致谢信"之意。

那次做客，标志着威尔斯和布兰德两家亲密关系的一个新阶段。伊迪丝的版税让布兰德家银子充足，他们在迪姆彻奇买了一个更大的避暑别墅，那是一幢乔治王时代的红砖房，带荷兰式山墙，名为西克莫别墅，不过布兰德家说到它时，总以他们特有的漫不经心称其为"另一个房子"，以区别于被它取代的小屋。8月和9月他们经常住在那儿，两家之间往来十分频繁。他们在黑桃别墅打羽毛球，在退潮后的迪姆彻奇海边平坦硬实的沙滩打法式板球；他们在罗姆尼湿地的小路上骑行，自带饭菜一起聚餐，玩热闹又好笑的字谜游戏。他跟罗莎蒙德私聊，给她提文学上的建议，享受她对他本人作品的慷慨赞誉。她从未将托马斯·莫尔头颅的故事写成她愿意让他过目的样子，不过她真的读了《乌托邦》关于婚姻那一章。"在书中所描绘的世界里，打算结婚的情侣在结婚前被允许先看对方的裸体，你对此怎么看？"他问她。"我觉得这个想法超好，"她说，"要是像书里说的那样，做得得体，又有监护人在场，我一点也不介意。您怎么想呢，威尔斯先生？""我认为，如果那成为我们社会的习俗，不幸福的婚姻会少得多，"他说，"不过英国人对裸体过于拘谨。""是的，我问过艾里斯，在跟她的奥斯丁订婚前，她是不是不愿意看他的裸体，她让我别恶心人了。可她一直在斯莱德艺术学院画裸体模特儿！不过，不是全裸。"她咯咯笑了，"显然男模特儿们都挎个小袋子。""《乌托邦》的其他部分呢？"他问道。"我恐怕，我发现没什么意思，"她说，"我更喜欢读您的书。结尾，他们回到肮脏不堪的伦敦，写得棒极了。"

"我希望你对那个年轻姑娘冷静点。"简观察到他那天和罗莎蒙德在花园里的热络交谈,从"另一个房子"回家时,她说。"别担心,亲爱的,"他应道,"她是个好女孩,但我不会爱上她。""我担心的是她爱上你。"简说,"要是有什么事情搅了我们和布兰德家的好关系,那就太遗憾了。""别害怕,我完全同意你的意见。"他说。他确实同意。两家之间似乎存在一种共生关系,这对处于各家中心地位的两位作家大有助益。10月,简第一次陪他去威尔庄园,在那里度周末,宾主相处甚欢,后来伊迪丝写道:"噢我亲爱的——噢我的亲亲爱的!这个美好的周末你们俩做了一件大好事,完全出乎意料,真是最为激动人心的意外,我突然发现我写完了《铁路边的孩子们》,它压在我弯曲的老背上几乎一年了!!!!!!太感谢你们了。纸短意长,特此致谢!"

12月,伊迪丝寄给他一本《铁路边的孩子们》的样书,他在书房里坐下来一口气读下去,起初读得快,一边读一边回想起连载时已经读过的头几章,接着越读越慢,越读越欣赏。他当时的预判是对的:这是伊迪丝的杰作,其深度和统一性超过她此前的作品,集那些作品所有优点于一身。在他看来,它注定会成为经典。

三个孩子住在伦敦舒适的家里,因为父亲莫名其妙地消失了,他们突然有一天被扫地出门,不得不跟母亲住进一个乡村小屋,过着近乎贫困的生活。附近的铁路成了他们乐趣的主要来源——向路过的火车挥手,跟当地火车站的员工交朋友。故事进行到四分之三处,老大博比从一张旧报纸上发现,父亲被关进了牢里;母亲向她保证,父亲是冤枉的,但她得对其他兄弟姐妹隐瞒此事。像伊迪丝小说里常常发生的那样,孩子们的善举引出了一位仁慈的老绅士,他为那位父亲的案子提起上诉，从而情节突转，故事走向大团圆结局，可是伊迪丝以前所未有的精湛手段撩拨读者的欲望、期待和情感，并由此将故事推向高潮。

有一天，和往常一样，三个孩子来到野地里，向九点十五分的火车挥手，他们惊讶地发现，所有的乘客都冲他们微笑，并挥动手里的报纸回应他们。那天上午之后，博比不能专心听妈妈讲课，而是去车站问候铁路信号员生病的小儿子。途中，遇到的每一个人都会意地向她微笑，他们都和作者串通好了，不让博比知道将要发生的事情。作者大胆地对读者说："你当然完全知道即将发生的事情。可博比还没那么聪明。她有一种模糊、混乱、期待的感觉，这种感觉常在梦中走进一个人的心里。她心里期待的事情是什么，我无从得知——也许正是你我知道将要发生的事——可她的头脑里什么都没有期待。"就这样，作者一边承认小说囿于传统的性质，一边又声称她自己的故事无比真实，这样巧妙地延迟了高潮的情绪释放的到来：博比坐在站台上，漫不经心地看着乘客从十一点五十四分的火车上下来，突然之间，她看到——

"噢，爸爸，我的爸爸！"

那一声尖叫像刀子一样刺进火车上所有人的心，人们将头探出窗外，看见一个脸色苍白的高个子男人，双唇紧闭，一个小女孩胳膊腿并用地搂住他，他的双手也紧紧搂住孩子。

故事在下一页就结束了，伊迪丝没有错误地试图描写女主人公的轻松与快乐，或者如何与家人分享她的快乐。

博比回到家里，努力不让自己的眼睛泄露秘密，直到她的嘴唇找到合适的语言"轻轻地、平静地告诉妈妈"，悲伤、挣扎和分离过去了，结束了，爸爸回家了。

还有少许几行，但他很难读下去了，他泪流满面。

此时简正好进了书房，她惊讶地看着他。"天哪，H.G.，到底出了什么事？"她叫道。

"没什么。"他说，他用手绢擦擦眼睛和脸颊。"我觉得我好傻，被一本童书弄哭了。可我控制不住自己。"他举起那本《铁路边的孩子们》，"那女人像竖琴师一样拨动你的心弦。"

简笑了，"嗨，让你为一本童书哭了，那肯定是一项成就。"

"等着你自己看最后一章吧——我打赌你也会一样。"他说。他仔细琢磨了一会儿，思考书中的机巧是如何产生作用的。比如，博比发出尖叫并双手双腿搂住爸爸时，视角从博比转换到了火车上的乘客，这样你就得到提醒，尽管她在情感上已经成熟，可她还是个孩子——妙不可言！不过这并不是一个简单的技巧问题。"你跟我说，"他说，"我写的书里有什么东西让你哭过吗？"

简凝思片刻，目光分散，回想这些年他写的长篇和短篇小说。"没有，我想没有。"她最终说道。见到他有些闷闷不乐，她安慰他说："那不是你的强项，H.G.。"

―― 第二章 ――

　　费边社社员身份所带来的个人机会和社交资源，比社团官方活动有趣和有价值得多。官方活动主要由一些相当乏味的集会组成，在会上，资深社员发表演讲，宣扬他们那些早已为听众所熟知的观点，人们沿着可预见的方向对这些观点进行辩论。人们似乎少有意愿对本社团的功能和策略进行彻底反思，于是他开始怀疑，加入该社是不是个错误。一种熟悉的逃亡冲动控制住了他，而在1904年春天，他想他在当前发生的关税改革争议中，看到了体面逃离的机会。魅力超凡的保守党政治家约瑟夫·张伯伦正在卓有成效地发起一场在大不列颠帝国实行贸易保护主义的运动，费边社执委会出于实用主义考虑，决定不予谴责，可是他的朋友格雷厄姆·沃拉斯是个忠实的自由党人，他出于原则反对这一主张。当沃拉斯因此事退出社团，他抓住时机以同样的理由递交了辞呈。可是，萧伯纳给他写信，劝他收回辞呈，信里巧妙地混合着讥讽与恭维，拒绝相信他真的关心关税改革，敦促他与社团同舟共济，因为费边社需要他。因此，他致信秘书皮斯收回辞呈，同时清楚地表明，他反对社团现状，留下来的唯一原因，是要让它彻底改弦易张。

整个1904年，以及1905年的大部分时间，他都在倾尽全力说服费边社重新审视和修改他们宝贵的"社章"，即由沃拉斯、萧伯纳、布兰德和其他创社元老起草的宣言，在老帮那里，此宣言有着摩西十诫之于以色列人的地位。这份文件的主要优点是简洁，因为，尽管它用不同的方式把同样的东西说了好几遍，但仅用一张纸就可以打印出来。"费边社由社会主义者组成"，它这样开头，"因此，本社团之宗旨在于，通过将土地和工业资本从个人和拥有所有权的阶级手中解放出来，将其授予社区以为共同福利，以此实现社会重组"。接下来的两段重复同样的目标，只添加了极少细节，然后信心满满地预言"现时依赖他人劳动而生活的有闲阶级将不复存在，经济力量的自发行为将维持实际的机会均等……"它这样结尾："本社将广泛宣传有关个体与社会在经济、伦理、政治方面关系的知识，并设法通过这种宣传达致上述目标。"

这份文件的主要特点，是在如何真正实现其抱负的方式上表述模糊。模糊的好处，是鼓动许多自以为进步的中产阶级知识分子加入该社，而不必真正担心不得不向国家交出自己的私有财产；其坏处是它导致该社除了发表演讲、出版小册子，真正的行动被无限期推迟。而将社会主义狭隘地限定在经济方面，让急需的社会和文化变革——比如，结束妇女的从属地位——付诸阙如。他在这个问题上的激进观点，赢得了费边社主要女性成员莫德·里夫斯的友谊和支持。莫德·里夫斯是威廉·彭伯·里夫斯的妻子，后者是新西兰驻伦敦总代表。他们90年代后期来到英国，有着良好的进步主义者资质——威廉·彭伯·里夫斯曾是新西兰自由党政府的部长，写过一本名为《澳大利亚和新西兰的国家实验》的学术著作，莫德·里夫斯则参加过获得成功的新西兰妇女选举权运动，新西兰是世界上首个给予妇女选举权的国家。他们之前就跟一些费边人有联系，入社后很快成了社里的红人，尽管威廉因其外交官身份不能高调参与社团事务，莫德则不受那样的限制。

她是个活泼、优雅、睿智的女人，他跟她的友谊不包含一丝两性关系成分，不像他跟伊迪丝·尼斯比特，总是潜伏着两性间的相互吸引。也许因为这个原因，她跟他讨论有关性和婚姻的一般性问题时毫不避讳，有一次不经意地提到男性在这些问题上的保守主义，她说他们"决不会考虑避孕，甚至拒绝对它进行讨论"。他从她此次以及其他场合的言论推断，他们的第三个孩子（一个男孩）出生后，也就是恰在他们来英国之前，他们就没有了性生活，而且她并不为此伤心。无疑，彭伯·里夫斯看上去不是个让女人为之血脉偾张的男人：他长着一张大猎犬一样的阴郁长脸，看上去相貌大于实际年龄，脾气很坏，举止端正而呆板，十分在意自己的地位，在他被提拔为高级专员后尤其如此。本来他在新西兰跟政界同事吵了架，并被解除职务，作为安慰，政府给了他一个派驻英国的外交差事，他竭力让这个差事显得比实际上更重要。尽管彭伯·里夫斯支持妇女争取选举权的事业，但他却像父权制暴君一样统治着自己的家庭——或者想象自己如此。实际上，莫德和她的两个十多岁的女儿都想方设法过自己无拘无束的生活。她们想做什么，干脆不去问他是否同意——比如，两个小姑娘在没有监护人陪伴的情况下，在伦敦东跑西颠——由于他的粗心和忙于公务，她们总能成功地暗度陈仓。

尽管彭伯·里夫斯缺乏个人魅力,但两个家庭相处很好,莫德尤其热衷于发展她和简的友谊,简在弗兰克断奶后加入了费边社。两家人相互拜访,1904年夏天,里夫斯一家在桑盖特住了整整一周,为了紧邻威尔斯家,他们在村里租了房子。他喜欢跟他们家的两个姑娘交谈,特别是老大安珀,她刚满十七岁,不仅长得漂亮,而且十分聪明伶俐。在她如愿离开中学后,她父亲以他典型的保守本性,竭力劝阻她上剑桥大学,而鼓动她去宫廷露面,在伦敦"崭露头角"。"就好像我想要做名媛似的!"有一天他正沿着海边跟安珀和妹妹贝里尔散步,安珀轻蔑地说道。"穿着白裙向王室成员行屈膝礼,一晚接一晚跟乏味的年轻男人们在舞厅跳舞。""那你要去剑桥了?"他问。"当然!""那很好,安珀。你会学什么?""我还没想好呢,"她说,"您觉得我该学什么?"

他最热衷的事情,莫过于在安珀姐妹这样的小迷妹面前,滔滔不绝地谈论教育,他即兴给她们来了一场关于自然科学和人文学科优劣对比的即兴演讲。"最理想的是,"他总结道,"你在大学同时学习两个学科。可是这个蒙昧的国家却有一种偏见,你得在两者之间选其一,所以我认为这是个直觉问题——就看你最想学哪种知识。""告诉威尔斯先生,他真比得上一位优秀的家庭教师,"莫德在随后写给简的谢函中说,"那些姑娘完全被他迷住了,他的影响力太大了!"

一年后,他们在里夫斯家位于肯辛顿的大宅子聚会,安珀告诉他，秋天她将要去剑桥纽纳姆学院读道德科学。[1]"什么科学？"他问道。"科学无所谓道德不道德——只有科学的应用才让它变得道德或者不道德。""噢，这跟自然科学没有关系，这就是剑桥大学对哲学的称呼。"她轻描淡写地说道。"哲学，古代的和现代的，里边还掺和点心理学。柏拉图和亚里士多德，边沁和穆勒，康德和黑格尔。就是那些东西。我很期待。""是什么让你选了那个专业？"他问。"我在查令十字路一家书店随便翻翻书，碰巧翻开了一本康德的书，读到他论证如何通过理性推翻罗马天主教的主张。我便决定，哲学是我要读的专业。""那本书的书名叫什么？"他问，"我也想读读它是如何推翻罗马天主教的。"她脸红了。"我恐怕记不得了，"她说，"我没有买那本书——我买不起。""哎呀，你一定要到公共图书馆查查资料，然后写信告诉威尔斯先生书名，"莫德无意中听到他们的交谈，说道，"要不他会以为你是为了引起他注意而编造的。""妈妈！你别这么刻毒，不是我瞎编的！"安珀说着迅疾转身，走出了房间。莫德挑挑眉毛叹了口气，"这就是年轻姑娘！那么敏感。"

得不到丈夫满足的女人会用风流韵事来填补生命，而对莫德来说，费边社令人兴奋的政治事务就像她的风流韵事，它填补了她的生命。她热心地支持他在社里推行改革。"我没有取得什么进展。"1905年秋天的一个晚上，他向她抱怨说，那时他们刚刚听完西德尼·韦伯一场十分乏味的关于伦敦朗伯斯区出生率和死亡率统

---

[1] "道德科学"，即伦理学。

计学分析的演讲,听完后他们一起闲聊。"在一个特别全会上,我打算对社章发起辩论,但老帮阻挠我。我向执委会提了一项动议,但被否决。"

"你那样做不行,"她说,"你应该先在社里发表一个演讲,类似改革宣言的演讲。题目……"

"'费边社的谬误'"。在她犹豫之间,他提议说。

"完美。那将让你在社员心目中获得改革运动领袖的地位。这样执委会就不得不作出反应。"

"麻烦的是,"他说,"我不擅长演讲。是的,那不是我擅长的事情。"她不认同这一点,他坚持说道:"在这个问题上我不抱任何幻想。我没有演讲的好嗓子——在压力下我的嗓音会变得又尖又刺耳。我不能仅靠提示做演讲,也不能像萧伯纳那样出口成章做即兴演讲——我得事先写好讲稿,再读出来,那样效果就打了一半折扣。"

"如果你是带着激情和坚定的信心去写讲稿,H.G.,效果就会不错,"她说,"只要你演讲时别太急,别啰唆,不要吞字,我得承认你紧张时容易那样,只要做到那些,效果一定不错。只要人们能听清楚你说的话,他们就会被你吸引。"

最终,他没有抵抗住她的恭维和热诚,同意新年的1月12日发表题为《费边社的谬误》的演讲。可是不久后,贝尔福首相宣布于同月大选,于是执委会认为,他的演讲主题是社团有争议性的重要话题,决定将它推迟到2月份,以免被国家政治活动降低其重要性。"同时,威尔斯,要是你还有什么不太令人惊悚的东西要发表,适合在1月12日讲,那也非常欢迎,反正演讲厅也预订了。"皮斯说。他不可能不注意到"令人惊悚"这一形容词里的挖苦。尽管皮斯曾经是最早邀他入费边社的人之一,但其态度始终带有屈尊俯就的成分,后来,随着他彻底改革费边社的意图公开,其态度变成了显而易见的冷漠。不过,实际上,他还真有东西要发表,他刚刚写完一篇题为《皮靴之苦》的杂志文章,他可以轻松改写一下用来演讲,于是他向皮斯提议讲这篇,他将题目写下来时,皮斯脸上带着一本正经的微笑接受了提议。

正如他所预见的那样,在对费边社发起更具挑战性的批判之前发表《皮靴之苦》,大大地为他赢得了有利地位。演讲轻松愉快,充满幽默,以十分通俗易懂的方式,说明了社会主义的基本原则,受到听众的热烈欢迎。他以讲述自己贫穷的成长环境作为开场,讲到幼年时他如何从阿特拉斯屋地下厨房高高的、带栅栏的窗子往外观望,年幼的他首次看到的外部世界,就是窗外路上走过的穿各式各样鞋子的脚,这也许就是他日后专注于靴子,并将它作为人们生活质量指标的原因。接着,他模仿西德尼·韦伯的分析方法,认为岛国五分之一的人口都因为靴子而忍受痛苦,然后分门别类,列举新靴子、不合脚的靴子、用未加工好的皮革做的靴子引起的各种不适,以及它们造成的五花八门的擦伤,还有因为不平的鞋跟、磨损的鞋底、裂缝和破洞而引起的各式各样的疼痛与损伤……听众愉快的笑声此起彼伏,直到他提醒他们,"皮靴之苦不过是一个缩影。人们穿的衣服不比他们的靴子好;他们住的房子更差。再想想教育贫乏造成了怎样的见识浅薄和言辞粗陋!想想他们如何被夹痛,被磨痛!"大厅响起一片掌声。

他继续讲自己的故事。他认识一个人（就是他自己），来自这样的阶级，每周收入一英镑，交了食宿费后用仅剩的钱买靴子和衣服，因为交了好运，跻身于每年花七十或者八十英镑买靴子和衣服的阶级，所以他的脚十分舒适。可是想到有如此多靴子远不如他的人，他快乐不起来。设身处地，他们的靴子也在夹他的脚，因为，这种靴类带来的折磨，并非人类不可避免的苦痛。"世界上有足够多上好的皮革，为所有需要之人做漂亮的靴子和鞋子，有足够多的闲散人力、足够多的能源和机械做所有需要之工作，有足够多没有用武之地的智力去组织鞋类制造，并将它们分配给每一个人。是什么在妨碍我们这样做？"妨碍我们这样做的是私有财产和私有资本，是它们控制了从生皮收购到成品销售的整个过程，以便在每一个环节榨取利润。只有社会主义才是救方。"对任何感觉灵敏的男人和女人来说，大量的隐形贫困，使得我们现在的国家令人厌恶，整个制度必须变革。真诚的社会主义者的目标，是通过废除土地、自然资源及其开发利用的私有制，建立新的、更好的社会秩序……对此你要是逃避，那么你必须决定对这一切视而不见，让你的生活满足于既有的个人幸福，并安慰自己'想想靴子于事无补'。"

演讲结束时大厅里爆发出长时间的掌声，他见到坐在前排的莫德也在鼓掌，并向他投来赞许的目光，简在她旁边，也在用尽全力鼓掌，眼里闪着自豪的光。他回答了几个提问，回答得很充分，只是不如他所希望的那样自如，之后会议结束。"太棒了，亲爱的。"他来到简身边时她说，莫德表示赞同："是啊，太好了，H.G.。这是《费边社的谬误》演讲的完美揭幕。"

"那个演讲不一定会有这么受欢迎。"他说,他不想显得自大。可是它的确很受欢迎。

* * *

大选结果是自由党获得了压倒性胜利,它赢得了400个席位,而保守党只获得129席,算上其他结盟党派席位,自由党赢得358席的有效多数席位。[1] 以费边人的视角来看,最为意味深长的是,工党赢得了29个议席。这是社会主义阵营首次在议会获得可观的代表数。让老帮有些尴尬的是,十年前,他们断然否决了拉姆齐·麦克唐纳[2]要求执委会为创办议会工党党团提供资金支持的提议。提议被否决的理由是,两大党在议会占据统治地位,此举将是浪费时间和资金,而那时他们动用自己掌握的一大笔资产创建伦敦经济学院。他感到,时代的大潮正在向他汹涌而来。自由党的巨大胜利表明,英国人对旧秩序的幻想破灭了,渴望变革,倘若费边社不能迅即重塑自我,把握这一历史机遇,就会有被民意的浪潮抛在后面的危险。发表《费边社的谬误》的演讲,再也没有比此刻更为有利的时机了。毫不令人吃惊的是,在约定好的2月9日晚上,克利福德旅馆大厅一座难求。

演讲伊始,他便抨击费边社的胸襟狭小、夜郎自大。"我知道

---

[1] 有关议席数额原文如此。
[2] 拉姆齐·麦克唐纳(1866—1937),英国政治家,工党出身,1924年和1929年两度出任英国首相。

我们社团拥有七百多名成员,显然给人一种印象,英国现存真正有思想的、权威的社会主义者就是这七百多人了,"他说,"这是大错特错的,今晚,我想纠正我们中的某些人所犯的这个错误。"《皮靴之苦》演讲语调温和、诙谐,本次演讲则是讽刺的风格。"本社团,"他说,"给不偏不倚的观察者一种印象,它依然半是客厅社团,通过激烈的、英勇的奋斗,在克莱门特旅店地下室搞到一间中心办公室,这项事业已经让它穷尽了一切勇气。"(大笑)他嘲笑社团发布给社员的信息漫无边际、无关紧要,痛惜没能积极招募新社员。"我们不做广告宣传,谢谢你:这不是我们的风格。我们叫卖社会主义,犹如落魄的贵妇叫卖'桔子':'我真希望没人听见我。'"(更多大笑)费边社所有的谬误都可以追溯到其源头。"它有社交集会——到今天它仍有社交集会。它还从未走出去过,走出去接触未知的公众,以系统性的方式吸纳新生力量。在其发展的某个阶段,它似乎停滞了。停止增长,停止梦想,不再相信社会主义可能作为社会主义而取得任何胜利。它就像一棵根生满盆的盆栽植物,已经到了生长停滞期。"

接着他抨击了费边社的社名,该社名取自古罗马将军拖延者费边,像摩西律法石板一样神圣的费边社社章,跟这个名字密不可分:"你们现在必须等待,一如费边在抵抗汉尼拔的战斗中以最大的耐心所做的那样,尽管许多人指责他拖延;可是,当时机到来,你们必须像费边那样全力出击,否则就是徒然等待,毫无战果。"这段话,尽管看上去像是译自某位古罗马历史学家的著作,可没有谁费心去找它的出处,而普遍认为,这段话其实是伪造的。似乎没人注意到，这段话也是无事实根据的。只要对普鲁塔克的著作稍作研究便知道，费边从未真正出击过——是大西庇阿在非洲打败了汉尼拔，而费边所做的一切，就是阻止他战斗。"你们看到了，费边的传统可以变得有多么危险和麻木。在此我绝不是在暗示，在本社团，它在任何程度上已经变成这样了"——这一此地无银的否认声明，当然蒙不了任何人——"我只是以此作为一个警示。"如此使用他们视为圭臬的费边经文针对他们，这是给老帮一个迎面痛击——他瞥了一眼台下，皮斯面色铁青，布兰德透过单片眼镜怒目而视——不过他这番博学的引经据典逗乐了年轻社员，并给他们留下深刻印象。最后，他提出若干具体建议结束演讲：印发一套小册子吸引新社员加入，将社员规模扩大到一万而不是七百，将收入增加到同等规模，让年轻社员在社团事务中发挥更为积极的作用，在全国建立地方分社。他在热烈的掌声中落座。经过一番讨论，大家同意，应该成立一个由他主持的咨询委员会，负责起草费边社改制方案，并修订费边社社章交全体大会审议。

私下里或多或少赞同他的四位执委会成员被任命为咨询委员会委员，包括西德尼·奥利维尔和萧伯纳太太夏洛特。夏洛特当然会向她丈夫汇报并唯其马首是瞻，但奥利维尔是个有独立判断能力的人，既然沃拉斯已因关税改革问题辞职，奥利维尔就是他觉得最好相处的执委会成员了。奥利维尔是内阁殖民部的高级公务员，温文尔雅，气宇不凡，是行政管理方面的专才，同时对文学颇有兴趣，擅长写打油诗。委员会的其他成员都是有名的改革支持者，包括莫德·里夫斯。奥利维尔被任命为主席，简为秘书。那时，这个大有希望的委员会的成立，似乎是个胜利，可到了一定时候，执委会那些觉得他的批判威胁到自己地位的人，便将这一组织作为实施拖延策略的又一个工具。

委员会工作从未让他满意过，人们也没有有效利用他的时间，但他倾尽全力于其中，经过若干次会议，他起草了一份文件，获得了同事的认可。修订的社章确定，社团将致力于三项主要目标：土地和资本向国家转让，公民权利男女平等，以及"青少年教育和扶养中的私权由公权取代"。从根本上说，最后一条意味着，只要做了母亲，国家便提供资金支持，这样就将妇女从男性专权的私人家庭中解放出来，可是西德尼·奥利维尔指导下的委员会认为，采用更为抽象的表述是慎重的。"社员也许可以接受为结婚的妇女发放孕产津贴"，在最后一次会议上，奥利维尔说道，"不过，威尔斯，你的意思是不是未婚母亲也符合条件——""是的。"他立刻回答道。"那样我担心许多人会认为，这是在鼓励非道德行为，"奥利维尔说，"最好让它模糊一点。"

3月将草案转交给皮斯时，他要求必须本月27日之前在全体大会上进行审议，因为27日他要赴美国进行一次大范围旅行。皮斯写信回复说，要召集这样的会时间来不及了，得等他回国再说，在此期间，可以将提案分发给社员。可当他5月底从美国回来，皮斯对他说，社员们提出了如此多关于社章修改的问题，特别是有关第三项目标的问题，所以，理想的做法是先开个说明会，由他本人向社员们对文件做出解释，然后再提交全体大会审议；可是，因为人们不久就会到各地避暑，说明会将不得不推迟到秋天。社里的活动安排中，10月中旬有个发言日有空——他是否愿意安排在那天讲话？

拖延者费边满血复活。

携美国之行高度成功之余绪，回到国内时他精力充沛、自信满满，这让他觉得执委会在程序安排上的太极拳更加难以忍受。他在美国作了多场演讲，还为伦敦《论坛报》写了关于本次旅行的系列文章，并计划将文章结集出版，书名为《美国未来》。所到之处——纽约、波士顿、芝加哥、华盛顿——他都受到热情追捧，甚至还在白宫跟罗斯福总统进行私人会晤。他喜欢美国，对其自信、忙乱、平等主义、敢闯敢干的气质，都给予正面评价，而美国总统（人们都昵称其为泰迪）就是这些气质的化身。这是一个正在成形的年轻帝国，但其不成熟让人怀疑它是否可以保持持久繁荣。快速发展的美国是一个巨人孩童，还是一个巨人泡影？过去许多时代，出现了一连串兴起又消亡的政治实验，美国不过是最新的一个吗？午餐后，他和罗斯福在樱桃花盛开的白宫花园散步，他鼓足勇气提出此类问题。他很好奇地发现，尽管这位总统在公开场合表达过对美国未来的信心，可他无时无刻不是悲观的，而且让他受宠若惊的是，总统熟悉他写的《时间机器》。"我知道，现在这个日益繁荣、处于权力上升阶段的国家有一天会走向衰落。"罗斯福倚着花园里的一把椅子，一只膝盖放在椅座上，越过椅背对他讲话，犹如在公共讲坛发表演讲。"但我选择就当不会有那一天到来那样活着。假定你关于未来的描写是对的，一切都以蝴蝶"——他指的是埃洛伊人——"和莫洛克人终结。现在这无关紧要。至少现在所付出的努力是真实的。坚持下去是值得的。值得。"

这段宣言给他留下了深刻印象，也让他受到鼓舞；毕竟，他放弃半吊子文人生涯加入费边社，秉持的就是这种原则。可是他从社里的资深职员那里，几乎没有听到任何感谢之词。一个名声大到可以跟这个星球上最有权力的政治家之一进行那般会晤的人，难道不该多得到一点尊重吗？他一边如此这般在心里发着牢骚，一边草草给皮斯回信，接受在10月会议上发言的邀请。

* * *

与泰迪·罗斯福会面的那一天之所以让他记忆深刻，还另有原因。在那个温暖的下午，离开白宫后，一种熟悉的感觉向他袭来，这是一种倦怠中的渴望，渴望肉体接触和身体释放，渴望在成功完成一项任务后犒赏自己，从思想的重负中获得短暂松弛。他叫了一辆出租车，要求载他去妓院。"白人还是黑佬？"司机问。"黑佬。"他犹豫片刻答道。尽管过去几周他频繁听到这一带歧视性的称谓，白人随意用它指称有色人种，但这是这个词第一次从他口中说出。用他那尖利的英国嗓音说出这个词，在他自己听来，显得十分古怪，就像是在某个异国他乡点一份地方风味菜肴，而从某种意义上说的确如此：他从未有过跟有色人种女人性交的经历。"要找最好的地方。"他上车后补充道。"没问题。我知道一个真正高级的地方。"司机说。

他很快来到一个陈设铺张的会客厅，墙上的百叶窗调到仅够让光线透进来而窗外看不到屋内动静，天花板上的吊扇在头顶无声地转动。他为一群迷人的女士点了酒水，她们穿着的暴露程度各不相同，黑色和棕色的肤色深浅因人而异，他跟她们聊着樱花的美和眼下华盛顿纪念碑施工的进展。一个年轻苗条的黑眼睛女人坐在人群之外，她穿着缎面连衣筒裙，浅棕色皮肤就像潮水退去后的沙滩一般完美无瑕。她引起了他的注意，他在她身边坐下。他们的聊天轻松愉快，不久他便随她去了她的房间。她的名字叫玛莎（不管怎样，她的艺名如此）。她告诉他，她是个混血儿，有白人、土著印第安人和黑人血统，她一直在试着通过一本书自学意大利语，她向他展示那本书。她在攒钱，打算去意大利生活一段时间，然后回美国，冒充意大利人在美国生活。鉴于她的容貌和浅肤色，这并非是个令人难以置信的规划，不过她迫于无奈这样做，则是这个国家不应该发生的事。这次旅行中，他遇到过许多美国白人，特别是来自南方的白人，他们对有色人种公民的憎恶让他大为惊讶，而他个人觉得，这些有色人种公民不管是旅店门房还是知识分子，都十分友善、可爱。他企图质疑他们的偏见，向他们指出，从遗传的角度来说，这些奴隶和奴隶主的后代跟他们自己的相同之处，一定比那群从欧洲涌入这个国家的白人移民多，但他的想法不大受欢迎。

他发现自己对玛莎和她的故事越来越有兴趣，那故事就像小说家编出来的一样。玛莎不得不温柔地提醒他，来这里跟她在一起的真正目的到底是什么。她的做爱风格并非他在出租车里预想的那种异国情调的体验，但是优雅而熟练。假如她满足的喘息和呻吟是表演，那也十分动听，它们将他带到了非常满意的高潮。"我喜欢你。"事后她说，"你会再来这儿吗？""我尽量。"他说，要是他不知道自己第二天就要离开华盛顿，他的话还是很真诚的。他在床头柜上放了一张大面值美钞，她问他是否真要给这么多钱，得到肯定回答后，她遗憾地说："噢，那我知道我再也见不到你了。"那天剩下的时间里，他没法不想她，他甚至心存一个疯狂的计划，去意大利见她，最后是常识让他打消了这个念头。常识，还有第二天收到的简的来信：

今晚我厌倦了做经营安乐窝的主妇＆好像世上只有一个可爱的栖息之处＆那就是你的怀抱和你的心里。这是世上我将找到的唯一地方，一个人间或摆脱生活中的无聊、浪费和混乱得到安宁的地方——想想，我不断想到家里让人失望的脏乱，一个人起初的辉煌抱负，让人忧郁的让步与妥协——家＆家具＆成堆的衣服＆书＆花园＆让我沮丧的重负的增长，就像黏附在一个人身上的坚硬外壳。要是我开始布置一个舒适的家让你住＆在里面工作，结果只会是我成功地料理出一个让你烦得要死的地方。我跟你做爱，把你送给我的朋友，挡掉大量会让你得到无限满足的人。唉，亲爱的，我觉得我不该给你写这样一封信，要知道那只是一时的情绪，可是我没时间再写一封了，我一直放任自己愚钝可笑。没事的你知道真的只是你明白我受够了我自己的圈子＆我自然很讨厌我这样一个人！真不知道你怎么忍受得了！唷！

非常爱你的，比兹

这封信让他既烦恼，又感动，又困惑，三者几乎是同样的程度。好像有几封信混杂在一起：一封表达一个寂寞妻子的温柔渴望；一封发泄对充斥着家庭琐事和物质财产生活的不满；另一封抱怨无论她多么努力，永远满足不了他的需求；还有一封责备自己让他承受这些负面情绪。末尾的道歉并不能抵消前面几行隐含的责备，而"没事的你知道真的"的保证也不能消除他的忧虑，她承认自己不快乐到如此程度，哪怕是短暂的。尤其让他感到不安的是，作为公开辩论中的女权斗士，他竟然导致自己的妻子如此这般地情感爆发。看来，她并未真正接受他们已经达成，或者他自以为他们已经达成的默契，认可他自在游走于其他女人之间。他决意回家后对她格外体贴、爱护。

他的确是这么做的，一段时间内，每天晚上跟她睡一张床，不一定做爱，但将她搂在怀里入睡。但不久之后又恢复了旧有的习惯。他正忙于关于美国的书的写作和《彗星来临》的校读，凌晨醒来时大脑快速运转着，起床走进他的更衣室，开始写作。一段时间后，他睡在更衣室也就合情合理了。尽管他没有立刻出去追蜂逐蝶，可没过多久，新的机会、诱惑和义务不请自来。

夏天，布兰德一家许多日子都住在迪姆彻奇，他和简跟他们多次见面，但不像从前那么频繁了。可以感觉到，自从他发表《费边社的谬误》的演讲，他们的关系开始变得冷淡。显然，休伯特·布兰德需要一段时间才能意识到，他宣称他意图改组费边社是完全认真的，他的目标不可避免地包含对社团现有领导层的指责。不过他的演讲及其所获得的热烈反响，终于让休伯特看清了现实。他认为，韦伯夫妇还没有拿定主意如何对待他——相对来说，他是一个新来者，他们对他提出的设想、对费边社所作的如此严厉的批评以及如此彻底的改革提议，显然颇有兴趣，但是他们也许怀疑，他是不是有意志或者领导力维持这种抨击；而萧伯纳则继续玩他的木偶大师游戏，从顶上拉动提线以维持和平，迄今为止并不直接介入。跟皮斯一起，休伯特是他在执委会的主要对手，在社交场合，休伯特的握手或者单片眼镜背后的眼神中尚有一丝热情。不管怎样，费边社的政治之争在夏天暂息，两家人聚会时避开可能引起争议的话题是可能的。他注意到，交谈转向政治方向时，伊迪丝不自在，并很快变换话题。尽管休伯特有显而易见的性格缺陷，伊迪丝似乎真的十分欣赏丈夫的才智，在意识形态问题上总是尊重丈夫——比如，反对妇女选举权——他可以毫不费力地想象，对于"威尔斯委员会"（这是皮斯对咨询委员会不怀好意的称呼）修订社章的建议，休伯特私下里会跟伊迪丝说些什么。尽管见面时她依然友好地跟他寒暄，他以夸张的殷勤吻她的手或者称呼她"欧内斯特"时，她也微笑，但他们之间从前的亲密已不复存在，这一变化让他深感遗憾。

然而，他和罗莎蒙德的关系却在向相反的方向发展。他在美国访问期间，费边社执委会成立了一个隶属小团体，供青年社员讨论一些他们特别关心的问题，该组织被以典型的矫揉造作的幽默命名为费边保育院（人们不难想象，此名被提出来讨论并获得通过时，伴随着自我赞许的傻笑），罗莎蒙德是该团体委员会秘书。从表面上看，这一举措是对他本人在《费边社的谬误》演讲结束时提出的建议的一个积极回应，但实际上，执委会是在借创建该团体为自己加分，并将其活动置于自己的控制之下。但如果从他回国后第一次与罗莎蒙德的谈话来看的话，执委会的如意算盘可是打空了。

一个周末，他们在"另一个房子"见面。那时布兰德一家正在招待从伦敦来的客人，他和简受邀过来参加非正式茶会。罗莎蒙德兴致很高，新头衔让她很是兴奋，她对自己之于男性的吸引力满怀自信。他观察到，她正在跟切斯特顿兄弟中那位不太有名也不太招人喜欢的塞西尔·切斯特顿调情，并招致保育院委员会主席、记者克利福德·夏普不满的瞥视。她发现他到了，从房间另一端微笑着蹦蹦跳跳跑过来迎接他。"我想请您帮我个忙，"她说，"您可以秋天给保育院做个关于性和婚姻的演讲吗？委员会一致同意我请您。"他告诉她，他已经答应10月份在费边社全体大会上作这个话题的演讲，他得为那个场合保留火药，不过很乐意在保育院作一次其他主题的演讲。"社会主义与文艺，如何？"她看上去有点泄气。"我所有的朋友都会失望的。我们好欣赏您关于妇女压迫和两性关系的观点。""好吧，我应该可以把那些内容糅合进去。"他露齿一笑说。"噢，好，"她说，"我会给您几个日期供您选择。您那本关于彗星的小说写得怎么样了？"

"差不多写完了，"他说，"9月份出版。我在改清样，不过我还想加个尾声。"

"您去年在威尔庄园时说，里边有个爱情故事。是个什么样的爱情故事？"

他犹豫了一下,可现在脑子里装的全是这本书,而且,跟一个美丽动人的年轻崇拜者谈论它的诱惑,不容抗拒。"要是我告诉你,你会保守秘密吗?"

"当然!"想到这个秘密可以托付给自己,她高兴得脸红了。

他环顾人头攒动的会客厅,"我不能在这儿告诉你——太吵了。而且爱管闲事的人太多!我们去花园吧。"他们穿过打开的落地窗,来到植物丛生的花园,在一个长凳上坐下来,高大的蜀葵形成一道屏障,将他们和房屋隔开。

"好吧,男主人公,威利,"他开始说道,"这个年轻人家境贫寒,实际上跟我很像,他爱上了一个叫内蒂的漂亮姑娘,可内蒂爱的是一个叫维罗尔的英俊小子。威利妒火中烧,因为维罗尔家境优渥,除了两性间的嫉妒,威利的痛苦中还包含阶级仇恨。他追踪那对年轻爱侣来到海边——"

"那么,他们是爱侣吗?没结婚吧?"罗莎蒙德突然插问道。

"是的,是爱侣。他们去了一个与世隔绝的海滨社区定居,在那里,这样的结合是允许的。威利尾随着他们。他有枪,想杀了他们。"

"啊!"罗莎蒙德两手扣在一起,紧紧压在胸脯上。

"他追寻的高潮恰好和英国与德国之间的战争爆发同时到来。一天夜晚,一场大海战正在进行——天边炮声隆隆,火光闪烁。这时,彗星带着耀眼的光芒突然来临,它前所未有地大,怪异的光照亮了海滩。时间到了子夜,威利见到两个爱侣在海里游泳,大浪托起他们紧裹着泳衣的身体,尽显青春体格的优美。"他顿了顿,若有所思。这番对游泳者的描绘,来自他对梅·尼斯比特在桑德盖特海滨出浴的记忆,现在他突然明白,那天罗莎蒙德在威尔庄园的青藤廊道一端转身向他挥手时,他想起了谁。

"太棒了,"罗莎蒙德低声说道,"您的讲述真是栩栩如生呀。"

他继续着他的故事:"那对爱侣到了一个小屋,疯狂的嫉妒让威利手里拿着枪一路追踪着他们。突然,他遇到了一种绿色蒸气形成的云团,晕倒在地,失去意识。这是第一章的结尾。第二章开篇,他苏醒过来,感觉好像睡了一觉,精神振作。实际上,他已失去意识多日。他已焕然一新。他内心平和。最简单的事物——一朵野花、一株成熟的麦子——都让他充满快乐。他探索世界,发现所有人都发生了和他一样的变化,都是拜彗星所赐,它与地球擦肩而过时留下的绿色气体,对所有的人都产生了影响。他在一个壕沟里发现了英国首相——这一巧合有些勉强,不过对这类小说,没有人会过于挑剔——首相现在把战争看成愚蠢行为,发誓结束战争。他安排与德国签订停战协定。他召集了一个大会,为世界国家起草宪法——"

"可是威利和那对爱侣怎么样了?"罗莎蒙德问。

"他当然见到了他们,他所有的嫉妒烟消云散。他们立刻成了好朋友,三个人都是朋友。可是有个意外的难题:威利和维罗尔是好朋友——但他们俩都爱内蒂。于是两个男人坦诚对话,同意他们中的一人必须放弃对内蒂的所有权,而显然威利是弱势一方。可是内蒂接着说,'为什么必须是非此即彼?你们两个我都爱,理由各不一样。爱为什么一定要独占,一定得是一个男人拥有一个女人?

为什么不能是我们三个在一起'——她的话大概就是这个意思。"

故事的转折显然让罗莎蒙德十分激动。"您是说,她提出自己属于他们两个人——各方面都是这样?"她问道,眼睛瞪得很大。

"是的——她的意思就是那样。但是两个男人无法设想这种可能性。古老的男性占有欲在他们身上根深蒂固。所以威利伤心地继续走自己的路,投身于重建人类文明的伟大事业,拆毁肮脏的旧城市,建设明亮、干净的新城市。"

"噢,"罗莎蒙德叹道,"多可惜。可怜的威利。"她松开紧扣着的双手,放在膝上。

"不过他遇到了一个叫安妮的漂亮女人,他跟她结婚并有了孩子,后来他们跟内蒂与维罗尔快乐地生活在一起,就好像是一个扩大的家庭。"

"噢,唉,那也不算太坏。"罗莎蒙德微笑说。

因为还没有最后决定尾声怎么写,他没有告诉她的是,尾声中他要清楚表明,威利和内蒂最终成为爱侣,不过不是排他性的,两对男女在一个终于接受性爱自由原则的世界里,友好同居。

"也许我们该回去了,"他说,"人们会怀疑我们到底在干什么。"

"我不明白您什么意思,威尔斯先生。"她调情说。

"我想,现在完全是你不再叫我威尔斯先生的时候了,罗莎蒙德,"他说,"我的朋友都叫我 H.G.。"

她再次高兴得满脸通红。"谢谢你,H.G.!"

此时一个想法在他的脑海一闪而过,引诱罗莎蒙德会易如从树上摘下成熟的桃子。

但他并没有立刻按这个直觉行动;实际上,这永远也不会发生,因为后面发生的事,将很难称其为引诱,除非被引诱的对象是他自己。此后两人相遇,罗莎蒙德不断向他发出明确信号,她急于了解性爱,她最想要的是一个成熟的、经验丰富的爱侣,其见识值得信赖,其才智值得崇敬,并由他带着自己初涉爱河。他的反应有些犹豫,他意识到自己与布兰德家关系中固有的危险。她是个好看的年轻女人,丰满、健康、性感,但他对她没有不可抗拒的欲望。然而,罗莎蒙德似乎觉察到了这一点,她开始想办法让他对自己产生兴趣,她要向他透露关于自己身世的惊人内幕。

事情源于一天晚上在黑桃别墅,他不经意地谈到她的眼睛。那天,她从迪姆彻奇带年幼的约翰·布兰德来跟基普和弗兰克玩耍,晚上留宿黑桃别墅。孩子们被安顿上床,晚餐在简的监管下准备停当,他给自己和罗莎蒙德倒上了马德拉葡萄酒,提议去外面露台上喝。但此时刮着寒冷的东风,所以他们移步花园里的小书房(现在他将它称为棚斋),坐下来,透过敞开的门眺望西天的夕阳在海上慢慢坠落。她迎着光举起杯子,称赞酒的颜色漂亮。"你的眼睛就是这个颜色,罗莎蒙德,"他说,"你妈妈的眼睛也是。"

"你是说伊迪丝?"她说,"伊迪丝不是我妈妈。"

他目瞪口呆,看着她。"伊迪丝不是你妈妈?"他重复她的话道,"那谁是?"

她的目光越过酒杯注视着他,自己的话引起的反应似乎让她既高兴又害怕,"要是我告诉你,你要把它作为最高机密。"

"好吧。"

"爱丽丝。"她说。

"霍森小姐?"他惊呆了,"可是……你长得不像她。你更像伊迪丝。"

"我知道,"罗莎蒙德说,"这在我被收养时很方便——有同样颜色的眼睛,什么都一样。"

"那谁是你父亲?"他问道。

"当然,是我爸。"她回答说。

"休伯特!天哪……你知道这事多久了?"

"我十八岁时他告诉了我。后来爱丽丝又补充了很多细节。"

接着,在他再次发誓保守秘密之后,她向他讲述了一个奇异至极的故事,有一刻他怀疑是她编造的,但马上相信了它的真实性。

"八十年代初,爱丽丝是伊迪丝的一个朋友,"罗莎蒙德开始说道,"她为一家妇女杂志做一份收入微薄的工作,伊迪丝曾为那家杂志写稿。费边出生不久,伊迪丝又怀孕了——那太快了——随着伊迪丝产期临近,爱丽丝搬进来跟她和爸爸住在一起,为伊迪丝分担一些家务。让人伤心的是孩子生下来就死了。伊迪丝非常难过——爱丽丝告诉我,爸爸差不多是从她怀里硬拽出可怜的小婴儿的尸体,送去埋葬——爱丽丝继续住在家里,当然不是威尔庄园,是刘易舍姆路一个小得多的房子,也可能是李路,[1] 那段时间他们总在搬家……不管怎样,在这场危机中,爱丽丝给了伊迪丝很大

---

1 李路(Lee Road),是伦敦一条与刘易舍姆路相邻的街道。

支持。可是不久爱丽丝有了自己的危机要处理：她自己怀上了孩子——我。她没有告诉伊迪丝孩子的父亲是谁——只是某个她不可能与其结婚的人——所以伊迪丝建议她作为管家永久住进他们家，在他们家生孩子，她和休伯特可以收养孩子，并当自己的孩子抚养。他们那样做了。这看上去是个完美无缺的解决方案。爸爸很高兴地同意了。"

"他当然高兴啦。"罗莎蒙德停下来啜一口马德拉酒时。他禁不住插话道，"我得说，这让他摆脱了窘境。伊迪丝什么时候知道真相的？"

"我想是我大约六个月的时候。显然他们之间发生了可怕的争吵，但到那时她已变得很依恋小小的我，不想丢弃我——至少她是这么说的。而爸爸告诉我她威胁要让别人收养我，他就说，要是我走他也走。可爱丽丝认为伊迪丝从一开始就一直怀疑他是我父亲。她知道爸爸在女人方面管不住自己，但她不打算阻止他对爱丽丝的企图——恰好相反，因为爱丽丝有个崇拜者，是伊迪丝不喜欢的人，所以她怂恿老爸赶走他。你知道，她言行不太一致，我是说伊迪丝。"

"我得说，你父亲也是那样的人，罗莎蒙德，"他评论道，"我不止一次听到他为一夫一妻制唱赞歌。"

"是的，你说得对……"她说，"他们俩都充满矛盾。我猜那就是尽管发生了这么多事，他们仍然相爱的原因。因为他们的确相爱，你知道，他们就是以这么奇怪的方式爱对方。不过，我感觉到，每当他们关系紧张时，我是爱丽丝而不是伊迪丝的女儿这个事实，就会像一个旧伤疤一样被撕开，再撒上一把盐。我的童年记忆里充斥着他们之间的争吵，伊迪丝会突然眼泪夺眶而出，通常是在饭桌上，她会转身离开餐厅进自己的房间，爸爸会叹息一声，'噢，天哪！'然后上楼去安抚她。"

"可你小时候从未猜想过事情的真相是吗？"

"是的。在费边死的时候——那时我十三岁——我无意中听到伊迪丝歇斯底里地尖叫，'为什么是费边？为什么不是罗莎蒙德？'甚至这时候我也没想过。"

"她这么说？这对你是多么可怕的话呀。"他说，着实大为震惊。

"那的确可怕。可我从没去猜想她这么说的原因，直到爸爸告诉我。"

"然后呢？"

"然后，某种程度上我释然了，一直以来我凭直觉感知到，我是爸爸最喜欢的孩子，却是伊迪丝最少喜欢的。这也合情合理——她对我的感情怎么可能跟对她自己的孩子一样呢？要是我在任何方面比保罗和艾里斯优秀，她自然会不高兴。奇怪的是，她对约翰就从来不会这样，我猜是因为他很久以后才出生。"

"你说约翰？"他迷惑不解地问道。

"是的，约翰也是爱丽丝生的。"罗莎蒙德平静地说。

"跟休伯特？"罗莎蒙德点点头。"天哪。"他嘟哝着说。

"你瞧，我们是个很不寻常的家庭。"罗莎蒙德说。

一个他在美国旅行时频繁听到的句子"你说得太对了"掠过脑海，但他没有说出来。他用空着的那只手紧紧握住她的手。"可怜的姑娘。"他低声说道。

一时间他们默默地坐着,看着门外壮观的景色:透过镶着金边的深紫色晚霞,落日余晖映照在点缀着泡沫的海面上。随后,东风送来晚饭的锣声——大概是简从一个打开的窗子里敲响的。

"我们最好回去。"他说。

他们站起身来,他见到她的眼睛湿润了。"可怜的姑娘。"他又一次说道,伸出双臂给了她一个安慰的拥抱。她即刻扑进他怀里,紧紧搂住他。当她紧紧贴上来时,他隔着自己薄薄的夏季外套能感觉到她乳房所施加的柔软、温暖的挤压感。他所能想到的结束这个拥抱的唯一方式,就是给她的脸颊一个吻,可她转过头,深深地热吻他的嘴唇。

"亲爱的 H.G.,"她说,"向一个可以信赖的人说说这些事,现在我心里真轻松。"

他不认为保守秘密的誓言适用于简,罗莎蒙德一回迪姆彻奇,他就将他从棚斋谈话中知道的一切,一股脑告诉了简,只是略去了谈话结束时的拥抱。让他略感惊讶的是,简倾向于同情这个家庭传奇中的伊迪丝。"毕竟,"她说,"她同意像自己的孩子一样抚养爱丽丝的孩子,她很大度……对第二个孩子也是。你可以看到,那就是一种以性爱自由为基础的三角家庭——就像你的《彗星来临》结尾中的人物一样。"她读过他为那部小说写的尾声。

"可我的小说的前提,是一个完全转型了的社会,"他说,"那时候性爱自由被普遍接受,男女之间的任何事情都是公开的,光明正大的。布兰德家正好相反。原来威尔庄园就是个谎言之家——掩盖真相的伪善之家。"

不久之后,他旧地重访,这种感受十分强烈。布兰德家举办了一个盛大的夏日派对,庆祝女儿艾里斯和她的公务员未婚夫订婚。威尔斯家接到邀请在那里过周末,他们接受了邀请。两家人都心照不宣,将他们之间已经存在的紧张关系隐藏起来。表面上那是一次快乐的聚会。午后,阳光照耀着爬满常春藤的老屋和花园,夜幕降临时,宅内华灯初上,透过敞开的窗子流光溢彩,树上的中国灯笼映照在护城河上。大厅里装点着银烛台,豪华的自助冷餐已布置停当,料理冷餐的是布兰德家相当高调地雇用的两个瑞士厨师,会客厅已清理好用作舞厅,有钢琴和小提琴演奏舞曲。"是不是太棒了!"莫德·里夫斯和他打招呼时,伸出双手拥抱整个会场,满腔热情地喊道,他当然同意。可是事实上,对他来说,威尔庄园已不复是一年前那个田园诗般的乐园。回顾之前对此地此家的感觉,罗莎蒙德透露的秘密使其蒙上了一层阴影,这家人似乎不再有着异乎寻常的魅力,而是显得为人阴险狡诈,严重的不负责任。比如,少年费边之死,当你现在想到此事时,它并非一次可悲的事故,而是应该受到谴责的粗心大意造成的恶果。可以想象吗,你儿子预定做外科手术,不管多小也是个手术!那天,费边可能吃了早饭——为什么不能吃早饭?这有违外科手术的标准程序。孩子很可能是从麻醉中苏醒时,被自己的呕吐物窒息的,他独自一人,无人照管,而伊迪丝无疑在自己的房间里写写画画,迷失在她小说的梦幻世界,休伯特大概,怎么可能啊,在跟爱丽丝·霍森鬼混……

他独自站在俯瞰护城河的露台上,正想到这里,爱丽丝本人突然现身。她问他是不是不想进屋参加自助晚宴。他说等餐桌边的人少些后会去的。她似乎有意逗留,有话要说——他对此十分惊讶,因为自从认识布兰德一家,除了打打招呼,他从未跟她有过任何交流。"耗子"的绰号对她名副其实,她身材矮小(跟布兰德家的人站在一起时尤其如此),无声无息,言行举止不出风头。他从未见过任何人像她一样给人留下如此模糊的印象,就像家庭快照边缘离焦的人影。既然已经知道她个人生活中的一些事情,现在他对她产生了巨大的兴趣,可是,要将这个身材矮小、头发灰白、说话柔声细语、相貌平常的女人,跟罗莎蒙德讲述的狗血剧故事联系起来,太困难了。

他们聊了一会儿无关紧要的琐事,接着,她令人惊讶地说道:"我一直很高兴看到罗莎蒙德和您成为好朋友。"

"哦,我呢,你知道,她写东西我尽力帮帮她。"他结结巴巴地说,心里想的是,她其实还没写出任何东西给他看过,他自己写作很忙,顾不上敦促她。

"是啊,您真是太好了。我不确定她在那方面是不是真的有才能,不过我们可以看看。除此之外,有一个像您这样的成熟男人让她信赖,对她有好处。"

"是吗?"他迟疑地回应道,她的语气和话题的转向让他很是无措。

"是的。她是个非常漂亮的姑娘,人见人爱,小伙子们总围着她转,可是她自己还没准备好做出什么承诺,这完全是对的。我担心伊迪丝和休伯特为了她的安全,会尽快把她像艾里斯那样嫁出去。"

"安全?"

"您知道我指的是什么:体面。尽管他们自己自由又随意,但他们喜欢维持面子。他们会鼓励某个年轻人向她求婚,比如克利福德·夏普——他对她很热心。"

"是吗?"听到这个信息,他感到一阵小小的嫉妒的刺痛。他曾经跟夏普有过简短交流,觉得他性格阴郁,雄心勃勃地要在费边社崭露头角,但缺乏创造力和个人魅力。

"她需要时间发现自己,让自己成为一个女人,而不是成为某个男人的财产。"

"我完全同意。"他真心实意地说。

"所以我说,有您这样的朋友给她忠告,告诉她生活的真相,对她有好处。跟她接近的唯一成熟男性就是休伯特。可是休伯特……"她叹了口气,"唉,休伯特就是休伯特。"

这番隐晦表达中有着丰富的含义,但他没有勇气试着鼓励她说出来。她对罗莎蒙德的每一句评价,都表露出一个母亲对女儿的担忧,这一点他之前从未觉察。似乎可以肯定,罗莎蒙德把她向他透露她们秘密关系的事告诉了她,可他不敢就此事问她,万一他想错了呢。

"是啊,休伯特就是休伯特。"他带着一种深深同情和理解的语气说道。

他们听到伊迪丝的声音从打开的窗子里传来:"耗子!耗子!

有谁见到爱丽丝吗?"

"我得走了,威尔斯先生。"她说着像影子一样消失在黑暗中。

那天晚上晚些时候,他和罗莎蒙德跳舞——为了做做样子,他先跟简和伊迪丝跳了华尔兹。和罗莎蒙德分开时,他低声对她说:"我要去青藤廊道下的板凳上坐会儿。"十分钟后,她也出来了,她犹犹豫豫地向他走近,直到听到他喊她的名字。覆盖廊顶的野蔷薇,几乎完全遮住了半月朦胧的光线,廊道里几乎什么也看不见。

"哎呀,这儿太黑了,H.G.。"她在他身边坐下来说道。

"你的眼睛很快就会适应的,"他说,"我想有点私密性。"

"这样好再吻我?"她调皮地说。

"不是。"他说,"这样就不会有人偷听了。我跟爱丽丝有过一次相当奇异的交谈,就是今晚早些时候。确切地说,是她找我谈。她似乎假定我知道——知道她是你的亲生母亲。"

"是的,我告诉她我跟你说了,当然是私下里说的。"罗莎蒙德说。

"嘿,跟我想的一样……她似乎赞同你这么做。"

"是的,她赞同,"罗莎蒙德说,"她认为你可以抵消我爸对我的影响。"

"抵消?"这是今晚第二次,他感到谈话的话题在意外地漂移。她沉默不语。他说:"她的确说过一些隐晦的、关于你父亲的话。"

"'隐晦'是什么意思?"

"我很难说明。她说,'休伯特就是休伯特。'"

"是的,休伯特就是休伯特。"罗莎蒙德点点头说。她踢掉她的鞋子,扭动着脚。"哎呀脚磨破了。新鞋子。"

"罗莎蒙德,"他轻声说,"我想知道你们说的到底是什么意思。"

长时间的停顿后,她说:"他最近开始对我非常好,那种方式让我觉得……超过了父爱。我不是在说他做过什么粗野的事,我还是个小女孩时他也总是吻我、抱我,可是……只是,好吧,他抱我抱得有点儿太紧了,吻得有点太长了,特别是我们单独在一起的时候。这让我不舒服,可我不知道该怎么办。我知道,要是我跟我爸稍微提及此事,他一定会暴跳如雷,并指责我思想堕落,胡思乱想……而且,这也许本来就是我的想象……"

"你跟爱丽丝说过这些吗?"他问。

"没有挑明,可她知道,我看得出来……她什么都看在眼里。"

"那么它就不只是你的想象。"他说。

"是的,我想你是对的,"她说,"可是如果一个女孩还是个……还没有……还没有经历过……她就很难知道自己该做什么……你明白吗?"

"是的,"他说,"我明白。"

"你听人说起过许多关于性爱的事情,也在书里读到过,可你不知道可以相信什么,相信谁,毕竟,语言没法告诉你它到底是什么样子。是很美妙吗?还是很平凡?"

"既美妙又平凡。"他说。

接下来他们就两性之爱谈了很久,大部分情况下是她提问,他回答,最后他自己提出了一个问题:"你的意思是你想让我跟你做爱吗,罗莎蒙德?"

"是的,H.G.,我想。"

"哪怕我并不爱你?我喜欢你,可我没有爱上你。"

"我不在乎。我爱上了你。我有足够的爱给我们俩。"

说到这里她投进他的怀抱,似乎以为他会在现场,或者在庄园的某个无人的附属房屋里完成她的性爱教育,可他让她冷静下来,提醒她谨慎行事。因为不久布兰德一家要回迪姆彻奇,他说他会考虑在那附近找个安全的地方会面,找好后他会告诉她。"不过要是你在这期间改了主意,就……"

"我不会的。"她说着用一个吻阻止他继续往下说。

第三章

　　新世纪的第一个夏天，那时黑桃别墅正处于建造中，他曾经在罗姆尼湿地的北部边缘租过一个小屋，位置在林普尼的一个村庄下面的平场上，当阿诺德屋及其周边环境变得太喧嚣和熙攘时，他可以在小屋躲清闲，也可以思考和写作。这种小屋一般用来给最穷的农业工人提供最基本的住宿，只有两个房间，一个露天厕所，还有一口用来满足日常用水的水井，但对他来说已经够用了，何况一周只花几先令。他只在房间里配了一张桌子、一把椅子，一个长沙发，还有其他零零碎碎的东西，都是二手的，非常便宜，以至于当他不再续租时，就直接把它们扔在了那里。他在那间小屋里开始创作《月球上的第一批来客》，让书中的叙述者贝德福德——也是月球探险队中唯一的幸存者——在乘坐反重力球形舱返回地球时，溅落在林普尼附近的大海里，并在当地的旅馆中恢复身体。从威尔庄园回到黑桃别墅的家中后，按照那晚在庄园充满花香的藤架下与罗莎蒙德的对话，有一天他骑车出去查看了自己曾经租过的那间小屋，发现那里还空着，当初留下的家具也没人动过。屋主是个农民，愿意以同样合理的价钱再次把小屋租给他。

小屋僻静偏远，在一条坑坑洼洼的马车道尽头，从桑德盖特或迪姆彻奇前往此地距离相等，当布兰德一家住在"另一个房子"时，此处就是悄悄和罗莎蒙德约会的理想去处。当他再次把小屋租回来当成写作场所时，简一点都不意外——她已经习惯了他突然从家庭生活中逃离出去——可当他某天不经意提起罗莎蒙德之前去小屋拜访过他时，简马上听出了这句话的弦外之音。"我希望你清楚自己在做什么。"她说。"我非常清楚。"他说。他把这件事看作应一个年轻女孩之请，完成对她的教育。罗莎蒙德新近对独自在乡村骑行的热情并未引起布兰德夫妇的怀疑——也就是说并未引起伊迪丝的怀疑，因为幸运的是，休伯特大部分时间都被羁留在伦敦，而即使爱丽丝·霍森猜到他们之间发生的事，也会保守秘密。小屋并非最舒适的爱巢，但乡村的淳朴给他们的约会平添了一种田园牧歌式的纯真。长沙发有点潮，但在他把它拖到太阳下暴晒后，很快就干了。屋顶有一处漏水，所以下雨时他会在下面放一只桶接水，他们用这个水洗澡，水质比井水更软，也更暖。

有时他们做爱的过程太像在辅导功课了，因为对他而言，那完全是在传授知识——罗莎蒙德总是不合时宜地问他，自己"做得对不对"——不过赤身裸体的罗莎蒙德绝对是一道亮丽的风景，足以激起任何热血男儿的性欲。她的美正当时，如盛放的娇花，丰满性感，完美无瑕，他感到非常荣幸，能够在这朵娇花尚未残败前享受其芬芳。她通常比他稍晚一点到达小屋，一路骑行使她面色潮红，气喘吁吁，或者可以这么说，她更像是带着激动和兴奋之情而来——因为意识到自己终于成为一个成熟的女人，偷偷私会自己的情人。令他感到惊讶和有趣的是，她在脱衣之术上进步飞快，由原来羞怯少女式的端庄变得大胆自信，没过多久衣服脱得比他还快。她斜靠在长沙发上——长沙发寒酸的衬垫上罩着一个从黑桃别墅拿来的利伯缇牌[1]旧沙发套——抬起深棕色的眼眸望向他，嘴角带着一抹轻佻的笑容，那抹笑容徘徊在淫荡情妇和顽皮女学生之间，极力摊开的丰满双乳傲然挺立在她的躯干上，让他想起曾经在妓院墙上看过的戈雅那幅《裸体的玛哈》的复制品。那个夏天，他们在小屋私会多次，最后一次做爱时，她忘记担心自己做得对不对，接着就达到了真正的、不受控制的高潮，她发出惊讶与喜悦的叫喊。"你曾经跟我说，高潮既平凡又美妙，"事后她说，"可在我看来，它既不凡[2]又美妙。"他感觉就像一个老师刚上完一堂成功的课一样自鸣得意。

沙发空间很小，勉强够他们做爱后一起躺着，当然不能睡觉，所以他们继续紧紧抱在一起，这时罗莎蒙德会漫无目的地自说自话，想到什么就说什么。有时话里会涉及关于她家人的惊人秘密，特别是关于休伯特的。曾经她的一个校友跟他们一起住在威尔庄园，休伯特好像诱奸了那个女孩。"她多大？"他问。"噢，我想想，十七岁吧……也不完全是我爸的错，更准确地说，是乔治娜主动投怀送抱，但那个蠢妞儿在学校到处炫耀，最后传到她父母耳朵里，他们当然大发雷霆。但她父母决定，与其闹得尽人皆知，最好

---

[1] 利伯缇牌：位于伦敦西区摄政街的大型百货公司，创立于1875年，成立初期就以进口日本及东方世界的织品、家具与饰品而闻名。
[2] 上文的"平凡"在原文中为"ordinary"，此处的不凡在原文中为"extraordinary"，而"extra"在原文中为斜体，本身又有"额外的，特别的"之意，此处一语双关，玩了个文字游戏。

把事情瞒下来。"这进一步证明了休伯特的淫乱好色，也显示出休伯特有不可思议的本事能避免丑闻曝光，不让自己名誉扫地，这两点都让他吃惊。但他控制住了自己，对此不置一词，因为罗莎蒙德不愿意批评她父亲，而且她似乎还把休伯特的拈花惹草视为他无法控制的个人魅力的结果。"除非你是个女人，否则你不会懂。他让你觉得你是这个世界上对他唯一重要的人。爱丽丝跟我说，她经常觉得爸爸让人无法抗拒，我妈也是这么想的，我确定。他们结婚时，我妈正怀着保罗。这也是爱丽丝告诉我的。"他感到颇不自在，因为他意识到休伯特的风流成性无疑和他如出一辙，可他们之间的巨大差别在于，他不会假装信仰所谓的婚姻忠诚，也不会假装爱上每一个和他发生过关系的女人，而且他通常是被追的人，而不是追求者，就像他和罗莎蒙德在一起的情况一样。还有多萝西·理查森。

8月，多萝西出乎意料地恢复了他们那段沉寂已久的关系。她不请自来地到了桑德盖特，一逮到机会就马上跟他讲述自己个人心理剧[1]中的最新危机。她不再跟既可怕又没同情心的莫法特小姐住在一间公寓了，她交了新朋友，是个叫维罗妮卡·莱斯利-琼斯的年轻女人，她对这个女人一见如故，而且她们互相喜欢，这女人最近搬去和她同住。虽然维罗妮卡有男伴，但她清楚地表明自己在生理上也被多萝西吸引。多萝西感到惊慌失措，因为她发现这是自己生命中第一次感受到真正的性欲望——这欲望是对维罗妮卡的。

---

[1] 心理剧，以心理因素为主要内容的戏剧、电影或小说。

"你是说,你对我从来没有过真正的性欲?"他说。

"噢,在一定程度上说,没错,"她沉思道,"但那不一样。和你在一起时,我总是很刻意,我的灵魂从我的肉体上脱离,观察着我肉体的反应。"

"嗯,我注意到了。"

"但跟维罗妮卡……我的灵与肉全都溶解了。那是一种想和另一个人融为一体的强烈感觉,就好像我们本是双生,或者我们是彼此的化身似的——跟我信仰的那个转世说还不太一样。"

"我不这么认为。"他说。

"我很困惑,"她说,"这是不是说,我是同性恋?"

"也可能说明你是个双性恋。"他说。

"我不想当个双性恋。"她强烈反对说,"我不想成为一个怪胎。就此而言,我也不想当个同性恋。"

"你和维罗妮卡实际上进行到哪一步了?"他说。

"我们拥抱,"她说,"还有聊天。就这些——至少目前为止就这些。"

这场对话发生在"棚斋"里——似乎是个适合做世俗忏悔的地方。"你想让我做什么?"他说。

她拉下脸来,"你太冷漠了。你不爱我了,是吗?"

"我从没说过我爱你,多萝西。"他说,"我喜欢你。我觉得你很有魅力。我曾努力让你开心。可你真的是个很难讨好的人。"

"这是你对我失去兴趣的原因吗?"

"我倒觉得是你先对我失去兴趣的。"他说。

"不,我没有。"她说,"自从我认识你以来,你就有一种魅力,能把其他男人都从我心里抹去。你现在依然如此。"

"所……所以呢?"

"和我做爱吧。"

她似乎是希望他能把她从女同性恋关系里拯救出来。出于道义,他至少应该试试——无论如何,他对她紧致的身体和披散着的漂亮金发还留有美妙的回忆,他很乐意有这样一个机会重温旧梦。所以在和罗莎蒙德约会的间隙,他也和多萝西约会,约会地点有时在小屋里,有时在伦敦的各个地方。有一次,他们在坦布里奇韦尔斯附近的乡村走了一天,在他的提议下,他们在位于埃里季和弗兰特之间的一处欧洲蕨[1]里做爱。他总是能从野外苟合中获得一种特别的兴奋感——这也许可以追溯到他在青少年时期对亚当和夏娃二人以天作被以地当床的幻想——而他和简性生活不和谐的第一个迹象就是,她断然拒绝满足他在这方面的癖好,甚至当他们住在伍斯特公园时,在家中花园的僻静角落里也不行。可是多萝西却满不在乎地同意了,他在充满弹性的欧洲蕨上铺了衣服,多萝西脱下内裤,躺在衣服上,嘴里还不停地说着她一直在读的一本俄国小说。在他们关系的这个新阶段,除了见面地点有变化外,其他和从前相比没有太大改变。多萝西比以前更努力地使自己的身体在做爱时更投入,但做爱一结束,她马上继续她那不知疲倦的自我反省;或是开始教训他,批评他的唯物主义哲学观念,纠正他讲话时伦敦东区

---

[1] 欧洲蕨,是蕨科蕨属植物,高可达一米。

口音中的元音发音方式，甚至批评他的散文风格。

某天中午，维罗妮卡刚好离开了几天，他们躺在她公寓的床上，她越过他，伸手到床头柜上拿《彗星来临》的试印本——是他几天前寄给她的，她赤身裸体，只戴了一副夹鼻眼镜，坐起身来开始大声朗读一个标记好的段落，这段是在描写阿特拉斯屋的洗涤室，写作此段时他特别享受。"听听这段。那就是我们家所谓的洗涤室，是每顿饭后充满油污的、湿漉漉的洗涤劳作进行的地方；空气中任何时候都弥漫着冷凝蒸气，煮白菜的记忆，到处是因短暂放置铁锅和水壶留下的黑色污迹，有被排水管过滤网截住的成堆土豆皮，还有由收集起来的破衣烂衫组成的、被称为'盘子抹布'的东西，想起那个名字，那难以描述的恐怖便重回我的记忆。这个句子非常糟糕。"

"这句有什么问题吗？"

"这个句子太长、太臃肿了，首先——在'进行的地方'后，你就应该另起一句了，而不是像现在这样用分号隔开。再比如这儿，'难以描述的恐怖'[1]，这里的半谐音用得很突兀。但这个句子真正的问题是重复使用了'记忆'这个词。它第一次出现时，我们会认定后面一定有一个既长又复杂的主句，而'记忆'就是它的主语，但我们往下看却发现后面的谓语是'重回我的记忆'，这就让人很困惑了。记忆怎么能重回记忆呢？所以我们返回去看第一个'记忆'是怎么用的，这才发现它根本不是主语，而是宾语，是

---

1 原文为"indescribable horribleness"。下文提到的半谐音（assonance），英语中的半谐音指的是两个或多个相邻单词的重读音节中对相同元音的重复，增强语言的节奏感和音乐美。

'弥漫着'的隐喻性宾语：'空气中任何时候都弥漫着……煮白菜的记忆'。"

"'煮白菜的记忆'是个好句子。"他为自己辩解道。

"句子本身是好的，"她的目光越过夹鼻眼镜看着他说，像个严厉的女教师，"但它和动词之间被另一个非隐喻性宾语'冷凝蒸气'分隔开了，所以初读时我们很难把它和'弥漫着'联系到一起，反而猜测它是另一个从句的主语。语法上的歧义毁掉了这个句子。"

他从她手里拿过书，自己读了读那段话。他不得不承认她说得对，心里暗自盘算，也许以后可以让她读他作品的校样，并提出修改意见。简的语法也比他好，但她在用打字机打他的作品时过于恭敬，不会给太多编辑意见。他写作的速度很快，词句从笔尖飞速流淌，因此缺乏必要的耐心去调整和打磨自己的文风，比如，就像亨利·詹姆斯那样调整和打磨，话虽如此，出于种种原因，你不得不经常把詹姆斯本尊那些错综复杂的句子读上好几遍才能弄懂其中的意思。

8月，詹姆斯终于造访黑桃别墅，在此度过了一个周末。"在历经多年荒唐的拖延后，终于能造访你迷人的别墅，这种感觉实在令在下欣喜。"当确认到访时间时，詹姆斯在信中如是说。他还写信提前告知自己的请求，信中告知"威尔斯夫人，我想起来得告诉您，在下的饮食极其简单，唯有一点不好，在下吃得虽少，却很慢。"这指的是他那套"细嚼进食养生论"——由一个叫弗莱切的美国庸医推荐的进食法，即咽下固体食物前要先花过分长的时间咀嚼。有机会时，基普和弗兰克两人就在一旁饶有兴味地观看詹姆斯的吃饭"表演"。基普称詹姆斯为"鸡蛋人"，因为他早餐吃三个软煮蛋[1]，也许还因为詹姆斯看起来有点像鸡蛋，他有匀称浑圆的大肚子，刮得干干净净的椭圆形的脸，光秃秃的大脑门儿。不管怎么说，他是个亲切和蔼的访客，竭力带着真诚去称赞黑桃别墅的陈设。在把整个房子参观一遍后他宣布，"我亲爱的朋友，不知道你是借鉴了我们美国[2]国内室内设计的最佳特征，还是你能未卜先知，你家的装潢风格深得其精髓，而且剔除了它那股俗气劲儿。"甚至连每间卧室配一个抽水马桶这种事都能引来他的称赞，虽然这称赞听起来有点像挖苦——"真是名副其实的卫生乌托邦"！

他们最近都去过美国，还都将此经历写成了书，不久将会出版。"你的书一定比我的书销量好。"詹姆斯长叹一声。他不知道如何合理地反驳詹姆斯这句预言。詹姆斯作品让人失望的销量——特别是他近年出版的三部重要小说《鸽翼》《使节》《金碗》，是他们往来信件中不断抱怨的一件事儿，也无疑让他们的关系有些尴尬。在写信称赞《使节》时，他失言提到自己一部短篇小说的销量，詹姆斯回了一封信，信中愁闷的语气近乎责备，"在下的小说已经出版超过一个月了，在下想，也就只能卖出四册吧，比不上阁下的四千册。"他很同情詹姆斯，也尽力提高大家对詹姆斯作品的评价——比如，他热心地把《鸽翼》推荐给阿诺德·本涅特；还在为《书人》杂志推荐年度图书时，把《金碗》列入其中——但詹姆

---

[1] 软煮蛋（coddled egg），指在低于沸点的水里煮。
[2] 亨利·詹姆斯是美国人，1915年加入英国国籍。

斯没有任何成为流行作家的希望。

一年前,詹姆斯曾在信中慷慨地夸赞了《基普斯》,让人听了十分高兴。信中赞许地拿他和狄更斯、萨克雷、乔治·艾略特相比,可是和往常一样,过度的赞美之下有少许保留意见。"除非已有十足把握,否则关于《基普斯》我能说些什么呢?不得已,只能姑妄言之。它并非那种如浑然天成宝石般的天生杰作——我不知阁下是如何做到一头就能扎到观察力和智识之海的神秘莫测深处,我不知道是何种海&处于何处,浮出水面时就带来了这颗圆润的珍珠。"可是越细想信里的隐喻,就越觉得它并没怎么称赞一个小说家的艺术技巧,似乎更多把他的成功归为运气。尽管如此,他依然很感激詹姆斯的赞扬,而且让他惊讶的是,詹姆斯竟然没有责备他结尾几章敷衍了事。当他在和詹姆斯聊天时提及此事,他亲爱的客人看起来有些闪躲,他怀疑詹姆斯其实根本没读完这部小说。没关系——他自己也从没读完过《金碗》。他们都是多产的小说家,显然没有那么多时间一字一句地读别人写的书。

事实上,詹姆斯担心他的朋友把太多时间浪费在政治活动上。他跟詹姆斯详细讲述了自己和费边社老帮之间的斗争。一开始詹姆斯还出于礼貌而带着兴趣听,很快他就变得厌倦,并表示反对。"亲爱的威尔斯,这些委员会和阴谋小团体,这些动议和修正案,这些论战和枯燥无味的报告,它们是创作冲动死亡的开始。"詹姆斯断言道,"艺术家的使命是在他所选择的艺术形式内,运用他的想象力,启迪和丰富集体意识。这才是他对政治最大的贡献。"

"为艺术而艺术?"他问。

"为生活而艺术!"詹姆斯带着一副甩出王牌的样子回答道。

"我想改变世界,"他说,"而不只是描述世界。凡事总得有个开始,我决定从改变费边社开始。"

9月,他收到一连串执委会成员们的来信,这是他所得到的关于未来一系列斗争的第一个信号。夏洛特·萧在信中说她最终决定不在咨询委员会报告上签字了,很明显是屈从于她丈夫的压力。他不客气地回信说她背叛了他。皮斯在信中说,他不能批准将《皮靴之苦》作为费边社的小册子来出版,除非删掉书里那些对萧和韦伯夫妇充满冒犯的人身攻击。他拒绝删减自己的文章。西德尼·韦伯来信说,尽管委员会报告中包含"很多有趣的内容,而且说得也很好",但他并不相信社团会接受其中的提案,因为它们的代价如此之高,以至于无法实施,而且报告中提出设立三个"三人组",在不同层面上分管社团事务,韦伯觉得执委会中将无人愿意在"三人组"任职。他回信说,那就让他们拭目以待吧。接着是萧连续寄来的两封信,两封信里一句都没提夏洛特反水的事。

第一封信里提到关于《皮靴之苦》的争议问题,萧站在皮斯这边。而且萧还提醒他说,他曾经跟萧声明过自己的打算——为了能出版,愿意删掉那些人身攻击的嘲讽之言。他决定让步,但不会像萧在信里建议的那样奴颜卑膝和猴急着去讨好——"给皮斯写信,请他即刻回复——给他发电报——或者直接坐汽车亲自去见他,十万火急,越快越好。"第二封信是几天后寄来的,明显是萧在读了《彗星来临》期间写的。那是一封相当长的信,字里行间闪烁着萧特有的机智,即使他在萧的讥讽下畏缩战栗时,心中仍止不住赞赏其雄辩的口才。信的开头开玩笑地假装说,收信人(指他)近来种种粗鲁无礼的行为举止皆因嫉妒而起:"冒昧问一句,简最近是否异乎寻常地难于相处?会不会是在你离家去美国期间,咱们的罗马人妻对离家更近的什么天才人物产生了爱慕之情——我不会点名道姓地说是谁,但是我得说,那个男人一定更成熟明智,更有判断力,更高大威猛,更温厚亲切,而且对她更忠诚,这才让简看你不顺眼。"接下来,萧建议按照《彗星来临》结尾所暗示的方法也许可以解决这一问题。"《彗星来临》里说的'四角家庭'[1]是什么?究竟是什么意思?书怎么如此突然地中断了?为什么不吸一些绿气[2],然后坦率些?我从不掩饰自己对简的喜欢。如果导致你最近行为异常的阴郁和不满都是因为你压抑了对夏洛特的强烈激情,你就像个男人一样直说。夏洛特对你颇感兴趣——如果你热烈地和她培养感情,她对你的喜欢应该很容易就会变得十分强烈。"萧又用了相当长的篇幅发挥他的幻想,他总结道:"别让一点点法律上的技术性细节妨碍我们。如果你想搞群婚,你可以去说服夏洛特,简不会介意的(如果她介意,那我至少可以做她的父亲),你只需要理解,对我而言,在这件事情上,我没什么迷信观念,也没什么异议。"费边社的圈子里盛传,萧夫妇的结合就是一场名义婚姻[3],这

---

[1] 原文为法语,ménage à quatre。
[2] 绿气:威尔斯的科幻小说《彗星来临》中,彗星即将撞击地球,它并未毁灭地球,却产生神秘的绿气,吸了绿气的人放弃了心中的仇恨,变得平和,充满爱。
[3] 原文为法语 mariage blanc,意为白色婚姻,指夫妻双方没有爱情,为利益而结合,而且两人之间没有性关系。

一点让那个耍贫嘴的桥段更加荒唐，但他意识到，萧是想借此警告他，《彗星来临》可能导致的潜在丑闻。即使他在笑着读这些话，可心中却仿佛有前兆一般，感到一阵不安。

那封信接着继续讨论了他为大规模改革费边社所组织的活动，萧狡猾地指出改革成功可能带来的弊端。萧断言，老帮里除了皮斯之外，所有人都想找借口请辞，以便摆脱改革所需要承担的工作，对此他一点都不信——老帮中的大多数人都在自己的社会地位方面极为自负——可有一点倒是事实，如果他们出于对他的敌意而全体请辞，那么他可能会成为一个跛脚的执委。在用这番想象吓唬了他一通后，萧就开始劝他多学学政治宣导的艺术。"你必须得像个委员会里的人那样去工作……你没有从事其他工作的经历，仅仅做过小说家——只会脱离实际情况地纸上谈兵，你所拥有的只是从早年生活里得来的那一点点对现实的有限感知。我们都有过类似狄更斯在鞋油工厂[1]那样的穷苦经历；我们都通过反抗这种不公，而成为社会主义者；可是人们希望天才不仅仅只是从理论上窥测社会发展的趋势和方向，也要亲自投身到社会实践中去。"他由衷地赞同，但他永远不会成为一个有奉献精神的委员，而且他也不相信委员会能作为一个实现激进变革的工具。这也是为什么他提议费边社应当由选举出的三人组来管理，三人组和《现代乌托邦》中的武士享有同样的特权。他虽然没有全盘接受萧的观点，却被萧为此事所花的时间和努力所打动，回信说："你的信写得实在漂亮。我服了。你

---

[1] 狄更斯童年时曾在鞋油工厂工作，这段穷苦的经历给他带来痛苦，也影响了他的创作。

很了不起。令人惊奇的事是，就在某一时刻，精彩戛然而止。你为什么不看看，在所有这些事情上，我跟你表达得有多完整？支持我提议的三人组吧（他们绝对不会选我的）。"最后一句话既是一种期望，也是一个预言：他很清楚自己的作用，他只想为改革提供行动方案，而不想承担任职的责任，但如果他被选入三人组，他当然会负责一两年。

萧在信中所分析的《彗星来临》可能引发的丑闻，没过多久就成了现实。一位匿名评论家在《泰晤士报文学增刊》上带着狡诈的恶意总结此书的结尾，"我们可以如此推断，社会主义者的妻子就跟他们的私人财产一样，是公有的。"这种说法很快被一篇报道所效仿，那篇报道发表在恶毒的右翼报刊《每日快报》上，文章里引用了《泰晤士报文学增刊》的那篇评论作为证据，来证明社会主义的最终目标是实现性爱自由，还煽动几个牧师一起谴责他倡导性爱自由。这些负面报道偏偏出现在最不该出现的时候，他此时正准备领导费边社步入一个新时代——10月份时，他会应皮斯之请发表演讲，演讲题目定为《社会主义和中产阶级》；12月时，他还要在全体大会上敦促大会通过他的委员会报告。费边社各个成员在性道德问题上分别持不同观点，他们中的大多数人，比如布兰德夫妇，在这方面都过着非传统的生活，可却一致认为要维持表面的体面，至少要按照原则行事，这都是因为他们害怕，如果和性滥交扯上关系，破坏了传统婚姻，就会危及费边社的政治使命。他不得不承认，这种担心并非毫无根据。"自由"和"爱"在英语语言中都是高尚又美好的词,当它们组合到一起却拥有了非同寻常的力量,不仅保守的杂志和报纸,连一般的英国公众都感到震惊和愤慨,这其中包括大部分从事体力劳动的工人阶级及中下阶级——费边主义者一直致力于缓解他们的经济困难。他与生俱来的某种东西使他反抗这些维持现存性状况的伪善行为,也让他向无所不在的专制的社会制度开战,但他确实把萧关于政治实用主义的那一通说教记在了心里。他能做些什么呢?小说的后记是引起所有争端的源头,他又把这篇后记看了一遍,在后记中,这个梦幻般的框架故事的叙述者——也是落后无知的二十世纪初期人类代表——问了老年威利关于最终和内蒂重聚的问题:

> 提出这个困扰着我的问题,让我感到隐隐的尴尬……"你们……"我问道,"你们是爱侣么?"
>
> 他皱着眉。"当然了。"
>
> "可你的妻子——"
>
> 很明显,他没明白我的意思。
>
> 我越发犹豫了。心中一个卑劣的想法令我不知所措。"可是——"我开始问道,"你们仍然是爱侣关系?"
>
> "是啊。"我严重怀疑自己是否听明白了他的话,或者说他是否听明白了我的话。
>
> "内蒂没有其他情人了么?"
>
> "像她那么漂亮的女人怎么会没有呢!我不知道有多少人爱慕她的美貌,也不知道她在别人身上得到了什么。但我们四

个从那时起就关系亲密,你明白吗,我们是朋友,我们互相帮助,我们是彼此的爱侣。"

"你们四个?"

"还有维罗尔。"

那一刻我突然明白,此前我脑袋里那些搅得我心神不宁的想法真是既邪恶又卑鄙,来自我那个旧世界的让人不舒服的揣度、粗俗与嫉妒,对这些美好的灵魂而言早已是过去时了。我试图表现得思想开放,就对他说:"你们一起组成了一个家啊。"

"一个家!"他看着我……"唉,我忘了,"他说,"你以为这还是旧社会呢,所以你才以为还有'家'这个概念!"

威利推开了一扇新窗口,揭示出在未来那个得以改变的世界里,令人窒息的个体家庭概念和传统家庭关系都被淘汰了。

毫无疑问,书里的这些描写是相当激进的。在容忍滥交的大背景下,再去否认这部小说鼓励群婚已经没什么意义了。他能做的最好的事就是重新解释一下这篇后记,说明这篇后记并非在实事求是地描写一个可实现的社会——更不是社会主义者所要建立的社会,而是对脱胎换骨的人性的一种预言性想象。据此,他写了一封信,公开发表在《泰晤士报文学增刊》上,信中说,"我写此书的目的,是为了达到一种对比效果。我先是以忧郁和绝望的语言风格来描绘当前的生活,营造一种强烈的紧迫感;随后,一切都得到巨大的释放,你能感觉到光明将至、曙光降临、生机、自由与纯真……小说结尾呈现的那个世界根本就不是社会主义的世界,而是一个梦想,在这个梦想中，人类的精神和道德都得到了提升。给人类一个变化，这并非只是我卑劣的幻想，而是你们这些评论家可能奉若圭臬的《圣经》中所说的，这世界会'不娶也不嫁'[1]。"他特别满意自己对《新约》的引用，在另一封更坚定有力地控诉《每日快报》的信中，他又用了这句话。多萝西写信来，说他发表在《泰晤士报文学增刊》上的文章中有很多句子不合语法，还说她计划写文章评论《彗星来临》，文章就发表在一个名为《怪人》的无政府主义小杂志上，她的一个朋友是杂志的主编。

他从往来通信和随意闲谈中察觉到的一些迹象表明，他在费边社的对手们都在为他新小说激起的争议而幸灾乐祸。"正好给这个自命不凡的小子上一课，让他别那么狂。"他们心里这样想，彼此间也这样说。"在让一个信奉性爱自由的人接管整个社团前，社员们会三思而行的。"可如果他们认为他会因此而收回自己在10月演讲中关于性与婚姻的观点，那他们可就想错了。相反，在演讲中，他将最近社会上对这些问题产生的困惑描绘成一个制定新性伦理的契机，这个新的性伦理建立在社会主义价值观和社会主义理想之上，比如废除私有财产，并赋予女性平等公民权。社会的基本单位是家庭，可当下在国内，一个家庭完全由所谓一家之主——男性所代表，其他家庭成员都是这个男人的附属品。"每个有才智的女

---

[1] 《圣经·新约 - 路加福音（Luke）》："惟有算为配得那世界、从死里复活的人、也不娶也不嫁。"（20:35）（简体和合本圣经）（原文 NIV："But those who are considered worthy of taking part in that age and in the resurrection from the dead will neither marry nor be given in marriage."）

人都明白，当今社会所有的礼仪之下，掩盖着一个不容置疑的事实，女人实际上或潜在的只是别人的财产而已，女人不得不这么对待自己，不得不遵守这套观念……而社会主义鼓励女性做负责任的公民，鼓励女性在经济上独立于男人、人身自由……""人身自由"这个词已经几乎是在支持性爱自由了。他在演讲中唯一一次提到"性爱自由"这个令人恐慌的术语，却是为了轻描淡写地撇清自己和性爱自由的关系。"社会主义者们如果能更坦率一些，他们本可以赢得更多人的支持。现在却导致了如此多荒唐的误解；其中包括一些指责之声，说社会主义意味着性爱自由。我相信，发表一份适当而完整的声明，对家庭这一概念进行社会主义批评，并提议用社会主义新型关系替代传统关系，在目前可能会引起非同一般的反响。"

罗莎蒙德及其费边保育院的朋友们对10月召开的那次会议进行了大力宣传，因此很多年轻听众前来参会，其中至少有一半是女性，当他在台上滔滔不绝地谈论心中愿景时，这些年轻听众给予了热烈回应，他们扬起满怀期望的笑脸仰望他，并在他讲话时频频点头表示认同，这些反应给了他莫大的鼓励，使此次演讲的效果远超往常。他总结道："虽然周遭一片缄默与压抑，但让我们开始有话直说吧，在当前社会，'为自己找出路'意味着什么？在我看来，这意味着用特别的新利益关系去吸引中产阶级女性和中产阶级年轻男女，用更开阔的构想使每一对不睦的乏味夫妻与每一个争吵不休的家庭焕发生机，在最大限度上扩大和促进社会主义运动。"

演讲结束后掌声长久不绝，但皮斯、布兰德，还有其他年长社员阴沉着脸袖手旁观。韦伯夫妇礼貌性地鼓了鼓掌——他们几乎没有别的选择，因为他已经接受了韦伯夫妇的邀请，会议结束后去他们家过夜，就像以前一样，他以前有时因费边社的事务前往伦敦，就会这么做。他一走下演讲台就被一群兴奋的崇拜者团团围住，莫德·里夫斯和她的女儿安珀也在其中，她们第一个同他握手。"太精彩了，H.G.！"莫德笑着说。"是啊，精彩极了，威尔斯先生，"安珀应和道，"真是鼓舞人心。""安珀，你今天不是应该在剑桥吗？"他问道。她现在已经读大学二年级了，无论长相还是举止都成熟出众。"学院批准我来参会了，"她说，"我说什么都不能错过这次会议。""安珀成立了一个费边社的校园分社。"莫德说。"对，下学期您会来给我们演讲吗，威尔斯先生？这将会是对社团最好的宣传。"安珀热切地说。"安珀！现在先别用这些事打扰威尔斯先生。"莫德责备她。"好，如果有空的话，我乐意至极。"他对安珀说，"给我写信，我们信里说。"这个年轻女孩笑容满面，欢欣鼓舞。"谢谢您！"西德尼·韦伯在人群后面试图引起他的注意。"我去叫车，威尔斯，"西德尼·韦伯喊道，"别拖太久，有人等我们吃晚饭呢。"

从人群中脱身后，他去男士衣帽间取出帽子、大衣和旅行包。克利福德旅馆的走廊错综复杂，在他穿过走廊返回时，罗莎蒙德拦住了他，把他拉进一间没开灯的空办公室，热切地抱住了他。"你的演讲实在太精彩了，H.G.！"当他们停下来喘气时，她说。"谢谢，亲爱的。"他紧紧抱住她那紧贴着他的丰满温暖的身体。那时他们已经有一段时间没做爱了。季节变化后，靠近林普尼的小屋已经变得太冷、太不舒适，不适合用来约会——他不敢生火，怕冒出的烟会引来好奇的访客——而且他告诉过她，在伦敦私下见面风险太大，最好不见，以免被人看到。其实他更希望他们的感情能无声无息地终止，因为他已经越来越厌烦她幼稚又驯服的爱，但在那个时刻，演讲的成功让他极度兴奋，肾上腺素仍然在他的血管里流窜，没什么能比和罗莎蒙德来一次充满激情的性交以释放自己的兴奋更能取悦他了。要不是想到韦伯夫妇正在外面等他，他可能会当场就占有她——把她抵在门上，或压到桌子上。"我们什么时候能再做爱？"罗莎蒙德像是猜到了他的心思似的，叹息着问道。"我不知道，亲爱的。我会考虑的。""小屋虽然又冷又潮，可我不介意。"她说。"哎呀，可是我介意。"他笑着说，"总有一天我会带你去一个真正豪华的酒店。酒店里有四柱大床，床上铺着埃及棉床单，浴室铺的是大理石，屋里还带着暖气。""啊，听起来可真好。"她大声说，"那你会带我去哪儿呢？""只要你喜欢，哪儿都可以。"他轻率地答道。"巴黎？""没问题，巴黎，"他说，"但现在韦伯夫妇正在外面的车里等我，他们可能已经等得不耐烦了。你最好先待在这儿，过几分钟再出去。晚安，我亲爱的罗莎蒙德。"他又亲了亲她，然后留她一人悲伤地待在黑暗的房间里。

韦伯夫妇家位于格罗夫纳街，那是一栋坚固但毫无魅力的城区住宅，屋内饰以耐用的暗色墙纸，地板上铺着麻制垫子代替地毯。晚餐简单却富有营养，由他们家那位既高大又沉默寡言的苏格兰管家服侍大家用餐。比阿特丽丝对他演讲大获成功一事表示祝贺，但在晚餐期间她还是忍不住和他争论起来。说句公道话，比阿特丽丝试着公正地去看待他的观点,但根深蒂固的清教主义思想,或者应该叫理想主义观念,却又使她退缩回去。她像大多数有才智的同代人一样,在成人阶段就不信仰天主教了,可她却保留了天主教灵与肉二元对立的观念——恐惧后者,抬高前者。她仍然相信祈祷——却不知道自己在向什么人,或向什么东西祈祷。他曾经就这一问题质疑过她,而她用马修·阿诺德那套说辞来回答他,"是成就公义之事物,不是我们自己",[1] 而在这一方面,她的祷告一直是有效的。他从没见过一个女人像她一样,做每件事的动机都是为了自觉地求义,甚至小到用麻制垫子铺地板这种事。不过,她真的极其聪明。他在演讲中通过耍修辞学的花招,草草带过了性爱自由的问题,这一点被她一眼识破了。

吃甜点的时候,她说:"我真心没明白你那句'提议用社会主义新型关系替代传统关系'和所谓的性爱自由有什么区别。"

"从狭义角度来看,它们在行为上没有什么区别,"他承认道,"但在一个社会主义国家里,这种体验将有质的不同。"

"我想听听。"她持怀疑态度,"别以为我看不到性爱自由的吸引力。我知道,那样的话,除了西德尼之外,我还可以爱别的男人——"她笑着瞥了她丈夫一眼,以示自己说的话不过只是一个假设,但她丈夫只顾埋头吃糖浆布丁——"也许同一个和自己志趣相投的人保持一段亲密关系,从智识上讲,会是非常振奋人心的。也

---

[1] 马修·阿诺德(1822—1888),英国诗人、评论家,代表作《文化与无政府主义》《文学与教条》等。他在《文学与教条》中谈到上帝的概念:"the Eternal not ourselves that makes for righteousness."可译为(上帝)"是成就公义之永恒力量,不是我们自己"。小说中韦伯太太化用了阿诺德的句子。

许它还能扩充我们对人性的理解——"

"没错,是这样的,比阿特丽丝,我向你保证。"他厚着脸皮说。

"不过,有一桩对双方有教育作用,也有升华生命效果的不合法关系,"她热切地说,"就有一百桩——上千桩——以满足色欲为唯一目的的同类关系。一涉及性欲望的问题,人类总是反复无常又不理性,一旦去掉传统的约束,随之而来的后果使我恐惧。我相信,男男女女们只有使自己的肉体欲望和种种渴望服从于人性中的精神与理智之维,才能真正向高层次进化。这是一路支撑我的信仰。"

他很想谈谈欲望,但考虑了一下还是不谈为好。"你读我的新书了吗?"他问。

"没有,"她回答,"还没有呢,但我看了相关的评论文章。"

"啊,好吧,那你肯定会对我的书有误解。小说的结尾,主人公们享受着我们所谓性爱自由的快乐,这一幕的重点在于,他们正走在你所期望的人类发展方向上。他们就像神一样。性对他们而言不再是肮脏和秘密的事,要偷偷摸摸地做,性也不再带有羞耻感。性是神圣的。性是一个礼物,你可以自由地给予你爱的人,再从爱人那里获得回报。性在人的生命中占有重要一席,却又不支配人,不折磨人,也不困扰人。它让人们继续自由地去完善集体生活。"

"好,听你这么说,我一定会读你这本书的。"比阿特丽丝明显被说动了。

西德尼可没有。"威尔斯,再来点糖浆布丁吗?"他问。这种性质的讨论被西德尼称为不切实际的讨论,他总是对这类讨论感到厌烦。

比阿特丽丝言出必行:月末,她写了一封短笺给他,说她已经读了《彗星来临》。虽然那本书没改变她对性爱自由的看法,但有一件事她最终被说服了,那就是女人应该被赋予选举权,而且她还写信给米利森特·加勒特·福西特夫人——一个温和派非暴力妇女参政运动领导人,表示对她的支持。几天后,《泰晤士报》刊出米利森特·加勒特的回信,将此事公之于众。他又惊又喜:惊讶在于,他的小说里并没怎么提及妇女争取选举权的问题;欣喜在于,此事对费边社里的父权制小集团来说是个重大打击。莫德·里夫斯欣喜若狂。局势似乎再次朝着对他有利的方向发展,他对安排在12月7日的全体大会充满热情。他决定从费边社的政治事务中抽身休息一阵子,于是独自去了威尼斯,并着手写一本新小说。这部小说充满野心,一定程度上算是一部半自传英国状况小说,暂时定名为《废物》。他之所以选择去威尼斯,是因为那里没有熟人,而且11月时游客稀少。他跟简说自己不想被任何信件或电报打扰,除非十万火急。他在格兰德大酒店顶楼租了一个房间,穿过薄雾朦胧的潟湖,能看到圣乔治教堂和安康圣母教堂,他在此不受打扰地写作了三周。

回到家时,桌子上有一大堆信正等着他处理,还有一个包裹,里面是他不在家期间出版的新书《美国未来》的赠阅本。他把书题献给了多萝西·理查森,用的是她名字的首字母缩写"D.M.R",

希望以此弥补自己最近对她的忽略。看到他插在校样里的献辞，简很惊讶。"为什么？"她问，"多萝西对美国一无所知，而且她也不感兴趣。""只是为了友谊嘛。"他回答说。"别人看了不会觉得你们之间的关系不正常吗？"简说。"没人能看出这个缩写指的是她，"他说，"几乎没人知道她中间的名字是米勒。"他从一个信封上认出了多萝西的笔迹，就从信堆里把那封信捡了出来。他猜这是多萝西看到献辞后写给他的感谢信，但事实并非如他所料。那是一张剪报，上面是多萝西发表在《怪人》上那篇关于《彗星来临》的未署名评论文章。虽然是剪报，可在某种程度上也算是一封信了，因为文章字里行间透露出对他的不满，抱怨他不把她当回事。多萝西在文章中称，希望有一天他能写出配得上他才干的真正伟大的小说，但这本绝对不是，文章中还说，要想成功，他就必须克服他所有作品中都存在的对女性角色描写的局限性。她们无一例外"都是从一个模子里刻出来的，她们就像从他学生时代生物博物馆里拿出来的标本似的，身着各色服饰，发色深浅各不相同，长着程度不同的雀斑，而且她们的天性全都犹如井然有序的列表，脸上还都挂着含含糊糊的微笑。"他想，受献人对献辞作家的另一部作品作出负面评价，这在文学史上可能是破天荒的事。他感觉，难对付的多萝西以后会惹出更多麻烦。

还有一封亨利·詹姆斯寄来的信，相对来说让人比较舒心。信中就《美国未来》向他道喜——"今日在下无心做旁的事，一直为阁下大作激动不已，也自惭形秽，为之痴狂，也为之泪流满面（我是说，为浓浓之纯情，为深深之关心）"——然而跟往常一样，詹姆斯在赞美了一通之后，紧跟着就提出保留意见，如同汹涌波涛后随之而来的逆流："读阁下大作时，首先浮现在面前挥之不去的，是阁下，还有阁下那令人惊奇的活力，以及敏捷的思想人格——甚至可以说，在读此书时能感受到阁下那崇高英武的面庞，这种感觉简直令人无力抗拒，无法抵挡——阁下总是把这一切描述得过于简化了。"而且还有一点也跟往常一样，詹姆斯伤感地提到自己新作《美国游记》的失败，并拿自己的失败和他做对比，令人心酸的是，詹姆斯的新书和他的新书恰好是同一题材。"坦白来说，我觉得阁下——或者说阁下书里描述的一切——都太过高亢，读起来好像整个美国都在朝阁下咆哮一样，一切匆匆而过，这个国家给出的每一个提示，阁下都大吼着呛回去。可话又说回来，坦白来讲，依在下愚见，阁下想在书中传达如此多内容，正确的方式，也是唯一的方式就是大吼出来——美国是个喧嚣的国家，在阁下恢宏大气的击钹声下，永远不会有人听到在下那点小小的半音。"这个詹姆斯！再没人能像他那样。

这封信带给他的好心情，突然被另一封来自罗莎蒙德的信破坏了。她用自己女学生式的圆体字在信里告诉他，伊迪丝发现了一封引起她怀疑的信，那是他8月份时写给她的，信里约她在小屋见面。

> 她一定是翻了我的抽屉才意外发现了这封旧信——她就这么随便侵犯别人的隐私，完全没有道德。我知道，你跟我说过，要把你的信都销毁，我平时都会按你说的做，可我就想留

下一封,作为我们相爱的证据,证明这一切不是我的幻想……我总把这封信拿出来看,有时候还在上面印上我的吻。幸运的是,信并不太露骨,但你在信里说很享受我们上次在小屋共度的时光,还说"下个星期三"你会再去小屋,落款是"爱你的H.G."。毫无疑问,我们家吵翻天了,爸爸暴跳如雷,但我想你会为我骄傲的,因为我没承认我们的关系。我只说我们是很亲密的朋友,小屋是你写作的地方,但偶尔也用来会客和闲谈,而且爱丽丝以前就同意我们交友了。我不确定他们信不信我的话,但他们决定不再强行进一步逼问我了,可是我现在在家处处受怀疑,他们像老鹰似的紧紧盯着我,所以我们得小心了。

给你我所有的爱,

罗莎蒙德

他轻声咒骂了一句,把信揉成一团丢进废纸篓里,转念一想,又把信拿出来抹平递给简。"我早就担心会发生这种事,"她说,"你可别说我以前没提醒过你。""你当然提醒过我。"他说,"可现在我该怎么办?""什么都别做。"简说,"只做一件事——别再和罗莎蒙德见面了。""嗯,好,这也不算什么大牺牲。"他说。"希望她别做蠢事。"简补充道,"到现在为止她处理得还不错。""我觉得她甚至可能正以一种非同寻常的方式乐在其中呢。"他抱有希望地猜测道,"很明显,她把自己当成小说里的女主人公了。"他暗自思忖,也许对罗莎蒙德而言,这是结束他们恋情的最好方式——以专制家长大力阻挠这样一个戏剧性高潮收尾,而不是等着他的兴趣慢慢冷却。

但另一封来自西德尼·奥利维尔的信却又进一步引起他的担忧,甚至让他愤怒起来。信中提醒他说,之前关于"社会主义和中产阶级"的演讲大获成功,这让皮斯和布兰德心生忌惮,他们在全体会议召开前的准备阶段积极游说大家反对他,而且休伯特·布兰德还在费边社的资深社员间散布关于他的丑闻,说他背叛了某位叫西德尼·鲍克特的老友,和人家的妻子私通。布兰德还说,自己最近发现并成功阻止了威尔斯设计染指他女儿罗莎蒙德的卑鄙计划。"我知道,这么多人中偏偏是布兰德出来指控你放荡,实在是荒唐可笑,"奥利维尔在信中写道,"当然,我不知道布兰德的指控到底有没有真凭实据。但我觉得,关于他搞的这些鬼,我应该给你提个醒。众所周知,布兰德喜欢玩女人,至少费边社的重要人物都心知肚明。长久以来,我们都认为他理所当然如此,我们把好色看成他可悲的性格特征,就像嗜酒一样。但我们都知道,布兰德永远不会左右费边社的政策和未来发展。所以,他在别人眼里是无害的。可你不一样。你在费边社举足轻重。保重。"

读了信,他比刚才更大声地咒骂起来。西德尼·鲍克特!天哪,布兰德是怎么认识鲍克特的,又是怎么把那件因内尔而起的旧怨给扯出来的?他们很可能是在曼彻斯特某个酒店的雅座酒吧里偶遇了吧;他隐约记得,多年前听说鲍克特搬到北方去了。至于罗莎蒙德,他现在明白,为什么布兰德不再逼她承认他们其实是情人关系了——这样他既可以指控威尔斯密谋诱奸,又不用毁了他女儿的清誉。这让他陷入了十分尴尬的境地。他不能反驳布兰德关于鲍克特的指控,因为那是真的;他也不能否认自己试图诱奸罗莎蒙德,因为他不能没风度地透露,说在他们的关系里采取主动的人是罗莎蒙德。他也不能为自己辩护,说和他上床的女人都是成年人,她们有自己的自由,因为这样一来又会重新挑起关于性爱自由的争论。

第二天,他赶往伦敦,在位于克莱门特旅店湿冷地下室的办公室里和皮斯正面对峙。"我知道布兰德在传我的闲话。"他说。"真的吗?什么闲话?"皮斯在办公桌后殷勤地问道。"你别装不知道。"他说。"除非你告诉我你到底指的是什么,否则我真的没法回答你的问题。"皮斯说,"要是有什么误会,我也许可以解释清楚。""我在说什么,我相信你心知肚明。"他说,"我就是想告诉你,还有你那些在执委会的朋友,你们想玩阴的,我奉陪到底。我知道一两件关于布兰德私生活的事,要是他还不停止诽谤我,我绝对会毫不犹豫地散播出去。"

"布兰德是个罗马天主教徒,"皮斯说,"我知道,罗马人对诽谤和贬损做了概念区分,前者是胡编乱造,而后者却有据可依。他曾经跟我说过,贬损别人被认为是更大的罪过,因为一言既出,覆水难收。"他笑着说。"真是个有意思的悖论,你说呢?"

他们就这样交锋了几次,皮斯一面假装什么都不知道,以回避他的质问;一面又拐弯抹角地暗示自己其实一清二楚。直到他冲口而出,"去你妈的,皮斯,还有你那些狐朋狗友。我知道你们瞧不起我,就因为我父母是帮工,我没上过公学,没上过牛津和剑桥,说话有伦敦东区[1]口音,我知道你们在背后叫我'粗俗的小无

---

1 伦敦东区在历史上被看成是贫民区,居民大多是卖苦力出身的穷人和外来移民。此处用"cockney vowels",伦敦东区口音的主要特点是模糊不清的辅音和变形的元音。

赖'——"

"我向你保证,我从没说过这种话。"皮斯高傲地说。

"好,就算你没说,你心里肯定也是这么想的,"他说,"也许我是粗俗,可我不是个无赖。如果你想找个货真价实的无赖,没人比布兰德更适合。"说完他就离开了,可他心里并不高兴。他确实发泄了情绪,可那却是以暴露自己的弱点和不安为代价的。来这里是个错误。

离开时,他经过社办公室,看到罗莎蒙德正和年轻的克利福德·夏普在费边保育院的公告栏旁谈事。她看到了他,脸色瞬间变得苍白。夏普充满敌意地瞟了他一眼。一个打字员以毫不掩饰的八卦眼观察着他们,噼里啪啦的打字声也随之停了下来,通过这一细节也能看出流言蜚语在费边社内部传得有多远。他礼节性地跟他们打招呼——"上午好布兰德小姐,上午好夏普。"——他借口还有另一个约会快迟到了,并未在此逗留。外面下雨了,他忘了带伞。正当他在旅馆拱门处犹豫不定,凝视着阴郁的天空时,罗莎蒙德从他身后匆匆走来。"喂,H.G.。"她一只手搭在他的手臂上,"你收到我的信了吗?""昨天看见的,"他说,"我昨天刚从威尼斯回来。""我不知道你去威尼斯了,"她说,"我很担心。我以为你生我气了。""我没生你的气,罗莎蒙德。"他说,"我气的是伊迪丝,她居然看别人的私人信件。我也气你父亲,他在四处散布关于我的恶毒谣言。全体大会还有一周就要开了,我目前最不想看到的就是这种事情。""我知道,糟透了。"她说,"那我们该怎么办?""嗯,以后在公共场合你就别追在我屁股后面了,"他不客气地说道,"那只会让别人更说闲话。""对不起。"她看起来好像就要哭了。他环视四周,确信没人在偷看他们,然后抓住她的手,"坚强点儿,亲爱的。镇定。我们做的事没什么可羞耻的。""对。"她热切地点头表示同意。"别在意那些流言蜚语,别回答那些多管闲事的问题。""好。"她说,"我们还能再见面吗,我是说单独见面?""恐怕不行。"他回答道,"很长一段时间之内都不行。等到这件事风平浪静后吧。""那你会带我去巴黎吗?""也许吧。"他笑着说,同时心里暗想,带她去巴黎的概率可能跟带她上月球一样小。"可你之前答应过我。"她说。"是吗?那我当然会的,总有一天我们会去。"他说着捏了捏她的手,又快速在她脸上亲了一下。为了在被别人发现他们在此处进行可疑的密谈之前脱身,他似乎只能这样做了。

克利福德旅馆的大厅太小,不适合用来召开全体大会,所以他们租了埃塞克斯会堂。自从他开始在费边社事务中起主导作用后,费边社社员的数量显著增加,此次超过三分之一的社员都出席了会议,两个楼层上挤着几百个与会者。会场内一直弥漫着兴奋的讨论声,直到会议主席赫·邦德·赫丁先生敲了敲小木槌宣布会议开始。两份重要文件被分发给在场的每位成员,分别是咨询委员会(官方称为"威尔斯委员会")提交的《咨询委员会报告》和执委会对这份报告的回复。《报告》中提出了一个新社章和一个更高效的行政体系,抨击了"渗透"政策,竭力主张社团应该大力扩招社员,将社团更名为英国社会主义协会,并和同类社团一样,为英国议会推荐候选人。执委会的回函能够看出是经萧之手,回函中声称,欢迎建设性批评,但他们想知道这个雄心勃勃的提案如何筹款。他们并未被社章的修订草案所打动,还是为渗透主义辩护,认为直接干预议会选举为时尚早。萧提出一项既冗长又复杂的动议,动议中赞成在咨询委员会所指出的方向上谨慎前进,然而动议本身几乎没做要有什么作为的积极承诺。

他的个人演讲采用了修正案形式,支持《报告》的"精神和主旨",并呼吁选出一个新的执委会对《报告》加以贯彻落实。严格来说,应当由咨询委员会主席西德尼·奥利维尔来作这个演讲,但是11月的关于《社会主义和中产阶级》的演讲获得成功后,他情绪高涨,坚持要求亲自履行这一职能。可自那之后,他的自信遭受了接二连三的打击。此刻他坐在台上听着萧用悦耳的爱尔兰口音流畅地发言,与此同时,离自己发言的时间也越来越近了。轮到他时,以前演讲爱犯的老毛病全犯了,而且变本加厉。他逃避和听众的眼神交流,讲话吞字、啰唆,瓮声瓮气,结结巴巴地读稿子,笨嘴拙舌地讲笑话。他感觉自己在不断地失去听众的善意,在接下来的一个小时,甚至更久的时间里,他都无力回天。当他结束发言时,已经没时间好好讨论了。韦伯简短地说了几句,他说,一边是多年来始终深得大家信任的执委会,另一边是未经考验、经验不足的新领导层,看来社员们必须在二者间做出选择了。西德尼·奥利维尔说,如果不对社团的章程进行改革,社团就会处于变为一个"既狭隘又迂腐守旧的学术团体"的危险中。主席宣布,现在时间太晚了,无法给此次辩论下一个最终结论,会议将延期一周。

他为自己的表现深感沮丧,事后他向奥利维尔及委员会的其他同僚深表歉意。"先别丧失信心,"奥利维尔说,"这确实不是你最好的一次演讲,威尔斯,可我们还没输呢。社团里的很多年轻人都渴望变革。"萧显然也想到了这一点,因为在接下来的一周,他给社团所有成员发信函,表明如果执委会被威尔斯的修正案击败,他们将集体辞职,"对社团而言,这是最严重的后果"。奥利维尔看着这封信连连摇头。"萧太狡猾了。他把你的修正案变成一场对执委会的不信任投票。社员们绝不会投票把他们一下子全赶走,那简直是在弑父杀亲。"

在全体大会第二次会议召开前夕,他和莫德·里夫斯进行了一次交谈,这次对话更证实了奥利维尔的担忧。在复会后的讨论中,按计划她应该首先发言,她明显很尴尬地提醒他,自己将不会敦促大会采纳他的修正案,而是提倡斗争双方达成妥协。"我非常抱歉,H.G.,"她说,"但你的修正案现在已经造成了费边社的分裂,所以我不能支持你,那会让整个社团崩盘的。""我理解,莫德,你别为此难过。"他说。"噢,可我真的很难过。"她说,"你一直是妇女事业的忠实支持者,我不想让你失望。不过萧说,因为比阿特丽丝最近改变了看法,平等公民权极有可能很快被纳入社章,完全没必要把费边社弄得四分五裂的。"萧就这样私下争取到了莫德的支持。他还有个敏锐的猜想,莫德一定也受到了来自她丈夫私下的压力,她丈夫里夫斯可能认为他是个危险的倡导者和性爱自由的拥护者(考虑到最近的绯闻),一定会让她不要支持这样的人接管费边社。但他很同情莫德的艰难处境,还告诉她不要担心。"我相信社团里有足够多的变革动力,会帮助我们取得胜利。"他说,"而且我相信,萧扬言说如果他们失败了就会集体请辞,不过是虚张声势。"

12月14日,当全体大会的第二次会议在埃塞克斯会堂召开时,现场的参会人数甚至比前一次更多,气氛更热烈。莫德宣读完她那份饶有策略的调解性声明后,不少人在发言席上发言反对他的修正案,支持执委会,其中有曾经支持改革运动的克利福德·夏普,还有休伯特·布兰德——他曾经对一些中年人做过讽刺性评价,说他们假装是在为年轻人的利益发声,实际却是为了自己。但也有人称赞《报告》。时钟嘀嗒作响,逐渐接近最终的投票时刻,会场的气氛越发紧张起来。

九点钟时,萧起身发言,如奥利维尔所料,他马上把争论点偷换成对执委会的信任问题。"如果威尔斯先生愿意撤回他的修正案,执委会将会很高兴逐一讨论《报告》中的实质性建议。"萧说,"但威尔斯先生的修正案却把对《报告》的采纳同现任执委会的解散联系在一起——换句话说,这就是让我们带着耻辱下台——这势必会导致我们集体请辞。同时,咨询委员会也一样表明了态度,如果他们输了,他们将放弃改造费边社的一切努力。"萧的发言在会场激起了一片骚动,现场有几个人对萧如此解读修正案提出疑问,他马上站起来,说不管结果如何他都无意辞职。"听到你这么说,我很高兴。"萧一副眼看着猎物上钩的样子,得意扬扬地说,"因为这意味着我可以不计后果地批评威尔斯先生了。但大会还是要做出一个选择,究竟是毁了执委会,还是让威尔斯先生无条件投降。"接着,萧继续明目张胆地以人身攻击的方式回顾了此次争论的整个历史,批评"威尔斯先生"为了发展自己的事业不惜使用歪曲、捏造、人身攻击等手段，但在说这些话时，萧全程都带着真诚的微笑，并辅之以明显毫不费力的风趣——萧可是这方面的行家里手。听众吃了定心丸，觉得毕竟那一夜不会有人辞职，也不会对社团造成致命打击，就都安心坐着享受这场表演。在某一刻，萧谈到他们两个人都是在种种限制下写作时说，"在威尔斯先生的委员会审议期间，他写了一本关于美国的书。当然，那是一本好书。但是，我在起草执委会的回函期间，也写了一部戏剧。"说完，萧停止了发言，心不在焉地看着高高的天花板，停顿时间之久让在场听众都以为他失去了头绪，接着萧又开口了："女士们，先生们，我刚才之所以不说话，是为了让威尔斯先生有机会说'当然，那是一部好剧'。"会议厅里爆发出一阵狂笑。他不得不强颜欢笑地承受这一切，以免被人觉得自己好像开不起玩笑似的。那一刻，这场会议无可挽回地从一场严肃辩论沦为某种滑稽杂耍。

当萧坐下来享受如雷的掌声时，会议主席转过来问他："威尔斯先生，我想知道，在这种情况下，你是希望我继续进行投票表决，还是……"

他看了一眼西德尼·奥利维尔，奥利维尔摇了摇头。"不，"他说，"我撤回我的修正案。"这时，现场又爆发出新一轮热烈的掌声，会议结束了。

── 第四章 ──

即使没有投票表决，对他个人而言，12月14日那次会议的结果无疑是一次屈辱的失败。如果没有受萧的引诱，在台上宣布自己无意辞职，他很可能真的会辞职，他感到厌恶的是，自己不是因为议题本身被打败，而是纯粹被萧的修辞手段和小伎俩打败了。他们委员会的提案根本没得到任何实质性的讨论。但从某种程度上说，这也正是他坚持下去的理由，费边社的几个盟友也是这么劝他的，甚至他的辩论对手，也是罪魁祸首——萧，也采取了同样的态度。会议结束后过了几天，萧写信给他，信中并未对自己的所作所为感到丝毫歉意，而是告诉他，"如果你愿意认真研究研究自己的策略，或者按我跟你说的做，你就能轻而易举地扭转局面。"萧向他指明，之后还有更多会议，专门讨论执委会关于社团未来的观点，在这些会议上，威尔斯委员会的成员们很可能成功地使他们的理念以修改版的形式得到采纳。萧还建议他，应该在3月的年度选举中支持执委会。他不知道该憎恨还是该佩服这个厚脸皮的人，明明先前在辩论中用阴险的手段伤害了他，使他刺痛至今，如今却自以为是地来给作为受害者的他提供建设性意见。

他暂时放下费边社的事务，全身心投入写作中。他继续写《废物》——现在被命名为《托诺-邦盖》，是一种专利补药的名字，书里叙述者的叔叔正是靠着这种药短暂地发了一笔横财。书中的角色爱德华·庞德雷沃是以他叔叔威廉斯为原型的，他叔叔是伍基村一所学校的老师，也是伊迪丝和伯莎的父亲，他是个心地善良、亲切友好，却有道德盲点的人，曾经匆匆关掉自己开办的学校，以免因谎报任教资格而被人起诉。庞德雷沃的那个毫无用处的补药之所以获得了惊人的成功，完全是建立在虚假宣传和猛烈推销基础之上，但假药的成功却给他灌输了一种夸大的妄想，他开始为自己和妻子购置豪宅，大兴土木，建的房子越来越奢侈，直到他的金融泡沫轰然崩塌，他陷入破产，还连累了几千个信任他的小投资者。他在书中将一种新型的毫无责任感的资本主义——这种新型资本主义也渐渐成为爱德华时代的特征——加以人格化，并借小说叙述者乔治（庞德雷沃的侄子）之口进行概括，"就是这最非预谋的、诡诈的、成功的、无目的的财阀统治，曾经败光了人类的前程"。

他把自己的很多经历和体验都投射到乔治这个角色上——在大庄园里，乔治以仆人孩子的身份被抚养成人，努力通过科学教育摆脱卑微出身，在专制又伪善的社会中，面对性和婚姻的困境——这些都给了他空间，借乔治去分析和总结英格兰状况。作品一开始，乔治就宣称自己是个业余小说家："我丑话说在前头，这本书将是一锅大杂烩。我想追溯自己（还有我叔叔）的社会轨迹，并以此作为我故事的主线，但鉴于这是我的第一部小说，差不多能肯定也是最后一部，所以我想把各种曾经打动过我的事，逗笑过我的事，让我留下印象的事统统写进来——即使它们跟我的叙述并没什么直接关系……如果我要把脑袋里的东西都写出来，我就必须东拉西扯，可能会思绪混乱，我也会妄加评论，片面推断。"这段辩解能否让亨利·詹姆斯满意还很难说，但他相信，这种叙述风格和叙述声音的和谐感，以及对社会结构中的痼疾、堕落、腐朽等问题的持续意象化处理，都将使这部作品获得统一性。

然而在新年之初，他又被另一个想法攫住了。他结识了一个叫约翰·威廉姆·邓恩的年轻人，此人有着非同寻常的经历和才能。邓恩是一名英国将军之子，在南非长大，给一位农场主做学徒，布尔战争[1]期间，他在帝国义勇骑兵队服役，战后去了英格兰，被训练成一名航空工程师。他对单翼飞机进行了革命性创新，以自己对海鸟的观察为基础，设计了一款带有后掠机翼的单翼飞机，这一设计给英国战事部留下了足够深刻的印象，因此他们聘请他在战事部位于艾迪索特的研究机构工作，可是邓恩设计的原型机从未被批准生产过，最终这个想法被搁置了。他从邓恩那里得到了很多有趣的信息，都是关于航空领域的新进展，以及它们在战争中的潜在应用前景——尤其是德国齐柏林伯爵制造的可操纵飞艇。经过数次失败和坠毁后，飞艇的原型机最近已经可以成功在空中飞行八个小时。"这些飞艇将成为放置武器的完美平台，而且飞艇可以被造得足够大，让武器不再有射程限制。"邓恩对他说。"你的意思是，德国可以在飞艇上轰炸伦敦？"他问。"他们最后连纽约都能炸。"邓恩肯

---

[1] 布尔战争，the Boer War，第一次布尔战争，1880年12月16日至1881年3月6日，是英国与南非布尔人之间的一次小规模战争。

定地说。

有这样一幅想象的画面，在他头脑中挥之不去：纽约引以为傲的一幢幢摩天大楼，在来自空中的残酷轰炸下坍塌破碎，整个街区都在燃烧，街道上弥漫着恐慌……不久，他用这些想象构思出一个小说大纲，是一部跟《星际战争》同类型的小说，作品利用了当前英国人对德国帝国主义扩张以及两国间军备竞赛加速的恐慌。照例，两国都用旧式武器备战，而不是新式武器，他们造更多更大的战列舰。可是如果你跟一个像邓恩这样的人聊过天，你就会明显感觉到，空中力量最终会取代海上力量，而且空中力量的迅捷、射程范围和机动性将加速战争的全球化。他在作品中勾勒了一条叙事线索，即英德之间的冲突很快把美国、日本，还有其他国家都牵扯进来，他主要描写了在空中轰炸下，大城市被大规模地摧毁，最终导致文明的全面毁灭。书中，伦敦东区修车工这一角色串联起整个叙事，修车工躲在一架飞艇里偷渡，却发现自己不知不觉中见证了德国突袭纽约，也眼见了随突袭而来的一系列混乱局面。和往常一样，作品的寓意一定是，只有一个世界政府才能保证科学技术上的新进展被用来为善，而非作恶。但让他兴奋的是头脑中一再唤起的对末日景象的设想，在这种设想中，如今这个为我们所熟悉的自鸣得意的世界，在史无前例的暴力所施加的毁灭性影响下土崩瓦解。以这种方式发泄他对老帮及其党羽的不满，虽然无伤大雅，却令他心满意足。

他马上就投入到新书的写作中，其实也是出于俗世的考虑：换句话说，他的银行存款严重不足了。他和简都喜欢大宴宾客。他们每周末都要招待一大屋子客人，饮食和每间卧室自由供应热水的花费日渐增加。他正在给黑桃别墅的设施中添一个网球场，需要扩建和平整土地，这又是一大笔花费。在过去一年里，参与费边社事务耗费了他大量的时间，要不然这些时间本可以用来写作，赚取版税。《托诺-邦盖》并不是一本能轻而易举就写完的书。这是他最有野心的一次尝试，他想写出一部能成为经典的严肃小说，但也正是为了这个特别的原因，相对于他的其他小说而言，《托诺-邦盖》的写作速度比较缓慢，而且出版后也不大可能成为畅销书。尽管《大空战》的构想还在他的头脑中酝酿，但综合考虑上述所有因素，他还是非常有必要马上把它写出来。因此，他给自己的经纪人平克尔发了一份大纲，并说如果有人可以给他一千二百英镑预付款，他会用几个月时间把这本小说写出来，而且他知道，经常跟他合作的出版人麦克米兰不会花这个钱，他亲自给麦克米兰写信，信中把自己这部小说称为"为了混饭吃而写的糊口之作"，并说他打算找不那么出名的出版社发行。麦克米兰没有提出异议，乔治·贝尔父子出版公司付了现款，他就跟他们签了合同，约好9月交稿。

随着12月那次会议的结果所带给他的愤怒与沮丧逐渐平息，他重新开始谨慎地投入到费边社的事务中。他同意在即将到来的执委会选举中被提名为候选人，而且莫德·里夫斯劝简也参加竞选，她还劝简参加她在费边社内部建立的妇女组织。在2月，莫德成功让执委会在原则上批准将妇女享有平等公民权纳入社章中，并在六个月后的一次全体大会上正式批准通过此条款，莫德视简为有力盟友,她觉得她们能够一同保证此次胜利被贯彻到底。

在同一月,他履行了承诺,去剑桥大学费边社做了演讲。剑桥大学费边社是安珀·里夫斯和剑桥大学三一学院的一个叫本·基灵的年轻人合作创办的,本·基灵本身已经是费边社成员了,隶属于费边社的某个非大学生组织分社。他比以往任何一次都更为安珀着迷,她现在出落成了一个多么引人注目的年轻女子啊——她聪颖,口齿伶俐,美丽逼人,有棕色的眼眸,笔挺的希腊式鼻子,心形的脸蛋,浓密的黑色鬈发,这头秀发为她在家中赢得了"杜莎"——美杜莎的简称——这一昵称。在他演讲前,他们沿着纽纳姆学院散步,这时她告诉他,自己学习很刻苦,很想在夏天的道德科学荣誉学位考试的一级考试中获得第一名。一年后她就会参加二级考试。"当然了,女人不允许拿学位,"她说,"可我们和男人参加一样的考试,而且我们的成绩也跟他们一起公布。当一个女人考得好的时候,总是让人非常激动,却让那些男性很不舒服。""你居然不能拿学位,这太荒唐了!"他抗议道,"你本该去伦敦大学的。""唉,就算去了伦敦大学,情况也不会太好,不是么?"她边说边做了一个手势,引导他走进一个十分雅致的大厅,大厅是安妮女王式建筑风格的,红砖配白色吊窗和白色山墙,宽敞大气,掩映在草坪与灌木之间。他不得不承认她言之有理。"不管怎样,"她补充了一句,"我想离开我家。""那你的三级考试呢?""没有三级考试。二级考试就已经是最后的考试了。""那你们的荣誉学位考试为什么要叫

'荣誉学位三级考试'[1]？""我觉得可能是因为以前确实有三级考试。"她说，"他们说这得追溯到中世纪，那个时候，学生毕业时，学校会给他们发一个三条腿的凳子，一条凳子腿代表一年。"

在他看来，这似乎是剑桥大学的一贯作风，他们用这种既故弄玄虚又僵化作古的语言去包装自己的一个哲学学位。整个剑桥——他在这边过夜，所以探索了不少地方——激起了他极为矛盾的情感，这里既让他向往，又让他反感，既让他心生羡慕，又让他嗤笑不已。剑桥大学看上去极其美丽，即使在冬天也一样；各个学院优美的建筑，安静的庭院，古老的回廊，草木青葱且精心整饬过的后园，柳树成荫的剑河，这一切都和历经几个世纪积淀出的美丽与优雅浑然一体。显然，整个剑桥镇致力于服务人的精神生活，走在这样一个城镇的鹅卵石街道上是令人兴奋的，到处是书店，到处是穿学生长袍的年轻人，他们或是赶着去听讲座，或是在茶室里与同仁们闲谈、辩论。当他拿眼前的环境氛围与自己的学生时代做对比时，只觉得一阵怨恨和遗憾。那时，他要每天长途跋涉，穿行于肮脏、嘈杂、冷漠的伦敦，赶往阴冷且只注重实用性的南肯辛顿师范学院的教室和实验室。他怎么会愿意在那种地方学习呢？但是，当然，如果所处的环境太沉湎于特权，沉湎于保留陈旧过时的术语、独有的习俗和行话[2]，将会导致排他性，并对变革心怀抗拒。一天，当他花费了一早上时间在大街上向陌生人问路后，他心想，如果我

---

[1] 原文为"Tripos"，上文提到考试时称之为"Moral Sciences Tripos"，故此处提到"Tripos"，源于拉丁文"tripus"，有三足畸胎的意思。
[2] 原文用了 shibboleth，源自希伯来语，意为"谷穗"，据《圣经》记载，基列人首领用这个词来分辨谁是自己人，因为异族人难以发 sh 音。

有权力，我一定要立法强制各个学院把他们的学院名称挂在学院正门上，我还要禁止他们把"Caius学院"（凯斯学院）说成"Keys学院"[1]。

可是当他演讲时——他这次所使用的演讲稿比之前那版《社会主义和中产阶级》更大胆、更直接——屋里挤满了年轻人，大部分是本科生，许多人就坐到他的脚边了，实打实地"拜倒在他脚下"了，他们的崇拜和热情消除了他的敌意。他不必为自己没享受过他们这种特权教育，或为自己那一丝伦敦东区口音（元音的特殊发音和声门塞音），而感到低人一等或遭排挤。对他们而言，他是天才，是先知，他比他们的导师或教授拥有更开阔的视野，对他们即将进入并期望改善的真实世界有着更透彻的理解。他们欣然接受他的观点，即通过运用理性和科学知识进行政治改革、经济改革和性改革。当然，他们并不能代表所有学生。他意识到，并非所有本科生都跟他们一样真诚、善于思考——在剑桥也有很多看起来不可一世的年轻人，他无意间听到他们的谈话，他们操着刺耳的公学腔调，表示自己对划船和打猎更感兴趣，而非思考。本·基灵不止一次被这类学生威胁和捉弄。但是这些热切的年轻费边主义者是未来的希望，特别是年轻女人们。她们是同性中，乃至同代中的佼佼者，她们已经有意识地承担起提高妇女权益标准的责任，从前辈手中接过接力棒——当年，她们的前辈面对偏见，依然大胆勇敢地抗争，为女性争取受高等教育的权利。安珀对他说，剑桥大学费边社

---

[1] 原文为"forbidding the pronunciation of 'Caius' as 'Keys'."，剑桥大学的冈维尔凯斯学院（Gonville and Caius College）始建于1348年，一般简称为Caius，发音和Keys一样。

自成立起就承认女性为平等成员，这在剑桥社团中其实是头一个。会后，委员会的成员们带他去三一学院本·基灵的住处，在友好的氛围中吃了一顿愉快的晚餐，席间他为他们答疑解惑，还给他们讲了很多逸闻趣事，这一切让他感觉好极了。今夜的成功和朋友们充满赞赏的目光使安珀容光焕发，朋友们都佩服她能把这么个大名人从伦敦引来，事后安珀几次三番感谢他。"您真的很了不起，威尔斯先生，"她边和他握手，边说道，"如果能厚着脸皮再邀请您一次的话，我真的很希望您能再来剑桥。""我想我会来的。"他笑着说。"我发现剑桥有很多吸引人的地方。"安珀本人无疑是吸引力之一。但他刚从和上一个年轻女爱慕者的尴尬纠缠中脱身，即使安珀更漂亮，也更知性，他也不想重蹈覆辙。

其实，他已经开始和一个比他大四岁的女人发展一段新恋情，她是小说家瓦奥莱特·亨特。他们在社交场合认识对方已经有一段时间了，因为他们有许多共同的文友，还给同样几家杂志供稿，所以经常受邀参加同一聚会。在1906年末，他们之间这样的接触越来越频繁，他们的关系也越来越暧昧。他们两个人都正从人生的低谷中慢慢恢复——他在费边社经历了失败，并身陷与罗莎蒙德有关的纠纷之中，而瓦奥莱特的初恋情人最近刚过世，她还带着被第二任情人抛弃的创伤——他们都想在一段无须牵涉太多，只追求肉体之欢的新关系中寻找安慰。年初，他写信邀请她在苏活区的托里诺斯餐馆共进午餐，那家店的楼上带有私人包房："拜托，星期二的时候，请对一个十分忧郁的男人好一点。来吧，一点钟，在托里诺斯。我有点沮丧、恼怒、脆弱……我下午没有其他的约会了。"她心领神会地接受了邀请,并且提到自己下午也没有其他安排了。一场私情就这样开始了,它给双方都带来了简单的快乐。

瓦奥莱特的父亲是水彩画家阿尔弗雷德·威廉姆·亨特,阿尔弗雷德跟拉斐尔前派有联系,因此常被人跟画家霍尔曼·亨特搞混。瓦奥莱特本人有着长长的下巴和浓密的头发,这种长相有几分拉斐尔前派的味道。她从小就认识这个圈子里的艺术家,还有他们的良师益友拉斯金。她告诉他,自己十三岁那年听说拉斯金晚年的挚爱罗斯·拉·都胥悲惨离世,便自告奋勇要嫁给拉斯金,代替罗斯的位置。"我们跟拉斯金很熟,母亲写信告诉他这件事,我们都以为他会觉得很好笑。可他却很感激地当真了,而且对此十分认真——他说自己会考虑这一提议,还说之后会再联系我们。当然,他对小女孩有特别的嗜好,他等待罗斯长大就等了好多年,但他决定不等我了。"在伦敦那些他们为做爱而租的房间里,每当一番云雨后,他们慵懒地躺在一起小憩时,她都会讲一些奇闻趣事逗他玩,拉斯金这件事就是其中的典型。因为有长期爱情冒险的经历,瓦奥莱特让他了解了更多带雅座[1]的饭馆、乐意按钟点出租的旅店和公寓,那是一个一个为非法性行为提供住宿服务的秘密都市网络。"你知道肯辛顿有什么适合我们'干坏事'的地方么?"某次,当他在为自然历史博物馆的一次会面做安排时,给她写了一封信。"如果你知道的话,直接回信告诉我,要是能走得开,我就给你发

---

[1] 原文为法语"cabinets particuliers",意为饭店为客人提供的小型私人房间。

电报。"随后，他就收到了瓦奥莱特的即时回复，信上写着南肯辛顿地铁站附近一个私人酒店的地址。

他们都认同性爱自由，但是瓦奥莱特比他实践得更早，一个叫克劳福特的男人为她提供了特别的引导，此人一度做过外交官，是个小文人，也是个真正的浪荡子。据瓦奥莱特所说，这个男人还是个十足的无赖，他让瓦奥莱特做了他好多年没有名分的情妇，因为他已经结婚了，而且当他妻子去世后，他马上娶了另一个有钱的女人，而不是瓦奥莱特。这件事已经过去多年，可被抛弃和背叛的痛苦明显仍然使瓦奥莱特很受伤。他们在托里诺斯共进午餐时，她正在为自己的初恋悲痛不已，她的初恋是画家乔治·亨利·鲍顿，也是个已婚男人，她在十七岁时不顾一切地爱上了他，不停地追求他，直到他屈服在她那纠缠不休的爱里为止。他最终为了挽救婚姻而选择和她分手，留她一人独自心碎，但他最近的离世又使瓦奥莱特回想起昔日对他的点滴柔情，这让她渴望在别人的怀里得到安慰。

在"新女性"这个词还没被创造出来之前，瓦奥莱特就已经是一个新女性了，她很早就开始无所畏惧地寻找肉体快感的满足，并且准备好付出这个伪善的社会强加给她的代价。她的小说讲述的是一些年轻女性的生活经历，她们年龄相仿，处境类似，但是在处理性描写时，她不得不遵循当时的道德规范，对性三缄其口，讳莫如深，这一点使他想起自己此前的一些经历，而感到隐隐刺痛，她写的都是一些关于肉欲和阴谋的感伤故事，被一种愤世嫉俗的警句式诙谐所补救，这种诙谐令人联想到奥斯卡·王尔德的戏剧。她声称在自己年轻时,王尔德曾是她的追求者,有一次差点向她求婚。出人意料的是,亨利·詹姆斯是她成年期交的朋友,而且还偶尔在兰姆屋招待她。"我激发了他的想象力。"她解释道,"他知道我的生活有多堕落,所以想从我嘴里挖一些关于伦敦社交界的淫荡故事,他自己是没胆量亲自去伦敦社交界一探究竟的。"她还引用了这位大师的一封来信,典型的亨利·詹姆斯式风格,信中委婉拒绝了瓦奥莱特让他去伦敦见面的邀请:"你属于社交界,而我越来越沉思冥想,离群索居——我照着一只痴肥蜘蛛的样子,用一根我自己独立编织的纤细蛛丝努力'挂'在这个世界上。"他们为这个精彩生动的比喻大笑起来。"这个比喻值得由马克思·比尔博姆来配插图,你不觉得么?"瓦奥莱特说,"亨·詹称我为'大饕餮鬼',因为我对社交生活永不餍足,他还叫我'紫章'[1],因为我有一次穿了一件紫色的大衣,但也是对我文章的狡黠批评,这一点我毫不怀疑。"这是事实,瓦奥莱特有时在小说里放任自己的文字表达天赋自由驰骋,这导致几乎所有的句子都过于啰唆,但是有一点毋庸置疑,她能在一个相当有限的范围内,发挥自己丰富的创造力。

四十五岁的瓦奥莱特如今已经失去年轻时为人称道的美丽,她化浓妆掩盖变差的肤色,但她仍然身材苗条,身体柔软,能在床上按照他的要求摆出各种姿势,甚至能展示出一些连他都不知道的新体位。和克劳福特在一起的那几年使她在房中之术上毫不知羞,而且花样百出,当时间充裕时……以便再沐浴爱河。"现在我知道亨

---

[1] "紫章"原文为"purple patch"。英文中有所谓的"紫色散文 (purple prose)",指华丽散文。詹姆斯用"紫章"来讥讽瓦奥莱特铺张辞藻。

利·詹姆斯叫你大饕餮鬼的真正原因了。"他满足地看着她说,这让她笑得说不出话。他喜欢能在床上放声笑的女人。瓦奥莱特是做情人的绝佳人选。不像多萝西·理查森。

他依然偶尔去看多萝西,他们敷衍地做爱,完事后紧接着就是漫长的讨论,都是关于她的情绪问题、心理问题和哲学问题。她仍然陷在奇怪的三角关系里——她、她的禁欲主义者爱人格拉德、热情奔放的双性恋室友维罗妮卡,她还是没有解决自己的性取向问题。他希望自己从没和多萝西搅和到一起过,并为招惹多萝西而责怪自己。他承担了某种治疗多萝西的责任,却没有时间和耐心去履行,太多事情让他分心——比如他和罗莎蒙德偷偷摸摸的地下情,和费边社老帮的纠纷,更别提他同时还要写书。对他而言,理想的情况下,性最好是一种娱乐形式,就像网球和羽毛球一样,当你完成一部分让自己颇为满意的工作,这时,借性爱来发泄多余的精力,活动活动筋骨,让大脑休息片刻。但在他们的约会中,这些都不是多萝西所需要的,或者说这至少不是她想要的。一天中午,他和多萝西在南肯辛顿地铁站附近的酒店见面——酒店来自瓦奥莱特的有益推荐——他决定跟她摊牌。预订房间时,他点了一瓶霍克酒[1],装在冰桶里摆在房间内。当他们走进房间时,他没有像往常一样马上就宽衣解带、摘掉领结,他仍然穿戴整齐,示意她坐在两把椅子中的一把上,接着拔开酒塞。她一副了然于心的样子,带着挖

---

[1] 霍克酒:hock,德国莱茵区产的一种干白葡萄酒。

苦的冷笑看着他。

"我知道你要说什么。"她说。

"我要说什么?"他倒满两杯酒,递给她一杯。

"你要说,我们该分手了。"

"嗯,多萝西,我们在一起并不能让你快乐,所以我也不快乐。"他坐在她对面的那把椅子上,"当然,我们可以继续做朋友——你、我,还有简。但是,让我们面对现实吧。我们的性生活很失败。我不知道是我的问题,还是……"

"还是我是个同性恋?"

"我不知道。有时候我觉得你对性这件事本身根本不感兴趣。"

"有时候我自己也这么想。"她说。

"好了。所以我们以后最好别再见面了——我的意思是,别以这种方式见面了吧?我们像以前一样做朋友。忘掉我们曾经试图做爱侣这件事吧。"

"可能有点难。"她说道,"你瞧,我觉得我怀孕了。"

"什么?"他猛地站起来,酒泼到了裤腿上,"你确定?"

"噢,我还没去看医生。但我已经两个月没来那个了……你懂的。我完全确定。"

他的脑袋嗡嗡作响,以闪电般的速度飞快运转着,思考随之而来的后果和各种选择。那是他的孩子吗?几乎错不了,他不能冒着冒犯她的风险问这种问题。什么时候怀上的——而且她是怎么怀上的?他想不起来是哪个环节出了纰漏,是避孕套破了,或者是他抽身而退时没处理好。当然,没有什么方法是万无一失的……但如果是假怀孕呢，如果这一切都是她想象出来的呢？他走向她，坐在她的椅子扶手上，搂住她，亲吻她的额头。"我亲爱的多萝西，"他说，"好极了。"

"好极了？"她听起来很惊讶。

"好极了，你和我应该把一个新生命带到这个世界上。他一定非常聪明。"

"他？"

"或者她。当然，我会全力支持你。"

"我要是做了母亲，你就会提供资金支持？"她讽刺地问道。

"完全正确。我不会说'使你步入婚姻的神圣殿堂'这种恶心的话……但我会给你抚养孩子所需要的一切。"

她惊愕地看着他，好像快要哭了。"我没想到你会这么好。"她说，"谢谢你，但我自己能处理。"

"为什么？你并不宽裕，而我有钱。"

"我想要独立。"她说。

"好了，我们现在别争这件事了。再喝一杯霍克酒吧。"他又给她倒了一杯，"为新生命干杯。"

"你真是个非凡的男人。"她说。

"你真是个非凡的女人，我的亲爱的。"他说，"你的朋友呢？格拉德先生和维罗妮卡——他们知道吗？"

"当然不知道，没人知道，除了你。本杰明会很震惊的——他可能又会不跟我说话。维罗妮卡也许会很高兴，等她和菲利普结婚的时候，她可能会想收养这个孩子。"

"你希望那样吗?"

"不,我想要一个自己的孩子。"

"真好!"他说。

"一点都不好。"她说,"简直一团乱麻。简会怎么说?"

"简会从容面对的。"他说,"我做什么事她都不会惊讶。"

他并没有马上把他对简的推测付诸检验——他并没跟简说这件事。事实证明,他很明智。不久之后,他收到多萝西的便条说她流产了。"也许这样的结果也不错。"她写道,"但我很不舒服,心情很差。我已经好几周不上班了,我彻底不想要哈利街的房子了。我想住到乡下去,然后写作。"他回了一封信,信中对她深表同情,还附上一张支票,并主动提出给她一份校对的工作,在家就能做。他说他希望他们能继续做朋友,黑桃别墅的大门永远向她敞开。她是否真的流产,或者实际上有没有怀孕,他永远都不会知道,但他只是单纯地松了一口气,他们这段不尽如人意的地下情终于经双方同意而走向终结,这就避免了丑闻。据他所知,他们的事除了简没人知道。然而这件事情带给他的轻松感很快被一桩新丑闻打破了——或者说,是被一桩复苏的旧丑闻打破了——也打破了他与费边社之间暂时的友好关系。

3月底,他和简都当选,进入执委会。出乎他意料的是,他的总票数排名第四,紧跟在西德尼·韦伯、皮斯和萧之后,这表明尽管在12月的会议上失败了,但他在费边社还是有相当多的支持者。新选出来的执委会同意设立一个小型的下属委员会,由他、萧和韦伯组成，再次处理修订社章的任务。他迅速写出草案发给两位同僚，但不出所料，他们对他制定的草案吹毛求疵，他和他们两人之间，以及那两人之间都争论不休，他只好听任自己陷在漫长的，也许是无结果的扯皮里。他把自己的草案转变为建议性的《费边宣言》，分发给七十二名费边社资深社员，可其中只有二十六人给予了积极回应。他在费边社最坚挺的支持者是年轻人。从剑桥大学回来过复活节假期的安珀·里夫斯逢人便说他在2月份的演讲有多精彩，还问他秋天是否可以来几个由剑桥费边社主持的公开讲座。她是在费边艺术社的一次会议上借机向他提出这个请求的，他同意了，罗莎蒙德也出席了那次会议，现在回想起来，他很想知道，当时安珀在他的陪伴下十分轻松自在，无拘无束，这一切被罗莎蒙德尽收眼底，她会不会嫉妒。这两个年轻的女人都很崇拜他的思想，但安珀能更清晰明白地讨论这些思想，学识的积累使她能带着自信侃侃而谈，旁征博引，而罗莎蒙德——从来没人鼓励她考虑上大学的事，她一定注意到了她们之间的差距，而且心怀嫉妒。

直到那时，罗莎蒙德还一直非常明智地和他保持距离，以平息那些关于他们的流言蜚语。在拥挤的房间内，当两人目光交接时偶尔发出的会心一笑，或是在她需要跟他握手时，悄悄捏捏他的手，这些都使罗莎蒙德感到很满足。她像是已经接受了这段感情的无限期中止，甚至是如他所希望的那样，完全终结。偶尔，他会回想起他们最后在克莱门特旅店拱门处的秘密对话，这些回忆烦扰着他，他担心自己最后对罗莎蒙德的许诺太轻率了。但是费边艺术社的会议还没结束，安珀还没回剑桥，罗莎蒙德就写信来提醒他曾答应去巴黎的"承诺",还问他什么时候去。他安排在国家美术馆的康斯特布尔馆和她见面,以便必要时可以装作是偶然碰见的。他们又惊又喜地跟对方打招呼,在身穿制服的画廊工作人员烦人的监视下,双双坐在长椅上,他能看出来,她喜欢玩这些小把戏,并且乐在其中。但当他告诉她,自己没想到她把去巴黎这件事如此当真时,她看上去深受打击。"这么说,你不是认真的?"她说。

"说这句话时,我是认真的。但那更像是一种愿望,而不是一个承诺。那样会很好玩,可是……我的意思是,你真心觉得我们能那么做吗?"

"是啊,我觉得我们能。"她说,"我经常在心里想着这件事。"她断然强调道。画廊工作人员一副对他们的谈话很感兴趣的样子。他把手放到嘴唇上比了个"嘘"的手势,她压低声音继续说,"我日思夜想。你说的话我记得一清二楚,你说我们会在巴黎的酒店租一个房间,房间里有四柱大床,床上铺着埃及棉床单,还有一个大理石浴室,屋里还有暖气。"

"我说过这些话?"

"是。"

她充满渴望地看着他,他们沉默了好一会儿。"那我们还是去吧。"他说,她的脸瞬间绽放异彩,他鲁莽的承诺能博美人一笑也值了。

事后,他真不知道自己到底为什么要答应她。逗英雄?要面子?还是可怜她?也许可以归结为虚荣心作祟。他知道,如果他言而无信,罗莎蒙德将永远瞧不起他,尽管他完全不想和罗莎蒙德再继续下去，可他同样不喜欢余生都背负这种臭名。凭良心说，他和罗莎蒙德交往的全部理由是，他作为一个年长而且经验丰富的男人，可以引导她领略各种爱的方式，然后在适当的时机功成身退，让她和同龄人去探索各种情爱关系。他们分手时，彼此将会感到悲伤，但不应该有愤怒和不满。现在他能想到给他们的感情画一个完美句号的唯一方式，就是来一次巴黎之旅。他会对她说："我们将在充满异国情调，而且极尽奢华的环境下，用一个周末的时间纵情欢爱，之后，为了我们俩好，我们就永远分手，让我们都心满意足地拥有这段回忆吧——这共同度过的最后的完美时光的回忆。"听起来简直太像瓦奥莱特小说里的对话了，但几乎肯定会奏效。

于是，他开始制订计划，一段时间后，他就开始由衷地期待这次冒险之旅，并且因为自己的谋略而颇为自满。去巴黎的路线通常是从查令十字街或维多利亚出发，穿过多佛尔海峡或者福克斯通到法国加来，但他决定不走这条路线，而是从普利茅斯出发，横渡大西洋的客轮在此地停船下客，随后继续开往瑟堡。这样，他们就不太可能遇到熟人，尽管旅途会长一些，但却会更舒服自在，而且这样一来，罗莎蒙德还能有一点时间在冠达[1]邮轮旗下的一艘豪华邮轮上享受头等餐厅和交谊厅的服务。他以赫伯特夫妇的名义订了两张露西安娜号的船票，还买了两张从帕丁顿出发的港口联运火车票。谨慎起见，他建议罗莎蒙德乔装打扮一下，戴一顶有面纱的

---

[1] 原文为"a Cunarder"。Cunard Line，冠达邮轮可追溯至 1840 年，旗下包括多艘远洋船队。

帽子，他自己打算戴围巾，必要情况下可以遮住下脸。他决定不惜一切代价令这次巴黎之行终生难忘，因此他在巴黎丽兹酒店订了一套房间。他和罗莎蒙德通信时所使用的地址是位于克莱门特旅店的费边保育院办公室，而罗莎蒙德则把回信寄到他所在的俱乐部。他们约定了时间，选中一个周末，并编好了借口。罗莎蒙德谎称自己要去看一个讨人喜欢的前校友，可实际上根本没有这么个人；他跟简说他要赶去巴黎为《大空战》的写作做一些调查，他说的也不全是假的——他确实考虑在书中让巴黎市中心在某一刻被空中轰炸摧毁，亲眼去看看，将更容易想象埃菲尔铁塔巨大沉重的塔脚被炸飞时，它将如何轰然倒塌在地。

为避免在车站大厅和罗莎蒙德公开见面，他让罗莎蒙德上车后再和他会合，他把头等舱的车票、座位预订单还有打车费一并寄给了她。他提前到达帕丁顿，心中紧张不安，不知道她是会来，还是会在最后一刻失掉勇气。他溜进快餐部，在吧台喝下一杯白兰地让自己平静平静。开往普利茅斯的火车一进站他就上车入座了，并时不时起身把头探出车窗，朝月台处的检票口张望。没有多少人从这里走过，他希望他们俩能独享整个隔间，这是个高档的新隔间，里面装有豪华的皮革座椅。终于，他看到罗莎蒙德从远处走来，她头戴一顶饰有面纱的宽边帽子，身穿浅色旅行套装，前面有一个脚夫提着她的小旅行包。他退回自己的隔间，坐到座位上，假装忙着读《泰晤士报》。过了一会儿，他听到脚夫说："小姐，就是这里。您确定不想换一个女士专用隔间么？我可以在女士专用隔间里给您找一个位置。""不用了，谢谢，这个就挺好。"罗莎蒙德十分确定地说。脚夫打开门说了一声"打扰一下,先生"然后就走进来,把罗莎蒙德的行李放到行李架上。当罗莎蒙德在站台上付给脚夫小费时,他听到脚夫向她道了谢,这才把报纸放下。直到那一刻他才真正看到她,门开着,她就站在门口。当他抓住她的手帮她跨上台阶进入隔间时,她笑了起来。"天气这么好,你围那条厚围巾干吗?"她说。"我这是乔装打扮。"他摘下围巾,"但你看起来美极了,亲爱的。"她确实很美,面纱揭开,她光彩照人,双颊绯红。他不再演戏了——他感觉自己对她涌起一股强烈的欲望,同时也为自己成功设计了这场私奔而扬扬自得。他关上门,拉上窗,把月台一侧的百叶窗都放了下来。接着,他把她揽进怀里热烈地亲吻着,她同样热情地回应他。他们瘫倒在皮质衬垫上,双臂紧搂着对方。"我刚才都开始担心你会改主意了。"他说。"绝不会!"她说,"我盼了好几个月,现在终于盼到了,我都不敢相信这一切是真的。想想,今晚我就能和你在巴黎了。""我们会在一张四柱大床上。"他说。看她害羞的样子很讨人喜欢,他又亲了亲她。他头脑中有一幅生动的画面,他们在白鹅绒枕席间做爱,就像你能在巴黎左岸买到的古代色情版画上的情人们一样。他们即将享受到的一切是多么有情趣啊!

"你离开威尔庄园的时候有遇到什么麻烦么?"他问。

"完全没有……根本没人怀疑。你的计划太好了。就是在坎农街打车的时候遇到一点小麻烦……"正当她向他讲述细节时,隔间的门突然从外面打开了,克利福德·夏普出现了,他就站在月台上仰头看着他们。他们惊慌地松开手,一跃而起。罗莎蒙德先开了口:"克利福德!你怎么……"夏普得意地打量他们片刻,接着转头大喊,"他们在这里!"

接下来发生的事并不像瓦奥莱特小说里的场景,更像是耸人听闻的廉价小说里的夸张高潮:恶棍正卑鄙地准备诱拐清白无辜的少女,关键时刻被愤怒的父亲和侠肝义胆的追求者挫败。出现在门口的休伯特·布兰德手里要是再拿一条马鞭就全了,他透过单片眼镜怒目而视的样子就像希腊神话里的独眼巨人波吕斐摩斯[1],他胡须倒竖,浓密白发下的脸气得发紫。"下车,小姐!"他厉声喝道。

罗莎蒙德瑟缩在离门最远的角落里,一直摇头。"不,我不。"她怯生生地说。

布兰德攀上车厢,作势要把她从火车里拉出来,他挡在前面护着她。"滚开,威尔斯,"布兰德威胁道,"一会儿我再收拾你。"

"罗莎蒙德是成年人,"他说,"她能自己决定去哪里旅行,跟谁去。你无权这么对她,就好像她是你的私人财产似的。"

"那你也无权诱拐一个无知少女——你是个已婚男人,年龄都能做她父亲了。"布兰德反唇相讥,"谢天谢地我没让你得逞——这已经是第二次了!给我滚开!"

"罗莎蒙德和我去年夏天就相爱了,"他说,"是她自愿的——你自己问她。"

布兰德沉默了一小会儿,他怒目圆睁,直喘粗气,粗壮的肩膀在紧身礼服下一起一伏。克利福德·夏普仍然守在车厢门口。迟来的旅客经过门口时感觉到此处有事发生,投来好奇的目光。

---

1 波吕斐摩斯:希腊神话中吃人的独眼巨人,海神波塞冬和海仙女托俄萨之子。

"他说的是真的，爸爸。"罗莎蒙德在他身后说。

"那你就应该为自己感到羞耻。"布兰德怒气冲冲道，"我从没想过我的女儿居然会跟一个无赖在一起，还是眼前这么个……这么个无赖。"他顾不得新闻工作者换词求雅的职业病。

"还不是因为有你这个好父亲做榜样，不是么，布兰德？"他说道——这么说话太莽撞了，因为下一秒布兰德就抓住了他的上衣领子，把他摔到座位上，接着就从他身边挤过去抓住了罗莎蒙德的手。

"别这样，爸！你弄疼我了！"被拉到门口时她大声叫喊。他试图阻止他们，布兰德对着他的胸口就是一拳，他踉跄着瘫在椅子上。"啊！别打他！"罗莎蒙德一边被人拉下车，一边哀号着说，她突然放声大哭起来。

"拿上她的行李。"布兰德指挥夏普说，夏普利落地照办。"这事儿没完，威尔斯！"他咆哮着威胁道，说罢带着哭泣的罗莎蒙德走出了他的视线。

他气喘吁吁地慢慢站起来。汽笛声响起，他听到车厢门砰的一声关上了。他从行李架上提起自己的行李，在火车离站前下了车，火车的烟雾和蒸汽直冲站台穹顶。在月台更远处，罗莎蒙德被两个男人护送着——更像是挟持着——朝出站口走去。她哀怜而无助地回头张望，之后就被猛地推进人群中消失不见了。可怜的罗莎蒙德。她的梦就这么残忍地被打碎了。他坐在一张长椅上慢慢恢复镇定，思忖着要如何跟简坦白这件荒唐耻辱的事。

像往常一样,对他此次出丑,简处之沉着、淡然,并非毫无微词,又显宽容,可是当伊迪丝·布兰德——无疑是受休伯特怂恿,写了一封攻击简的信,认为他诱奸他们的女儿,她也有责任时,简也被激怒了,她感到心里窝火。伊迪丝的信里写道:"不管你知不知道(我不相信你一点都没起过疑心),你肯定知道威尔斯这个人淫乱成性,你的容忍本身就是对他的怂恿。"他想让简写一封信回敬伊迪丝,信里就援引休伯特那些淫乱成性的实例,其中一些事伊迪丝肯定一清二楚,可她也都睁一只眼闭一只眼了,但简坚持认为,沉默以保持尊严是最好的回应。事实证明简是对的。尽管休伯特在离开帕丁顿车站时威胁恐吓他,但布兰德夫妇似乎决定不把这件事闹得尽人皆知,无疑是因为他们想保全罗莎蒙德的名誉,也是因为休伯特知道自己的屁股也不干净,经不住他反击。他和简已经准备好迎接暴风骤雨般的大丑闻,但实际上什么都没有发生。

然而这件事带来的屈辱感一直让他耿耿于怀,他不禁想知道他们的计划是怎么被发现的。他有一个猜想,但没法和罗莎蒙德讨论,因为他们两家断绝了所有的社交联系,即使在费边社的集会上,她也被夏普或她父母警惕地监视着。但是那年夏天布兰德夫妇还是花很多时间待在"另一个房子"。某天,当知道伊迪丝、休伯特和爱丽丝要去黑斯廷斯旅行时,罗莎蒙德给他写了一封信,邀他去迪姆彻奇见面。他是骑车去的,按照约定,他们在两人都知道的一个废弃的渔夫小屋附近见面了。小屋在沙滩后面,离村庄有一段距离。罗莎蒙德看起来比平时清瘦不少,但仍然很健康,脸红扑扑的。他们抱在一起,温柔但不炽烈,他感到些许轻松,因为罗莎蒙德已经接受了这一事实——他们的恋情结束了。

那是个昏暗多云的下午,对于一年中的这个时候来说有点冷,所以附近几乎没有游客。他把自行车靠在小屋的木墙上,他们沿着沙滩往西走,踩在退潮时留下的硬砂岩上,边走边聊。罗莎蒙德说,自从布兰德把她押回威尔庄园,她在威尔庄园的生活就像在地狱里一样,布兰德和伊迪丝两人每天"提审"她,不过事情渐渐平息了。"爸爸仍然恨你,而且,他恐怕比以前更恨你了。"她说,"他指责我品行不端,我说他是五十步笑百步,他深信是你给我灌输了这些对他的诽谤。"

"说假话才叫诽谤。"他说,这让他想起以前和皮斯的对话,"我告诉你的都是事实,这些还只是冰山一角而已。"

"大部分的事我都已经知道了。"罗莎蒙德苦笑着说。他很困惑,布兰德虚伪也好,以那种粗暴的方式对待她也好——或是打了他也罢,她好像一点都不怨她父亲。"我真希望爸爸没伤着你。"她说,接着又像是为布兰德找借口似的补了一句,"恐怕他不知道自己多有劲儿。"

"他都把我打青了。"他说。

"哦,亲爱的。我觉得你太勇敢了,敢跟他对着来。"她说,这句话让他好受了些。

"他怎么发现我们要去巴黎的?"他问。

"我不知道,他不会告诉我的。"

"我怀疑是夏普。"他说,"不然为什么那天和休伯特一起来的人是他?"

"爸爸说他让克利福德跟着他,以免他干出什么让自己后悔的事。"

"比如把我推到火车底下?"

罗莎蒙德笑了,"类似这种事吧。"

"我觉得我最后从费边社办公室给你寄信的时候,夏普一定是用蒸汽偷偷打开了那封信,他发现了我们计划的细节,还告诉了你父亲。"

"也许你说得对。"罗莎蒙德说,她看起来有点尴尬,"克利福德一直很喜欢我,也很护着我。他从来不赞成我跟你交朋友。"

"我觉察到了。"

"我猜我最后会嫁给他。"她说。

"真的么?为什么?"他很震惊,因为他一直不喜欢夏普。夏普在费边社追名逐利的样子太精于算计了,他掌管费边保育院,看似拥护改革,实则信赖和维护老帮。夏普看起来不像个快活的人,或者说他看起来不像个有能力让女人快活的人。

"他很聪明,我们观念一致,而且他爱我——至少他是这么说的。"罗莎蒙德说,"爸爸和伊迪丝觉得我应该嫁给他。爱丽丝也这么想。"

"这可太让我吃惊了。爱丽丝有一次跟我说,她觉得你不应该急着结婚。我同意她的话。"

"是啊,唉,可爸爸对她发了很大的火,因为她鼓励我跟你交朋友,爸爸还为我们的事责怪她,所以爱丽丝很内疚,爸和妈说什么,她就得跟着附和什么。他们觉得,克利福德很不错,他知道我们是情人,还愿意要我,我应该感激涕零,跟他结婚。"

"这都是迂腐的谬论!"他说,"别听他们的。"

"反正我不会急着做决定的。"

"首先,你得确保你们看过彼此光着身体的样子。"

罗莎蒙德大笑,"这种想法会让克利福德紧张死的!"

"那说明他不适合你。"他说。

就在那一刻,天空暂时云开雾散,一束青阳穿过云隙如一盏探照灯,将自己的映像投射到平静的海面上。他们停下脚步欣赏眼前的风景。"我想我最好在他们从黑斯廷斯回来之前赶回去。"罗莎蒙德说。

他们一路无言走回渔夫小屋,各怀心事,思索着刚才的对话。临别时,他们再次拥抱,罗莎蒙德落泪了。"谢谢你,谢谢你给我的一切。"她说,"对不起,我让你惹麻烦了。"

"别人会说,是我让你惹麻烦了。"他说。

"我知道。这不公平。我希望你别太怪我。"

"我一点都不怪你。罗莎蒙德,答应我一件事。"

"什么?"

"如果你有什么困难,或者你有任何需要———定要告诉我。"

"好的,H.G.,我保证。"她再次拥抱了他,随后转身踩着沙滩顶端柔软干燥的沙子跋涉而去。他沿着海滨公路骑车回桑盖特,自行车驶入暮色渐浓的东方,他想知道,罗莎蒙德有那么多激进的观点,她还信仰性爱自由和妇女权益,为什么这样一个女性却不选择走出压抑的家庭。也许等她到了二十一岁时就会这样做吧,可不知为什么，他还是很怀疑。她就是不够勇敢，或是不够聪明，不足以从布兰德夫妇施加在威尔庄园上的邪恶诅咒中挣脱出来，在那个鬼地方，指鹿为马，是非不明，真假不分，混乱不堪。她被困在跟父母之间那种孩子般的关系里——她崇拜父亲，同时又觉得自己受到母亲的排斥。他边蹬车边思考罗莎蒙德的困境，觉得有一天把它写成一部小说可能会很有意思，就写一个年轻女人，对于自己的种种激进原则一直身体力行，坚持自立自主，反抗父母权威，不顾社会反对，我行我素，特别是在为自己选择伴侣的问题上。他到家后做了一些笔记。

夏洛特·萧写信邀请他们去威尔士雪墩国家公园的兰贝德同住，费边保育院在那里办了一个暑期学校——这是他们最新的试验性举措。他委婉地拒绝了，因为罗莎蒙德和夏普可能也会去，但他很乐于收到这个邀请，信中友好亲切的口吻表明关于帕丁顿车站那戏剧性一幕的流言蜚语还没传到萧夫妇的耳朵里。当萧几周后给他写了一封极长的信后，他的猜测得到了证实，整封信都在讲萧和朋友罗伯特·劳伦在威尔士的一个沙滩附近游泳的事，他们遭到大浪冲击，被扫向大海深处，无法游上岸来，萧在信里还讲了当他认定自己会被淹死时头脑中闪过的一些念头。那听起来就像一篇不错的短篇小说——生动、扣人心弦、妙趣横生。他回信说："你浪费了一个大好机会！你本不该爬上岸的。你什么都不缺，唯一缺的就是做一个体面的决定，为自己的生命画一个辉煌的句号。你本该游向劳伦，抱住他，然后你们一起沉入海底——一个高贵的生命，发疯了似的去救一个演员兼剧团经理,导致自己就这么殒命了。我就毅然出面写一两篇一流的讣告文章,在美国和德国为你正名……"

他以自己喜欢的方式在桑德盖特度过那个夏天,工作日里他努力写作,大多数的周末他在家招待一群快乐的朋友。现在除了打羽毛球和游泳之外,还可以打网球,天气不好时可以玩猜字谜游戏或组织室内即兴戏剧演出。如果是大型聚会,客人们就在村子里找地方寄宿。有一个叫查尔斯·马斯特曼[1]的政客,此人是自由党的后起之秀,他和他的娇妻露西就是这样被安置的。马斯特曼出版了一部相当不错的专著,名为《来自深渊》,是关于城市贫困的研究,此书基于他在贫民窟廉价公寓里的一段真实生活经历写成。马斯特曼是他作品的崇拜者,曾在《每日新闻》上为《基普斯》写过一篇热情洋溢的评论,马斯特曼在评论里说,"尽管小说中滥用了我的名字",他指的是书里一个讨人厌的角色名叫马斯特曼。"真抱歉。"他说,"其实在原计划里,马斯特曼是个不错的角色——是他让基普斯改信了社会主义。但我最后改主意了。""我真的不介意。"马斯特曼大度地说,"你现在在写什么?"当他跟马斯特曼描述了《托诺-邦盖》时,马斯特曼表现出强烈的兴趣。他答应一旦见书,马上就寄给马斯特曼一本。

里夫斯夫妇带着讨人喜欢的安珀,还有她的弟弟和妹妹来到了桑德盖特,他们也住在村子里。他们的到来是另一个令人宽慰的信号——他们完全不知道在帕丁顿发生的事,而且他们还同意让安

---

[1] 查尔斯·马斯特曼(1873—1927),英国新闻工作者、作家、政客。"一战"期间组建了秘密宣传机构"战时宣传局",被认为是二十世纪舆论宣传的开山鼻祖之一。

珀独自在黑桃别墅住上几天,这是基普和弗兰克特别要求的,他们被安珀迷住了。安珀花好几个小时的时间用积木和玩具士兵陪他们玩他发明的"地板游戏"[1],她全身心投入到地板游戏中的样子,就像以前跟他争论哲学问题时一样。安珀此时兴高采烈,因为她如愿在荣誉学位考试的一级考试中获得了第一名。她父亲为她的学业成绩而自鸣得意,钱夹里还随身携带着一封信,那是伟大的吉尔伯特·默里写的。吉尔伯特·默里读到一篇关于"理想"的论文,正是安珀投给纽纳姆学会的那篇,是安珀的古典文学导师简·哈里森寄给吉尔伯特·默里的。"听听默里是怎么说的。"里夫斯夸张地展开信,示意他听着。

"'对我而言,这是我读过的研究这个课题的论文里最好的一篇——我的意思是,作为一个年轻人能写成这样,了不起,而且是从非形而上的角度进行论述。在我们这一代人止步的地方,她却继续前行——这才是年青一代应该做的,但大多数年轻人都做不到。我毫不怀疑,您一定以她为荣。'没错,我们以她为荣!"他一边收好信一边补充了一句。里夫斯好像很轻易就忘了自己之前是有多不情愿送安珀去剑桥学习。

那个夏天,瓦奥莱特·亨特偶尔来访,他们继续着那些冒险的游戏——避开其他客人,在灌木丛附近,或在他家花园小书房里匆

---

[1] 地板游戏(The floor games),威尔斯的两个孩子童年时经常玩这一游戏,在地板上用各种玩具展示不同场景、演绎不同故事,威尔斯认为这种游戏能够促进人的创造性思维,还在1911年出版了名为《地板游戏》(*Floor Games*)的作品。威尔斯的"地板游戏"还被认为和后来的沙盘游戏有关系。

匆接吻或亲密爱抚。让他有些意外的是，8月的一个周末多萝西不请自来，那时瓦奥莱特恰巧也在，瓦奥莱特抱怨说，她一直害怕多萝西那双敏锐的小眼睛会穿过月桂灌木的叶子或透过书房的天窗窥视他们。当他就此取笑她时，她说，"你不知道一个妒火中烧的女人能干出什么事来。""多萝西可能不喜欢你，瓦奥莱特，但她没理由吃醋，"他说，"我们已经结束了。现在我们只是朋友而已。"

当他有时间在花园小书房里单独见多萝西时，如她所述，她终于解决了自己的性认同问题，也厘清了自己和维罗妮卡以及本杰明·格拉德之间的紧张关系，她的处理方式也是非常"多萝西式"的。看起来好像是维罗妮卡的未婚夫菲利普——一个年龄比维罗妮卡大很多的男人，最近心脏病发作突然去世。多萝西刚从流产中恢复过来，一直照料悲痛欲绝的维罗妮卡，陪她度过这场不幸，在此过程中，她灵光一闪，有了一个几乎不可思议的好主意。"我知道维罗妮卡和本杰明都想完全占有我，但维罗妮卡也想要一个男人，所以她跟菲利普在一起，而本杰明对我的占有是以婚姻为前提的，但我不想结婚，也不想被任何人占有。所以我们一直被困在这个令人疲惫的三角关系里，为得到满足而争斗不休。但现在菲利普死了，我突然有了一个解决办法：维罗妮卡必须嫁给本杰明！"她得意地微笑着看向他。"真的吗？"他压抑着想笑的冲动。"没错！这么一来，维罗妮卡和本杰明可以在精神上占有我，在肉体上彼此占有——这将是一场神秘超凡的三角婚姻。""就像三位一体[1]一样？"

---

[1] 三位一体（Trinity），此术语源于《圣经》，基督教把圣父、圣子、圣灵称为三位一体。

他冒险说了一句。但多萝西并没觉得他的类比多有意思。"完全正确。""对于这个主意,他们两个怎么想?"他问。"他们觉得这个主意妙极了。"她说,"其实他们都已经订婚了。""你会跟他们住在一起吗?过柏拉图式的三人同居生活?"她摇摇头,"不会。我已经在苏塞克斯找到了便宜的住处,那里有一些不错的人很贴心地照顾我。我要在那里过清净节俭的生活,然后继续写作。"她跟他说自己要写一部小说,忠实地记录一个像她一样的年轻女人的所思所想。"心理小说领域一直被男性作家所统治。"她宣称,"即使是写得最好的男作家,像詹姆斯、康拉德——也没有一个人是真的懂我们,我指的是我们女人。他们总是把男性的秩序观念强加在这些意识流上,总是把主句放到最后,并以句号作为掉尾句的结尾。我想写一些更自由流畅,更具自然性和统一性的东西,展现女人的思维和感受方式。""祝你好运,多萝西。"他真诚地说。听上去并不是很有前景。

他自己的写作进展很顺利,9月初如期完成《大空战》。在继续写《托诺-邦盖》前,他和简在瑞士享受了一个完全受之无愧的假期,他们在阿尔卑斯山脉徒步旅行。尽管简的身体瘦弱,但她是个敏捷而充满热情的步行者,比他还有耐力。他们都很喜欢这里的群山,喜欢这里清新明澈的空气,喜欢这里壮丽的景观——群峰顶部白雪皑皑,放眼望去,无边无际——喜欢这里一派静谧祥和,只能听见远处山谷传来的阵阵牛铃声,还有教堂杳杳的钟声,他们喜欢眼前的一切带给他们的健康安乐之感。在这次既愉快又轻松自在的短暂休憩过程中，每一天结束时他们都疲惫却欣快，他们像丈夫和妻子一样一起生活、相处——他们在家时已经好久没这样了。

可是就当他在假期中治愈内心、恢复元气时，关于《彗星来临》的争论恼人地重演了，他不得不再次面对这一切。有一个叫威廉姆·乔因森-希克斯的人，此人是11月即将到来的兰开夏郡补缺选举中的保守党候选人，他反对一位自由党人士所宣称的社会主义关怀，散布恶意诽谤的宣传小册警告全体选民，投票给社会主义者就是灾难的开始，最终会导致性滥交——他引用了《泰晤士报文学增刊》上那篇《彗星来临》书评中的老套说辞作为证据，书评中造谣说在社会主义乌托邦里妻子是公有的。乔因森-希克斯的这篇造谣抹黑之作被《旁观者》杂志上一篇名为《社会主义和性关系》的文章添油加醋，并使其得到更为广泛的传播，该文作者是杂志编辑圣·洛·斯特拉奇，此人是一个高尚的托利党卫道士，也是国家社会纯净运动的领军人物，他在文章中写道，"我们发现，威尔斯先生在他的小说中创造了一个新生的世界，在这个新世界中，性爱自由成了性关系准则中的至上法典。女主人公的两个情人谁能笑到最后——这个浪漫的难题就这么迎刃而解了——女主人公两个都要。在这种情况下，一妻多夫制是出路，就如同在其他情况下一夫多妻制可能也是出路。"他被卷入新一轮令人生厌的笔墨官司里，他与《旁观者》杂志以及其他以各种变体形式重复此事的报纸通信，他被迫再次拿出一年前为自己小说辩护时所使用的说辞，一再重复那一套，连他自己都觉得有点勉强。在这场持续数周的纠纷中，他一度威胁要以诽谤罪起诉乔因森-希克斯，乔因森-希克斯这才承认那个诽谤性的宣传册是自己的经纪人博顿利——是个好名字——准备的，那时他本人其实并没真的读过《彗星来临》，而是完全依赖《泰晤士报文学增刊》上对该书的描述。

最终，他从控诉者们那里得到足够多半真心半假意的道歉，也从同情者那里得到足够多的支持，他感觉自己挺过了新一轮的名誉大战，可心中仍然紧张不安。他忽然意识到，关于帕丁顿车站那场惨败的流言，终究还是在费边社和文学界传开了，而且还被捕风捉影地歪曲篡改，传得有鼻子有眼——说他要和罗莎蒙德私奔去法国生活，说罗莎蒙德为此女扮男装（说得就好像罗莎蒙德丰满的双峰穿男装真能藏住似的），还说在帕丁顿车站的月台上，休伯特在大庭广众之下痛打了他一顿。当他见到老朋友格雷厄姆·沃拉斯时，沃拉斯对他很冷淡，而且当他某天和西德尼·韦伯都经过斯特兰德大街时，两人分立大街两侧和对方打招呼，西德尼·韦伯脸上一副厌恶的表情，这意味着他们俩都听过一些流言蜚语了。萧明显也听过他和罗莎蒙德的风流韵事了，萧听到的版本较少添油加醋，却充满偏见，他怀疑是伊迪丝说的。萧写信指责他，由于自己不负责任的淫乱行为破坏了费边社社员的公众形象，危及了社团使命。他回信说：“我觉得你对我不公正——我并不是说你对我人品的总体评价不公——而是说在布兰德这件事上。不管怎么说，你已经站到了布兰德那边。可能你并不了解事情的全部情况。但布兰德夫妇真该死！自始至终都是他们那个可恶的谎言之家，抹黑这件事情，挤兑我。对于这些，你一刻都不曾理解，就用那件事来评判我，瞧，你就是这样！”

萧回信试图提出充分理由,证明布兰德对"无辜的小人儿"罗莎蒙德充满正直的骑士般的保护欲。看信后他大发脾气,狂怒地还击道:

> 我越仔细想你这个人,就越觉得你是一个多么彻底的维多利亚中期的蠢货啊。你玩弄各种概念,就像个又大胆又唠叨的老处女姑婆,可一旦涉及类似于布兰德这种事,你却表现出本能的故作斯文和娘们儿似的判断力。你在信里用一种多愁善感的腔调来拔高布兰德,你还跟我解释他美好的浪漫的品质——就好像我不认识这个人似的,其实我早把他看透了。你大概就是亲爱的布兰德太太本人吧——突发浪漫奇想,为丈夫涂脂抹粉。你还能说出'无辜的小人儿'这种蠢话。如果她是天真无辜的,无论如何不是拜她父母所赐。
>
> 其实你就是一个不堪一击的文人,内心贪得无厌,在这个你根本不了解的世界里随波逐流,叽叽喳喳地瞎叫唤。你不像我一样,你不了解欲望、失败、耻辱、恨、爱,以及创作的激情,而我生来就从本质上了解这些。你不理解,你也不可能理解事情真正的对错,但却轻易对这些事做出幼稚又不成熟的评判——就像你对费边社目标的理解一样,你的虚荣自负毁了一切。
>
> 现在你继续你的幽默吧。

信一经寄出,他就为自己信中过激的语气感到后悔。信里的话覆水难收,也不容谅解,而且要再过很长一段时间,他才可能期待重新和萧自然相处。他为此感到遗憾,但他一直受到一种感觉的重压——敌人在他的帐外环伺于黑暗之中,阴谋、流言、谣传纷至沓来,而萧的第二封信则成了压死骆驼的最后一根稻草,让他忍无可忍。只有在剑桥身处于年轻的费边社社员们之中时,他才觉得自己从这种不友善的氛围中走了出来,很是轻松自由。即使知道了任何他和罗莎蒙德的风流韵事,他们也不会表现出来,还会觉得这不关他们的事。当然,他们通过媒体的报道知道了那些反对他的活动,但他们视他为英雄,视他为大胆质疑旧有性道德的殉道者,这些旧有性道德是以压迫、愚昧无知、双重标准为基础的。11月时,他在剑桥办了三场演讲,讲的都是他的个人信条,总结了他对社会主义的理解。演讲受到热烈欢迎,参加人数众多。"您会把您演讲的内容出版吗,威尔斯先生?"安珀·里夫斯在他做完最后一场演讲时问他,"您演讲里可学习的东西太多了——我很希望能读到它们。""嗯,我想过,有时间的话我可能会把它们编成一本小书。"他说。"太好了!"她说,"书名是什么?""我正在想,可能叫《首要之事和最终之事》。你觉得这个名字怎么样?""简直完美!"她说,"我已经迫不及待了。"

分别前,她让他替自己向简问好,还回忆了那个夏天她在黑桃别墅度假玩得有多开心,特别是和男孩子们玩"地板游戏"。"那之后我又发明了一些新玩法。"他说,"我们当时有没有提过你下次再来黑桃别墅玩?我是说你自己单独来。""嗯,提过。"她说,她两眼放光的样子向他表明她想要唤起他的记忆。"我圣诞节假期的时候能过去,除了圣诞节当天,其他时间我都可以。"她说。"啊,好。"他笑着看她那副热切的样子,"我会提醒简,她会给你写信的。""谢谢您!"她欣喜若狂地说。她真是个迷人的女孩,虽然美丽聪慧,却一点都不做作,而且她坦率的崇拜让他没法不受用。他期待在黑桃别墅随意又自在地招待她,给她示范操作他新发明的游戏玩法,但当然,在如何处理他们之间的关系这件事情上,他必须小心。非常小心。

第五章

亲爱的H.G.先生:

  非常感谢你的来信,也非常感谢威尔斯夫人对我的爱。收到你的信真是一件极大的乐事,以至于我这几天都格外用功,干劲十足。我正在努力学习道德科学,也努力在费边社工作。我们剑桥大学费边社最终同时隶属于费边社和社会主义工党,但整个学校依然充满斗争。男人们都非常自鸣得意,因为他们觉得自己给工会带来了社会主义运动,而且仅仅以100比70这种票数结果失败了。我现在很不得上头的青睐,因为我在一次公开会议上提了一些进行大变革的意见,对了,那个公开会议就是你本来打算去演讲的那个。我的两个监护人都对我怒目而视,吓得我都不知道自己说什么了,但那样让在场的男人们都很高兴。顺便说一句,基灵先生说了,如果你下学期不来剑桥的话,你可就太烦人了。如果你不来,我将会非常不开心,甚至会搞砸我的荣誉学位考试。如果你能看见我有多喜欢收到你的信,之后的某天你就会再写信给我了。

你永远的
安珀·里夫斯

"安珀在信里感谢你对她的爱。"读完信后他对简说。

"我想我已经认出信封上的笔迹了。"简说,"我能看看这封信吗?"

"当然可以。"他把信递给坐在餐桌对面的简,当简读信时,他把黄油和橘子酱涂在第二片吐司上。窗外是 2 月阴沉的清晨,狂风大作,风不时将雨点猛砸到窗玻璃上,伴随而来的声音像撒下了一把把沙砾,餐厅里却温暖又舒适。

简因为信里提到的一些事而咯咯笑起来,"我很想知道她说了什么话震惊了两个监护人。"

他也有同样的想法,但他没这么说,而是抱怨起来:"没有监护人的陪同,本科女生在剑桥哪都不能去,甚至去听演讲都不行,这真是太荒唐了。"

简读完了信,把信还给他。"毫无疑问,这个女孩子爱上你了。"她说,"我希望你能意识到这一点。"

在回答简之前,他边大口嚼着自己的吐司边沉思。"你是这样想的?"

"从信的最后几行能明显看出来。其实,圣诞节后她来黑桃别墅的时候,我就明显看出来了。"

他又匆匆看了一下信的最后几行,"可是我没和她做爱。"

"你让她叫你'H.G.'。"简说,"对她而言,那几乎和给了她一个吻一样好。"

他笑了,"她信的开头是'亲爱的 H.G. 先生',这个称呼听起来可太好笑了。她显然觉得直呼'亲爱的 H.G.'太放肆了。"

"但是她又不想用回以前那个拘谨的称呼——'威尔斯先生'。"简说,"你一定要记住,亲爱的,你那些年轻女爱慕者的心思在我面前就是透明的。因为我自己也曾经跟她们一样。"

"我可没给她鼓劲儿,实际上我还让她泄劲儿了呢,因为我退出了那次公开会议。"

"那只是因为你要去看阿诺德的戏剧。"

"噢,阿诺德是老朋友了。"他说。

"亲爱的,你不用跟我解释。"简说。

阿诺德·本涅特的戏剧《丘比特与常识》是阿诺德根据自己的小说《五镇的安娜》改编的剧本,1月末由戏剧社在伦敦表演两场,他们唯一能参加的那一场和剑桥大学费边社的公开会议——他之前已经差不多答应去参加了——在时间上有冲突。他想去看那出戏剧,既是出于职业考量,也是出于个人原因,因为他和阿诺德有一个存在已久却尚未实现的计划,那就是合作创作一部原创戏剧作品,可是对于退出剑桥的公开会议,他还是感到有一点内疚——不,也不完全是内疚,而是为此感到遗憾,他不愿意看到安珀对他失望,所以他在短时间内接连给安珀寄了两封信,以此作为补偿,这才有了现在收到的这封回信,信里意犹未尽地想要索取更多,还逗引人地暗示他没来参会都错过了什么。本涅特的戏剧赏心悦目,可是没有什么事能和亲耳听到安珀发表革命性的演说相提并论。

收到她的来信使他整个上午都思绪纷乱,但是接下来的第二封信是另一个剑桥大学的人寄来的,这封信让他平静了下来。"这可真是太巧了。"他一边迅速浏览那封信,一边对简说,"我在剑桥的时候遇见过一个年轻人,他叫鲁伯特·布鲁克,也是安珀在费边社的一个朋友,他邀请我去他在国王学院的宿舍里跟一群人聊聊天、谈谈话。据说布鲁克是个很有前途的诗人,不过那个小伙子看起来也确实挺有才华的。我想我可能得去一趟。"

"你能抽出时间吗?"简问道。

"这些年轻人值得我这么做。他们是未来的希望。而且通过跟他们交流,我自己也能学到一些东西。"因此他答应了鲁伯特·布鲁克,并在提供给他的备选日期中选择了最早的那一个。几天之后,他又接到了一个类似的邀请,邀请人是彭布罗克学院的杰弗里·凯恩斯先生,这两个活动的时间刚好可以方便地衔接到一起,让他在剑桥多逗留几天。

和往常每次完成一本书后一样,此时他的头脑正处于一种既焦躁不安又亢奋的状态,他渴望用类似这样的活动来分分神。他好不容易才完成《托诺-邦盖》,或者说至少已经写到了结尾部分,他如此写下结束语:"*我已经从旁观者的角度来审视自己,从旁观者的角度来审视我的祖国——不抱任何幻想。我们开始又结束。我们是开始又结束的一切。*"简正忙着把最后一章打成定稿。从头到尾读过一遍后,他发现有一些地方将会需要重写,重写后又需要再打,但这本书基本上已经完成了。《托诺-邦盖》将会在一个新创办的文学杂志上连载,杂志暂时定名为《英语评论》,这个杂志是他、休弗,还有康拉德共同策划的,他打算在里面投一些钱,换取一定的利润分红。杂志的理念是为真正的"现代"新作品提供一个平台,而且休弗有文学鉴赏力,也有一些关系和门路,能把杂志办成功。《托诺-邦盖》是一部充满野心的实验性作品,而且作为作者的他声名显赫,拥有大批追随者,因此大家一致认为,将《托诺-邦盖》刊登到杂志的创刊号上,将会是最理想的选择。他一直在思考自己的下一部小说,它可能会以一年前自己头脑中隐约出现的那个想法为主题,即一个年轻女子,不顾父母和社会的反对,敢于坚持自己的独立性。他打算在小说中加入当前关注的热门话题——妇女争取选举权运动——这一运动最近转向了更激进、更具战斗性的方向,但是这个构思仍然只是暂时的,还停留在他的笔记上。与此同时,他还忙着把自己去年秋天在剑桥做的一系列演讲扩充为《首要之事和最终之事》。

当去了剑桥后,他又见了安珀好几次,发现她比以前更迷人了。她聪明,表达清晰,而且漂亮,但他最欣赏的是她的无畏——这恰恰是他头脑中所想的自己下一部小说女主人公的性格特征。她质疑一切,从不把任何事情看作理所当然,这自然会让那些代人尽父母职责的人对她充满警觉。在此次剑桥之行的最后一天下午,他去了纽纳姆学院看望安珀,还被介绍给了安珀的导师简·哈里森小姐,正是她把安珀的论文传给了吉尔伯特·默里。"我们对安珀的评价都很高。"趁着安珀听不见的时候,她悄悄地对他说,"可是我们都希望她别这么固执任性。天使畏惧处,愚人敢闯入,[1]她总是胆大妄为,近乎愚人的程度。""可她不是个愚人。"他冒昧地说了一句。"是啊,她确实不是,是我这句谚语用得不够严谨了。"她有

---

[1] 此谚语出自亚历山大·蒲柏的《论批评》一书。

点不好意思,"我们都希望安珀能拿到双优荣誉学位[1],她当之无愧。"

聪明的学生为了避免显得狂妄自大,通常有一套惯用说辞,他们极不赞成别人表现出对成功的渴望。安珀自己却并不使用这套话术。相反,安珀说如果她没有在自己的二级考试中拿到第一名,她就要跳剑河自杀。她在纽纳姆学院向人介绍说,他是自己家的老朋友了,所以被允许在自己的宿舍里招待他喝茶。她住在克拉夫宿舍楼,虽然比本·基灵住的地方小,却明亮舒适,屋内饰有印花棉布窗帘和印有花卉图案的墙纸。地上到处堆着书和杂志,墙上贴着社会主义者的海报。她让他坐在装有软垫的扶手椅上,自己则蹲坐在火炉旁的皮革坐垫上,以便就着炉火烤插在叉子上的英格兰松糕。

"为什么拿第一名对你来说那么重要?"他问道。

"一部分是出于虚荣心,另一部分是想气气那些男人。"她说,"但也是因为我想在伦敦经济学院做研究生研究。"她头脑中有一个有趣的论文选题,即社会服务的动机问题:有一些人选择在地方政府和国家部门、贫穷救济、公共卫生等类似的机关或领域工作,他们的动机是什么?是出于理想主义精神,还是出于专业素养的考量?他们是不是受了理想社会愿景的驱使,或是出于现实关怀,想要改善广大民众的生活状况?她想探讨的这些问题,对费边社而言是非常深刻和犀利的,充满诸多富有吸引力的可能性,涉及道德、心理学,还有哲学。

---

[1] 双优荣誉学位,Double First,英国大学中两门学科优等成绩。

"你读过威廉·詹姆斯最新的那本书吗,就是那本《实用主义》?"他问。

"没有,但我真的很想读。"她热切地说,"我特别喜欢席勒[1]的那本《人文主义研究》,席勒本人就非常崇拜詹姆斯。"

他对费·坎·斯·席勒的作品很熟悉,席勒是牛津大学的教师,当他在1903年去牛津大学哲学学会宣读论文时,还见过席勒。因此,对于安珀提到的席勒那本书,他能轻而易举地侃侃而谈。"嗯,他们二人有许多共同之处。但'人文主义'已经是一个被过度使用和滥用的词了,以至于我并不觉得它适合用在席勒的书里。詹姆斯的'实用主义'倒是更为明晰。"

"跟我仔细说说吧。"她把烤叉放到一边,全神贯注地听他说话。

"好,威廉·詹姆斯在作品第一章中做了一个有意思的区分,他区分了'刚性的'和'柔性的'。这个区分也许对你分析'动机问题'是个有用的工具。"

安珀笑了起来,"这听起来可不像是哲学语言!"

"可这正是我喜欢威廉·詹姆斯的地方——他用日常的语言来解释很难懂的概念,让它们变得容易理解。"

"不像他的弟弟——用很难懂的语言来解释日常的概念,让它们变得不易理解。"安珀说。

他大笑,"非常好!阿诺德·本涅特会同意你的观点。你读过很多詹姆斯的书吗——我是说亨利·詹姆斯?"

---

[1] 席勒(Schiller Ferdinand Canning Scoot, 1864—1937),英国哲学家,实用主义的代表人物。

"不是很多,我不得不承认。"她说,"当我还是个小女孩的时候,我喜欢《黛西·米勒》,还有他的其他一些作品,可是我试着读过《鸽翼》,读到一半就放弃了。"

"真可惜——那本书的最后一部分是最精彩的。但是必须承认,它确实有冗长乏味的部分。"

"对我来说它好像太冗长乏味了。"她说,"我更喜欢你的小说。一旦开始读你的小说,就根本停不下来。"

"噢,谢谢你,安珀。"他说,"但是就像我跟阿诺德说过的一样,《鸽翼》里有我做不到的东西,可是他却能做到。"

"问题是,这样做值得吗?"

"噢,当然了,你说的这个问题一直都存在。只有后人才能给出明确的答案。但是关于《实用主义》……"

他概述了詹姆斯对两种基本类型的心理结构所作的区分,她专心地听着。"柔性的"是理性主义的、唯心主义的、乐观主义的、有宗教信仰的、一元论的、武断论的。"刚性的"是经验主义的、唯物主义的、悲观主义的、无宗教信仰的、多元论的、怀疑论的。唯心主义哲学家和基督教的护教者是典型的柔性的人。科学家和工程师是刚性的人。"你也许会发现,你可以用这种方法来给从事社会服务的人分类。"他总结道。

"嗯,我能看出来,这种方法也许会有用。"她若有所思地说,"谢谢你。可你是哪种类型的人呢?"

"这个嘛,基本上是刚性的。大多数受过科学教育的人都属于这一类。可关键问题是,两种类型都各有缺陷。正如詹姆斯所说——他说的也特别有道理——近来柔性正处于不利境地,这主要是因为达尔文主义和自然科学的进步。但是仅仅只有刚性的存在,最终会导向纯粹的唯物主义,这不符合人文精神,因为它最终只会导致死亡——个体的死亡,从长远来看,也会导致地球的毁灭。如此一来便没有了希望。柔性给人类提供了一种,甚至几种形式的超越——上帝、绝对精神、个体的不朽……"

"但是你说的这些概念都没有逻辑基础。"安珀反对道。

"确实。可我们不能因此就忽略它们。必须存在一些非物质主义的观念,以使生活充满意义,有方向,充满希望。詹姆斯说实用主义并不从抽象上判断一个思想的价值,而是以这一思想可能产生的实际效果为判断标准。比如,它是否有助于改善人类的生活?社会主义就成功通过了实用主义的检验。"

"它既是刚性的,也是柔性的?"

"完全正确。"

"你说的这些都太有意思了。很明显,我必须尽快读一读《实用主义》了。"安珀说。

"我希望沃拉斯能在伦敦经济学院好好教教你。"他说。

"我跟他说过我的选题想法,是在一次圣诞节聚会上说的,可他觉得对于一个像我这样的年轻女孩来说,这个选题有点儿野心太大了。所以我需要拿到第一名,以便真正打动他。"

"嗯,我会告诉他,我有多被打动,我现在已经被你打动了。"他说。

她脸红了,垂下眼,他们陷入了沉默,房间内突然充满暧昧的感觉。他开口打破沉默,说自己认识一个卫生部的官员,名叫麦卡雷卡,如果她以后做研究的话,此人将会是一个很好的信息来源,届时他会介绍她和麦卡雷卡联系。"谢谢你,H.G.!"她说着抬起又大又黑的眼睛看着他,然后微微一笑,恢复了镇定,"你真好。"

晚上返回伦敦时,他透过火车车窗上自己脸庞的模糊投影,凝视着窗外剑桥郡隐约可见的平原,同时也在回味那一刻他们二人之间紧张的沉默。毫无疑问,那个女孩爱上他了;问题是,他是否也爱上了她。目前他的性生活正处于休眠期——这出人意料,因为他刚完成了一个像《托诺-邦盖》这样的大项目,通常情况下他会用性来发泄多余的精力。但他和瓦奥莱特·亨特的恋情结束了。她和休弗在一起了,据大家说,他们俩是认真的,相当讽刺的是,他们之所以在一起,某种程度上也有他的原因。那时她给他看了一些自己写的短篇小说,他觉得写得相当不错,比她的长篇小说更真诚,而且没那么冗长啰唆,他建议她把这些短篇小说发给休弗,以便刊登在《英语评论》上。休弗很喜欢这些小说,他们见面了,现在他们明显都迷上了对方,并且想要结婚。遗憾的是,休弗家中已经有了一个妻子,他们夫妻之间关系很疏远。但是毫无疑问,船到桥头自然直。他希望他们可以幸福。对瓦奥莱特,他没有嫉妒,也不觉得遗憾,因为他们的恋情已经自然而然地走到了尽头。所以,关于女伴这个问题,他现在正处于空窗期。他也会偶然碰到发展新的露水之爱的机会,可不知道为什么,他并没有深入发展下去的冲动。每当他朝那个方面想的时候,安珀的形象就会突然闯进他的脑海——安珀和自己的朋友们笑着、争论着、手还一边比画着,安珀跪在黑桃别墅游戏室的地板上,和男孩子们为玩具士兵搭建堡垒,或是安珀安静地专心读一本书,完全没意识到有人在注视着自己。现在,他的脑海里会出现另一幅画面:安珀手里拿着一把烤叉蹲坐在火炉旁,口中谈论着哲学。如果说他现在尚未爱上安珀,那么他无疑已经徘徊在坠入爱河的边缘了。

他回到家后,安珀很快就写信来,信中说到自己有多喜欢他们在她房间内的那次谈话,还说到她是多么感激他的支持和鼓励。他在此次回信中,以及后来的一系列信件中,都一本正经地克制持重,坚持以一副慈爱导师的口吻关心她,而且他还极力抵制诱惑,不让自己找新的借口去剑桥。相反,他让自己暂时重新投入费边社的政治事务中。3月份时,他和简都再度被选入执委会,这非常出乎他的意料,因为在过去一年里他几乎不出席任何会议。但是普通的费边社社员并不知道此事,有相当多的社员明显仍然视他为自己的代言人。他觉得自己有义务对他们的忠诚负责,因此再次着手社章的修订工作,社章已经经过多次讨论研究了,可当前却毫无新意。社章与其原本的形式相比,除去添加了关于给妇女平等公民权的条款,仍然没有什么改变。新条款是去年9月份通过的,主要归功于莫德·里夫斯的努力,而他、萧,还有韦伯三人所组成的小组委员会一年前承担了修订社章的任务,至今却一事无成。因此,他找出文件,马上写出另一版草案,他对这份草案颇为满意,接着就发给了自己的两位同事——萧和韦伯,结果却只得到他们二人轻蔑的回复,说他们在这份文件中看到太多自己不赞同的地方,但他们现在正忙着处理其他事务——韦伯正忙着处理济贫法改革的事——没时间充分回应他。他愤怒地给韦伯写了回信,信中言辞激烈,"你们两个是我见过的最让人无法忍受的利己主义者,我没见过像你们一样狭隘、多疑,又碍事的人",韦伯显然把这封信给萧看了,萧以一贯屈尊俯就的姿态对他进行讽刺性说教,以此声援韦伯,"这是公共生活的艺术,对于这门艺术,你并不像在私生活艺术上一样精通和娴熟"。这次通信让他恨不得自己从没参加过执委会的改选。他真的受够了,完全受够了,受够了被老帮这样对待,他们对待他就像对待教室后排有潜质却充满破坏性的小学生。他下定决心要从费边社辞职,但他会选一个适当的时机,不会让自己看起来好像只是在生闷气似的。

4月初,简收到莫德·里夫斯的来信,信中说她很担心安珀,因为安珀复活节假期在家时,对即将到来的考试表现出很紧张的样子,吃不下也睡不好。"我觉得自己应该多照顾她,可问题是,为了妇女选举权运动,我有很多演讲活动,需要在全国四处奔波,经常一走就是好几天,当然啦,威尔[1]也总是忙于自己的工作。我知道,安珀喜欢跟你和威尔斯待在一起——圣诞节拜访了你们之后,她一直特别高兴——我想试着问问,你们愿不愿意再收留她几天?我相信,海边的空气和你们的陪伴,一定对她大有好处。"

"我该怎么说?"简把信递给他看时问道。

"自然是要邀请安珀来。"他回答道,"让她想住多久就住多久,

---

[1] 威尔:威廉的简称。

随她喜欢。咱们家孩子会很开心的。"

"那你呢，H.G.？"

"噢，当然啦，每次见到安珀，我都很高兴。你也是吧？我猜的。"

"嗯，我也是。我很喜欢安珀。如果我有个女儿，我会希望她像安珀一样。"

"那好啊！让她来吧——每个人都会很开心的。"

* * *

安珀到了黑桃别墅后，丝毫没有表现出她母亲所说的神经衰弱的迹象。她吃得津津有味，睡得也很香，和往常一样充满活力。早上，当他工作时，她"复习"；中午，她跟他一起去散步，针对此事，她跟简说，这即使不比复习的效果好，也至少跟复习的效果差不多，因为他们谈论的是书籍，交流的是思想。可实际上，随着日子一天天过去，他们之间的交谈变得越来越私人化，越来越亲密。她跟他聊自己的童年，告诉他，那时候在新西兰过惯了户外生活的她有多讨厌伦敦——"没有自由，没有海滩，只有街道，还有街道上沾满煤烟的砖房"，她还跟他描述了自己的家庭生活——无论在生理上还是在情感上都出乎意料地缺乏温暖。生理上缺乏温暖是因为莫德和彭伯在年轻时都曾属于基督教科学派[1]，他们从未彻底放弃

---

[1] 基督教科学派（Christian Scientists），是美国新英格兰的一位妇女艾迪于19世纪创立的教派，该派认为物质是虚幻的，疾病只能靠调整精神来治疗，并称此为基督教的科学。

这一信仰,坚信精神的力量胜过物质,因此整个冬天,即使家庭成员中有人感冒了,他们都还开着家里的窗户,而且当她和姐姐第一次来月经时,包括之后每一次处于经期时,父母都不会给她们任何特殊照顾或疼爱;相反,还要求她们寒暑不误地出去长时间散步,以保持精神焕发的状态。安珀毫不尴尬地跟他说起这些事时,瞥了他一眼,看他是否为此而震惊——他当然没有;但他被安珀表现出的直率,以及对他的信任打动了。

他们沿着海滩走,鹅卵石在脚下发出嘎吱嘎吱的声音。安珀边走边继续回忆往事。莫德对妇女权利事业的奉献与投入,显然并未使她成为一个仁慈的母亲。"有一次我抱怨她不是真的爱我,她打了我一耳光,还说比起过分关心一个没良心的孩子,她还有更重要的事要做。虽然在妇女权益的问题上,她有很多进步思想和先进观念,可对于我和贝里尔在成长中遇到的种种问题,她从来都不管。她羞于对我们中的任何一个人谈论性——她觉得我们能自由出入父亲的书房,在那里能查到任何我们想知道的东西,这就已经足够了。"

"那你查了吗?"

"噢,嗯,我当然查了。可是百科全书和医学教科书里能告诉你的也就只有这么多。"

她停下来,转头去看一群骚动的海鸥,它们凌空翱翔,接着又向什么东西俯冲过去,也许是海里的鱼群。

"那些书不告诉你什么是爱。"她说,"它们也不告诉你什么是欲望。"

"是啊,想了解爱和欲望,你得去小说里找。"他说。

"可是对于那些你真正想知道的事,小说家并不会在书里告诉你——社会不允许他们写那些。"

"确实。"他说,"到头来你必须自己去探索和发现。"

"我也想呀。"她说,"可那太难了。"

说话时,他们都不敢看对方的眼睛。他们之间的关系就像一只碗,这只碗被缓缓注入未确认的感情,直到现在,碗被注满——表面张力已经凸起,只需要一滴水就会使一切都不可抵挡地溢出来。

情感满溢的时刻于两天后到来,实际上那是在他们两人单独在黑桃别墅相处时发生的。罗宾斯夫人身体不舒服,简去普特尼探望她,当晚在那边过夜,留下他、安珀,还有用人们一起照顾两个男孩。安珀热情地投入代理母亲的角色中,这让两个男孩非常高兴。两个男孩玩耍过后,吃了饭,洗了澡,被送上床,安珀给他们读了睡前故事,并给了他们晚安吻,之后她回到起居室。可是这时她却变得闷不作声,心事重重。那是一个温和的春日傍晚,他建议他们在吃晚饭前去花园走走。他们在草坪上来回散步,然后在花园的长椅上坐了下来,长椅就在花园小书房外。他们坐着俯瞰大海,夕阳洒下橙色的余晖,海面波光潋滟。他谈论起奥尔特灵厄姆的补缺选举问题,他从早上开始就一直在想这个问题。温斯顿·丘吉尔最近以自由党人的身份被任命为商务大臣,按照议会的规定,温斯顿·丘吉尔需要参加补缺选举[1]。丘吉尔有两个对手，一个是保守党的乔因森-希克斯，此人也是他本人的敌人——去年他们因为《彗星来临》发生了笔墨官司；还有一个是社会党的候选人欧文，此人是工人运动中的一个极端分子，由社会民主党支持。欧文没什么希望当选，可他会分散改革派的选票。他打算给奥尔特灵厄姆的全体选民写一封公开信，力请社会主义者们为丘吉尔投票，从长远来看这是推动社会主义事业的最佳途径。他想听听安珀的看法，因为他的这个计划很可能在费边社激起争论，在议会选举的问题上，费边社的官方政策一向是支持所有的社会党候选人。在通常情况下，这类问题会勾起她强烈的兴趣，但今天面对他的阐述，她的反应却不太热情，她一直心不在焉，一副烦闷无聊的样子。"你怎么了，安珀。"他说，"今晚你好像有点不对劲。"

"是吗？"她说。

"是啊。是不是因为你很快就得回家了？"

"没有啦，不全是因为这个。"她说。

"那就是因为你担心那些考试？你真的不用担心。"

"没有。"她说，"我根本不关心那些破考试。"

他凭直觉知道她说的话是什么意思，可还是勉强挤出笑来，笑声中充满不解。"嗯，不担心考试，这是个转变！那你在担心什么呢？"

长时间的沉默后，她看也不看他，小声说："如果你真想知道

---

[1] 1707年摄政法作出一项规定，非全国大选时当选的议员要升任大臣，必须辞去议员，参加补缺选举，重新当选议员后才能就职。

的话,我爱上了一个人。"

"我明白了。"经历更长时间的沉默后,他说:"你爱上谁了?"

"当然是你了!是你!"她转过身搂住他的脖子,在他怀里啜泣。

他把她轻轻抱在怀里,第一次将她的身体贴近自己,感受着薄薄的裙子下她的体温。"你为什么哭呢,安珀?"

她的脸还埋在他的衬衫前襟,她隐隐约约地说:"因为我爱你,可你不爱我。"

"可是我真的爱你啊,安珀。"他说。

"你的意思是,像父亲爱女儿一样……"她嘟哝着说。

"不是,是恋人之间的那种爱。"

她坐起来盯着他,"你真的这样想吗?"

他吻了她,以此作为回答。

"我是在做梦吗?"睁开眼时,她说。

"不是。"他说,接着又吻了她。

"可是简怎么办?"她说,"你爱简。"

"是啊,我爱简,简也爱我,但爱有很多种,安珀。你读过《现代乌托邦》,也读过《彗星来临》,你知道我对性关系的看法,它是自由的、健康的,能提升生命价值的。简也有同样的想法。"

"你的意思是……她不会介意?"

"她不会介意的。"他说。

话虽如此,在简不在家且不知情时,在简自己的家里跟安珀发生关系,对此他还是心存顾虑。因此,他向安珀提议,他们晚上就只在床上一起裸睡，不做爱，以此作为一种订婚仪式。"如果之后你自己决定不想再和我进一步发展，那你必须得告诉我，我会理解你的。"他说。"噢，我肯定不会的。"她说，"但我觉得你这个主意太妙了。它太……太……太好了！"

当家里的女佣上床睡觉，而且确定已经睡熟后，他去了她的房间。安珀在一片漆黑中等待他，她全无睡意，浑身赤裸地躺在被单下。他们紧紧相拥着躺在对方怀里，像盲人一样探索和轻轻抚摸对方的身体。这种体验和经历充满情欲。"那是你的……"安珀低声说。"那是……大自然和水利工程学的奇迹之一。"她说，"它会弄疼我吗？我是说当你……""第一次可能会有点儿疼。"他说。"反正我不介意。"她说，"我想让它进入我，我想让你进入我。"在他年轻的时候，即使是为了避免令人尴尬的过早射精，他也会控制不住自己，马上就满足她的愿望，但在四十一岁的年纪，他已经有办法控制自己的性反应。"我也想啊，亲爱的。"他说。"但是如果我们耐心等待，等到它真正发生时，一定会更美妙。"

几天后，在苏活一间出租房的床上，那一切都发生了，他们每动一下，那张床就嘎吱作响，但肮脏破旧的环境并没影响到他们。安珀真是个妙人儿。日光穿过薄薄的窗帘渗入屋内，在斑驳的阳光下，她的身体极其迷人，就像他在黑桃别墅的黑暗中触摸她时所感觉到的一样，曲线优美，身体柔软，毛发之黑更衬托出她奶白色的肌肤。当他插入她的身体时，她发出叫喊，声音中混合着疼痛和喜悦，而当他刚发泄完，安珀马上就想再做一次。他笑她不懂男人的生理机制。"恐怕以我现在的年纪——其实在任何年龄段都是——要再做一次,都需要先休息一会儿。"他说,"我们现在先睡觉吧。"睡醒后,他们以一种更从容的方式又做了一次,这次安珀有了一个相当强烈的高潮。当他们满足而快乐地并排躺在床上时,他对她说,"你有爱的天赋,安珀。"他说这句话时不含丝毫的奉承。

"叫我杜莎。"她说,"我的密友都叫我杜莎。"

"好——杜莎。我爱你美杜莎似的毛发——上下两处都爱。"他边说边抚摸着,她咯咯笑起来。"那你叫我什么?在床上叫我'H.G.'听起来有点儿太正式了。"

"我叫你'大师'。"她说,"就像年轻的武士称呼他们的老师一样,你喜欢这个称呼吗,大师?"

他转过来亲吻她,以此作为回答。他很喜欢这个称呼!这个词从她嘴唇上飘出来,足以让他……再次生龙活虎。

在她剩余的复活节假期里,他们抓紧一切机会在苏活的出租屋见面,然后快活地做爱,而且当她返回剑桥为夏季学期做准备时,幸运女神给他提供了一个完美的借口去剑桥见她。为了向西德尼·奥利维尔爵士(他现在已经被任命为牙买加总督)表示敬意,本·基灵举办了一场非正式晚宴,西德尼·奥利维尔爵士此次在妻子及两个年长女儿的陪同下前来,两个女儿中的一位——玛姬芮就在纽纳姆学院,她也是安珀的朋友。他和安珀都被邀请参加此次活动,他准备陪安珀一起前去。在刚好喝下午茶的时候,他到达纽纳姆学院,利用自己在学院的可信地位,进入了安珀位于克劳夫宿舍楼的宿舍,在那里占有了他的小情人。宿舍的窗户还开着,他用手阻住她口中发出的销魂呻吟，以免那声音传到路过楼梯或身处窗下花园中的小处女和老处女们的耳朵里。"咬着我的手，咬住我。"他低声说，她照他说的做了；几个小时后，在为奥利维尔一家举办的非正式晚宴上，如果有人仔细看，就会发现他拇指附近的齿痕依然清晰可辨。他们两个迟到了，等他们到场时晚宴已经开始，迎接他们的是一阵欢呼声，但也有少许责难之声，那是因为他写给奥尔特灵厄姆全体选民的那封公开信，信最近发表了，他不得不为自己辩护。所有的座位都坐满了，所以他和安珀一起坐在窗台上，餐盘就放在腿上。到目前为止，每次他出现在剑桥都是由安珀陪同，因此他们一同到场并未引起疑惑。只有奥利维尔在与他目光交汇时，带着问询和一丝告诫的意味打量着他。

第二天，他去了道德科学学会听安珀宣读论文，她在论文中详尽阐述了自己最喜欢的哲学家席勒的观点，质疑了一个逻辑上的推论——"A要么是B，要么不是B"。其实在现实生活中，任何事情都不是永恒不变的。A总是或者多于B，或者少于B，反之亦然。只不过人类的大脑在认识一个事物时，需要使其保持片刻的静止。他带着欣赏之情全神贯注地听着，同时也为自己能够占有这个绝世佳人而感到得意，她能如此轻易地从对感官享受的沉溺中抽离出来，投入到对认识论问题的透彻分析中。会议结束后她陪他去火车站赶火车，在等待火车进站时，他们在站台上来回踱步，站台就像一根长长的手指，指向伦敦的方向，他们好不容易才抵制住想要挽着对方的手臂或牵手的诱惑，以防被别人看见。

"我们什么时候能再见面呢，大师？"她说。

每一次她说出"大师",这两个字都像是一剂镇痛膏,抚慰他的灵魂,可她问的问题确实让他烦恼。"我不知道,杜莎。"他说,"我不能总是突然出现在剑桥,那一定会引起别人的怀疑。而且不管怎么说,你还得复习你的二级考试呢。"

"我宁愿和你一起复习,也不想待在这儿。"她说。说完她沉思了几分钟想出一个计划。学校不会再给快要考试的学生安排讲座和课程,学生们都自由地自行准备。"结果就是,每年的这个时候,纽纳姆学院就像个精神疗养院似的,女生们都疯了,她们紧张焦虑,劳累过度,到处都是神经崩溃的人……这种坏情绪会传染人。我轻易就能说服我爸妈,说我最好离开学校独自复习,就在某个乡下的小屋里。到时候你就能去那儿见我了。"

"好,这个办法值得一试。"他说。

在他看来里夫斯夫妇不太可能同意,但是当他回到家后,发现了一封来自麦克米兰的信,信中以他开出的预付款价格接受了《托诺-邦盖》,他觉得幸运女神很眷顾他,安珀的小计谋可能会成功。他跟简说自己正考虑离开家几周,开始写新小说。

"安珀会跟你一起吗?"简问。

这是他们两人中第一次有人公开承认他和安珀的恋情,尽管简已经清楚地感觉到,在自己4月份回家探望母亲时,他和安珀就已经确立了关系。"我希望她能跟我在一起。"他说。

"她不是应该正在备考吗?"

"噢,你问到点子上了。"他把安珀要用来对付父母的理由跟简重复了一遍,"我会写我的新书,她会复习她的考试。"简看起来持怀疑态度,他又补充了几句:"这样一来她会更能集中精力复习,简。她已经完完全全爱上我了。说老实话,我也是。"

"我知道,"简叹了口气说道,"我预料到会是这样。我也知道我做什么都阻止不了。"

"你为什么想阻止呢?她是个可爱的女孩子。你喜欢她。她很崇拜你。她不会做任何伤害你的事。她也完全明白,这件事不会影响到我们的婚姻。"

"莫德的信让我觉得我们背叛了他们的信任。"

"瞎说!你指的是'活菩萨'那封?"安珀从桑德盖特回到家中后,莫德寄来一封很夸张的感谢信:"非常感谢你们对安珀的厚待。我觉得她现在好多了。她非常喜欢你们,回来之后嘴里只有你们俩。她已经精神饱满,而且自信十足地去剑桥了。我希望她能得偿所愿,亲爱的小人儿。对这些年轻人而言,你们俩真是活菩萨。"

"对,就是那封。"

"又不是我们俩主动把安珀请来以便我勾引她的,是莫德自己问我们能不能让安珀来的——毫无疑问那是安珀自己撺掇她干的。亲爱的,安珀的举动就像 1893 年的你一样,那时候你邀请伊莎贝尔和我去普特尼共度周末。她爱上了一个男人,然后就去追求他。"

"也不完全一样吧,"简说,"那时候伊莎贝尔可没准备和我分享你。那时候我也没这种打算。"

"所以我们才有那么多痛苦。"他说,"从那次之后我们就变得成熟了。我们克制住了自己的嫉妒。"

简思虑片刻，随后耸肩表示默许。"好吧……只是你要小心，H.G.。答应我，你会非常、非常小心。"

"我答应你，"他拥抱并亲吻了她，"你、我，还有安珀，咱们三个是与众不同的人。我们能把这件事做得很好。"

第二天早晨他醒得很早，在夏日晨曦的照耀下，走去棚斋里写作。他完成了《首要之事和最终之事》中关于性和婚姻的一章。他写道：

> 寻常的文明开化的女人和寻常的文明开化的男人都执着于一个念头，即遇到并占有一个特殊的亲密的人，一个特别的排他的爱人，这个爱人必须独属于他，无论任何性别的第三者，只要与这对男女产生联系，就必然带来一种无法容忍的感觉——这对男女之间的私密感、信任感以及占有关系全被毁了。但不能因此就取消这样一种可能性，即在某些地方，存在一些与众不同的人，他们能做到保持——在此我自造一个词汇——三角互爱关系。我们可能会觉得他们是不明智的，行不通的，也永远不会被接受，可是我不明白，如果这三个人出于自由选择，想要实行三角互爱关系，我们为什么要禁绝，或者去憎恨和敌视他们。

安珀的计策成功了，如她所说，"像做梦一样"。正当埃平森林中一个虚构的小屋被虚构地租了一个星期，安珀和一个虚构的同学一起住在里面的时候，他们两个正住在滨海绍森德的一间出租房里，房子是他找的，滨海绍森德是伦敦东区一处令人愉悦的度假胜地，位于泰晤士河口，那里的女房东都很开明。他们两个都在早上工作，而且保证不说话。到了下午，如果天气不错的话，他们就带着书去海滩，或是游泳，或是谈论她打算在伦敦经济学院写的具有开拓性的论文。傍晚时分，他们再一起工作几个小时直到晚餐时间，然后一起去附近的咖啡店或餐馆吃饭，之后就回去睡觉。他们住在此地期间每晚都做爱，最后一天的早上，到了要离开的时间，车比约定时间到达得早，他们的行李已经被搬下去装进车里，他们在楼梯平台上徘徊，彼此看着对方，眼中都闪烁着淫荡的光，于是二人返回房间，迅速地做了最后一次爱。

当安珀回剑桥参加考试时，他们有一段时间没有做爱，之后到了等待考试成绩的时候，安珀可以偶尔自由地回伦敦。他在埃克尔斯顿广场租了一间客卧两用的房间，地址位于皮姆利科区，一个环境比苏活区宜人的地方，他们几乎每周都在这里见面，然后几乎整天都沉溺在肉欲之欢中，有时如果她能找到借口说服父母让自己在外留宿，他们晚上也会做爱。她是合他心意的性伴侣，坦然地享受性爱带来的生理释放，也喜欢用呻吟声表达自己在床上的快乐，而且他从她的拥抱中发现了她惊人的运动天赋，她将之归因于自己在剑桥时曾和其他自由解放的年轻女人一起参加日本教练的柔术课。当他们在乡间散步时，他欣喜地发现，她很认同他特殊的性癖好——他们在野外，在小树林里，在干草堆下，在教堂墓地，心血来潮，欲念涌动，当即就欢爱一番，有一次他们甚至在教堂的钟楼里做爱，这种随时被发现的危险为他们的欢爱——他常以通俗的说法称之为"犯罪"——增添了额外的情趣。

如果那真的是犯罪,他们似乎逃过了天谴,因为安珀在7月份拿到了双优荣誉学位,并因此得到剑桥内外知名人士的祝贺。快到7月末时,安珀又去了黑桃别墅,之所以挑选这个时间,也是为了能赶上他在家中招待威廉·詹姆斯。他早就提出要请威廉做客,这次威廉恰好带女儿佩吉去莱伊小镇看自己的弟弟。每当亲人来访,亨利总是不愿意和外人分享他们,也许是不喜欢让自己的亲人跟自己文学界的朋友们混在一起,以免他们会说出什么家族秘密,但亨利已经同意放哥哥和侄女出去住几天。"里夫斯小姐也会和我们一起,她和你女儿年纪相仿。"在写信给威廉·詹姆斯以确认到访事宜时,他写道,"她最近可是小有名气呢,因为她在剑桥大学道德科学荣誉学位考试的二级考试中拿了第一名。她有才华,又优雅,还精通黑格尔的哲学。"到了约定的日子,他带安珀一起乘租来的车去接威廉和他女儿。他们到达兰姆屋后,发现自己正赶上两兄弟间发生的滑稽争吵,亨利气得满脸通红,义愤填膺,威廉处于守势,却不思悔改。威廉发现自己很崇拜的作家吉·基·切斯特顿就住在亨利家隔壁,他无法克制自己的好奇心,于是在墙上支了一把梯子偷看邻居的花园,希望能看到《诺丁山的拿破仑》和《星期四人》的作者出来散步。这种令人震惊的失礼行为被亨利当场逮住,亨利马上要求园丁把梯子拿下来。"这样做非常不妥——威尔斯,请你告诉他,在英格兰窥探自己的邻居是完全不合规矩的。"

"我也没明目张胆地窥探啊,亨利。"威廉委婉地说,"我假装在修剪墙上的藤蔓——为了这个,我还专门给自己准备了修整枝条的剪刀。"

"可你不是个园丁,威廉。你是我的哥哥,是我的客人,你这样做不合适——我夸张点说,你这种行为是完全不能接受的——至少在这个国家里——一个绅士,居然去,啊,啊——去冒充园丁,就为了——为了,为了……"(亨利·詹姆斯努力寻找精准的措辞[1])"为了侵犯邻居的隐私。我说得对吧,威尔斯?"

"有的人可能会觉得这种行为有点古怪,但切斯特顿也许不会这么想,他自己本身就有很多怪癖。"他打圆场说,"你为什么不直接邀请吉·基过来呢?"

"因为我不认识他!到现在都没人介绍我们互相认识呢。"

再也没有比这个美国侨民更一丝不苟的传统英国礼仪捍卫者了。但发过脾气后,亨利·詹姆斯很快冷静下来,放威廉和佩吉跟他们走了。他们乘着租来的车出发,只见莱伊小镇外围的滨海大道上有个人离他们越来越近,看身型很明显是吉尔伯特·切斯特顿,他身材高大,一副发福的样子,穿得邋里邋遢,外套敞着,随风摆动,巴拿马帽下露出油腻的鬓发,他正和妻子外出散步。他停下车,做了一番介绍,最后在一片欢声笑语中,切斯特顿邀请威廉某天晚上去拜访他——"对了,也带上你弟弟"。之后他们继续前行,威廉很高兴能以这种亨利也不会有异议的方式结识切斯特顿。

虽然经历了这么多激动人心的事,安珀仍然保持着值得赞赏的沉着和优雅,但她还是为在一天之内见到如此多著名作家而激

---

[1] 原文为法语"le mot juste",最精准的措辞,或最恰当的词,这也是福楼拜的追求之一。

动不已。威廉对她很和蔼，就拿了双优荣誉学位的事向她表示祝贺，问了她关于研究生期间研究课题的事，还让她畅所欲言地谈论费·坎·斯·席勒的优点和局限。可怜的佩吉·詹姆斯在才华横溢的安珀面前多少显得有点黯然失色，这两个年轻女人在此次拜访期间也只是礼貌地维持表面的友谊。某种程度上佩吉也是品貌兼优——不过稍微有点羞怯内敛，她足够聪慧，却缺乏自信，而且寡言少语。他从威廉那里得知佩吉不久前患上了神经性疾病，就像她姑姑爱丽丝一样，爱丽丝是詹姆斯兄弟的妹妹，患有神经衰弱，大约十五年前去世了。尽管佩吉现在康复了，可她仍然缺乏活力与生机。她不游泳，也不打网球，她尝试着打羽毛球，结果却很令人尴尬。她饶有兴趣地看着安珀和男孩们玩"地板游戏"，却不加入进去。她真的是个十足消极和可怜的女孩，如果预测她未来的命运，几乎逃不过"老处女"这个词。把佩吉放在健康、自信、对生活充满欲望的安珀身边，看起来近乎残忍。

在那个夏天和秋天，安珀对他而言就是一个黄金女孩，是近乎神话中的造物，就像古希腊的众神，贪恋凡尘，从高高的奥林匹斯山下凡，伪装成人，或变成某种走兽或者飞鸟类，与人类欢好。她大概每周都会心甘情愿地向他献出自己的身体，他们纵情欢爱，要么在埃克尔斯顿广场的爱巢里，要么就在其他任何有机可乘之地。在他们约会的间隙里，因为头脑里回忆或期盼着这些充满激情的约会，他的工作就完成得更为出色。她不仅激发了他强烈的性欲，也激发了他在创作和才智上的野心。她叫他"大师"，但他希望某天她将不仅是他的学生,而是他的合作者。到时候,她就能为他的非虚构作品提供其通常所需要的哲学上的严谨性,她还能为他做社会调查——他没时间,也没耐心亲自去做。那年夏天她写了一篇短篇小说,讲的是一个年轻的妻子,沮丧地发现因为结婚而失去了多大的独立性,虽然他想助其出版的努力失败了,可在这种作品中能看出,她显然大有前途。他们将一起做一些大事。对他而言,他的事业、爱情和家庭生活似乎终于在他、安珀、简之间所形成的完美和谐中获得平衡。关键当然在于两个女人之间没有嫉妒,她们能相处得非常好。他们之间还有一种默契——当简也在黑桃别墅时,他就不会在那里和安珀做爱,而安珀自己也从不会挑战简在家庭中的主权,她会以不引人注目的方式使自己有用武之地。

有一次,他和安珀刚心满意足地做完爱,两人一起躺在埃克尔斯顿广场爱巢的床上,为他们所拥有的幸福而感到庆幸。这时,他问她,是什么促使她最终承认自己爱上了他,她的回答很有意思。"因为简那天不在,我们得一起照顾基普和弗兰克,我发现自己一天都处在简的位置上,我陪着你,吩咐家里的仆人做事,哄孩子睡觉,太多类似的事情……我突然探知到了自己的心意,如果我嫁给你,属于你,成为你日常生活的一部分,那一切会是什么样……但我知道,第二天简就会回来,过几天我也得回自己家,我不得不放弃拥有你的任何希望。因为我从没想过我和简能以不同的方式分别拥有你。所以我很绝望,在花园的时候,你开始说起温斯顿·丘吉尔,我就真的忍不了了,脱口而出我爱上你了。我还以为我们的关系会就此结束。""相反,那仅仅是我们关系的开始。"他说着吻了她。

他在新小说的女主人公身上加入了不少安珀的影子。年轻时候的凯瑟琳·罗宾斯也是他女主人公的来源之一,其在外貌上则有一点罗莎蒙德的影子,但当他写作时,安珀就出现在他的想象里,仿佛艺术家的模特一般。

> 安·维罗尼卡·斯坦利二十一岁半了。她有一头黑发,精巧的眉毛,肤色光洁明净;造物主在塑造她的五官时一定对自己的作品爱不释手,久久不舍得离去,遍遍打磨,使之如此精致、动人。她很苗条,有时她身姿挺拔,走起路来既轻盈,又欢腾,看起来总是一副状态极好的样子;有时她微微含胸,一副心事重重的模样。她嘴唇微抿,流露出的表情既像是在表达自己的满足感,又像是一抹极为微弱的笑影,她的举止矜持文静,可在这副假面背后,她充满怨愤与不满,渴望自由,渴望生机与活力。

他在小说中设计,让安·维罗尼卡追求个人解放的抗争比安珀·里夫斯更艰难。安珀在去纽纳姆学院前就已经获得了相当大程度的独立性,因为她的父亲整天忙公务,母亲持开明的女性主义原则,而一旦去了纽纳姆学院,安珀就充分利用离家远的便利,让自己更独立,更自由。维罗尼卡就没这么幸运了。她被父亲抚养长大,她父亲是个极其传统的鳏夫,维罗尼卡住在家里时,还要受姐姐的监视,她姐姐是个老处女,父亲和姐姐都阻碍她探索世界及探索与异性关系的脚步。她不得不遵从他们那种资产阶级的偏见和假正经,唯有反叛才能使她从这种令人窒息的生活中解放出来。在故事初期,安·维罗尼卡想去参加一个化装舞会,她父亲却以道德为由拒绝了她,维罗尼卡从郊区的家里逃了出来,在伦敦市中心租了一个房间,她在南肯辛顿的帝国理工学院报名学习生物学。正是在那里,她遇见了她的生物学老师凯普斯,并爱上了他。对于她的感情,凯普斯投桃报李,却心存犹豫,因为他有一个和自己关系疏远的妻子,即使他对妻子不忠,妻子还是不会和他离婚。在此期间,曼宁先生在追求她,此人是个软弱的蹩脚诗人,深受她父亲的喜欢,她拒绝了曼宁先生,同时还抵挡了拉梅奇先生的引诱,他是个花言巧语的浪荡子,狡猾地通过借给她钱资助她的学业来软化她。

在创造拉梅奇这个角色时,他很享受。从许多方面来说拉梅奇都是一个对他本人不利的自画像。这个中年男人"曾经历过许多女人,也曾有过许多撩人的、有趣的、难忘的风流韵事。每一桩韵事都有它的与众不同之处,都有它自己的妙处,都有它独有的新鲜感和独一无二的美。他不理解,怎么有人能忽视如此明显的乐趣,忽视这种对人性和潜在快乐的美妙探索,这些复杂又迷人的探险以真诚开始,最终会让我们收获最富激情的性爱关系。"要是有人深究起来,这段描写简直太像他为自己的风流成性做辩护时的说话风格了;但是通过将拉梅奇描绘成故事中的恶棍——他坑骗无辜的安·维罗尼卡——他旨在迷惑那些可能会试图将此书当成影射小说来读的读者。同时,他塑造了凯普斯这个角色——他在小说中真正的代理人——相对于拉梅奇而言,凯普斯以英雄的形象出现,他的品格更加高尚,更能为人所接受。为了进一步迷惑这类读者,他在书中加入了一个不重要的角色,此人是个知名作家,也是费边社中的善辩者,名为"威尔金斯",这个角色很明显会被认成是H.G.威尔斯。

安·维罗尼卡孤身一人在伦敦时,米尼弗小姐接受了她,此人是个热情的妇女参政论者,各种"进步"思想她都涉猎,但都只是浅尝辄止。米尼弗小姐向她介绍了很多不同团体——有费边主义者、托尔斯泰主义者、服饰改革和食物改革的拥护者,还有争取妇女选举权团体的成员们——可是当米尼弗小姐声称有先进思想的人都倾向于对爱"泛泛而论"时,安·维罗尼卡问她是不是不渴望男人的爱,这让米尼弗小姐十分震惊。

> 米尼弗小姐透过眼镜,几乎是恶狠狠地看着她的朋友。"不!"最终她说道,她声音里有某种东西让安·维罗尼卡想起装有弹簧的网球拍。"我还没遇到过一个能在才智上让我仰慕的男人。"
>
> "但如果你遇到了呢?"
>
> "我无法想象,"米尼弗小姐说,"而且一想到,一想到,"——她的声音低沉下去——"一想到那个恐怖又粗俗的东西!"
>
> "你说的'粗俗的东西'是指什么?"安·维罗尼卡问道。
>
> "我亲爱的小维!"她的声音变得非常低,"你不知道吗?"

"哦！我知道了。可你不觉得当谈到那个'粗俗的东西'时，我们有点儿胡说八道吗？我指的是我们所有女人。我们都自认为身体是丑陋的。可实际上身体是世界上最美的东西。"

"不。"米尼弗小姐几乎是拼命地叫喊起来，"你大错特错！我没料到你会这么想。身体，身体！它是可怕又可恶的东西！我们是属灵的。爱存在于更高维度上。"

这次交谈标志着米尼弗小姐对安·维罗尼卡的影响结束了。她发现，自己爱上凯普斯，其中有一部分在于他对她有一股强烈的身体吸引力。当凯普斯坐在显微镜前，"她开始注意他耳朵的轮廓，颈部的肌肉，他额前垂落的碎发的质感，还有他眼睑柔软又细微的曲线——这是除了额头她能看到的部分"，当她看着镜中一丝不挂的自己时，这些细节反过来让她意识到了自己的美和渴望。

截止到8月底，这些差不多就是他新作的全部进展了，但他已经规划好了余下部分：安·维罗尼卡投身于妇女争取选举权的激进运动中，导致自己被捕坐牢，她得出一个结论，自己并不真正属于这些可怜兮兮的女人，因为她们恨男人，可她并不这样。她不得不在父亲面前低声下气，以便逃脱拉梅奇先生的罗网，但她最终打消了凯普斯的顾虑，和他一起私奔，以此成功维护了自己的独立性。他的头脑中有一个非常清晰的小说场景，在这个场景中他将直言不讳，"你想要什么？"这时维罗尼卡会回答："我想要你！"接着，他们去瑞士的山区旅行——那儿也是他本人最喜欢的地方，一个能唤起快乐情感的地方——他们将在此地度过一个田园诗般的未获许可的蜜月。9月15日,为了激起麦克米兰看这部小说的欲望,他写信称这是"我写过最好的爱情故事"。

第二天,他终于从费边社辞职。通过安·维罗尼卡的视角去描述费边社(安·维罗尼卡在埃塞克斯会堂出席费边社的大型会议,她"为事情诡异的混合而感到震惊——一边是个人私心、琐碎狭隘,一边是毋庸置疑的理想主义奉献精神,二者诡异地混合在一起"),让他坚定了自己的想法,只要继续留在费边社工作,就必定会面对挫败和争执。这个决定的背后还隐含着一个想法,他觉得如果自己不再出席费边社的会议,不再混费边社的圈子,那么他和安珀的关系就更容易隐瞒下去。他写信给皮斯说,自己准备从执委会和费边社辞职,自己将继续而且仅仅作为费边社的一个订阅人而存在,继续接收与社团活动及社团出版物相关的资讯。他给出了辞职的主要原因,即社团拒绝将资助母亲这一条纳入社章中,不仅如此,他还谴责社团否决补偿私有财产所有者和资本所有者的原则,他认为这条原则对社会主义在英国的有序推进是非常必要的。这样一个使英国中产阶级转而支持社会主义的机会,他在信中写道,"却暴露了我们在理论上的分歧,在行动上的犹豫不决。现在我们必须寻找其他媒介和方法,去传播和阐述我们所有人心中都存有的集体主义思想。"他的辞职被欣然接受,他在桑德盖特几乎都能听见从克莱门特旅店里发出的如释重负的叹息声。可如果老帮的人知道他已经拟订出另一部新小说的写作方案,也许就不会那么高兴了,他的新小说是关于一个对费边主义彻底失望的男人,这个男人试图通过组织一批强大又有献身精神的领导精英——就像《现代乌托邦》中的武士一样,来实现社会变革。月末,他以井喷般的创造力完成了《安·维罗尼卡》,并将其发给麦克米兰。

11月中旬,麦克米兰回信说:"非常抱歉,经过非常慎重的考虑,我们实在没办法出版《安·维罗尼卡》。我倒是可以告诉你原因,但是据我所知,你一向很反感出版人对你的作品进行文学批评——我极力避免这样做。"他确信麦克米兰所谓原因绝不是文学批评性的,为了诱出无法出版的原因,他谦和温顺地回了一封信,说他真的非常愿意听听麦克米兰的批评,而且他相信那将使他获益匪浅。几天后,麦克米兰承认"《安·维罗尼卡》对我而言是一部写得很好的书,有很多吸引人之处,可是对于购买我们公司出版物的读者大众而言,故事情节的发展方式恐怕会招致他们极度的反感"。这种结果他并非全然没有预料——这部小说必然会引起争议,而麦克米兰从性格上讲又是一个谨慎保守的人——但此次书中的女主人公勇敢而真诚,而且书中并没有出现关于肉体激情的煽动性描写,他之前还一直希望这些可以打消出版人的疑虑。书被拒绝虽然令他失望,但并未动摇他对此书的信心,而且这种失望的情绪也并没持续多久。在同一天,他收到斯坦利·昂温的信,昂温刚刚加入他叔叔吉·费舍尔·昂温的公司,如昂温在信中所说,他正"有意于为未来做一些投资"。他想问问威尔斯先生是否还有一些没签给其他出版人的新书计划?威尔斯先生当然有,他很快就写了回信:"太好了,目前我手头差不多就有一本,你打算开什么条件来买它的版权(连载和单行本)?这个版权里包括美国、英国,还有殖民地的英文版。这本书将叫《安·维罗尼卡》。那将是一个现代女孩的爱情故事，这个女孩充满活力，去参加了妇女争取选举权运动，还和父母抗争。在今年年底之前我可以交给你一个可供商议的版本……"他继续夸耀自己最近出版的其他作品的不俗销量，还在信中展望了即将出版的《大空战》会带来的轰动和关注，最后他说："开一张1909年11月1日到期支付的1500英镑支票，《安·维罗尼卡》就归你了。我们无须代理人经手。"他总是喜欢亲自参与到版权问题的财务洽谈中（他母亲一直希望他能过上成功的从商生活，这也许就是这种生活的唯一迹象吧），他为自己在信中巧妙地操纵动词时态而感到得意，通过这种小把戏他对昂温隐瞒了一个事实——这部小说其实已经完成，而且还被其他出版人拒绝了。他并不认为这是什么严重的欺骗行为，也不为此而感到内疚；毕竟，这部小说还有很多可以添改之处。他的自我鼓吹很快为他赢来一份合同，合同中满足了他开出的全部条件。

费舍尔·昂温偶然抛来的橄榄枝及其后续之事，无论对他的职业还是私生活而言，都是他在相当长一段时间内所享有的最后一次纯粹的幸运——有一件事除外，他们不久之后就给两个男孩子找到了一位非常宝贵的家庭女教师，不过这也不能完全归功于运气，也是得益于简的判断力，她在伦敦从几位求职者中面试了玛蒂尔德·迈耶小姐。基普现在七岁，弗兰克五岁，他们的年龄已经足够大，不需要保姆杰西来照顾了，他们需要比他和简在繁忙生活的间隙中所能提供的更规律的教育管理方式，但他和简都不急着把孩子送到变化无常的英国私立学校去。他们还达成一个共识，应该鼓励孩子从小就学习外语，一旦孩子有能力做此事时，就是展开学习的最佳时机。迈耶小姐是瑞士人，法语和德语说得跟英语一样流利，她是胜任此事的最佳人选。迈耶小姐到了黑桃别墅后，被领进书房，书房里摆满了他的作品，相框里是他的照片，女仆从花园里把简请了过来，直到此时迈耶小姐才知道，给她提供这份工作的威尔斯太太，居然是这位知名作家的妻子。在此之前，迈耶小姐一直在博格诺一所沉闷枯燥的女子学校教书，她始终带着一种惊讶的表情，对自己能如此幸运地在他们家工作而感到难以置信。而且尽管迈耶小姐在相貌上无可挑剔，但对他而言，她完全缺乏性吸引力，这使得雇主和雇员之间能维持一种轻松舒适的关系。在她的教导下，两个男孩子的法语和德语水平突飞猛进，他们学得太快了，以至于她最大的担心是他们开始把这两种语言混合成一种自创的奇怪方言，但当他建议她一周只专门用一种语言和他们交流，隔一周再换另一种语言后，这个问题就解决了。

在此期间，随着休弗逐渐显露出自己毫无商业才能——不妥善记账、不及时回信、弄丢作者的手稿、出尔反尔——《英语评论》这个项目开始崩盘。幸运的是，他及时察觉到休弗的无能，取消了共同编辑的计划，撤出了投资，但他已经把《托诺-邦盖》的连载版权签给了休弗，作为回报，在相关期限内，他可以得到杂志利润的百分之二十。很明显，在休弗担任编辑期间，杂志无论如何都不可能盈利，杂志要想出版的话，只能依靠他跟有钱的朋友们贷款。推迟发行《英语评论》就意味着推迟出版单行本《托诺-邦盖》，因为必须确保连载版的第一期可以先于单行本而发行，最终，单行本的出版不得不推迟到新年。他本想以此书向人们宣告，自己应该被当作一流的纯文学小说家来认真对待，可这些挫折就像一朵不祥的乌云，笼罩在这部小说的前路上。而且还发生了一件更不利的事，那年秋天，阿诺德·本涅特终于写出了一部真正的杰作——《老妇谭》。

他们的友谊中总是存在一种竞争元素——两人都是极受欢迎的作家，都有着相当卑微的社会出身，总是不断被评论家相提并论和互相比较——他们设法通过对对方的作品做出令人愉快的评价以保持和平，二人之间的竞争关系因为那些并非总是真诚的赞美而得以缓和。但是这次，他没什么可批评的，他给本涅特新作的赞美十分真诚。"我今年也读到过一两本很好的书，但你这部作品是我今年读过的最好的，"他在给本涅特的信中写道，"而且我确信，即使你就此封笔，这部作品也将使你得到所有知名评论家的尊敬，虽然他们现在还得服用诸如宝宝水之类的药物呢。作品各方面都保持在一个如此高的水准之上，以致让人不知从何处开始夸起……而作品所体现的学识，所刻画的细节，所传达的精神！自始至终大作从未让人失望。"本涅特以其一贯简省且稍许隐晦的书信体风格写了回信："对于你的评价，我该说些什么来作为回答呢？看了你的信，万般情绪涌上我的心头！毫无疑问，你心中也必定百感交集，因为我很少见你写这样的信。"这倒是真的，他很努力地压抑自己的嫉妒去写那封信。他并未将同月出版的《大空战》视为那年出版的佳作之一，也不期待本涅特给出这样的评价。如他所愿，《大空战》销量不错，通俗小报上都给出了积极的评价，严肃报纸上对此书的评论有几分屈尊俯就的味道。《托诺-邦盖》是他本以为可以和《老妇谭》平分秋色的作品,他十分懊悔,自己居然让无能的休弗染指《托诺-邦盖》。

在充斥着不满情绪期间,他求助于自己生活中的两个女人,从她们身上寻求不同的安慰:和简在一起时,他可以数落休弗的罪过,他相信简能明白其中涉及的各种因素——财务、宣传报道、销量、批评接受——对于他的焦虑,简会和他共情;而安珀对出版事宜毫无经验,也不感兴趣,和安珀在一起时,他能在偶尔为之的激情性爱中得到解脱与释放。性爱的过程依然是美妙的,可是性爱所带来的贤者时间却是短暂的,而且性爱的美妙也无法掩盖这样一个事实,从安珀的随意交谈中可以发现,她的研究并未取得多大进展。她在伦敦经济学院注册读研,但这里的孤独生活和此前她在剑桥所享受的那种生活是截然不同的。在剑桥时,有安排周密的讲座与课程,丰富的课外活动,来自纽纳姆教职工的悉心看护与关爱,以及来自同侪的激励与支持。而现在,她住在家里,要么就独自在肯辛顿空旷阴冷的宅子里学习——她的父母和兄弟姐妹都出去追逐各自的事业了;要么就在大英博物馆的圆形阅览室里学习,在那里,支撑大圆顶的墙壁和走廊都立满了书,一卷卷重如铺路石的皮面精装馆藏目录呈同心圆状排列在地面中央,她周围的桌子都被勤奋的学者们占满了,他们专注地读书,起劲儿地做笔记,看他们那副样子就好像知道自己在干吗似的,这种氛围并没有激励到她,而是把她吓住了。她被分配给了一个导师——不是沃拉斯,而是伦纳德·特里劳尼·霍布浩思教授,此人颇有名气,最近当选伦敦经济学院社会学系系主任，但伦纳德对她的课题并没有真正产生兴趣，在课题的实施过程中，伦纳德也并未提供多少帮助。他让她先写出一稿大纲和首章样章来供他提意见和做评论，但她似乎无法沉下心来认真完成这项任务。

相反，她生活的主要兴趣完全聚焦于他们的恋情，而且她也没法做到完全保密。他理解她想向母亲吐露此事的渴望，也赞成她应该这么做，他相信莫德对女性自主的理论信念将会使她也这样对待自己的女儿——安珀已经二十一岁了，无论在法律上还是在道德上，她都是一个有自主权的行为主体。据安珀说，莫德被他们的事惊呆了，并为此事可能产生的后果而担忧害怕，但她还是把他们的关系当作一种既定事实[1]不情不愿地接受了，她帮助安珀瞒着她父亲彭伯·里夫斯，毫无疑问，她希望不等彭伯·里夫斯知晓，一切就会结束。老实说，虽然莫德不愿承认自己对此事知情，可要是没有莫德帮忙瞒着安珀的行踪，他们很难不引起里夫斯的怀疑。在极少的场合下，他们出席同一聚会，莫德对他礼貌友好，却谨慎地避免提及私密话题的机会，简也有同样的经历。"倒不是说我想和她促膝长谈。"有一次当他们离开此类聚会时，简对他说道，"其实我更害怕她骂我——大多数母亲在这种情况下都会这么做吧。但她只是毫无表情地笑笑，漫不经心地跟我瞎聊，直到有其他人过来为止。"对此，他有一个看法，莫德对待女儿的恋情及其产生的后果，就像基督教科学派对待疾病及其症状一样——把它们都当成不真实

---

[1] 原文为法语。

的幻觉，如果你无视它们，那它们自然会消失。

安珀早就把他们的恋情告诉了他人。他第一次从西德尼·奥利维尔那里得知此事。12月时西德尼刚好从牙买加休假回家，他们在改革俱乐部见面吃午饭，刚一开始聊天，西德尼就用一副不经意却又深知内情的语气问他，"安珀怎么样了？"这着实把他吓了一跳。

"安珀·里夫斯？我觉得她应该挺好的吧。"他支支吾吾地说，"为什么这么问？"

奥利维尔从他那碗牛尾汤上抬起头来嘲讽地一笑，"我知道你现在和她走得非常近。"

"谁跟你说的？"他边说边忙着吃他的罐装虾仁。

"我女儿玛姬芮，是安珀亲口告诉她的。"

"啊，"他极力隐藏自己的惊愕，"安珀这么做可太鲁莽了。但我相信玛姬芮会尊重安珀对她的信任。"

"威尔斯，你现在说这个，我恐怕是有点儿晚了。"奥利维尔说，"安珀不止告诉了玛姬芮一个人，连老师们都知道了。整个剑桥大学都在兴奋地揣测你们的恋情。"

"该死！"他低声咒骂道，同时瞥了一眼邻近的几桌，看是否有人无意中听到西德尼说的话。他早就意识到，他们在埃克尔斯顿广场约会期间，安珀时不时就会去剑桥看自己的老朋友们，很明显，她忍不住跟朋友们夸耀了她激动人心的恋情。

奥利维尔喝完汤，用餐巾擦了擦自己修剪整齐的胡子。"去年5月份，我看见你和安珀一起走进本·基灵家的时候，就觉得可能有点不对劲儿，你那天看起来就像一只刚偷了腥的猫似的。"他说，

"作为四个女儿的父亲,我应该强烈反对你这种行为——我确实反对!但我内心深处那个更卑鄙的自我却又有点羡慕和佩服你,因为你总能成功撩到一些漂亮又有天赋的年轻女人,而且年龄只有你一半大。你是怎么做到的?"

"我希望你知道,奥利维尔,"他认真地说,"那不是什么随随便便的勾引。我们彼此深爱对方。简对此事一清二楚——"

奥利维尔眉毛一扬,"简知道?她不介意?"

"她和安珀相处得非常好。我们三个现在的关系正是那些所谓'进步人士'自称自己信奉却怯于实践的关系。"

奥利维尔摇了摇头。"好吧,祝你好运,威尔斯。可我认为你没法只手掀起一场性革命。"他停顿了一下,冷冰冰地补充了一句,"如果在这种语境下,我用'手'这个词合适的话。"

这个坏消息毁掉了他期盼已久的午餐聚餐,他根本没办法充分理解——其实他都没怎么专心听——奥利维尔对牙买加社会、政治和经济问题的论述。一旦能礼貌退场,他马上就和奥利维尔告别,急匆匆地赶到大英博物馆,希望能在那里找到安珀。他不得不先更换自己已经过期的读者证,然后才可以进入圆形阅览室寻找安珀。高窗外的光线逐渐暗淡下来。那是个雾天,其中一部分雾渗入这个饰有巨大圆顶的空间里,使此地越发阴郁昏暗,以至于当他踱来踱去寻找安珀时,桌上的一盏盏台灯就像一座微型城市中新月形街区和圆形广场上的许多盏街灯。他终于找到了她,她正茫然地凝视前方,嘴里咬着铅笔,面前摊着厚厚一卷书。他碰了一下她的肩膀,她一惊,但发现是他,又马上面露喜色。可当注意到他眉头紧皱时，她的脸色又变得苍白。"出什么事了么？"她说。"我们必须谈谈。"他在她耳边小声说，同时也察觉到周围的读者面露不悦，他在一旁等着她把书收到一起，拿到总台，总台的人会为她保留到明天。

为了不被人打扰，他带她走出这栋建筑，去了一个巨大的柱式门廊的尽头，在这个潮湿又沮丧的下午，此处空无一人，除了几只黑翼鸽子趾高气扬地走来走去。他让她坐在长椅上，接着就责备她不谨言慎行。

"我只告诉了几个最亲密的朋友……还有几个老师，"她申辩道，"我让他们都发誓保密。"

"噢，对，没错，等他们告诉自己朋友的时候，当然也会让那些人发誓保密，以此类推。"他说，"你必须知道，到现在为止关于咱们俩的八卦像野火燎原似的在剑桥疯传。我真不明白，你为什么还要花那么多时间待在剑桥。"

"因为我在伦敦很孤独。"她说，"我知道我们只能偶尔见面，我必须得忍受这些，但是在没有你陪着的时候，我必须得找人说说话吧，而我的朋友大多数都在剑桥。"

他意识到他们似乎正逐渐走向情侣间的第一次口角，可他还是忍不住继续说下去："行。可你为什么跟他们说我们的事？"

"因为这是我在生活中最在乎的事。"她坦率地说，同时用她那双又大又黑的眼睛定定地看着他的眼睛；他的心马上软了，把她拥进怀里吻了她。

他说了一些情话，又吻了她一次，之后说："对不起，是我总让你那么孤独,杜莎。你在伦敦没有朋友吗?"

"只有里弗斯。"她回答道,"如果你指的是能真正说得上话的朋友。"

"里弗斯?"

"里弗斯·布兰科·怀特。"

"噢,他啊!"他认识这个年轻的费边主义者,是个很不错的小伙子,原来在剑桥,现在在一个律师学院学法律,准备做个出庭律师。可当他提出她在伦敦是否有朋友这个问题时,他想的是女性朋友。"你跟他很熟?"

"非常熟。"安珀说,"我在剑桥读二年级的时候,他想娶我。"

"什么?你之前从来没提过。"

安珀耸耸肩,"我觉得没必要提啊。那好像是很久以前的事了——现在的我已经和那时不同了。"

"那你拒绝他了?"

"也不完全是。我们彻底地聊了一次,都觉得结婚不是个好主意——事实上也确实不是个好主意。我们都太年轻,也太不成熟了——至少我肯定是这样。里弗斯比我年长几岁。他已经毕业了,在去林肯律师学院之前一直学法律。可他爱上我了,很担心如果自己在离开前还没跟我订婚,就会失去我。"

"那你爱他吗?"

"嗯,我以为我爱他,但说实话我只想和他上床。当然啦,这对那个时候的我们来说,是一件很合理的事。"她为过往的一些回忆露出笑容,"可我知道,如果我提议上床,他一定会很震惊,而且里弗斯太保守,太克己复礼了,他是不可能自己主动提出上床的。他甚至会为没订婚就亲我而感到内疚。"

哪种亲法?他想问问——激情之吻,张开嘴吻,舌吻,身体交叠在一起,肢体互相缠绕……他突然被一股羞于承认的嫉妒所淹没,接着就问了一个无关紧要的问题取而代之,"他从哪儿淘弄来这么个名字,又好笑又啰唆,是出于兴趣吗?"

"他家先人是个爱尔兰人,名叫怀特,18世纪时移居西班牙,把名字改成了布兰科,但里弗斯的曾祖父约瑟夫·布兰科在1810年左右离开了西班牙到英格兰定居,自称为布兰科·怀特。"

"听起来就像个小学生的绰号似的。"他讥笑道,"而且'里弗斯'这个名字也很奇怪。"

"那是个古老的姓氏,也是他的教名。其实他受洗时的名字是'乔治'。"

"你现在还会见他吗?"

"嗯,经常见。有时候我们坐地铁一直坐到终点站,然后在乡下散步。"

他瞪大眼睛,"你为什么之前从来没跟我说过?"

杜莎从长长的睫毛下投来一瞥,狡黠如猫科动物。"我想你可能会吃醋。"她说。

"唔!"他把脸转过去,现在庭院那边被煤气灯照亮,每盏灯周围都布满了由被照亮的雾所形成的光晕。随着闭馆时间临近,访客和学者们纷纷离开博物馆,他们走下宽阔的台阶,朝大罗素街的门走去,根据他们的公文包,可以辨别出哪些人是学者。"我应该吃醋吗?"他问。

"你当然不该吃醋!我爱的人是你!里弗斯知道。"

"你告诉他了?"他转过身面对着她,责备道,"你把我们的事也跟他说了?"

安珀看起来又进入了防御状态。"我不得不这么做。"她说。

"为什么?"

"这样才能阻止他再跟我表白。"

"也就是说,他还爱着你?"

"嗯,他以为他还爱我。但我们的友谊完全是柏拉图式的。"

"也许只是对你而言吧。可他心里怎么想?他怎么看待你和我的关系?"

"他当然不同意,但——"

"不同意!我打赌他不会同意!如果我是他,我恨不得杀了我!"

安珀笑了起来,"你不用担心!他是个律师。"

"这不好笑。杜莎。"他严肃地说,"他可能不会真的试图谋杀我,但他可以搞破坏。假如他告诉你父亲呢?"

"他不会。在告诉他之前我已经让他发誓保密了——他跟我剑桥的朋友不一样,他是把宣誓当真的。"

"唔!"他又发出咕噜声。

"大师,你在生我的气吗?"她小声说。

"对,我是在生你的气,"他说,"这些人都知道我们的秘密……我们迟早会有麻烦。"

"对不起,大师。但我爱你——这才是最重要的事,不是么?"

345

接下来唯一可做的事就是乘一辆有篷马车把杜莎带到埃克尔斯顿广场，以她所能承受的最暴烈和最激情的方式占有她，以此消除他的嫉妒和疑虑。在马车上，他对着她的耳朵低声说着自己将要对她做的事，他感受到她混合着兴奋和害怕的颤抖。在床上，她热情地和他缠斗，事后他们温柔地亲吻彼此身上的抓痕和咬痕，然后如婴儿般蜷缩在彼此的怀里。她真是个万里挑一的女孩。

他毫不怀疑伦敦那个"谣言制造厂"现在正忙着把他和安珀的名字往一起凑呢，但目前还没有八卦直接传到他的耳朵里，部分是因为从圣诞节到新年期间他一直远离都市。这个假期气氛活跃，因为他为玩具士兵发明了新的战争游戏，男孩子们现在已经有了更精美的玩具士兵收藏品——全套制服的陆军，或者说至少有几个营的骑兵和步兵。最近在哈姆雷斯[1]可以买到一个新玩意——一个后膛装弹的玩具大炮，射程范围达十二英尺，如果仔细地瞄准，一发小"导弹"（大炮里的小投掷物）一次能打倒好几个玩具士兵，这个新玩具的发明极大增加了这类游戏可能的玩法。他设计了一个游戏，基础是双方定时轮流操作和射击，游戏需要花好几个小时来完成，就连成人们也都像基普和弗兰克一样完全被吸引住了，实际情况比这还夸张，就像简习以为常地看到的那样——当她去找丈夫以及丈夫的男性访客们时，会发现他们躺在阁楼游戏室的地板上，地板上放着一个微型沙盘，沙盘上设有木质积木、硬纸板和常青树树枝，

---

1 英国历史最悠久的玩具店，创立于1760年。

油地毡上还用蓝色粉笔标记出了一条河,大人们围着沙盘推动玩具士兵,还为了游戏规则大声争论,基普和弗兰克在一旁反倒沦为了观众。

1月时,马斯特曼和露西来到村子里,马斯特曼完全被这个游戏迷住了,还给游戏规则贡献了好几处改进。马斯特曼到桑德盖特来,开始写一部新书,名为《英国状况》,他那时已经怀着兴奋之情在《英语评论》上读了《托诺-邦盖》的长篇连载。"《托诺-邦盖》完全就是我想写的书的小说版。"他说,"如果可以的话,我想引用你书里的一些内容。"马斯特曼离开桑德盖特时,他给了马斯特曼一本《托诺-邦盖》的样书,不久就收到了令人欣慰的回应,"在回伦敦的火车上,我读了你的书,当我意识到我手里拿着的是一本杰作时,我几乎忍不住在车上大喊大叫,拿着这本书在满脸困惑的乘客面前激动地挥舞。"他也给了比阿特丽丝·韦伯一本,她的反应可就没这么热情了,她在信中说自己更喜欢《大空战》。比阿特丽丝也回赠给了他一本书,是《关于济贫法的少数派报告》的第一卷,此书是她和西德尼耗费多年心力所写。比阿特丽丝对《托诺-邦盖》不通情理的评价激怒了他,他也对他们的书作出一通轻蔑的评论。"你们并未尽一切努力使这部著作的质量与《多数派报告》相比有所区别,书中所列举的实例也丝毫没有说服力。也许是因为我对此书的期待太高了,但无论如何,我倒是很想知道,你们觉得自己的著作能达到什么水平。"他在信中如是说道。对此她夹枪带棒地回了一封信:"你的信真是有趣呢——我一定毕恭毕敬地把它'供奉'到我的日记本里。"他带着稍许懊悔回复道,"可能我的信有点过于刻薄和心胸狭隘了，但我就是被你激怒了，我就是要故意表现得冷漠无情，我就是要批评你的好书，就像你批评我的书一样，说实话这种报复的感觉还挺爽的。"她回信为自己对《托诺-邦盖》的评价而道歉，甚至正式要求恢复他们之间的联系，这时他感到如释重负。他并不打算再次和韦伯夫妇搅和到一起，不过比阿特丽丝抛来的橄榄枝是他喜闻乐见的，因为这意味着，如果他们已经听说了他和安珀的关系，他们并没有小题大做。

2月时，《托诺-邦盖》终于出版，早期的评论毁誉参半。最让他高兴的一篇评论居然来自《每日电讯报》[1]："除非我们犯了巨大的错误，"匿名评论者如是写道，"否则《托诺-邦盖》一定是现代最重要的小说之一，也是针对当代生活中的大小危险所做出的最真诚、最坚定的分析之一，任何一个作家都曾有过这种勇气将之呈现给自己的同代人。"《新世纪》杂志也这样称赞了本涅特，但接下来也会称赞他。鉴于《旁观者》杂志一直对他及他的作品充满敌意，此次给出的评价比他预期的要好得多，评论中一方面谴责他"在性问题上沉闷乏味又俗艳骇人地喋喋不休"，同时也称赞他"在某些段落中，凝视着伦敦的庄严宏大与肮脏破败，再加上伦敦古河的神奇魅力，威尔斯先生被此情此景激得雄辩滔滔。现代商业及新闻业这种疯狂游戏的浪漫一面，把无意义的商品强行卖给好骗民众、以使自己快速致富的鬼蜮伎俩，所有这一切都被威尔斯先生以极大的热情描绘出来"。当他看到《每日纪事报》上有一篇评论文章作者

---

[1] 《每日电讯报》（*The Daily Telegraph*），是一份英国大开型报章，成立于1885年6月，是英国销量最高的报纸之一。

署名是休伯特·布兰德时，已经准备好接受其言语攻击，但是布兰德是一个相当老到的新闻记者，完全没有泄露任何个人敌意，他深知以一个从前粉丝的口吻表达失望之情将会更具杀伤力。布兰德觉得这部小说"稍微欠缺一些连贯性，这并不是说它混乱……威尔斯先生放任自己的笔墨信马由缰的习惯似乎越发严重了。过不了多久，为我们带来《爱与刘易舍姆先生》的那个作家将不复存在。我们以后恐怕只能拥有一个低配版的斯特恩[1]了"。

在为这部小说付出全部努力，无数次生出期望，也产生焦虑后，它的出版却虎头蛇尾了。它并未被公认为杰作，但也没被一致认为是垃圾。他对这部小说的信心并未被这些批评所动摇，随着时间流逝，它会逐渐拥有一席之地。在此期间，他继续修改《安·维罗尼卡》。除了其他改动外，他为作品加了一个后记，后记的场景设定为安·维罗尼卡和凯普斯私奔四年后，他们回到伦敦，还结了婚（凯普斯的妻子同意离婚了），变得很富有（他已经成了一个成功的剧作家），他们请斯坦利先生和他的姐姐吃晚饭（他们最终和安·维罗尼卡达成和解），安·维罗尼卡打算生一个孩子。这是一个相当做作的大团圆结局，充满人为痕迹，做这一设计是为了缓解费舍尔·昂温可能存在的忧虑，他们可能会担心流动图书馆对此书的接受度。他自己并未为这一设计而感到骄傲，但他通过在最后一页给安·维罗尼卡安排了一段长长的感言而减轻了自己的内疚，安·维罗尼卡看着自己眼下体面又富裕的生活，突然感到一阵恐

---

[1] 劳伦斯·斯特恩（1713—1768），18世纪英国小说家，代表作有《项狄传》《感伤旅行》等。

惧，于是对丈夫动情地说道："即使当我们老了，即使我们可能很有钱，我们也不要忘了过去那段日子——那时我们什么都不在乎，只在乎彼此的快乐与满足，那时我们为了彼此甘冒任何危险，那时生活所有的遮羞布似乎都片片剥落，可我们无所畏惧，把它点燃，任由它燃烧。无尽的残酷，无尽的赤裸！你还记得这些事么？……告诉我，你永远都不会忘记这一切！"

在新年的最初几周，他继续去伦敦见安珀，偶尔回黑桃别墅——对黑桃别墅而言他就像一个访客，在此期间没有任何批评或谴责的涟漪荡漾到他这里来。他开始觉得，12月发现她不谨慎的言行时，自己有些反应过激了。直到2月末，突然来了个晴天霹雳。一天傍晚，他收到一封从肯辛顿邮局发来的电报，上面写着："爸爸知道了。我必须见你。杜莎。"他给她回电报："明天上午十一点埃克尔斯顿广场。"那晚他睡得不好。

安珀有公寓的钥匙，当他到达时，她已经在里面了，整个人缩在煤气炉旁等他。沾满污垢的窗户外，乌云密布，天气寒冷。平时，来这里就意味着性欲的释放，没有了这一指望，曾经熟悉的房间看起来破旧又阴暗。他们拥抱，她紧紧依偎着他，一副不愿松开的样子，但他们最终还是坐下来，她跟他讲了事情的来龙去脉。

"里弗斯去见了爸爸，他告诉爸爸我和你有私情。"

"什么？可你让他发誓保密的！"

"我知道。"

"这个小混蛋！"他怒不可遏地爆了粗口，"对不起杜莎，我不该在你面前说脏话，可他真的太无耻了。他可是发过誓的。"

"噢，那并不是严格意义上的誓言。"她局促不安地说，"那更像是一个诺言，昨天他警告过我，说自己打算违背诺言了。当然了，我求他别这么做，可他说他不能袖手旁观，眼睁睁看着我'被毁了'却不出手阻止。他说他要告诉爸爸，说他还爱着我，如果我愿意放弃你，他还想娶我。他好像觉得违背诺言就能摆平一切。我说了，任何情况下我都不想嫁给他，可这些都没用。他直接去了爸爸的办公室，把一切都跟他说了。接下来毫无疑问，家里一片腥风血雨。他让贝里尔和费比安回他们自己的房间去，让我和母亲去他书房，他锁了门，对我们俩狂轰滥炸了一个小时。可怜的妈妈都哭了。他说我让整个家族蒙羞，还指责妈妈纵容了我的无耻，合起伙来骗他，还说我和妈妈把整个新西兰女性的脸都丢尽了。我不想告诉你他都说你什么了……"

"我能想象到。"他冷冷地说，"那你怎么说？"

"噢，我当然替你说话了。我说我爱你，这爱是相互的。简也知道，而且她挺高兴的。我们三个人之间有一种非常特殊的关系，我们相信这种关系将会成为后人的典范。我已经二十一了，我有自由决定自己怎样生活。"

"那他怎么说？"

"他威胁要把我扫地出门，还要把我从他的遗嘱里删除，就像维多利亚传奇剧里的人物似的。妈妈说如果他想把这件丑事闹得尽人皆知，那他就尽管这么做，他这才有点软化，转过来责备妈妈，怪她鼓励我去剑桥，他说去剑桥就是我道德堕落的开始。接着就大吹特吹里弗斯，说里弗斯是个非常好的年轻人，还说我非常幸运，尽管我是个——用他特别体面的说法——'残花败柳'，里弗斯依然愿意娶我，如果我还有一点点良心，如果我还能为自己和家里做一点点考虑，我就应该马上接受里弗斯的提议，这样也许能避免丑闻，他也会愿意原谅我。"

"那你怎么说？"

"我说就算世界上只剩下里弗斯一个男人，我也不会嫁给他。其实这不是实话，我挺喜欢他的，我知道，从他的角度看，他只是在做自己觉得对的事。但我想跟爸爸表达清楚，没什么能把我和你分开。"

"不会的，杜莎。"他伸手覆上她的手，"我不会让这种情况发生的。"

那个上午，他们最终还是做爱了，不像往常一样充满愉悦的狂热，而是简单直接，近乎悲情，这就像是一种承诺，象征他们绝不分开的决心。然而在接下来的几天，甚至几周里，他开始对事情的结果越发没信心。就像安珀不可能把自己的恋情憋在心里一样，彭伯·里夫斯也不可能把自己的愤怒憋在心里。他从几个不同渠道听说里夫斯跟自己的朋友说，"流氓威尔斯"勾引他女儿，他还发誓要报仇。据说，里夫斯堂堂一个高级专员还弄来一把手枪，想要一枪打死他，这件事还有一个更骇人听闻的版本，听说在每天吃午饭的时间里，彭伯·里夫斯都会坐在塞维尔俱乐部的弓形窗窗口（他们俩都是塞维尔俱乐部的会员，说起来还是彭伯·里夫斯建议他去的呢),手拿一把装满子弹的左轮手枪,等着那个勾引他女儿的混蛋出现。俱乐部的其他成员吓坏了,纷纷求他退出俱乐部。这明显是无稽之谈,因为他在去年夏天就很明智地主动退出了塞维尔俱乐部。但这些谣言中也多少有一些事实成分,而且对安珀而言,她的处境是相当艰难的。这个可怜的女孩正处于来自父亲的强大压力下,父亲给她两条路,要么嫁给布兰科·怀特,要么逼他跟简离婚娶她。"否则,"里夫斯大声吼她,"在这个正派体面的社会上将会没有你的立足之地。"尽管莫德承认,安珀立刻和他斩断一切关系,也许还能挽回自己的清誉,可是现在这桩恋情已经暴露在公众面前,这使莫德的立场有所动摇,再加上她也为自己参与其中而感到良心不安,因此她暂时放弃了自己的女性主义原则,和丈夫站到一边,极力鼓吹布兰科·怀特的好。"但我是不会放弃你的,我也不想让你和简离婚——我从来都没那么想过。"他们就这件事聊过多次,某一次安珀哀号着对他如是说,"可我该怎么办啊?"他建议她离开家,在一个公寓里自己独立生活,钱由他来出。但是这个提议所唤起的人物形象,明显太像包养情妇的刻板印象了,以至于对她而言实在难以接受。

3月末的某一天,安珀打电话到改革俱乐部找他,要他马上去埃克尔斯顿广场的公寓。她的声音听起来情绪波动很大。"我做了个决定,大师。"她说。

"什么决定,杜莎?"

"你来吧。"她说,接着电话就被挂断了。

他打车去了皮姆利科,心中充满恐惧,他害怕她将要告诉他,他们必须分手。

一想到失去杜莎,失去这个可爱、性感又聪慧的小人儿,想到再也不能把她赤裸的身体拥在怀里,甚至想到她赤裸着躺在布兰科·怀特的怀里,用脚踝盘住布兰科的脖子,这些都简直让他难以忍受。可当他走进公寓,她微笑着向他伸手,这一刻他知道,她做出的决定并不是他所恐惧的那个。不过依然让他大吃一惊。

"让我生一个你的孩子吧!"她说。

"孩子?为什么?"他说。

"如果我怀孕了,他们就不能让我嫁给里弗斯了,因为他不会要我的。而且如果我为你生了孩子,无论发生什么,我都将永远拥有属于你的一部分。"

"杜莎,你太了不起了!"他抱住她,心里既欢欣又轻松,他被这个想法不计后果的浪漫主义精神冲昏了头脑。他已经在心里忙着计划抚养孩子了,也许可以假装孩子是简的,让安珀以朋友、秘书、合作伙伴的身份和他们住在一起……如果布兰德夫妇都能以这种方式蒙骗世人,他们为什么不能呢?

因此他们当场就开始造人,此次做爱格外享受,因为不用采取任何避孕措施。没有避孕套那层橡胶的阻隔,他们终于真正合二为一了。高潮时,安珀大声地喊了出来,事后,当她无力地躺在他怀里时,她说:"我确定我怀孕了。"他笑了起来,"只有圣母玛利亚才能马上就知道自己怀孕了。""你也许会笑我。"她平静地说,"但我感觉得到,它正在我身体里生根发芽。""好吧,为了万无一失,我们应该尽可能多来几次。"他说,并且安排好第二天再来公寓见她。

第二天中午,他先到达公寓,透过窗户看到她从广场一角转过来朝公寓走来。她走得很急,可她的动作和神态似乎更像是焦虑,而非热切,她一进屋,他马上就看出她带来的一定是坏消息。

"你保证不会生我的气。"她说。

"你做了什么,安珀?"他说。

"叫我杜莎。"

"你做了什么,杜莎?"

"今天上午我看到里弗斯了。"她说,"我跟他说我怀了你的孩子。"

"我的天哪,杜莎!"他惊呼,"你不可能知道——没有一个月或者更长的时间,你根本不可能知道自己是不是怀孕了。你到底为什么这么说?"

"昨天我就告诉你了,我确定自己怀孕了,可即使我误判了,我早晚也会怀孕,不过是时间问题。我不想等好几星期再告诉他。我想早点把这件事了结——我指的是里弗斯那个荒唐的计划,他想通过娶我,把我从你的控制里拯救出来。我以为如果我告诉他我怀了你的孩子,他会出于厌恶而退缩,躲得远远的。"她意味深长地停止了叙述。

"你的意思是,他还没有退缩?"他说。

"他看上去吓坏了,还说了一些关于你的话,我不想重复,他沉默着来回踱步。但是最终他说,这不会对他造成任何影响。他仍然爱我,还是想娶我。"

"他这么说的?"他冷冷地说。这个年轻人固执的坚持让他有点儿被吓住了。

"他还说他会把这些都告诉我爸爸。"

"哦,天哪!"他呻吟道。

"我担心的是,爸爸会设法强迫我嫁给里弗斯以保全家族名誉。我并不是说他一定会这么做,当然……但那场景一定很恐怖。妈妈会支持他,我知道她会的。我们该怎么办?"

他想了一会儿。"我们得躲起来。"他终于开口,"逃到一个不会被找到的地方,在那里我们可以冷静下来,把事情想清楚。我们去法国待一阵子吧。"

安珀的脸色由阴转晴,她鼓掌欢呼,"法国!多好的主意啊。"

* * *

简和往常一样是个软心肠,不过也感到迷惑,且有些怀疑。"你要和安珀私奔去法国,还要和她生孩子?"当他宣布他们的计划时,简问道。"这是个好主意吗,H.G.?这能帮助你挽回局面吗?"

"这并不是通常意义上的'私奔',简。"他说,"我们只是想独处,想安静一段时间把事情彻底想清楚。安珀不想要我离开你——这一点她绝对一直拎得清。"

"嗯,我知道。我相信安珀,我喜欢她。但生一个孩子就能解决一切问题吗?还是那将会成为另一个麻烦?"

当他跟简解释完支持安珀伟大"决定"的理由后——他解释得越多听来就越缺乏说服力,简摇头说道:"好吧,我觉得你们俩都疯了,但我想你已经打定主意了。你想要我做什么?"

"只需要帮我稳住局面。就跟别人说我外出写作去了。别告诉他们我去哪了。"

"你要去哪儿?"

"我打算去勒图凯[1],"他说,"这样一来,必要情况下我随时都能从布伦赶回来。"

---

[1] 勒图凯(Le Touquet),法国海滨城市,靠近英吉利海峡,自1912年起被开发成为重要的旅游度假区。

―― 第六章 ――

布兰科·怀特并没能马上实施自己的计划，跑去告诉彭伯·里夫斯他女儿怀孕了，因为那位高级专员因公事外出不在伦敦，因此他们还有几天时间计划前往法国之事。安珀装了两个小旅行包，在无人察觉的情况下离开了位于肯辛顿的家，前往维多利亚车站跟他碰头。她在车站给父母寄了一封简短的信，信中说她要和自己的爱侣一起"出国"一段时间，他们无须担心她，也别试着找她。接下来他们乘坐港口联运列车从福克斯通横渡布伦，几小时后就到达了位于勒图凯郊外的度假别墅，这是他从伦敦一家代理机构手里租的，租期两个月。整个别墅看起来就像是放大版的玩具屋，由白色隔板构成，装着红色百叶窗，还有一个小阳台，阳台前是一片沿加来海峡海岸线蔓延、被草覆盖的沙丘，使阳台免受海风侵袭。退潮时几乎看不见海，只留下一大片坚硬的积砂平原，孩子们在上面放风筝，不在乎技巧的年轻人在上面划沙滩艇。他们花好长时间在海滩上散步，涨潮时就冒着寒冷的海水下去游泳，然后在别墅内的火炉前用毛巾为对方擦干身体，接着就在壁炉前的地毯上做爱。晚上，他们信步走到镇子里，在那边的小餐馆吃饭，有时，如果暮色温柔，就坐在沙丘上，他用手环着她的腰，她的头靠在他的肩上，他们看着两座灯塔发出的光束掠过海面，瞬间照亮点点浪尖。

那就像是他们的一次蜜月，可就像所有蜜月一样，它总有结束的一天，而且说实话，他们最初所体验到的那种田园诗般的陶醉与喜悦仅仅持续了一周。毕竟他们来此地是为了做一些关乎未来的严肃决定，可他们好像交流得越多就越不可能达成一致。他原先的想法是效仿布兰德那种低调的"三人同居"模式，可经再三考虑已经是行不通了，因为他们的事已经被太多人知晓，再用这种方法一定不会成功。他的主张是，勇敢地公然反抗公众的非难，在伦敦为她和孩子单独置办一个家，可安珀说那样对孩子不公平。另一方面，她也从没考虑过自己和孩子孤零零住在法国等待他偶尔的探望，他同样不希望她被迫过这种孤独又受限制的生活。他很感激安珀一直坚持说她不想要他和简离婚，因为这是一个他始终回避的解决方法，但要是说她头脑中从来没出现过这个念头，那才让人惊讶呢，即使她自己不这么想，外界环境也可能会迫使她这样想。他越来越清楚，孩子才是导致所有计划失败的因素。当然，安珀怀孕与否还是未知数，尽管她一直十分确信自己怀孕了，他只得假定她最后将会怀孕，除非他重新开始用避孕套，可这对她伟大的浪漫之举而言，将会是一个充满伤害的拒绝，同样也极有可能是徒劳的。

他们日复一日地生活在一起，小矛盾和小摩擦本就与日俱增，而如今他们在这个问题的讨论上僵持不下，致使矛盾愈演愈烈。他习惯了由简将自己的衣食住行悄无声息又高效率地安排好。在黑桃别墅，三餐总是按时备好，菜品总是既可口又营养；他的衣柜里永远都备着洗熨好的衬衫和内衣；火是生好的，床是铺好的，鞋都被擦得锃亮，衣服都熨得整整齐齐——一小队仆人把一切都做好了。而在如今这种情况下，他已经准备好亲自承担一部分家务，但并不是全部。可是安珀完全缺乏做家务的能力。她告诉他，莫德在生活中从没做过一顿饭，莫德觉得她有更重要的事要做，因此她也没把这项技能传授给自己的女儿。安珀甚至不会煮鸡蛋，不是煮得太硬就是煮得太软，不合他的口味；而且她虽然洗自己的衣服和内衣裤，却很直白地拒绝洗他的。对于熨衣服这门艺术而言，她也是个门外汉。她的法语很好，出去采购食品绰绰有余，可一旦把东西买回家，她完全不知道如何处理这些农产品。但后来事情稍微得到了一点改善，因为他们在镇子里找到一家可以提供上门收集和送回服务的干洗店，还雇了一个女人每天上门打扫房间并准备午饭，而且镇子里有很多挺不错的馆子可以吃晚饭，可是早餐只能喝咖啡，吃不加煎蛋和培根的面包卷，这实在是让一天从不爽中开始。太多时间或是浪费在做这些自己所不习惯的事上，或是用来弥补住所内缺少便利设施所带来的影响，以至于他几乎不能写作，这使他焦虑且暴躁易怒。

简每天都给他转寄邮件，这些信件让他想起已经被自己抛开的复杂的社交生活和职业生活，还有那些充满诱惑力的邀约——他被迫不情愿地拒绝了它们。但其中一个约会是他在他们逃到勒图凯之前就定好的，他坚持要求出席，那是阿纳托尔·法朗士[1]的英国粉

---

1 阿纳托尔·法朗士（1844—1924），法国小说家，1921年诺贝尔文学奖获得者。代表作有《贞德传》《诸神渴了》《波纳尔之罪》等。

丝们为向法朗士表示敬意，于4月中旬在伦敦组织的一场午宴，以庆祝他六十五岁生日。他的计划是在午宴前一天下午出发，穿过英吉利海峡到福克斯通，当晚在黑桃别墅过夜，以便第二天上午可以好好穿衣打扮一番去参加午宴，结束后再直接从伦敦回勒图凯。回家是一种奇怪的体验——在某些方面既快乐又享受，在其他方面又令人烦恼不安。再度享受家中的舒适生活，是非常令人愉悦的，他在动身去伦敦前还吃了一顿丰盛的英式早餐；但他也有负罪感，因为儿子们见到他回来都很高兴，可当他们得知他只能在家短暂逗留时，又表现得很失望。他有一个习惯，就是在向孩子们道晚安时坐在他们床边用自来水笔给他们勾勒几幅皮克刷，画涉及一天中发生的事，或是他们喜欢而且定期会画的一些主题的变体，比如"如何不被鳄鱼吃掉"，或"好爸爸和坏爸爸"，那晚吉普要求他画这个主题。他从勒图凯给他们每个人都带了一个玩具沙滩艇，所以他把好爸爸画成一个像圣诞老人一样背着重重的礼物给自己孩子的人，而坏爸爸则不理自己的两个儿子，也不让他们玩自己的玩具士兵。他们俩装出一副被逗笑的样子，可他能看出来，他们都觉得好爸爸是待在家里的人，坏爸爸是总不在家的人。

为阿纳托尔·法朗士举办的午宴很成功，宴会地点在萨伏依酒店[1]的雅座内，雅座俯瞰泰晤士河。他故意去得稍稍晚一些，在众人即将落座前才现身，这是为了避免有些宾客可能听说了关于他私奔的流言，问一些过分触及他隐私的问题。可在场的人没有一个

---

1 萨伏依酒店（the Savoy），伦敦最有名的酒店，也是英国第一家豪华酒店，最早引进电灯、电梯等设施。

因为看到他的出现而面露惊讶，所以他猜想自己暂时还不是被八卦的对象。阿诺德·本涅特也在，他在男士衣帽间内设法跟阿诺德说了几句悄悄话，是关于安珀的。"你确实相信生活险中求啊，不是么，H.G.？"阿诺德说话的语气隐含的意思是："你比我强多了啊。""我相信的是生活本身。"他用远比自己本身所感受到的还要得意的语气说。

宴会后他决定先回桑德盖特再住一晚，回家把自己的好衣服换成便服，这身好西装在勒图凯可派不上什么用场。他给安珀发电报说他将在第二天早上回去，可吃过早餐（鸡蛋、培根、腰子、番茄、蘑菇……）后，两个男孩吵闹着不想上课，要求休息一天，他们想在教室的地板上玩战争游戏，他迁就了他们。他们一直玩到了中午，这一方面给了他更多时间享受家中的舒适生活，另一方面也使他避免和简有过多的私下交谈。她自然很好奇法国那边的事情进展如何，但她处事得体，并未逼问他。他只是含糊其词地跟她说了个大概，对于他和安珀在家庭生活上遇到的问题与麻烦，他都轻描淡写地一笔带过了，他还隐瞒了他们的失败——迄今为止他们还没有作出一个关于未来的圆满安排。然而他怀疑自己根本就没骗过简。

晚上他回到勒图凯，发现安珀面有愠色，忿忿不平，因为她没想到自己会被抛开这么长时间。几天后，当他忍不住想接受邀请去参加德斯伯勒夫人的一次周末家庭聚会时，她突然发难。

"你更喜欢让德斯伯勒夫人陪你，而不是我，是吧？"她说。

"根本不是，杜莎。"他说，"我之所以想去是因为她跟我透露，首相阿斯奎思和前任首相贝尔福都会去。这可是一次相当吸引人的会面，还能听到他们谈劳合·乔治[1]的预算案。这可是一个能一窥历史的好机会。我多希望能带你一起参加。"

"那你为什么不能带我去？"

"你很清楚为什么，杜莎。别犯傻了。他们邀请的是我和简。如果我挽着你出现在聚会上，那将会造成天大的丑闻，德斯伯勒夫人该多尴尬。"

"那你打算带简去？"

"她不会想去的。"话虽如此，其实这也只是他所考虑的一种可能性而已。"她觉得这类宴会总是谈些什么家国大业的，实在让人有点儿望而生畏。"

"你在贵族老爷们中间逍遥快活的时候，我自己在家该干什么呢？"

"噢，你可以忙你的论文啊。"他说——这个回答相当不明智——因为那反而火上浇油，让安珀想起自己毫无进展的研究课题，她瞬间被激怒。

"我的论文？你还敢提我的论文？"她几乎尖叫起来。

"在一个连书和像样图书馆都没有的法国度假村里，我怎么写论文？"

"唉，你本该带一些书过来的。"他说。这场争吵沦为一次琐碎的辩论，他们开始争论，在如此紧急的情况下为不知时间长短的出

---

[1] 劳合·乔治（1863—1945），英国自由党政治家。1916 至 1922 年间任英国首相，领导战时内阁，并于战后签署了《凡尔赛和约》。

国远行收拾两个小旅行包,包里该带什么,不该带什么。辩论的结果是,安珀哭了,而他则为自己的粗暴道歉,并保证不去参加德斯伯勒夫人的聚会。他们通过早早上床做爱来确认彼此达成了和解。

第二天,当他在阳台看书时,她走出来告诉他,自己的月经已经推迟一周没来了,她确定自己怀孕了。"你这么快就能确定?"他抬起头来问。"平时我的月经都准得像时钟一样。"她说,"你不高兴吗?""我当然高兴,杜莎。"他说。"可你看起来并不高兴。"她生气地说,昨夜的温柔荡然无存。"如果你真的怀孕了,我当然开心。"他说,"只不过简一直都是在快要瓜熟蒂落的最后阶段才把一切都告诉我。""呵,简一直就是这样。"安珀说,"总是那么贴心。可能她就是不想打扰你吧。真对不起啊,我居然用这种微不足道的小事打扰你看书。"说完她就怒气冲冲地回屋了。他对未来充满担忧:他们两个才在一起生活了三周就已经连续争吵多次,而且这是安珀第一次表现出对简的嫉妒——这是个令人担忧的信号。但是他要怎样才能体面地从这场关系中脱身,还不伤害安珀呢?他独自在海滩上走了很久,脑中不停地思考这个问题。在他看来,目前只有一种可能的解决办法。

5月初,他宣称自己得再回一次英格兰,和简一起处理一些紧急的商务问题,也安抚一下家里的男孩们。安珀勉强同意了。她陪他坐从勒图凯去布伦的有轨电车,以便在布伦目送他离开,邮船开走时,她站在码头上孤零零地挥手。他并没有马上回桑德盖特,而是去了伦敦,他从维多利亚火车站打车去了林肯律师学院,布兰科·怀特的出庭律师事务所正位于此地。他被告知布兰科·怀特先生出庭去了,但应该一个小时左右就会回来。他说自己愿意等,他等了一个半小时,这期间有一些律所职员偶尔朝他投来好奇的一瞥,他们显然从他的名字认出了他是谁,并且可能知道了与他相关的那件丑闻。布兰科·怀特一只手拿着鼓鼓的公文包,胳膊下夹着一大堆文件回到办公室。当布兰科走进门看到他站起来时,明显大吃一惊。"我能占用你几分钟时间吗——我们私下谈谈?"他说。布兰科·怀特点点头。"请跟我来。"他简短地说,同时引导他走上一条狭窄破旧的裸板楼梯,上去后是一间小办公室,空间仅仅容得下一张桌子和两把对着摆放的椅子。布兰科·怀特把其中一把椅子上放着的诉讼文件挪走,吩咐他坐下,接着自己坐到桌子的另一边。他是个长相普通且面色苍白的年轻人,看起来既不帅也不丑,黑色的头发梳成对称的中分发型,用孟加锡发油弄得平平整整,颇长的下巴使他的面部表情添了几分坚定。"我能为你做些什么,威尔斯先生?"他说。

"我想你可能很恨我。"他开始说话,"我不会怪你——如果我是你,我也一样。"

"我并不恨你。"布兰科·怀特平静地回答,"我只是不赞同你。我觉得你对安珀的所作所为实在是不甚光彩。但我并不恨你。律师不应该有恨这种情绪——它会扭曲一个人的判断力。"

"好,我会试着学习你的冷静。"他说,"我不介意承认,最近几个月我对你怀有一些刻薄的情绪。要是你没去找里夫斯先生告诉他我和安珀的事,要是你没辜负安珀的信任,违背自己的诺言——"

"我只是做了我认为自己有责任做的事。"布兰科·怀特说。

"确实如此。不管怎么说,我到这来不是为了指责你的。木已成舟,谁都改变不了,关键在于未来怎么办。"

他事先用了大量时间来准备这次"演讲",不过布兰科·怀特可能很难相信他说的话。他说自己没有勾引安珀,至少不像"勾引"这个词通常意义上那么耸人听闻——一个老男人利用了一个年轻女孩的天真。他是真的爱上了安珀,安珀也是真的爱他。他的妻子知道他们的关系,他们三个是真正的朋友。当他们的感情受到外界的威胁时,是安珀想了个主意,通过生孩子来使他们的恋情成为不可更改的定局,当然了,这是个坏主意,等他意识到的时候已经太晚了。现在还不能完全确定安珀怀孕了,不过可能性似乎非常大。他们去法国是为了能有个清净安宁的环境来把事情好好想清楚,再制订一个关于未来的计划。他不得不承认,他们失败了。他得出一个结论,英国社会根本没准备好接受像他们所尝试的这种超前的人类关系——他所说的"他们"指的是他、简和安珀。对安珀和孩子而言,唯一可靠的未来就是结婚,可他不能娶她,因为他已经结婚,而且有了妻子和孩子,他不可能离婚。

"你难道不是早就该考虑到这些吗?"布兰科·怀特打断他的话。

"也许吧。"他忍住为自己辩解的冲动,"问题是,我依然爱安珀,可对我来说,我对她最好的爱似乎就是放她离开——把她交给一个会珍惜和保护她的男人来照顾。"

"你指的是我?"

"完全正确。"

布兰科·怀特沉默良久才说:"我爱安珀。从我们第一次见面我就一直爱着她。虽然她和你有那种令人发指的关系,可我依然多次提出愿意娶她。她一直拒绝我。"

"我想我可以说服她,让她知道这是最好的选择。"他说,"如果你还愿意的话。"

"我愿意——而且如果她真的怀孕了,我会将孩子视如己出。"

"那你真的是太慷慨大度了。"

"要求是,她必须结束和你的关系。"

"那是自然。"他说。

他们并没有握手定约,可当他离开时,他们之间已经达成了默契。

当晚他在黑桃别墅过夜,他对简解释说,自己和安珀在法国生活的这几周就是个彻彻底底的失败,他还说他觉得安珀应该嫁给布兰科·怀特。"我明白了。"她淡定地说。"你好像一点都不惊讶。"他说。"不管你干什么,我都不会惊讶,H.G.。"她说,"可是布兰科·怀特愿意娶她吗?""他愿意,我今天中午刚跟他见了面。"他说,"难的是说服安珀。"

第二天早上,他从福克斯通坐船去布伦,到了勒图凯度假别墅后发现安珀躺在前厅的一把躺椅上,身上盖着毯子,脸上一副痛苦的表情。她似乎是半夜摸黑去上厕所时从楼梯上摔了下来,在这个过程中伤了自己。她害怕可能会伤了腹中胎儿，所以一直躺靠在下面的台阶上，直到给他们打扫卫生兼做饭的玛丽早上来才发现了她。听说之后，他吓坏了，马上召来一位医生，医生仔细为安珀做了检查，宣布她并无大碍，腹中胎儿——如果真有的话，也不大可能受到影响。医生走后他问安珀为什么不在玛丽早上来时马上就让玛丽叫个医生，安珀的回答是她不相信玛丽能找来什么好医生，这个回答显然不可信，尤其是他自己找来的医生其实是玛丽推荐和请来的。当他指出这些问题后，她开始指责他用这些毫无意义的问题烦她，却对她所受的伤痛毫不关心。他忍不住怀疑，安珀在楼梯上发生的这场意外本来就不严重，可她却尽可能把事情闹大，以便让他觉得都是他的错，都是他不在家才造成的。"你根本不关心我，不在乎我。"她抱怨道，"你想回英格兰就回英格兰，把我扔在这儿一个人过夜。这不公平，也完全不体贴。"

"好吧，对不起，杜莎，可我不能像个流亡者似的住在这儿。"他说，"我在英格兰有家庭和事业需要照顾——我必须得时不时回去。"

"好，既然如此，我觉得我们也没什么必要继续待在这儿了。"

图穷匕首见——幸好是安珀先说的。他们沉思良久，直到他打破沉默："我们来这儿也解决不了问题，是么？"

安珀缓缓摇头。

"那我们最好回去吧。"他说。

"可我们回去干什么？"她大声说，"回哪儿？你一句'回去'说得倒轻巧，可我又不能永远跟你和简住在一起，我也不能回家——我现在再也不能回家了。我也不想自己住在伦敦的小破公寓里，眼巴巴等着你能从'你的家庭和事业'里抽出时间来找我，"她颇有讽刺意味地重复他刚才说的话，随后接着说道："我害怕出去见人，害怕他们侮辱我，甚至更糟——可怜我，因为我怀孕会越来越明显。你说说，你让我怎么办？"

"你可以嫁给布兰科·怀特。"他说。

她瞪着他说："你是在开玩笑吧？"

"我非常认真。昨天我在伦敦见到了他。他真的是个不错的年轻人，他依然渴望娶你。"

安珀仰头大笑，笑得有点歇斯底里。"噢？他真的愿意吗？所以你去见他，并且提出要把我还给他，是吗？你都没问过我。一个妇女权益的伟大拥护者，一个父权制家庭的无畏批判者，现在正准备抛弃他讨人嫌的情妇，怎么抛弃呢？就是把她甩手给一个她根本就不爱的仗义的律师。你是不是还要给我一份嫁妆作为对他的奖励呢？还是说你都已经给完钱了？"

他早就料到她会这样长篇大论地数落他，他耐心地承受她的愤怒和侮辱，等待她慢慢发泄和消气。她大发雷霆时大步走来走去的样子，还有她指手画脚的方式都充满精神头，这至少证明了她的伤并无大碍，他也就放心了。接着，他开始慢慢地减少她对嫁给布兰科·怀特为妻这个主意的抗拒。当然啦，她是不爱布兰科·怀特，至少不是以他们俩相爱的那种方式爱他，但许多幸福的婚姻都是建立在喜爱而非激情之上的，他自己的婚姻就是个例子，而且她曾经不止一次承认自己喜欢里弗斯，很珍视里弗斯对她的喜欢和忠诚。

他是个很好的年轻人，认真，有责任感，他在法律事业上前途一片光明。他已经准备好抚养这个孩子，而且会将其视如己出——这才是最重要的。在英国找不出第二个男人会这么做。他就这样一直说啊说，说了两个小时甚至更久，他一一反驳安珀提出的任何反对理由，向她证明再也没有其他可行的解决办法了。最终安珀倒在躺椅上闭上眼睛疲惫地说："好吧，我投降。你明显就是想甩了我。"

"不是的，杜莎。"他说。

"是，就是这样。告诉里弗斯，我愿意嫁给他。"

对他而言，现在才是这场漫长而艰难的唇枪舌战中最艰难的时刻。他想把她抱进怀里，告诉她自己还爱她，告诉她放弃她是自己一生中做过的最艰难的决定，可他又怕如果自己真的这样做了，他们将会再度和好，再来一次激情满满的性交，接着一切问题就又回到原点了。所以他硬起心肠说："你什么时候和他见面？"

"越快越好。"她仍然闭着眼，一副拒绝看到未来的样子。

他去了镇子里给布兰科·怀特发电报，说安珀已经同意嫁给他，还问他能不能明天在福克斯通见她，她乘中午十二点的邮轮从布伦出发去福克斯通。他当晚就收到回复："将在海关查验处等安珀，我正在申请结婚特别许可证[1]。"

早上，他护送安珀去布伦，亲眼看着她上船。那是个阴天，对5月来说太冷了，放眼望去，港口外的海看起来阴沉灰暗，其间翻

---

1 "结婚特别许可证"，批准在通常不允许的时间或地点结婚。

涌着惨白的浪花。安珀脸色苍白。不知是出于焦虑或是因为孕期晨吐，她把先前吃的早餐都吐了出来，她说希望这不是借着晕船来惩罚她的罪过。她明显决定把自己所感受到的一切情绪，都隐藏在冷嘲热讽的言辞之下，他有一种感觉，他比她更可能被他们的分离所击垮。他把她安置在头等舱休息室的一个角落里，为了让她舒服些，还从服务员那儿拿了一个毯子。轮船汽笛发出开船提醒。"你最好还是下船吧。"她说，"如果你把我送到福克斯通海关查验处再亲手交给里弗斯，会显得很蠢，就好像我是个被出卖的新娘似的。"他俯下身想和她吻别，她只把脸颊转向他，而不是嘴唇。"再见，杜莎。"他说，"一路平安。""再见，大师。"她说，至少，这称呼中仍有一丝温柔。在自己快要因失声痛哭而大出洋相时，他赶快匆匆离开了。

他在港口附近的商店里买了一瓶科尼亚克白兰地，那晚把自己灌到失去意识，他很少这样做。他连衣服都没脱就在躺椅上睡着了，一直到第二天早上玛丽进了客厅才被吵醒。这一天他过得非常糟，头痛和心痛一起折磨他，直到傍晚在冰冷的海水里游了个泳后才有所好转，那晚虽无酒精助眠他却睡得相当好。但直到第二天收到一封来自布兰科·怀特的电报，上面言简意赅——"昨日在肯辛顿办事处登记结婚"，他才开始计划过没有安珀的生活。

他先召唤简和孩子们立刻来找他，让这个租来的别墅物尽其用。基普和弗兰克很高兴能有一个意外的海滨假日，他也很喜欢带着他们在海滩上散步，在退潮留下的水坑里捕小虾，让他们在商店里和冷饮摊上练习法语。玛丽有点震惊地发现又来了一个——而且是正牌的——威尔斯太太,但很快就适应了江山易主的事实,而且她察觉到简非常清楚如何管家。幸福地摆脱所有家务琐事后,他给新小说开了个头。这是一本带有滑稽色彩的小说,有几分像《基普斯》的风格,其中不涉及政治或性问题,也不涉及大理念或大价值,小说讲述了一个惧内、平庸、失意的小镇店主,最后几乎是在偶然情况下反抗了自己的命运。小说是这样开头的:

"洞!"波里先生说,然后他换了个花样,提高嗓门,托重尾音又说道:"òng[1]!"接着稍作停顿,突然冒出一句自己常说的七里八怪的惯用语。"噢!瞧瞧这烦人又愚蠢,还能发出哨音的'洞'!"

此时他正坐在一个梯磴上,两边是破旧的田野,消化不良正剧烈地折磨着他。

近年来忙于所有那些私人生活和公共生活,这部作品是一种逃离,他把这些事带给他的沮丧和失望转化成自由的、增加生活乐趣的喜剧。写作过程中,他多次暗自发笑;但也有几次,他会突然想起安珀,接着就被痛失所爱的感觉压垮,这时他会脸上带着泪,继续写一些滑稽的场景。

日子一天天过去,他越来越确定自己并不想回黑桃别墅收拢烦乱的心绪恢复往日的生活。对他而言,他、安珀和简伟大的"三角

---

[1] "洞"原文为"Hole","òng"原文为"Ole"。

互爱关系"实验的失败,永久性地败坏了那个地方。放弃安珀是无法避免的,但那是个消极负面的结果,是一种失败。他必须在新的地方开始新的生活。一天晚上,他对简大概讲了自己的计划:他们将会搬到伦敦去。那儿对他们两个来说都是理想之地。他已经厌倦了把时间浪费在往返于该死的东南铁路上。如果搬到伦敦,他就可以身处文学生活的中心,她也可以很容易就去听听音乐会或是去参加她喜欢的艺术展。"可孩子们会舍不得大海和乡下。"简提出反对的理由,"他们在那儿生活得很开心,也很健康。""我们在汉普斯特德买个房子。"他说,"那儿靠近汉普斯特德荒野[1]——空气清新,还可以散步;新地铁站也在附近——到伦敦西区只需要二十分钟。简直完美!"他之所以倾向于搬家,还出于一个私人考虑,只不过没说出来——现在他和安珀的这段婚外情已经告一段落,如果搬去伦敦,他就有更多收获露水之爱的机会,也更容易在这些欢爱中找到安慰。

以前当他下定决心去做一件事时,简总会支持他,这次也一样,简放下自己的疑虑,协助他劝服孩子们相信伦敦比桑德盖特好玩得多。他迫不及待地开始准备搬家事宜,在度假别墅租金到期的前一周,就带全家回了黑桃别墅。他知道亨利·阿瑟·琼斯[2]是福克斯通酒店的常客,这说明他明显发现福克斯通是个很适合自己写那些颇为赚钱剧本的地方,所以,在南海岸相同区域拥有一所属于自己的房子这个想法,可能会让他心动。据此,他写信给他:"我

---

[1] 简称"荒野"(the Heath)。伦敦著名自然景观。
[2] 亨利·阿瑟·琼斯(Henry Arthur Jones,1851—1929),英国戏剧家,代表作《说谎者》等。

突然想到,你也许愿意考虑买我的房子。不要惊慌!因为一些错综复杂又难以理解的原因——它们深深影响了我的情绪,我非常想马上离开此地搬到伦敦,所以我的房子会卖得非常便宜。"亨利·阿瑟·琼斯上钩了,协商卖房的过程出奇地顺利。

他和简去汉普斯特德看了一些待售的房子,他选中了位于教堂街的一所房子,那是一条雅致的乔治亚风格联排别墅街,与村里的主干道相通,一直通向圣约翰教区教堂,而且靠近地铁站,出行便利。这栋房子的建筑设计是他以前经常批评的那种——厨房在地下室,一楼两个对称的房间被双扇门分开,二楼也是如此,两个楼层的卧室直上直下地竖排对称,他意识到自己选择这所房子明显是自相矛盾的,可这也是他希望开启全新生活的一部分。他在桑德盖特一手创建了现代住宅的典范——黑桃别墅,在里面享受多年,但现在他想要一些不同的东西,一些古老的、高贵庄严的、充满历史感的东西。历史上,教堂街曾有过许多大名鼎鼎的住客,而且教堂本身也有他渴望的那种氛围——教堂里有约翰·济慈纪念碑,教堂墓地的众多墓穴中有两处分别属于约翰·康斯特布尔[1]和乔治·杜·莫里耶。同时他也感到一阵愧疚,因为他的仆人们不得不被迫在地下室的厨房里干活,还得爬好多段楼梯,但他已经计划对这栋房子进行现代化改造,使之在现有基础上尽可能地便于管理,虽然卧室比黑桃别墅少,但是和以前相比,也不会有那么多客人留宿了,因为去桑德盖特拜访他们的客人大多家住伦敦。如此这般,他打消了自

---

[1] 约翰·康斯特布尔(John Constable, 1776—1837),英国风景画家,代表作《干草车》《白马》等。

己和简心中的所有疑虑。他开出一个价格，买主接受了，但他是以简的名义买下这套房子，主动放弃了通常情况下丈夫在财产问题上高妻子一等的特权。至少他是这么跟简说的；但这样做也让他在精神上更自由，因为他知道，如果"逃亡冲动"再次攫住自己时，房子好歹能给她安全感。他们要到8月才进行房屋交接，现在才6月，但是想到这是他们在海边度过的最后一个夏天，他渴望搬家的急切心情得到了缓解，于是他继续写作《波里先生的历史》。

接着就出现了一个惊人的新情况，一天早上，他在自己的邮件中发现一封信，信封上是安珀熟悉的笔迹。自从安珀离开后，他已经在头脑中清除了关于安珀的所有记忆：如果一些回忆或偶然的联想使他的思绪飘向安珀的方向，他马上转移注意力去想别的话题，强行把自己拉回来。特别是，他强烈禁止自己对她和布兰科·怀特可能做的事或可能住的地方有任何私人揣测，而且关于这些事并无任何外界消息传到他的耳朵。简很快单刀直入地说："不知道安珀过得怎么样了。"他以为自己已经给他们的关系画上了句号，可仅仅看到她的笔迹就足以让他心跳加速。他撕开信封，读里面的便条。便条上说，她已经和里弗斯结婚，但并未和他同居，原因太复杂，一封信解释不清。她暂时和朋友们一起住在赫特福德郡，如果他愿意知道事情的来龙去脉，可以去此地看她。她确实怀孕了，被孕吐折磨，但除此之外，一切都好，希望他和简也是。信的起首语是"亲爱的大师"，落款是"杜莎"。

安珀并未和布兰科·怀特同居的消息让他被一股荒谬的满足感

击中。可这到底是怎么回事呢？他把信给简看。"唉，亲爱的，他们一定是已经分手了。"她叹息道，"安珀的生活看起来真是多灾多难。""我必须去看她。"他说。"这是个明智的决定吗？"简说着把信还给了他。"我不在乎什么明智不明智的，我必须知道究竟是怎么回事。"他说，随后就发电报给安珀说自己第二天去看她。

她和一个老同学的家人们（老同学本人不在家）住在希钦附近的一个村子里，老同学的双亲谨慎又警惕地接待了他，他们一副不太赞同的样子引导他进了客厅，安珀就在里面等他。她看起来出奇地好，和以前一样漂亮，那一刻他意识到，他从未将她从自己的身体系统中驱逐出去——她就像一个病毒，深植于他的体内，存在于他的血液和大脑里。只不过因为主人家还在场，他才抑制住拥抱她的冲动。那天天气很好，他们穿过落地窗走进风景园，在一棵橡树的树荫下找到一个长椅，安珀在那里跟他讲述了自己身上发生的事。

故事一波三折，充满戏剧性和情绪起伏，连小说读者都会怀疑它的真实性。跟他当初怀疑的一样，在布伦分手时，安珀所表现出的沉着与自持不过是一种伪装。她的内心实则抑郁沮丧，当邮轮随着海水的翻腾而驶向英格兰，她的心情甚至濒于绝望。她在干什么，去嫁给一个自己不爱的男人，同时肚子里还怀着另一个男人的孩子？这对里弗斯公平吗？她自己就真的不在意吗？她感觉她把自己的生活搞得一团糟，还把别人的生活也给毁了。她真的很想跳海自杀，一了百了。"其实我真的试着往船舷上爬了，看我自己到底能不能下定决心，可我的裙子太紧。我的虚荣把我给救了。"她脸上挂着苦笑说。一个乘务员发现她一边一只脚踩在下面的栏杆上，一边跟自己的裙子较劲，就马上把她带到安全的地方。他把她锁在船舱里，很快端来一杯茶，一直跟她聊天，直到邮轮在码头停靠为止。"我真想谢谢那个人。"他说。"我想好好奖励奖励他。他叫什么名字？""我不知道。"她说，"但他真是个大好人。他没有斥责我，只是跟我说，'当你沮丧的时候，事情其实没有看起来那么糟，小姐'，接着就跟我聊起他的家人。"

当她在甲板上排队准备下船时，她很想知道布兰科·怀特是不是也可能改了主意，他会不会没来接她——可他已经来了，和往常一样可靠，站在海关查验处的尽头。他好像刚从林肯律师学院走出来一样，身穿深色西服，头戴一顶圆顶硬礼帽，手拿一把收拢好的雨伞。他羞怯地和她打招呼，亲吻她的脸颊，问她旅途是否愉快。她没有告诉他自己在航行过半时差点跳海自杀。他们跟在脚夫后面走向港口联运列车，这时他告诉她，自己已经为他们两人预约了明天上午十一点在肯辛顿结婚登记处结婚，他还给她订了附近的酒店，今晚就在那边过夜。他的临时通知使她大吃一惊，她问他是不是非得这么着急。"拖延毫无意义。"他说，"我知道，如果我们结完婚后再告诉你父母我们已经结婚了，他们会非常高兴。可如果我们在结婚前就告诉他们，他们一定想参与进来，而且在结婚前的这段时间里，他们还会让你跟他们住在一起。你想这样吗？""不想。"她断然说道，"那就明天去结婚吧。""恐怕，我们得等等才能有个合适的蜜月了。"他神情紧张地笑笑，"但我已经请好明天的假了，明天是星期五，所以我们至少还有一个长长的周末假期，我已经在泰晤士河畔订了一个酒店,离汉莱很近。之后,我事务所的一个王室御用律师特别大方,把他在布卢姆斯伯里的备用公寓借给我们用,直到我们找到自己的房子为止。"

车厢里还有其他乘客,因此不方便进一步交谈,只能聊些最庸常的话题,实际上,在旅途的大部分时间里他们都沉默不语。里弗斯明显为自己安排这些事的高效率而感到得意,可对安珀来说,随着自己的决定所造成的全部后果都一一变成现实,她第一次感到惊恐万分。"蜜月"这个词使她一阵恐惧。并不是因为想到和里弗斯做爱她就恶心,而是因为这注定很尴尬,他们两个都意识到,直到昨天,她还是另一个男人的情妇,而且很可能怀了那个男人的孩子。她有一个敏锐的猜测,里弗斯的性经验应该不丰富,甚至很有可能还是个处男——那他们的新婚之夜该怎么办?她应该主动引导他吗?可这样做有风险,他可能会因她的放荡和不检点而震惊。或者就不管他,任由他为自己笨手笨脚的样子而丢脸?她不忍想象,但又忍不住去想,直到他们到了肯辛顿的酒店,那一刻她已经决定好要做什么。

他给她订了一个带独立客厅的小套房,她差人把茶送到客厅,告诉他在此等她去换下旅行时穿的衣服。两人喝过茶、吃过烤饼后,她很直白地宣布:明天她可以嫁给他,但有一个条件,直到孩子出生前,他们的婚姻必须是——她想说"白色婚姻"[1],但忍住没有说出这个令人不快的双关语,而是换了个说法——只结婚不同

---

[1] 原文为法语"un mariage blanc",白色婚姻,指两人之间没有性关系。

房。她说，除此之外，任何其他的选择都既不得体，也不道德，都会让她觉得自己像一个妓女，被从一个男人转手到另一个男人。她觉得，在他们保持了九个月左右的无性伴侣关系后，等孩子出生，他按照此前说的那样大方地收养这个孩子，到那个时候，他们就可以同房做真正的夫妻了。她猜他会拒绝这个条件，但让她惊讶的是，他明显一副如释重负的样子，接受了。看来他此前似乎也因为同样的想法而焦虑不安。她说的这些，他照单全收。他取消了蜜月小长假，两人直接搬进借来的公寓里。"可我的提议其实并没真的实行到底。"她说，"还没坚持到两周就不行了。"

安珀对这个安排很满意，里弗斯却渐渐开始不满，在这点上他倒是能理解里弗斯。每天和这样一个人间尤物生活在一起，近在咫尺，朝夕相对，共享一间小公寓，能瞥见她穿衣脱衣，却不能和她做爱，不管她的言行举止有多谨慎小心，这种折磨都必定让人无法忍受。一开始里弗斯和她商量，向她索取适度的拥抱和爱抚，可当他表现出想索取更多时，她誓死抵抗，并谴责他违背他们之间的君子协议。里弗斯说现在的情况让他忍不了，而她却说，既然如此他们就该直接分居，到孩子出生为止。他不太愿意接受这个解决方案，正当他纠结此事时，她却给自己在赫特福德郡的朋友写信，得到朋友愿意和她同住的邀请。借来的公寓不久就要到期了，幸运的是他们还没租其他房子，所以她收拾好自己的小旅行包，直接告诉里弗斯自己要走了。这就是迄今为止发生在她身上的所有故事。

"里弗斯现在在哪儿？"他问。

"他回律师学院的宿舍了。"她回答道，"上周他来看我了。他还去看了我爸妈,告诉他们我和他结婚了,但双方协定暂时分居,直到孩子出生为止。"在提到孩子时,她轻柔地,几乎是下意识地抚摸自己尚未发生明显变化的肚子。"当然啦,爸爸和妈妈很高兴,觉得他把我变成了一个正经女人,但他们也有点担心,分居后我要怎么维持自己的生活。"

"你现在有什么打算,杜莎?"他说。

他很快明白了,她之所以邀请他来赫特福德郡,是想在这个问题上得到他的建议和帮助。她不想麻烦朋友一家,因此不能在这里久住。可她又没什么钱,不够给自己找一个像样的地方住着待产,她也不能让父亲给自己涨点零用钱,以免再度把自己推回父亲的控制和管辖之下——或是冒着父亲切断她全部经济来源的风险。里弗斯说过愿意帮她在伦敦找个公寓,可她担心这可能不是个好苗头,里弗斯可能会再次提出非分要求,他们的关系又会随之变得紧张。

"你可以搬过来跟我们住,想住多久都行。"他说。

"谢谢你,但这不是个好主意。"她摇摇头说,"如果被里弗斯还有我爸妈知道了——何况他们一定会知道的——一定会天下大乱的。到时候里弗斯就有充分理由说你言而无信。我真正想的是,在乡下有一个属于自己的房子,就像这种村子就行,我很喜欢这儿。这样的话,里弗斯可以偶尔来看我,但又不会太频繁。"

"交给我吧。"他说。

接下来的几周里,很多时候他都觉得比起作家,自己更像个房产中介。他一边卖自己的房子,一边安排着在汉普斯特德重新买房，同时还要帮安珀物色乡下的房子。"真是费时又费脑。"他写信给新朋友伊丽莎白·罗宾斯说，并请她帮忙寻找乡间小屋。她是个著名演员，也是亨利·詹姆斯的朋友，曾在亨利·詹姆斯的第一部戏剧中担任女主角，但近来她以女性主义小说家和剧作家的身份而闻名。前不久他在一个晚宴上见到她，发现她在伦敦附近的乡下有一些房产，就拜托她帮忙给安珀找一个合适的小屋。在他们通信的过程中，罗宾斯小姐得知了他和这位他代为找房的年轻女人的真实关系，写了一封言辞尖刻的信，信中对性爱自由颇有微词，还劝告他从这种纠缠中抽身。他生气地回信："你可曾在生命中与另一个人血肉相连，共享痛苦，互相理解？你可知道这是何种滋味？你根本就无法抽身。"尽管他发了脾气，或者也恰恰因为他发了脾气，伊丽莎白·罗宾斯之后很快就把自己位于布莱斯的一处小屋租给了他。布莱斯是沃丁瀚某村外围的一处小村落，属于萨里郡的一部分，靠近凯特汉姆。他去看了，房子非常完美——小屋是茅草屋顶，有带铅条窗棂的门式窗，花园带有围墙，园子里种着果树。他给伊丽莎白·罗宾斯写信："我之前给你写了那样一封粗鲁无礼的信，我向你鞠躬道歉。（可你对我的看法是错的。）我会把安珀安顿到布莱斯。"7月初，安珀被安顿到了布莱斯。他付了六个月的房租，如果需要还可以再延期——孩子的预产期在新年——而且他还承诺，如果必要的话，他会在彭伯·里夫斯给的补贴之上再额外拿钱给她当生活费。

"你这么做到底是想干吗呢？"一天，当他对着租约皱起眉头时，简开口问他。"当然是为了帮帮这对儿小夫妻。"他说，"给这个极其变化无常的局面带来一些稳定性。"这在一定程度上可能是对的,可还有一个原因,通过在租房子这件事上掌握主动权,他就能在自己和布兰科·怀特的约定中(指的是把安珀交给布兰科·怀特)钻空子,对于他的干涉,布兰科·怀特感到很气愤,可他自己又没办法给安珀提供其他可接受的选择。他们的婚姻有名无实,安珀和自己的丈夫分居,以便给他生孩子。这无疑给了他一种道德权利,让他继续去看安珀。而且以后会发生什么,谁能说得准呢?如果杜莎和布兰科·怀特都同意的话,离婚会很简单。如果她真像自己说的那样喜欢乡村生活,她可能不会像以前那样抗拒这个计划——在一个属于她自己的乡村小屋里做他的情妇。7月底,他给阿诺德·本涅特写信祝贺他的新剧在伦敦上演,他还在信中得意地写道:"顺便提一句,你可能会有兴趣知道,那桩充满激情的忘年恋并未结束。当事人双方似乎低估了爱和记忆的罗网,那张网又把他们绑到了一起。那位丈夫是个非常让人钦佩的男人,结婚后他一直试图承担好一个丈夫的责任。可如今,猛烈的情感如风暴般接踵而至,我觉得,在所有人看来,出于公平,给他个理由让他离婚是很有必要的——再让那对儿忘年恋置办个乡村小屋,金屋藏娇。我跟你说这些是为了考验你的自制力——我相信你不会告诉任何人。"但是在8月,他却写信让罗宾斯小姐安心,"不会发生离婚这种事的——我们几个人之间已经有了一个非常圆满的协定。大多数时间我会在布莱斯,周末的时候布兰科·怀特会过来。我们三个将会对彼此非常友好，心怀邪念者可耻[1]。安珀在布莱斯似乎有可能生活得很开心。"他小心地补充了一句："目前有我的两个小儿子在布莱斯陪她——在我们搬到汉普斯特德期间他们都住在那儿，安珀满腔的母爱终于得到了满足。"

在他和简忙着从桑德盖特搬家期间，基普和弗兰克由迈耶小姐陪着，被送去和安珀同住两周，这样做不仅给他们提供了方便，也向世人完美宣示他们对待两性关系的开明态度。如果有人视之为道德堕落的表现，那他可以去看看安珀在孩子们快要走的时候写给简的信，他会注意到，信的字里行间没有丝毫敌对、仇视，或嫉妒的迹象——相反，两个女人在信中一直保持一种轻松的口吻，充满对对方的喜爱之情——这或许会迫使那些人改变他们的看法。简在早餐时把信递给他看。"最亲爱的简，太谢谢你的两个儿子了。他们真的非常讨人喜欢，他们就要走了，我好难过……我试着让他们答应我下次或许还会再来我这儿……等一忙完搬家的事，你就会亲自过来，是吧？……对了，用伍德·米尔恩牌鞋油擦鞋能让靴子好几天都锃亮锃亮的，你知道吗？我是从桌上放着的宣传海报上看到的。我想这个小妙招你也许能用得上……亲爱的简，给四个人做饭的话，每周应该提前准备点什么呢？是给里弗斯、H.G.，还有其他访客准备的。"有时他觉得，如果他能把安珀和简之间的完整通信都刊登到《泰晤士报》上，那些关于性爱自由以及他们三人之间关系的争论就会像一只被扎破的气球一样渐渐消退，不过他知道那是

---

[1] 原文为法语"honi-soit-qui-mal-y-pense"，英国国徽和授予骑士的嘉德勋章上都有这句话。

不可能的，所以他只能尽最大努力向诸如伊丽莎白·罗宾斯之类有头有脸又有影响力的人物寻求支持。谁都阻止不了谣言和报道的传播——关于他和安珀私奔去法国，安珀怀孕，和布兰科·怀特仓促成婚以及一系列后续事件——特别是在费边社的圈子里传得最凶，因此他给许多他能想得到的潜在的同情者写信，尽可能把事情朝对他有利的方向描述。

当里夫斯夫妇得知诱奸自己女儿的那个人还去见她，还给她付房租时，那种原本因女儿结婚而产生的宽慰和解脱感瞬间烟消云散，费边社的很多人都同情他们。老帮明显为不能把他逐出费边社而感到失望，他已经不再是费边社的成员了，但皮斯冷峻地给简写信，要求她从执委会辞职，还说原因她一清二楚，那件事会让整个社团名誉扫地。韦伯夫妇着实被这种情形吓坏了，也开始出手干预。西德尼本人气得不想给他写信，就让萧做中间人传话给他，强烈谴责他那些充满煽动性的自我辩解信函，声称对他而言最体面的处理方法是找个借口出国一年。但萧在传话时，却用了一种文雅又超然的语气，这大概会让西德尼很不爽。"韦伯把你痛批了一顿，说你一直写信煽动别人。他想让你出国去东方待一年，写一本关于东方婚俗的书，省得你总拿西方的婚俗开刀。"萧在信中居然出乎意料地对他继续跟安珀和布兰科·怀特耗在一起表示同情和理解："一对儿年轻的小夫妻应当和这么一个卓越的人做朋友——如果他们有这种福气的话，这完全没什么不妥。而且A[1]又是这样一个无

---

[1] 此处"A"为"安珀"首字母。

法无天的小妖精，以至于除了有趣社会的慷慨默许，没有什么可以阻止她最狂热放荡的冒险。所以，要是你听听韦伯的反对意见（别再写那些信了），忽略关于亚洲的那部分，事情会被处理得很妥当，就无所谓谣言不谣言了。"收到这封信让他很高兴，萧在这封信里的语气明显不同于对待罗莎蒙德那件事时的语气，他马上写了回信："我亲爱的萧，有时候你不仅仅只是善处难局，而是高屋建瓴，我收回过去两年来我们通信中你想要我收回的话……事情跟你猜的差不多。安珀在沃丁瀚的布莱斯租了个小屋。布兰科·怀特在伦敦工作，空闲时间会过来。我挺喜欢他的，而且不害臊地说，我也挺喜欢她的，我常去他们那儿。里夫斯一家不知道我常去，要是被里夫斯知道了，天可要塌了。"彭伯·里夫斯比以往任何一次都更生他们的气，在和朋友提到他们时，称其为"下流坯子威尔斯和他的姘头"，其实大家很难不同情他。在新西兰重返政坛的希望破灭后，彭伯·里夫斯在当年早些时候就辞去了高级专员的职位，接受任命去伦敦经济学院做院长，到头来却发现，自己上任的第一学年伊始，整个学校都在议论一桩关于学校一位著名研究生的丑闻，而那名研究生正是他的女儿。

在这种时候有萧站在他这边，真让他备感宽慰，特别是当比阿特丽丝·韦伯也开始介入时。9月初，比阿特丽丝·韦伯写了一封信给安珀，专横地说："你必须马上做个选择，到底是选幸福美满的婚姻，还是继续跟H.G.威尔斯交往。"令人惊讶的是，她好像是最近才得知了这段恋情的来龙去脉——一定是西德尼一直尽可能地瞒着她。她宣布韦伯夫妇和他的友谊到此结束，而且她还着手开展了一项极其恶毒、充满诽谤性的活动以反对他，这是某天当他和刚从牙买加回家休假的西德尼·奥利维尔在一起时发现的。吃早餐时，奥利维尔打开一封信，边细读边咯咯笑，还把信递给他看："瞧瞧这个，威尔斯，你看了可能会笑。"他笑不出来。那是一封通函，由韦伯夫妇共同署名，不过明显出自比阿特丽丝之手，写给"我们所有家中有女儿且女儿年龄在十五岁至二十岁之间的朋友们"，警告他们要警惕掠夺成性的色狼威尔斯，年轻的女孩子们尤其要注意。他马上怒气冲天地写了两封信给西德尼，威胁要以诽谤罪起诉他们，据萧说，吓坏了的西德尼让比阿特丽丝中止她那恶毒通函的传阅——但还是没能让比阿特丽丝停止插手此事。

9月末的某天，他刚到布莱斯的小屋，安珀就用这样一条消息迎接他，"比阿特丽丝·韦伯昨天来了。"

"真的？她说什么了？"

"她说我应该和你断绝一切关系，要么以里弗斯妻子的身份和里弗斯住在一起，要是我不想的话，那就回去和我的家人住在一起，要是我继续以这种不合规矩的方式和你见面，我就会被整个正派社会彻底驱逐，我的下场将会和小说里的堕落女人一样。唉，她的原话没这么明确，但大概就是这个意思。"

"比阿特丽丝就是个爱管闲事的婊子，心里住了个老处女，嫁的老公也是个老处女。"他生气地说，"她就是看你因为要做母亲了，容光焕发的，所以嫉妒你，怨你。不过，她来这儿干吗？"

"噢，其实是我让她来的。"安珀说。

他吃惊地瞪大眼睛,"我的天哪,你为什么啊?"

"我以前很喜欢韦伯夫妇。我还是个小姑娘的时候,他们对我影响很大,我尤其喜欢比阿特丽丝。她前几天写信告诉我她的建议,我真的很感动。我想试着跟她解释一下我们的观念和想法。不过现在看来好像没什么用。"

"当然没用。"

"但她是真心想帮我,我跟她说,我不可能回去跟爸妈住,她提出愿意试着帮我们调解,她是认真的。"

"比阿特丽丝帮不了我们——她整个人都被困在僵化死板的道德体系里,可整个体系的根基恐怕连她自己都不是真的相信。"

"她一直说——'我亲爱的孩子,你必须在布兰科·怀特和威尔斯之间选一个,你不可能同时和他们两个在一起,社会不会允许你这样做。如果你想要你的丈夫,你就回去跟他住。如果你想要威尔斯——不过我不敢想象你为什么会选他——你就得和你丈夫离婚,他也得和他妻子离婚。'我说,'嗯,目前我同时和他们两个在一起,我是说里弗斯和H.G.,我们相处得非常好。'她说,'你的意思不会是说你丈夫会一直容忍这种状态吧?'我说,'我们对他抱有希望。'她沮丧地举起双手——或者说她投降了。"

他笑了,"你真行啊,杜莎。"

其实布兰科·怀特对待此事的态度令人费解。他们三个都知道他和安珀现在的关系是纯洁的,他们并未逾矩,这一点也是他写信对外进行自我辩解时的基础和依据。在这件事上他和安珀确实没有撒谎,尽管在她刚搬进小屋时,他们确实面对一些诱惑,可随着她的腹部渐渐隆起，那些诱惑都不再是问题。怀孕以一种奇特的方式使她恢复了处女状态，或说至少让她处于一种忠贞的状态。她执掌着这间小屋，如童贞女王[1]，他和布兰科·怀特则如谄媚的侍臣般对她大献殷勤，她明显很享受这个角色。独处时，她写小说来消磨时间，甚至开始跟埃斯特学了几样家庭主妇的技能，埃斯特是他们在当地雇用的一位相当厉害的厨子，也是他们的"全能帮手"。在极少数情况下，他们俩恰好同时去了小屋，布兰科·怀特以一种有所保留的方式对他礼貌且友好，但他们都避免讨论私人问题，而是去谈论政治，特别是政府和上议院之间针对劳合·乔治提出的"人民预算案"而展开的长期斗争，这场斗争引发了宪政危机，成了全国关注的焦点。考虑到布兰科·怀特在处理自己本职工作时，一定面对着大量外界涌来的闲言碎语和关注，在这种情况下他依然表现出令人钦佩的自尊和自持——可是孩子出生后，布兰科·怀特想怎么办呢？他和安珀试探着大胆地讨论过，他们希望她以布兰科·怀特太太的身份继续住在布莱斯，为了看上去正派得体一些，也许可以让一个女伴陪她一起住，他和她丈夫分别在不同的时间来看她，布兰科·怀特几乎不可能同意这个安排。他觉得布兰科·怀特心里一定已经打算好了，而且这个打算一定不会像《彗星来临》的结尾一样，但他不想在此事上逼布兰科·怀特，以免打破他们已经在布莱斯达成的微妙平衡。

他带了一本《安·维罗尼卡：一个现代爱情故事》的新书试印

---

[1] 童贞女王（Virgin Queen），指伊丽莎白一世，于1558年至1603年任英格兰和爱尔兰女王，是都铎王朝第五位，也是最后一位君主。她终身未嫁，因此被称为"童贞女王"。

本到小屋去，费舍尔·昂温出版公司正打算将此书作为那一季度的主打产品重磅推出，他心怀不安地将书给了安珀。他此前从未以任何形式给安珀看过此书，他觉得第一个读他的书是简的特权，而简在读了校样后说："你知道这本书会被当成你和安珀的真实故事吧，对吗？"他矢口否认，并指出书中所有和现实不符的地方，这都是他小心设计的。"和安珀比起来，安·维罗尼卡来自一个更平淡和乏味的郊区家庭，而且安·维罗尼卡更天真无知。她去的是伦敦大学，不是剑桥大学，学的是生物，不是哲学——""这些都只是细节。"简说，"谁都能识破。""可书里的另外两个角色都更像我，或者说更像别人眼里的我。"他继续说道："凯普斯最后和他妻子离婚了，可我们两个不会离婚——永远不会。"为了强调这一点，他吻了简，这让简很受用。可他们的对话仍然让他心绪不宁，他心里清楚，他之所以不让安珀看到这本书，是害怕她会要求他对书进行修改和删减，这一点他不能接受。最近她还表达了自己对这本书的好奇，他不能再推托了。书的装帧很雅致，用栗色布面装订，配烫金印字和装饰，她拿着书欢呼起来："终于给我看了！"她碰巧翻到印有献辞那一页。"献给A.J.""这是谁？""安珀和简的合成体。"他说。她笑了，还说她会把书带到床上去，睡前就开始读。

第二天早上吃早餐时，她到得很晚，看起来苍白憔悴，手里拿着那本书，她昨晚熬了个通宵把书看完了。"安·维罗尼卡是我。"她责备地说，"这是我们的故事。""不，不是的，安珀。"他烦躁地说，他把昨天跟简说的理由又对安珀重复了一遍，依旧没有奏效。他很生气，因为人们不明白，小说只能来自生活，没人能写出一部不包含大量作家个人经历的好小说,但这并不意味着他们可以把小说视为传记。"即使只有一点机会,他们都会去猜,何况你给了他们那么多信息。"安珀说,"甚至是名字,'安·维罗尼卡',听起来像是我名字的变位词。""那根本就不是。"他咬文嚼字地跟她解释。"可那也太像了。"安珀反驳他,"而且她也上过柔术课!我所有剑桥的朋友都能认出来。你为什么把这个写进去?""我不知道。"他无力地说。"现在完全不是出版这本书的时候!"她说,"这本书一定会让别人注意到我们的关系。"她说的当然完全是对的,但此前他一直设法逃避和故意忽视这一明显事实。"不能不出版吗?"她说。"恐怕不行啊,杜莎。"他说,"已经来不及了。书已经进了各个书店的仓库。赠阅本也都发出去了。我们必须做好准备,坐迎风暴吧。"

* * *

该来的总会来,不过是时间问题。最初,《泰晤士报文学增刊》和《雅典娜神殿》上关于《安·维罗尼卡》的评论还不错,可是《每日新闻》上一篇来自 R.A. 斯科特-詹姆斯的评论,是即将到来的风暴的预警。"作为一部小说,它确实才华横溢,妙趣横生。"评论写道。"但众所周知,威尔斯先生一直视小说为宣扬其个人见解的传声筒。我坚持认为威尔斯先生的心理学从根本上就是错的。他对现代社会提出抗议,抗议其缺乏发展机遇,这是正确的;但他不应该把社会的病症归因于未得到满足的性冲动,它们也仅仅是一种症状而已；你想通过在书里宣传一些强有力的激情性爱就矫正这个社会的所有弊病，那是不可能的。"这是个比较中肯的观点，说话也比较负责任。但是《T.P.周刊》上有一篇用假名"约翰·欧·伦敦"写的评论文章则充满民粹主义言辞，明显强词夺理，故意挑起争端。"可以肯定的是，在这个冬天，英国的女儿们都会去阅读和谈论《安·维罗尼卡》。我只能说，希望英国的女儿能保持清醒的头脑。很明显，威尔斯先生的书是相当有害的。"约翰·欧·伦敦担心英国的女儿们面对诱惑时，会按照安·维罗尼卡对自己情人说的话去做："拥有你才是最重要的，任何事都不能与此相比。什么道德规矩，不过是人定的罢了。就算永远不结婚，我也一点都不在乎，我什么都不怕——丑闻、艰难险阻、困苦挣扎……我甚至想让它们都来呢。我真的想让它们放马过来。"

回想起来，书里的这段台词似乎是相当不明智的。他和安珀现在身陷丑闻，面临艰难险阻，困苦挣扎，可他们两个谁都不觉得自己乐享其中。这部小说被流动图书馆给禁了，还被国家社会纯净运动、基督教女青年会、母亲联盟和女子友爱会轮番讨伐。这本书还受到传教士们的强烈谴责，一个教士宣称，"与其让我女儿读那本书，还不如马上把我女儿送到一个感染白喉病和伤寒病的地方去。"《彗星来临》曾经遭受过的那种公开谴责，现在都因为《安·维罗尼卡》而突然降临，且有过之而无不及，因为有谣言一直从旁煽风点火，说小说里主要的爱情故事对应的就是最近发生在作者本人身上的桃色事件。他曾给小说加了一个修订后的结尾，在这个结尾中，安·维罗尼卡合法地嫁给了离婚后的凯普斯，并和自己的父亲与姑姑重归于好，但这种修改不仅对愤怒的卫道士来说于事无补，还常被文学批评家挑刺，说他矫揉造作，因此他很后悔自己没有更坦率些，就让自己的两个主人公一直姘居，过着罪恶的生活。

这些争议当然有利于提高书的销量，当订单蜂拥而至时，费舍尔·昂温出版公司满意得直搓手，这些订单所带来的补偿远远高于被流动图书馆封禁所造成的损失。可销量并不能补偿他自己的痛苦。他意识到自己变成了一个可怜虫，还让自己的朋友跟着难堪，大家都躲着他。他几乎收不到社交活动的邀请，而且当他在自己所在的几个俱乐部露面时，他认识的会员们都趁他移开目光的瞬间神秘地消失。如果他没看错的话，某天亨利·詹姆斯就在改革俱乐部里跟他玩起了这种瞬间消失的把戏，随后给他寄来一封信，感谢他赠的《安·维罗尼卡》，信中亨利·詹姆斯尝试以同样的大长句点评这部小说的优缺点，可他的尝试比以往更加勉强和不自然："阁下的整个大作气象万千，激起在下最热情的钦佩——在下如此之佩服，以致可以尽情放纵自己，大作所传达的情感之强烈，所接受的动力之磅礴，让在下感同身受，唯有颔首赞同，其程度几近阁下之'方法'和五十件其他事物——可尖锐的问题也因此而生——所有这些只能让在下被动听之，信之，挑战和质询付诸阙如（它们做不到——不，做不到）！"

他的老对手，也是《旁观者》杂志的编辑圣·洛·斯特拉奇，对《安·维罗尼卡》倒有更明确的看法，不过一直等到11月末他才把所写的文章发表出来。那篇文章未署名，可那种充满专横与傲慢的谴责口吻，从看到标题开始就能明显认出是出自他手。文章标题是"一本恶毒的书"。

  这本书之所以激起我们的厌恶和愤慨，是因为它可能产生一种不良影响——它暗中破坏了个体在情感和性方面的自制力，而这种自制力对于一个健康和健全的国家而言是至关重要的。可这本书实际上教给我们的却是，根本就没有女人的贞操这回事，或者说即使有，也不过是一个不堪一击的堡垒……如果肉欲的渴望和性欲足够强烈，诱惑足够大，那人们就会屈服于它。自我牺牲不过是一场幻梦，自我克制不过是自欺欺人。在威尔斯先生肮脏的幻想世界里，根本没有这类优良品质的立足之地。他的世界就是人渣和臭虫的聚集地，根本不会被责任和自制之光照亮。

文章最后，斯特拉奇通过引用萨缪尔·约翰逊的一段话，把所有可能为安·维罗尼卡行为辩护的话都给打发了。"鲍斯韦尔正在讲自己如何用诡辩术为一个背叛丈夫的女人开脱。约翰逊博士用他的不朽名言打断了鲍斯韦尔——'我亲爱的先生，千万别让你的心智习惯于混淆美德与邪恶。那个女人就是个——我再没什么好说的了。'"

他希望安珀千万别看到这篇评论，可当他再去看望她时，发现有匿名者把它寄给了布莱斯小屋的"居住者"，她准备把东西拿给他看。"我早看过了。"他说，"真卑鄙。""我想知道文章最后那个破折号代表的是什么词啊？"她一脸好奇，装作事不关己的样子。"我猜是'破鞋'。"他说，"但斯特拉奇拐弯抹角地没有打出来。""我知道了。"她的脸明显变红了。几分钟后,她说自己累了,就回了房间,她显然很不高兴。他咒骂这个心怀恶意寄来评论的人。一开始,他怀疑是比阿特丽丝·韦伯,但仔细检查了信封上的字体后,倒更像是出自休伯特·布兰德之手,他可能是从比阿特丽丝那里拿到了安珀的地址,看到他的小说受到这么多攻击,休伯特·布兰德一定在幸灾乐祸,他也一定想让安珀看到这篇伤人尤甚的评论。异常巧合的是,正当《安·维罗尼卡》的出版使他和安珀的丑闻被炒得沸沸扬扬时,罗莎蒙德·布兰德终于在那个月和克利福德·夏普结婚了——这或许不是巧合,而是他和安珀身败名裂的下场让罗莎蒙德又惊又怕,所以她马上就和父母喜欢的这个男人走进了婚姻殿堂。但这真是一个古怪的重复:他的两个小情妇都在同一年嫁给了忠诚的小情郎。

他收到瓦奥莱特·佩吉特的来信,此人是他生活中,也是文学上多年的老友,她以"弗农·李"为笔名写作。[1] 关于他身陷其中的丑闻,也有谣言传到她的耳朵里,因此她写信来表示关心。他简明扼要地将情况据实相告,信的结尾他写道:"事情就是这样!我知道,你完全不会容忍此事——好像就没人会容忍此事——我不会离开我的妻子,我就是她的命啊,我也不会离开我的儿子,他们需要我。我更不会停止想念或看望我的爱侣。我的意思是,我会想方设法去看我的朋友&我的孩子&我会尽最大能力保护她,不让那些

---

[1] 瓦奥莱特·佩吉特(1856—1935),笔名弗农·李,英国女作家,评论家,旅行作家,也涉猎灵异小说。

急火火的人逼她，非让她有个'名副其实'的婚姻。"

写完这封信，他觉得心里痛快了一些，可当他又从头读了一遍时，他意识到，对收信人而言，他在信中的挑衅姿态是如此不合逻辑又不切实际。即使如此，他还是寄出了那封信，但他开始对这些斗争感到厌倦与疲惫，他觉得自己仿佛一头身陷绝境的雄鹿，血流不止，疲惫不堪，被狂吠的猎犬包围。虽然安珀和简谁都没有承认，但他怀疑她们也都开始疲惫了。简没去布莱斯看望安珀，但一直和她保持联系，还买了婴儿服让他带过去。值得庆幸的是，他们刚好搬去了伦敦，要是他们还住在桑德盖特的话，简一定会成为本地人八卦的重点对象；他们在汉普斯特德的邻居都不太爱打听别人的私事，也可能是他们把自己的好奇藏在了良好的教养背后。他愧疚地察觉到，简在伦敦的一些朋友和熟人已经不再和她来往，或是找借口不接受她的邀请。

至于安珀，随着产期临近，她变得越来越消极和沉默，她就像被打了麻药似的在屋里缓缓移动，一门心思全扑在即将出生的孩子身上。有时她抓着他的手放在自己的肚子上，让他感受孩子的胎动，这时他会把手伸进她的罩衫，温柔地抚摸她凸起的腹部，用他的指尖在上面一圈一圈缓缓摩挲——这是他们这些日子以来最接近做爱的时刻。12月初一个阴沉的下午，他们紧挨着坐在正对着火炉的沙发上，他一边缓缓地抚摸她，一边问道："你想要男孩还是女孩？"

"都好。"她说。

"我希望是个女孩。"他说，"我想要个像你一样勇敢又漂亮的女儿。"

她笑了,"那她叫什么?"

他想了一会儿。"安娜·简。"他最终开口说,"叫'安娜'是因为能尽可能接近安珀,而又不用引起困惑——"

"也是因为安·维罗尼卡?"她插了一句。

"也许吧……名字里有'简',是因为简真的帮了我们很多。"

"特别好,如果是个女孩,就叫她'安娜·简'吧。"安珀说,"当然啦,如果里弗斯同意的话。"

"那是自然。"他说。可一想到布兰科·怀特有这种特权,他就稍微感到有些郁闷,继续沉默地抚摸她的肚子。

"他昨天来了。"过了一会儿,她说。

"是吗?他一般不太在周中来啊。"

"他想让我跟他回去。"她说。

"是吗?"他尽力不表现出自己的烦躁不安。"那你想回去吗?"他停下手上的动作。

"我不知道。"她说,"有时候我觉得为了孩子好,我应该回去。你和里弗斯都不来这儿的时候,我一个人太孤独,也太偏远了。"

"如果你在这儿生孩子的话,我会给你安排一个合适的保姆。"他说——他们之前已经说好,由他出钱送她去疗养院生孩子。

"谢谢你,H.G.,但……也不全因为孩子。"她说,"里弗斯不打算继续这样下去了。他昨天跟我说,'在你生孩子前,这出闹剧必须给我停止。'"

"他是这样说的?他突然一下子这么盛气凌人。你怎么说的?"

"我说这件事他得跟你谈。"

"里弗斯可以跟我谈,可他就算磨破嘴皮子,"他说,"也别想让我放弃你。"

"他好像觉得自己可以办到。"

"他怎么能办到?"

"我不知道。"她说。

他回到汉普斯特德的第二天就收到布兰科·怀特的信,要求他去他的律师事务所面谈;其实,与其说是要求,不如说是命令,信中给了多个时间供他选择。他选了最早的那个。第二天一早他带着一种不祥的预感坐地铁去了林肯律师学院。现在的布兰科·怀特确实和从前不大一样——就像安珀所描述的,也像信中所显示的那样——他坚定果断又自信。这其中必有原因。

他到达律师事务所后,并没有直接被带到他们先前在顶楼面谈的那个小办公室——那似乎已经是很久以前的事了!——而是被领进一个会议室,里面有一个黑色的长方形抛光大木桌,还有直背椅。他被扔在那儿几分钟,他玩弄大拇指,盯着摆满法律书籍的带玻璃门的书橱。一会儿,布兰科·怀特手里拿着几个纸质文件夹走进会议室。"上午好。"他生硬地说,接着就坐到了桌子对面。他把文件夹放到光滑的桌面上,将它们摆齐。"感谢你能来。"他说,声音里没有一丝温度。"我觉得我不会耽误你太久。请你明白,我现在是以一名律师的身份,代表安珀的丈夫——也就是我自己——跟你说话。布莱斯小屋里的荒唐把戏也持续得够久了。安珀必须作为我的妻子回到我身边,而且你必须签一份保证书,承诺至少三年不许见她,也不许联系她。保证书在这儿。"他从桌子对面推过其中一个文件夹。

"这件事必须由安珀自己决定。"他没有碰那个文件夹,"我绝不会签诸如此类的保证书。"

"那我就会以诽谤罪起诉你。"布兰科·怀特不动声色地说,"起诉文件我也准备好了,在这儿。"——他轻轻拍了拍其余的文件夹——"这里有很多德高望重的人写的宣誓陈词,他们声明自己认出你小说里的女主人公安·维罗尼卡描述的就是安珀,这显然已经构成诽谤。你一定也读过《旁观者》杂志上那篇文章了,上面说——'那个女人就是个破鞋,我再没什么好说的了',其他杂志上也有类似的评论。"这位律师先生面无表情,可眼里却闪烁着胜利之光。

他努力挤出嘲弄的笑声,怒气冲冲地讥讽布兰科·怀特,说要和他法庭上见,说完就走出会议室,留下桌上那个压根没翻开过的保证书。可他心里知道,自己已经输了。如果他要打诽谤罪的官司,安珀就势必会被要求出庭做证,即使安珀愿意,他也不可能把她置于这种煎熬的境地。他从林肯律师学院直接去了布莱斯,跟安珀说了布兰科·怀特的最后通牒。

"你知道他要这么做吗?"他问她。

"不完全知道,但我知道他要把事情闹大。"她说。

"那你想回到他身边,放弃我吗?"

"我不想放弃你,大师。"她说,"但是我想我们可能别无选择。"

现在已经穷途末路了。这是一次巨大的冒险，我会非常想你，但为了我们的孩子——也为了简，让她承受那么多可恶的流言蜚语和诋毁，这一点都不公平——我想，这可能是最好的选择了。"

她开始哭，他抱住她，也哭了。

在签约过程中，他极尽拖延之能事，对保证书上的条款吹毛求疵，把三年之约减到了两年，而且他不再支付疗养院的费用（将由彭伯·里夫斯来支付）。但他还是在12月中旬签订了保证书，同时安珀离开了布莱斯的小屋，住进伦敦一家疗养院等待孩子降生。因为法律协议直到新年才生效，他还可以去疗养院看她，陪她在海德公园附近散步，这是他所能做的最后的反抗姿态。他尽力不去想他们之间不可避免的分离，而是分散注意力去想搬到新家的第一个圣诞节需要准备的东西，还有简在12月12日那天安排的节前午餐派对，邀请的客人有阿诺德·本涅特、罗伯特·罗丝、康斯坦斯·加内特、西德尼·洛斯、威廉姆·阿彻，还有梅·尼斯比特，他们仍然在假日邀请这些人来家做客，这成了一个长久保持的传统。亨利·詹姆斯也在受邀之列，但他找了个不太让人信服的借口拒绝了，无疑是受那件持续扩散的丑闻的影响。他让阿诺德早点来，把阿诺德带到书房，跟他讲了这九个月发生的所有事情。"老兄，我真不知道你是怎么扛住这些压力的。"阿诺德最后说道。"我也不知道。"他坦言道，"我跟你说，有好几次我都差点垮了。""但现在一切都结束了，你能松口气了吧。""我只觉得自己已经麻木了。"他说。但午宴期间，他极力装出很开心的样子，使聚会进行得相当愉快。

第二天，他收到一封瓦奥莱特·佩吉特的信，是对他那封充满挑衅的信的回复。这个女人的话同往常一样周到体贴又发人深省。她觉得发生在他身上的事"很容易理解，也很让人同情，甚至很容易被谅解和宽恕，但它确实和我的某些根深蒂固的思想观念相左。作为一个女人，也作为一个女性之友，我的经验告诉我，一个年轻女孩，不管她读了多少书，不管她多有想法、多么善言，也不管她自认为愿意承担多少责任，她都不可能像一个已婚女人或年长女人一样做到心中有数，应付裕如。所以有一条不成文的规定是对的：一个情场老手有责任保护她，不但自己不能伤害她——也不能让她自伤"。瓦奥莱特既不是假正经，也不是清教徒，她是个同性恋，她也从不对朋友隐瞒这一事实。如果连她都这么想，那他和安珀在人类关系上的大胆尝试，恐怕这辈子都没有任何机会得到承认了。瓦奥莱特在信中继续说道："对我而言，整个事件中最有趣的人似乎是你的妻子，我最关心的是她的未来和她的幸福。"她的这个看法实在让他很感激。在他看来，这段恋情结束的唯一好处就是，简也悄悄松了一口气，因为这场漫长的斗争终于结束了。

新年前夜他收到消息，安珀平安诞下一女，他写信告诉瓦奥莱特这个消息：

亲爱的朋友，

今天早上，我的女儿出生了。你写给我的信是那么善良，那么体贴，我很感激，也很珍惜你仍愿意做我的朋友。我并不觉得我和安珀有什么错。我们一直很快乐，而且充满激情——没什么借口可言，只不过我们都爱得太深，而且都对生活过分贪婪。不管怎样，现在我们要忍受许多痛苦——其中最痛的就是离别之苦——而我们之所以这样做，主要是出于对我妻子和儿子们的爱。

祝你新年快乐

H.G. 威尔斯

第四部

第一章

——说来也真是出奇地应景,安珀生下孩子那天,刚好是你最终不得不放弃她那天,那是一年中的最后一天——其实也是新世纪头十年的最后一天——标志着你人生中一个篇章的结束。

——也标志我和费边社那伙人之间一切往来的结束。

——可你在1908年就已经辞职了。

——我那时只是不参与政策问题的讨论了。但那种你可能会称之为性政治的问题仍然会引起我和老帮之间的争论,萧除外。先是我和罗莎蒙德的韵事,紧接着又是和安珀的恋情,老帮的人对我的不满达到了极点。东窗事发后他们就完全不理我了。我和他们之间没有进一步合作将英国转变为社会主义社会的可能性。

——从长远来看有过这种可能性吗?

——事后想想,可能没有。但我们本可以用既心平气和,又合理的方式得出这个结论,不用将如此多时间和精力,浪费在没意义的阴谋诡计和互相诋毁上。

——你在《自传实验》里说,你自己也要为此承担部分责任。你是这样写的,"但在我一生的经历中,却从没有过像在费边社那次一样——因为那件小事就闹得满城风雨——使我心痛得那么剧烈，我在回忆中悔悟自己错误的判断力、突如其来的冲动和不可原谅的虚荣。"

——我当时确实也有错。可那是因为我认同妇女性解放，而且我本人也身体力行，所以我们才争论不休。丑闻可不是我自己找的，我从没跟人吹嘘过我和其他与我无婚姻关系的女人的关系，这些风流事闹得尽人皆知也不是我的错啊，我不会否认，但也不会为此而道歉。皮斯、布兰德夫妇和韦伯夫妇这类人之所以既震惊又害怕，是因为我的开放，或者在他们看来是我的"厚颜无耻"，还有这样一个事实——简支持我。但是当然啦，我又不能在《自传实验》里公开说这些。

——就算你确实是在认真践行自己所信奉的性爱自由，可搞到显赫的费边社社员们的女儿头上，而且人家还是处女，这样做不会有些不明智吗？

——我没追她们，是她们主动追求我的。我从来不会拒绝女人的提议——天性如此。

——难道你没借着睡你费边社对手的女儿来报复他们么？

——我想，我跟罗莎蒙德的事可能有点儿这个意思。它刚好发生在皮斯、布兰德和西德尼·韦伯开始抵制我改革社团的尝试之后。我不能说我当时不可抗拒地被她吸引了，但是在她那个伪君子父亲的眼皮子底下给他女儿上上性教育课，确实让我有种快感。可我是真的爱安珀。我们被迫分开后，我极其想念她。

——她们都是非常年轻的女人，年龄只有你一半大。从那些反

对者的角度来看,这些恋情让她们承受了巨大的情感压力,让她们长期和父母疏远,在她们尚未完全成熟前,就过早地把自己推进复杂的成人关系里,而且还让她们成为伤人的八卦和丑闻的对象。这对她们公平吗?

——噢,我只能说,她们之中没有一个人对我心怀怨愤和不满。大战前我还收到安珀的信,信里表达的大致就是这个意思,那封信真的让我非常高兴。

他在一个存放重要私人信件的文件柜里翻找,很快就找到了那封信,它被归档为"布兰科·怀特·安珀",日期是 1939 年 8 月 25 日。她写信感谢他寄来刚出版的《人类的命运》。

> 亲爱的 H.G.,我们昨晚刚从威尔士回来就看见你寄来的书——它将会占据我们的思想,它是上天所赐。在这样的时刻,众所周知,当我们所有人的生命似乎都即将走到尽头,我们的思绪会回顾过去,即使你没寄来这本书,我也觉得自己应该写信感谢你——感谢那些年你给予我的一切——一个对我而言近乎完美的希望,你的智慧给予我的影响,还有安娜·简——这些将会伴我一生。我无时无刻不觉得,一切都是值得的。

——她可真是不吝赞美啊。
——安珀一直是个慷慨大方的人。

——你不觉得要是她没受你的引导和推动，在二十四岁之前就遭遇了通奸、产子、结婚这一系列事件，她也许本可以拥有卓越的事业。

——她已经生活得很充实和满足了。

——可她曾是同代人中最聪明的学生之一。要不是因为和你搅和在一起让她分了心，她本可以有辉煌的学术事业。

——我知道在剑桥的时候他们这样评价过她，可能现在还会这么说，但是剑桥总觉得自己就是思想世界的中心。可它根本就不是。安珀现在已经有了一份体面的工作。她确定了自己的职业，就在莫利学院做讲师，教哲学和心理学，她教的都是成年人，就是普通的男女——特别是女人——她们被传统大学课程拒之门外，却又如饥似渴地想学知识。

——真是一份有价值的工作，但还是大材小用了。

——我觉得安珀并不可能成为真正具有原创性的哲学家或者社会学家，她属于那类适合做好学生的人，他们能从别人那儿得到提示和启发，再把这些东西整合成看起来既出色又新颖的玩意儿，但她缺乏恒心、毅力和自信心，不能创造出真正有价值的东西。我在写《劳动、财富与人类幸福》时，她确实为我做了很多卓有成效的工作，但那些工作本质上是对二手材料巧妙熟练的汇编与整理。

——那她的小说呢？你们分开后她出版了好几部小说。

——还不错，其中有一部1914年出版的《一个女人和她的丈夫》是真的不错，讲的是一个备受宠爱的中年妻子，她的丈夫是个成功的商人，有一天她突然清醒地意识到自己高质量的生活都是建立在薪资奴役制的基础上。但她的其他小说就稍显平庸了些。她最终还是缺乏在小说中直面和探索自己个人经历的勇气。

——**也许她是不想让布兰科·怀特下不来台。**

——也许吧。可如果你想成为一个真正的小说家,你就得承担得起这种顾虑。在我的一生中,已经不知道让多少人下不来台了。

——**确实如此。包括安珀。**

——《安·维罗尼卡》的事她已经原谅我了。但我猜她要是在小说里写了布兰科·怀特,他可不会原谅她。最终一个女作家不得不在婚姻和写作事业里二选一,特别是如果他们还有孩子的话——安珀选择了她的婚姻。

——**不过考虑到事情一开始闹成那样,最终的结果还算不错。**

——是啊。讽刺的是,那时候离婚法放宽限制后,布兰科·怀特还被任命为离婚专员了。我想,他现在是克罗伊登镇[1]的首席法官。不算地位显赫,却也不错。他是个正派的人。

——**那他原谅你了吗?**

——我觉得他没有,至少没完全原谅。但20年代的时候,他终于同意和我握手言和,还来过伊斯顿·格里伯别墅,参加了我办的一个有点儿感伤的午餐聚会,而且在简去世后,我跟他和安珀进行社交性会面就变得容易多了。

——**那你和罗莎蒙德就没有见过面吗?**

——没有。

---

[1] 伦敦南部的一个大区。

——在和你的恋情风波之后,她过得一直不幸福。

——这不能怪我——都怪她父母催着她嫁给克利福德·夏普。他变成了一个酒鬼——丢了在《新政治家》做编辑的工作,而且再也没能保住别的工作。罗莎蒙德记得的,我曾经警告过她别嫁给他。

罗莎蒙德寄来的几封信被归档为"布兰德",就挨着"布兰科·怀特"。他拿出一封日期为1月29日的信。上面没写年份,但一定是1929年左右。她写信来请求他同意她在香烟卡上[1]使用他的肖像,夏普在纽约找工作,她在家过得相当拮据,给一家广告公司做兼职,还要应付一堆债主。"说来也奇怪,我记得二十二年前,在迪姆彻奇的海滩上我跟你保证,如果遇到什么困难,我一定会告诉你。你那时候就对我说过,嫁给克利福德对我没好处。你说的简直太对了!当然了,无论对谁而言这类保证都没什么意义,也就只有我还会记得,你可能都忘了吧。"

——我当然记得。

——你让她在香烟卡上用你的肖像了?

——嗯,还寄了一张支票,虽然她没跟我要钱。安珀也是这样,自从我们分开之后,她从没为安娜·简或是她自己来跟我要过钱——可我多希望她能跟我开口啊,因为我后来才知道,"一战"

---

[1] 烟酒店售出的一种香烟提货凭证,不仅能领到香烟,还可以兑换现金。

初期她过得真的非常苦。她们都是坦率又高尚的年轻女人,都是真的爱我,不想让自己的爱被任何金钱关系所玷污。

文件夹里还有另一封罗莎蒙德的信,比刚才那封时间稍早,是因为她看到了威廉·奥宾[1]给他画的肖像画,所以被激起了写信的冲动。"有一天晚上,克利福德回家后把一页《闲话报》推到我眼前,跟我说'这是H.G.,给你'。还真是。奥宾真是太聪明了。他抓住了你的全部神韵,以前没人能做到这一点。这就是真正的H.G.,那个写下难忘和迷人作品的H.G.,那个人见人爱,永远都爱,独一无二的H.G.。这曾经是我的H.G.,即使现在,我在内心深处仍然认为这是我的H.G.。虽然我现在说这种话多少有些厚脸皮,因为时过境迁,物是人非。去年冬天我有一个发现。我因病卧床五个月,那时我十分确信自己不会康复了,在稍有好转的那段时间里我重读了你早期的作品——都是我在十九岁或二十岁时读过的。我发现,我所以为的'罗莎蒙德'不过是由H.G.威尔斯构成的罢了。这一发现让我震惊,根本就没有所谓的'我',我以为是我自己的思想和感受,根本都来源于你。"

——她能这么说可真贴心,但我很遗憾,她的身份认同感居然如此薄弱。在某个时期,她还成了那个江湖骗子邬斯宾斯基[2]的

---

[1] 威廉·奥宾(William Orpen,1878—1931),英国画家,尤其以画政治家和战士的肖像画而闻名。
[2] 邬斯宾斯基(Ouspensky,1878—1947),俄国哲学家,神秘学家。

信徒。

——她自己写小说吗？

——嗯，她写了一部很奇怪的小说。《石屋中的男人》。女主人公是个十二岁的小姑娘，她天真地爱上了一个写侦探小说的作家。但这个作家讨厌女人，因为以前有个女人背叛了他，可他却发现自己不由自主地回应了小姑娘的爱。小说结尾，另一个小女孩被一个恋童癖谋杀了，作家就杀了这个恋童癖然后远走高飞，环游世界，他计划着等女主人公长大成人后再回来。这部小说的开头像伊迪丝写给孩子的那些故事，但接着变成了暗黑的成人世界。事实上，罗莎蒙德在书的封面上称自己为"罗莎蒙德·E.尼斯比特·布兰德"。

——无疑是希望她母亲的名字能帮她多卖点儿书。

——恐怕没什么用。

——她还写过其他小说吗？

——没有。真可惜，因为《石屋中的男人》有些部分写得还不错。

——她的人生真是个悲剧。

——伊迪丝的鼎盛时期结束后，他们全家的命运都很悲惨。他们把所有钱都挥霍在过分的享受上，所以当伊迪丝的书销量下降后，他们变得很拮据，不得不卖掉"另一个房子"。伊迪丝开始对一个关于莎士比亚的理论走火入魔，那个理论说莎士比亚的真实身份是弗朗西斯·培根[1]，她在上面浪费了大量时间，而且布兰德那时候就要失明了，他的听力也跟着下降。等到1914年去世时，他已

---

1 弗朗西斯·培根（Francis Bacon，1561—1626），英国文艺复兴时期散文家、哲学家。

经完全看不见了。

——你觉得是因为梅毒吗？

——考虑到他过的那种糜烂的生活，我确实想到过这种可能。

——梅毒的存在也许是反对性爱自由最强有力的论据。

——如果做好预防措施就不会得病。谨慎起见，我总是用避孕套。但布兰德可能从不用，因为那违背了他荒唐可笑的宗教信仰。

——他去世后你见过伊迪丝吗？

——一年后，大概是在战争中期，她突然写信给我，信里告诉我说她在威尔庄园大门口卖菜以维持生计。那是自罗莎蒙德事件后我和她之间第一次联系。那封信已经找不到了，但我记得她说，"你不觉得那些争吵也该有个头了吗？"我想她是希望我能去看她。

——你去了吗？

——没有，我忘不了也不能原谅她在帕丁顿车站事件发生后写给简的那封恶毒的信。我礼貌地回信给她，对休伯特的死致以迟来的慰问，但没提见面的事。我听说几年后她再婚了。

——嫁给了一个海员，是吧？

——可以这么说。汤米·塔克。他是个航海工程师，掌管伍尔维奇渡轮，也被称为"船长"。孩子们都觉得他有点落魄，可他一直照顾她，直到她1924年去世。战后他们不得不卖了威尔庄园，住在靠近迪姆彻奇的罗姆尼湿地上两个由空军营房改造的小屋里，他们称之为"长舟"和"小艇"。

伊迪丝去世后，伯塔·拉克给他讲了下面这些情况。在伊迪丝的辉煌时期，伯塔是威尔庄园的常客，她早期尝试写浪漫小说时，伊迪丝还曾帮助过她。后来她们因为一些事发生了争执，十五年没再联系，直到有一天伯塔收到艾里斯·布兰德的信，信中说伊迪丝病重，于是伯塔出发去看她。当船长打开"长舟"——也可能是"小艇"——的门时，说了一句"欢迎上船"。伯塔说，伊迪丝好像穿越到了她自己的小说里——生动诠释了明明生活贫寒却又要虚摆排场，不同的是，现实中并不存在什么锦囊妙句，能让她有个幸福的结局。她最终死于肺癌。看到伯塔，她很高兴，她们重归于好。在她死前，伯塔又去看了她几次，还读书给她听。伯塔说，第一次给她读的是《简·爱》，第二次伊迪丝要求听《基普斯》中的一章。他为此很感动，并且后悔自己没有抓住她写信来要求结束争吵的那次机会，跟她和好。

——很多人都觉得，1910年之后你变了——你变得铁石心肠。你表面看起来开朗、友好，可实则更自私，更精于算计，更不宽容。

——我必须变得心硬如铁。过去一年里因为安珀那件事我承受了极大的压力，无论公开或是私下里，我受尽辱骂和诋毁，而我最终还是失去了她。我举家搬迁，离开家园，定居伦敦开始新生活。我还放弃了通过费边社使自己的构想进入公共领域的希望。从今以后，我的书将会是我唯一的表达工具。我形单影只。我不得不心硬如铁。

1910年春天，在这个新的十年，他出版了第一本书《波里先生的历史》，书中并不能明显看出过去几年间他所卷入的性丑闻或意识形态争端的痕迹。波里先生和其他主要角色都是中下阶级，受教育程度偏低，在性方面清白、平淡、保守。也许正因如此，此书才反响平平，好像连评论家都很困惑和失望，因为书里没有了那些充满争议的内容，而只有时间才能证明，那是他最受欢迎的小说之一。评论家们认为，此书又回到了《基普斯》之类早期作品的风格——某种程度上确实如此。但这出充满喜剧色彩的田园诗却向懂行的读者传达了一个极具颠覆性的要旨：一个人，可以打破所有法律规则和社会规则，但此后依然能过上幸福的生活。波里先生想要通过自杀来摆脱乏味的婚姻和无意义的工作，在自杀过程中，他放火烧了自己的店铺，以便他的遗孀能拿到保险金，但他搞砸了，没能自杀成功，还放火点了好几家别人的店铺，其他店主感激地拿到保险金，他自己也因为在大火中救出一名老妇而成了英雄。他拿走大部分自己的保险金，抛下妻子开始流浪，他最终安顿下来，打零工度日，跟一个慈母般的河岸旅馆女房东成了纯洁的伙伴，还凭借运气和智慧成功击退了一个跟他们作对的暴力泼皮。小说结尾，这个泼皮偷了波里先生的衣服，却意外溺水身亡，他的尸体被认成是波里先生，波里先生得以以新身份在河畔旅馆幸福地度过余生，同时他的妻子也从中得到另一笔保险金。这是他所写过的最不道德的故事，但英国公众却毫无反对之声，因为书里无一字触及性。

然而他的下一部小说《新马基雅维利》——是跟《波里先生的历史》同时写的——却是非常不同的，它是一部非常容易引起争议的书。他以《托诺-邦盖》那种狂侃式、论述式、第一人称文体风格写就此书，将叙述者的个人史与对英格兰状况的广泛研究相结合，但比《托诺-邦盖》更具政治倾向性。这部小说实际上更多取材于他自己在过去十年参与政治而产生的幻灭感。主人公理查德·雷明顿在剑桥大学学习政治学，后来在伦敦成为一名激进的记者，他在伦敦与玛格丽特相遇并结婚，这个女人很有野心，一心想成为政界要员的妻子，雷明顿后来成功以自由党人身份竞选议员。不久以后，他就对自由党和工党都产生幻灭感，雷明顿在心中如此认定自己理想的国家状态："我们的国家英格兰，它可能不会太贫穷，可也不必太富有，有自卫能力，井然有序，训练有素和坚毅果敢的品质遍布祖国山河。"要想实现这种理想状态，只能通过招募一些强大的代理人，由他们来真正完成现代社会系统的转变，这些代理人中更有理想主义精神的人，可能会被说服去组成一个类似武士的、有献身精神的精英领导层。为此，他改变立场加入保守党，组建了一个进步的托利党小集团，他们有自己的出版物《蓝色周刊》，有一个既迷人又叛逆的女人伊莎贝尔·里弗斯协助他管理此事。这时他已经和妻子疏远，他的妻子在性方面从未满足过他，而且他们之间政见不合，他很快就爱上了伊莎贝尔，伊莎贝尔也爱上了他。当事情败露，丑闻四起，他的事业也被危及，为了挽救他的声誉，伊莎贝尔准备嫁给一个她很尊敬但根本不爱的男人。最终，他们无法忍受分离，双双离开伦敦——"邋里邋遢的伦敦，我的精神和野心之母"——去了利古里亚海岸生活，在那儿，雷明顿把自己比作被放逐的马基雅维利，写下了关于自己一生的故事。

在叙事的后半部分里，他再度想起自己和安珀充满戏剧性的关系，但他其实改写了他们在现实中虎头蛇尾的结局，以使自己在小说中的形象更像个悲剧英雄，他把它改成了传统的"抛弃江山爱美人"的故事。小说的前半部有一部分取材于他自己和费边社社员之间的事，对阿尔提欧拉和奥斯卡·贝利夫妻的刻画尤其如此，这对夫妻举办政治沙龙的房子，就非常像韦伯夫妇位于格罗夫纳街的家。

> 她人高马大，气势逼人，虽衣着华丽，但穿黑色丝绸戴红色念珠让她看起来有点不修边幅，她有一双并不深邃的黑眼睛，讲话声音清亮冷硬，令人无法忽视，她的面部轮廓仿佛一只鹰，黑色直发野蛮生长的样子就像狂风中鹰头部的羽毛……奥斯卡没有妻子这般相貌堂堂，但他记忆力非凡，细部分析能力一流。这种才能不久就为他赢得了不大的名誉，而且我认为，要不是遇到了阿尔提欧拉，他的余生也就不过如此了……

他无疑明白，这两个角色会被认成比阿特丽丝和西德尼·韦伯，但他自信自己在作品中对这两个角色做了足够多的美化，尤其是对比阿特丽丝，以便减轻其中的讽刺意味，确保他们不会以诽谤罪起诉他。不过他无法否认，小说结尾的一系列描写非常像他和安珀恋情的高潮部分，他在书中对伊莎贝尔的描写，从某种程度来讲是写给安珀的情书，她会喜欢的，而不会对此不满，书中很多亲密的细节都取材自他们的共同生活（比如伊莎贝尔习惯叫雷明顿"大师"），只有她才能识认出来；而且他觉得，布兰科·怀特——曾经以诽谤起诉相威胁而在与他的竞争中赢得关键一役——不会得不偿失地冒着引起公众关注的风险,再起诉他一次。

但是出版商们面对这本书时却表现得畏首畏尾。麦克米兰是根据作者本人对作品的描述而签了出版合同,直到样书送来前他还没抽出时间真正读过,样书送来后,麦克米兰被叙述者对自己性生活的坦白给吓坏了,他找了"两倍于拒绝《安·维罗尼卡》的理由"拒绝出版此书。麦克米兰先是去劝说海尼曼出版公司,接着又去找了查普曼与霍尔出版公司,想把这本书脱手,可是,即使是在他给安珀寄了一本,安珀回了一封很友好也很有帮助的信,信中说她和布兰科·怀特都看过了,他们都觉得书里没有可能带来法律上麻烦的内容,那两家公司还是怕惹上诽谤官司。最后约翰·雷恩——此人是一个专门出版有风险但也有文学价值的作品的行家——接下了这部小说,于1911年1月出版了此书。他们俩被证明是完全正确的:这本书根本没惹上诽谤官司,他甚至间接听说,比阿特丽丝·韦伯对此书印象深刻,还宣称书中对她和西德尼的滑稽模仿"虽然以一种充满恶意的方式,却真是极其聪明"。

因为此书1910年后期在《英语评论》上连载时引起了相当大的关注,当它在1911年出版时,马上受到广泛评论。它被普遍认为是一部既令人印象深刻,同时也有瑕疵的小说,但不同的评论家指出的缺点也不尽相同:叙事结构松散,或主人公对政治和社会问题长篇大论的闲扯实在是冗长乏味,或对真实生活中名人们的恶意描绘,或对主人公性问题的过度关注,诸如此类。亨利·詹姆斯从美国寄来一封信——他去美国是为了在他哥哥威廉弥留之际最后陪陪他——信依旧是他典型的风格,把说教伪装成赞辞:"阁下对生活之巨大感受力,以连珠妙语沉思混沌世界之能力,沉思中竟现出,这么说吧,千滋百味——对在下而言,它们是一种珍贵的、绝妙的、令人钦佩的呈现,对阁下而言,对其本身而言,读者无疑应该坦率自问,这究竟是怎么一回事,在作品效果、再现方式、一般激励活力方面,读者想要更多。"但是当然,詹姆斯确实想要更多——或说更少,更少的材料,更多精巧的形式。"对于阁下再次表现出如此强烈的操纵感,在下也有几句建言——在下确实有建言——自传这种恼人的形式,让松散、随意、劣质、简单的文笔雪上加霜。"他不想吵架,更别说是和亨利·詹姆斯吵架了,因为他很尊重这位老作家,也同情他的遭遇——威廉最近去世了,他正处于悲伤中。所以,对于詹姆斯的批评,他大度地回了一封信,信中通过将那些批评当作赞美来接受,而试着表演了和亨·詹一样的把戏:"就阁下对我的爱之责罚而言,我心悦诚服,甘心俯首受罚。阁下感觉到鄙作的混乱、困惑、紧张与暴力,阁下将自己的感觉表达得如此巧妙又富有美感,以至于它们在阁下的妙笔之下似乎有了价值。"

然而他意识到,自己未来计划写作的小说都差不多会是和《新马基雅维利》同一类型的,它们永远不会满足纯文学小说的公认标准。因此,他觉得权宜之计是为这种不同类型的小说发表一份宣言,他为泰晤士读书俱乐部作了一个以"小说的范围"为主题的公开演讲,使用的就是这篇宣言,他将自己视为这个新文学运动的一员,并说明这个新文学运动中的作品,将要取代性格小说和个人关系小说。"我们要描写的是政治问题、宗教问题和社会问题。除非在不受限制的天地里自由创作，否则我们无法呈现和描写人……我们要写商业、金融和政治，我们写特权，写装腔作势和自命不凡，写端庄稳重，也写低级趣味，直到一切虚伪和欺骗在我们冷静清晰的阐释中萎缩……在我们达成这一目的之前，我们将把生活中的一切都纳入小说的范围。"这一事件被阿诺德·本涅特在《新时代报》上报道，说起来，阿诺德·本涅特是他在这个新运动的潜在成员里唯一能说得出名字的人，本涅特在新闻稿中对在场听众的描述多少有些无礼，他说"大体而论，'图书馆'里参会的听众有一千名妇女，和萧伯纳先生"，但阿诺德·本涅特赞同他的观点，并通过自己的文章为其做了重要宣传。

《新马基雅维利》还为另一个重要的女人走进他的生命提供了契机，或说借口，那个女人是伊丽莎白·冯·阿尼姆伯爵夫人。自1907年起，他们就已经有点熟了，那时候康斯坦斯·斯梅德利——一位女权主义作家，也是颇负盛名的莱森俱乐部的创始人，该俱乐部在伦敦服务于女艺术家和女作家——把她介绍给他，她作为作家盛名在外，他早有耳闻——怎么会有人不知道她呢？1898年她的《伊丽莎白和她的德国花园》出版，在文坛轰动一时。这部短小精悍且极具风格的作品被作为小说出版，可读起来却像是自传，尤其是作者名为伊丽莎白，而标题中也使用了"伊丽莎白"这个名字，再没有比这个更能撩拨读者好奇心的了。作品讲述了一个英国女人，或至少是一个说英语的女人，她并不完全开心地嫁给一个不名一文的普鲁士容克[1]——在书中被称为"愤怒的男人",他已经让伊丽莎白生了三个女儿,每个女儿之间的年龄几乎只相差一年多一点,被称为"四月宝宝,五月宝宝,六月宝宝"。为了逃脱这种单调乏味的城市公寓生活,伊丽莎白开始花大量时间待在被丈夫忽视的贫瘠的波米拉尼亚庄园,在这儿,她冒着种种阻碍与挫折,建了一座美丽的英式花园,作为自己的慰藉和消遣。她还在庄园里接待形形色色的客人,以简·奥斯汀式的反讽记录下他们的利己主义和麻木。这本书被证明具有不可抗拒的可读性,特别是对女人而言,她们喜欢看到叙述者勇敢反抗自己丈夫的父权制偏见,而英国男性读者喜欢的是她对德国礼仪的机敏讽刺,而且不管男女,他们都很喜欢她在书中对园艺事业的描写——既抒情,又充满喜剧性。作者身份的神秘性更增加了作品的吸引力。它迅速成为当季畅销书,第一年就再版了十一次,第二年又再版了十多次,而且(他从可靠消息源得知)在一定时期内作者赚了一万英镑版税。简很迷这本书,还让他也看,他一口气看完后宣布,这本书写得很聪明,但太轻巧了,这个结论背后有同行间的嫉妒因素在作祟,因为这本书的销量让同年出版的《星际战争》的销量显得微不足道。

当他见到这位作者时,她的身份已经广为人知。她又出版了几本书,虽然不如第一部那么成功,但也不赖,而且她又给伯爵生了两个孩子。第一次见面他就了解到,她家那位"愤怒的男人"饱受疾病之苦和财务压力,身体虚弱,伊丽莎白管着整个家,也是家

---

[1] 以普鲁士为代表的德意志东部地区的贵族地主。

庭的主要收入来源。她娇小，虽然生育过，身材却很匀称，凹凸有致，她的五官看上去不能用美来形容，甚至不是常规意义上的漂亮，却让人很舒服。如他所料，她是个有趣的伙伴，在闲谈之下能看出她有真正的智慧和出人意料的才华——比如她还是个音乐家。他喜欢这个小伯爵夫人，可当她邀请他去自己所在的莱森俱乐部共进午餐时，他却婉言谢绝了，因为他有太多紧急的事需要集中时间和精力去做——这些事大多和费边社有关——以至不能马上和这位新朋友培养感情。事后，康斯坦斯·斯梅德利明显受了伊丽莎白的撺掇，写信来说伊丽莎白被他的拒绝伤害了，但还是好想再见他一次，甚至愿意为此专程跑一趟英格兰。他不动声色地回了一封信，信中为自己的无心之失道歉，并发出公开邀请，让她在方便时来桑德盖特见面。

伊丽莎白很快就找到了一个机会。那年夏天，她带孩子们到英格兰以一种相当原始的方式游览度假，他们坐着几辆租来的吉普赛大篷车穿越东南部一众城市，她打算利用此行写一部书。记忆中，那个假期受到了天气的诅咒——那是最潮湿的一个夏天，当车队在利兹城堡躲避糟糕的天气时，他们坐汽车去黑桃别墅吃午餐，饭后，冯·阿尼姆的孩子们跟基普和弗兰克玩"地板游戏"，大人们坐在一起闲谈，简和伊丽莎白相处得非常融洽。这种给冯·阿尼姆一家造成不便的恶劣天气，却无意中成了她根据此次旅行所作小说中的喜剧元素的来源，小说名为《大篷车队》，在出版一年后受到称赞，民间文学中素有对此类度假方式的崇拜，她在作品中创造性地模仿了此种崇拜。

此后他就没再跟小伯爵夫人通过信,也没听过任何关于她的消息,直到1910年,他间接了解到她丈夫去世了,她带着孩子搬到英格兰继续追求自己的文学事业。她再次证明了自己是个多面手,同年她写了一部充满女性主义色彩的戏剧《普丽西拉快逃》,首映当晚取得了巨大成功,在干草市场剧场连续上演了多场。他自己有过有限的戏剧创作经历,而且通过阿诺德在戏剧领域数不胜数的尝试,他也有了一些间接的了解,因此他知道这是相当了不起的成就。他情不自禁地佩服伯爵夫人,她一直有一种无须迎合便能搔到观众痒处的能力。在这期间,《新马基雅维利》在《英语评论》上连载了,伊丽莎白读过后给予了相当热情的赞美。"读了你精妙绝伦的《新马基雅维利》后我实在欣喜雀跃,请务必原谅我用此事叨扰你。"11月时她写信来如是说,当时连载接近尾声。"没有一个人能像你一样认识和理解万事万物——其他人都是纸上谈兵——而你却看到了其中的诗意,你了解那疼痛而荒凉的真相——读你作品的人渴望读到的是后来的故事——随着糟糕可怕的日子一年年逝去,然后会发生什么呢?"信的最后,她说希望还能再和他见面。他写了一封短笺,感谢她对自己作品慷慨的赞美,信末附言问她下周是否某天恰好有空,他很想请她吃饭,饭后再去汉普斯特德荒野散步,因为简下周要去德文郡见一位老友,他需要人陪。她很快回信答复说,除非他写信来提出异议,否则她会在下周二登门拜访,实际上她如约而至。

天朗气清,他带她去一家乡村小酒店吃午饭,之后去了汉普斯特德荒野散步。她异常坦诚地谈及自己的生活,这让他更加了解她。她出生于澳大利亚,得名玛丽·波尚,父亲是第一代移民,搞商船运输的,生意做得很成功,在她三岁时,就带全家回到英格兰。她和兄弟姐妹在英格兰受到良好的教育,也在瑞士学习过一段时间。但作为一个年轻女人,她的志向和期望都非常传统,没受到女性主义的影响,一心想有个美满的婚姻。为此,父亲带她去欧洲大陆旅行,在那儿遇上了海宁·奥古斯特·冯·阿尼姆-施拉根廷伯爵,父女二人对他颇为满意,其外祖父是腓特烈大帝的侄子,他本人新近丧偶,想找一位新伯爵夫人。

他们站在国会山上俯瞰伦敦平原,平原被煤烟笼罩,看上去像一个被压了一层煤屑后闷火闷烧的大壁炉,她开口说道:"那就是个严重的错误,我自作自受。"接着又说,"不过父亲也有错,他也被海宁那套贵族式的虚伪外表蒙蔽了,而我当时正处于愚蠢的恐慌中,担心自己变成剩女,因为我妹妹和另一位表亲都已经结婚了,那时候来看,海宁似乎是个不错的选择。平心而论,海宁当时也顾虑重重,犹豫不决——其实多少是因为我勾引了他,所以他不得不娶我。我们都不知道他差不多快破产了,我当然不知道成为一名德国主妇应该满足什么要求,更不知道那种生活有多凄凉沉闷。我说的这些你多少能从《伊丽莎白和她的德国花园》里看出来。现实情况其实比书里写的更糟糕——海宁让我从书里删掉了很多内容后才允许我出版。"

"你怎么勾引他的——我这么问是不是太冒昧了?"他问。

"海宁在英格兰住了一阵子,一直犹豫要不要娶我,我故意让他知道我会在某个周末住在泰晤士河畔的戈灵的一家旅馆,身边只有一个形同虚设的监护人,然后他就上钩了。我失去了我的第一次,那时河水在窗下发出轻轻的拍打声。这是整件事中唯一的浪漫因素。"

"你义无反顾地嫁给了他。"

"我不得不如此。我原以为婚后我们的性生活必定会有所改善,可并没有。他倒是爽了几分钟,我却得怀孕九个月。他不停让我怀孕,因为他太想要个儿子了。为了从无休止的生育中得到片刻喘息,我住到了纳森海德,他很不喜欢那儿,更愿意住在柏林的公寓里。然后他就找了个情妇。"

"你在自己的花园里找到了安慰。"

"我的安慰更多来自把它写进书里。书里的花园主要是个幻想,读过它的人在看到实物后往往非常失望。对于不知真爱为何物这件事,我已经听天由命了,就像在我之前的许多女人一样,我在文学创作中寻求满足。"

"但现在你可以自由地寻找真爱。"他笑着说,同时转身直视她蓝灰色的双眼,有人曾告诉过他,她的目光有蛊惑人心的魅力。

她泰然自若地同他目光交接,嘴角漾起一抹神秘的微笑。"是,我想我可以。"她说,"如果我能遇到合适的人。"

他送她去了汉普斯特德地铁站,握别时久久抓着她的手不放。"我们一定会再见面的。"他说。

"我很愿意,"她说,"我和姐姐目前住在黑斯尔米尔,但我正在伦敦找公寓。"

"黑斯尔米尔!"他叫道,"那儿附近有个带宾馆的农场,我有时会去那个宾馆写作。我之前一直想着再去一次。"其实这个想法是他刚刚一瞬间想到的。

"哦，如果你再去的话……一定要告诉我。"

"我会的。"他拿起她的手放到唇边吻了一下，"好了，再见[1]吧。"

"再见。"她笑着转身走向旋转门，匀称丰满的臀部在剪裁考究的外套下左右摆动。

第二天上午，他匆匆给简写了一封信："工作的烦琐和生活的重压都因聪明的小伯爵夫人于昨日下午一点钟突然来访而得到缓解，在她的提议下，我们愉快地共进了午餐，并一同散步。她谈吐不凡，而且真正了解《新马基雅维利》，我想她会是个很好的朋友。"他想了想，还是谨慎地加了一句："她虽言谈开放，可道德感极强（不幸的经历给了她教训，甚至让她觉得自己哪怕只是稍微动动歪脑筋就会怀孕似的）。"信寄出后他仔细想了想，自己最后添上这句似乎并不明智，简一定马上就能猜到他的小心思。

搬到教堂街17号没多久，他就意识到买下这个房子是个错误。房子太小，无法满足他们的需求，而且环境嘈杂，不适合写作。仆人们整日在楼梯上走动，如果有人进客厅，他能隔着书房的折壁听得一清二楚。房子还有其他不便之处。花园是个高围墙的小院子，太小，不适合打羽毛球，简种在花园里的东西都长势不好。

---

[1] 原文为法语"Au revoir"，下文对方回答的"再见"同样为法语。

当初买房时，房产邻近古色古香的老教堂似乎是一个吸引人的因素，可如今，每个工作日里丧车频繁出入，车上精心装着表达哀思的黑色饰物，当丧葬仪式举行时，那些丧车就停在他家正对面，整条街都弥漫着忧郁的气息。但他最不满的还是缺乏一个安静清幽的写作环境。所以他在坎多弗大街租了个小公寓，地址位于波特兰大街东部一个毫无特色的区域内，公寓里配有一个相当敷衍的"小厨房"——至少中介是这么称呼的——他很少用，一个极小的浴室，还有一个客厅——空间仅能容纳一张桌子、一把安乐椅、一张沙发床。那张床名义上是给他打盹用的，或者当他晚上有约来不及赶末班地铁回汉普斯特德时可以住在那儿，可实际上，他也在那张床上和不同女人调情，以安慰失去安珀的痛。这些女人大多要么是旧情人，他向她们暗示自己很痛苦；要么是新欢，多是他在文艺界人士常出入的聚会、咖啡馆、饭店认识的，有的出于同情和他睡觉，有的碍于昔日情面，有的因为喜欢他的书，或是仅仅为了回报他所招待的一顿丰盛午餐。虽然和简有约定在先，可他并不认为自己有必要——交代这些露水情缘，但简一定会怀疑他在坎多弗大街独处时并不仅仅是在工作，这某种程度上让他对自己的不坦诚而感到不安。他在伊丽莎白身上看到了私通的可能性，他可以毫不尴尬地向简坦白此事，简也会欣然接受。根据上次在汉普斯特德荒野的闲谈，他毫不怀疑伊丽莎白正在寻找情人，而且已经将他当作合适人选：一个成熟的男人，拥有令她欣赏的才智，风流之名早已远扬，而且绝不希望她怀孕。

因此，他在黑斯尔米尔附近的克罗切特农场订了一间客房，为期两周，他对简宣称是为了"不受打扰地"写新小说。小说也是个关于一男一女冲破守旧和物欲横流的社会所设置的一切阻碍，努力寻求自我实现的故事，但这次他们将不会把通奸作为必然选择，因为在故事开始没多久他们就会结婚，并最终在婚姻中找到救赎。

其实他把这部小说命名为《婚姻》，之所以如此构思，是想让英国读者相信他并没有执意破坏神圣的婚姻制度，也是为了洗去近年来缠在身上的臭名。他已经写出了故事的第一部分，女主人公玛乔里嫁给男主人公科学家特拉福德，她为了爱，从众多更合适的求婚者中选择了特拉福德，但在后面的故事里，她将无法认同特拉福德对科学无私的追求。为了让她高兴，为了满足她平凡普通的欲望，特拉福德会放弃自己的研究，靠生产合成橡胶发财致富，可最终他会发现自己的生活变得毫无意义，他决心出走，独居于拉布拉多的荒野，过着如梭罗[1]般的生活，以拯救自己的灵魂，出乎意料的是，玛乔里坚持陪伴着他。他们在拉布拉多将历经种种生死考验，并由此在精神上产生更紧密的联结，回到英格兰后，他们将合作开办一个开明先进的智力型企业。他个人并不了解拉布拉多，但他的读者也几乎都不了解，他自信可以通过恶补大量书籍资料来使读者信服。

他上午继续写这个令人振奋的故事，同时筹划着中午勾引伊丽莎白·冯·阿尼姆。他去了她姐姐家拜访她，那儿离他住的农场

---

[1] 梭罗（Thoreau，1817—1862），美国著名作家，曾在瓦尔登湖畔隐居两年，自耕自食，体验简朴和接近自然的生活，以此为题材写成著名的《瓦尔登湖》。

大概一英里远，然后带她去萨里山散步，当早冬的夜幕降临，他偷偷把她带到了农场客房的卧室里，向她显示，她作为已故伯爵的夫人，被欠了多少感官欲乐，这一过程令她十分满意。"我以前从没有过这种感觉。"在经历了一场心满意足的高潮后，她叹息道，"我也从来不知道一个男人原来可以这么持久。"她很直白地取笑伯爵作为爱侣的无力胜任。"他从来不脱睡衣，也不要求我脱——他猛一下拉开我的睡衣，像店主拉开店里的卷帘门，接着分开我的腿直奔主题干正事儿。"

"你们那时很敷衍了事吗？"

"是，可那对我而言反倒是一种解脱，因为我不喜欢他身上的味道。"

"那我的味道呢？"

"你很好闻，"她说，"你闻起来像蜂蜜，让人想尝尝。"

"如你所愿，"他说。于是一切自然而然发生了。

虽然他们在汉普斯特德荒野时谈论过她可以自由寻找真爱的问题，但他们都心照不宣地将"真爱"理解为"高质量的性生活"，所以不必假意做出一副被浪漫激情攫住的样子，并以此为纯粹的肉体享受辩解，而且在两周后他归期将至，他们也无须说那些爱情宣言，发誓永远忠诚。他们开心地道别，说好时机成熟后再次相见，但并没做任何具体计划。

事实上，此次一别他们很长时间都没有再见面。圣诞节及随之而来的一系列庆祝活动阻碍了他们相聚，接着到了新年，他带全家，包括迈耶小姐，一起去瑞士伯尔尼高原的文根度假，享受冬季运动。那是孩子们第一次滑雪，他们喜欢极了，唉，直到旅馆里突然暴发了流感，他们全病倒了，第二周的大部分时间都卧病在床，之后又在家休养了很久。在此期间，伯爵夫人回到德国，丈夫庄园的诸多琐事使她自顾不暇。所以，他在坎多弗大街继续写《婚姻》，偶尔有女性客人来访，使他从工作中抽身；在众多女性访客中，有一位最出人意料——安珀。

这完全是安珀主动的。她写信来，问他们能否私下见一面，尽管他想到这会让她承担可怕的风险，但他不能拒绝。对他而言，此次见面的风险微不足道：即使他打破了当初签下的协议，布兰科·怀特也没法治他，除了像最开始威胁的那样，起诉他在《安·维罗尼卡》中的诽谤，但现在已经为时晚矣。可对安珀而言，此次见面会威胁到自己的婚姻。他很想知道，他们的婚姻是不是早就出问题了。这个猜想事后被证明是大错特错。

她来到坎多弗大街时看起来很开心，状态也不错，滔滔不绝地谈论安·简带给她的快乐，还给他看了一张孩子受洗时的照片。"受洗？"他挑眉说道。"嗯，我知道你是怎么想的。"她有点不好意思地说，"但那真的只是一种社会仪式而已，里弗斯想让她受洗，所以我没反对。"她提到布兰科·怀特时，说的全是好话。"他是个好父亲，"在某一刻她说，"也是个好丈夫。""你能这么说我可真高兴。"他说，"因为从某种意义上说我还是你们的媒人呢。""你当初是对的，大师。"她说，"这是当时唯一的解决办法。"再次听到旧时爱称令他心旌荡漾。可既然如此，她又是为何而来？她说自己在写小说——一部新作——想把前几章给他看，听听他的意见。他虽然同意了这一请求,可心里觉得那更像是她的托辞,她不过是想借此暗自宣告自己的独立。一年前,萧写了一个剧本,名为《错姻缘》,因过于伤风败俗,无法在宫务大臣[1]处过审,故只能私下表演。那是一出充满知识分子趣味的闹剧,讲述了发生在社会各色人等之间关于性的那些勾当。看过这出戏的朋友都说,剧中直率又不知廉耻的女主人公希帕蒂娅是以安珀为原型的。他没看过这出戏,但读过剧本。剧中油嘴滑舌的小荡妇希帕蒂娅更像是低配版的安珀,不过希帕蒂娅有一句台词却非常贴近现实:"我不想当好人,也不想当坏人;好人也好,坏人也罢,我都不在乎;我只想做个主动出击的人。"安珀想,而且一直想,做一个主动出击而非被动承受的人。当初那个协议让她两年都不能和他有任何联系,这侵犯了她的自由,此次私下会面,正是她所做出的反抗,对维护她的自尊而言,是必要的。

在她来之前他就已经冰好了一瓶摩泽尔白葡萄酒,想借此来缓解久别后初次见面可能产生的局促与尴尬。事实证明此举并无必要,不过酒精促使他们的交谈更轻松顺畅。他们追忆往昔,时笑时哭。他们坐在沙发床上搂着对方,过了一会儿换了更舒服的姿势,直接躺在上面。最后,他们做了最能称得上"主动出击"的事——做爱。"我来的时候没想和你这样,大师。"过后安珀说,"但我很高兴。""我也是,安珀。"他温柔地亲吻她。

一周后她又来了,这次就是为做爱而来,但她也说这是最后一

---

[1] 宫务大臣(Lord Chamberlain),根据《1737年牌照法令》,宫务大臣有权否决任何戏剧新作的演出。

次。"我不想让你以为我在为上周发生的事而后悔。"她说,"可如果我们继续这样,里弗斯一定会发现,我不想伤害他。"他很乐意地答应了。他发现,时间已经抚平了当初被迫分离的创伤。他彼时所体会到的痛苦,连同旧日的激情,都成了褪色的记忆,对于昨日种种扰人的情绪,他已无意重新品尝。他一直在试图构建更安宁、更平静的生活。

没过多久,伊丽莎白·冯·阿尼姆回到英格兰,向他示意可以再续前缘。她在威斯敏斯特的圣詹姆斯庭院酒店附近购得一所公寓,写信说期待在公寓里招待他和简,还说如果可能的话,希望能在别处和他单独见面。他邀请她来坎多弗大街,下午时她来了,穿得跟往常一样漂亮,却戴了一顶饰有不透明面纱的帽子。"我觉得自己这副打扮好像法国小说里的坏女人。"她边摘帽子边说。"这难道不是一种情趣吗?"他边说边脱她的衣服。"天哪!"她说着,帮他解开自己衣服上的各种风纪扣,"你怎么这么猴急!""唉,我太想你了,"他说,"这几周我一直想象着把你按在床上脱光的样子。""你可真是。"她说,"啧啧啧。"他能看出自己那句玩笑让她很兴奋,很快他们就在激烈而愉悦的性爱中缠作一团。

睡了一小会儿后,她去洗澡,他去泡茶。当他拿着托盘走出小厨房时,她已经端庄地穿戴整齐,每个风纪扣都已经"物归原处"了。她也许是在浴室找到了一根长发,或是在床下发现了别人的发夹,因此一边搅动茶杯一边若有所思地说:"还有别的女人来过这儿?"他没有否认。"如果你还想继续和我做爱侣的话,你必须和她们断了。"她说。"好吧。"他笑着说,"那我们立个约吧。我会放弃其他女人,但你必须接受一个条件,那就是我永远不会和简离婚。""那是自然。"她说,"我从没想过破坏你的家庭。我们必须小心点儿,别被简发现。""噢,简不会介意的。"他说。他看出自己的回答让她有些意外,甚至说是震惊。"其实我确定她会同意。"他补充道。"我明白了。"她说。但他并不确定简会不会同意。

但是当然,他说对了。简早已经接受了这个现实——自己无法满足他的性需求,他可以到别处找乐子,她宁可他只有一个情人,而不是好几个,这个人最好是她认识并且认可的人,而且可靠可信,思虑周全。冯·阿尼姆伯爵夫人,或说"小E"——他现在开始这样称呼她,非常符合简的以上期望。更完美的是,她宣布了自己的计划,她将保留伦敦的住所,但她本人主要住在瑞士,这样一来他就可以去瑞士见她,而不用担心会引来公众的关注,闹得难堪。她因为戏剧作品挣来的钱、变卖伯爵的财产,再加上其他作品的版税,攒了一大笔钱,她想用这笔钱在瑞士——这个与她少女时代的欢乐时光紧密相连的国家——的某处山坡上为自己建一个小木屋。他和她一样,对瑞士充满热情,对建造木屋充满兴趣,还热心地帮她在侏罗山脉选址,他白天远足,晚上就在山上的木屋旅馆过夜。铁比·巴克小姐过去一直是她孩子的家庭教师,现在为了掩人耳目,成了她的旅伴,但是铁比非常清楚,大多数晚上他都有办法去E的房间过夜。有两次,他们弄坏了旅馆的床,第二天上午,娇小可爱、看起来只有八十多斤重的伯爵夫人操着一口既流利又正式的德语,冷冷地告诉一脸难以置信的旅馆老板床坏了的事,这一幕逗得他发笑。她在侏罗山脉没找到符合自己苛刻标准的建房地点，于是他们转战去瓦莱州继续寻找，最终在谢尔区的朗多涅[1]发现了理想之地。该地位于冬季运动度假胜地蒙塔纳的山脚处，据说是阿尔卑斯山阳光最充足的地方，视角极好，俯瞰罗纳河谷，还可以欣赏到本宁阿尔卑斯山脉、勃朗峰和辛普朗。一位建筑师受雇按照伊丽莎白的要求设计一所规模很大的房子，配有十六间卧室、四间浴室和七个卫生间，更像是一个城堡，而不像个小木屋。她解释说自己打算在这儿招待朋友，还想把这儿当成孩子们的度假地，在适当的时候也可以给家人住。双方签了合同，房屋竣工日期在明年秋天。伊丽莎白早就给小屋取好了名字——太阳之屋。

在此期间，他和简一致同意搬离汉普斯特德，在离伦敦不远的乡下找个住处，这样一来他们又可以重新享受黑桃别墅式的生活，房子或许可以比当时的规模再稍微大一些。他拜访了朋友拉尔夫·布鲁门费德，此人是《每日快报》的编辑，在埃塞克斯郡的邓莫附近的大伊斯顿有一所房子。他很中意布鲁门费德家的区位，那里风景优美，是一个未经破坏的农业区，离伦敦只有四十英里。此地大多数房产属于弗朗西斯·沃里克女士，她住在优雅气派的伊斯顿·洛奇公馆，经布鲁门费德引见，她同意把小伊斯顿的教区主教住宅短租给他。主客双方对这场交易都非常满意。据说，在爱德华七世还是威尔士亲王时，沃里克女士曾是他的情人。沃里克女士是

---

[1] 朗多涅（Randogne），位于瑞士南部的小镇。

一位与众不同的贵族，婚后转而信奉社会主义，却同时继续过着贵族生活，她还是一大群进步作家和政客的金主兼女房东，如此看来，他来此地也算是为其增添了浓重一笔。这是一座大气的乔治亚风格红砖别墅，虽然缺少一些现代化元素，而且仍需要做些整修，可对他而言已经是一个理想的居所。宽敞的会客厅通向一个铺有木板和石板的方厅，从方厅可以走上一个宽阔的楼梯，楼梯通向楼上各层及众多卧室。从别墅的草坪放眼望去，能看到一片朝向村庄的玉米地，别墅还配有一个大谷仓，他马上想象出自己在谷仓里组织各种游戏和戏剧表演的情形。更重要的是，此地可经由毕肖普斯托特福德至伦敦，交通便利，火车可根据要求停靠在伊斯顿庄园的自用小火车站，离此地仅有一英里远。

1911年8月，他签下租约，最开始只在周末过来度假，但他和简都太喜欢这里了，所以第二年春天就彻底定居此地——为了减少教区主教住宅的基督教色彩，他们将其重新命名为"伊斯顿·格里伯别墅"——他们虽然暂时保留了教堂街的房子作为在伦敦的据点，但已经打算卖掉它，长租伊斯顿·格里伯别墅。孩子们酷爱别墅周围广阔的空间，可以自由地尽情探索。其中一块草坪上设有网球场，谷仓被打扫干净，布置妥当，以便雨天时玩室内游戏或组织戏剧表演。大多数周末，他和简都邀朋友们来此聚会，朋友们既喜欢又羡慕这栋别墅。一楼有一间大书房，但他还想在楼上再设一个僻静的套间，以便休息，或在灵感来临时不分昼夜随时写作。简和往常一样足智多谋，又能随机应变，帮他执行各项计划，还亲自着手整修疏于照管的花园。

在此期间，他陪小E去了一趟瑞士，查看太阳之屋的施工进度，像世界上绝大多数处于施工中的建筑一样，太阳之屋的施工进度也落后了，应该不会在秋天完工，但工程队承诺在圣诞节前建好。他们住在附近的一个小木屋里，房主是歌手珍妮·林德。他们白天在背包里装着简单的野餐食物，徒步穿越山脚和松林，午饭后就把铺上衣服的松针当床垫，在上面做爱。小E和他一样享受野合，她喜欢阳光与微风抚弄她赤裸肌肤的感觉。他们熟知当地农民劳作的地点，也深知此地初夏时游客极少，因此并无被当场"捉奸在床"的风险。那年，他们还一起去了阿姆斯特丹、巴黎和洛迦诺，他们住豪华酒店，在弹簧床垫和白鹅绒枕席间纵情享乐，可没有一次欢爱能像在瓦莱州的山坡上野合一样，带给他那么多快感——在那儿，让他们更无拘无束的是，她让他放心，不再需要做避孕措施。她早早地到了女人的绝经期。

9月，《婚姻》出版，反响不错，他原本想凭借此书重新赢得英国公众的尊重与认可，如今的结果远超期待。《每日纪事报》宣称："此书因对当下生活的描写与质疑而令人兴奋。无论金秋出版季再推出任何作品，都不太可能比《婚姻》更重要、更有意义。这是一部如此才华横溢、振奋人心，甚至令人激动不已的作品。其洞察力，聪明才智，近乎为非作歹的欢愉，以及在宗教问题上所展现出的求知欲，都精妙绝伦。"《领域报》[1]热烈赞美此书"处处闪

---

[1] 原文为"The Sphere"。

烁着完美洞察力的光芒……从头至尾都牢牢抓住了读者的注意力"。自《星际战争》后他从没得到过如此一致的好评。即使他在新闻业的宿敌——那些毁了《彗星来临》和《安·维罗尼卡》的罪魁祸首——这次也被吸引了,纷纷满意地献出赞词。《旁观者》杂志称:"这部长篇小说写的是订婚与婚姻,故事发生在两个有魅力的、我们可以说是两个品行绝对端正的年轻人之间。威尔斯先生在作品中尽显其聪明才智。"《托马斯·帕沃周刊》如此描述此书:"扣人心弦,既鼓舞人心,又充满启发性,而且这是一部可以摆到清教徒书架上的作品。"麦克米兰把这些评论做成剪报寄给他表示恭喜,他一边匆匆翻阅,一边心存疑惑地笑了笑——作为作者,他并不觉得自己的作品像他们说的那样好。但这些浮夸的赞美弥补了他过去所受的种种不公批评,所以他也不打算再为此抱怨。

只有一篇明显持不同意见的评论,不过是发表在一个发行量很小的出版物上。作者名为丽贝卡·韦斯特,她写了一篇针对《婚姻》的批评文章,言辞尖刻,发表在《自由女性》上。这个小杂志创办不到一年,相当活跃,旨在拓宽女性主义的议程,使之超越对投票权问题的单一关注,也去关注性意识和文化问题,他们甚至敢于在某些方面对妇女参政论者所组织的运动提出批评。先前丽贝卡·韦斯特虽名不见经传,可她写给《自由女性》的稿子都言辞诙谐,且斗志旺盛,早就引起了他的注意。他第一次注意到她是因为一篇大胆攻击汉弗莱·沃德夫人的文章。汉弗莱·沃德夫人是英国"严肃"小说家这一概念的典型代表,部分是因为家学渊源(她是拉格比公学阿诺德博士[1]的孙女，马修·阿诺德的侄女），但主要是因为，她的小说都是写基督教信仰的衰落，而且书中人物都一本正经地讨论如何使基督教神学现代化，以及如何使其道德规范得以保留。"基督这一概念是富人唯一没从穷人那里偷走的遗产。"丽贝卡·韦斯特在《汉弗莱·沃德夫人所谓的福音》一文中断言道，"基督的概念如今已经不是一种信仰，而是一种伟大的国家利益，就此而论，它应该被尊重，而且应该像悲剧《哈姆雷特》一样得到保护，免受所谓'现代化'的侵害。虽然沃德夫人将近六十年来一直一心'将自己训练有素的超群才智'（引自她的出版人的原话）扑在宇宙上，但是她并不理解这个宇宙。她觉得每个英国人带着警觉的眼睛去教堂，唯恐出现可能的改进，就像去参加自治市镇的公共卫生委员会一样。"看到此文时，他赞赏地轻声低笑，他知道这是一篇很不错的论战文章。汉弗莱·沃德夫人惯于回避来自东正教信徒和激进无神论者的论争，但被人从这种出乎意料的角度攻击，还被描绘成贫民阶级意识形态的强盗，不难想象她有多狼狈。然而现在轮到他自己被韦斯特小姐嘲讽，他可一点都笑不出来。她的评论是这样开头的：

> 在《婚姻》中，威尔斯先生矫揉造作的风格比以往任何一次都使人愤怒。主人公玛乔里隔三差五就要说一次"噢，亲爱的！……噢，亲爱的！"或者在狂喜的时刻也要说"噢，亲

---

[1] 托马斯·阿诺德（1795—1842），英国近代教育家，1828年起担任拉格比公学校长，代表作有《罗马史》等。

爱的！噢，亲爱的！"。读者只要一看到这些，马上就知道这个女人正在面临婚姻中的贞操危机。因为威尔斯先生的女主人公每每处于爱情于法不容的困境时，总是说"我的男人！"或"大师！"不言而喻，他是小说家中的老处女；即使是《安·维罗尼卡》和《新马基雅维利》中所展现的性困扰问题，也不过像冷却凝结的白沙司一般，干瘪生硬地梗在书里，仅仅是老处女的狂热罢了，一个本该对肉体做出反应的心灵，却长久地痴迷于飞船和胶体。

读到这些，他的感觉就像自己那时想象的汉弗莱·沃德夫人的感觉一样，因为以前从没人把他比作独身老处女。这篇文章很长，彻底炮轰了他的小说。"他的第一宗罪在于，他在书中假装玛乔里——这个美丽又肉感的女人，等她到了四十岁，准看起来像一头母牛——这种相似性将会有一定精神意义——是普通女人的代表；第二宗罪在于他书中提到的解决方法：'假设社会保护和供养所有女人，假设家中所有财产、家具陈设和孩子全部归女人所有……那么每个女人都将成为她心爱男人的公主。'真是厚颜无耻！威尔斯先生想拿纳税人的钱去纵容玛乔里这类婆娘，让她们一直像母牛一样活着，这种想法简直是昏了头了。"丽贝卡宣称，真正的解决方法是让女人自食其力。

收到这样一篇出自无名小卒之手，且持如此轻蔑态度的评论，再加上在他看来评论所刊登的杂志《自由女性》本就和他属于同一阵营，要不是因为《婚姻》在各地获得如此多一致好评，他本可能比现在更生气。但事实上，他有足够的底气表现得宽宏大度，还跟简承认说，这个女人指出了他小说的一些弱点，而且文笔老辣，知道如何去写。其实当时是简先读到这篇评论文章的，她把文章拿给他看时还劝他，"H.G., 读之前你最好先深呼吸，做好心理准备。"这个丽贝卡·韦斯特自信十足，而且她的思想很有意思——某天邀她来伊斯顿·格里伯别墅共进午餐岂不是很有意思？看她有没有魄力走进他这头狮子的老巢，能不能保护好自己。

"依我看，需要保护好自己的人是你吧。"简不动声色地调侃道，"但如果你喜欢的话，就请她来吧。"

于是他写信给丽贝卡·韦斯特，烦《自由女性》转交，信中说自己已经读过她的评论，而且对此颇感兴趣，想邀请她共进午餐，以便进一步讨论文中提及的问题，信中还附上从利物浦大街前往他家的最佳乘车信息，以及要求火车在伊斯顿自用小火车站停车的方法。她回信接受了邀请，在他提供的时间选项里选了最早的那个——9月27日。下午一点钟时她到了，他们几乎一刻不停地聊到下午六点半，对她而言，这个时间返回伦敦已经太晚了，所以他们继续聊天，那晚她留下过夜。

——你们就是这么开始的……
——我们就是这么开始的。
——又来了！又一个年轻的小处女，年龄只有你一半大，聪明、敏感、叛逆、渴望体验和经历——就像安珀一样。你邀请她走进你的生活。当然了，她爱上了你，一位大作家，这一切可能就像

你早就料到的那样……

——我根本就没料到。从她的文章来看，我以为她不过把我当成个老顽固罢了。

——**可那刺激到你了，不是么？那句"冷却凝结的白沙司"，而且她还嘲讽你书中女主人公"皈依"母性天赋，你耿耿于怀，想教训教训这个傲慢无礼的小婊子——**

——我根本不知道她这么年轻。

——**你能猜出来，一个人，能给《自由女性》投稿，而且一直默默无闻，一定很年轻。你心里盘算着可以把她请到自己雅致的乡间别墅里，让她坐在你的书房，周围全是你书的各种版本，还有其他能证明你名气的徽章，用你的全部人格魅力征服她，根据以往的经验，你很清楚，闪光的智慧再加上诱人的魅力，女人一般都无法抵挡。她原来是个非常迷人的女人，这一事实让一切水到渠成。**

——我没打算让她爱上我，而且很长一段时间以来，我一直都拒绝她。

——**可你最后还是屈服了。**

——最后我爱上了她。

——**而且你还让她怀孕了，你重蹈了与安珀的覆辙——麻烦层出、困窘难堪、耗时费力、重责负肩。**

——这次持续的时间更长。相当长。

——**你永远都不会吃一堑长一智么？**

——一涉及女人，我似乎就不会。

―― 第二章 ――

和丽贝卡·韦斯特初次打交道时，他发现了许多有趣的事，其中之一就是那并不是她的真名。她出生时的名字是西斯丽·费尔菲尔德，是家里三个女儿中年纪最小的一个。她的母亲是苏格兰人，父亲是盎格鲁爱尔兰人，在她十三岁那年就神秘消失了，从此杳无音信，直到五年后在贫困交织中死去。给费尔菲尔德夫人带来莫大荣誉的是，尽管家中可自由支配的钱财十分有限，她还是设法保证让姐妹三人接受了一流的教育。西斯丽的两个姐姐都去念了大学，其中一个还在医学界开始了前途似锦的职业生涯，而她自己则选择了接受培训，以成为一名演员——据她所称，这是个错误，因为她发现自己永远也无法在这一领域拔尖，于是在完成培训前便退出了。然而，在他看来，正是那些培训给了她信心，使她能够无拘无束地展现自己活泼可爱的个性。培训显然没有阻止她阅读各种各样的书籍，她似乎也和他一样，拥有过目不忘的宝贵天赋。她还不满二十岁，就能够在谈话中旁征博引，这一点足以令人惊奇。他认为，丽贝卡·韦斯特是一位卓越的年轻女性。

鉴于费尔菲尔德先生对待妻子和女儿的方式，家中的女性对女权主义产生认同就并不足为奇了,但在这一方面,丽贝卡明显是家庭成员中最为激进也最为投入的一个。她告诉过他,自己有段时间曾是积极的妇女参政论者,四处参加游行和示威,被警察粗暴地对待。她也加入过青年费边社,不过那是在他离开之后的事了。她对这两个组织各自的狭隘观点都不甚满意,她发现,围绕《自由女性》[1]聚集起来的小圈子对她非正统的女权主义更有共鸣。然而,在自己家里,这份杂志却被视作带有危险的不道德倾向,实际上遭到了费尔菲尔德太太的禁止。所以,在成为杂志的撰稿人之后,她认为出于谨慎自己应当使用一个假名,就选择了易卜生悲剧《罗斯莫庄》[2]中激进的女主角的名字。在戏剧艺术学院时,她曾经参演过这部戏的最后几部分,饰演其中的女主角。在适当的时候,她将这个假名作为自己的名字使用至今。

"反正我从来也不喜欢我的真名。"她边说边搅拌加了奶和糖的第二杯咖啡。她先前已经与简、迈耶小姐和他一起用过了午餐,在享受西洋菜汤和水煮三文鱼时巧妙机智地参与谈话。随后他建议他们俩换个地方,到他的书房里继续聊天,把咖啡也端去那里喝。

"不,在名字这方面,我倒不觉得你像一个名叫西斯丽的人,"他说,"也不像任何姓费尔菲尔德的人。"丽贝卡身材瘦小,但长得很结实,浓密的头发和眼睛是相似的深棕色,凸显出皮肤的白皙。从宽宽的前额到坚毅的下巴,她的容貌充满了特色,听他说话时,

---

[1] 《自由女性》是1911年11月创刊的一本英国女性主义周刊,是妇女参政论运动主要出版物之一。
[2] 《罗斯莫庄》是易卜生发表于1886年的四幕悲剧。剧作家在此剧中刻画了一名思想先进的女子被传统道德束缚的过程。

她嘴唇微微张开的方式,就好像要把他的想法像氧气一样全部深吸进去。"我可能会给小说里某个金发蓝眼睛的英国美人起'西斯丽·费尔菲尔德'这样的名字。"他说。

"没错。"她微笑着说道,"这名字和你的玛乔里倒是很般配,如果她没有一头红发的话。对了,我想为我评论里粗暴的语气道个歉。知道就快见到你了,今天早上在火车上我又把评论从头到尾读了一遍,它突然显得不可原谅地粗鲁无礼。当时我的脸红得像火烧一样,我相信当时坐在我对面的男士会以为我一定是在读什么不正经的东西。"

"噢,别担心那个。"他摆了摆手,含含糊糊地做了个赦免的手势,"一个人的想法能遭到如此强有力的挑战,也挺激励人的。"

他们就女人能否从工作中得到和男人一样的满足这个问题争论了一阵子。"这并不是说我觉得她们不如男人——完全不是这样。"他说,"我的意思是,男人可以忘记一切,全心扑在工作上,仅把性作为放松和恢复精力的手段。而对女人来说性却意义非凡,因为它与生育密切相关——她想躲也躲不掉。这也是我会相信母爱一说的原因。"

"你听起来就像是萧笔下的人物,威尔斯先生。"她说。

"好吧,萧确实有一些不错的想法——和愚蠢的想法混在一起了。"他说,"你见过他吗?"

"见过一次,在费边社暑期学校的时候。"她说,"他在我们当中所到之处跟随者众多,简直像四处留情的摩西。"

"非常好!"他轻笑出声,"不过你瞧这里,在你评论的末尾处,你说……"他从桌子上拿起那本杂志,照着标记好的一段话出声念道:"'假设她不得不工作呢?'——这是在说玛乔里——'这样的生活她能忍受多久?稍弱一些的玛乔里会被迫陷入卖淫和死亡,而稍强一些的会磨炼出正派和无畏的品格,变得骁勇善战。这值得尝试。'好一个残酷的社会达尔文主义——你这样把她们统统丢进就业市场让适者生存,等于一下子就宣判了半数姐妹耻辱和死亡。作为一个男人,我要是有胆量提出这样的建议,就会落得个被扫地出门的下场。"

"并不需要那般残酷。"她说,"如果女人被允许在职场以同样的条件和男人竞争,男人在家里也分担一部分家务和育儿的工作,那么可能所有的玛乔里们都会感到满意了。"

他笑了。"我以为我才是个空想家!"他说,"不过说说看,你倒是看上哪种工作了,就你自己而言?我估计是写作——哪种类型?批评?小说?"

"各种类型。"她说,"以及那些还没被发现的类型。"他又笑了。他喜欢她的自信和雄心壮志。

他们在一起讨论现代文学,首先从亨利·詹姆斯开始。她对詹姆斯的态度十分爱憎分明:她喜爱他的一些作品,尤其是他关于作家的那些故事,但是谴责另外一些,其中包括广受推崇的《一位女士的画像》。她谴责女主人公嫁给虚伪可憎的吉尔伯特·奥斯蒙德的动机——他能够比她更好地打理她的财产——彻头彻尾令人难以信服。"你会认为她时不时会觉得他在床上是个冷酷无情的人。"她说,"但看起来她自始至终也没把他当成情人,完全没有。她对他没有欲望——一个女人怎么可能嫁给一个令自己没有欲望的人？"

"我恐怕很多人都是这样。"他说，"我自己的第一个妻子就是一例。"

"真的？"她饶有兴致地看着他，期待他告诉她更多。他在心里提醒自己不要向刚认识几个小时的人推心置腹，更别说对方是个记者了，于是他很快把话题转回了文学上。"在小说中坦诚地描写性欲一直是个难题。我自己就不怎么擅长，这我得承认。不过英国小说家向来如此，菲尔丁[1]之后就再也没人擅长了。在他之后我们的社会就被假正经和伪善控制了。想在小说里看到对性的真实描写，你得去读法国文学。"

"你读过 D.H. 劳伦斯吗？"她说。

"我在《英语评论》里读过他的东西。实际上，我是伦敦最早听说过劳伦斯的人之一。那次我和福特·马多克斯·休弗在帕尔摩餐厅吃饭，一起的还有切斯特顿和贝洛克，福迪告诉我们他刚收到了一个叫 D.H. 劳伦斯的人写的几首诗，在他看来这些诗都是天才之作。我记得我当时转身看了看旁边的几桌，和往常一样也坐满了作家，然后大喊道：'好极了！福迪又发现了一位文学天才！名叫 D.H. 劳伦斯！'我们当时都已经喝得够多了。"

"嗯，我认为他是一个天才。"丽贝卡说。这一长串突突冒出来的名字并没有触动她，或者说至少她没有受到干扰。"他的新作品《逾矩的罪人》里有一些段落对做爱进行了描写，奔放狂野，不

---

[1] 亨利·菲尔丁（1707—1754），英国小说家、剧作家，英国启蒙运动代表人物之一。代表作有《汤姆·琼斯》等。

同凡响。"

"啊,这下让你领先了。我还没读过那本书。"他一边说一边好奇她对于做爱了解多少——从她自己的过往经历中所获得的了解。少得可怜,他如此怀疑,毕竟她一直与母亲和姐姐们住在一起。她谈到这些话题时毫不尴尬的那种熟悉感,一定很大程度上来自阅读。

当简出现在他书房门口,问他们是否想要一些茶时,他吃了一惊。"亲爱的,已经到用茶点的时间了?我们可以在书房里用茶吗?"他问。"好的,当然可以。"她说,"但请别忘了韦斯特小姐待会儿还要去赶火车。""好的,我不会忘的——但无论如何,如果她真的误了火车,还可以在这里留宿。你在伦敦没什么要紧的事情会阻止你在这里过夜吧,是不是?"他说着转向丽贝卡。她微笑着摇了摇头。"但我不想麻烦你们。"她缺乏说服力地说。

茶是和松糕一起端来的。他们一边享用茶点一边继续讨论,讨论费边社的种种弊端、自由党在1906年选举中取得压倒性胜利后并没有借机实现社会正义,以及英国和德国的军备竞赛。她问他是否认为一场战争在所难免了,他回答说近期并不太可能发生战争,但除非那些大国变得理性,在建立世界政府一事上取得进展,否则,他预言二三十年之内就会发生一场大战。存在这样的危险,那就是军备竞赛本身也可能会引起战争,因为它制造出一种剑拔弩张的交战氛围,再加上报纸杂志的煽风点火,以及不列颠政府处理整件事时特有的那种愚蠢。他在这一话题上显然做足了准备,还把三篇今年早些时候为《每日邮报》写的文章整理在一起,编成一本很快将要出版的小册子,名叫《战争与常识》。他详细地阐述了他的理论,海军和陆军上将总是用上一场战争中采用过的方法来打下一场战争,直到失败迫使他们改变自己的战术和武器。

"赢得下一场战争的关键在于潜水艇和飞机——我们应当把钱投在开发这些上,而不是在建造无畏舰[1]上浪费资源。无畏舰唯一的功用就是把德国战舰炸沉,要不就是被自己炸沉。除此之外还应当像一些人敦促的那样,把经过科学训练的军官和配备了最新式武器的武装人员组织起来,形成小型精英队伍,而不是四处征兵,建立和德国一样规模的巨型军队。"

"但所有这些关于战争和武器的言谈吓坏我了。"她说,"就好像战争已经不可避免了。现在只剩下唯一的问题:怎样尽可能多地杀敌而不自损。"

"你所说的无疑是所有战争的目标。"他说,"我给我两个儿子发明了一个玩具士兵的游戏,也是完全基于同样的原则。如果大国领导人也和我们一样,用玩具士兵做做游戏,而不是真刀真枪地打仗,那么这世界会是个安全得多的地方。"

"没多大希望。"她微笑着说。

"确实没。加上科学已经发展到了这样的境地,那些应用在武器上的可能性令人生畏。试想,要是我们设法将原子核中的能量提取出来了呢?一些放射性元素,比如镭和铀,衰变时能够产生巨大的能量,但速率极慢,这一过程需要几百万年。如果我们能够找到

---

[1] 20世纪初期常见的战舰类型。

一种方法加速其衰变的过程，就可以从仅仅一个原子中释放惊人的能量。这种技术可以被用于和平的目的，用于改变世界——比蒸汽和电力更为彻底地改变世界。或者也可以被用于制造原子炸弹[1]。"

"原子炸弹？"她疑惑地重复道，"那是些什么？"

"一种可以从飞机座舱投掷的小型炸弹，威力足以摧毁整座城市。这就是我相信有必要成立世界政府的原因。可惜这么显而易见的真相，恐怕只有世界大战造成的灾难才会让人类擦亮眼睛看见。"

这时简又出现在了书房门口，说她推测韦斯特小姐要在这里过夜了，要不要带她参观一下卧室？

晚餐时他们的聊天仍在继续——主要是他一个人在说话，第二天早上去伦敦的火车上也是如此。因为他在城里有一些事务要处理，所以他们一起去了伦敦，他坚持付了她的三等座和他的头等座之间的差价。旅途结束时他们已经称呼对方为"丽贝卡"和"H.G."了。她在利物浦大街车站握了握他的手，面露真诚地感谢他邀请自己去伊斯顿，还感谢了他的那些谈话——在她此前的人生中，还不曾有过如此引人思考和充满智慧的谈话。

"所以你又征服了一个，H.G.。"第二天他重复丽贝卡临别前说的话时，简评论道。

"哪里，我想我只是使她相信了我不只是她以前所了解的那样。"他说，"不管怎么样，不只是她从《婚姻》中所了解的那样。"

---

[1] 威尔斯所认为的原子炸弹（Atomic bomb）是一种能加速放射性元素衰变的持续性燃烧弹，并不等同于现代原子弹。

实际上，那次见面之后，她似乎对《婚姻》本身的了解也不止于先前了。几周之后，她寄来了自己为一本名叫《每个人》的杂志写的另一篇关于《婚姻》的评论的校样，比起之前的那篇评论，这一篇虽然更短，但字里行间明显是赞美的语气。他回信感谢了她，并轻描淡写地提到了她的评论带给他的喜悦被亨利·詹姆斯的一封关于这部小说的来信打断了，顺便还引用了信中几句别有特色的话供她消遣："我读了阁下的作品——正如我对待阁下的任何作品，正如我从不这样对待他人的作品——我完全抛弃了所有那些'批评原则'，那些形式上的规范、引起愉悦的先入之见、关于谋篇布局的方法或神圣法则的想法，那些我总在其中徜徉信步或是踉踉跄跄的原则。阅读他人的作品时，在某种程度上这些可爱却又虚弱的理论总是陪伴着我；而对于阁下，我把它们统统丢下了。我心怀最具讽刺性的矛盾，在阁下的魔力下前行。"信里还有一两页全是这种冗长难懂的句子，重复着同样的意思，那就是亨利·詹姆斯不得不放下他的批评能力以便阅读他的作品。他在回信中再次表示自己甘心接受他的批评，并感谢詹姆斯将"如此鼓舞人心的友善与最智慧、最犀利、最有指导性的批评和责备交织在一起。像许多可怜的女士一样，我注定会好事多磨。所以下一本书必将在形式上坏得'令人切齿'，像个大杂烩，这我知道。之后我将全力以赴，写出体面的作品，振作起来并考虑形式"。

这里的"下一本书"他已经在创作中了，叫作《热情的朋友》，和最近已出版的前几本书有着一脉相承的相似性。他知道詹姆斯会讨厌这本书，即使只是因为它是以"恼人的自传形式"写下的。这本书是主人公写给儿子的一封长长的自白书，供他在自己死后阅读。斯蒂芬·斯特拉顿是他笔下又一位多少有些自负又一本正经的男性角色，终其一生都在自己的理想和性欲之间寻求妥协，然而现实却使得这种妥协困难重重或者根本不可能。是因为这世界吗，还是因为人性中的固有缺陷——无论个人生活还是集体政治生活中都免不了的嫉妒？"这是法律和政府的现实；这是习俗和制度的现实——是各种嫉妒之间的协议。"斯蒂芬写道，"人类面临的最深刻的问题不过是这种嫉妒的贪欲能被更为慷慨的激情征服多少。"这恰恰是全书的主旨。尽管书中也有一些男女通奸的情节，但他希望这些并不会使《婚姻》一书为他赢得的读者远离他。女主人公玛丽太太若要满足斯蒂芬的欲望就不得不与充满报复心的丈夫离婚，可这样的丑闻也会毁了斯蒂芬的前途，最终她打算自行了断，以免男主人公陷入痛苦的抉择。虽然亨利·詹姆斯的小说也常以男主人公或女主人公选择克己禁欲作为结尾，但他并不期待詹姆斯会对一个如此戏剧化的结局感到满意，他也十分确定丽贝卡不会喜欢。然而，算了吧[1]。他必须写他应该写的，不吐不快，下一部作品也是如此。如果他不想被虚无主义的绝望所吞噬，那么工作——连续不断地写作加上偶尔停下以性或游戏的形式放松——对他来说就意义重大。正如他最近这位发言人斯特拉顿所说的那样："我相信多数时候我都勇往直前，但绝望总是如影随形，像鲨鱼总想接近船上睡着的人……给人一种感觉：生活像肆虐的洪水，残酷无情，一次次无

---

[1] 原文为法语。

功而返，愤怒而没有目标。"只有使自己的大脑和身体都不停运转才能抵挡住生活的狂澜，这也是为什么他总在创作一本书的同时构思下一本书。

那时，他已经开始酝酿他向丽贝卡·韦斯特提到的点子了：一场使用了原子炸弹的世界大战，作为他"科幻爱情故事"的基础。故事的序言将会从能源的角度介绍人类文明的发展，从火、风、蒸汽、电力到最终的原子能，新形式的能源以越来越快的速度不断被发现，而原子能，首先会改变人类的生活，之后还可能会因原子武器而成为毁灭人类的威胁。一场战争将于1958年爆发，由英国、法国、俄国对阵德国和奥匈帝国。美国也会卷入战争中。空投炸弹将摧毁主要城市，破坏荷兰的堤坝，淹没对此无能为力的陆军。之后，交战国将达成停战协议，出现一个世界政府。这个故事也完全可以采取倒叙的方式，譬如由一个亲历了这一系列事件的人在1970年以自传的形式写下来。

韦斯特小姐很快回了信，告诉他从亨利·詹姆斯信里引用的那些语句令她回味无穷。"我读到最后那个长长的停顿的分号时笑出了声，这会诱使你以为他已经失去了对语法的控制——但他当然永远都不会。"她在信里写道。为了记起她所指的那部分，他不得不重新阅读詹姆斯的信，结果读到那里时他也笑出了声。此外，作为对他热情好客的小小回礼，她还邀请他前来她在汉普斯特德花园郊区的家中，与她自己以及母亲和姐姐们一起用茶。因为拒绝会显得太过无礼，所以他去了，并且度过了一段愉快的时光。费尔菲尔德太太和两个大女儿——莱蒂和温妮——都是聪慧、有教养的女性，但她们久仰他的名声，对他充满敬畏，而且见他对年轻的西斯丽（她们依然这样叫她，尽管现在已经知道了她笔名的秘密）青睐有加时，还是感到惊讶。"非常感谢你的光临，"她随后写道，"妈妈和姐姐们认为你是一个才华横溢、充满魅力的人——你确实如此。鉴于我成功将你引诱来寒舍，我在她们心中的地位大大提升，而你对我感兴趣一事也使得她们相信，我可能会成为一名成功的作家——这极大地增强了我对自己的信心。"

第二年年初她再度寄来一封长信，提到了她那次到伊斯顿的拜访，他慷慨地与她聊了那么久，以及在过去的三个月中她对这一切都难以忘怀。此后她与其他人的所有谈话似乎都变得索然无味，而且从那天起，他告诉她的那些想法和暗示、他不经意间流露的才华，都成了她的思想养料。她无法承受那一日的经历再也无法重复的想法，所以不顾颜面地写信问他是否可以在把她忘得干干净净之前再见一面，像在伊斯顿时一样，只是聊聊天。她感到自己正站在一场伟大冒险的起点，即将踏上她的文学生涯，但她还需要指导和鼓励。而对于这些，她毫不怀疑他可以提供给她。

他快速地浏览完这封信，又慢慢重读了一遍。在伊斯顿时他就征服了这位年轻的女性，对此他了然于胸，在简说出来之前他就知道了。他已经用智慧引诱她上了钩，那么在肉体上引诱她就成了世上最轻而易举的事情——也许这正是她字里行间所暗示的。毫无疑问，她是令人向往的：她动人的容貌上绽放出青春的花朵，脆弱而珍贵；她深棕色的眼睛深处，可以捕捉到激情四射的天性。换在别的时候，他可能会利用这样的机会，但眼下他刚刚在感情生活方面实现了某种稳定，他不想破坏这种稳定。他已经有了一位和他同龄的情妇，对方久经世故，谨慎周到，行事独立，还得到了他妻子的认可，并迫使他放弃其他女人。他不想打乱这份和谐。另一方面，年轻女孩主动提出需要他慷慨的指导与鼓励，他实在无法断然回绝。而且如果再也不能见到她，他也会由衷地感到遗憾。如果他非常小心，将自己严格地定义为她的导师，那么就不会有任何伤害，看着她成长为一名作家也将是一件充满乐趣的事。他在回信中写道，"你让人无法拒绝。我想我必须按照你要求我的那样去做。无论如何，我将尽我所能帮助你完成这场伟大的冒险。"并邀请她在他下一次去伦敦时到教堂街喝茶。

——傻瓜！你当真以为自己和那女孩只是私底下聊聊天，不会有什么感情上的纠缠？在她看来你一定像是上帝给她的礼物：集文学导师、父亲般的形象、爱人于一身。

——那些聊天都是关于书啊想法啊之类的……

——可你就是在书架旁第一次吻她的，不是吗？在她第一次去教堂街的时候。

——那是我在向她展示一些还没搬去伊斯顿的书，关于社会主义的书，我年轻的时候读过，马克思和恩格斯、威廉·莫里斯[1]和亨利·乔治[2]。我伸手去拿乔治的《进步与贫穷》——那段日子里这本书对我来说堪比《圣经》，当我转过身时发现她站得非常近，她

---

[1] 威廉·莫里斯（1834—1896），英国设计师、诗人，早期社会主义活动家。
[2] 亨利·乔治（1839—1897），美国社会活动家、经济学家，现代土地制度改革运动人物。

没在看那些书,而是看着我,看着我的眼睛,脸上流露的崇拜之情简直令人融化……

——你吻了她。

——不那么做是不可能的。

——于是她说:"我爱你。"

——于是我说:"亲爱的,你真可爱,但你不可以那么说。我是个结了婚的男人,年纪也是你的两倍。"

——但说了跟没说一样。她认为那一吻就是爱的象征。

——没错,她之后的几封信里都是那样对我说的。

——于是你回应了她的那些信。

——我一开始是这样做的。

——你在鼓励她?

——没有。

——但你没有劝她打消念头。

——我不想伤害她。我试图向她表示同情,以一种父亲般的方式。我说我认为她是一个非常特别的人,但因为其他种种承诺,我无法回报她的爱。

——你不曾说过你认为她甘愿爱你是"一件美丽而勇敢的事"吗?

——我可能说过类似的话。

——难道那不算是鼓励她吗?

——我本意不是如此。无论如何,我已经不再给她回信了。

——那也只是因为简要你这样做。

一天,他把那些信交给简,一边装作漫不经心的样子随口说道:"我该拿这位年轻女士如何是好?她开始变得有些麻烦了。"

他暗中观察着简将信一封封地读完,无法从她的表情中分辨出她在想什么。她把信还给他时,问道:"你吻过她多少次?"

"只有那一次。"他说,"她荒谬地夸大了那一吻的意义。"

"如果我是你,我就会非常警惕她,H.G.。一个叫自己丽贝卡·韦斯特的女孩可能做得出任何事。"

"你这是什么意思?"

"你看过《罗斯莫庄》那部戏吗?"她问。

"没有。"

"我也没有,但我读过那本书——实际上,就在前几天。易卜生笔下的丽贝卡·韦斯特是一个很阴险狡诈的角色。"

"我以为她是位女英雄。"

"嗯,在某种程度上她是的,但她有严重的道德瑕疵。随着剧中情节的发展,她假意和罗斯莫不能生育的妻子成为朋友,一步步进入他们的生活,然后谎称自己怀了罗斯莫的孩子,逼得那可怜的女人自寻短见,这样一来她就可以独占他了。事情败露后,这两人最终也选择了跳水自尽,像罗斯莫的妻子一样。"

"我的老天!"他由衷地发出了震惊的感叹。

"会给自己起'丽贝卡·韦斯特'这样名字的女孩都是那种古怪的类型,你不觉得吗?"

"好吧,但那不是她深思熟虑的决定。"他说,"她选择那个名字是一时冲动的结果,只是为了在她母亲面前隐藏自己作为《自由女性》撰稿人的身份。"

"即便如此……如果我是你,就会和她彻底断绝来往。别再给她回信了。离开。无论如何,你很快就要去瑞士了,不是吗?"

"是的。"

"那就方便了。"简说,"伊丽莎白会照顾你的,H.G.。"

* * *

太阳之屋没能在圣诞节前如期完工,但春天来临时已经可以住人了。屋子有三层楼那么高,建在陡峭的山坡上,宽敞明亮,斜屋顶下有许许多多的窗户和阳台。旁边是一座小小的附属建筑,叫"小小木屋",伊丽莎白就在那里工作,还在门上刻了"我讨厌庸众,别进来"的语句。她并不羞于扮演名媛淑女,也乐得用坚定自信装扮她的小屋:主建筑门厅上方写着"爱与欢乐同在高处,多么美妙多么快乐",前门上方则是"这里只有快乐"——这么早下结论似乎有些自信过度了。屋子内部散发着宜人的芳香,是建筑本身的木头香气,像一只巨大的雪茄盒。家具摆设令人感到舒适,此外还设有给客人的娱乐设施。他自己的卧室紧挨着小E的卧室,并且还有一个特别的功能——他打开手提箱整理行李时,她突然从柜子里跳了出来,欣喜地向他展示她秘密安装的滑门。滑门上装的是静音脚轮,隐藏在柜子里,连通两人的卧室。这样一来她就可以在夜里过来找他,完全没有被其他房客发现的风险。

"这是专门为我装的?"他从惊讶中回过神来问道。

"当然了。"她说,"我可没有别的情人。我相信你也没有,G。"为了回应他给她起的昵称,也或许是为了反击,她开始调侃地称他为"伟大的男人",现在更是简称为"G"了[1]。

"嗯,眼下伦敦有一位年轻女士正在追求我。"他轻描淡写地说道,然后将丽贝卡·韦斯特的事情告诉了她。

伊丽莎白偶尔会看一看《自由女性》,这个名字她并不陌生。"一个聪明的作家。但她的文章某种程度上有些盲目和不负责任。"她稍微皱了皱眉说,"你应该离她远点。"

"简也是这么说的。"但她的眉头并没有因此舒展开。他之前也注意到,小E从来都不喜欢被提醒简的存在,尽管两人的关系正是得益于她的容忍。一小粒怀疑的种子在他的脑子里发芽了,他意识到伊丽莎白说她不愿把简逐出他的生活时并不是完全真心的,但当下他忍住了。

最初,等待伊丽莎白半夜穿过秘门来到自己房间的那种新鲜感刺激着他的情欲,但这也使得他的角色比以往更为被动:门只能从她的那一侧打开。如果他醒着躺在床上心怀期待地等她,等了一段时间她仍选择不过来,那他就会觉得自己受到了一丝冷落,对此恼怒不已。这与他以往的做法大相径庭,那时他们在同一座楼里睡觉,到了半夜他就溜进走廊里,试着拧她的房间门把手。无论打不打得开门,那时候采取主动的人都是他。而现在,滑门的这种设计似乎是为了让小E主导他们的性爱。然而,他没有因此抱怨。当他

---

[1] G 也是伟大(Great)一词的首字母。

们一起去山麓小丘郊游时，有时他会提出在野外做爱，以重申自己作为情人的特权，有一回还间接使丽贝卡·韦斯特卷入其中。

眼下，丽贝卡正在定期为一份名叫《号角》的社会主义周报撰写稿件。他在瑞士时偶然在其中一期读到她的一篇言辞犀利的文章，标题是《性别战争：关于男人之杂感》。"我们向男性要求投票权，他们给了我们建议。"文章的开头这样写道。"现在他们又给了我们谩骂。我已经厌倦了这些没完没了的批评——批评我身为女性的好战行为。这些诋毁带着傲慢无礼、自命不凡向我袭来。所以，我打算就此回击。"她主要针对那些近期对女性参政运动出言不逊的记者、政客和其他一些公众人物。对他们荒唐刻薄的谴责，她给予直白有力的嘲讽，还把抨击的范围扩大到了全体男性。通过有效地采用某种形式的叠句，她在文章里用停顿一步步放大了她对男性的蔑视："男人是一群可怜的东西……男人是一群可怜无比的东西……噢，男人是一群悲惨可怜、无药可救的东西。"他毫不怀疑她在用这篇文章发泄自己的愤怒——对他保持沉默的愤怒。但此时的他，对她来说已是遥不可及，反而能够欣赏她在挑起论战方面的才智。

噢！男人着实是一群可怜无比的东西。我开始怀疑他们在其专门从事的领域能否真正算得上有能力。他们不自称为好人。作为集体，他们也不自称美丽——尽管个体在这方面表现十分活跃。但他们无疑自称是聪明人。看看周围被我们称之为城市的那一团混乱，你就会开始怀疑。如果你仔细思考法律这件人类从最开始就为自己创造的事物,你就会愈发怀疑。它不合情理的代价高昂。一个人为了摆脱通奸的丈夫所付出的代价,足够进行四次阑尾手术了……

当他满怀钦佩地读给伊丽莎白听时,她的脸上没有笑容,对此无动于衷。她视自己为一名女权主义者,但比起丽贝卡·韦斯特,她属于那种更灵活、更迎合他人的类型。"她的观点也许是女权主义的,"她说,"但那种夸张的讥讽文章只会加剧男性对女性的偏见。这在新闻上就相当于潘克赫斯特女士[1]的那些妇女参政论者故意破坏公共财物的行为。"

他不禁感到她这番反应背后有几分嫉妒在其中,并且这一点在次日散步时变得愈发明显了。他们像往常一样去了山麓小丘野餐,还带了一份两天前的《泰晤士报》——出发前刚好送达太阳之屋。在一座长满牧草、能够欣赏勃朗峰风景的山头,他们吃了随身带着的午餐,然后将报纸分成两份来看,并把报纸上有趣的内容告诉对方。巧的是,他的那份报纸里刊登了一封汉弗莱·沃德夫人的信,谴责年青一代的道德风气,引用了丽贝卡·韦斯特的文章为证。他一边念出声,一边发出嘲讽的哼笑。"这显然是一早计划好的对《自由女性》里'汉弗莱·沃德夫人所谓的福音'一文的报复。"他说,"你读过那个吗,小E?""我不记得了。"她说。"噢,你不可能不记得的——那篇文章实在是太精彩了,"他说,"那是她第一次

---

[1] 埃米琳·潘克赫斯特(1858—1928),英国政治活动家、妇女参政运动领导人物。

令我刮目相看。""真的？那第二次呢？"伊丽莎白说道，"是她的脸蛋还是身材？"没过多久他们就陷入了愚蠢的争吵，他指责她任由自己毫无根据的嫉妒影响了批判的能力，而她则指责他轻易就给了一个油嘴滑舌的年轻新手随便写出来的东西过多的褒扬，比他一直以来对她自己数量可观的作品的褒扬还要多。"这太荒唐了，小E。"几轮充满讽刺的交火之后他说道，"我们换个话题吧。""是你先挑起来的，我不过是成全你。"她说完继续读起了她的《泰晤士报》金融版，空气中凝结着紧张。他不喜欢就这样沉闷寂静地度过余下的下午时光，几分钟之后开口道："我们做爱吧，小E。"

"当然不行。"她看都没看他就回答道。

"只有这样才能忘了这些愚蠢的争吵。"他突然来了灵感，便继续道："我们将脱得一丝不挂，在印了汉弗莱·沃德夫人给丽贝卡·韦斯特的信的报纸上做爱，然后将报纸付之一炬。这样一来，我们的消极情绪也会化作青烟，消失在群山间清澈透明的空气中。"

她看着他，突然笑了出来。"你真是个流氓，G！还是个挺文艺的流氓。想和你长时间闹脾气是不可能的。"

"那么你敢吗？"

"我当然敢了。"

于是他们站起身，面对着彼此，一件一件地开始脱衣服。直到两人在光天化日之下都一丝不挂了，他把《泰晤士报》铺在草地上，来信版朝上。然后他们躺下，做爱，小心地让伊丽莎白正好将汉弗莱·沃德夫人的来信压在身下。之后，他用火柴点燃了那些皱巴巴、脏兮兮的报纸。两个人紧挨着蹲坐在地上，像一对野蛮人一样，看着报纸的边缘被火点着变黑散成碎片再被风吹散，草地上只留下一点灰烬。

"去吧，我们的愤怒。"他说完亲吻了她。两人精神振奋地回到了太阳之屋的家中。

丽贝卡的愤怒就不那么容易对付了。当他回到英格兰，发现了一连串她的来信，急切地要求与他见面。他邀请她到他刚刚租下的新公寓里喝茶。公寓位于威斯敏斯特区的圣詹姆斯庭院酒店，代替汉普斯特德，成为他在伦敦的新据点——此乃听从了伊丽莎白的建议，因为她在同一栋楼里也有一间公寓，用她的话来说，这将会很"方便"。公寓闻起来还留有新刷的油漆味儿，看上去也没显出有人长期居住的那种舒适感。家具还没有准备齐全，窗子也缺少窗帘，地板是裸露的，没有铺地毯。他曾希望这种不怎么舒适友善的气氛不会令她一时兴起、控制不住感情，但她似乎压根没有注意周围的环境。当她跟随他从客厅到厨房（公寓里没有仆人，所以他必须自己煮茶）再回到客厅时，她深色的眼睛注视着他，尽管他试图将谈话保持在轻松或是中性的话题上，却在一瞬间察觉到了她眼中翻涌的情感：渴望，失落，愤怒，绝望。他问她在他离开期间都做了什么，她说她和母亲一起去了西班牙。哪里？巴利亚多利德[1]、马德里和塞维利亚。玩得愉快吗？不，并不愉快，大多数时间她抑郁得恨不得自杀。他假装没有听见，于是她换了种不同的说法重复

---

[1] 巴利亚多利德（Valladolid），西班牙西北部城市。

了这一信息：正是因为她和母亲一起去旅行的事实才阻止了她自寻短见。"那么，为什么你要做这样的傻事？"他问。"因为你拒绝了我。"她说，"你让我爱上了你，然后你丢下了我，像一个孩子扔掉了他失去兴趣的玩具。我不懂你。如果你不想做我的情人，为什么还要吻我？"

他叹息一声，摇了摇头，然后开始发表他早就准备好的演讲。

"我亲爱的丽贝卡，你还很年轻。因为年轻——又充满激情，又天生丽质，当你在镜中看着自己，朦朦胧胧地意识到你的身体将会带给另一个人并从那里得到的愉悦——你自然会想去体验这种愉悦。但这并不是说必须要有一场伟大的爱情才可以体验到这种愉悦——伟大的爱情可以等待，而这显然不是我能够给你的。你真正需要的是和一位善良的年轻人一起去经历一些体面的快乐，对方和你一样正处于探索和实验的同一阶段，或许稍稍领先于你，并且在节育这一点上有责任心。你一直以来都被这样教育，认为没有浪漫爱情的性是一件丑陋的事。可这一点也不丑陋——它是美好的，并且，有一天——"但就在这时，听他布道的会众站了起来，收起了她的随身物品，一言不发地走出了公寓。

不久之后，她给他写了一封不同寻常的长信。信是这样开头的：

亲爱的H.G.：

在接下来的几天里，我要么会用一粒子弹打穿我的脑袋，要么会做出比杀死自己更令人震惊的事。无论如何，我将成为一个完全不同的人。我拒绝在临终前受骗上当。我不明白为什么三个月前你想要我而现在又不想要我了。但愿我知道为什么会这样。原因是我无法理解的，也是我所鄙视的。而最糟糕的是，如果我鄙视你，我就会暴怒——因为你使我不得安宁。

信的结尾则是这样：

你曾经认为我甘愿爱你是一件美丽而勇敢的事。我现在仍然这样认为。可你这种老姑娘似的想法令你觉得一个女人绝望而不可救药地爱上一个男人是不体面的异象，是有悖于自然秩序的反转。但是，你明明可以心安理得，不需要那样想。

我将付出我的一生换取你的双臂再次环绕着我。

但愿你爱过我。但愿你喜欢过我。

你的丽贝卡

还有一段附言：

别留下我孤单一人。如果我活着，时而给我写封信吧。你对我的喜欢足以让你这么做。至少我假装认为如此。

他读信时首先是惊恐，继而是愤怒，最终舒了一口气。这完全是情感勒索。如果那个傻姑娘真的准备留下这样一封有失体面的信然后自寻短见，这将会毁了他——名声，婚姻，事业，和小E的私情——一切都将毁于一旦，再也无法挽回。而她对此了解得一清二楚。但信的最后几行，尤其是附言部分，则抛弃了她那些装腔作势的辞藻营造出的空虚。那句戏剧化的"如果我活着"——易卜生笔下的女主人公可能会在舞台上进出这样的话来——之后，紧接着来一番假装伤感的恳求。那个姑娘是不会想不开的，她只不过是想吓唬他，让他对她示爱而已，而她是不会得逞的。他草草给她回了一封信："事到如今，我该如何做你的朋友？我看不到自己对你有任何用处或帮助。我发自肺腑地同情你——但在我们可以冷静清醒地面对彼此之前，再见。"

他又添上了一条附言，说他会留意杂志上她的文章，从而稍稍减轻了这封拒信的严厉。他胸有成竹地认为将会收到她回信：那将是一封低声下气、卑躬屈膝的信，为她在先前信中的歇斯底里道歉，并承诺如果他能够忍受再与她见面或者至少给她写信，她将会表现得更加理性。但这样的信始终没有到来。7月里，他在《新自由女性》[1]中读到了她写的一些东西。这本杂志是《自由女性》的后续，有着同样的编辑团队，但更偏向文学。他对她的文章印象颇为深刻。第一篇文章关于一个叫娜娜的歌手，她在塞维利亚的一家咖啡馆里听过对方唱歌。娜娜磁性的声音和丰满的身材让观众着了迷似的沉浸在其中，也给了丽贝卡一种神秘的洞察力：

> 我记得曾经见过一匹高大的灰色杂毛克莱兹代尔马，它

---

[1]《自由女性》于1912年停刊。1913年6月，《新自由女性》开始发行，更加关注文学现代主义而非女性主义。

奔跑时，背上的皮肤出现褶皱，太阳像在它灰白相间的腰上不断跳跃，我看着它的大腿有力地抽动，向后爆发出力量。那一刻，灵魂和思维之趣如此之深地贯穿了我，以至于我无法理解那具快乐的躯体所传递的信息：如果我曾在童年的最初阶段意识到生活最简单的结构是如此不朽和愉快，哪怕失去一切也值得活下去，那么，我已经忘了这一点。如今，娜娜耀眼的身体正在清楚地宣告："我就在这里，除了肉和血之外，我别无所有。当你头脑和精神的玩具都已破碎，回到我这里来吧，这里有我的肉和血能令你振奋精神。"

这对于一个二十岁的女孩来说是很了不起的文章，即便她明显受到了 D.H. 劳伦斯的影响，这也表明了丽贝卡在西班牙旅行时并没有被她的抑郁困扰到无法从中得益的程度。另一篇名为《金树》的文章也同样出色。他忍不住想给她发去祝贺的信，同时明确表示自从他们上一次见面以来，他并没有改变主意。"你又开始绽放文采了。请和我重新做回朋友吧。你已经有充分的时间能够看出来，你完全不可能从我身上得到你想要的那种纯粹的大喜大乐，也不可能得到你想要的完美生活。而且你也能看出来，我不让你把你的火焰——一个人一生只能尽情燃烧一次——浪费在我的灰烬上，我是多么友善和克己。娜娜的文章精彩极了。"她没有立刻回信，而是在之后寄了一张明信片，上面是一条很简短的消息，感谢他那些令人鼓舞的评价，并告诉他说她现在是《新自由女性》的文学编辑，忙得不可开交。与此同时，他在杂志上读到了她的另一篇引人注目的短篇小说，名叫《巴利亚多利德》。故事写了一位在西班牙度假的年轻女子向一个脾气暴躁的医生寻求帮助，为她治疗受感染的弹伤。弹伤是她在英格兰时受的，那时她被情人拒绝，于是试图自杀。他不安地认出了后一个人物就是他自己，但也为她对他的评判之精确而感到钦佩："尽管我的情人让我的身体保持了贞洁，他却诱骗了我的灵魂：他与我融在一起，直到变得比我自己更像我，然后离开了我。"

在为《新自由女性》撰写这些文学性作品的同一时期，她为《号角》撰写了截然不同但同样出色的时事类文章，当中闪烁着俏皮的机智，也显示出她对激进的妇女参政运动日益加深的失望——原因并非运动的对抗性策略，而是其偏狭的性别政治观点恰是男性偏见的镜像。她甚至有胆量奚落潘克赫斯特女士的女儿克里斯塔贝尔制作的一本小册子，小册子中就"婚姻的种种危险"发出了郑重警告。她想法上的这种转变令他感到欣喜，因为这非常符合他自己的观点，他在写信祝贺她发表这篇文章以及在同一杂志中发表的其他文章时，把这点告诉了她。丽贝卡作为一名作家，此时已意气风发，他为她几乎一周接一周的飞速进步而感到激动，并为自己从她最早的作品中就发现了她的潜力而感到扬扬自得。另一方面，见她对自己热情洋溢的信件只是简短而克制地回复了几句，他又感到有些怨恨。他一直期待她会提出再与他见面，但她却没有，同时他感到自己无法在不发出误导的信号（坦率地说也是丢脸的信号）的情况下主动提出见面。破灭的期望和矛盾的冲动所引起的持续紧张感，使他变得脾气暴躁，焦虑不安。

简忙于监督伊斯顿·格里伯别墅的紧急修缮和改造工作,这使她不再像平日里那样体贴,而当他转向伊丽莎白寻求安慰和宠爱时,他的希望落空了。近来她变得对他愈发挑剔,仿佛成为"太阳城堡"(他有时会讽刺地如此称呼)的主人放大了她贵族式的虚荣,毕竟这不过就像通过婚姻获得了一个华丽的名字而已。而她永远都在纠正他的发音或餐桌礼仪,开一些有关他卑微的社会出身的小玩笑。一次,他们受邀参加了一场位于伦敦的晚宴,当他讲起最近拜访上庄园(现在已经改叫上园了,尽管他更喜欢从前的拼写和发音)重新激起了他早年对此地的记忆时,她问道:"你走的是正门还是仆人的入口?"在场的人全都陷入了尴尬的沉默中。"我只是好奇想知道而已。"后来当他责备她,她耸了耸肩说道;她还开始给简起一些略带嘲弄的昵称,例如"人妻"和"卷轴员"(指她用打字机打下他的手稿),并模仿简有个人特色的言谈举止。一天,在她位于圣詹姆斯庭院酒店的公寓里他对此表示了抗议,引发了一场激烈的争吵。争吵中,她无异于说了她认为如果他们的关系想要有个未来,他应该和简离婚并和她结婚。他厌恶地拂袖而去,然后第二天发现她已经离开那里,去太阳之屋扎了营。在她离去所扬起的尘土中,他给她寄了一封信,为自己发脾气而道歉,并恳求她不要破坏过去两年来他们所享有的那种有益和文明开化的关系。"我的妻子拥有一切美德和魅力,只不过她像条鲱鱼一样缺乏生气。而你,对我来说,你就是整个宇宙之眼。"他奉承地写道。但她的回信不仅姗姗来迟,语气也很冷淡。当他提出马上去拜访她时,她建议在11月里的某一天见面,那是好几个星期之后了。

10月初的时候,丽贝卡·韦斯特在《新自由女性》发表了对《热情的朋友》的评论。他在杂志目录中发现了这篇评论,顿时涌起一股强烈的好奇心,还夹杂着阵阵的忧虑。他立即翻到了那一页。那是一篇很长的文章,将他的小说——在某种程度上带着侮辱性地——与颇受欢迎但毫无价值的霍尔·凯恩的最新作品相提并论。他快速翻阅着一页又一页,满意地注意到丽贝卡对《爱之奋斗》进行了全面的抨击,等不及想知道她对自己做了怎样的评论。她会写出比上一篇关于《婚姻》的评论更具破坏性的文章以借机报复他拒绝了她的求爱吗,还是会尝试用一篇颂文来融化他的心?实际上,二者都不是。那是一篇颇有见地并且条理清晰的评论,慷慨地称赞了小说开始部分中的一些内容("第一章深情回忆了一个可爱又任性、时不时淘气和生病的孩子,可谓对童年的最佳描写之一"),但对剩下的大部分都在挑毛病:"那种令人不快的写作风格,直叫人大脑皮层起满鸡皮疙瘩。斯特拉顿娶了一位身份不明的可怜虫,这个名叫蕾切尔的女孩——小说中有这样一句话:'我知道,一个女孩这样说听上去很无礼,但是我们有很多共同爱好'——是威尔斯先生永恒的耻辱。"然而,最吸引他的是丽贝卡对主角的性和道德困境的评论。这对夫妇似乎认为,她写道,如果男人在付出努力得到激情后,仍需要灵感才能实现某种伟大的使命,那么这就给女人造成了难以承受的负担,因为提供灵感是她们的责任。"显然,要想医治这种生命高烧造成的破坏,唯一的方法是对性淡然处之,像对待哲学一样,从中认识到那一位并不比其他人更加出色,也不再把恋人间的分别看成比六月来临、春天离去更大不了的事。"这很大程度上正是他自己对性的享乐主义态度,他一直试图如此实践——只是偶尔会陷入嫉妒的占有欲——但从不敢在小说中公开表达。他很高兴看到丽贝卡也持此种观点,同时也感到惊讶:她那充满激情的爱情宣言曾令他认为,除了自己全心全意投入与她的感情之外,她不会满足于其他任何事情。很明显,不是这样的。他想知道她是不是借此评论向他发出信息,告诉他其实她也非常乐意走进他的人生,成为他的露水之爱[1]。

此后不久,他偶然在皮卡迪利大街遇到了丽贝卡。当她从皇家学院出来时,他正从哈查兹书店出来,他们在同一刻看见了彼此,就像有某种心灵感应的力量指引着两人的目光,聚焦在马路对面的对方身上,出租车、货车和巴士穿行其间,仿佛电影胶片前景中闪烁的轮廓。她站在原地,等待着,他则穿过来来往往的车流,不顾一切地冲到她身边。"丽贝卡!"他说着,抓住她的手紧紧握住。"你看起来棒极了。"她确实如此——容光焕发,生气勃勃,美丽可人。他已经忘记了她从前有多可爱。"我很想你。你为什么总是不肯见我?"

"我没有。"她说,"如果你想见我,为什么不告诉我?"

"好吧,我一直很忙……但是不要紧。我请你喝茶吧,去福

---

[1] 原文为法语。

南[1]，我们好好聊一聊。你那篇对《热情的朋友》的评论真是有趣至极。"

"你没有感到被冒犯吗？"

"好吧，我承认，有几句评价挺刺耳的，但事到如今我已经习惯了。你还是说了一些好话的。不过，你瞧，你可以和我一起用茶吗？"

"我很乐意。"她微笑着说。

他挽住她的手臂，领她穿过马路来到对面，然后走进了福南梅森。他们在那里享用了丰盛的茶点，有蟹肉黄瓜三明治、抹了西洋李果酱的烤点心以及奶油糕点，她胃口不错，吃得津津有味。

她告诉他自己在《新自由女性》的工作，主动或受托撰写书评；他向她讲起了《获得自由的世界》——他仍在创作中的小说，内容是关于一场利用了原子炸弹的世界大战。

"事实上，你知道吗，正是你来伊斯顿那天，和你谈论军备竞赛才使我有了写这本小说的主意。"他改变了事情发生的实际顺序，然后见她一副很是受用的样子。"这就是我非常高兴自己当时邀请了你的原因之一。"

"哈罗德·鲁宾斯坦当时预言了你会邀请我的。"她说完咬了一口奶油泡芙。

"谁是哈罗德·鲁宾斯坦？"他问道。这一信息令他感到一丝不安。

---

[1] 即下文中的福南梅森，是成立于1707年的著名英国茶叶品牌，深受女王喜爱。总店位于伦敦皮卡迪利大街。

"他是个律师,青年费边社成员,也是一个男性女权主义者——他参加了自由女性圈的集会。"

"很显然,是你的一个朋友。"

"是的,我们在费边社暑期学校认识的。我有空的时候他偶尔带我去听音乐会。"

"他什么时候预言过我会邀请你去伊斯顿·格里伯别墅?"

"他看完我对《婚姻》的评论之后。他说你一定会克制不住要与我见面,给我点颜色瞧瞧。"

"他真的这样说了?"他说。他感到一股熟悉的不快情绪渗透了他,就像一阵恶心发作。是嫉妒,一种突然的直觉:如果他终究决定对丽贝卡的求爱作出回应,那么这个有着不寻常洞察力的年轻人将成为他的对手,扮演起和从前的感情经历中克利福德·夏普和里弗斯·布兰科·怀特一样的角色——阴险狡诈、横加阻拦。如果?不会有什么"如果"了。察觉到这一点之后,他立即、本能地做出了决定:在他有机会的时候将丽贝卡据为己有,不给鲁宾斯坦先生任何机会。他把话题转向了她对《热情的朋友》的评论。"我对你那些对性淡然处之的必要性的观点非常感兴趣。我一直以来都信奉此理——但并不总能做得到,这我承认。"

丽贝卡做了个鬼脸。"我因为这个,在家里遇上了大麻烦。"她说,"妈妈震惊极了。莱蒂说我是在对我一无所知的事情胡说八道。"

"这根本不是胡说八道,但你要是想在那方面更有知识,你就必须离开家。"

"我等不及了。但我根本负担不起。"她说。

女侍者送来了账单。他处理完账单后,说道:"我的新公寓现在已经布置妥当、备齐家具了。你想去看看吗?"见她犹豫,他补充道:"现在我一个人住在那里。"

她说:"我很乐意。"同时,她的眼睛告诉他,她完全明白他是什么意思。

他们的关系就这样开始了。就是在那一次,丽贝卡头一回变得热情而又顺从:她仅仅因为有他的双臂环绕就欣喜万分,为他觉得自己性感迷人而开心,愿意做任何他想要她做的事,不自己主动采取行动而是跟随他的动作,就像学习新舞步时那样。但很快她就学会了,她强烈的欲望充满了刺激。在他们这段关系最初的某一天,当她来到圣詹姆斯庭院酒店时,发现公寓里多了一名仆人——是简最近请来的一个女人,当他们中有一人在此或两人都在时负责打扫卫生和准备餐食。他在客厅里迎接了丽贝卡,并为这个女人在场而道歉。他说:"我不知道她要来。我以为今天她请了半天假。但是,到这儿来,让我亲亲你。"他们一起在沙发上坐下,开始互相亲吻和爱抚,两人都越来越兴奋。很快,她的上衣被解开了,他的嘴唇在她暴露的乳房上,手在裙子下面的大腿之间。丽贝卡开始发出呻吟。"来吧,要我吧!"她呜咽着。"你是说现在吗?在这里?""是的,是的!"他没法不冒着被仆人看见的风险把她带进卧室——那里有他准备好的避孕套。但由于丽贝卡彻底不顾廉耻的迫切要求和他自己的性欲大发,此时他们已经无法停住。于是他急忙宽衣解带。他自认为是精于此道的老手,但不防突然滑了一跤,以至于没能像往常一样安全、完美地抽身而退。"抱歉。"事后,他说道,但她误以为他是在为自己的失礼,而非为了怀孕的风险而道歉。"是我让你继续的,是我的错。"她说。"想象一下,如果那个女人那时候进来了,看见我们……"她咯咯笑了起来。"我应该为自己感到羞愧,但我并不这样认为。"他吻了她,然后暗示她可能应该去一下浴室。"那里有一个净身盆。"他说,"应该用它彻彻底底地洗一洗。"她听懂了他的意思,表情突然变得十分严肃。"哦,好,我会的。谢谢。"但她从洗手间回来时脸上挂着微笑,显然是对冲洗的效果信心十足,他也就没有再让自己的顾虑加剧她的担忧了。此后,只要是做爱,他都谨慎地坚持使用避孕套,直到适当的时候,她才购买了一种新的女用避孕用具。

他和小 E 在一起两年,他们的性爱是玩乐式的,有时是颓废堕落的,在此期间他用尽了看家本领、摆出各种姿势,但小 E 却从未彻底放开自己、纵情欢爱。而丽贝卡在性爱行为中充满激情,常常让他想起自己和安珀在一起时所体会的那种心醉神迷,但二者之间又明显不同,各具特色。他一直把安珀看成是一个性爱方面的运动员,有点像阿塔兰塔[1],来去干脆利落、机敏,像古希腊时代的多神教徒,而丽贝卡在脱光衣服渴求爱情时却带有一种野性。她的身体没有安珀那种古典主义的美,却十分性感,有着丰满的胸部和纤纤细腰。纤纤盈握之下珠圆玉润,曲线分明,毛发丛生。"一开始,

---

[1] 古希腊神话中的女猎手,在荒野中长大,成了一名凶猛的猎人。亦被称为"善跑者"。

我为此深感羞愧。"她说,"毛发过盛,看起来像动物似的。""那真是不错。"他说,"你身上有某种动物般的气质,令人非常兴奋。是猫科动物给人的感觉,一股随时可能爆发的被控制了的力量,像黑豹在丛林中跳跃。我应该叫你'黑豹'。""那我应该叫你什么?""叫我'美洲豹'。我们将成为两只大猫,在丛林里交配。"这种孩子气的性幻想令两人都感到愉悦,成了他们关系中必不可少的元素。

他向简承认了他在和丽贝卡见面。像往常一样,她已经猜到了类似的事情正在发生。"伊丽莎白知道了会受不了的。"她说。

"你这么认为吗?"他说。

"你知道她会受不了的。你打算去朗多涅的事告诉她吗?"眼下,他就要出发去太阳之屋了。

"我不知道。"他说,"到时候看吧。"

* * *

他犹豫不决地去了瑞士。如果能避免的话,他并不是真的想和伊丽莎白分手。而她近来的变化——那些自认为高人一等的、对简和他本人的小小挖苦——令人恼火。她曾经是一个理想的情妇,一个有趣、聪明的同伴,一个对性的态度受到他原则上认可的情人:性是快乐的源泉,而不是深沉的情感承诺的表达。她家境优渥,颇有人脉,在欧洲他最喜欢的地方拥有一座不错的房子,他可以长期待在那里工作和娱乐——这些都是宝贵的财产,舍弃它们将会令他感到遗憾。而另一方面,他已经被年轻的丽贝卡迷住了:他还从未见过任何能将如此激情的感官享受与她在谈话和写作上所拥有的智慧、口才和风趣相结合的女人。伊丽莎白是一位有趣的谈话家和训练有素的作家,但程度有限。从根本上说,她是一位表演者,在生活的表面优雅地滑冰,从不往黑暗的深处钻研,也从不真正挑战她的读者或让她的读者不安。而丽贝卡还处于她职业生涯的开端,他确信,从长远来看她将成为更了不起的作家,观察和指导她的发展将是一件有价值的事。他必须在与这两人的关系中选择其一吗,还是说他能够以某种方式设法做到两者兼得?他应该一到达朗多涅就冒着不可逆转的分手风险告诉小 E 丽贝卡的事,还是应该努力化解他们上一次分开时的不良情绪,然后在私下里继续保持与丽贝卡的联系,直到她自己失去兴趣为止?

结果,到达太阳之屋之前他没有决定该怎么办,所以什么都没做成。伊丽莎白礼貌地向他打招呼致意,但说不上有多愉快。他察觉到她在等待他为他们最后一次在一起时自己的行为道歉,但是他觉得他已经在信里道了歉,而她却没有相应地承认自己有任何错。最初的几天以他们惯常的方式相当愉快地度过了。两人都在早上工作,他在主屋,她在小小木屋。之后他们一起在下午散步,在晚上共用晚餐、读一些内容轻松的书,可能还会伴随着一点钢琴音乐——伊丽莎白弹得异常出色。然而到了夜里,她并没有穿过两人房间之间的秘门来到他的房间。他感到两人都是在表演,表面上相敬如宾,私底下却保持着警惕,就像精神上的摔跤选手:围着对方转圈圈,准备好了扭作一团,却从不真正采取行动。他问她最近正在写什么,她回答:"一部关于通奸的小说。""世界上最好的运动!"他说,言下之意指的是他俩的那种斯文、轻松的嗜好。但她回应的微笑中流露出一丝勉强,令他好奇她是否在怀疑自己对她不忠。她问他丽贝卡·韦斯特是否仍在"纠缠"他。他既准确又误导地回答说,不,她没有。可是,当她谈论起丽贝卡发表在《新自由女性》上的稿子并嗤之以鼻时,他说,在他和其他一些人(例如福迪·休弗和瓦奥莱特)看来,她是伦敦最杰出的年轻报刊撰稿人。"真的?"她用一种无比厌恶的怀疑语气说道。可她的眼睛紧盯着他,好像在试图判断他话里隐藏的意思。

他来这里时带上了《获得自由的世界》的校样,并在一天晚上读了一些给她听,但她并没有当作一回事。"你为什么要用那样的方式摧毁世界?"她问。"为了阻止人类真的动手摧毁世界。"他说。"可是,你的描写中有一种毁灭的乐趣,"她说,"像调皮捣蛋的男孩踢翻别人花了好几个小时建造的沙堡。何况,你怎么可以任由自己把巴黎——美丽的巴黎——炸成碎片呢?即便是虚构的。毕竟这种炸弹实际上并不存在,所以没有人能真的做到。"他说:"总有一天会有的。""这可是你说的。"她嘲笑道。那天晚上,她又一次没有来他的房间,之后的一天也没有。他感到她在等他开口求她这么做,然而,他并没有低声下气的打算。他为什么要这样做?两人仿佛正在进行一场无声的决斗——谁将会率先屈服?谁会先引发冲突,并为接下来发生的事承担责任呢?

到了最后,这个人是他自己。

就这样过了六个夜晚,每夜在黑暗中徒然躺着、醒着,竭力去捕捉秘门被推开的微弱声响,他受够了。第二天他们用完早餐走到阳台时,他告诉伊丽莎白,他会在下午离开,比原计划提前两天。当时他们正在俯瞰山谷的风景,山谷底部覆盖了一层棉絮般的薄薄的晨雾。"为什么?"她说道,但没有把视线移开。"我看不出我留下来有什么意义。"他说。"你是说,我们之间都结束了吗?"她说。"自从我来了这里,每天夜里都醒着、等着,等你来我的房间,"他说,"而你没有。我认为这是一种宣示。""我想是的。"她说。"是因为我很粗鄙,不是吗?"他说。"不,不是这样的。"她转过身面对他说,"在某些方面你是有那么一点粗鄙,G。确实,说'是因为我很粗鄙,不是吗?'这种话就挺粗鄙的。但你也是一个天才,人们可以原谅一个有各种缺点的天才。不过,你已经另有他人了,不是么?""为了更好地讨论这个问题,就假设是有了吧。可为什么要让它影响我们的关系?过去两年我们非常默契。""我知道你还有别人。"她说,"我感觉得到。我不喜欢这样。我是不会有别人的。""很好。"他说,"我去收拾行李了。"

他是从朗多涅来太阳之屋的,一条小小的山区铁路一路向上,在距离木屋一英里处停止。他沿着陡峭小径向火车站走去,一个仆人推着手推车走在他前面,手推车里是他的行李。他确信此刻伊丽莎白正透过窗户或是站在阳台上看着他,但他没有回望。他离开木屋越远,就越是感到精神振奋。在他穿越欧洲大陆前往伦敦的途中,这种精神振奋的感觉愈发强烈:丽贝卡正在伦敦等着他。事实证明,如果他不能同时拥有这两个女人,那么他毫不怀疑自己已经在两人之间做出了正确选择。小E对他来说已经没有新鲜感了;丽贝卡很年轻,充满生命力,拥有无限潜力。

他一回到伊斯顿·格里伯别墅就把发生的一切都告诉了简:伊丽莎白已经成为历史了,丽贝卡才是未来。"如你所愿,H.G.。"她叹了口气说道。"可我不想再见到丽贝卡,当然也不想她待在这里。"他毫无异议地同意了这些条件,并认为他理解为什么她会有这样的感觉。简是不会和丽贝卡合得来的,丽贝卡既不像与自己年龄相仿的伊丽莎白,也不像几乎和亲生女儿没什么两样的安珀——她从安珀青春期时就已经认识她了。而丽贝卡——不仅年轻,而且坚定自信、雄心勃勃——如果被允许进入他们的家庭和社交生活,将是对简的挑战甚至是威胁。

因此,他不得不另找一个独立的地点与丽贝卡保持私情,并且自始至终秘密进行。他再也没有在圣詹姆斯庭院酒店与她碰过面——那里总有被管家盯上和说闲话的风险,更别提还有可能当他挽着丽贝卡时,被进出同一栋楼的伊丽莎白尴尬地撞个正着。丽贝卡此时已经离开了她母亲的家,搬进了麦达维尔的一间单身公寓,但他仍然无法得体地前去那儿拜访。有一阵子,他们定期在丽贝卡一个结了婚的朋友凯莉·汤森的家中见面,之后他会带她去他在皮姆利科的沃里克街租的房间待上几个小时。租给他房间的斯特兰奇太太同情情侣们。在那里,他们可以无拘无束地将他们的黑豹和美洲豹的性幻想来个角色扮演。她会像俯伏的黑豹一样,蹲在床上,扬起头,目光跟随着他,他也一样。他们都不着一物,在房间四处徘徊,发出低沉的咆哮,暴起,滚成一团,如兽般"搏斗"、厮缠,之后他和她做爱,一起高声叫喊着达到高潮。然后她会在他的怀里发出呼噜声,直到两人都香甜地睡去。没有达到在才智上与他相匹配的程度,那么很可能有朝一日她将会达到。她对他没有阿谀奉承,也没有一味服从,更没有在他的才华面前妄自菲薄。相反,她用自己对他和其他人的作品的犀利见解去挑战他,激励他。她也可以非常风趣。最近,她经常和福迪、瓦奥莱特在一起。尽管有流言说福迪没有合法地离婚,但他和瓦奥莱特仍像夫妻一样一起生活。丽贝卡这样描述自己被福迪亲吻:"像是荷包蛋下面的烤面包。"这让他断断续续笑了一整天。当一群人讨论塞西尔·切斯特顿那看上去脏兮兮的肤色时,有人说那是他的天然肤色,因为她曾看到他在勒图凯的海边洗澡,他洗完澡从水中出来时看起来与下水前一模一样。丽贝卡立刻问道:"但你看了英吉利海峡吗?"

这段私情的蜜月期在 1914 年 1 月初结束了,那时,丽贝卡告诉他她可能怀孕了。他们按照先前的安排在斯特兰奇太太家中见了面,他一见她的脸色就知道了她接下来准备说什么。她的月经已经迟来很久了,并且还经历了一些晨吐。"我该怎么办?"她哭着说道。"你的意思是,我们该怎么办。"他说。她透过泪水感激地对他报以微笑。"第一件事,"他说,"是安排你去看医生,确认你怀孕了。但我们应该假设你确实怀孕了,我想我知道这是怎么发生的。"他提醒她在圣詹姆斯庭院酒店公寓的那一次,他们在客厅沙发上做爱的情景。"是我的错。"他说。"不,是我的错,是我要求的。"她说。"好吧,我们不要为此争论了。"他说。"我该怎么办?"她又说了一遍。"你必须做的,是把孩子生下来。"他说,"你没有在考虑其他任何办法了吧？我希望！"她摇了摇头，但并不坚定。"还有其他办法吗？"她说，"我的事业才刚刚起步，现在一切都毁了。""胡说八道。"他立刻说道，"另外，没有其他办法，没有。堕胎太危险，也是犯罪。想都别想。我会在乡下找个安静的地方，为你安排一处我能去探视的舒适住所，你可以在那里闭关，继续写作，直到那一天来临。等你生下孩子后，我们就找一对值得托付的夫妻收养他，而你将恢复自由，重新开始独立生活，我仍是你的爱侣。你觉得怎么样？""我觉得你是一只棒极了的美洲豹。"她微笑着眨了眨眼睛，把泪水赶走，"可是简会怎么说？""简会平静地接受的。"他说，"我恐怕这不是第一次了。"

实际上，这一次简几乎到了对他大动肝火的地步。"看在上帝的分上，H.G.！"听到他的这则爆炸新闻时，她大声感叹道，"你又来了！"

"我无意如此。当然了，"他说，"是我的错——我就必须承担责任，我会的。你不必为此烦恼。我会安排好一切的。"

"嗯，你经验可是够丰富的。"简尖刻地说道，"这一回别指望我去买婴儿服。"

事情的发展令他感到如此快乐无忧，连他自己也很惊讶。但也许，他对自己坦言，这次事故令他可以更安全地将丽贝卡绑在自己身边，对此他并不感到歉疚。同时，他开始仔细思考如何安排她的闭关。如简所言，他的确可以借鉴他在安珀身上的经验，但那次有一点明显的不同：当时情况是，他们在她等待孩子出生的小屋里打着"性爱自由"的旗帜，并为违背传统道德付出了代价。随之而来的轩然大波曾一度将他置于难以承受的压力之下，几乎毁了他作为公众人物的职业生涯。但是，渐渐地，这一幕从集体记忆中消失了，现在他又受人尊重，并且——在大多数圈子里——重新被人们接受了。他不想这时候曝出另一起类似的丑闻，阻碍他恢复名声。因此，他打算寻找一处安全的地点，远离伦敦和那里爱散布流言蜚语的人们。经过大量研究，他选中了威尔士沿海的度假胜地兰迪德诺。他为自己编造了一个"韦斯特先生"的假身份，从当地的房地产经纪人手中得到了有关租房的详细信息。然而，那时他不得不暂时将租房一事留给丽贝卡处理，他自己则与莫里斯·巴林去圣彼得堡进行了为期三周的旅行——那是在他得知丽贝卡怀孕之前就已安排好了的。

他认识巴林已经好几年了，尽管两人的背景和信仰截然不同，但他对巴林抱有好感：他是一位因擅长冒险金融投机而出名的银行家男爵之子，信仰罗马天主教，曾在伊顿和剑桥接受过教育，但没有获得学位就离开了学校。这当中的原因一定是他对课程感到无聊而不是他在学术上无所建树，因为他拥有高超的才智和令人羡慕的语言天赋，这使他成了一位外交官和驻外通讯员，过上了养尊处优又充满冒险的生活。他曾在《每日电讯报》上报道过日俄战争，并作为通讯员留在俄国，还撰写了一本关于俄语文学的优秀作品。从巴林那里，他得知了自己所有作品都已被翻译成俄语并在1909年以全集形式出版，得到了广泛阅读——这一点是他此前不曾了解的。即使没有从图书销售中获得任何版税，他也为此感到高兴。他表示自己有兴趣将来去俄国看一看，巴林承诺由他来安排，并建议他在仲冬去，以便更好地了解俄国人的性格。"俄国的气候与我们的完全不同，"巴林说，"要极端得多，俄国人也是如此。"

他无疑发现圣彼得堡——一个脏雪覆盖、被冰冻的水道锁住的巨大版威尼斯——比他曾经去过的任何地方都更不像英国，无法理解的语言和陌生的西里尔字母加重了这座城市梦一般的不真实感。

"圣彼得堡比我所见过的任何城市都更像丽贝卡，"到达不久后他在给她的信里写道，"充满活力，黑暗，不修边幅（但试图变得更好），有着神秘的美。"他在那里只认识一个人：马克西姆·高尔基。两人是1906年在纽约相识的。当时他们正各自在美国旅行，恰好同一时间到达纽约。紧接着他们发现两人之间有诸多共同点，很处得来，尽管交谈时需要翻译的协助。两人都是出身卑微的讲故事者和社会主义的支持者，除此之外，还都是苛求的道德家们的攻击对象。就在高尔基到达纽约、受到热烈欢迎后不久，人们发现陪同他的那位高贵的女士玛丽亚·安德烈耶娃女士[1]并不是他的合法妻子，这在媒体中掀起了一场轩然大波，引起了公愤。这一对不知所措的男女被逐出了他们的旅馆，其他旅馆也纷纷对他们关上大门，令他们陷入了被困埃利斯岛[2]等待驱逐的危险中，唯恐他们的堕落传染了新世界。直到他们被一位富有且开明的美国人营救，把

---

1 玛丽亚·安德烈耶娃（1868—1953），俄国女演员，高尔基的第三任妻子，但二人没有正式注册或举行结婚仪式，属于普通法婚姻范畴的夫妻。
2 位于美国纽约州和新泽西州港内的人工岛，曾是移民管理局所在地，许多欧洲移民从这里接受询问、检疫，再进入美国。

他们带回家中，又私下里连着招待了好几个月。"我人生中最棒的几个月。"当他们在圣彼得堡团聚时，高尔基衷心地笑着回忆道，"我从来没有像那时一样，写过如此多的东西。"巴林为他们的交谈做翻译。有很多次，当他遇到作家、记者、政客和自由派贵族时，都是巴林为他翻译；如果没有巴林，他就会一筹莫展。

圣彼得堡动荡的政治气氛令他兴奋。尽管按照西欧的标准，俄国仍远远落后，但他感觉到知识分子已经准备好了进行一场彻底的变革。相比之下，英国的费边社成员和工会支持的工党政客就显得畏畏缩缩了。然而，进步的政治观点与圣彼得堡寻欢作乐的风气并不矛盾。他的夜晚被各种聚会和晚餐的邀请填得满满当当，聚会间葡萄酒和伏特加恣意横流，晚餐餐厅提供的雅座比伦敦甚至巴黎更加奢侈豪华。大都会酒店的餐厅里，挑高天花板闪闪发光，笑声、谈话声和吉卜赛乐团的音乐声此起彼伏。餐厅的四面都设有阳台式的楼座，那一扇扇门和小窗帘的背后，是与身着华服、浑身珠光宝气的女士们互相打情骂俏的顾客。

如果换成另一时间，他可能会倾向于借机利用这种便利的安排，但眼下他决心忠于丽贝卡。他定期给她写信，让她确信自己对她的爱和渴望，还写了关于对兰迪德诺的女房东说些什么的实用指导。"你是韦斯特太太，我是韦斯特先生。写信告诉她们你会在兰迪德诺待到孩子出生为止，让她们这样安排。韦斯特先生从事电影方面的业务，必须常常写东西。他想要一间安静的房间用于写作，因此需要一间单独的卧室。（尽管他计划把时间都花在你的香闺。）这一点要写清楚，将一切妥善安排好。那所房子必须像我们的家一样。我们要在那里安顿下来,在那里工作,在那里相爱,在那里生活,而你必须确认一切都没问题。你要照顾我,让我饱食,给我安宁和舒适。你将成为我的妻子——"他停了停在酒店便条纸上快速移动的钢笔,意识到刚刚这一句话写得过于轻率了,可如果划去就不得不泄露他的思索和犹豫。他已经没时间重写这封信了,巴林正在楼下大厅等他,去和赫赫有名的犯罪学家弗拉基米尔·纳博科夫共进晚餐——后者显然是他的崇拜者,并有一个十四岁的儿子[1],也很喜欢他的科学浪漫小说。他留下了"妻子"这个词,但紧接着又写下了一段如狂想曲般情绪激昂夸张、以至于丽贝卡不太可能从字面上解读的话:"我们将在彼此的怀抱中拥有伟大的奥秘。我们要一起散步,一起吃饭,一起聊天。你是我命中注定的女人,你将会是我一生的创造者和统治者。黑豹,我从未像爱你这般爱过任何人。我如初恋般爱着你。我把我自己交给你。对于我们将迎来一个孩子这件事,我欣喜若狂。我亲吻你的脚,亲吻你的肩膀,以及你的身体柔软的一面。我想要进入那个家里,那个你将为我准备的家里。我要飞奔回来,做好准备。"

他们于2月中旬团聚了,然后在皮姆利科斯特兰奇的家中度过了两天两夜。几轮激烈、野性的性交填饱了他们在性方面的饥荒后,他们将注意力转向了实际问题。在他不在的日子里,丽贝卡并没有与兰迪德诺那边通信,因为她注意到从那儿到伊斯顿的

---

[1] 即俄裔美国作家、《洛丽塔》的作者弗拉基米尔·纳博科夫,其父弗拉基米尔·德米特里耶维奇·纳博科夫是当时著名的犯罪学家。

铁路交通极为不便,他若想去看她,需要在旅途上花整整一天时间。看起来,他之所以选择那里,是因为愚蠢地看错了布莱德的火车时刻表。现在,他转而提议在北诺福克海岸的亨斯坦顿——距伦敦同样遥远,但从伊斯顿经毕肖普斯托特福德可以相对轻松地抵达。必须尽快去那里寻找一处合适的住所,他声称——但要分头乘火车去,以防一起行动被人发现。丽贝卡笑了,以为他是在开玩笑。当她意识到他并没有开玩笑时,说道:"你这样是不是谨慎得过头了?""这是为了简。"他撒谎道。"如果我们保守秘密,简就会少去很多尴尬。""我不得不告诉了母亲,当然,"她说,"还有莱蒂和温妮。""她们有什么反应?""不好。"她说,"母亲觉得你背叛了她的信任,在去她家中做客之后引诱了我。""但是是你邀请我喝茶的,"他说,"也是你引诱我的——好吧,追求我的——无论如何。""这倒是不假。我是那样对她说的,但并没什么用。莱蒂认为我一直是个傻瓜,而你利用了我。我认为你不会再受到她们的邀请去喝茶了——在我们结婚之前都不会。""唔,那可得等上一阵子了。"他说,"我不应该让她们有不切实际的期望。""但你在信中说了——"她开口道。"我知道我说过,黑豹,"他迅速接下去,"可我的意思是,我们将在精神上结婚。我与简的婚姻不是真正的婚姻,而是一种予人方便的陪伴。我和她已经很多年不是爱侣的关系了。你才是我的伴侣——灵魂伴侣和床上伴侣。将来——等我的孩子们长大一些后——我们可以去处理那些繁琐的法律手续,满足你母亲和姐妹们的要求,但那不会改变你我关系的性质。"他试图传达自己对未来的想法:两桩婚姻,两个家——一个官方、无性,另一个秘密、激情。"你是说我们应该把孩子留在身边,自己抚养大?"她说。"如果你希望如此。这完全取决于你。"他宽宏大量地说。"不,我不希望。"她说,"我想保持自由,为了写作。""绝对没问题。"他说。"可如果把他或她送给别的什么人,我不会感到难过吗?""我们会找一对模范夫妇,允许我们去看望他——我确定这是个男孩——只要我们愿意,就可以随时去看他,"他说,"随时带他去享受美食和假期。他会叫我们叔叔和婶婶。""美洲豹叔叔和黑豹婶婶!"她笑着说道,对他设想的场面感到高兴。

于是他们分头去了亨斯坦顿,按照约定在火车站的自助餐厅碰了头,并在一座房子里发现了一个带家具的房间正在出租——虽然算不上很吸引人,但总归是合适的。维多利亚大街上的"布里格伊东"[1]是一座用没烧过的红砖砌成的露台洋房,弓形窗向外凸出,对着前花园的一片区域。从二楼可以看到沃什湾的景色,向另一侧还可以瞥见北海,后者每年这个时候看上去都是一片清冷灰暗。作为一处避暑胜地,人们往往在夏季前往亨斯坦顿,寻觅难得的安静与清凉,而2月的亨斯坦顿则如墓地般寂静。想到接下来的六个月都将在那里度过,丽贝卡露出了沮丧的神情,但他尽了最大努力使她振作起来。"你将写出许许多多的作品,"他说,"而我将尽可能多地陪在你左右。"他信守了诺言,每周来她这里至少待上两天,经常一待就是更久。他不在的时候,就对下一次见面做出情爱缠绵的

---

[1] 原文为"Brig-y-don",在威尔士语中意为"浪潮之巅"。

期盼，拨旺她激情的火焰："本周三夜里，我要把爪子摁在你的身上，在你的颔下吸气，咬你的乳房，舔你的侧腹，行其他亲密之举。我要把你翻过来，做我喜欢对你做的事。我要让你喘息不止地回咬我。然后我要让你的身体战栗，让你高潮后平静。睡觉的时候我要伏在你身上。如果我打鼾，那也没有办法。你的主人，美洲豹。"丽贝卡有时会因为这些淘气、露骨的内容而责备他，要他想象如果被房东克朗太太不小心看到会有什么后果，但他清楚，她一定觉得他的信撩人极了。他们的性生活一如既往地充满刺激，随着她的腹部日渐隆起，做爱变得更加舒适从容，更贴近他们私密的性幻想，像动物一样释放天性，他从后面罩住她，她的头深埋在枕头里，以免叫声传到楼下克朗太太的耳中。为她和邻居们着想，他们修改了他准备好的故事，并扮演起各自的角色：他是一位忙碌的记者，来此地看望他年轻漂亮的妻子；在此之前，他将她从烟尘缭绕的伦敦带到这个健康的地方，供她闭关养胎。退潮时，他们在宽阔的沙滩上手挽着手散步，涨潮时，他们就沿着长满草的悬崖散步，一次次深呼吸，让肺里填满当地享有盛名的空气，对过路人礼貌地致以微笑。

两片乌云给他春天般的心情投上了阴影，那是关乎他职业生涯的乌云。《获得自由的世界》已经出版了，收到的评论惨不忍睹：原子能和原子炸弹的假定被认为过于荒谬，以至于连一个愿意暂时搁置怀疑的人都没有；故事的主旨他们以前从他那里听过太多次；这样的故事——为了试图增加叙事的生动性，他在故事的结尾让邪恶的德国皇帝百般阻挠世界政府的建立——更适合在青少年周刊上刊登，而不是作为成年人的小说出版；此外，时下流行的对德国的偏见已经过热到了危险的地步，而这本书很可能会火上浇油。外界这样的反应给了他的自尊心一击，想到伊丽莎白会从中得到一种幸灾乐祸的满足感，这一击更沉重了。但没过多久，他又受到了一记更有杀伤力的重击，就像有人趁其不备从背后刺向他——因为，在所有人当中，这个人偏偏是亨利·詹姆斯。

詹姆斯六个月前曾对《热情的朋友》做出了评价，正如作者所预料的那样，他对他的进取心表示了夸张的赞美，但也发现很多创作中的不足之处。他一如既往地给对方回了信，用和这位大师一样的夸张语气承认了自己的不足："像您这样一位胸有成竹而技艺精湛、创作起来从容随意（然而速度却不慢）、不费吹灰之力就取得一身辉煌成就的大师，您能给我写信，实在令人自惭形秽，深感自己毫无价值且经验不足。于是，我何等地想要拥抱您的双膝，让泪水沾湿您的脚，为自己的无用而忏悔。[1]"或许是他那次对詹姆斯书信风格的模仿玩得过了火，引起了那位老人的注意，又或许是抹大拉的形象让他露出了马脚，造成了不敬。但是，以私人书信的方式刺一刺老朋友浮夸是一回事，在《泰晤士报文学增刊》上攻击自己的同行就是另一回事了。在3月底和4月初在该杂志上发表的分为上下两部分的长文中，詹姆斯研究了英国小说家的"年青一代"，

---

[1] 《圣经·路加福音》中，妓女抹大拉见到耶稣时，"站在耶稣背后，挨着祂的脚哭，眼泪湿了耶稣的脚，就用自己的头发擦干，又用嘴连连亲祂的脚，把香膏抹上"。此处威尔斯自贬为抹大拉，将对方奉为尊贵的耶稣。

即比詹姆斯自己年轻的一代人。他和阿诺德·本涅特都正处于四十多岁的年纪，颇有代表性，因此受到了严苛的评判。他们被认为是当代最为成功的英国小说家，但出于同样的原因，也是最糟糕的英国小说家，因为他们给众人树立了一个坏榜样——为了追求"饱和度"而牺牲了形式之美和效果之强等使小说成为一种艺术创作的全数特质。"……他们竭尽所能将形态饱满、汁液多少还算丰富的橙子挤尽榨干，处理成某种他们所熟悉的形式，让断言与活力——无论是否有明确的目标——构成他们对主题的'处理'。"詹姆斯在这方面给了本涅特不错的分数，然后转向了威尔斯：

> 他知道得愈多，或者说他无论以何种速度学到得愈多——换言之，他愈是建立自己的饱和度——我们对他的印象就愈是他对此驾驭得足够好。我们也确实这样认为了：他只应以我们熟悉的随意姿态，打开他的头脑，将里面的内容从一扇永远敞开的高窗里展示给我们即可（威尔斯先生拥有无数这样的窗户，他像批发商一样囤积了大量最合意的窗子，再零售给排着长队的买者）。

他读到这里时红了脸，接着又反复读了几遍。这样的形象——即他的脑子里充斥了五花八门的各种垃圾、他把它们从高处漫不经心地倒在刚好从下面经过的那些倒霉蛋的脑子里，再加上对其通过获取无数窗户来实现自私自利的商业动机的暗讽，都是对他极端的侮辱，而且是蓄意而为。他拿给简看，简笑了。"他指的是从廉租公寓的窗子倒出去的脏水吗?像从前苏格兰人那样,倒的时候还会大喊'小心脏水[1]!'""我很怀疑,"他说,"但即便不那样理解,这也已经足够冒犯了。我不知道他这是中了什么邪。""嫉妒,说不定是呢。"她说。"没有人会因为《获得自由的世界》的那些评论而嫉妒我。"他说。"嫉妒你的销量,我是指,你的名气。"她说,"所以他才要这样写你和阿诺德。你知道,他总是渴望一炮走红,但从来没有成功过。""也许你是对的。"他说,"但从根本上说,我们对于小说的意义有着截然不同的看法。多年来,我们一直在给对方写越来越虚情假意的信。从某种意义上来说,现在这一切终于结束了,这是一种解脱。手套已经扔下了[2]。"简机警地看着他,"我希望你不是在考虑就此写信给《增刊》,"她说,"那样只会让你显得小肚鸡肠又过度敏感。""不,我不会给《增刊》写信的。"他说。"很好,"她说,"别因此气急败坏。"

然而为时已晚,他已经被惹恼了,也确实在打算写点什么消消气。他走进书房,从上了锁的抽屉里取出了一部手稿。这本暂定名为《布恩》的书,他已经时断时续地写了将近十年,并且没有明确的计划要在完成后出版它(如果能够完成的话)。这是一本很难分类或形容的书——并不是说他曾试图将这本书讲给任何人听,这是一部非常私人、几乎可以算作秘密的作品,他定期在其中宣泄自己对20世纪英国文学和知识分子生活的反感。这部作品讥讽刻薄、

---

[1] 原文为"Gardy-loo",来自苏格兰人对法语"Gardez l'eau"(小心水)读音的模仿。
[2] 在古代西方,如果一人向另一人发出决斗的挑战,就会将手套扔到对方面前。

破坏传统、结构残缺、去题万里、语言迂腐，既有点像斯威夫特[1]的《一只桶的故事》，又有点像斯特恩的《项狄传》，既可媲美皮科克[2]的对话小说，又明显受到了马洛克[3]《新共和国》的影响，然而，却比上述任何前辈作品都要混杂。这本书号称是一位名叫乔治·布恩的作家的"文学遗著"，经一个叫作雷金纳德·布利斯的笨手笨脚的穷酸文人所编辑。布恩是一名受人尊敬、收入丰厚的作家，如果H.G.威尔斯留在桑德盖特追求爱德华时代文人的传统生活，可能就会成为和布恩一样的作家。其中的一章（听起来像是开篇，但实际上占了书的一半篇幅）是这样开头的："从前，在英格兰南方海边的一座宜人的别墅里，住着一位追求名望和成功的作家。他写得一手本质上还算过得去的故事，同时小心翼翼地不去冒犯、只一心取悦他人，因此日渐受到公众的尊敬。他为此感到欣喜。"然而，布恩这部未出版的文学遗著流露出了极强的颠覆性和无法无天的特点，令他的编辑左右为难：这位编辑的内心中也有着一股强烈的冲动，想要反抗文学界的既有文化，为此他幻想了各种计划去讽刺和破坏这种文化。

他开始为这本书写新的一章，题目叫作《关于艺术，关于文学，关于亨利·詹姆斯先生》。在这一章里，"布恩坐在菜园的矮墙上，谈论起詹姆斯"，借布恩之口，他评论起詹姆斯式的小说美学，

---

[1] 乔纳森·斯威夫特（1667—1745），英国–爱尔兰作家，讽刺文学大师。其他代表作还有《格列佛游记》等。

[2] 托马斯·洛夫·皮科克（1785—1866），英国作家、诗人。代表作有《恶梦隐修院》《黑德朗大厅》等。其小说以对话为主，人物描写和故事情节居于次要地位。

[3] 威廉·马洛克（1849—1923），英国小说家、政论家。其作品多支持罗马天主教会，反对实证主义哲学和社会主义。

并且越写越表现出强烈的偏见:

> 他要求同质性……一本书为什么要有那东西?对照片来说这是合理的,因为你在看照片时,一次就看完了照片的全部。但你没有必要一次看完一整本书……他谈到了选择……在实际运用时,詹姆斯的选择等于省略,仅此而已。例如,他省略了观点。在他的所有小说中你都会发现,没有人有明确的政治观点,没有人有宗教观点,也没有人有明显的党派性,或是有欲望、爱突发奇想……没有周六晚上和周一早上受祈使句支配的穷人……在先确保几乎没有要表达的东西后,他再开始着手去表达它……他用尽了所有的语言技巧去陈述,去定义。他几乎不能忍受不加任何修饰的动词。他把他的动词不定式一一拆开,再用一个个状语填满。他用流行一时的口语体来应急了事,塞进他的文字仪式里。他连篇累牍的段落里满是汗水和挣扎。而这一切,都是为了他那些虚无的故事……它是寻找小卵石的巨形海怪,是为了拾起掉在巢穴角落里的豌豆而决心不惜一切代价,甚至连尊严都可以放弃的河马:它伟大而痛苦。大多数事物,它强调,都比豌豆重要,但它可以,无论以怎样的速度,谨慎地,伴以一种专心致志的艺术思想,拾起那粒豌豆。

对他而言,《布恩》是一种精神上的蓖麻油[1]:第二天早上读一

---

[1] 蓖麻油,可用来做泻药。

读这一章,他发现自己已经摆脱了恼怒和愤恨。他又用了一天时间继续愉快地写了下去:布恩草拟了一部名为《被凌辱的布兰迪丝小姐》[1]的詹姆斯式小说,关于主人公寻找一位完美管家的故事,但直到第一百五十页才开始出现故事情节。这实在太有趣了,以至于他开始渴望见到这本书被印刷成册。也许有一天他终将完成《布恩》。

伊斯顿·格里伯别墅有一块平整的空地。他下令将那里的杂草铲除,画上标线,让它变成曲棍球场,还安上了带网的像样的球门。周末来访的客人被要求在那里打男女混合曲棍球,作为来此做客的条件。他提供了适合右撇子和左撇子的曲棍球杆、软垫护胫以及一大盒各种尺寸的白色板球鞋和网球鞋。所用的球是硬皮板球。成年人——不仅是伦敦的美学家,还有国会议员、经验丰富的记者,甚至那些幻想着自己耍弄棍棒或枪支的运动员——常会在看到球的那一刻脸色煞白,想象自己被鲁莽和无纪律的球员推搡会受怎样的伤。但最终他都能使人们感到找不到不失体面的借口。女士们被给予了更多的自由,但由于她们中的大多数都曾在学校里打过曲棍球,所以通常反而更愿意参加。获得体谅视年龄而定。更年轻、更有活力的人打前锋的位置,大部分跑动都由他们完成;稍微年长一些的在后方防守,老人配有额外的护具,负责守门。然而,他感到自己有义务为众人树立榜样,所以总是在场上充当前锋,也不忘为后防出一把力,与此同时还担任比赛的裁判(因为他是唯一知道

---

[1] 这是对亨利·詹姆斯 1897 年出版的小说《被凌辱的伯顿》(*The Spoils of Poynton*)的戏仿。

伊斯顿曲棍球比赛规则的人）。

"你总有一天会伤着自己。"一场极其激烈的比赛后，简警告道。在紧接着的下一场比赛中——那是 6 月初——他就被言中了：他拉伤了左膝的韧带。医生绑好绷带，嘱咐他卧床休息一周，并无限期禁止旅行。这带来了一些不便。卧床休息令他无法提高驾驶技术。他的小汽车是最近刚交付的一辆带有白墙轮胎[1]的四座威利斯-奥弗兰德[2]，被他命名为"格莱迪斯"，他才刚刚开始熟悉车的换挡器。他也无法去拜访丽贝卡了。可以理解，这招来了她的一些抱怨，但他对此却无能为力，除了疯狂地每天给她写信，悲伤地表达他的遗憾之情：等他们再次见面时，他们可能会因为太临近她生产的时间而无法舒适或安全地做爱。为了保守她如今已经非常明显可见的秘密，丽贝卡对她伦敦的朋友们假称自己病了，不能前去拜访或是在家招待客人。因此，她感到孤独。幸运的是，她的姐姐莱蒂答应在他的膝盖恢复期间去陪伴她。两人被迫中断见面也有其好处，这使他能够继续他正在进行中的主要工作，即另一部"道学家"小说，书名就叫《伟大的研究》，书中的女主人公阿曼达·莫里斯和丽贝卡·韦斯特也愈发相像了（在小说中她称呼男主人公"美洲豹"，他则称呼她"猎豹"）。疗养期过得相当惬意，他在平日里专注于安静的久坐工作，到了周末就在来访者的陪伴下放松——人们在得知不必再打曲棍球之后全都变得友好极了。连天气也好得

---

[1] 20 世纪初至 70 年代中期常见的一种轮胎，胎侧橡胶是白色的，故得名白墙轮胎，被许多制造商视为"经典"。
[2] 成立于 1908 年的美国汽车公司，以生产军用越野车闻名，其最著名的 MB 型号越野车是现代基普车（Jeep）的前身。1953 年被凯撒汽车收购。

超乎寻常。

接下来,在6月28日那天,奥匈帝国斐迪南大公和他的妻子苏菲在萨拉热窝被塞尔维亚恐怖分子刺杀身亡,令整个欧洲大陆因忧惧而战栗。夏天所剩的全部时间都被关于战争的话题占据了。究竟会不会有战争?战争会波及多远的地方?就问题的表面来看,这只是奥匈帝国和塞尔维亚之间关于巴尔干地区的领土争端,但潜在里也可能涉及其他欧洲大国:德国、俄国、法国和英国——它们被各种条约和联盟绑在了一起,也可能被这些条约和联盟拖入冲突。丽贝卡在读完一篇认为战争在所难免的报纸文章后,给他寄了一封焦虑的信。但他向她保证:不会有战争的。眼下的世界局势已经疯了,但还没有疯到那一步。对此,他发自内心地笃信不疑。尽管在过去的十年中他一直在预言,如果人类没有找到理性的方式来建立秩序、解决争端,就将会有一场大战,一场真正的世界大战,然而他的预言只是为了警示而已,警示世人通过采取适当的行动来避免预言成真,并且,他总是将虚构的战火安排在好几十年之后。大国的政治领袖们允许战争在此刻——1914年的夏天——就发生,这似乎不可思议,荒谬可笑。而这是一个阳光尤其灿烂的夏天的事实,也使战争的威胁显得更加不真实。日复一日,太阳升入澄澈无云的蓝天,直到夜幕降临前都散发着光芒,照耀着埃塞克斯日渐成熟的麦田,伊斯顿·格里伯别墅充分浇灌的绿色草坪和灌木,高大的雪松树荫下铺了锦缎的茶几和条纹躺椅。一切就像是一首田园诗。这般和平怎会被打破?

然而,战争的消息一天天愈发凝重,威尔斯家庭的特殊情况也使得他们比大多数英国家庭对战争的后果更加反应强烈。去年夏天，他断定他的儿子们需要一名新的家庭教师，一位比迈耶小姐更严格、素质更高的男教师，能够像迈耶小姐那样出色地完成工作。于是他给了她一笔慷慨的费用，友好地辞退了她，然后找来了年轻的德国人卡尔·布托先生接替她的位置。布托是一名来自波美拉尼亚[1]的语言学专业学生，正在攻读博士学位，他将向基普和弗兰克教授拉丁语和希腊语，并由此在其他科目中建立更成体系的课程。他是一个讨人喜欢的年轻人，为人和善，彬彬有礼，做事有条不紊。起先他并不总能理解英国人的幽默和英式礼仪，但他随即使自己适应了伊斯顿这一家子的与众不同和各种新奇的念头，并对此毫无怨言。他很欣喜地发现男孩们有一只被他们驯服和训练过的棕色松鼠，名叫弗里茨。他把它当成自己的宠物，允许它睡在他的房间里。卡尔·布托是最有代表性的那类德国人。有他在家中，战争的前景显得更加恐怖、更加不真实。他本人坚信德国的普通百姓——也即和卡尔一样的人们——并不想要战争，是普鲁士帝国主义和贪婪的德国军备工业——也即"皇帝和克虏伯"[2]——沆瀣一气，逼着人们走向战争。简而言之，他们试图通过欺凌和威胁弱小国家来达到自己的目的。毫无疑问，他每天会在这一话题被谈及时发表自己的见解：如果那些有关战争的叫嚣真的成了现实，皇帝宣了战，那么，体面的德国多数派会简单地拒绝参战吗？卡尔·布托忧郁地摇

---

[1] 历史上的地域名称，位于今德国和波兰北部，波罗的海南岸。
[2] 克虏伯（Krupp）是19至20世纪德国工业界的一个显赫的家族，其家族企业克虏伯公司是德国最大的以钢铁业为主的重工业公司，克虏伯兵工厂是全世界最重要的军火生产商之一。

了摇头，表示并不认同。"在我的国家有一种战争的情绪，"他说，"我已经感觉到了。甚至连那些不想要战争的人也不会表示反对。我们是一个听话服从的民族。"与所有德国青年一样，他也服过兵役，一旦发生战争可能就要应招入伍。

连着几周以来，欧洲大陆上都没有发生什么真正令人震惊的事情，英国报纸则更加关注大不列颠发生内战的可能性，这是因为爱德华·卡森爵士领导的阿尔斯特新教徒发出威胁，如果议会强行通过《爱尔兰自治法》，他们将会奋力反抗。一时间，爱尔兰占据了所有的头条新闻，将巴尔干地区挤到了第二的位置。但在随后的7月23日，传来消息说，奥匈帝国对塞尔维亚发出了态度强硬的最后通牒。"情况非常糟糕。"卡尔说，"俄国将会调集军队支持塞尔维亚，而德国将站在奥匈一边。我会被征召入伍。这实在是麻烦极了。入伍将严重耽误我按时完成博士论文。"他咨询了一些问题之后，过了几天便收到一封正式的信函，要求他即刻返回德国，去军队报到服役。全家所有人和仆人中的一些人去火车站为他送行，看着火车逐渐远去，几个人流下了眼泪，滚落在脸颊上。卡尔侧身探出车窗外，悲伤地挥手告别。

"好吧，真要发生战争的话，也不会持续多久的。"当火车消失在从车头冒出的烟雾和蒸汽中时，他对简说道，"德国就等着被俄国、法国和我们收拾吧，全部一起上。他们是不可能赢的。明年我们又可以在伊斯顿见到卡尔了。"而他的实际感觉并不如他说话时那样有把握，因为德国军队以装备极其精良、训练极其有素而著称。

"我希望你是对的，H.G.，"简说，"但我感到害怕。"

许多其他人也感到了害怕。有报道称有人开始囤积食物，有人在银行抢兑，试图将他们的银行券[1]和存款兑换成金币。丽贝卡惊慌失措，发了一份电报询问他的建议，慌乱中在地址栏里填上了"韦斯特先生"。他的回复是："留好黄金和现金用于支付给商贩，直到他们开始接受银行券为止，同时付给克朗太太银行券。"他用了"第一位有孩子的战地通讯员——初来乍到者之战场印象"的虚构标题，打趣地禁止她以战地通讯员的身份离开，并得出令人鼓舞的结论："让公民做好准备迎接和平时代"。

然而，这一乐观的告诫很快就遭到了接二连三的破坏。7月29日星期四，奥匈帝国拒绝了塞尔维亚对最后通牒的答复，宣布开战。作为回应，俄国在7月30日星期五调集了军队。7月31日星期六，德国也向俄国发出了最后通牒，要求俄国停止军事活动。法国则重申了对俄国的支持。于是，德国向法国出击了。英国要求法国和德国保证，一旦德法发生交战，双方都将尊重比利时的中立国地位。德国对法国发动有效攻击的唯一路线是经过比利时，这是人人都知道的常识。而英国由于受到条约的牵制，必须捍卫比利时的主权。对此，法国当然表示同意，德国则没有回应。到了星期六，8月的第一天，法国和德国都已调集好了军队，德国正式对俄国宣战。突然间，哈米吉多顿[2]来临了。

然而，人们对此仍然难以相信，特别是在伊斯顿。8月3日星

---

[1] 银行券本质上是一种可以流通和兑换的存款票据，是纸钞的前身。
[2] 又译"阿玛革冬"，是《圣经》中预言的世界末日善恶对决的最终战场。

期一是银行假日，也是一年一度的伊斯顿乡间小屋节，在那一天，沃里克伯爵夫人将向当地民众开放她的花园。往年的这天总会有一个集市，集市上有蒸汽驱动的旋转木马和扔椰子游戏，有砸锤子、打气枪和扔飞镖的摊位，力气大或者技术高的玩家可以赢得丰厚的奖品，还有提供茶、蛋糕和柠檬水的休闲帐篷。只要付少量的入场费就可以参观沃里克伯爵夫人的花园，所有的收入将用于当地的慈善机构。萧一家的周末是在伊斯顿·格里伯别墅度过的，附近的一些朋友也加入了他们的行列，比如拉尔夫·布鲁门费德和他的儿子约翰。那天和往年的这天一样美好。午餐后，他们闲逛了一英里来到集市。女士们在烈日下斜撑着阳伞，男士们身穿亚麻夹克、戴平顶草帽（只有萧例外：他穿了他一贯的耶格牌西装，尽责地流着汗），一边听着汽笛风琴演奏的旋律一边走近，讨论着现在看来已是在所难免的战争。然而，集市里的人在这一消息面前显得出人意料地平静，或许是因为他们没有意识到战争的严重性，又或许是因为他们已经接受了对此无能为力的现实，所以趁着还有机会的时候尽可能地玩得开心。空气中充满了笑声、欢呼声、呐喊声和汽笛风琴踏板的起落声。他则和萧继续他们的争论。

萧是直接从费边社暑期学校来伊斯顿的。在那里，人们仍然普遍抱有信心，认为能够通过协调一致的总罢工魔法般地强迫政府停止军事活动。"西德尼·韦伯拒绝相信将会有一场欧洲战争，理由是如果真的有，那就'太疯狂了'。"萧说。"没错，确实太疯狂了，但战争还是会发生的。如果我们没有被卡森[1]和他的团伙逼着分散了注意力,我们可能会预料到战争的发生。"

"我希望你不会否认,如果德国入侵比利时,我们出于道义将不得不卷入其中吧?"他逼问道。

"我们并不总是那么执着于国家间的道义,如果权宜之计另有要求。"萧说,"与此相关的条约是八十年前签署的,那时的欧洲格局与现在截然不同,我们没有必要在任何情况下都要求自己对比利时出手相助。我们被愚蠢地引诱进了这场充满了各种条约和保证和最后通牒的外交游戏中,政客们感到它们如此重要。"

他接受了萧的观点,但他这种事不关己高高挂起的讥讽态度似乎是不负责任的表现。"现在别管那么多了!"他提高了嗓门,"如果德国入侵比利时,他们就也将入侵我们。我们必须准备好反击。我们必须拿出猎枪,守好树篱和沟渠。如果德国赢了这场战争,那将是我们所知道的文明的终结。"

"不论谁赢了战争可能都会是那样。"萧伯纳阴郁地说道。

尽管萧伯纳似乎有种"家家户户必遭灾祸"[2]的心态,他自己却越来越感到被一种暴力和非常个人化的反德情绪所控制。他关于人类的乌托邦希望在德国发动的这场范围之大、波及人数之多的战争面前,显得像个笑话。在他内心里,一个全新的信念和一种全新的使命感正在膨胀:必须不惜一切代价迎面而上,一举击溃德国军国

---

[1] 爱德华·卡森(1854—1935),爱尔兰律师、政治家。卡森曾领导北爱尔兰粉碎了英国政府想在整个爱尔兰实行地方自治的企图,被誉为"北爱尔兰无冕之王"。
[2] 此句是对莎士比亚《罗密欧与朱丽叶》中的"你们两家必遭灾祸"的模仿。

主义。

　　第二天，萧一家离开了。在火车站目送他们离开后，他去了邮局并在那里得到了最新消息：德国已经向法国宣战，并无视英国的警告要求军队穿过比利时向法国进攻。英国将被卷入这场冲突已成了板上钉钉的事。丽贝卡发了一条慌乱的电报说她病了，并且担心未出生的孩子。"我必须去看她。"他对简说。简立刻同意了。他的膝盖这会儿已经好了，但他觉得自己不能完成开车去亨斯坦顿这段遥远且陌生的旅程，所以他开到相对较近的毕肖普斯托特福德，把格莱迪斯留在那里，再乘火车前往目的地。

　　他发现丽贝卡极度痛苦地躺在床上，正在受腹部疼痛的折磨。之前医生来看过她并担心会有"并发症"，第二天一早他给简发电报时这样写道。她的回复是：你的电报令我痛苦万分句号但有生命危险的是丽贝卡自己难道不是吗句号我试着想象医生指的也有可能是孩子而不是她句号这太可怕了句号如果可以的话告诉她我非常爱她句号。他坐在丽贝卡的床边，把电报的内容读出来给她听，丽贝卡倾向于把简视为一个恶毒嫉妒的妻子，偶尔也会发表这方面的言论。"你看到了吗？"他说，"简不恨你。她说她非常爱你。""但她说我可能会死。我认为她无意识地希望我死。"丽贝卡忘恩负义地说道。然而，简的电报似乎坚定了她要活下去的信念。当医生再次登门例行检查时，他更加乐观地看待她的症状，并把它们归咎于消化不良。他还带来了德国已经入侵比利时的消息。那天下午，莱蒂被丽贝卡从伦敦叫了过来，她证实了阿斯奎思已宣布英国与德国开战。

"我必须回去了。"他对丽贝卡说。

"别走。"她恳求道,"我感觉孩子随时可能会出生。"

"还没到时间呢。"

"我知道,可是……有可能比预产期要早。为什么你必须走?"

"我要为《每日纪事报》写一点关于这场战争的东西。"他说。他与这份报纸之间有一个赚钱的约定,在他想写的时候就写一些关于时事话题的文章。"我无法参加战斗,但我可以写作,而我只有在家的时候才能写作。把你交给莱蒂我就放心了。"他不顾她的抗议,赶上了从亨斯坦顿到毕肖普斯托特福德的最后一班火车。

他下火车时,天已经黑了。穿过乡村小道回到伊斯顿·格里伯别墅的路上,他庆幸还有月光可以补充格莱迪斯前灯的微弱光束。有一刻,一只狐狸从路中央跑过去,他猛地转动方向盘,险些冲进沟里。然而,他感到了一阵狂喜,而不是紧张:这次陌生的夜驾在他的想象中如同史诗一般,仿佛他成了一名装甲车指挥官,在战斗前夕执行一些紧急的秘密任务。骰子已经掷出了,朝上的一面是战争——他心里明白应该怎样向英国人民展现这场战争,怎样把这场将他寄予人类的所有希望明显否决的战争,转变为一场积极的斗争。

到达伊斯顿·格里伯别墅的前门时,已经过了午夜。简听到引擎的震动声和轮胎从碎石上碾过的嘎吱作响声,穿着睡衣下楼给他开了门。她把他领进厨房,给了他一杯可可和一个火腿三明治,他一边吃一边和她交谈。"小可怜,你一定累坏了。"见他吃光三明治、喝光了可可,她说道,"来睡觉吧,今晚睡在我房间。我想被你抱着。"

"不行,对不起,简。我必须工作。"

"工作?"她发出抗议,"看在老天爷的分儿上,H.G.!你今晚怎么可能还有什么工作?"

"给《每日纪事报》的一篇文章。"他说。

他们在楼梯口互相亲吻后就分开了,他去了自己的卧室。为了便于在夜晚写作,卧室的壁凹配备了带有绿色罩灯的书桌、可以烧水泡茶的酒精炉、一桶饼干,以及一瓶临睡前喝的威士忌,他写完后可以喝上一杯再去睡觉。他脱下衣服,穿上舒适的睡衣。睡衣很像超大号婴儿服,在一个个深夜里写作时,比起晨袍,他更喜欢穿着这一身。他在书桌前坐下,从抽屉里取出一沓空白的大页纸,往钢笔里装满了蓝黑色墨水。

他从亨斯坦顿回来的路上已经在脑子里打好了草稿,所以没花多少时间就写了出来。通过这场战争的可怕规模——它已经迅速席卷了欧洲,最终也必将扩散到西边的美国和远在东方的日本,人们可以估量出胜利将带来的奖品:即世界范围内的永久和平。因此,这是一场必须打赢的战争:

在外交上达成协议是不可能的,因为那样会让德国帝国主义在德国人民面前为其失败开脱,为发动新的战争做准备。我们必须坚持,直到完全取得胜利,或者直到德国整个民族认识到他们已经被打败并确信他们已经受够了战争。

我们在与德国战斗。虽在战斗，但我们对德国人民却没有任何仇恨。我们无意破坏他们的自由或团结。然而，我们必须摧毁邪恶的政府体制，摧毁其精神和物质上的腐朽堕落，是它攫取了德国的想象力，夺走了德国人的生命。我们必须彻底粉碎普鲁士帝国主义，就像1871年德国粉碎腐朽的拿破仑三世帝国主义那样。此外，我们还必须从那次胜利的失败中吸取教训，以免我们的胜利埋下仇恨的种子。

这是历史上迄今为止规模最大的战争。它不是各国的战争，而是人类的战争。这场战争将洗去世界的疯狂，终结一个时代。

写完这篇文章，他给自己倒了两指高的威士忌，边读草稿边啜饮，偶尔做一些修改。然后，他在第一页开头用大写字母写上了"终结战争的战争"，熄灭书桌上的台灯，摸索着走到床边，钻进被子里，沉沉地睡了。

他在八点被来送电报的仆人叫醒了，电报的内容是"今晨零时五分生下男婴句号母子平安句号莱蒂"。

"要回复吗，先生？"女仆说，"送电报的男孩还在等。"

然而，他想说的话是不可以被伊斯顿邮局的一双双好奇的眼睛所看到的。"没有回复——但请给那个男孩一枚金币。"

"一枚金币，先生？"女仆看上去惊呆了，她确实应当如此：一个金币比她一周的薪水还要多。

"我是指，一先令。"他说完微笑着摇了摇头，把钱交给了她。之后，他给丽贝卡写了一封信：

今天早上我容光焕发。我需要艰难地克制自己，不去给别人慷慨的小费。在这个世上，我有了一个——你的——男孩，这令我欣喜万分。我要为了他让这个世界重归安宁……我不停地想着此刻在你枕头上的那张可爱的、严肃的、令我深爱的脸，想着你，想着那件事……我最为炽烈地爱着你，黑豹。

美洲豹

第三章

——《终结战争的战争》……并没有使你在预卜先知方面更出名。

——哦,别哪壶不开提哪壶了。我已经数不清我被要求收回那些话的次数了。我并没有把那当成一个简单的预测的意思,我是把它当成一个目标。我在第一篇文章中就已经说了,我们可能会失败。我只是想强调其中的利害关系,以及为什么它值得我们奋战至死。我也说了,如果我们获胜,我们必须避免埋下仇恨的种子——这是一个好忠告,却被忽略了,带来了灾难性后果。

——但你排除了通过谈判达成和平的可能性。"在外交上达成协议是不可能的",正是这种普遍认同的态度导致了一场长达四年的消耗战,战线主要在同一片狭长的土地上[1],造成数百万人失去生命。

——没有人预料到战争会持续如此之久。主要过失在于军事编制,他们对于战术和武器完全缺乏想象力。他们除了炮轰之外根本无计可施。他们本指望着通过炮轰摧毁敌方战壕——大多数时候并

---

[1] 指西线战场,即英法对德作战的战场。"一战"主要分为东线、西线和南线战场,其中西线战场最为惨烈。

没有用——再幼稚地下令穿越无人区,冲进枪林弹雨中。我在1903年就发明了坦克——我的意思是,就有了坦克的想法——在一篇名为《陆战铁甲》的短篇小说里,但战争进行到一半才有人想到去制造坦克,直到快结束了它们才真正发挥作用。

——**但是,你那些战争开始时在报刊杂志上发表的文章,使你与每一个彻底的爱国者和好战者结成了联盟。你不曾为此担心吗?**

——有一段时间并没有。你知道战争最初几个月里英格兰的情况——一种歇斯底里的情绪控制了整个国家。那种发现我们身处战争中的震惊已经变成了一种十字军东征的心态。连主教也认为协约国是在为基督行道。青壮年男人把征兵处围了个水泄不通,抢着加入。男孩和中年男人为了参军纷纷谎报年龄。

——**德国人被各种各样的故事妖魔化了,说他们在比利时犯下种种暴行,但大部分是假的。维斯塔·蒂丽**[1]**在动员大会上唱了"我们不想失去你,但我们认为你应该去",孩子们向没有当即加入军队的男人分发了白羽毛**[2]**。**

——我从来没有认可过这种白羽毛行当。我在《每日纪事报》上发表的那些文章就利用了当下流行的情绪,其中有许多华而不实的想法和理想主义混为了一谈。

——**然而可不止那些文章,不是吗?报纸上还刊登了一些书**

---

[1] 维斯塔·蒂丽(1864—1952),英国剧院演唱家,本名玛蒂尔达·爱丽丝·波尔斯。"一战"期间因身着军装演唱爱国歌曲鼓励男子参军作战,被人们称为"英格兰最伟大的征兵军士"。
[2] "一战"初期,英国成立了"白羽社",劝导女性给未穿军装的成年男性发放一根白色羽毛,羞辱其为胆小鬼。

信。例如,《泰晤士报》上有一篇就呼吁平民武装起来抵抗德国的入侵。"很多男人,以及为数不少的女人,最后都会向德国人开枪。何况,如果侵略者胆敢试图重演他们在比利时犯下的那些令人发指的罪行,我们这些非正规军当然也会向每一个我们枪口前的德国散兵扣动扳机。"

——对此我无可争辩。那并不是一个切实可行的建议,当局只是把它当成一句笑话。但我认为我们应该向世界证明,全国上下都在齐心协力,共同抵抗德国军国主义。战争刚开始时,查尔斯·马斯特曼召集了许多作家在白厅路的公寓[1]举行了会议,问我们可以做些什么来提振国家的士气。我们被奇怪地聚集到一起,人很杂,却都声名卓著:罗伯特·布里吉斯,亨利·纽博特,格兰维尔·巴克尔,巴利,柯南·道尔,切斯特顿,吉尔伯特·默里,约翰·麦斯菲尔,阿诺德当然也在,还有我,还有很多其他人我记不清了。这些人当中有些是自由派的,另一些是保守派的——想让我们在什么事情上达成一致是不可能的,所以我建议我们每个人都单独行动。我确实也是这么做的。回想起来,我在那种火热的情形下写的一些文章有失偏颇了。

——它们使你失去了一些朋友:比如说,瓦奥莱特·佩吉特。她是这样写你的:"他立即加入了舰队街前线,命令我们拔出和平之剑,最终根除军国主义。"

---

[1] 伦敦市内的一条街道,连接议会大厦和唐宁街。

——她从未原谅我支持战争。布卢姆斯伯里派[1]那群人也没有，但那并不使我困扰。我从来不在他们身上花时间，反过来也是。

——那么萧呢？

——我们之间的友谊总是非常针锋相对，偶尔穿插了一些公开的对抗，那次肯定算是其中之一。我攻击了他1914年11月出版的那本小册子《关于这次战争的常识》，还有他写的其他类似的东西。他建议双方的士兵朝各自的长官开枪，然后各回各家。当然了，那绝不是什么常识。那是激起舆论众怒的夸夸其谈。但基本上他没有错。战争是徒劳的，应该在一发不可收拾之前就被叫停。我花了一些时间才看清楚这一点。一些时间，还有几十万人的健康和生命。

——可你并没有成为反战人士。

——我没有，但就此而言的话，萧也没有。很难确定他真正的观点是什么，一如往常。他喜欢怂恿人们重新审视他们的设想，但通常他只是成功地惹恼了他们。一些出席了马斯特曼召集的那次聚会的作家想往他身上涂柏油、粘羽毛[2]。

——**总体而言，那些早已功成名就的作家并没有写出什么关于战争的好文章，不是吗？他们在安全的书房里写下了一篇篇爱国主义诗歌和反德的豪言壮语，在报纸专栏上四处发表，还有那些对战争进程充满自信的预言——它们无一例外全都错了。而那些战死沙场的年轻诗人，那些遭人污蔑、有时还因坚持原则而被投进监狱的**

---

[1] 从1904年至第二次世界大战期间，以英国伦敦布卢姆斯伯里地区为活动中心的文人团体。作家弗吉尼亚·伍尔夫是该团体中最广为人知的代表人物。
[2] 近代欧洲及其殖民地的一种严厉惩罚和公开羞辱对方的行为，意在伸张非官方认可的正义，通常由暴民作为私刑实施。

有良知的反对者，他们才是英雄。

——我并不反对这样说。这是一场奇怪的战争：西线的恐怖令人难以想象，而仅仅几百英里之外的地方，生活依然像往常一样。当然会出现物资短缺之类的情况，后来又发生了几次空袭，但是，大多数时候，如果不看报纸，也没有亲人投入战争，人们可能会完全忘了战争这回事儿——实际上，人们有意试图忘记，否则生活就太令人沮丧了。整个战争期间我们都是这样过的：在伊斯顿举行周末派对，打曲棍球、网球和羽毛球，玩猜字谜的游戏，在谷仓里随着自动钢琴的节奏跳舞。

——**四十八岁对你来说真是幸运，参加战争的话，你的年龄太大；而你的孩子们又太年轻，无法征召他们入伍。**

——这我知道，我知道自己是那些丈夫或儿子在前线的朋友们嫉妒甚至憎恶的对象，特别是如果他们当中有谁受伤阵亡的话。比如说吧，可怜的老彭伯·里夫斯在儿子战死时彻底心碎了，我寄去的吊唁信他从没回过。我无法因此责备他。当然，那些我认识的年轻人战死的消息也打击了我，尤其是在剑桥认识的那几个才华横溢的年轻人，比如鲁伯特·布鲁克和本·基灵。然而，随着战争愈发不可收拾，我感到自己免于参战这件事削弱了我对此发表言论的威信。作为一名宣传者，我愈发感到不适；为了寻找另一个更有用的角色，我付出了诸般努力，却不断受挫。我的个人生活中也充满了挫败感……

战争的第一天，他感到欢欣鼓舞，几乎到了欣喜若狂的地步——丽贝卡平安生下了他们的孩子,他还看见了自己在眼前这一重大历史性冲突之下的使命,二者共同作用让他喜不自禁。然而,正如战争陷入了一场代价高昂、前途未卜的挣扎中,看不到任何圆满的解决办法,他和丽贝卡的关系也是如此——如果两者足以相提并论的话。事后回看,他意识到所有问题的根源在于让丽贝卡留下了孩子,但在当时,他怎么可能拒绝她呢?在他头一次抵达布里格伊东去看望他的孩子时,她正低头哺乳,脸上是温柔的笑容,孩子躺在她的臂弯里,嘴巴紧贴着她的乳头,鼻子挤在她丰满的胸前。她快速抬起头,对他说:"你好啊,美洲豹。"随即把目光转回了孩子身上。"多么美丽动人的画面啊,"他弯下腰亲吻她的额头,"圣母和孩子。""我爱他,"她说,"我想留下他。我无法忍受把他送给别人。""那你就一定要留下他,黑豹。"他说。"谢谢你,美洲豹!"她回答时脸上绽放出灿烂的笑容,然后抬起脸,好让他再次亲吻她,这一次是在嘴唇上。

　　后来,他试探性地重新提起了收养一事:将孩子抚养长大会是一项耗费时间的职责,不仅会干扰她先前为自己计划好的文学事业,也会使他们保持这种地下关系更为困难。但她坚决地摇了摇头,不承认这些明摆着的事实。人不可能时时刻刻都在写作,更何况,他也有能力为她提供几个仆人,不是吗?至于事情曝光、遭人反对的风险,她则完全不当回事。她只知道这个小婴儿是她的孩子,她想抚养他长大。"那么,好吧。"他说,"我们给他起什么名字呢?"

他们同意叫他安东尼·潘瑟·韦斯特[1]。丽贝卡之所以选择"安东尼"这个名字,主要是因为这个名字与她或他的家人没有任何关系。"潘瑟"是他个人的建议,以这种带有挑衅意味的方式纪念两人的爱情结晶。出生登记处的职员对"潘瑟"这个名字吃了一惊,他抬起头,笔悬在半空中,请他将名字拼写出来,然后才登记到证书上,脸上流露出明显的不赞同。

对他诱惑妹妹一事从未表现过任何宽恕迹象的莱蒂似乎最终向他表达了一定程度的友好,还感谢他支持丽贝卡留下孩子的心愿。"我不是说这对她而言是明智之举,"莱蒂说,"但您这么做很慷慨。""好吧,我是个有钱人,"他说,"能够负担得起她那些。"几天后到达此地的汤森夫人对他的决定感到很满意。"见到 R.W.[2] 和她的男孩儿在一起真是令人愉快。"她写道,"要是让他们母子分离将会是万分的遗憾。给孩子哺乳是一种奇妙的镇静剂。一个关系私密的情人对她来说还不够:她还需要一个孩子和一个家。如果能有这些,即使作为一个作家,她也会做得更好。我不知道你打算怎么处理这件事。"

显然,眼下首要的任务就是为母亲和孩子找到一个比布里格伊东更合适的家。因此,他请求汤森夫人寻找一个距离伊斯顿远近适宜的地方,她很快在赫特福德郡布劳金村外发现了一座名为"昆伯恩"的独立式大房子,离伊斯顿·格里伯别墅只有十几英里之遥。他安排丽贝卡9月份搬进了那里,还安排了全套仆人——管家、保

---

[1] 潘瑟(Panther),即黑豹。
[2] 即丽贝卡·韦斯特的首字母缩写。

姆、女佣和厨师。有一段时间她很高兴。孩子令她着了迷。她很高兴自己头一次有了自己的家、成了女主人，甚至还开始做一点为报刊撰稿的工作。然而，秋去冬来，这种情形的种种不利之处愈发显现出来。昆伯恩曾经是一座农舍，地处偏僻的泥路尽头，离村庄有一段距离。尽管他可以经常开着格莱迪斯去看望她，但大多数时候，仆人们是唯一常与丽贝卡接触的人。为安东尼接生的爱尔兰助产士继续留了下来做他的保姆，虽然她很受器重，却不是一位能够激发孩子智力的陪护。

其他女人猜到了安东尼是他的孩子，还发现了他的真实身份，于是开始通过种种狡猾隐晦的暗示来间接表示他们的不认同，而她并不敢对此发出挑战。当丽贝卡抓住试图偷钱的管家时，这种小骚小扰终于变得丑陋不堪，管家威胁要把他有情妇这件事告诉简。她只是简简单单地告诉对方简已经知道了，便轻松化解了这番威胁。随后那个女人被解雇了，但她仍坚持在附近散布丑闻。然后又有一天，厨师突然冲进餐厅，开始针对保姆和女佣提出很多疯狂又不堪入耳的指控。原来，那个可怜的女人刚刚听说她三兄弟当中最小的一个在弗兰德斯遇难了，于是她喝了很多白兰地，试图借酒浇愁。她理应得到怜悯和同情，但这整个事件令人心烦意乱，进一步加剧了丽贝卡对自己处境的不满。

"在这里就好像被放逐到了月亮的黑暗面。"她说。这个比喻是她从他的某篇天文学评论里学来的。"这座房子是伊斯顿·格里伯别墅的卫星。安东尼和我围着你的另一种生活公转，却永远无法分享它，我们还必须在你的家人和朋友前保持隐形。"她感觉到他在区区十几英里之外享受着另一种生活，那里充满了有趣的访客和好玩的娱乐活动，她却被排除在这一切之外。这成了她那些琐碎、无止尽的不满的源头。他说，眼下大量的建筑施工已经令伊斯顿·格里伯别墅难以忍受地嘈杂和不便，简也抱怨说他在布劳金花了太多时间，疏忽了她。然而，说这些也无济于事。丽贝卡对此的回应是拐弯抹角地提醒他兑现将来娶她的"承诺"，并暗示他，出于这一目的，和简越早离婚越好。他坚决地否定了这一提议，但也同意目前的安排并不能令人满意，认为她应该搬到伦敦，因为在伦敦她可以很容易地和朋友见面，更活跃地参与文学生活。1915年的春天被他们用于实现这一计划，到了仲夏，她和安东尼搬到了伦敦北郊哈奇德一栋名叫"奥尔德顿"的别墅里，由妇女参政运动时期的朋友威尔玛·梅克尔做管家和陪伴，还配有一些仆人帮忙做事。他认为仍然有必要为这个新组建的家编一个掩人耳目的故事，这样做不仅是为他们好，也为了邻居们好。于是丽贝卡成了独自抚养孤儿侄子的"韦斯特小姐"，而他则是韦斯特家的一位朋友，负责监督和确保二人的安全和健康，偶尔会来探望并在客房留宿。他强烈怀疑这一掩人耳目的说辞没有骗到任何人，但体面总算保住了，尽管随时可能被打破。

有时候，他觉得自己并不是有一个妻子和一个情人，而是有两个妻子，两个要去操持的家，以及两套家庭义务，而性生活却不够多。当他在奥尔德顿过夜时，他不得不先退回客房，再沿着楼梯平台蹑手蹑脚地摸进丽贝卡的房间，像表演哑剧一样；一旦进了房间，还必须时刻小心将他们发出的声响控制在一定限度内。只有偶尔在泰晤士河猴岛的一家旅馆短住、留下威尔玛照料安东尼时，他们才能真正在床上放得开。如果说丽贝卡现在更快乐了，那么，他自己则正相反。

他曾在一篇报纸文章中信心十足地预言，战争将于1915年结束，但事与愿违，西线的战事没有一丝将要结束的迹象，丘吉尔为结束僵局而设计的达达尼尔战役[1]已经明显失败。在那之前，他已经动笔写下了一部新小说的开头，小说的主人公布里特林先生是一位富裕的中年作家，坚信永远不会发生战争，然而，当战争真的爆发时，他满腔热情地站在了协约国的一边。接下来，随着战争无结果的毁灭性愈发明显可见，布里特林的幻想将会一步步地破灭。他的儿子也将在西线阵亡，他的幻灭感达到极点。然而，他将摸索着走出绝望，朝着积极的解决之道前进。至于那是什么样的解决之道，他还没想好，他现在才写到故事的战前阶段。布里特林先生"天性急躁易怒，这令他不仅有想法，还充满激情……他热衷于写作和谈论。他对任何事情都要谈论一番，对一切都有想法……"，这摆明了是一位自传式的人物。故事中甚至还写到他不按常规开车、痴迷于曲棍球的特殊规则形式，不同的是，他结过两次婚，和已故的第一任妻子有一个成年的儿子休，和第二任妻子伊迪丝有两个年幼的儿子，并且，布里特林与伊迪丝的关系像极了威尔斯夫妇之间的关系。"他们极度不相配……在那些不开心的年月里，她和他针锋相对，令他伤心失望，而他则一再地带给她难以言喻的痛

---

[1] 又称加里波利之战。"一战"中土耳其加里波利半岛的一场攻坚战役，英法联军大败，死伤惨重。

苦,她只是默默忍受……直到时光流逝,他们终于慢慢意识到两人关系的实质,承认他们爱情的幼芽已经不会开花结果了。直到许多年后,他们终于在他们曾认为是联合的关系中划清了边界,从此成了盟友……如果说没有爱情和欢乐的话,那么他们之间有一种真实存在的出于习惯的关爱,还有许多相互帮助的成分。"布里特林一直在徒劳地寻找一位能与之保持令他完全满意的关系的女人,对伊迪丝有过一连串、有时甚至是不可饶恕的不忠的行为。眼下,他就有个情人住在距离他家开车不远的一座房子里。然而,这个角色——"哈罗迪安夫人,最前途无量、聪慧过人的寡妇"——的原型并不是丽贝卡,而是小E。她最初在他的生活中出现时,似乎完全就是他所需要的那样,可后来却显得令人厌烦地挑剔和苛刻。于是,他正在想方设法用一种压力最小的方式结束这段关系。布里特林住在埃塞克斯一个名叫"迈成易"的地方,他住的房子是遗孀房[1],是现实中伊斯顿·格里伯别墅的忠实翻版。他为年幼的儿子们请了一位德国家教海因里希先生,还雇了一个名叫泰迪的秘书。泰迪娶了一个名叫莱蒂的当地女孩,莱蒂有一个妹妹叫茜茜。这部小说就像一只万花筒,将许许多多他生活中可以辨别的碎片和新创造的碎片装在一起,摇出新的花样来。他对写出来后的效果毫无把握,不过,当他把前几章拿给丽贝卡试读时,她给了他很多鼓励。

丽贝卡自己则正在准备动笔为"今日作家"系列写一本文学批

---

[1] 一种由已故的业主留给遗孀继续使用的房屋类型。

评方面的小书。总编辑对她的书评欣赏有加，便邀请她为"今日作家"撰稿，题材可以任由她自己选择。她选择了亨利·詹姆斯。这出乎他的意料，引起了他的不满，因为丽贝卡完全清楚詹姆斯在《泰晤士报文学增刊》中对待他作品的方式曾冒犯过他。他知道她对詹姆斯的崇拜远不至于令她丧失判断力，但即便如此，她的行为似乎还是令他感到了某种不忠诚：她在这项工作中所投入的心血，她一读再读詹姆斯那些大部头的刻苦劲儿——与稿费的数量完全不成比例。他带着一丝怨气从抽屉中取出了《布恩》，翻到其中针对詹姆斯的那段驳斥读了起来，将其作为一种安慰。他如此乐在其中，寻思着这是一种从写作和思考战争中转移注意力的愉快方式，便继续写了下去，他一直写到了结论，或者至少说是结尾，因为这本书毕竟是一堆没有关联的情节和话语的集合。他没有给丽贝卡看——事实上他没有给任何人看，除了为他打字的简和同意出版这部作品的费舍尔·昂温。他告诉自己，这是因为他不想让他对丽贝卡写作对象的这种不恭不敬打扰了她专注于眼下的工作，而且通常来说，如果一本书没有事先预告、出人意料地进入人们的视线中，就会更有影响力。然而，没有像他以往其他作品一样请别人试读的真正原因在于，一种直觉告诉他，对方可能会建议他不要出版，而这种可能性是他不愿考虑的。6月中旬，他收到了第一批印刷完成的样书。阅读扉页时，他感到心中涌起一股恶毒的快意。

《布恩、种族的思想、魔鬼的野驴及最后一击》

乔治·布恩文学遗著的第一选集。为在《泰晤士报》发表而有所改编。

由《夏洛特·勃朗特的表兄妹们》《孩子的水晶宫历史》《火光漫步》《食用真菌》《被囚禁的鲸鱼》等的作者雷金纳德·布利斯整理出版。

H.G.威尔斯为本书撰写了模棱两可的导读部分。

他坚持自己的名字应该仅仅作为导读部分的作者出现，而"雷金纳德·布利斯"则必须印在书脊上。费舍尔·昂温为此头痛不已，声称如此一来将会严重影响书的销量。他并不指望在谁是真正的作者这个问题上骗过任何人。他想以此表明，《布恩》不应与他的其他文学作品相提并论，对他而言《布恩》是一种既荒诞，又带有狂欢性质的消遣。他随手翻开了一页，是关于亨利·詹姆斯对拟举办的"种族的思想"会议表达的保留意见：

"我们所欠的太多太多，"他说，"欠我们的朋友戈斯，欠他那不同寻常、真心实意、永不停息的组织活动的能量——我们这位朋友身上的这种能量有时太过强大，几乎到了有害的地步。我无法完全——无论如何，哪怕我本应做得更极端、更绝情，往严厉了说——完全站出来反对，但我必须坦白我内心无尽的焦虑，痛苦，担忧，恐惧，可以说就像一个粗鄙的门外汉面对着奔涌的智力交流，见他们用一种毫无疑问的高超、卓越的方式你来我往地交换着思想。然而，这种你来我往的本质不过如此，与切中要害这个词在任何方面都不沾一点儿边——这即是我们受邀参加的各种集会和活动最主要的内容了。"

他咯咯地笑着，无法不为自己的精准模仿而感到纯粹的骄傲和喜悦，然后继续读了下去，直到这一章结束。接着他写了一张字条："亲爱的H.J.，我希望这个智力游戏能让您娱乐其中。H.G.。"他把字条夹进书里，再把书装进了写有"改革俱乐部，转交亨利·詹姆斯先生"的信封，并在次日送到了改革俱乐部。他知道亨利·詹姆斯在战争期间已经离开兰姆屋，搬到伦敦生活了。

过了好一阵子，詹姆斯才来信告知已收到书，比他预期的晚了一些。等信期间，他产生了一些不安的疑虑，不确定老人是否有足够强的幽默感去欣赏这个捉弄他的玩笑。那是7月里的一周，信终于来了，他认出信封上的地址是出自詹姆斯写字时歪斜的手。他拿着信封（用食指和拇指可以捏得出里面有好几页纸）走进书房，关上门，在桌子前坐下准备读信，悬着的一颗心使他不得安宁。开头是习惯性的称呼"我亲爱的威尔斯"，令人感到放心。最开始的几行同样如此，语气镇定又不失礼貌地解释了他来信的时间有所延误的原因。"在下光顾着读书了——为了领悟其中的智慧，在下读了相当长的篇幅——尽管没有全部读完，但完全坦率地说，这是在下头一次在这方面被您的书打败：窃以为，这一次书里的情节尚不足以吸引在下一直读下去，而从前阁下的作品总是一次又一次地让在下无法抗拒（关于这一点在下一直反复不断地让您了解）。"括号中的内容有一种批评的弦外之音。愈往下读信，这种批评之声愈发明显。"在下会再试着读一遍的——在下痛恨放过阁下的任何可能带给在下启迪或愉悦的小细节；同时，我也或多或少能勉强体会到了阁下对H.J.的欣赏，在某种程度上在下认为这非常新奇、有趣——尽管阁下的这种欣赏自然没有带给在下欢欣鼓舞的感觉。当然，对于一位作家来说，要想完全理解另一位作家的思想是一件困难的事情——这另一位作家认为他非同寻常地空洞、无用，还迫不及待地将这些想法出版成书，昭告全世界。"

读到此处，他不得不放下信，起身在书房里踱起步来。不，那位老人没有看出来这是个玩笑，他没有乐在其中，也不觉得好笑，他被致命地冒犯了。他不情愿地继续读起了信："在下还认为，当他恰好大为欣赏这另一位作家——在其身后远远地欣赏——这种情况就更困难了。因为此时他们已经形成了习惯，理所当然地在思想上达成某种共识，而这种习惯的消失，就好比使他们能够沟通和理解的桥梁轰然倒塌。"这一高贵又有感染力的比喻击中了他，令他羞愧、懊悔。但他并不会撤回任何在《布恩》中对詹姆斯作品的批评——讽刺是讽刺，模仿是模仿，何况他只是对保留意见那部分稍微进行了一些夸张处理，甚至连詹姆斯的忠实读者都会承认确实如此。然而，对于伤了詹姆斯的感情以及对方威胁要终止二人的友谊，他感到后悔不已。他快速看完了信的余下部分。在信中，詹姆斯为他有权跟随灵感的提示进行创作做出了辩护——无论这些提示与他自己的有多么不同。他迫切地准备起草一封回信，向他道歉并请求和解，而不是虚伪地屈服。

"对待生活和文学，我们天生就有的和日后逐渐形成的态度显然有着真实而根本的区别,"他写道,"对您而言,文学如同绘画,本身就是目的;而对我而言,文学如同建筑,是一种工具,有它的用途。我感到您的观点在文学评论界占据了太过主导的地位,于是就以无情的对立口吻进行了攻击。写那些关于您的东西是我第一次从对战争的痴迷中得到解脱。《布恩》只不过是一个垃圾桶……然而,自打书印刷成册以来,我已经后悔了一百次,我没有以更好、更优雅的方式表达我们之间根深蒂固又无法改变的不同和反差。"一百次自然是一种夸张,但他真诚地在落款处写道,"相信我,我亲爱的詹姆斯,您真正、至深的欣赏者,您叛逆、愤慨却又热切的仰慕者,出于数不尽的原因对您充满感激和深情的,H.G.威尔斯。"

然而,詹姆斯却不为所动。他寄回了一封用打字机打出来的信(最上方的括号里标明了"口授"),信是这样开头的:"在下不得不回信告诉您,窃以为阁下的来信对您在《布恩》中的种种恶劣行径于事无补。"接下来的内容也是同样的语气。"您将这本书与垃圾桶进行的比较在鄙人看来实在有失偏颇,因为扔进那种容器里的东西恰恰是人们不会对外公开的。"詹姆斯认为这是对他最为坚持的原则的一种侵犯,在这种刺激之下,他的书信风格明显直截了当了许多。信以一种宣告式的口吻结束了:"是艺术创造了生活,创造了兴趣,创造了意义,使我们能够思考和运用上述事物。我知道,没有任何东西可以替代艺术创作过程中的那种力量和美。如果在下是布恩,鄙人会说,为那样的替代品所找的任何借口都是无济于事、无药可救的谎话;但在下无论如何不会成为这个世界的布恩,在下只是您忠实的亨利·詹姆斯。"

他写了另一封信，询问在这种语境下"艺术"可能的含义，想要将两人的书信往来升华到超越个人意义的层面，却没有再收到过回信。10月里，他听说詹姆斯的健康状况严重恶化，到了12月，他听说他中风了。他去信致以同情，但答复他的是詹姆斯的秘书鲍桑葵小姐，她草草地表示来信已收到。他再也没有收到过詹姆斯的回信，也没能再见到他，直到1916年2月底他去世的消息使任何和解的可能性都不复存在。詹姆斯没有原谅他。

——这毫不奇怪，不是吗？你对詹姆斯小说的讽刺，无情到了令人难以置信的地步。"就像一座烛火明亮的教堂，但没有会众分散你的注意力，那里每一束光、每一道线都聚焦在高高的圣坛上。圣坛上极为恭敬地摆放着一只死去的小猫、一只蛋壳和一些细绳，彼此紧挨着。"然后，你又写了一只河马正在捡一粒豌豆……

——要知道，他在《泰晤士文学增刊》上对我的评论同样具有攻击性。他似乎忘记了是他得罪我在先的。

——但那仅仅是一小段而已，你紧接着回敬了他好几页。

——他也跟着回敬了远不止一段。

——但那些基本上是公允评论。

——我的那些也是公允评论，只不过表现方式是一种生动的讽刺。毕竟，我在那本书里对你所能想到的几乎所有知名当代作家都给予了同等待遇。我甚至借用哈勒雷这个角色讽刺了自己，他在"种族的思想"会议上作了一次无聊至极的演讲，无聊到听众纷纷退场。

——但这也没有改变亨利·詹姆斯是主要攻击对象的事实，或者说，在他看来事实就是如此，在任何客观读者看来都是这样。书中提到的其他任何人都没有你花在他身上的篇幅多。

——我想是写那些文字时的乐趣令我忘乎所以了。我说服自己他会喜欢的，他会把它看成一种对他的重要性和文学地位的间接恭维。毕竟，麦克斯·毕尔邦[1]在《圣诞节花环》名为《中景里的一粒微尘》一章中对他的模仿，就令他颇为开心。

——但那种模仿相当温和，不如说更像是一种致敬。相比之下，你的模仿要粗暴得多。对一位比你年长、销量和名气却都远不及你、健康也每况愈下的作家而言，你的所作所为可谓卑鄙。

——詹姆斯一直在抱怨他的健康状况，从我认识他以来就是如此。当我12月听说他中风时，我立刻写信给他表达了同情。当戈斯发起授予他功绩勋章的请愿时，我欣然签了名；当他出现在新年授勋名单上时——那几乎是他临终前的事了，我发去电报祝贺。没有回音。两个月后，我听说他已经离开人世了。对于我们之间的不和，我深感遗憾，但这是势必会发生的。我和他是本质上不同的两个作家，有着本质上不同的目标，我们合谋将这些不同隐藏了太久。我们关于小说的想法互不相容，必然会导致冲突，这只不过是时间早晚的问题。正如我那时向他所承认的，我原本可以将冲突处理得更加得体。上帝知道，我已经因为那些不当的行为受到了惩罚。

1　麦克斯·毕尔邦（1872—1956），英国作家、讽刺画家。

《布恩》失败了。整个文学界或者说其中的大部分人都在唾弃他,甚至他的朋友也为这本书感到羞愧。接下来丽贝卡也跟着遭了殃,因为次年当她那本关于詹姆斯的研究出版时,珀西·鲁伯克[1]和其余詹姆斯的拥护者想尽了办法使《泰晤士文学增刊》不予理会。那部惊艳的作品结合了时下流行的简洁和有鉴赏力的评价,却没有对詹姆斯大唱颂歌,然而,她与他众所周知的关系却使其作品成了那些人的眼中钉。两人各自的作品都在不走运的时间出版,这决定了两部作品大体上广受恶评。在《布恩》出版的当月,亨利·詹姆斯申请加入英国国籍,以显示他在战争中对协约国的认同,于是,他在多年来遭到广大读者群体的忽视后突然间成了国宝,理应受到不加批评的尊重,这种感情因他的去世得到极大的增强。眼下不是批评亨利·詹姆斯的好时机。

詹姆斯的死讯是在他写《坚持到底的布里特林先生》结尾部分时公布的。这是一本他投入了大量时间和精力的书,恰好证明了小说具有功用的工具性观点,这一观点是他对詹姆斯的美学观点发起的挑战。他的小说是为了有用而写的,它有一种目的,大致说来就是从战争中吸取某种积极的教训,但又不刻意避免或轻描淡写战争的恐怖和痛苦。他让布里特林先生经历了对战争的一系列不同态度,这与他自己的心路历程非常类似:后知后觉意识到确实要发生战争了,为了获胜而积极地投身其中,然后,随着协约国在战争中

---

[1] 珀西·鲁伯克(1879—1965),英国散文家、批评家、传记作家,当代小说理论主要奠基人之一。代表作有《小说技巧》等。

的表现和对战争的爱国主义定性,希望逐渐破灭。布里特林终于看清了冲突产生的仇恨的力量,是这种力量使人变得丑恶。他谴责对德国人和德国的妖魔化,在这些妖魔化的描写中,德国应该为大屠杀负全责。然而,虚构作品给予了小说家创作的自由,能让他笔下的替身承受比他自己所遭受的大得多的压力,如此一来,他便可通过这位替身在书的结尾处反复灌输他自己那些世俗的训诫和大胆的推测。

在布里特林先生的秘书泰迪主动服兵役之后,他的儿子休也尽可能快地跟上了脚步,并开始不断往家里发来西线战斗的生动报道。(关于书的这一部分内容,已有许多供借鉴的印刷品资料。)然后,休牺牲了。布里特林得知了消息,走进阴沉沉的花园里,"突然之间,他眼前的一切全都是关于休的回忆,他在那里玩耍,往雪松的高处攀爬,在草坪四周骑着自行车神奇地摇摇晃晃向前,一脸严肃地谈论自己的前途,躺在草地上……"这一系列描写是他想象的结果。通过想象,他将自己置于这一每天在全国上千个家庭中发生的现实情形中,他认为写得很公允。难的是写布里特林先生走出绝望的部分。对此,他用了两个阶段来展示。布里特林从报纸上得知泰迪也牺牲了,他需要去安慰泰迪的遗孀莱蒂。莱蒂此刻悲痛欲绝,对德国人和上帝都充满了虚无主义的愤怒。"这世界太残酷了。"她说,"除了残酷之外没有别的。至于上帝——要么压根没有上帝,要么上帝是个白痴,是一个拔掉苍蝇翅膀的白痴……在休出事之后,你怎样才能相信上帝?一位杀死了我的泰迪,你的休,还有另外数百万人的上帝。"布里特林说他确实相信——但相信的不是神学家们的那位上帝。"他们的绝对观点——即上帝无所不能的观点——可谓愚蠢。但这是人人都很清楚的常识……毕竟，基督徒的真神是基督，而不是全能的上帝；而基督不过是一个可怜的、任人嘲笑，还被钉上十字架的受伤的神……有朝一日他会得胜。但说他造成了目前的这一切是不公平的。上帝不是绝对的；上帝是有限的……当我们以软弱而愚蠢的方式斗争时，这位有限的上帝正在以伟大而全面的方式斗争——为什么！如果我知道有这样一位全能的上帝，他目睹了人间的战役和死伤以及这场战争的种种损耗和惨状，而他本能够阻止这一切的发生——我会朝他那张没有表情的脸上吐口水。上帝存在于本性和必然性中。必然性是最远之物，而上帝是最近之物。""我从来没有那样想过他。"莱蒂说。"我以前也没有，"布里特林说，"但我现在这样想了。"这里是布里特林在代表他的创造者说话了。这一番神秘主义的雄辩令他对自己感到惊奇，在这之前他并不知道他拥有这种能力，通过使笔下角色陷入几乎难以承受的困境中来展开辩论。

泰迪的意外归来给莱蒂的故事画上了圆满的句号，他受了伤但活了下来。然而，书中的主人公却无法如此轻松地摆脱悲伤。当布里特林先生听说他儿子从前的德国家庭教师海因里希先生也死在了俄国战俘营的监狱中时，他开始从失去儿子的创伤中恢复，并决定将海因里希离开时匆匆留下的小提琴寄还给他的父母。他留了一张字条解释情况，但写着写着，字条就飞快地变成了一封长信。通过在信中与海因里希的父母分享、交流，他得以释怀。"如果您认为，这两个孩子不是为了某个崇高的共同原因而牺牲，而是在争夺朝代、国界、贸易路线和权力中死于相互残杀,那么在我看来您一定也能感同身受:这场战争是有史以来发生在人类身上最悲惨、最恐怖的事。"布里特林写了扔、扔了写,一整夜都在一遍又一遍地打着草稿,直到第二天黎明时分。他想要尽可能地坦诚,同时避免在感觉和言辞上显得虚伪——他轻蔑地称之为"无能的风格"。随着信越写越长,它不再像一封私人书信,更加像预言性的公开声明。"布里特林先生从未如此清楚地意识到自己是这样一个软弱、愚昧、孤陋寡闻又草率行事的作家,也从未如此坚定地笃信过上帝的灵就在他的身体里,他还坚信他有责任为在地球上建立新的秩序出一份力。"信的最后一段是这样开头的:"让我们全心全意投入完善和实践民主方式的工作中,终结一切帝王和弄权的僧侣,终结冒险家、商人、有产者、垄断者的操控,是他们背叛了人类,让人类陷入这块仇恨和鲜血的泥潭,让我们失去了儿子,让我们仍在苦苦挣扎……"然而他又反思道,"这样的劝诫是多么苍白无力"!就没有继续写下去。他曾想就这样把小提琴寄给海因里希的父母,不另附信了,但是,"不行,我必须给他们写一封坦率的信,关于上帝,因为我找到了他,也因为他找到了我。"书的结尾是疲惫不堪的布里特林先生站在书房的窗前,太阳正在升起。"温暖扑面,晨光微曦,太阳出来了,阳光洒遍了迈成易的世界,仿佛世上除了清晨和日出,就再没有别的东西了。教堂远处传来了早起的工人们磨镰刀的声音。"镰刀的画面引起的混杂联想令他感到有趣,他想到了死神,想到了铸剑为犁,想到了季节更替、生死循环。

当他决定给他的小说起名为《坚持到底的布里特林先生》时,

他相信战争到出版之际就会结束了,或者说快要结束了。然而到了7月,书正在印刷中,索姆河战役打响了,一打就打到了9月书正式出版的日子。直到11月,当人们认为索姆河战役终于结束之时,双方各有一百万人员伤亡,此外,没有任何进展使战争离分出胜负更近一步。他担心在这种情况下他的作品会显得不合时宜地乐观,在读者中的反响也会因此受到负面影响。这是一个需要认真对待的问题,因为他的财务状况在那时已经不怎么健康了。战争最开始时他对莱蒂说过的那句"我是个有钱人",现在回想起来似乎也有狂妄之嫌。过去几年中产生的所有开销——伊斯顿·格里伯别墅的扩建和翻新,在那里慷慨奢侈地招待客人的费用,丽贝卡的生活费,伦敦公寓的租金,购买格莱迪斯,儿子们的教育支出以及现在在奥多[1]的住宿费——如此种种,再加上其他各种名目,已经令人震惊地耗尽了他的积蓄。他计算了一下,自己的银行账户里只剩下五千英镑了。1915年出版的《伟大的研究》表现也没有多出彩;这并不奇怪,因为它本质上是所有其他道学家小说的再现,只不过增加了一些异国情调。多亏了他在报纸杂志上发表的许多文章,他才得以应付。现在,他迫切地需要写出一本畅销书来。

令他感到极大欣慰和满意的是,《坚持到底的布里特林先生》恰恰成了他所需要的畅销书。随着西线传来的消息越来越糟,这本书完美地迎合了公众的情绪——它反映并充分表达了人们对白白牺牲的那些年轻生命的悲痛、对政治和军事领导人无能的愤怒,以

---

[1] 奥多中学,英国著名私立寄宿学校,位于英格兰北安普顿郡奥多镇,1556年建校。

及为在战争的巨大罪恶和从小就被灌输的那些有关义务、爱国主义和宗教信仰的理念之间寻得一种妥协而所做的挣扎。《坚持到底的布里特林先生》引起了热烈反响，许多他的老对手也纷纷表示赞赏——这当中甚至包括汉弗莱·沃德夫人，而且此书还成了教堂布道时的热门话题。赞美、欣赏的读者来信雪片般飞来，塞满了巨大的邮袋，尤其是那些在战争中失去了丈夫或儿子的人。由于将布里特林先生失去儿子的切肤之痛写得深入人心，许多读者误认为作者本人也失去了一个成年儿子，纷纷致以慰问。这本书在圣诞节前加印了十三次，还在美国为他赚得了两万英镑版税——这也是圣诞节前的事了。至少在相当长的一段时间内，他不再需要为财务担忧了。

——也许有人会说你从索姆河战役那场灾难中大赚了一笔，确切地说，是从整个血淋淋的战争中大赚了一笔。

——那好吧，你也可以说荷马从特洛伊战争中大赚了一笔。这是所有涉及悲剧的作品共同的悖论：作家们从糟糕的经历中取材，再将其转变为正面的东西。如果作品成功了，我们会得到称赞，当然也会赚到钱。但那并不代表我写了《坚持到底的布里特林先生》，就成了大发战争财的人。

——但你真的相信书末尾那些关于宗教信仰的玩意儿吗？还是说那不过是你迎合英国民众的一种巧妙手段？

——我在写书的时候是相信的，否则的话，写了也不会有什么用。那种东西，你是假装不出来的。对我而言，写《坚持到底的布里特林先生》可以说是某种宗教经历，即威廉·詹姆斯在《宗教经验种种》[1]中所形容的"皈依"。当布里特林称自己是"一个软弱、愚昧、孤陋寡闻又草率行事的作家"时,这既是他的"道歉声明"[2],也是我自己的。我为我早些时候写的关于战争的那些辞藻浮夸、趾高气扬的东西感到羞愧,我想忏悔。于是,当我写到布里特林试图安慰莱蒂的那一幕时,我发现所有那些宗教语言向我滚滚涌来——从我的童年回忆中、从我母亲虔诚的一言一行中涌来,我想是这样的。我在青年时代很抗拒这些,但现在看来,这似乎正是恰当的语言。我开始找到一种用基督教语言表达我的世俗乌托邦主义的方法,也许能让我的作品更易于被大众接受。在一年之后出版的《隐形王上帝》中,我用自己的声音进一步发展论述了布里特林的思想。

——你许多有自由思想的朋友都认为你在那本书中失去了理智。

——不过,它受到了公众的欢迎。我记得我给丽贝卡寄过一篇类似赞美诗的信。

> 神学书籍正在热卖
>
> 卖得像热蛋糕,
>
> 而祖国的乳房
>
> 被话奶胀得满满。
>
> 至于我,我与自由派教徒共进午餐

---

[1] 《宗教经验种种》是美国心理学家威廉·詹姆斯(1842—1910)创作的宗教学著作。
[2] 原文为拉丁语(mea culpa),这句短语来自天主教会的忏悔祷告词,是一句道歉或悔恨的感叹,也可如此处作为名词使用,指道歉声明。

我与主教共进晚餐

兰贝斯官[1]是我的沐浴盆。

——那是一份嘲讽的习作吗？

——完全不是。虽然后来我拒绝了改变信仰，但在当时，我是相当真诚的。我能想象到，当时的我突然被读者当成激进的基督教神学家而广受欢迎，这件事有其滑稽的一面，但我当时是真诚的。而且，无论你怎么说，《坚持到底的布里特林先生》都是一部优秀的小说。人们记住了布里特林。

——事实上，也是你的最后一部优秀作品，最后一部令任何人都想读第二遍的作品。

——你很可能是对的。

——但你继续又写了另外二十二部作品，如今它们都已经凉透了，只能给二手书店外装零钱的托盘做一点贡献。

——没错。但那时我并不知道会这样。

1916年9月，他多了几个为自己感到高兴的理由：《布恩》被人们遗忘了；《坚持到底的布里特林先生》大获成功；温斯顿·丘吉尔给他寄来贺信，祝贺他"陆战铁甲的构想被成功地付诸实践"（尽管英国马克1号坦克在索姆河战役中所派上的用场实际上非常有限，但他很感谢他们对他书中"陆地装甲舰"的认可）；同一个

---

[1] 泰晤士河边的兰贝斯官（Lambeth Palace）是坎特伯雷大主教的官邸。

月的21日，他年满五十了，并且身体健康。甚至，他的性生活也得到了改善。8月里，他终于在给丽贝卡的一封信中表达了自己的不满，即在奥尔德顿都没什么做爱的机会："我希望我们可以解决一些生活方面的问题，将你我这样的爱侣从育儿中解放出来。我想和你做爱，像爱侣一样日夜不分离，拥有比现在更多的玩乐和陪伴……你明白这些事情的本质，留给我们相爱、裸裎相见、去做那些美好的事情的时间不过区区十年或者十二年，不会再多了。现在这样的生活实在可惜，除了夜里偷出零星的时间在一起，傍晚忍受威尔玛和咕咕那两个无聊透顶的家伙，我们没有更好的办法了。"（咕咕是安东尼保姆的名字。）他请她想一想有什么计谋能把安东尼这个包袱丢给她的姐姐，这样他们就可以一起出门，甚至是出国旅行。她没有接受，但同意了他在切尔西租一间工作室作为爱巢的提议。"做好准备，我要在伦敦的工作室里把你舔个遍。"他在回信里淫荡地写道。在切尔西租工作室的计划没能成功，但他在他从前住过的皮姆利科区的克拉弗顿大街上找到了房间，这里成了他们一段时期内约会和做那些下流事情的地点。隐密提高了他们做爱的质量，但两人之间埋下的矛盾仍然没有解决。

1917年春天，为了躲避齐柏林飞艇对伦敦的空袭威胁，丽贝卡带着安东尼搬到了埃塞克斯海岸的滨海利[1]。尽管他们所住的房子很漂亮，位置却非常糟糕，因为后来他们发现，这所房子恰好位于德国新式四引擎戈塔轰炸机最喜欢的飞行路线上。驾驶戈塔轰炸机

---

[1] 滨海利（Leight-on-Sea），位于英格兰东部泰晤士河口的海滨小镇。

的飞行员以泰晤士河导航,一路飞往伦敦,有时会把滨海利这样的河口小镇误认作首都的市郊,就把炸弹扔了下来。"真是太扫兴了,这边刚坐下来准备吃晚饭,那边一架戈塔就准备在屋顶上筑巢,天空里一阵轰鸣,就好像上帝在那里笨拙地移动钢琴。"丽贝卡在给一位共同朋友的信中写道。只不过那种漫不经心的语气是装出来的——这是他后来与她一起经历类似的空袭时发现的。当炸弹在远处爆炸的声音传来,她从安东尼的婴儿床上一把抱过孩子,和他一起躲进餐厅的饭桌下。随着飞机引擎的轰鸣声越来越大,她口中喃喃道:"哦,上帝啊!上帝啊!"当飞机飞过他们正上方时,她大叫道:"我们要死了!我还不想死!"他自己也感觉到几分恐惧。对此,他的应对方式是故意从容地走到阳台,环视天空,促使自己冷静。丽贝卡有失体面的歇斯底里令他心烦。

回到家中,他给她写了一封长信抱怨她的行为,写着写着就变成了对两人其实根本不相配的猜疑。"这些琐碎的事似乎解放了我的思想,让我能够看见那些从前我拒绝去看的种种事实。我寻思:'我真的爱这个女人吗?'我想:'是我编造了一个关于她的故事,那不是真实的她。'"真实的她是怎样的?事实又是怎样的?事实是,他对未来的展望曾十分乐观,而她似乎有招来并欣然接受不幸遭遇的能力,例如,她仍然与对他恨之入骨的姐妹和母亲保持着密切的联系,而且还有那些无聊的女仆和同伴,只会成天围着她转,妨碍他与她的亲密关系。"过去的四年可能算得上是我们记忆中的一场爱情大冒险,你的特殊才能让它变成了一个彻底令人生厌的故事——这已经注定了未来的一切将是彻头彻尾的绝望。是你的这种天性让你的世界变得黯淡无光，让一点一滴的回忆变得丑陋。只要我还在爱着你，你就会让我的世界也变得如此。"他写下并寄出这封信更多是为了发泄他的情绪，也希望她能更加顺从他的愿望，而不是为了结束他们的关系。她在回信中激烈地向他开火，声称在过去的一年里她已经不再爱他了，并且，只要他能给予适当的财务支持、停止用那些不合理的要求找她的麻烦，她完全有能力养活自己和安东尼。读到这些，他多少感到了一丝震惊。他和颜悦色地回复道："如果不能继续当你的爱侣，那就让我当一个疼爱你的兄长吧。我们都向对方道出了一些惊人的真相。现在，让我们假装什么也没有发生过，就这样保持一段时间。无论如何，在我们做出任何决定之前，再给彼此多一点点时间吧。"到了月底，争吵结束了，两人在克拉弗顿大街公寓的床上达成了停战协定，为接下来的几年确立了一种固定的相处模式。

与此同时，在更大范围的战场上，人们看不到任何停战的迹象。交战双方的军队艰难地互相撕咬着，像疲倦、流血的拳击手，而各自的教练拒绝扔给他们毛巾。可是在他看来显而易见的是，只要美国1917年加入协约国作战，德国就注定要失败——无论过程要花多长时间。一年之后，他在冲突的最后一幕中派上用场的机会似乎来临了。劳合·乔治如今取代了名誉扫地的阿斯奎思成为首相，他带了两名报业大亨进入政府，分别是担任空军大臣的罗瑟米尔和任信息大臣的比弗布鲁克，比弗布鲁克又任命了另一位报业大亨诺思克利夫做他的对敌宣传主任。与政治家和公务员相比，新闻工作者们更懂得欣赏他的价值。当诺思克利夫邀请他加入克鲁之家[1]的团队并担任新成立的对敌宣传政策委员会主席时,他热切地接受了。他认为,让德国人民做好准备接受失败至关重要,要做到这一点,就要清楚地表明协约国取胜后不会伺机报复,以及战争结束将给全世界带来实现永久和平的机会。他最近参加了几个委员会,去推动成立国际联盟的想法,即由国际联盟监督实施战后和平条约,永久确保国际安全。这个想法在1915年首次获得伦纳德·伍尔夫[2]等人的支持。他计划利用自己宣传委员会主席的身份,确保在克鲁之家制作的传单中纳入这些积极的信息,并通过各种方式将传单分发给同盟国的军人和平民。不久之后,他从委员会向外交部提交了一份言之凿凿的建议书,在当中细数了达成具有建设性的和平协议的种种理由,还包括一份颇为令人信服的国际联盟章程草案。而他收到的回应则是政治情报处负责人一通高高在上的训斥。尽管如此,克鲁之家小组仍坚持不懈地在其出版物中推广国际联盟的构想,得到了政府不冷不热的认可。当然,教育英国公众接受这一观点也十分关键,但这不在他的委员会职责范围之内。然而,诺思克利夫及其报业同僚们并没有在他们自己的报纸上采取任何措施来协助这一行动:尖酸刻薄的反德报道和社论始终没有减少,尤其是诺思克利夫的《每日邮报》和《伦敦晚报》。当他写信给诺思克利夫指出这种不一致时,后者断然拒绝做出任何改变,还草率无礼地回信道:"我完全同意我的那些报纸采取的政策,并且

---

[1] 克鲁之家(Crewe House),"一战"后期英国对敌宣传部所在地。
[2] 伦纳德·伍尔夫(Leonard Woolf, 1880—1969),英国作家,佛吉尼亚·伍尔夫的丈夫。

不打算与任何人讨论。"后来他才意识到，克鲁之家制作的那些承诺达成有建设性且宽容的和平协议的宣传是出于己方利益而设计出来的，只为了讲给德国人听，而英国政府真正的打算是惩罚并彻底击溃德国。他感到自己被利用、被出卖了，于是在就职仅仅数月后，他就辞去了主席一职。

胜利终于在11月里来临，人们借此机会举行了一场狂欢庆祝——尽管更合适的行为是为所有死者举行为期一周的全国哀悼会，或者至少是对民族良心进行某种清醒的反思。但是并不，我们要吊死德国皇帝，让德国人付出代价。这个国家将成为那些幸免于难的英雄的国土。天佑的国王与王后一起坐在马车上，穿过一条条挤满了挥舞着国旗的爱国群众的街道，前往圣保罗大教堂，去感谢神最终证明了他是英国人。那天，他和简刚好离开了位于伦敦的公寓，回到伊斯顿·格里伯别墅。人群阻挡了他们的出租车，迫使他们提前下车，将行李拉到利物浦大街的车站。他看着人行道上挤满的一张张心满意足的面孔，心里想道："这才是真正的人民群众。"想着想着他大声笑了出来，令一旁正在跟手提箱和帽盒较劲的简转过头，困惑地盯着他。

然而，这些令人失望的小插曲产生了正面的结果。他的那些与国际联盟有关的委员会经历使他相信，他们当中哪怕是受过良好教育、有着良好意图的成员——包括他本人在内，也对除了本国以外的其他任何国家的历史知之甚少，而普通的英国人民更是一无所知。很明显，除非这种无知的状况能得到改善，否则连让人们"理解"联盟这一类想法都是毫无希望的。他开始酝酿写一部"世界历史纲要"的想法，试图只用一本书来讲述到目前为止人类所有的故事。到1918年底，他已经召集了许多声名显赫的专家担任他的顾问，并检查他的书稿中是否有错，例如吉尔伯特·默里和欧内斯特·巴克[1]。简和其他一些人也帮助他做一些研究。但说到底，他打算整本书都由自己完成。当然，他的目标并不是探索新的事实——他所需要的那些事实在百科全书和其他参考文献中都找得到——而是以一种前所未有的方式将那些事实汇集在一起。正如他在国联联盟[2]的杂志上发表的文章中所述：

> 从没有谁在教给孩子人的历史时尝试过把人作为一个整体的人类，即有着早期的斗争和胜利、部落和国家中的专业分工、对大自然的征服、对艺术的创造、对科学的探索的人类……我们所有人都在参与完成一项共同使命、都有着共同的祖先，并且都在为着一个总体目标各司其职——想让全世界各个民族都明白这一真理，那么，还有数不清的工作等待我们去完成。

按照他最初的打算，这本书是为年龄较大的儿童而写的，但随着想法的发展变化，成年读者也成了这本书的目标受众。正如他在给阿诺德·本涅特的信中所写的，这是一项艰巨的工作，令他陷入

---

[1] 欧内斯特·巴克（1874—1960），英国政治学家，代表作《希腊政治理论》。
[2] 国联联盟（League of Nations Union），1918年10月13日在英国成立的组织。与国际联盟（League of Nations）不同。

了长达两年的"埋头苦干",写着写着就到了七十五万字,大部分是他自己完成的。但最终的结果证明,这种努力完全是值得的。分册出版的《世界史纲》极为畅销。在接下来的几年中,书的完整版在英国和美国卖出了超过两百万册,还被翻译成许多种不同语言。在可预见的将来,他在财务上可以说是无忧无虑了。他真正成了一个有钱人。

——你也是知名人士了。很可能《世界史纲》让你成了二十世纪早期全世界最著名的作家。奥威尔说你在1920年之后就不再对年轻人有影响了,他真的错了吗?

——在那之后的一段时间里,我出名了。在某种意义上,无论在哪里的街上,人们都知道我的名字。我的文章同时发表在全世界许多报纸上,我的平价版作品被四处传阅,影响和教育着人们,包括年轻人在内。然而,我不再是那种如果你想跟上新潮的思想和趋势,就必须阅读其新书的作家了,这一点随着时间的流逝变得愈发明显。在二十世纪三十年代早期,我出版了两本大部头选集:《生命的科学》以及《劳动、财富与人类幸福》,这两本书与《世界史纲》共同构成了概述人类历史学、生物学和社会学现代知识的三部曲,然而这两本书并没有《世界史纲》那么成功。后来,我还试过向一些出版商兜售出版一种包含所有知识的百科全书的点子,但在版权方面遇到了太多困难。我的想法是,那应该是免费的。我曾想过成立一个国际百科全书组织,把人类可验证的知识的方方面面全部记录在缩微胶卷上并保持更新,还要让人人都可以获得这些知识——以一种覆盖全球的信息网络的形式。我写了一本这方面的书,书名叫《世界大脑》,但并不畅销。从前有一个记者称我为"发明了明天的男人",可人们对我的明天已经不再感兴趣了。我是启蒙运动的孩子,现代的百科全书派学者,狄德罗的继承人,但对世界大战的恐惧破坏了对理性的信仰。知识分子们从法西斯主义中寻找救方,或者是苏维埃共产主义、基督教、罗马天主教、盎格鲁天主教,而我反对全部这些。两次大战之间,作为思想家,我越来越被孤立,独自在旷野里哭泣。

——那么作为小说家呢?

——作为小说家,我已经过气了。二十世纪二十年代是詹姆斯·乔伊斯、D.H.劳伦斯和弗吉尼亚·伍尔夫等先锋实验作家崭露头角的时代,尽是些意识流、象征主义和神话,没有太多故事也没有太多思想——不是我所称的那种思想。甚至多萝西·理查森也开始令人们刮目相看,凭的是她那部自我沉溺的冗长史诗般的《尖顶》。走得更远的是亨利·詹姆斯的小说理论:小说应追求抒情诗的状态。新出道的作家们则喜欢把自己定义成阿诺德·本涅特和我这样的老顽固的反面。例如,《现代小说》上弗吉尼亚·伍尔夫在一篇名为《现代小说》的文章中就指责我们是"物质主义者"——"英语小说越早抛弃他们……对其灵魂越好。"她说。高尔斯华绥[1]是经常和我们一起被归为一类的作家,劳伦斯对他的攻击尽人皆知,他还在《现代书信历》杂志中狠狠批判了《威廉·克里索德的世

---

[1] 约翰·高尔斯华绥(1867—1933),英国小说家、剧作家,1932年诺贝尔文学奖获得者。

界》——那是20年代最令我呕心沥血的小说了。他说那本书从头到尾都是"被嚼烂了的报纸和被嚼烂了的科学报告,像老鼠窝一样"。

——最终,丽贝卡也对你落井下石了。她嘲笑了你对爱情场景的描写,说"他的散文突然在那些段落丧失了稳固,开始像牛奶冻一样摇摇晃晃"。她称你、本涅特、高尔斯华绥和萧为"大叔们"。"在我们全部的青年时代,他们都在我们的精神家园里闲荡,像大叔们一样……"

——那是1926年的时候,我们在那之前就已经分手了。叫我"大叔"就是以一种秘密的方式告诉我,一切都已无可挽回了。

他忘了有多少次他们离分手只有一步之遥,却每次都在紧要关头悬崖勒马,再给这段关系一次机会。这类危机中最为严重的一次发生在1920年秋天,他从俄国旅行回来之后。

他对1917年3月和10月发生的两场革命表现出浓厚的兴趣,并于次年3月写信给他的老朋友马克西姆·高尔基,赞扬了布尔什维克新政府与同盟国的和平条约,"向世界指明了一条走出屠宰场的出路"。而对高尔基来说,他十分仰慕《坚持到底的布里特林先生》一书,在回信中写道:"毫无疑问,这是该死的战争期间整个欧洲最优秀、最勇敢、最公正和最人道的书!"此外还着手安排将这本书翻译成俄文出版,出版后自然也受到了人们的高度评价。他认为俄国必将在战后时期国际政治中扮演极其重要的角色,因此,他说服了奥多中学有进步思想的校长桑德森安排基普和其他几个感兴趣的男孩学习俄语。很显然,这是俄语第一次在英国的学校里被教授。时至1920年，在他看来，似乎一次去俄国之旅将能使基普从中得益。他自己也强烈地感到好奇，想亲眼见一见革命后人们的生活是什么样的。此前，俄国驻伦敦贸易代表团中一个叫卡密涅夫的人曾联系过他，建议他赴俄进行正式访问。比弗布鲁克也热切地希望他能将这次经历发表在《每日快报》上，这不仅将足以支付他的各种开销，他还可能根据这次旅行写出一本书来。于是他给高尔基发了封电报，说他将携子"前去一睹俄国"，并且，正如他所希望的那样，高尔基慷慨地提出在圣彼得堡的家中招待他们父子。他后来发现，高尔基圣彼得堡的家是一处面积巨大、房间众多的公寓兼编辑部办公室，一群衣着破旧的诗人、小说家、知识分子和女助理轮流以此为大本营。与通常为外国游客提供住宿的大酒店相比，这是一个更加正宗并且少受密切监视的有利位置，他可以在这里评估俄国的真实状况。

高尔基在布尔什维克俄国享有很高的声望。他那些关于沙皇统治下社会底层悲惨命运的故事和戏剧在国际上广受赞誉，他对那段时期个人苦难经历的记录使他成为革命的文学领袖。他利用他的这种有利地位去帮助和保护各类作家和艺术家，尽管这会损害他自己的创作。他年轻时自杀未遂，只留下一边健全的肺。尽管健康状况堪忧，他仍长时间地扑在编辑、出版、筹备工作上，还帮助许多本会在革命后俄国的混乱局势中走投无路的人寻找工作和庇护所。穆拉·巴德伯格是高尔基的一名年轻女助理，她住在克朗弗斯基大街上的公寓。

在他抵达的当天，他遇见了她，从此便终身难忘。她走进高尔基到处堆满书籍和报纸的一片狼藉的办公室里，给他送来刚打印好的几份证明。她身材高挑，有着黑色的眼睛和波浪般的黑色鬈发。她破旧的黑色连衣裙外面套了一件英国军用防水大衣，令她的外表看起来更加引人注目，像是革命的女性化身———场希望与贫困的较量。"这是穆拉。"高尔基对他说，"穆拉，这是 H.G. 威尔斯。"高尔基用俄语对那位年轻女人说了些什么，她也用俄语作了回答，之后她和客人握了握手。"我们以前见过。"她出乎意料地说。"真的吗？"他说。"没错，在您 1914 年和莫里斯·巴林一起来俄国时。"她说英语时口音很重，但是既流利又自信。"噢，说来惭愧，但我已经不记得了。"他凝视着她，试图回忆起这张他曾经见过的面庞，"但那次旅行中我见了太多人。"她微微一笑，"这并不稀奇。当时我穿了一件真丝长礼服，戴了许多珠宝首饰。那是在我父亲伊格纳齐·扎克列夫斯基家中举行的一场盛大聚会，但我被介绍给您时用的是玛丽·冯·本肯多夫这个名字。我丈夫伊凡·本肯多夫伯爵从前是一名外交官。那时柏林使馆放假，我们去了彼得堡。""这似乎确实勾起了我微弱的印象。"他说。他是出于礼貌才这么说的，事实上那些名字对他而言没有任何意义。

高尔基注意到了两人的交流，厚重如扫帚般的小胡子下露出了友善而难以捉摸的微笑。他用俄语说了几句话。

"高尔基说，将由我作为您访问期间的正式翻译和导游。"穆拉说。

"我很乐意。"他说，"非常感谢。"

"这是我的荣幸。"她说。

543

之后的一两天里，他与高尔基进行了长时间的交谈。由于需要翻译的帮助，而且实话如此——也由于内容的缘故，谈话变得相当冗长乏味。高尔基急切地想向他的客人展示这个布尔什维克国家积极的一面，并提前为他可能会遇到的不完美之处找好借口，因此，会面的大部分时间都是主人在滔滔不绝地说教，而不是两人你来我往地对话。离开公寓成了一种解脱，他可以去观察、去了解、去形成自己的想法。穆拉作为导游陪着他一起，有时基普也加入进来，但高尔基的一些年轻随从总把男孩留在身边照料，这有利于他提高俄语水平。结果，更多时候是他一个人和穆拉在一起。她陪着他一起游览了科学之家和文学艺术之家，欣赏了马林斯基剧院和涅夫斯基大街，漫步在涅瓦河堤岸，参观了被改建为无神论博物馆的圣以撒大教堂，以及可悲地被人们忽视的夏宫——那里的树木已开始落叶，人行道也长满了杂草。倘若没有她的陪伴，此情此景将令他心情低落，思念家乡。

这个如今已改名为彼得格勒的地方，与他记忆中1914年的圣彼得堡相比，已是饱经战火，伤痕累累，疲惫不堪。几乎没有什么营业的商店，因为可以买卖的东西寥寥无几——除了茶叶、香烟、火柴，以及听起来多少有些让人感伤的鲜切花。街道两侧的房屋都拉上了白色的百叶窗，仿佛是永恒安息日里的英国小镇。政府对粮食实行定量配给，但人们分得的粮食几乎仅能使人不致于饿死。包括工业制造、信贷和贸易在内的整个经济体系已经停止运行，任何普通的用具或物品想换新的都是绝无可能的。没有地方可以买新衣服：甚至连高尔基也只有一件衣服可穿——他就那样一直穿着。所有道路都坑坑洼洼地布满了弹坑,排水沟塌了,许多原本铺在人行道上的木板被拆下来做了柴火。有轨电车可以免费搭乘,但总是人满为患,那些扒在外面的乘客经常从车上摔下来,引起无数的事故——可能是由于饥饿无力导致的。街上的行人看起来都阴沉、严肃,也许是因为寒冬将至,也许是由于营养不良,但更有可能的是,他们担心这个国家已是一片废墟,很难看出有什么办法能从这样的废墟中复苏。当他告诉穆拉这些时,她看上去沮丧极了。"这些就是您打算回家之后告诉英国人民的吗?"她问道。

与他见到的那些布尔什维克官员不同,穆拉不是革命的热心宣传者。事实上,她很少发表任何政治评论。可他知道,如果他回英国后写的报告里全是俄国不好的一面——像伯特兰·罗素最近所做的那样,就会令那些招待过他的人不悦,可能还会给她惹来责备。"我会这样告诉英国人民,"他说,"首先,我周围无所不在的废墟,并非如英国大多数政客和报纸所称是布尔什维克政府的过错。它是在战争的影响之下,由于腐败的资本主义-帝国主义沙皇政权彻底崩溃所造成的。其次,我会告诉他们,布尔什维克政府到目前为止已经阻止了这个国家陷入绝对的无政府状态,并且在可预见的未来里也是俄国唯一可能存在的政府。"穆拉点了点头表示赞同,似乎对此很满意。

他说这些的时候是真诚的。然而,为了不让她担忧,有些话他没说出口——从他们所拥护的马克思及马克思主义学说来看,布尔什维克主义者们在战后重建的重大任务面前严重受阻。马克思曾预言的革命应当始于西欧的工业化国家,那里有着足以引起社会变革的一群受过教育的城市工人阶级。相反，它恰恰是在俄国最先发生，而俄国的人口主要由那些依赖土地、迷信宗教的农民构成，他们是一群既无能力也无意愿去实行无产阶级专政的人。那些布尔什维克领袖不安地意识到了这一异常，也意识到俄国在欧洲政治版图上的孤立脆弱地位，于是在和他见面时纷纷向他询问革命何时将会在英国开始。当他向对方保证英国绝没有一丝爆发革命的可能时，他们或是拒绝相信，或是感到失望。

访问初期，穆拉曾陪他参加了彼得格勒苏维埃会议，他应邀在会上发言。"由你来翻译我的演讲吗？"会议前一天他问她。"不，有一位官方口译。"她说。"那我怎样才能确保我的演讲翻译准确？"他说。他记得伯特兰·罗素曾经抱怨，他在同一会议上的发言被翻译成俄语时进行了改动，以显得更讨俄国喜欢，报纸在进行报道时也做了类似的改动。"最好的办法是，你把演讲写下来，由我翻译成俄语再交给口译员朗读。"她说。她这样说也这样做了，并引来了口译员的惊愕。她暗中与他密谋一致，以防他的话被人篡改。考虑到她的处境，这一举动需要相当大的勇气。这段小插曲的效果是，他愈发被她所吸引。随着两人考察工作的进行，他逐渐了解到她的过去。那是一段既悲伤又戏剧性的过去，革命之后，她的丈夫死在了他们位于爱沙尼亚的庄园里，是被几个怀恨在心的农民谋杀的。她的结婚戒指很早就与其他珠宝一起卖掉换成食物了。她的贵族家庭失去了所有金钱和财产，死的死，散的散，或者干脆像她自己一样，投身革命，以求活命。他了解到她把两个孩子留在了爱沙尼亚，托人照顾他们。她渴望再见到孩子们，但又不可能离开俄国——之前她尝试离开的下场是被判入狱了一段时间,出狱后也一直处在巨大的危险中,直到受到高尔基的庇护。

他与基普短途旅行去了莫斯科,主要是为了和列宁见面。列宁亦不能免俗地问了他英国是否即将爆发革命的问题,却圆滑世故地没有对他的回答流露出任何惊讶或失望。列宁说一口极佳的英语。不同于他先前从那些以列宁之名出版的小册子和演讲中所预料的,列宁在与他交谈时非常放松,谈话也少了一些教条的成分。然而,这次见面仍然不令人满意。没有思想上的交流:列宁只想谈论苏联的电气化,以及通过在苏维埃俄国的广阔领土上布设电缆和塔架来实现现代化的宏图大计——这是一个在可预见的未来超出了俄国工业能力的荒诞计划;除此之外,列宁对他笃信的全球集体主义以及能使人类沿着进步的道路朝着实现这一目标前进的大规模教育计划全无兴趣。

在按计划返回英国之前,他很高兴能再次回到彼得格勒待上几天,尤其是回到穆拉身边,她的陪伴令他思念成疾。她那神秘的笑容,斯拉夫人高颧骨上方黝黑的眼睛,紧贴着黑色薄礼服的柔软曲线,全都令他渴望不已。他凭借直觉感到,她对自己也有着同样的渴望。不与这个迷人的女人做爱就离开她,并且从此以后多半再也见不到她的想法折磨着他。他到目前为止一直压抑着没有做出尝试,原因是他想到她可能是高尔基的情人。但当他们在一起时,他们的举止令他察觉不到任何这方面的迹象,而高尔基的普通法婚姻伴侣,那位在美国出现时引起了种种麻烦的女演员玛利亚·费奥多罗夫娜·安德烈耶娃,此刻正安心地住在彼得格勒的公寓里。这令他确信，他的顾虑既无根据也没必要。

俄国之行的最后一个晚上，人们为他举行了一场告别晚宴。餐桌上出现了高尔基通过一些见不得光的关系弄来的五只沙丁鱼罐头和三瓶酿甜椒，他们还打开了几瓶葡萄酒和伏特加助兴。之后，高尔基和安德烈耶娃离开了，基普也回到他们合住的房间里休息。在食物和酒精饮料引起的轻松情绪的作用下，他和穆拉开始悄悄地在客厅角落里的沙发上调起情来，然后，受到她回应的鼓励，他的动作变得不再那么小心翼翼了。眼下的情况天时地利：电力供应已被切断——这在彼得格勒经常发生，房间被蜡烛和火炉点亮了，十分浪漫。其他没有离开的人此刻已经喝醉，围着火炉坐下聊天，偶尔用俄语唱起歌来。"你和马克西姆一起睡吗，穆拉？"他问。她睁大眼睛笑了。"当然不了，艾吉，"她喃喃道，"他和安德烈耶娃一起睡，我睡在分子房间的褥榻上。""分子"是一位受到高尔基照顾的年轻医科学生的昵称。"可分子今晚不在这里。"他指出。"对，她去找她的朋友塔特琳了，那个艺术家。"穆拉说。"那你今晚就可以睡在像样的床上了。"他说。"没错。"她说。"而且还会是一个人。""没错。"她说。她看着他的眼睛，露出了微笑。他们明白了彼此的心意。

几小时之后，当他几乎确定公寓里的每个人都已睡着，也包括他旁边床上的基普在内，他离开了房间，赤着脚穿过黑暗的走廊，摸索着走向穆拉的房间。如果被人撞见，他已经准备好了作为借口的故事：他在找厕所的时候迷了路。但即便如此，他的心还是跳得厉害，因为这样的借口实在难以使人信服，而一旦被人发现，后果将会极其尴尬。然而,当他安全到达穆拉的房间时,这种冒险的体验放大了他的兴奋与狂喜。她的肌肤比他曾触摸过的任何人的都要柔软。她高潮时,口中喃喃地吐出他听不懂却令人兴奋的俄语单词和短语,然后,他将禁欲三周以来压抑的液体尽情释放了出来,用的是他从英国出发时随身携带的避孕套。

他完全没有因为对丽贝卡不忠而感到愧疚。回国途中,他们做爱的一幕幕不断出现在他的脑海里和记忆中:在暗夜里废墟般的彼得格勒市中心,在穆拉伸手不见五指的卧室里(一片黑暗中他并不能看清楚她赤裸身体的模样)。它不同于一般的通奸——那个他所熟悉的、有着粉色灯罩和豪华橱柜的酒店房间和雅座的世界,而属于一个处处充满冒险、几乎不真实的异域王国,在那里,家庭关系和对伴侣的忠诚都被抛在了脑后。也许正是出于这样的原因,他回国后不久就去肯辛顿皇后门的公寓见了丽贝卡,向她讲述自己的旅行经历。丽贝卡是在战争结束后搬来这里的。他没有避重就轻或者有所保留地省略穆拉担任他的翻译和导游的部分,恰恰相反,他在讲起她的才华时激情澎湃,对她的非凡人生也如数家珍。这引起了丽贝卡的怀疑。她突然问道:"你和她睡了吗?"某种愚蠢而诚实的冲动令他做出了"是"的回答。他看到她的脸先是变白,然后变红,写满了震惊和愤怒。"只有一次,"他说完又笨拙地补充道,"在临行前的最后一夜。"

随之而来的是丽贝卡洪水般的眼泪和声嘶力竭的尖叫,直到她宣称,一旦有机会,她也要找个年轻帅气的情人。"我不费吹灰之力就能找到。""别这样说，黑豹。"他说，"我会受不了的。""我为什么不可以？这是一报还一报。""对男人来说，这要糟得多。"他说。"哈！"她对着天花板大声说，"这是双重标准的伟大批评家说的话吗？"说完，她带着强烈的仇恨看着他，"你为什么不回家去找你那位性冷淡的妻子，告诉她关于穆拉的一切？她不会介意的。"丽贝卡回到卧室，锁上门，留下他一个人从公寓离开。

他回家后立即给她写了一封信，恳求她不要把她的口头威胁转化成行动："我爱你，无论如何都想留住你。可我知道，尽管我自己是这样的人，我却无法忍受你的不忠。此刻的我惶恐不安，生怕会失去你。对你我而言，那都将会是一场灾难——如同我的身体被剜掉了心。一旦如此，我认为，留给你的也不多了。"见她没有立刻回复，他又寄了更多的信，还画上了心碎的美洲豹悲痛地凝视着背向它、不肯原谅的黑豹，作为装饰。"我的孤独和痛苦几乎达到了难以承受的地步。"他写道，"我什么都写不出，什么都写不好。《世界史纲》是一本将会改变历史的书。但与我的不幸相比，它完全不值一提。一本正经的自我称赞不是幸福。俄国激起了我的情绪让我维持生命。而现在的我情绪低落。我孤单一人。我身心俱疲。我需要安慰的胸怀和宽容的身体。我需要爱。我需要触摸得到、感受得到的爱。但是我不配得到爱。过去，我总对你百般挑剔，百般欺凌。我也没有保持忠诚。而你很可能是唯一能真正给我爱，也让我回以爱的人。我不确定明年四月之前可以找到你。如果不能，那么我希望我可以找到死亡。"最后一句话里的情绪是夸张的说法，但他必须在新的一年里尽快动身，前往美国进行长期巡回演讲，而丽贝卡也快要去拜访卡普里岛[1]的一位朋友，因此，他发了狂似的想在他们长久分开之前与她和好。在他一封接一封信的猛烈围攻下，丽贝卡最终屈服了。他们以惯有的方式握手言和。

丽贝卡在11月时动身前往卡普里岛，离开前，她将安东尼托付给了一所寄宿学校。而他自己则因为身体抱恙，不得不取消美国之行。接下来，丽贝卡在卡普里岛的朋友也生病了，丽贝卡被迫留下来照顾她——至少丽贝卡在信里是这样称呼那位朋友的。一开始她只打算停留几个星期，逐渐就发展为不得不留下好几个月。他们的关系里混进了嫉妒的小虫子，以及她曾威胁说要报复他的不忠，因此他想知道，她在信中提到的那位对她十分友好的卡普里岛年轻小说家康普顿·麦肯齐[2]是否是令卡普里岛充满吸引力的原因之一。于是，他写信提议他在1月底时去意大利加入她，说这会对他的健康有益，并且他们也都可以在冬日温暖的阳光下继续写作。他们在阿马尔菲[3]碰了头，一起在卡普契尼酒店相邻的两间房间里住了下来，由"韦斯特小姐"假扮他的秘书和同伴。一切都很顺利，直到一天晚上，住客中一位退休的英国陆军少校认出了他，借着酒劲令人不快地大发脾气，还抱怨这对"通奸男女"使酒店的道德标准蒙污。没过多久，又有一位来自英国的熟人出现在酒店。很快，酒店里的每位住客都意识到了他们的身份。这种成为众人过分好奇的对象的感觉困扰着他，令他烦躁不安，还可能会让他大出洋相——丽

---

[1] 卡普里岛（Capri），意大利那不勒斯湾南部的小岛，风景优美的旅游胜地。
[2] 康普顿·麦肯齐（1883—1972），苏格兰作家、演员、编剧、政治活动家，曾为英国情报机构工作。
[3] 阿马尔菲（Amalfi），位于意大利坎帕尼亚大区的小镇，海岸线蜿蜒，风景如画。

贝卡就如此刻薄地抱怨过。一对来自克罗伊登的毫无恶意的兄妹陪他们一起去了帕埃斯图姆[1]，他却表现得十分粗鲁。"即使人们对我们以礼相待，你也要怠慢他们，让我感觉糟透了。"事后她对他说。一个月后，他们离开了阿马尔菲，继续前往罗马和佛罗伦萨。他们夜里做爱，白天为小事争吵，并且在对方给自己看其正在创作中的作品（这是他们的习惯）时，发表批评意见。

早在1918年，丽贝卡的第一本小说《士兵的归来》就已经当之无愧地取得了成功。那是一篇不长但精致的小说，讲述了一个士兵在战斗中受伤而失去记忆，却因此找回了初恋的快乐。直到怀恨在心的妻子从中作祟，令他恢复了记忆，再度被送回前线。等待他的很可能是死亡。《士兵的归来》因为恰逢时宜而受到人们的高度评价，销量也很可观。然而眼下，丽贝卡正在为她的第二本小说发愁。那是一部主题沉重、内容复杂的作品，名叫《法官》。与此同时，他则在写一部有风险的自白式小说，名叫《心灵隐秘处》。书中的男主角里士满·哈代爵士是一位世界级的燃料专家，他试图对地球上的石油和煤炭资源建立国际控制，却失败受挫。加上过度劳累，他的精神崩溃了。他向心理医生寻求帮助，医生同意在陪他前往英格兰西郡的汽车之旅中为他治疗。哈代的性生活史和他自己的并无不同：一边是随意的滥交，一边是未得到满足的对完美伴侣的渴望。他目前有一个名叫马丁·利兹的情人，恼人的是，这个女人恰恰不是他的理想类型。自驾旅行的途中，哈代邂逅并爱上了一个

---

[1] 帕埃斯图姆（Paestum），位于意大利南部那不勒斯东南方，以三座古希腊神庙闻名。

年轻迷人的美国女人。两人进行了许多深刻、有思想的交流,关于人生的意义,关于他的通过理性地管理燃料资源来拯救世界的使命。在小说的最后一部分,他们禁不住想要开始一段恋情,但那些最为高尚的原因令他们选择了放弃。哈代不久就会离开人世,马丁却没能在他生前充分欣赏他的优点,她将为此抱憾终身。

那个美国女人有一位自传式的原型:玛格丽特·桑格[1],一位有争议的美国节育运动领袖。早在很久以前,他就在一份请愿书上签过名,抗议美国法律因她传播避孕方面的资料而对其加以迫害。之后,他与她开始互通书信,终于在1920年夏天她访问英国时见到了她。他深深为之着迷,并察觉到自己很容易与她开始一段婚外情。然而,时间、环境方面的限制以及良心的束缚令他没有按直觉行事。丽贝卡没有见过玛格丽特·桑格,但曾在他的建议下与她通过信,寻求有关最新女性避孕方法的建议。他对这位美国女人有多欣赏,她是明白的。他把小说拿给丽贝卡看时就知道她会把这段个人过往经历与书中故事对号入座,因此,他希望她能从中推断,他与玛格丽特的友谊是纯洁的,并因此给予他信任。然而,她并不欣赏故事中她自己的角色,基本上就是现实生活中的翻版。她宣称"马丁·利兹"是小说史上最不可能出现的女性角色姓名,读到某些段落时还非常不得体地放声大笑起来。而这些段落,他可不记得写过什么好笑的内容。他对此的报复是批评了《法官》的结构。那本书的开头令人满意且有戏剧性,接着一步步地回溯了过往。开头

---

[1] 玛格丽特·桑格(Margaret Sanger, 1879—1966),美国妇女节育运动先驱,1914年创办了向妇女传授避孕知识的《叛逆妇女》杂志并因此获罪。

的一幕是:一位法官接见了丈夫十年前被他判了死刑的妓女,这个女人正计划杀了他报仇。"写得都很不错,黑豹,有很多生动的局部描写。可我们想重新回到开头的那一幕,想知道接下来发生了什么——你让我们等得不耐烦了。到底发生了什么?""我还没有想好。"丽贝卡愠怒地说。"所以你才一直写从前的事情。"他说。

回到英国后,他意识到自己并不是一个好相处的旅伴,于是给她写了一封信,感谢她"两个半月以来带给他的几乎没有间断的幸福"。她在回信里犀利地写道,但愿他那时就已表达了他的感谢,因为从他的举止里可看不出什么感激。

* * *

——你们之间有一种固定模式,不是吗?你一直试图说服她从家务和家庭关系中解脱出来,和你一起离开,可一旦她真正做到了,你对此的反应却令人愤怒。一年后也发生了同样的事情——只不过这一次你更加过分了。你去美国对华盛顿会议[1]进行报道,在此期间与玛格丽特·桑格有了一段露水之爱。你在美国周游了一圈,每到一处都被奉为名人。然后,你乘船前往直布罗陀和丽贝卡碰头,一起在西班牙度假。可你让她的假期变得和地狱没两样。你一到达阿尔赫西拉斯[2]的玛丽亚·克里斯蒂娜酒店,就开始到处摆

---

1 为建立战后秩序,1921年11月12日至1922年2月6日在美国首都华盛顿举行的国际会议,共有九国代表参加,与此前召开的凡尔赛会议共同形成了"凡尔赛–华盛顿体系"。
2 阿尔赫西拉斯(Algeciras),西班牙南部的港口城市,靠近英属海外领地直布罗陀。

架子，令她尴尬极了。

——我当时身体不舒服。之前的那些旅行让我筋疲力尽，嗓子也生疼。

——你吩咐酒店经理打电话给直布罗陀港舰队的海军上将，让对方安排一位海军医生来照顾你。"告诉他，H.G.威尔斯病了，"你说，"他就会立即派人来的。"

——我承认，确实有点狂妄了。他们从阿尔赫西拉斯背后的山丘里扒拉出来了一个退休的英国医生，可对方是个令人绝望的庸医，只知道给我开含漱剂的方子治疗嗓子疼。

——也许你需要的只是含漱剂而已。当你继续旅行并到达塞维利亚时，你在公共场合对丽贝卡态度如此粗鲁，以至于那里的英国牧师把她拉到一边，还提出要发电报通知她的父母来接她。在格拉纳达，曼努埃尔·德·法雅[1]专程为你举办了一场有舞者和诗人参加的聚会，你却中途离开了。在返回英国的路上，途经巴黎时，你拒绝带丽贝卡一起去拜访阿纳托尔·法朗士，你说，这是因为她不够好看。

——这是她的一面之词。我可能说过，她看起来不够时髦。那时我们才刚到巴黎——她全身的衣服都皱巴巴的，头发也需要整理。

——那仍然很侮辱人。

——可她也一样针对我。她说我大腹便便。

——你确实如此！你不能否认自己在这次旅行中表现可憎。

---

[1] 曼努埃尔·德·法雅（1876—1946），西班牙古典音乐作曲家。

——那几年我处在一种奇怪的状态中。我感到我正在经历某种长期的神经衰弱,像里士满·哈代爵士那样。表面上看来,我很成功,是"世界上最著名的作家";但内心里,我并没有感到满足。我得到的那些赞美不是我想要的那种,也不是出自我想要的人。这让我变得自满、易怒——这一点我清楚,只是有时我无法控制自己。

——究竟为什么丽贝卡要忍受你?你一次又一次地对她勃然大怒,她一次又一次地说她受够了,你再一次又一次地哄她开心,以便能回到她的床上。

——我并不总是像在西班牙时那样令人难忍。再说了,即便如此,我们之间仍然穿插了一些快乐的片段。有一些日子我们很处得来,也过得很开心。我们都是不同寻常的人,这一点我们都明白。我们对同样的东西感兴趣,我们在智慧和创造力上互相激发,在性爱上也是如此——看起来,我们成为爱侣是命中注定的。但没错,我们竟然在一起了那么久,回想起来实在令人惊讶。因为我们在脾气上并不相容,丽贝卡的感性本质上是悲剧性的。简说得对——她并不是碰巧给自己起了个易卜生作品中的假名。她这一生都喜欢扮演命运悲惨的女主角,挂着眼泪、歇斯底里、姿态夸张的女主角……我恨她那个样子的时候。而我的脾性本质上是喜剧性的——我希望生活充满欢乐,我喜欢节庆的场合和圆满的结局,也喜欢性爱和游戏。当我的生活中出现严重问题时——我不是指嗓子疼那样的问题,而是真正的灾难——我尽量不让其他人看到。

——那为什么你们的关系持续了这么久?

——主要是因为丽贝卡一直希望我能和简离婚,和她结婚。这就是为什么她能忍受我的脾气、吵架之后也总能和好。这不是一个单向的过程。我不止一次给她写信,告诉她我觉得我们最好分开,这是出于两个人理性的考虑。但她从未在回信里明确表示过"对,我同意,就这么做吧"。

——也许那是因为你的那些信也从来都是含混的。那些信里满满的都是对你们往昔在一起的幸福时光的追忆。你还在信里承认了你对她犯下的种种过错,表达了你对她不朽的爱慕之情。这些不像分手信,更像是情书。也难怪当你提议分手时,她在要不要接受这件事上犹豫不决。

——她犹豫是因为她仍然希望嫁给我。我是绝对不会和简离婚的,可这一点她并不太相信。在我看来,我们刚在一起时的那种关系近乎完美:有简在物质方面照料我,在事业方面为我做好安排,在我和她都喜爱的招待宾客方面她是最棒的女主人;有丽贝卡做我的爱侣、艺术上的同事和灵魂伴侣。可单单那样的角色她并不满意,她想两者兼得。而她认为安东尼给了她某种可以兼得的权利:他就是她向我索取权利的化身。即便我们分手了,安东尼也始终是我和她争论的焦点,我们为我该为他的教育付出多少、我能否收养他,以及如果她阻止,我还能怎么接近他之事而争吵。我恐怕安东尼的童年过得很不容易。在他还很小的时候,他以为他的母亲是他的姨妈,我是他的叔叔;然后,丽贝卡告诉他她是他的母亲,但他仍然应该继续叫她"姨妈";再然后,很多年过去了,她告诉他他的叔叔实际上是他的父亲。

——听起来像是一场弗洛伊德式的噩梦。如果你努力过的话,你和丽贝卡本不能让他变得如此神经过敏。

——我承认,我对他日后的性格软弱负有一定责任,可他很少责怪我。他总是把我当成偶像,责备他母亲对他养育不周,这不仅对她不公平,还使她长期以来对我心怀怨恨。那样的三角关系,那个渎神的家庭,从头到尾都是一团糟,一团乱麻。如果安东尼能按照我的意愿,被一对好心、有责任感的父母收养,又或者丽贝卡和我早早分手,对他来说都会好很多。

至于分手本身,也完全不是干脆利落的说分就分。你绝不可能找出某一封信或是记起某次具体的谈话,然后说:"这就是了,不可撤回的分手声明。"甚至连他和海德薇·维蕾娜·加特尼格的私情都没有这般效果。

这个三十岁出头,还算年轻的奥地利女人,其丈夫是战后受到削减的奥地利海军中的一名军官——两人是在一艘多瑙河巡逻艇上结的婚,其母与他曾有过一点交情。1922 年秋天,她在母亲介绍下来到了伦敦,打电话到他当时在伦敦的主要居所白厅路的公寓,提议将他的一部或更多部作品翻译成德语。那一次简也在场,他们邀请加特尼格夫人一起用茶。她人长得漂亮,有着一对棕色眼睛和长长的睫毛,头发浓密有光泽,身段也十分优雅,只是一只手发育不良,这令她多了一丝凄美的感觉,也使他同情地同意了她的要求。她说一口极佳的英语。鉴于她在教育方面的兴趣,他建议她翻译《伟大的校长》,一本他正在写的关于奥多中学桑德森校长的书。那年的早些时候,桑德森在一次亲自主持的公开演讲中戏剧性地死于心脏病突发。他给了她一份简已经在打字机上打好的章节的副本,几天后,她再次来访,要请教一些关于作品的问题。这一次她来访(没有事先预约)的时候,简已经回到了伊斯顿。海德薇·维蕾娜明确表示,她想从他身上得到的不仅仅是德语翻译权。"我想要你。"她说。显然她已经仔细拜读了《安·维罗尼卡》。

面对面地拒绝一个女人坦率的求爱从来不是他的天性。他偶尔也会收到陌生人寄来的求欢信,但那就要另当别论了,这些天来他也很少继续跟进。不久前他刚拒绝了一位名叫奥黛特·科伊恩[1]的作家,她的作品《列宁之下:我的布尔什维克俄国历险记》从法文翻译成英文并在英国出版时,他曾给予肯定的评价。她热烈奔放地感谢了他的评论,同时宣称自己是他作品的忠实仰慕者,还曾在他不知情下将他作为一本书的受题献者;此刻她赋闲在家,也没什么生活目标,便请他前来巴黎,给她两三天的时间,为了让他快活快活。尽管是个有意思的提议,但出于某些原因,他的谨慎让他不要接受。他回信说自己已经有一个情人了,他不能对她不忠诚。她接受了这一正直的借口,就此作罢。这位令他着迷的加特尼格夫人的提议则不同。他觉得,如果他就这样拒绝了她的一番示好,她一定会认为是她那只发育不良的手造成了他的反感,并因此深受伤害。于是,他殷勤地做出了回应。事实上,当她在他的卧室里脱得一丝不挂时,他发现她的畸形也给了她一种新鲜和略微一反常态的魅

---

[1] 奥黛特·科伊恩(1888—1978),荷兰记者、作家、社会主义者。

力，这令他异常精力充沛。她那一边则激情洋溢、满怀感激。如果他从此再也没有见过她，这次经历将成为他对她的美好回忆，几乎能算得上是一件美事了。

不幸的是，她开始用一封封情书和急于要和他再次见面的要求纠缠他。有些时候他出于软弱满足了她，但有一次，为了骗他到一个约会地点，她告诉他自己正在伊斯顿附近，并且是与一对已婚夫妇在一起，夫妇二人都非常崇拜他，兴奋不已地想见到他。当他信以为真并驱车来到见面地点时，海德薇·维蕾娜打开了门。除了一件薄茶袍[1]外，她身上几乎没有其他衣服和饰物。她迅速地将他带到楼上的一间卧室，解释说她那对已婚的朋友已经走了，临走前交代她看好家。他对继续这段私情感到愈发不安，如果他们的关系能被称为私情的话。然而，他却没法低调地和她做个了结，直到她终于回奥地利时他才松了一口气。

次年6月一个酷热难耐的日子里，他正独自一人在白厅路的公寓，突然猝不及防地接到了她打来的电话。"我回来了，H.G.。"她说，"我什么时候能见你？""你不能，海德薇。"他回答道，"很抱歉，但我实在太忙了，在可预见的将来都会一直这么忙。"她不为所动，很快便来到了公寓，还在应答门铃的女仆前假装她有约在先，是前来赴约的。女仆带她去了他的书房。当她试图拥抱他时，他举起双手让开了。"别这样，海德薇。""可是我爱你！"她喊道。"对不起，"他说，"可我不爱你。我从来都不爱你，也从来没有说

---

[1] 19世纪至20世纪初在英国流行的一种宽松长裙，又被称为"家庭礼服"或"休息服"，妇女通常在家中舒适地穿着。

过我爱你。去年我们有过一次愉快的露水之爱,仅此而已。"听他这么一说,她没有被邀请便坐了下来,快快地说:"H.G.,你太残忍了,太无情了。这都是因为丽贝卡·韦斯特,不是吗?""关于丽贝卡·韦斯特你都知道些什么?"他生气地说。"伦敦城里无人不知,你是她的情人。"她恶毒地笑着说道。他似乎觉得,她那只发育不良的手让她看起来就像个阴险的巫婆。她又补充道:"也许我该告诉她你是我去年的情人。""你这是在威胁我吗?"他俯身凶狠地说道。这下他彻底发怒了。"不,不,当然不会,我是在玩笑你。"她说这句话时还犯了一个少见的语法错误。"但我想见见她,和她谈一谈书籍和想法。也许我可以采访她。给她写一封介绍信吧,把我介绍给她,我保证不会和她提起我们曾经有过一段你所谓的露水之爱。"

到头来,这似乎是唯一可以摆脱她的办法。他给丽贝卡写了一封简短的介绍信,然后把海德薇送到了女王之门路,还嘱咐女仆说如果她再来,不要给她开门。后来他得知,丽贝卡在接待来访者时也感到莫名其妙;后者的外表和举止还令她的女仆担惊不已,甚至跑到街上找到值班的治安巡警,确认万一需要的话能在街角找到他。海德薇聊天的方式堪称古怪,一会儿对丽贝卡的作品极尽溢美之言,一会儿邀请她去维也纳借住她的公寓,一会儿又不厌其详地讲起了她与那里的一个英国外交官发生的一段不愉快的私情。她讲起这些时手舞足蹈,以至于打飞了一只针线盒。针线盒落在地板上,摔坏了。但她信守了承诺,没有向丽贝卡透露自己和他的亲密关系。丽贝卡在不得不忍受对方的热烈拥抱之后,终于设法把她请出了家门。

那天晚上,他在更衣室里换衣服,准备去和印度事务大臣蒙塔古勋爵共进晚餐。正当他思考怎样才能穿着浆过的衬衫和礼服挨过整个闷热的夜晚时,他听见有人被领进了他的书房。是海德薇。不幸的是,女仆没有把他之前的叮嘱转达给接替她的人就下班了,于是海德薇顺利说服了对方,放她进入了公寓。当他走进书房时,她正在房间中央正对着门的地方站着,身上穿着防水风衣。他第一反应是在如此炎热的天气里穿这样一身实在奇怪,但还没来得及思考,她就立刻拉开了风衣,露出除了长袜、吊袜腰带和高跟鞋之外一丝不挂的身体。"你必须爱我!"她尖叫道,"否则我就自杀。我有毒药。我还有一把剃刀。"他立即意识到问题的紧迫性:他不仅需要帮助,还需要证人来见证此刻她的疯狂行为。他走到门口,召唤过道里女仆去找这栋公寓的大厅门房,但当他转过身来时,海德薇已经扔掉了防水风衣,用那把锋利得能够割开喉咙的剃刀划开了她的手腕和腋窝。

万幸的是,她没有切断动脉。然而,在他从她身上拿走剃刀、支撑着她在扶手椅里坐下、用防水风衣为她盖上、检查风衣口袋里有没有装毒药小瓶子的整个过程中,她一直血流不止。"让我死,让我死。"其他人到场后,她口口声声地说着,"我爱他,我爱他。"大厅门房是一名退伍的军士长,他见状后当机立断叫来了警察和救护车,不愧为冷静和高效的典范。海德薇被救护车带去了威斯敏斯特医院,之后,他及时接到了医院打来的电话,通知他病人已经脱离危险了。这令他如释重负:如果她自杀成功的话,他也就完事大吉了。如果真是这样，警察就会调查死因，这场丑闻也会被公开。如此一来，他与安珀·里夫斯的私情相比之下根本不值一提。即便如此，他仍然清楚地知道，新闻媒体可能会对这场事故大肆渲染，造成极坏的影响——只要他们乐意。于是，他打电话给他的律师海耶斯，对方也同意他的看法。"我们必须尝试说服你那些报纸业者协会的朋友，尽量把这件事压下来，"他说，"可我恐怕明天的报纸中就会有一些了。"

确实如此。警察和救护人员似乎对他充满同情，也很小心地保守秘密。然而，畅销晚报《星报》的一名记者第二天早上听说了这个故事——也许是从医院听来的。他从海德薇·维蕾娜的房东太太那儿打探到了她曾在早些时候拜访过丽贝卡·韦斯特，于是就带了一名摄影师去了女王之门路。他请丽贝卡就此事发表一些评论，还想为她和安东尼拍一张合影。她关上门拒绝接见，然后惊慌地打电话给他，问他发生了什么事。听完他的解释，她说："噢，我的天哪！我该对他们说些什么？"他告诉她："什么都不要说，让他们来找我。"他知道记者不挖出什么能印在报纸上的东西是不会善罢甘休的，于是在他们找上门来时，简短、庄重地声明道："没错，确实有一位年轻女士不请自来地进入我的公寓，还扬言要自杀，实际上她也真的这样做了，而那时我正在寻求帮助。幸好她没有成功，只是受了轻伤，目前正在医院接受治疗。我不希望此事成为众人口中的谈资，也无意让谣言像雪球一样越滚越大。"

他给丽贝卡打了电话，安排当天下午在肯辛顿花园与她见面讨论。她没有像他先前所担心的那样，因为他介绍加特尼格夫人去她那里而大发雷霆——但那时她对他和那个女人之前的关系并不知情；据她所知，海德薇擅闯公寓和一系列的疯狂行为完全是一场意外。"对不起，害得你也被卷进来了，黑豹。"他说，"今晚的《星报》上会有一篇有关报道。海耶斯说，我们对此能做的最好的回应就是冠冕堂皇地外出晚餐，然后去剧院，要表现得好像从没发生过什么大不了的事，我们也丝毫没有受到影响。"当晚，他们就在常春藤酒店进行了这样一场表演——他认为演得相当顺利，之后又去了温德姆剧院。他知道当日的《星报》晚间版已经可以在大街小巷买到了。晚报的头条就是对这次事件的长篇详细报道，标题是"女子试图在 H.G. 威尔斯家中自杀"，文中提到，该女子在事发之日"拜访了一位众所周知的女小说家位于肯辛顿的住所，且行事古怪"。

第二天早上，又有几家报纸重复报道了这次事件，但没有提供更多的细节。不幸中的万幸是，报纸上没有什么后续新闻。他庆幸自己与比弗布鲁克和罗瑟米尔的关系不错。当他向二人寻求帮助时，他们都承诺要帮他，并指示了手下的编辑部"接下来两个星期里不要让 H.G. 威尔斯上新闻"。至于海德薇，在她被告知可能会因自杀未遂而受到起诉之后，第一时间就返回了奥地利。于是，在比弗布鲁克和罗瑟米尔颇有成效的封杀令结束之前，这个故事——用新闻业的话来说——已经死了。

——你真够幸运的。
——确实。我提醒你，海德薇并不是真的想要自杀。她以前就练习过怎样才能割脉却不重伤自己。我后来发现的，这一招她以前在奥地利的时候就用过,当时她的某个情人想甩了她。

——你在自传后记中对那次事件的叙述,其中关于丽贝卡的部分极具误导性。你写道,你在肯辛顿花园和海德薇见面时,发现她"曾在前一天拜访过丽贝卡,以一名文学崇拜者和可能的采访者的身份——我推测她是想发展一段三角关系"——就好像这件事与你毫无干系似的。

——我不觉得这有什么关系。

——关系大了!正因为丽贝卡也卷入其中,故事才有可能变得这么轰动。这样的关系已经超出了著名作家和精神错乱的书迷的范畴——正如你所说,它已经变成了一种三角关系:著名作家,作家的情人和眼红嫉妒的竞争者。而这一切,全都是你的错。

——是的,千真万确。

——那究竟为什么你要让那个女人去女王之门?什么事都有可能发生。她可能会对丽贝卡不利。

——说实话,我也不知道为什么。我只是迫切地想摆脱她。那天伦敦热得要命,气温足足有三十三度。有时候我觉得,是那天的高温把我变得几乎和海德薇一样疯狂了。当然,我那时还不知道她有多危险,但让她去找丽贝卡显然太不理智了。当我开始在后记里写到这整件事情时,我真的无法解释。于是我干脆就跳过去不写了。

——换言之,你是由于太过尴尬而不想承认自己的愚蠢,即便是在你所谓坦诚的自白中。是这样吗?

——我想是这样的,是的。

——后来她告诉人们,正是海德薇那件事使她终于确信你是个十足的自私鬼,你根本不是真正爱她,所以她只好和你分手。

——实际上并非如此,或者说,只有一半是真的。我确实自私,可我也确实爱她。总之无论如何,她并没有立即和我分手。

——是的,她没有。她和一位朋友一起去了玛丽恩巴德[1]疗伤,你也跟着她去了那里,像往常一样令人讨厌。

——我确实这样做了。那根把我和她系在一起的绳子磨损了,但还没有到磨断的地步。在那之后,我们又和安东尼一起在斯沃尼奇[2]度过了一个短暂的假期——为了那孩子的缘故。有那么几天我们过得相当开心,直到她再次提出要我和简离婚的问题。我拒绝了,结果我们又回到了争吵不休的状态,为了我对她资助的具体内容而争吵。她想要我每年向她支付三千英镑。我没有那么做,而是一次性给了她一大笔钱,我还说安东尼的学费也将由我来承担。她那时正在考虑为了她自己,也为了安东尼,去美国开始新的生活。她和那边新闻界的一些人关系不错,1923年秋天还去美国做了一次长期巡回演讲,以评估机会。她一直待到第二年春天才最终决定了不想移民,但从她寥寥无几的来信和信中的口吻可以明显看出,她回英国之后也不打算回到我身边。然而……

——然而?

——要为我们的故事写下剧终[3],对我们当中任何一个来说都不

---

1 玛丽恩巴德(德语:Marienbad,捷克语:Mariánské Lázně;意为"玛利亚的温泉"),位于今捷克境内的小镇,以温泉著名。又译玛利亚温泉市。
2 斯沃尼奇(Swanage),英格兰南部海滨城市。
3 原文为法语。

是一件容易的事。这世上到处都是男人,却没有一个人能让她像和我在一起时那样无所不谈。而女人对我而言只有短暂、简单的用途。我去里斯本看望正在那里过冬的高尔斯华绥一家,和一个非常友好的红发女人结成了伴儿。对方年纪轻轻就失去了丈夫,正和我一样需要人安慰。但那也只不过是露水之爱罢了。后来我又见到了丽贝卡,她之前在美国时也有过类似的经历,但全都是过眼云烟,其中一些令人担心、苦恼。春天的时候我们都回了伦敦,我和她心里都非常清楚对方此刻也在伦敦。偶尔我们也会遇见——一次是碰巧在剧院,另外几次是约好的——实际上还做了爱,但那已经不一样了,我们无法重建过去黑豹和美洲豹那样的亲密关系,我们已经互相伤害得太深了。丽贝卡带着安东尼在9月里和几个朋友一起去了奥地利,而我决定去环游世界。我总是计划着要环游世界,却一直没能实现。但动身之前,我必须先去一趟日内瓦,在国际联盟大会上发言。

——奥黛特·科伊恩也在那里出现了。

——那时候她住在格拉斯[1]。不知怎么的,她听说了我和丽贝卡分手的消息,还从报纸上得知了我要去日内瓦。于是,她也匆匆赶到了那里,并打电话邀请我当晚去她的旅馆见面。

——她还指示酒店前台把你送到她的房间。她已经熄灭了所有的灯光,在门后等着你。她身上洒了茉莉花味道的香水,只穿了一件透明睡袍。然后,她像领着盲人一样领着你直奔床上了。

---

1 格拉斯(Grasse),法国南部海滨城市,被誉为"世界香水之都"。

——这一点她做得很聪明,因为到了第二天早晨我才发现,她的长相算不上传统意义上的漂亮:她的鼻子太高了,下巴也很长。可她的身体纤细柔软,作为情人,她就像一只发了情的小猴子。她在少女时代皈依了天主教,然后去了比利时的一家修道院,为成为一名修女做准备。三年后,她因涉嫌引诱神父吻她而被遣退。在那之后,她就在马赛和巴黎跟一些算得上离经叛道的人混在一起,从他们身上获得性经验,以此弥补在修道院错失的时光。我发现她并不是法国人。她父亲是荷兰人,母亲是意大利人。她是在君士坦丁堡长大的。她身上混合了不同的基因和文化,就像一杯嘶嘶冒泡的鸡尾酒,既聪明又能说会道。她几乎读过我所有的书。

——所以,当她说她爱慕你并愿意一生都对你毕恭毕敬、唯命是从时,你就屈服了。在国际联盟的演讲结束后,你和她一起去了普罗旺斯,在格拉斯周围的山区租下了一座名叫卢巴斯蒂顿的乡村农庄,从那里往地中海的方向望,可以俯看成片的果园和橄榄树。你非常喜欢农庄的位置和那里的气候,以至于在接下来的九年中,你往返于法国和英国之间,多数时候都在你亲自设计和建造的名叫卢皮杜的乡村农庄里。那儿的壁炉上方还有一块石匾,刻着"此屋由两位恋人所建"。

——那是奥黛特的主意,我同意了。但后来我们频繁、激烈地争吵,以至于我不停地找石匠让他把匾弄走;等我们和好了,我又让他再把匾弄回来。这样反反复复,他终于受够了,再也不肯听我的。但我真的非常不想谈论奥黛特。

——为什么?

——在所有我熟识——也包括《圣经》中的那种认识[1]——的女性中,她是唯一我想起时完全没有感情的人。我想起她时,时而感到有趣,时而对她的行为感到愤怒,大多时候是痛苦;然而却从来没有爱情。我也有过很不愉快地和其他女人分手的经历,但之后她们又和我成了朋友,比如伊莎贝尔、丽贝卡、小E,甚至是海德薇,她恢复冷静后给我寄来了一封友好的道歉信。几年后,我见到了她和她丈夫,还向她提供了出版小说方面的建议。可是奥黛特,她的情绪、她的嫉妒心以及她的疯狂行为几乎逼疯了我,并且随着时间的流逝愈演愈烈。我们在一起之初,我和她约定好由她做我在法国时的伴侣,她不得干涉我在英国的生活,此外当我不在她身边时,她可以随心所欲做她想做的事。为了让她保持独立,我定期给她钱,还把卢皮杜的使用收益权交给了她。有几年时间,她遵守了这些约定。她给简写过好几封恭维讨好的信,让她放心把我的健康和一般福利交给她照管。简对这样的安排相当满意,因为这意味着当我在法国南部时,她可以去瑞士度假——冬季运动和爬山现在对我来说已经太吃力了。她认为,比起丽贝卡,奥黛特对她的地位根本构不成什么威胁。她甚至送了我们一幅挺不错的内文森[2]的画,用于装饰卢皮杜。然而,1927年简去世后,奥黛特开始变得不满足,她想成为我公开受到承认的伴侣,不仅在法国,在英国也是如此。

---

[1] 《圣经》中有时会用"认识"来代替"性交"这样的词语,作为一种隐喻且文雅的说法。
[2] 克里斯托弗·内文森(1889—1946),英国艺术家,擅长人物和风景画,作品多以"一战"为题材。

——她可能寄希望于你会和她结婚。

　　——也许我真的会那么做,上帝做证!如果她打对了牌、在我悲痛时温柔以待的话。但她无法控制她的自负、好胜心和脾气。她纠缠我、嘲弄我。当我们在卢皮杜招待我的朋友时,她在他们面前炫耀、说脏话,如果别人感到震惊,她还会沾沾自喜。她谎称那些脏话都是我教她的,还尴尬地影射我和她做爱时的习惯。她抱怨说我离开她的时间太久了,说她在格拉斯太寂寞,于是我在巴黎为她租了一间公寓,这样我去找她、在她那儿短暂停留也更加容易。可她仍不满意,还违反约定跟着我去了英国。我扬言要离开她,但她不相信我会放弃卢皮杜,于是死不悔改。最后,我确实放弃了卢皮杜——带着深深的遗憾,因为我喜欢那里——但我再也无法忍受这样的关系了。我仿佛感到那只猴子爬到了我的背上,无时无刻不在用她的爪子挠我。我必须摆脱她。但她依然在折磨我。她在伦敦住了下来,还蓄意散布关于我和穆拉的闲言碎语。我那时已经和穆拉恢复了联系。一天,她去了安珀·里夫斯家里,提议说作为两个被我委屈的女人,她们应该去我的公寓一枪毙了我报仇;实际上她确实有一把小左轮手枪,后来安珀拿走了她的枪,并交到了汉普斯特德警察局,假装是她在汉普斯特德荒野捡到的。奥黛特出版了一本书,名叫《我所认识的英国人》。她明知那些了解我和她关系的读者会解读为她在影射我,却仍然在书中写道,英国人是一群乏味无趣的情人,他们把做爱变得像冰冷的板油布丁[1]一样让人提不起兴

---

[1]　一种用水煮、蒸或烤制的菜肴,宜趁热食用。

致。她还扬言要把我那些露骨的书信卖掉,我知道那是敲诈,我激她尽管去做。要知道,信里的内容不仅不令我感到羞耻,还恰能证明我们做爱时的花样非但不像冷板油布丁,反而能让伊特鲁里亚陶瓶画家们脸红惭愧[1]。

——她还写了一篇《自传实验》的书评,标题是"玩家 H.G. 威尔斯",分三部分发表在《时与潮》周刊上。

——没错。

——你在后记中轻蔑地暗示它们是"愚蠢至极的文章",尽管它们一点都不愚蠢。

——以通常的字面意义来看,那些显然不能被称为书评,而是八千字的人格损毁,是一种恶意十足的报复行为——不仅仅是奥黛特的报复,《时与潮》那会儿的文学编辑是西奥多拉·鲍桑葵。

——亨利·詹姆斯那位忠心耿耿的秘书,在打字机上为他完成最后一封给你的信的鲍桑葵。

——正是。《布恩》那件事之后,她为了惩罚我已经等了将近二十年,这下她的机会来了:聘用被我抛弃的情人去写她前任的书评。这是滥用编辑权力的可耻行为。连丽贝卡读到时都感到不寒而栗,于是给我寄了一封表达同情的信。尽管她是那个杂志的董事会成员,但太迟了,那时她已经无能为力了。

——可你必须承认,那篇文章有些话说得一针见血。要不我们再来看一遍?

---

[1] 陶瓶绘制是伊特鲁里亚(今意大利半岛和科西嘉岛地区)文明中的一种重要艺术形式。其中,色情和性是陶瓶绘制中引人注目的主题。

——我宁可不要。

——那么我自己来吧。她首先歌颂了你早期作品的影响力："他的作品解放了几代人的思想,而且除了那几代人之外,谁都不可能理解我们由此而生的骄傲有多狂野,我们得到解放后有多欢畅。我仍记得少年时代的自己读到《首要之事和最终之事》那部伟大的作品时,流下了狂喜的泪水。它给了我一种强烈到几乎难以承受的感官释放感。"她还预见了奥威尔对你的评价："90年代到战争之间的25年如果以他的名字命名,是再公平不过了,因为那些年中,多数智慧的纹路都是由他编织的。"然而,对于你的动机是什么,她有一个有趣的理论:她将你描述为一位天才,年纪轻轻却陷入了物质、精神、文化、性等各个方面都匮乏的环境中;在你设法摆脱了这样的困境之后,你也将永远试图对这个曾经几乎判定你默默无闻和早逝的世界进行报复。"他的首要动机,是他强大而愤怒的自我的反叛。"

——笑话!她竟敢谈什么愤怒的自我!

——"他的精神和身体都经受了苦难。我无数次听他饱含愤慨地说,如果他童年时期能得到适当的营养,到了年富力强的年纪时,他的身高也会多出几英寸来。"

——我的确会的。

——"他那总是吵嚷着要获得满足、在肉体和性爱方面永不停歇的虚荣心,也是年轻气盛时身体被言语羞辱的结果。"

——胡说一气!

——你不承认你在追求女色方面有些强迫症吗?似乎你必须抓

住一切机会，证明自己的雄风。

——我不过是恰好享受性爱的乐趣而已。如果我发现某个女人和我在这方面趣味相投，我就会和她共度一段好时光。我一生中从未强迫过任何女人，和那些拒绝过我的女人也总能保持长期的友谊。

——可你对性的认识自始至终贯穿着矛盾。一些时候，你说性仅应被视为一种玩乐，一种健康的娱乐方式，像高尔夫那样；另一些时候，当你和挚爱的伴侣一起时，性就是一种可获得的最为崇高的身体、情感和精神交流，是通往"影子爱人"的大门。

——我在这两种对性的态度之间摇摆不定，从来未能达成和解——但这就是人性。我们都是一堆互不兼容的零件，我们编造关于自己的故事以掩盖事实。个体精神上的统一性不过是一个假想之物。那不过是人机[1]中大量松散连接在一起的行为系统，这些系统控制了身体，共同造就了一种普遍的错觉，即个人的独一无二性。我在一篇名叫《高等后生动物个体生命连续性中的错觉特性：特别参考现代人类》的博士论文中进行了详细的解释，并在1943年成功提交到伦敦大学。

——然而，尽管评审们显然对其中的论证感到有些困惑，但考虑到你的年龄和杰出贡献，他们几乎不可能不予通过。

——好吧，也许还不是时候。

——根据奥黛特的理论，你的事业受到了欲望的影响，即颠覆

---

[1] 威尔斯的科幻作品中常有关于未来人类的想象，人机（human machine）是一种人和机器的合成。

那个险些扼杀了你潜力的社会体系，这当中难道没有一部分真实的成分吗？

——我想让子孙后代免于被其扼杀。

——**但她也说了，你本质上始终不是一个领导者，而是一名"玩家"，一个对获胜比对创造更感兴趣的人，一个不断从一种游戏转向另一种游戏的人。**"在任何国家，他都没能形成学派，也没能得到一群追随者以及构成其坚固核心的门徒。少了这些，任何思想都不可能经久不衰……他是个自相矛盾的人。个人而言，他是个无政府主义者：做不到遵守内部纪律，服从和尊重团队合作体系；另一方面，他又试图将一种世界秩序强加给他人。"

——你说完了吗？

——**还没。来听听她的最后一段：**"如今到了比赛即将结束的那一刻，他看见发展的趋势逐渐偏离了他自己的剧本。那些仇恨他思想的人成了国家的统治者，击败了他的乌托邦。他再也无法影响人们思考、激起人们效忠了。可这并不是必然的。他曾有过那样的头脑，他曾有过那样的远见，他曾有过那样的才能。但那种能使普通人愿为其忍耐、使高尚的人愿为其赴死，那种各类学说中的诚与真，那种理想主义中的无私与忘我，那种归根结底予以生命永恒的力量和影响力的至高无上的真挚——他自始至终也不曾有过一丝一毫。对他来说，那不过是一个游戏。他不过是一名玩家。"**毫无疑问，她的判断中有个人恩怨和仇恨的动机。可你难道没有被奥黛特也许说中了的恐惧所困扰吗？**

——没有。我从来都没有门徒，因为我从来都不想要。他们把自由变成专制。耶稣以前也很好，直到他收下门徒为止。我也许在改变世界这件事上失败了，但我造成的伤害远远不及那些国家统治者——按照她1934年写的——利用其"各类学说中的诚与真，那种理想主义中的无私与忘我"所犯下的。她在指什么人？希特勒和墨索里尼？日本的统治者？看看他们对周围的世界做了些什么。另外，别再烦我了。

第五部

1945年的春天，汉诺威联排别墅的外观看上去和一年前并无二致，如果说有什么不一样的地方，那就是它更破旧、更亟待修缮了。多数窗户仍然被木板封着，因为整个3月里，伦敦上空都不断地落下V1和V2导弹。随着盟军从东西两个方向势不可当地攻入德国，这是德国最后一次负隅顽抗了。

欧洲战场胜败如何已经没有了任何悬念，不确定的只剩下时间、会是俄国人还是英国人和美国人率先攻入柏林，以及能否活捉希特勒。人们仔细研究每日报纸头版的地图：黑白色的地图上标记着阴影和交叉影线，不同军队的移动路线以弧形的粗箭头显示，全都指向同一目标，每天都更接近一点。与此同时，他们的耳朵也时刻竖着，不放过距离最近的收音机里播出的战争最新消息。空气中异样地混杂着疲惫和紧张的感觉，就像深深吸进了一口气，在等待呼出的那一刻。对于每一天新的挺进和新的德国战俘人数统计，现在表达喜悦或庆祝胜利还为时过早，因为V型武器仍然在伦敦上空肆虐，那些在欧洲和远东战场作战的挚亲仍然身处危险之中。

H.G.浏览每天的报纸时当然没有表现出喜悦之情，他疲惫地任由报纸从手中滑落在地板上。获得最终胜利的前景并不能让他兴奋，那些新闻在他看来似乎更像是失败的消息——他那个关于人类未来的乌托邦之梦破灭了。从被炸毁的德国城市，尤其是德累斯顿[1]的照片上可以看到，一排排建筑物像舞台布景一样，只剩下正面的骨架，屋顶和内部悉数被烧成了灰烬。对此他惊骇不已。而他在小说中曾预言过战争的这种破坏力，可这一点并没有使他得到安慰。三四十年前，他在《星际战争》《大空战》《获得自由的世界》等小说中进行过这方面的描写：主要城市遭到大规模破坏，恐慌的难民涌入街道，公民秩序倒塌，倒退回野蛮时代——今日欧洲所呈现的场面正是如此。他在那些小说中想象的情形从许多方面来看都超越了第一次世界大战，更像是对第二次世界大战的预言。他总是在那些书的结尾给人留下希望：一个美好崭新的世界将从战争的灰烬中升起。然而，此刻的他已经没了这种乐观。正如他在即将出版的《走投无路的心灵》中所述，"生命世俗有序的发展似乎存在一种绝对固定的极限，因此，对于即将发生的事情，我们便有可能大抵描绘出它的模样。然而，这一极限已经到了，还变成了一种前所未有的混乱。人们越是端详周围的现实，越是难以描绘任何即将发生的事情的模样。"

从狭义的个人角度而言，盟军即将赢得战争当然是个好消息。因为众所周知，他和丽贝卡两个人的名字都在一份两千多人的名单当中，如果德国1940年入侵英国成功，名单上的所有人都将立即

---

[1] 德累斯顿（Dresden），德国东部主要城市之一，在"二战"中因遭到盟军大规模轰炸而彻底被摧毁，伤亡无数。盟军的这一行为至今仍存争议。

被盖世太保逮捕。从更为普遍的道德方面而言，亦是如此。4月中旬，解放后的贝尔森集中营公布了第一组照片，详尽地揭示了纳粹意识形态的恐怖。这一次出现在照片中的不是建筑物的骨架，而是形容枯槁的人类：一些人还剩下一口气，呆滞地盯着相机，另一些人已经死了，尸体像垃圾一样堆积成山。随着俄国人的节节胜利，他们也曝光了越来越多关于波兰灭绝营的细节，那里的毒气室、焚化炉和灰烬堆不容置疑地肯定了反攻德国的正义性。尽管如此，战争说到底还是发生了，并且仅仅是在第一次世界大战的二十年之后，这些事实宣告了文明的失败。他将其视为个人的失败，因为在两次大战之间的数年当中，他为争取和平付出了无数心血。1939年9月，他正准备在斯德哥尔摩召开的国际笔会大会上发表关于"人类荣誉与尊严"的讲话。恰逢此时，德国坦克碾入了波兰，斯图卡轰炸机[1]在空中俯冲轰炸华沙，似乎是一种象征。这一切迫使他取消了演讲，像其他参会代表一样，匆忙奔回家中以躲避危险。此刻，人类的心灵已经到了走投无路的境地，至少他自己的心灵是这样。

随着希特勒对犹太人实行的种族灭绝和迫害日益成为公众意识中纳粹罪恶的核心事实，他不太自在地意识到，他在虚构和非虚构作品中对犹太人的某些处理，在过去已经得罪了犹太读者，还很可能会在未来招来更多对他的抵触，尤其是1936年出版的《挫折之解剖》中的某些段落。他在其中一边最为强烈地谴责纳粹对犹太人的迫害，另一边又断言"这不能阻止异邦作家对仍存在于犹太传统

---

[1] 全称为Ju 87俯冲轰炸机，是"二战"中纳粹德国空军投入使用的一种武器，一般称作"斯图卡"。

中的那许多令人厌恶的狭隘、保守的元素进行最为坦率和追根究底的批评"，还请犹太人思考他们长期遭受迫害的历史是否表明了这些元素天然就容易激起争端，并提出民族社会主义的理念"实为反过来的犹太主义，保留了《圣经》旧约的形式并将其倒了个个儿"。这些以及类似的观点出自一个名叫威廉·伯劳斯·斯蒂尔的虚构人物，斯蒂尔这部按说是他自己在进行总结的未完成的伟大著作[1]，却不能作为他的托辞。

几年前，他主动与犹太复国主义运动领袖、同时也是一流化学家的哈伊姆·魏茨曼有过一段时间的书信往来。他十分尊重魏茨曼的科学工作，于是在信中向对方致以了歉意，"鉴于我急躁和容易得罪人的特性，犹太人已经对我心生怨恨。他们本质上是一群渴望建立理性平等的世界秩序的人，这一点同我并无二致。多少个世纪以来，无论旧约中的传统如何，犹太人在所有具有民族意识的群体中一向最不爱惹是生非。是我的错"。他邀请魏茨曼将这些书信公开发表，但据他所知，他的暗示并没有得到采纳。再说了，就算魏茨曼公开发表了信，他也不认为自己能得到子孙后代的谅解。任何人如果能像他一样，在一生中写得如此之多、如此之快，注定了时不时要犯一些错。举例来说，他花了很长时间才认识到斯大林的警察社会完全背离了俄国革命的理想，但至少他从未上过墨索里尼和希特勒的当，不像许多英国权威人士和政治家那样。

---

[1] 这本书的主要内容：斯蒂尔是一位美国商人，他在"一战"结束后开始致力于全面研究人类的抱负和愚蠢，并集毕生精力完成了《挫折之解剖》这部鸿篇巨制。威尔斯解释道：他决定以"面向公众以普通的语言"出版斯蒂尔这部因不曾发表而鲜为人知的作品。

战争终于结束了。4月30日，希特勒自杀，5月7日，德国宣布无条件投降。5月8日被定为欧洲胜利日，BBC国内服务频道在广播中直播了全国各地庆祝胜利的活动。特拉法加广场的纳尔逊纪念柱和白金汉宫前的林荫大道被围了个水泄不通，国王和王后带着两个女儿在温斯顿·丘吉尔的陪同下走上白金汉宫中间的阳台，向欢呼的国民们挥手致意。儿童在街头举行派对，地方军、童子军和防空队队员在村庄广场游行。随着夜幕的降临，篝火照亮了一处处轰炸过后的废墟，不再紧拉着窗帘的房屋中灯火通明。一个月后，白厅举行了盟军胜利大游行，从英联邦各地赶来的士兵、海员、飞行员和妇女辅助队员排成一列列队伍，向国王和站在他身旁的王后行军礼，国王和王后也回以军礼。这些庆祝活动的气氛比他记忆中1918年11月的那些少了一些歇斯底里的成分，部分原因是对日战争还没有结束，但这些活动总有一些东西令他在道德上感到厌恶和排斥。"那些死伤者才是赢得战争的人。"他对前来值班的夜班护士说。这位护士之前曾目睹了白厅的游行，并在值班时热烈地讲了起来。"死者无法游行，伤者往往不想或不能。""嗯，您说的有一些道理，先生。"那个女人答道。看起来她感到自己碰了一鼻子灰。

别人越是欢欣，他就越是厌世。他在5月底给伯特兰·罗素写了一封信："这种被称为和平的大范围的重返混乱、我等造物的无限卑劣，以及有组织的宗教之邪恶，令我渴望一场永远不用醒来的长眠。"这最后一句是呼应了托马斯·赫胥黎的妻子写在丈夫墓碑上的几行诗。诗是他在母亲去世后在她的针线盒里发现的,用颤抖的手抄写在一张廉价的便条纸上。

> 如果越过坟墓也不能相见,
> 如果一切都是黑暗、沉默,且休息罢;
> 汝等哭泣着等待的心不要惧怕,
> 因为上帝仍赐予他心爱的睡眠
> 若他愿赐予的是无止尽的长眠,最好如此。

他惊讶并感到欣喜地发现,自己那位虔诚的母亲在生命接近尾声时,明显对个人永生产生了怀疑,并且没有为这种怀疑感到过分的不安。他希望能在她的墓碑上也刻上这些诗句,但牧师否决了这一提议。他在一篇写给《康希尔》杂志的文章中引用了这几句诗,为此还专门去查阅过,所以近来才总是想起。那是一篇带有自我讽刺意味的文章,是他借一位名叫威尔弗雷德·B.贝特雷夫的有严重偏见的传记作家之口写的,题目叫《结局是威尔斯一切就好[1]:彻底揭露这位臭名昭著的文学骗子》。"这个男人的悲惨处境和卑劣性格可见一斑,"贝特雷夫写道,"由于他已在很大程度上改过自新,我觉得他没有任何理由会同意我将这一切曝光。于是,我尽可能温和地向他提出来。他对此的回应是:'为什么!——你天生就是这块料。放手去干吧,你有我的全权委托。瞧那满天飞的诽谤,我的

---

[1] "结局好一切就好"是英文中的一句谚语。此处是借"威尔斯"(Wells)与谚语中的"好"(well)字谐音而生的俏皮话。

孩子，它们会给你相当大的市场，其中一些会被人们记住。其中一些应该被人们记住。至于我，我并不感到有多自豪。"

7月初举行的大选结束了多年以来的联合政府，恢复了政党政治。战后的英国社会普遍渴望一场变革，这使工党支持者们满怀希望；另一方面，国内也存在一种共识，那就是丘吉尔作为战时首相的胜利将确保保守党在选举中获胜。他对工党的那股子认同感在这些年中时起时落。当他在费边社时，就不止一次在费边社是否应该和工会主导的工党休戚与共的问题上改变主意，但最终还是决定反对这一观点。然而，到了二十世纪二十年代，他又两次担任伦敦大学的工党候选人，并且两次都在选举计票中名列倒数。之后，他离开了工党，去宣传他自己的那一套"阳谋"———一场参与者从来没有超过一人（即他本人）、并且从未在他作品封面之外存在过的政治运动。现代工党从很大意义上来说是费边社的创造物：大部分现代工党的中坚力量和许多未来的大臣都曾是费边社的积极分子，1942年关于社会服务改革的《贝弗里奇报告》是工党的政策蓝图，其作者贝弗里奇阁下正是二十五年前帮助比阿特丽丝和西德尼·韦伯夫妇撰写《关于济贫法的少数派报告》的那个年轻公务员。从这些事实可以清楚地看出工党和费边社的深厚渊源。在即将举行的选举中把票投给工党就等于承认了费边社在关于怎样实现社会主义目标这个问题上向来是正确的，错的人是他；可如果不投给工党，他还能投给谁？自由党早已是明日黄花了，不能投给他们。"我想我会投给共产党。"一天。他对基普和玛乔里说道。"可你痛恨他们，H.G.。"基普说。"罗马天主教会是我的死敌，共产党是我的红敌[1]。"玛乔里引用某人的语气说道。"这话是谁说的？"他问。"你说的，在《1942到1944年》里。"她提到了他战争期间的几部作品之一，书稿是她在打字机上完成的。"好吧，我也没多喜欢共产党，但他们当中有一些正派的人。帮我查一查这个选区的共产党候选人是谁。"他说。然而，玛丽波恩选区并没有共产党候选人，所以他只好选择了支持工党候选人。事实上，他发现这也不是个多么痛苦的选择，因为候选人是伊丽莎白·雅各布斯——他的一位老朋友、几年前过世的短篇小说作家W.W.雅各布斯的孙女——此人可以说是工党当中绝对的左翼分子。玛乔里开车送他去投票站，可他太过虚弱，以至于无法独自走进去。于是选举监察官将选票和票箱拿了出来，给他送到车里，让他在车里投票。"还允许这样？"他问道，不过是半开玩笑而已。"很可能不允许，威尔斯先生。"选举监察官说，"但我乐于给您行个方便。"

到了第二天，工党赢得了压倒性胜利，克莱门特·艾德礼击败了温斯顿·丘吉尔当选首相，明显出乎了众人意料。20年代拉姆齐·麦克唐纳也曾两度当选首相，却都只组成了少数政府，施政时处处受制，不得不经常妥协。英国第一次有了一个可以正大光明地以建成社会主义国家为目标的政府。新政府有一个影响深远的计划，包括将关键产业国有化、税收再分配、直至大学的免费教育、国家卫生服务、为每个孩子提供支付给母亲的家庭补助金，以及为

---

[1] 本句中的"死敌"一词原文为法语，字面意思是黑色野兽。"红敌"是对"死敌"一词的模仿，字面意思是红色野兽。

所有人建立国家养老金。如果是在四十年前——那时他正在为一模一样的政策奔走呼吁，其前景会令他激动不已，可如今已经不能激起他任何期望和热情了。这并不是说他质疑这些政策所基于的那些价值观：它们有利于在未来建成一个更加公平的社会，这一点是再清楚不过的；实际上，他再也不相信未来了，也就是说，他不再相信为进步提供坚实基础的现实能够持续下去。被普通的理性人从经验上感知和理解的现实，如今在他看来似乎和柏拉图所说的投影在洞穴壁上的图像一样不真实，用一个更有时代感的类比——就像电影银幕上闪烁的形状和阴影——他在《走投无路的心灵》一书结尾处采用过。

古往今来，"就是这样吗"这个问题已经困扰了无数不满足的心灵，并且在我们走投无路之际，看吧，它似乎依旧令人困惑且持久存在。对那些困惑的心灵而言，我们日常的现实世界多少不过是投映在电影银幕上有趣或不幸的故事。整个故事连贯有序；他们在深深为之感动的同时，仍感到故事是假的。绝大多数旁观者都接受了故事中的全部设定，彻底成为故事的一部分。他们在故事中、随着故事一起生活和受难，欢喜和死亡。但那些怀疑的心灵坚定地说，"这是幻象"……迄今为止，重复似乎是生活的第一法则。夜晚随白天而至，循环往复。可如今，我们的宇宙进入了一个奇怪的新阶段。很显然，在这个新阶段，事物不再重复了。一切都在不断变化，变成了一个无法参透的谜团，进入了一片无声无息、无穷无尽的黑暗。我们得不到满足的心灵也许会顽强、迫切地斗争下去，但也只会斗争到其被彻底斗败之时。

8月6日发生的事似乎进一步证实了这种黯淡的前景：美国空军向广岛投下了一枚原子弹。数以万计的人在一瞬间失去了生命，十几平方千米之内的建筑物被夷为平地，而这一切都只因一架飞机从高空投下了一枚炸弹。他想起了他的《大空战》这部小说，其中的一段描述了德国飞艇机队摧毁纽约的情景："这是世界史上最冷血的屠杀之一，无数家庭和生灵遭遇从天而降的死亡和毁灭，执行者是一群既不兴奋、除了最微小的可能性之外也没有任何生命危险的人。"那些德国飞艇投下的当然是普通的炸弹；他在之后的小说《获得自由的世界》中才预言了核裂变的发现以及原子炸弹的发明。他还设想了核武器惊人的破坏力，这种破坏力最终将消除战争中参战人员和平民之间已然模糊的界限。

他写那些书是为了警醒世人，在成立一个世界政府并彻底废除战争之前，将科技进步应用在武器装备上会造成种种无法避免的后果。几周前发生了另一件事，似乎是朝着这一方向迈出的可喜一步：五十个会员国签署了《联合国宪章》，标志着联合国组织的成立。这是他一生为之奋斗的事业，他在起草过程中发挥了关键作用的《桑基人权宣言》[1]也被纳入了《宪章》。然而，他不相信从长远

---

[1] 简称《桑基宣言》(Sankey Declaration)。英国《每日先驱报》和国家和平委员会于1940年成立了桑基委员会，起草了该宣言，确立了十一项基本人权。威尔斯是委员会中最活跃的成员。

来看联合国能比国际联盟多起多少作用。根据安全理事会的程序规则，五个常任理事国——即所谓大国——必须达成一致意见，这意味着任何一个大国都可以否决在其看来损害了自身利益的提案。此外还有迹象表明，五大国已经在战后世界的政治划分问题上起了争执，苏俄与英国、美国与法国都无法达成一致。这种分崩离析可以轻易引发另一场战争，还有致命的新型武器供参战人员使用。

在广岛扔下的原子弹以及三天之后在长崎扔下的另一枚产生了立竿见影的效果：第二次世界大战迅速结束了。议会大厦和新闻界只出现了少量声音，质疑如此大规模、无差别的残害人类生命的行动是否有悖伦理。同盟国的普遍反应是欣喜和宽慰，对此他表示理解，并且在很大程度上他自己也是如此。众所周知，所谓神圣天皇统治下的日本帝国主义、军国主义专制政府铁了心要在其土地上抵抗盟军到最后一刻，无论要葬送多少生命，无论代价如何。日本已经用行动证明了它的决心：成百上千的年轻人被送进神风特攻队，在冲绳与盟军展开殊死搏斗，直到丧生。令人哭笑不得的是，他在小说《大空战》中描写日本战斗机时已经预想到了这些狂热勇敢的飞行员，他们驾驶着机翼像蝴蝶翅膀一样灵活扇动的机器，飞行员像骑兵一样跨骑在机身上，一只手持步枪、另一只手挥舞双刃军刀，操控着巨大的飞艇。在日本被彻底击败之前，还有数以千计甚至万计的盟军士兵可能会死于登陆日本的战斗，其中多数是美国人。谁能指责美国通过炫耀武力的方式去挽救那些生命？即便是顽固的日本领导人也认为这样的力量是其无法抵抗的。谁能指责盟军士兵及其远在家中的亲朋好友，因为他们在向日本平民大肆报复之际不顾良心的责备，只为了让自己解脱，只为了让死亡的阴影远离他们自己？

出于私心，他也希望对日战争能够结束。因为他和安珀的女儿安娜·简的丈夫埃里克·戴维斯是日本战场的伤亡者之一，至今生死未卜。埃里克此前在新加坡经营一家无线电台，他恰好在1942年2月英国驻军投降之前设法逃离了新加坡，并带领一群手下员工冒着危险一路逃到了爪哇，在那里继续经营广播站，直到日本也攻占了那里。此后他就消失了，再也没有音讯。安娜·简留在了印度，在那里为政府部门工作，丈夫未知的命运令她惴惴不安。他对她的处境更加同情，因为他与埃里克·戴维斯第一次见面时曾严重误判了对方。那是1930年，当时她还是伦敦经济学院的一名学生，她宣布自己准备和埃里克共度余生。他给她写了一封冗长——现在回想起来——并且浮夸的信，试图劝她打消念头。尽管她已经知道他是她的父亲有一阵子了，并且也能坦然面对这个事实，然而，这是他第一次明确以父亲姿态给出他的建议。可安娜·简不愧为她母亲的女儿，坚定，无畏，思想独立。她礼貌而坚决地拒绝了他。后来，埃里克用行动证明了她的选择是正确的。他从事了一份有用的工作，在战争中显示出令人钦佩的勇气和足智多谋：不仅体现在新加坡溃败后的一系列变故中，也体现在此前的贝纳雷斯城号轮船事故[1]中。1940年当该轮船被德国U型潜艇击沉、造成惨重人员伤亡时，他曾设法将八十名儿童撤离至加拿大。他将乘客们护送进救生

---

[1] 1940年9月17日，英国一艘载满战争难民的轮船贝纳雷斯城号（City of Benares）在穿越大西洋驶往加拿大的途中被德军鱼雷击中沉没，共有325名乘客遇难。

艇，自己则多次拒绝登艇离开。最后，他紧紧抓住一只筏子，熬过了漫长漆黑的夜，才终于获救并活了下来。这个故事令他比以往任何时候都更加清楚地意识到，恰恰是他和他的儿子们的出生年月为其提供了躲过兵役的借口，尽管他们经历了两次世界大战并活了下来，却从未在任何一次大战中经受过如此危险的考验。在与安娜·简的通信中，他鼓励她寄希望于埃里克成了战俘。然而，时光流逝，始终没有传来任何消息，这种可能性似乎愈发渺茫了。安娜·简在最近的几封来信中说她已经接受了失去丈夫的事实，但如果说她没有在私下里幻想一些大团圆的结局——例如像《坚持到底的布里特林先生》中泰迪归来那样的，那也很难令人相信。埃里克身上到底发生了什么，也许到最后终归会有一些可靠的信息，令她以这样或那样的方式得到安宁。

因此，作为一个普通人，他无法发自内心地谴责投掷原子弹的行为，因为他与那些仍相信世间万物真实性和连续性的人们感同身受。然而换个角度看，对这位科学哲学家而言，发明炸弹这件事本身——通过分解这种曾一度被认为是不可分割的最小物质单位的方式释放如此惊人能量——只令他感到不寒而栗。广岛上空的蘑菇云是大难临头的预兆，不只是世界的终结，更是宇宙的终结。

> 宇宙是一把圆规，丈量人类心灵的终极边界。它是一个封闭的系统，从哪里出发，就将回到哪里。对这个封闭的时空连续体而言，其诞生、存在和终结都受到同样的力量所驱使。此刻，推动宇宙诞生的那股未知力量终归还是转身站在了我

们的对立面。作家称其为"力量",是因为太难表达这种不可知,并且可以说已经与我们反戈相向的东西。可我们不能否认这种黑暗的威胁。"力量"不是一个令人满意的表达。我们需要表达一些完全在"宇宙"之外的东西……然而,如果我们借助希腊悲剧的结构,将生命视为主角……那我们就得到我们需要的东西了。于是,在这种有限的意义上,本文作者将用"对立者"来表达那个不愿与我们和解的未知之物。根据我们的推测,它已经忍受了生命太久太久,终于无情反目并誓将一切生命抹杀殆尽。

在汉诺威联排别墅玛乔里那间小小的办公室里,基普正在校对《走投无路的心灵》。他越是往后看就越是感到心灰意冷,于是对她大声读出了这段文字。"H.G. 这是怎么回事?净是些伪神秘主义的胡说八道,像某种宇宙摩尼教[1]。"他说。"叫什么来着……狂躁症?"她问。"我希望我能阻止他出版这本书。"他没有理会她的问题,"这本书只会令他名誉扫地,让他一生中所有的成就毁于一旦。""你阻止不了的。"她说,"这就是他的感受。这就是他现在所相信的——无论你喜不喜欢。""但他病了,"基普说,"他知道自己快要死了——所以他感到绝望,这并不奇怪。还记得《获得自由的世界》里那个卡里宁吗?""我不太确定我记不记得。"玛乔里说。

基普自己也有些记不清他想告诉玛乔里的那个书中场景了,于

---

[1] 3世纪中叶源于波斯的一种二元论宗教,融合了基督教、佛教和袄教思想。现已基本消失。

是他走进H.G.的书房，发现作者本人正躺在床上，很可能已经睡着了。他找到一本《获得自由的世界》，翻到相关的那几页，看完之后又把书带了出来，准备去启发玛乔里。

"世界被原子大战摧毁后，各国终于觉悟了。人类实现了和平，建立了世界政府。灿烂的新文明开始从旧日的废墟中诞生。"

"听起来很耳熟。"玛乔里说。基普没有理会这句微微不怀好意的评论，继续概述书的内容。

"新秩序下最鼓舞人心的领导人之一是一位名叫马库斯·卡里宁的俄国知识分子。他也是世界教育委员会的重要成员之一。他先天残疾，却有着非凡的头脑。在故事即将进入尾声时，他因身患重病而在喜马拉雅山区的一家疗养院里治疗，等待他的是一场可能会——也可能不会——延长他生命的手术。许多人像朝圣一般远道而来看望他，在仍有可能的时候聆听他的智慧箴言。他告诉秘书加德纳，他希望自己能死在外科医生的手术刀下。他是这样说的："我希望他杀了我，加德纳……我最害怕的莫过于生命的最后那块破布。可能它只是一种延续，继续在伤痕累累的布边承受痛苦。然后——那些被我隐藏、压抑、低估或矫正的一切，它们将战胜我。我可能会变得暴躁易怒。我可能会失去对自我的控制，尽管这种控制从来都不怎么牢固……我不明白为什么要等到一个人的生命仅剩一丝残存的活力时才去评判他……记住，加德纳，如果现在我的心脏让我失望，如果我为此绝望，如果我在临终前要经历一个痛苦、不快、黑暗的忘却一切的阶段……别相信我临死前可能会说的那些话。如果那是一块上好的布料，那么布边怎样，根本不重要。"

基普放下书抬起头。"你看到了吗,玛乔里?"他得意扬扬地说,"这简直就像 H.G. 预见了自己病入膏肓,于是留给我们一条警告:'别相信我临死前可能会说的那些话。'这一声绝望的呼喊——"基普用手拍了拍《走投无路的心灵》的校样,"不是 H.G. 真实的声音。"

对于 H.G. 的悲观情绪,安东尼有一套不同的理论。这些天以来,他很少和父亲见面,因为此时他已从花园尽头墙另一边的芒福德先生家里搬出来,去和凯蒂和孩子们住在了一起。几个月前他们就已经和解了。对日战争进入高潮后,他在国际频道的远东部门忙得焦头烂额。但他依然时不时往汉诺威联排别墅打个电话,和父亲聊聊天。如果基普和玛乔里碰巧也在的话,他还会和他们交流关于 H.G. 身心健康状况的看法。基普给他看了《走投无路的心灵》的书稿,还把他告诉玛乔里的那一番论证重复给他听:这部作品中流露的极端悲观主义以及对 H.G. 进步人文主义原则的彻底放弃,皆是受到身体虚弱的拖累,对此应当不予理会。为了支持这一观点,他再度引用了卡里宁的那句话。安东尼听完直摇头。

"不行。"他说,"当然了,这本书我只是快速略读了一遍。尽管如此,我要说的是,它表达了一种非常真实、非常个人的绝望。"

"关于什么?"玛乔里说。

"关于他的名气为什么下降,他的听众为什么减少。"

"哦,得了吧!"基普抗议道。

"《康希尔》七月刊里面那篇贝特雷夫论文,你看了吗?"安东尼问。

"当然看了。"基普说,"可那完全是讽刺。贝特雷夫是对那些H.G.的反对者们的一种夸张描述。这个固执己见的保守派,不仅盗用了我父亲一生中所遭受的每一句侮辱和诽谤,还夸大其词,用这种方式让它们显得荒诞可笑。讽刺就是,将你想说的用相反的话说出来。"

"它也可以是一种间接表达真实想法的方式。那篇文章结尾处有一些他对自己作品的评论,批评得太精准了,将其解读为讽刺是不可能的。比如对《威廉·克里索尔德的世界》那本书的评论……这里有那期《康沃尔》吗?"

办公室里有几本给作者的赠刊,玛乔里将其中一本递给安东尼。

"听听看。"他翻到那篇文章的结尾,"'《威廉·克里索尔德的世界》像一艘巨大的三层甲板船,冗长的三卷里全是废话,令读者和书商之类的人再也忍无可忍。'你总不能把这些称作讽刺吧——写得绝对千真万确。文章的其他部分也是如此。'它标志着一个人的声誉扫地,而这种声誉本来也是言过其实。在那之后,威尔斯先生可能会写一些他喜欢的东西,为此他会竭尽全力。但读他的书已经不再是时下流行了。评论家们可能会称赞他,上当受骗的人们可能会买他的书,但这样的人只会越来越少。他的书会从商店橱窗和文化人的桌子上消失……'他接着列出了许多他的后期作品,包括那些令人看了就生厌的书名,比如《帕勒姆先生的独裁统治》和《布勒普的布勒普顿》。然后,他继续写道:'那些曾经上过他当的人们也许在提到他时会说,他是英国文学中一位具有重要意义的人物；但对那些不再读他的书、关于他也无话可说的人们而言，他们对此确定无疑的反应是露出痛苦的表情，就像闻到了腐烂的气息一样。他们会说：哦，威尔斯！然后就没了下文。就这样，威尔斯在活着时逐渐腐朽，没等入土就会被人遗忘。'这些不是贝特雷夫说的，是 H.G. 本人"。

"也不尽然。"基普说。

"没错，你说得对。"安东尼说，"在这之前有一些不错的闹剧式的趣味，能被称作讽刺。但是，给人留下最深印象的恰恰是结尾部分。"

"好吧……他不会没等入土——或者火化——就被人遗忘的。"基普说。

"他当然不会了。报纸上会刊登讣告和悼词的。他的一些书也会流传下去：《时间机器》《莫罗博士岛》《星际战争》《波里先生》，也许还有《托诺-邦盖》……但这些全都是他的早期作品。我怀疑《波里先生》是他的最后一部自打出版以来就没中断过印刷的作品，而那已经是 1910 年的事了——如果我记错了，请你纠正。"

"很可能你没记错。"基普说，"可我认为你对贝特雷夫论文的解读有点过头了。那只不过是一篇讽刺文章。相比之下，《走投无路的心灵》才更令我困扰，那本书的悲观情绪太过极端。"

"但 H.G. 最好的作品本质上就是悲观的。"安东尼说，"它受到了一些想法的启发，比如熵、进化的随机性、人类天生的愚蠢和虚荣，以及世界终结、人类文明被抹去的可能方式等。他真正的使命是沿着灵感的脉络，创作出能长久不衰、成为经典的作品。然而，他因参与政治而分了心，他的使命感发生了变化，他开始相信进步组织。于是，他开始写书阐述实现进步的各种方法。他声称自己对创作出经久不衰的小说艺术作品没有兴趣，他的兴趣在于对不容忽视的社会和政治关切做出反应，像记者那样。他和亨利·詹姆斯为此起过争执，还在多年后的《自传实验》中又翻出了这一段旧账，那时他仍未悔改。但最近——从《走投无路的心灵》可以看出来——他已经对进步组织和人的可完善性失去了信心，这两者说到底是一回事。他用了几乎半个世纪的时间去呼吁建立世界政府。根据他的设想，唯一有能力实现这个目标并使世界政府运转的人一定是开明、无私、理性的，这一点不容置疑。然而，近年来的历史所显示的却是，拥有这些品质的人很可能是冷血暴君，或者更糟——那些开明、无私、理性却变成了冷血暴君的人。"

"暴君是可以被打败的，"基普反对道，"我们已经打败了希特勒。"

"没错，可你看看我们付出的是什么代价……"安东尼说，"我认为到头来这一切对 H.G. 来说太难以承受了。邪恶在这世上的力量如此强大，相比之下，他对进步组织的信仰就像个笑话。如果他感到自己浪费了作为一名作家的精力和天赋，而去宣传一项失败的事业，到头来全都打了水漂，这并不令人惊讶。如果他能认真听从亨利·詹姆斯的劝告，那么也许他也不会为自己的作品今日落得的下场感到如此绝望。"

"亨利·詹姆斯现在不是和 H.G. 一样都过时了吗？"玛乔里说。

"也许是吧，"安东尼说，"可文人当中仍然有他的崇拜者。据我母亲所说,在美国的大学课堂里,他也被视为伟大的作家。"

基普发出了一声轻蔑的嘲笑。"哪怕亨利·詹姆斯从来不曾写过一个字,世界也会和现在一模一样。但你不能那么说H.G.。"

"丽贝卡现在怎么样?"玛乔里认为是时候换个话题了,便向安东尼询问。

"非常忙。"安东尼说,"这段时间以来,她为《纽约客》做了不少工作。编辑很喜欢她写的东西。"

"挺不错的。"玛乔里说。

"是啊,我希望她能在那边私底下帮到我。"安东尼语气中充满了渴望,"《纽约客》付稿费时出手极其大方。"

9月里,丽贝卡在《纽约客》上发表了一篇报道,内容是对叛国者"哈哈勋爵"威廉·乔伊斯的审判。杂志出版之后,她寄了一本给他。"我必须在审判结束的第二天写完,"她在附信中写道,"哈罗德·罗斯告诉我,'据我所知这世上只有五六位作家能在如此之短的时间内写出这么透彻深入、有新闻竞争力的故事,而且他们当中其他任何人都无法写出能在文学性方面与之媲美的文章来'。"能从那位出了名地苛刻的编辑口中得到这样的称赞,她为此感到骄傲,而她的文章证明了她完全配得上。她生动简练的语言向读者传达了这一戏剧性事件中每个主要角色的性格形象。之所以这么说,是因为在老贝利[1]进行的叛国罪审判必然是戏剧性事件。结

---

[1] 即位于英国伦敦老贝利街的中央刑事法院。

果,她对笔下所有的角色都产生某种程度上的共鸣,甚至包括那位在整个战争期间不断从柏林通过广播用政治宣传嘲讽英国听众的焦点人物。许多人——尽管他自己不在其中——发现那些广播中有一些极易令人上瘾的成分,通常这被归结为乔伊斯奇怪的鼻音和令人浑身不舒服的机智。他就像哑剧里的恶棍,一个让人们爱恨交加的角色。在战争初期,他在广播中幸灾乐祸地为占据优势的纳粹欢呼叫好,想用这种方式吓退英国公众。然而事与愿违,英国公众不仅没有感到恐惧,反而坚定了要抵抗到底的决心。如今他站在被告席上,丽贝卡禁不住也想借机幸灾乐祸一番,但她巧妙地在文章中避免了这种诱惑。她列举了他早年人生和成长过程中奇奇怪怪的扭曲和矛盾,展示了这些遭遇如何把他变成了法西斯,继而又变成了叛国者。她巧妙自如地驾驭着在这次审判中占主导地位的那些复杂法律论证,即父母是爱尔兰人、在美国出生的人可不可以被视作英国的叛国者。法官的裁定是可以,但也准许乔伊斯上诉。她的文章写到这里就结束了。他写信祝贺她说他十分喜欢这篇文章,但如果能见到她,他会更加喜欢。她抱歉地回信说自己目前太忙了,要跟踪上诉,还要为《纽约客》准备关于另一宗叛国罪审判的报告。"罗斯发电报给我,说'我们想让你来写阿梅里的审判,想怎么写都可以。'"她欣喜万分地宣布。显然,作为一名作家,她正享受着巨大的成功和自信。他为她感到高兴。

丽贝卡忙到抽不出时间去看他;谢天谢地,穆拉不一样。她在战争结束之际搬回了伦敦,住进了肯辛顿的一间新公寓里。她经常来他家中，在他的床边坐下。如果他醒了，她就陪他待在小起居室或者阳光房里，以打发他的无聊，也帮玛乔里分担一些秘书的工作。当他必须用法语或俄语写信给记者时，他就用口述的方式让她记下来。她告诉他关于她的孩子保罗和塔妮亚，以及塔妮亚一家人的消息，也和他一起为安娜·简的丈夫埃里克的不幸感到惋惜。此时他们已经得知，1942年埃里克从爪哇逃离时搭乘的那艘船在中途沉没了。为了让他开心，她也给他讲各种趣闻逸事，主人公是那些她认识的或是在伦敦的聚会和招待会上见过的人，她往往邀请他们去她的公寓喝一杯雪利酒。她的交际范围之广、之杂实在令人惊叹，其中包括俄国流亡人士、英国政府官员、各国外交官、作家、艺术家、演员和电影制片人。她从报纸杂志上剪下她认为他会感兴趣的文章，朗读给他听。有时他们仅仅是满足地坐着，一句话也不说，就那样保持几分钟，像一对彼此陪伴但性爱只留在回忆里的老夫老妻——情况确实是这样，除了他们从未结婚之外。他们不怎么谈论过去，因为那里有太多雷区：深埋的危机，争吵和不忠，没有答案的谜团。如果现在挖出来，那就太愚蠢了。然而，每当她紧握他的手，俯身亲吻他告别，然后离去，他的思绪总会回到从前，追忆起他们共同经历的许多时刻。

如果说人生是一块布，那么这二十五年来，穆拉已经被织进了他的这块布里：最开始出现时是一条色彩鲜艳的线，然后消失了很长一段，后来再次出现并形成愈发美丽的图案。高尔基彼得格勒公寓的那个夜晚令人难忘，在那之后，在那些他与丽贝卡和奥黛特纠缠不清的年月里，他们只是偶尔书信往来。高尔基曾经得到列宁、后来也得到斯大林的允许，去索伦托住过一段时间，这是出于健康方面的考虑。穆拉则是高尔基在索伦托时的秘书和同伴。然而，他们直到1929年才再次相遇。那年春天他去了柏林，为在国会大厦（现在回想起来乃是一处不祥之地）发表一场名为《世界和平之常识》的演讲。一年前，高尔基在斯大林的劝说下返回了俄国，而她则在柏林以高尔基文学经纪人的身份维持生计——对于这一切，他并不知晓。他在旅馆发现了一张她留下的字条，说她将去听他的演讲。他在演讲过程中无法从听众中认出她来，但演讲结束后，他发现她留在了大厅后面等他。她依然身材高挑，美丽迷人，尽管穿了一身朴素破旧的衣服。他走上前伸出双臂拥抱她。"艾吉。"她笑着说道。她念他名字时的发音像一剂春药，直接注入他的静脉中。在接下来的两天里，他们又成了一对情人，直到他不得不返回卢皮杜，回到奥黛特身边。

那时，简已经去世十八个月了，他的情绪状态依然不稳定。奥黛特渴切地想要占据他生命中的那个空缺，可他却对她的异想天开和任性脾气越来越感到厌烦。她在某种程度上已经成了一位絮絮叨叨的妻子，却不曾拥有妻子的权利。然而，他不仅没有做出明智的决定，即离开奥黛特、去和如今失而复得的穆拉在一起，而是继续和奥黛特在一起。他把时间分配在欧洲大陆的几个不同的地点，以这样的方式又持续了数年这种秘密的、近乎于通奸的生活。现在回过头来看，他也不能真正解释清楚自己这样做的原因，除了一点：他料到了想在不失去卢皮杜的情况下摆脱奥黛特将会困难重重。然而，当他终于在1933年做出这样的牺牲时，一个事实在他看来似乎再明显不过：穆拉才是他的挚爱，是他想要与之共度余生的女人。于是，他向她求爱了。穆拉很乐意成为他公开承认的情人，但仍坚持要保持她的独立，所以拒绝了和他住在一起的提议。她总是过着从一个地方搬到另一个地方的漂泊生活，也常常独自离开，去国外旅行。他没有怀疑过她对他不忠，因为她不是淫乱之人。她曾经告诉过他，除他之外，她只和五个男人上过床：一个名叫恩格哈特的男人——她称自己在嫁给本肯多夫之前就与此人结过婚，后又离婚，但他仍怀疑此人曾是她的情人；她的两任丈夫本肯多夫和巴德伯格；布鲁斯·洛克哈特；以及她在索伦托时遇到的一个身份不详的意大利人。她告诉他，这些人要么已经死了，要么不再与她有任何关系。他相信了——直到被他揭穿她在1934年去莫斯科旅行的事情上骗了他。

他曾计划那年7月前往莫斯科采访斯大林，因为不久之前他在美国为了同一个新闻栏目采访过罗斯福。考虑到眼下波及全世界的经济大萧条，他认为如果能向两个伟大国家的领导人提问，弄清资本主义和共产主义这两种不同的意识形态能否从对方身上吸取教训，那将会很有趣。当时他的名字仍然足够有影响力，能确保美苏两方迅速同意接受他的采访。他记得穆拉1920年在彼得格勒担任他的口译和导游时为他提供了极大的便利，于是希望她这次也能陪他一起去莫斯科。然而令他烦心的是，她拒绝了，理由是她担心如果她返回俄国可能会被逮捕。他提出由他来帮助她获得必要的许可，她又坚持说自己必须去爱沙尼亚看望她的孩子们，他们仍然住在那里，由忠心耿耿的爱尔兰女家庭教师米基照料。除了必须做出的最基本的解释之外,她没有再多说一句,这很符合穆拉的行事风格。然后,在他自己出发前一周左右,穆拉动身离开了。然而,他们约定好了他在回程时与她会合,在她的乡下小屋住上几天。他在克罗伊登机场送别她前往塔林时,心情已充分平复。穆拉也答应他,等他到了莫斯科之后就写信给他。

基普代替穆拉陪他去了莫斯科。他很感激一路有基普陪伴,但儿子的俄语水平毕竟有限,他发觉自己绝望地必须依赖于两位他并不信任的导游和口译。尽管已经意识到国际旅行社出于政治宣传方面的目的在操控他,他对此却无能为力。对斯大林的采访和他几年前对列宁的采访一样令人沮丧,在与自由资本主义民主制度以任何形式和解的问题上,这位苏联领导人没有流露出一丝一毫兴趣。随后,他起草了一份关于斯大林和斯大林治下俄国的新闻报道,文章比他真实的想法更动听讨喜,因为他不愿意那些右翼的英国专家从中受到鼓舞。事实上,无论他走到哪里,听到的都是一模一样的说辞,这令他颇感受挫。甚至连高尔基也是如此。当他去莫斯科郊外高尔基宽敞的乡间别墅做客时,对方滔滔不绝地在他面前大谈特谈党的路线。毫无疑问,遵守规则就是他特权的代价。他们针对言论自由展开了一场没有结果的辩论,高尔基声称这是俄国目前还无法负担的一件奢侈品。就在那天晚上,他碰巧向他的口译乌曼斯基提到,他起程回英国时将在爱沙尼亚短暂停留,住在他的朋友巴德伯格男爵夫人那里。乌曼斯基说:"哦,她一星期前来过,就住在这里。"

他感到惊讶和震惊,一时说不出话来。"但这是不可能的,"最后他开口说道,"我上个星期收到了她从爱沙尼亚寄的信。"国际旅行社名叫安德烈钦的那个男人对乌曼斯基用俄语说了些什么。乌曼斯基显出不安的神色,他说:"也许是我搞错了。"一句话挡住了所有关于这个话题更进一步的追问。晚餐乌曼斯基没有参加。他通过安德烈钦对高尔基说:"我想念我们从前的那位翻译,高尔基。"主人听完感到很惊讶,说:"您指的是哪一位?""穆拉。"高尔基和安德烈钦匆匆交流了几句俄语,交流的结果是,后者说:"高尔基说她去年来过这里三次。"经过进一步询问,他得知第一次是圣诞节期间,她称自己是在爱沙尼亚与家人一起——她曾宣称"我总是在爱沙尼亚过圣诞节"——第二次是他去美国采访罗斯福时;第三次就是一星期前。"高尔基说,您不该向她提起去爱沙尼亚或者英国的事,因为她可能会感到尴尬。"安德烈钦对他说。"这是显然的。"他说。尽管在他看来,这句话再明显不过的意思是穆拉骗了他。

  一直有传言说穆拉是高尔基的情人。他现在意识到,高尔基一定就是她委身过的男人名单上那位匿名的意大利情人。如果他们的关系已经结束,他并不会介意她的隐瞒,像其他所有她声称是真的的事情一样。但很明显,他们的关系并没有结束。她如此频繁地返回俄国和高尔基见面,还能出于什么其他原因吗?有的,还有一个可能的原因,基普在私下里和他讨论这件事时指出:如果没有和当局合作,她几乎不可能这么频繁地越过俄国重重守卫的边防地区。她有没有可能是一名苏联特工,负责将包括他在内的西欧意见领袖们的情报传递给苏联情报部门?这个理论看似可信,但他不甘心就这样接受。他告诉基普,如果确实如此,那她只是在用手上的"情报"作诱饵来获得签证,在他看来,内务人民委员部对此也很欢迎。可是,高尔基自己的影响力完全足以帮助她便利地进入俄国。

这之后不久,基普不得不动身返回英国。他在莫斯科的剩下时间里饱受嫉妒的折磨,独自在旅馆房间里流泪和发怒,睡觉的时候也难以入眠,在心中策划着各种惩罚和报复的手段。实际上,他还起草了一份将穆拉从遗嘱中删除的遗嘱附录,这一切都是在英国使馆里完成并见证生效的。然后,他更改了行程,为了直接返回英国,继续对她采取其他制裁措施。可到头来他还是迫不及待地想和她当面对质,于是便再次更改了旅行安排。他给她寄了一张明信片,上面写了他到达塔林的时间,还提到他听说了一个荒唐的谣言,说她最近去过莫斯科。这样一来,她对即将发生在她身上的事就会有一个令她不安的模糊概念了。

当然,这也给了她时间编织故事和准备借口。可令他惊讶的是,当她在塔林机场见到他并亲吻他时,她看上去平静极了。在去市区的出租车上,他说:"说你在莫斯科真是个滑稽的故事。""没错——你从哪里听来的?""我不记得了,那只是我无意中听到的。""我无法想象这是哪里的空穴来风。"就这样,他们你来我往地搪塞了一会儿,直到他说:"穆拉,你说谎,你骗了我。为什么你要这样对我?"对此她当然已经准备好了故事。"我到了爱沙尼亚之后才事出突然地安排了去莫斯科的行程。"她说,"这也是为什么我没有告诉你的原因。""那你为什么要安排从爱沙尼亚往莫斯科寄信给我,信中对此却只字未提?"穆拉泰然自若。"我们在塔林吃午饭吧,我会解释的。"他禁不住笑话她道:"你让我想起了《法国画报》里的那个妻子,她和一个年轻卫兵在一起时被当场捉奸。漫画背景的卫兵正在穿裤子,而她则对丈夫说:'给我时间,我可以解释一切。'"穆拉好脾气地微笑着,然后说:"我知道一家很不错的餐厅,有一个漂亮的花园。"

他们坐在大船帆一样的遮阳棚的阴影里,享用精致的午餐:烤小龙虾佐以新酿制的美味白葡萄酒。在这种令人愉快的环境里,两人的心情也放松下来,精神焕发地开始了友好的闲聊,就好像什么也没发生过,直到他意识到这种危险的信号。他宣布会议开场:"现在,穆拉,你可以解释了。"

她说,去莫斯科的机会是突然出现的,出乎她的意料。高尔基从俄国外交部为她弄到了许可,她则在长期流放后对再次回俄国看一眼充满了渴望。但她没有事先告诉他这件事,也没有安排在莫斯科和他见面,因为如果他们在一起时被人撞见,可能会引起怀疑。

"你现在再看这个国家,有什么想法吗——离开多少年了?"

"十年。我对它感到失望,实不相瞒。"

"穆拉,"他说,"你为什么还要继续撒谎?过去十二个月当中你来过俄国三次。"

"不是这样的。"她说,"是谁这么告诉你的?"

"高尔基。"他接着描述了当时的情况。"不是的,"她摇着头说,"一定是口译搞错了什么。"她竟然能做到如此厚颜无耻,让他不得不生出了某种佩服。"无论如何,"她说,"你为什么这么生气,艾吉?你不会认为高尔基和我是情人吧,不会吧?"

"我当然是这么认为的!"

"呸！高尔基已经阳痿很多年了。"她说，"所有人都知道。"

"好吧，我不知道。"他显得有些惊讶。"可我为什么要相信你？你明明今年三次来俄国旅行，却都对我撒谎。"

"那是口译搞错了。"穆拉重复道。

"穆拉，如果你能毫无争议地向我证明这一点——比如让高尔基给我写一封信——我就相信。或者你也可以打电话给安德烈钦，这样我们都可以和他说话。你今晚就可以打给他。"

"很好。"她冷静地说。

然而不难预见的是，她拿不出任何证据。那晚的电话总是很难接通，高尔基的信也没有真正去落实。过了一会儿，这种质问的角色便令他感到无聊和几分尴尬。在爱沙尼亚温暖的夏夜里，他无法抗拒穆拉的床发出的诱惑，而等他们回到英国后，他们又重新陷入了原来那种关系里。可在他看来，这种关系已经不再和从前完全一样了：一种怀疑和不信任的元素总在玷污他们的关系。有一段时间，他对这种经历深感沮丧，它动摇了他对自己的信念——不仅体现在他发现自己在与另一个人最为亲密的关系中能够如此盲目，也体现在他希望破灭后粗暴的反应中。他认真地被自杀的念头吸引了——这在他的一生中是第二次。而这种情绪，只有通过去写《自传实验》才能摆脱，他要在这部作品中做一次尝试，对自己的生活和性格进行诚实的分析。

关于穆拉和高尔基的关系以及她1934年的几次俄国之行，他一直也不太确定穆拉有没有对他说实话。然而他逐渐妥协了，任何事情她是否对他说了实话他都不在乎了。在她眼里，事实就像孩子玩的橡皮泥,根据眼前的需求的不同,它可以被修改和捏造成任何有趣、吸引人的形状。如果你质疑从她口中说出的事实的准确性,她只会微笑着保持沉默或改变话题。由此造成的真相败露和引起的尴尬,在某种程度上就成了你的而不是她的责任。他怀疑这是俄国人特有的性格特点。她是一个自由的人,永远不会被禁锢和驯服。他付出了长久的努力,想通过和她结婚而使她明确地、不可悔改地忠于他,但注定了要失败。1935 年的一天,他对她说:"至少让我们订婚吧,穆拉。让我们邀请最好的朋友,准备一顿丰盛的午餐,宣布订婚的消息。"这几乎是一种仪式性的宣示。令他惊讶和高兴的是,她同意了。于是,他们在苏活区的你往何处去餐厅[1]预订了一间私人房间,请来了他们的朋友参加订婚聚会。可正当宾客们即将就座之际,她对他说:"当然了,艾吉,这件事我不是认真的。""不是认真的?"他吓坏了。"对,不是认真的。下面我要发言了,我要告诉所有人这是个玩笑,是为了大办一场聚会的借口。"她这么说也这么做了,他不得不保持微笑,并假装自己是和她串通好的,以免当众受到侮辱。他始终没有弄明白取消订婚是她一直以来的意图还是她走进餐厅时临时做出的决定。

这件事之后,他放弃了对结婚抱有的一切希望,勉强同意了她唯一愿意接受的那种松散的关系:她是他的伴侣和爱人,却不与他住在一起,可以随心所欲地自由出入他的住处。他相当确定她是忠于他的。如果他对她不忠——确实时有发生——而被她发现了,她

---

[1] 位于伦敦苏活区的高级餐厅和私人会所,1926 年开业。店名 Quo Vadis 为拉丁语,意为"你往何处去"。

就会取笑他，而不是责备他。最重要的是，她以她那种难以捉摸的方式爱着他。即便他如今年岁已高、阳刚不再，她依然坚持来见他、和颜悦色地对待他。从任何女人那里他恐怕都不能要求更多了。他因此也对她充满了感激。

《走投无路的心灵》终于在11月出版了，大多数报纸都沉默地没有理睬。一些简短的报道对威尔斯先生似乎放弃了对文明、人类和宇宙本身的希望表示遗憾。有人说，一位昔日里卓越伟大的思想者现在却只能写出这些不知所云、语无伦次的文章，这只会让他的崇拜者感到难堪，诋毁者受到鼓舞。基普也曾经警告过他，说这将是书面世后收到的反响中最洪亮的声音，试图说服他不要出版这本书。所以，他既没有惊讶，也没有失望。和往常一样，任何一本书都是在直觉、焦虑和痴迷的激励下诞生的，而最终的出版就像是一场彻底的排解和释放。《心灵》一书中表现出的那种无边无际的绝望不再令他感到压抑了。这并不是说他对人类的未来充满希望，而是他不怎么再为此烦恼了。他已经表达了自己的观点——让人类按照自己的意愿塑造它吧。他没有更多要说的了。

然而，人们仍然可以哄骗他参与合作，对涉及公共利益的事情进行干预。同一个月里，纽伦堡审判开始了，审判的纳粹战犯中有戈林[1]、赫斯[2]、里宾特洛甫[3]以及其他一帮罪人。一些死脑筋的法律

---

1 赫尔曼·戈林（1893—1946），纳粹德国党政军领袖，曾被希特勒指定为接班人。
2 鲁道夫·赫斯（1894—1987），纳粹党、纳粹德国副元首，"二战"后被判处终身监禁。
3 约阿希姆·冯·里宾特洛甫（1893—1946），纳粹德国外交部部长，对促成德日意三国同盟起了重要作用。

人士质疑这场史无前例的审判的合法性，但考虑到这些人所犯下的也是史无前例的罪行，战胜国一致下定决心要让他们受到惩罚。这场审判的对象实际上是纳粹主义。"我们力图审判的这些罪恶是被精心策划的，是极端恶毒的，是充满破坏性的，人类文明无法容忍它们被忽视而不受到审判。"美国首席检察官在开庭日上这样致辞，所有证据均来自"被告们怀着日耳曼人做事的彻底精神保存下来的名册和记录"。四个盟国派出了四个不同的法律小组参与，这使得审判以蜗牛般的速度推进，直到新的一年还在继续。2月里，有传言说俄国人正在企图阻止某些二十世纪二三十年代有关苏德关系的文件进入法庭。包括BBC《智囊团》节目里的乔德教授和小说家亚瑟·库斯勒在内的英美知名人士组织了一场请愿活动，要求纽伦堡法庭"公开所有能够证明或反驳纳粹党与莫斯科审判中被定罪的托洛茨基和其他老布尔什维克之间所谓勾结活动的文件"。他们也请他签名，加入请愿的队伍。他欣然接受了，因为一直以来他最为反对的就是斯大林领导下的苏联政权对言论自由的打压，以及明显是事先安排好的对那些所谓叛徒的表演式审判。

《动物农场》令他的这些想法得到了巩固。乔治·奥威尔在书中巧妙地讽刺了俄国革命以及接下来的那段历史。这本书曾被费伯出版社[1]的编辑T.S.艾略特拒绝，后来被他自己近年来的出版商、颇有魄力的弗雷德里克·沃伯格看中，于1945年8月出版。据沃伯格称，最开始这本书的销量增长较为缓慢，但随着越来越多的东

---

1 全名为费伯与费伯出版社，1929年在伦敦成立。

欧国家被受苏联控制的共产主义政权接管,以及盟军政治宣传中那位仁慈的乔叔叔[1]开始露出了阴险的一面,书的销量在之后数月中稳步增长。这些国家中就有波兰——英国参战就是保卫这个国家的独立。《动物农场》现在成了畅销书,艾略特只好自认倒霉。如果他的这两位批评家非要分出个胜负来,那么这就是他所希望的结果。

他借给了穆拉一本《动物农场》,她很是喜欢。可令他吃惊的是,当他给她看他签了字的纽伦堡审判请愿书时,她却生气了。"你不应该关心这些事的,艾吉。"她说,"你对它们一无所知。再说了,那些文件与纳粹在战争中的所作所为又有什么关系?全是些陈年旧账——为什么要现在翻出来?"在剩下的时间里,她显得异乎寻常地暴躁,也比平时更早离开。安东尼在那天晚些时候来了汉诺威联排别墅。当他提起这种不合乎她个性的表现时,安东尼露出了会意的微笑,说:"穆拉也许非常担心她的名字可能会出现在那些文件里。"

"这怎么可能?"

"那段时间里,她可能是俄国人安插在德国人当中的间谍。或者是德国人安插在俄国人当中的间谍。"

"你不该说这样的话,即使是开玩笑也不该。"他说。

"我不是在开玩笑,H.G.。"安东尼说,"并且我也不是唯一一个认为穆拉是间谍的人。"

"她现在是,还是曾经是?"

---

[1] 西方媒体曾用"乔叔叔"(Uncle Joe)称呼斯大林。"乔"是斯大林名字"约瑟夫"的昵称。

"都是。你的意思是,你从来就没有怀疑过吗?"

他没有回答。这里面当然少不了1934年莫斯科的那段插曲,以及基普当时做出的解释。

"我并不是指她是那种经典意义上的间谍,"安东尼继续说道,"窃取秘密武器图纸和那一类东西的间谍。更可能的情况是,她只是在鸡尾酒会和小型晚宴的那一圈人当中睁大眼睛、竖起耳朵,把可能有用的情报传往俄国情报部门。"

"如果这件事人人皆知——甚至连你也知道,为什么她没有被逮捕?"

"也许她被逮捕过,然后军情五处策反了她。"

"策反了她?"

"也有可能她是个双面间谍。"

他盯着安东尼,但他的儿子没有眨眼,也没有露出代表"只是在逗你玩"的笑。"呸。"最后他大声说,"我拒绝相信。这都是无稽之谈。"

"好吧,你怎么理解都行,H.G.。"安东尼说,"我不是想让你难过。我认为你一直以来都比我了解得多。而且你知道我特别喜欢穆拉。我对她充满了尊重。"

"穆拉的一家被革命摧毁了。她从不曾全心全意相信共产主义,尽管她在俄国期间不得不装出一副相信的样子。一等到可以安全离开,她就立刻走了。她为什么会成为苏联间谍?"

安东尼耸了耸肩,"谁知道呢?她1918年时就曾经深陷麻烦,在洛克哈特那件事上,不是吗?也许内务人民委员部因此掌握了她的什么把柄。"

"那时他们还不叫内务人民委员部。"他卖弄地说,"叫契卡[1]。"

安东尼离开后,他仍坐在扶手椅里,一边用力将壁炉前的厚毯子往腿周围拉,一边凝视着微弱闷燃着的炉火——原因是几团煤块被颗粒状的煤屑盖住了——沉思刚才的对话。他越是思考,就越觉得安东尼所说的那种情景极为可信。1918年,当穆拉的情人洛克哈特据称因涉嫌参与了一次险些成功的暗杀列宁行动而被捕时,她无疑也受到了影响。洛克哈特是一名以外交官身份被派往莫斯科的英国特工,上级指示他鼓励那些布尔什维克主义者重新加入战争,他在回忆录中声称自己与暗杀没有任何关系。最终他被送回了英国,作为交换,让一名俄国间谍重返俄国。穆拉是和他一起被捕的,然后又受到了短暂的监禁。她很幸运,不久就获释了——那时在俄国被枪毙的人要少得多。但也许这正是她的不幸——也许她是同意了为契卡工作才获释的,这就是她为自由付出的代价。如此一来,1920年在圣彼得堡时,她被任命为他的口译和导游这件令人意外的事就可以解释得通了——而当时他认为自己是得到了幸运之神的眷顾。她可能是受到了指示,去和那位有影响力的英国访客成为朋友,把他的活动和看法报告给克里姆林宫。她说他们1914年就见过是不是假装的,目的是赢得他的信任?有没有可能为了巩固这种信任,她甚至连和他做爱都是有目的的?这种想法像匕首一样刺穿他的心脏,令他无法承受。他不相信——为什么她在没有理由认为

---

[1] 全名为"全俄肃清反革命及怠工非常委员会",简称"肃反委员会",是苏俄时期的秘密警察组织。1922年,契卡改组为国家政治保卫局,1954年更名为国家安全委员会,即克格勃。

他们会再见面时，要如此处心积虑地委身于他？然而，如果她与苏联情报部门之间存在某种合作，那就不仅可以解释1934年的三次访俄，也可以解释那些年中的其他独自旅行了。这是她总是拒绝与他结婚或与他同住的真正原因吗？——为了保持自由，在他不知情下往返于俄国和英国？他曾发现，或者说，他曾以为自己在1934年发现了她和高尔基有染、对他不忠。但此刻他瞪大了双眼，惊骇着，颤抖着，茫然着，跌进了另一场令人晕眩的无尽的欺骗中，这一次的欺骗更加致命：他们长期以来的恋情可能从一开始就是她个人生存的权宜之计，完全由她策划和决定。从某种意义上说，可能他潜意识中一直都知道这些，却一直否认和压抑，拒绝将所有现成的线索汇集在一起，因为他宁愿做一个嫉妒的情人，也不愿做她眼中只有政治上的利用目的的工具人。

"老天啊，你怎么了，H.G.？"

玛乔里走进房间，俯身看着他，脸上写满了关切。

"你在哭什么？"她说。她取出他胸前的口袋里的丝绸手帕，递给他擦拭眼睛。

"没什么，没什么。"他喃喃道，"我累了。我想睡觉。"

半夜里他突然醒了，随即想起了他与安东尼的对话，以及由此引发的关于穆拉生活的新叙述。他一遍又一遍地回忆着，根据新回忆起的事实不断地调整和校改，修订和扩充。如果这些都是真的，那么她就彻头彻尾地愚弄了他。他必须知道真相。等穆拉再来拜访他时，他就要再一次跟她对质，并要求她告诉他真相。他摇铃唤来夜班护士，要她送来一服安眠饮剂。他知道，如果不这么做，他就无法重新入睡。

当护士拉开窗帘,让潮湿的三月清晨的昏暗光线照进卧室,他又一次醒了过来。护士帮他穿好拖鞋和睡袍,领他穿过房间走进浴室。他如厕后戴好假牙,再在护士的帮助下回到床上。护士端来早餐托盘,摆在他的双膝上,又将一份折起来的《泰晤士报》放在床边的椅子上。早餐是茶、烤面包和水煮蛋。他一边慢慢享用早餐,一边像夜里一样,思绪又回到了那些烦心事上。只不过不同的是,这一次他更为宽容了。毕竟,除了屈服和欺骗之外,穆拉还能怎样从一生中所遭遇的种种险境和危机中生存下来?然而,如果他要以这番关于她的人生的全新叙述去直面穆拉,如果她承认这些都是真的,那么他们的关系也就到此为止了。这真的是他想要的吗?不,这不是。他珍惜她的陪伴,他盼望她的拜访。他的生命似乎是靠着所有的理性和期待而延续,他单调乏味的存在也因着为数不多的事务而变得能够让人忍受,其中就包括穆拉的拜访。显然,这就是他的命运:在一个个毫无分别的日夜中极其缓慢地死去,一点一滴地被人遗忘。唯一让这种日子有所不同的是来访者们带给他的一丝乐趣和人际交往的温暖,而这当中,最重要的就是穆拉。他不想失去她。他将咽下他的骄傲,他将放弃了解真相的满足感——毕竟对他而言,这些东西现在又能给他什么好处?他会接受在这种不确定的状态下生活、死去。

那天上午的晚些时候穆拉回来了,并带来了一束早春的黄色水仙,像火把一样点亮了房间。他没有料到这么快就会再见到她,所以吃了一惊。她轻快地步入房间时,他正在床上,因为他很少在下午之前起床。"你好,艾吉!我知道你不想看到我,但昨天是我脾气不好,也比平时走得早,所以现在我来弥补了。春天要来了,这些花就是一些好迹象。"她弯腰亲吻他的脸颊。

"谢谢你,穆拉,你真是太好了。"他说。他注视着她,尽管她身材高大,穿着不显身材的直筒连衣裙,但当她在房间里四处走动,找出一只花瓶,从浴室里接满水,开始将花插进瓶中时,她仍然显得十分优雅。

"你今天怎么样,艾吉?"

"和平时一样。"他说。紧接着发生了令他惊恐万分的事,他听见自己没有任何预兆就脱口而出道:"你是间谍吗,穆拉?"被压抑的了解真相的欲望挟持了他的发声器官,让它发出了他已决定不再追问的问题。

穆拉没有立即回答。她继续摆弄着花瓶里的水仙花,良久没有发出任何声音,以至于他觉得或许她根本就没有听到他的问题,或者问出这个问题根本是他想象出来的。然而这时,她开口了。

"艾吉……这是一个愚蠢的问题。我可以告诉你为什么吗?因为假设你问一个人'你是间谍吗',如果她不是,她会回答'不',可如果她是,她也会回答'不'。所以问这个问题没有任何意义。"

"你说得对,当然没有意义。"他说,"就当我没问过,忘了吧。"

"我已经忘了。"她微笑着说完,将报纸从床边的椅子上拿开,在他身旁坐下。"你想让我读些《泰晤士报》上的东西给你听吗?"

"是的,"他说,"请把上面的讣告读给我听。"

* * *

8月6日，丽贝卡·韦斯特从纽伦堡回到了英国。在纽伦堡的这段时间，她一直在关注对纳粹战犯的审判，为《纽约客》撰写文章。她搭乘的是英国民用飞机，从柏林飞往克罗伊登。在柏林候机厅等候时，她快速浏览的报纸提醒她，这一天是美国向广岛投下原子弹的一周年纪念日。然而，此刻她没有在思考这些，她凝视着飞机窗外缓缓滑过达科塔[1]机翼下方的肯特海岸线，脑海中思考的是过去两周中发生的一场非常意外且非常热烈的恋情。她和一群肩负相同任务的记者乘坐皇家空军的飞机以相反方向飞行，真的仅仅是两周前的事吗？要将如此紧张且激烈的经历压缩到如此之短的时间内，这看似是一件不可能的事。

审判本身并没有那么激烈。它已经持续了九个月，预计还要等上更多时间才能得到结果。审判涉及众多被告和四个控方团队，各有各的司法传统和行为准则，此外，考虑到法庭要对被告小心翼翼地维持公正的那种焦虑（俄国人除外，他们将整个事件看成一场结局已经预定好的审判表演），审判令人痛苦地缓慢进展着。在日复一日的乏味程序中，正在接受调查的那份罪行一览表已不再能产生情感上的影响。那些从一开始就参加审判的人显然受尽了疲劳之苦，只一心渴望着赶紧结束这一切——除了被告，他们的目的是尽可能地延长审判期限，因为很可能审判结束之日就是他们当中的大

---

[1] 即C-47运输机改装的DC-3民用客机。该机型在"二战"期间被盟军广泛采用。

多数被送上绞架之日。结果，被告以一种奇怪的方式控制了审判，无聊是他们对控方的惩罚，法庭被变成了一座无聊的堡垒。对她自己而言，这一切不仅不无聊，还充满了新鲜感，令她为之着迷。然而，当她动笔写下关于审判的文章时，需要用上所有的文学技巧以弥补戏剧性的不足。

法庭之外是一种截然不同的氛围。律师、军人、记者、官员和秘书们用性爱这种最顺理成章的方式打发他们的无聊——尤其是美国人。无论在数量上还是经济上看，美国人都是盟军中的绝对主力。他们当中几乎没有一个不是与妻子或恋人相隔千里，也几乎没有一个不曾因为战争和背井离乡而患上精神疾病。然而，他们全都在女人——任何可能出现在他们周围的女人——的怀中寻得了安慰和释放。她刚一到达，就几乎闻到了空气中那种能激起性欲的兴奋气味，没过多久，她自己也被征服了。

弗朗西斯·比德尔是美国首席检察官之一[1]。他是一位年过花甲但仍精力充沛的男人，尽管有些秃顶，但他瘦削英俊，聪明又有教养，充满活力和才智。两次世界大战之间，她在华盛顿和费城分别认识了他和他的妻子凯瑟琳。她非常喜欢他，却没有那么喜欢他的妻子。凯瑟琳之前曾来纽伦堡陪了他一段时间，但现在已经回了美国照顾他们的孩子。这一点，他几乎刚一和她见面就告诉了她。那是她来纽伦堡之后的第一个工作日，他在法院大楼外的人群中认出了她。"丽贝卡！"他大喊道，然后走过去吻了她的脸颊。"见到你

---

[1] 此处疑有误。纽伦堡审判中，苏、美、英、法四国各派出一名主任法官、一名候补法官和一名首席检察官。弗朗西斯·比德尔为美国主任法官。

真是太好了。你和以前一样漂亮。""不，我不是，我现在已经是个邋遢女人了。"她相当诚恳地说。他笑了，"这我们可以解决。"

他确实这么做了。他为她弄来了一张能让她进入PX购物中心的稀罕卡片，PX是对美国百货公司还算过得去的模仿，它能够出现在被炸弹摧毁的纽伦堡城里简直像奇迹一般。那里设施齐全，配有汽水机，她可以做头发，购买尼龙丝袜、内衣和其他在英国即便有配给券也无法买到的衣服。做完发型，修理好指甲，换上一身新风尚的夏季连衣裙后，她几乎相信了他的坚称——说她是一位在英国那种严格节制消费的单调环境里"放任自流不去打扮"的女人，现在终于恢复了成熟之美。他将她救出了她和其他女记者被临时安排下榻的拥挤不堪的宿舍式旅馆，带她去了康拉迪别墅。那是一座意大利风格豪宅，有自己的公园，他和其他美国高级律师就舒适地住在里面。他领她走进了一间天花板挑高的宽敞卧室，正对着床的墙上挂着一幅颇有情色意味的《维纳斯与战神》的油画，用图示宣告了他眼下的希望和意图。他很快就承认了自己并不是在她上班第一天偶然遇见她的——他曾在名单上看到她的名字，并热切期盼着他们的重聚。一直以来，他都在通过她的作品关注她的生活，希望有一天他们能再相见。尤其是那篇《黑羊和灰隼》，他声称他和凯瑟琳都非常喜欢，还会朗读给彼此听。"我一直都对你充满渴望，丽贝卡，但也一直都没有机会采取行动，直到现在。"他说完，第二次亲吻了她，这一次是嘴对嘴的亲吻。当她提起他妻子时，他挥挥手打消了她的顾虑："凯瑟琳是个好伙伴，也是个伟大的母亲，可现在这就是我们婚姻的全部了。无论如何，她从来都不怎么喜欢做爱。我们第二个孩子出生后的十八个月里，她都不肯做爱。"

她没有情人已经是相当之久的事了，也甘愿独自一人度过余生。但能与如此充满魅力又迷人的男人最后风流一场的机会太诱人了，她难以拒绝。于是她选择了放纵。她感到欢喜，也感谢油画上的那位女神，在油画下方，她夜夜沉溺于这种享受。但是现在，一切都结束了。"真的结束了吗？"她问自己。她低头看着下面绿色和棕色相间的英国土地，以及一条条弯弯曲曲的公路，小小的汽车像玩具一样沿路面缓缓而行。那天早上他们分别时，弗朗西斯力劝她回纽伦堡报道判决结果——大概会是秋天的某个时候。他向她保证会在此期间写信给她，甚至还有可能亲自去一趟英国，速去速回。回纽伦堡报道判决结果从新闻的角度来看是个好主意，她确信罗斯会雇她再写一篇文章。这时，飞机开始向下倾斜，即将降落，机长指示乘客系好安全带。她想，也许这种关系终归不必是昙花一现的激情，而是还有一段路可走。这无疑给了她一种焕然新生的感觉。亨利将在机场等她。他会从她的脸上察觉到欲望得到满足的迹象吗？

到达克罗伊登时，她惊喜地发现：不仅亨利来了，安东尼、吉蒂以及她的两个孙子孙女也都在那里迎接她。能在不久前的混乱局势之后见到一家人开开心心地在一起，她感到很高兴。卡罗琳举着手工制作的标语牌"欢迎奶奶回家"——毫无疑问，她看见过许许多多人家挂出类似标语牌欢迎军人返乡的房子，于是做出了模仿。要是他们知道奶奶在德国做了什么就好了！每个人都夸赞她更好看了。"这都是因为那些美味的食物。"她说,"纽伦堡的那些美国佬可没有什么配给制。"亨利皱着眉头,困惑地盯着她看了一阵,然后说:"你换新发型了,雷克。"

"是的,你喜欢吗?"

"很好看。"他吻了吻她的面颊,"在那里的工作和生活有趣吗?"

"有趣极了。"

"不错,你一定要如数告诉我。"

在他开车回家的路上,她告诉了他审判的情况,还提到了她遇到的一位战前旧识,弗朗西斯·比德尔,美国首席检察官之一。

"不错,对你来说挺好的。"

"是的,挺好。"她说。现在,她回到英国了。"挺好"国。"亨利"国。

回到伊布斯通庄园后没过多久,她打电话给玛乔里询问H.G.的健康状况。"没什么变化,还是老样子。"玛乔里说,"他每天下床,到楼下待几个小时,但大部分时间都在卧室里。我认为他正在一点点地变得虚弱,但这很难说。有一天他说,'我正在冥河的岸上等待那个残忍的摆渡者。我希望他动作快点儿'。""哦,天哪,这真令人难过。"丽贝卡说,"我会尽量多来看他。我在纽伦堡审判期间拍了一些法庭的照片,他可能会感兴趣。""他会喜欢的。"玛乔里说。"也许下下周。"丽贝卡说,"下周我必须为《纽约客》写一篇文章,趁着我脑子里还记得清。"

在接下来的六天里,她一直在奋笔疾书。她在文章里对弗朗西

621

斯进行了描写：他坐在法庭最前方的高椅上，"像一只高智商的天鹅，偶尔屈身与其他小一些的水鸟交谈"。写着写着她露出了微笑，想象着他读这篇文章时的样子。他给她寄了一封撩人的情书，她在回信里顽皮地责骂了他。他再次来信，要求她给他寄一封能让他拿给凯瑟琳看的信——他总在寄往家中的信里提到她，担心凯瑟琳会因此起疑。读到这里，她感到一丝不寒而栗，于是没有再回信给他。

从德国回来后的第七天，她起床后便没来由地不安和忧虑。整个早晨，她坐在办公桌前，却无法写出任何值得发表的东西，废纸篓里堆满了废弃揉成团的稿纸。下午，她请亨利开车载她去三英里之外的山谷尽头，她可以从那里步行下山回家。那是个晴朗的好天气，温暖宜人又不至于太热，干净澄澈的蓝天上缓缓飘着一朵朵小巧蓬松的白云，像牧场里的绵羊。她整个早晨的坏心情开始好转。也许一切皆是出于弗朗西斯让她写一封可以给凯瑟琳看的信这个多少有些侮辱人的要求。这让她降低了对他的尊重，也令她不舒服地想起了她自己、H.G.和简过去几年中的三角关系。人不过是生殖器官的奴隶，她想。为此我们浪费了多少时间、精力和头脑，挖空心思就为了和他人交欢，然后再藏得一丝不漏。我应该现在就和弗朗西斯分手，但我又太过懦弱，所以这段恋情还会持续一段时间，直到他决定不再进一步让他的婚姻受到破坏。仅此而已，男人和女人之间，过去一直是这样，以后也永远会是这样。

快走到家时，她看见亨利出来迎接她，脸上的表情十分严肃。"玛乔里打电话来了，"他告诉她，"H.G.今天下午死了。"

"哦，上帝啊，"丽贝卡说，"今天早上我一定是有了预感。"

当天晚上丽贝卡打电话给玛乔里时，对方把H.G.之死的详细情况告诉了她。"事发突然，太出乎意料了。他过去的一周左右的时间里一直待在卧室，但是今天他出来坐在桌子前吃饭，然后看报纸，像往常一样飞快地做完《泰晤士报》上的字谜游戏。今天早上白班护理请了两小时假，所以我进出了好几次他的房间，查看他的情况。他看上去和长久以来完全一样。也许更累了一点，也更温顺。有些时候他可能会十分暴躁。可是，当我为他做一些小事时，他说着'谢谢你，威尔斯太太'，还对我微笑了。后来护理回来值班，我在午饭时间回了家，对他今天的状况非常满意。然后，到了四点，护理打电话给我说他已经死了……"玛乔里停顿了一下，强忍住眼泪。"对不起，"她说，然后继续道："很显然，他把护理叫进房间，他坐在床边，让她帮他脱下睡衣外褂，似乎他打算穿上正装。但后来他又穿上了睡衣，回到了床上。他对护理说：'你出去吧，我没事。'然后在床上躺下，闭上了眼睛。十分钟后，护理进屋查看时，发现他已经死了。"

"那么，他死的时候是独自一人了。"丽贝卡说。

"那就是他想要的。"玛乔里说，"他一直以来都痛恨生病，痛恨别人可怜他。他只是在没人注意的时候溜走了。他的表情十分平静。"

"是的，我确定你说得没错。"丽贝卡说，"我为他能平静而没有痛苦地离去感到高兴。"

然而，当她将电话放回原处时，她脑中想的是，H.G.的死亡过程中令人惋惜地缺少了诗意。这位作家在他的故事中构想出如此众多暴力和意外死亡的场景：个人之死和众人的屠杀，军队和舰队的毁灭，全体人类的覆没，乃至星球本身的死亡，他竟然以一种安静平庸的方式结束了他的一生，这样的结尾似乎有些令人扫兴，却未必不合适。他的一生就像流星体的一生，或者不如说是彗星的一生——他曾经向她解释过这种区别，这一刻她可以听见他的声音，一位天生的老师的声音。"两者都是偶尔入侵太阳系的星体，都由众多岩石和冰块堆成，都来自只有上帝才知道是哪里的星际空间。然而，流星体撞击地球大气层时会燃烧，在夜空中留下一条白色的痕迹，就是我们看到的流星，有些流星体是比较大块的岩石，偶尔会和地球发生碰撞，即陨石。彗星有自己的偏心轨道，在进入我们的星系时也是沿其轨道运行。它们主要由冰和尘埃组成，在靠近太阳时这些物质会蒸发，形成一条闪闪发光的尾巴。彗星的尾巴长达数百万英里，在它们消失前从地球上用肉眼就可以看见。往往需要数百年，有时甚至数千年，它们才会再次出现。"在丽贝卡看来，这似乎是对H.G.事业的一个很好的比喻。身为一名作家，她正是依靠一个个暗喻和明喻去定义事物，赋予其意义。

H.G.就像一颗彗星。他在十九世纪末期的一片昏暗中突然出现，在文坛连续数十年大放异彩，引起人们的震惊、敬畏和警醒，就像《彗星来临》中的那颗彗星，虽然威胁着要毁灭地球，实际上却通过那条气态彗尾的有益作用改变了人类的命运。

H.G.也渴望留给后人一个变革的世界，即使他没有成功（谁又能做到呢?),他也解放和启蒙了太多太多人的思想。随着时间的流逝,他的想象力和智力不再那么出众,人们也逐渐不再仰望和惊叹他的才华。如今他已逝去,离开了人们的视野。然而,文学史也有其偏心轨道,也许有一天,他会再一次发光,点亮整个文坛的天空。

致　谢

这部小说的一手资料是文中所引用的H.G.威尔斯的诸多虚构和非虚构作品,其中最为重要的是他的《自传实验》(共2卷,1934年)及其"后记"部分。在后记中他记录了自己的性生活,并指明在他和其中所涉及的女性死后方可出版。这部标题为《陷入爱情的H.G.威尔斯》的后记后由其子G.P.威尔斯编辑,并于1984年出版。其他重要的参考资料包括:大卫·C.史密斯编著的《H.G.威尔斯书信集》;莱昂·埃德尔和戈登·N.雷伊编著的《亨利·詹姆斯与H.G.威尔斯:友谊、关于小说艺术的辩论及争执之记录》(1958年)以及哈里斯·威尔逊编著的《阿诺德·本涅特与H.G.威尔斯:个人及文学友谊之记录》(1960年)中所收录的信件;此外还包括没有纳入上述作品,但在下文中提到的威尔斯或他人的传记中被引用的其他书信。

在关于H.G.威尔斯的传记作品中,我认为诺曼和珍妮·麦肯齐所著的《时间旅行者:H.G.威尔斯的一生》(1973年初版;1987年修订版)以及安东尼·韦斯特所著的《H.G.威尔斯:人生面面观》(1974年)最为有用,其他提供了补充的作品包括:迈克尔·科伦所著的《看不见的男人：H.G.威尔斯的人生和自由》(1993年)；洛瓦特·迪克森所著的《H.G.威尔斯：激荡的人生，激荡的时代》(1969年)；J.R.哈蒙德编著的《H.G.威尔斯：访谈和回忆》(1980年)；安德烈·林恩所著的《影子爱人：H.G.威尔斯最后的恋情》(2001年)；戈登·N.雷伊所著的《H.G.威尔斯与丽贝卡·韦斯特》(1974年)；大卫·史密斯所著的《H.G.威尔斯：极度致命》(1986年)；安东尼娜·瓦伦丁所著的《H.G.威尔斯：时代的先知》(1950年)；弗兰克·威尔斯所著的《H.G.威尔斯：画传》(1977年)；以及杰弗里·韦斯特所著的《H.G.威尔斯：肖像速写》(1930年)。最新的一部传记，即迈克尔·谢尔伯恩所著的《H.G.威尔斯与丽贝卡：另一种生活》(2010年)出版时，正值我将要完成《天才的秘密》之际，但对我加以利用作者一丝不苟的研究成果而言，仍不算太晚。该作品中包含了许多以往传记无法获得的事实，使我能够对我的小说进行大量更正和补充。在有关威尔斯生活和工作的参考指南当中，我要感谢约翰·哈蒙德所著的《H.G.威尔斯指南》(1979年)和《H.G.威尔斯年表》(1999年)，以及杰弗里·H.威尔斯所著的《H.G.威尔斯作品：1887—1925》(1926年)。令我从中得益的有关H.G.威尔斯的批判性研究包括：伯纳德·贝尔贡齐所著的《早期的H.G.威尔斯》(1961年)；约翰·巴切洛所著的《H.G.威尔斯》；彼得·肯普所著的《H.G.威尔斯与终极猿人》(1982年)；以及帕特里克·帕林德编著的《H.G.威尔斯：关键遗产》。

以下传记、自传和书信集出自那些与威尔斯有着不同程度交情的人们，是宝贵的资料来源。它们包括：塔尼亚·亚历山大所著的《所有这些中的一点点》(1987年)；伊妮德·拜格诺德所著的《伊妮德·拜格诺德：一部自传》(1969年)；芭芭拉·贝尔佛德所著的《瓦奥莱特：无可阻挡的瓦奥莱特·亨特及其圈子的故事》(1990年)；妮娜·贝蓓洛娃所著的《穆拉：巴德伯格男爵夫人的危险人生》，由玛丽安·施瓦茨和理查德·D.希尔维斯特翻译(2005年)；茱莉亚·布里格斯所著的《激情女子：E.尼斯比特》(1987年)；贝尔纳德·克里克所著的《乔治·奥威尔：一生》(1980年)；玛格丽特·德拉布尔所著的《阿诺德·本涅特》(1974年)；格洛丽亚·G.弗洛姆所著的《多萝西·理查森：一部传记》(1977年)及其编著的《现代主义之窗：多萝西·理查森书信选集》(1995年)；鲁斯·弗莱所著的《莫德与安珀：一位新西兰母亲和女儿，以及女人的事业：1865—1981》(1992年)；维多利亚·格伦迪宁所著的《丽贝卡·韦斯特：一生》(1987年)；J.R.哈蒙德所著的《H.G.威尔斯和丽贝卡·韦斯特》(1991年)；迈克尔·霍尔罗伊德所著的《萧伯纳》(共3卷，1988—1991年)；R.H.布鲁斯·洛克哈特所著的《秘密特工回忆录》(1931年)；露西·马斯特曼所著的《C.F.G.马斯特曼》(1939年)；M.M.迈耶所著的《H.G.威尔斯及其家庭》(1956年)；多丽丝·兰利·莫尔所著的《E.尼斯比特》(修订版，1967年)；贝尔塔·鲁克所著的《说故事的人说实话》(1935年)；卡尔·罗利森所著的《丽贝卡·韦斯特：世纪传奇》(1995年)；约翰·罗森伯格所著的《多萝西·理查森：被人遗忘的天才》(1973年)；邦妮·凯姆·斯科特编著的《丽贝卡·韦斯特书信选集》（2000年）；基思·辛克莱所著的《威廉·彭伯·里夫斯：费边社在新西兰》（1965年）；凯伦·厄斯本所著的《伊丽莎白：〈伊丽莎白和她的德国花园〉的作者》（1986年）；以及诺曼和珍妮·麦肯齐编著的《比阿特丽丝·韦伯日记：第3卷，1905—1924》（1984年）。此外还有多萝西·理查森所著的"朝圣"自传小说系列中的多本，尤其是《隧道》（1919年）、《旋转的灯》（1923年）和《黎明凶兆》（1931年）。书中名叫"海波·威尔逊"的角色所扮演的正是H.G.威尔斯，他本人承认，至少在《隧道》一书中，该角色具有"惊人的准确性"。这些作品让作者能够更加深刻地洞察她与他和简的关系的本质。穆拉的曾侄孙迪米特里·科林里奇在2008年为BBC制作了一部名为《特工穆拉：我的姨妈——秘密特工穆拉·巴德伯格男爵夫人》的电影纪录片，可通过DVD影碟的形式观看，该纪录片也非常吸引我。

在创作这本书的过程中，我阅读或参考的其他书籍和文章还包括：鲁丝·布兰登所著的《新女性和老男人：爱情，性和女人的问题》（1990年）；约翰·凯里所著的《知识分子和群众》（1993年）；玛格丽特·德拉布尔所著的对H.G.威尔斯作品《安·维罗尼卡》（企鹅经典版，2005年）的"导读"部分，以及《卫报》（2005年4月2日）上刊登的关于安珀·里夫斯的文章《一间她自己的房间》；塞缪尔·海因斯所著的《爱德华时代的思想转变》（1968年）；爱德华·R.皮斯所著的《费边社的历史》（1916年）；W.博伊德·雷沃德所著的《H.G.威尔斯"世界大脑"之构想：批判性再评估》，发表于《美国情报会志》第50期（1999年5月15日）；凯蒂·罗伊菲所著的《不寻常的安排：伦敦文学圈内七幅婚姻生活肖像画》（2007年）；米兰达·西摩所著的《密谋者的圈子：亨利·詹姆斯及其文学圈，1895—1915》（1988年）；以及菲利普·沃勒所著的《作家、读者和名气：1870—1918年英国文学生活》（2006年）。

我将无数的感谢献给下列人士：负责处理H.G.威尔斯遗产的A.P.瓦特，允许我大量引用威尔斯的作品、书信以及其妻埃米·凯瑟琳·威尔斯的书信；负责处理萧伯纳遗产的英国作家协会，允许我引用萧伯纳写给H.G.威尔斯的书信；还有杜莎·麦克杜夫博士，允许我从三封安珀·里夫斯的书信中摘录引用。负责处理丽贝卡·韦斯特遗产的彼得、弗雷泽和邓洛普（www.pfd.co.uk）提供了《年轻的丽贝卡》（© 丽贝卡·韦斯特，1982年）一书中的部分文章以及一封丽贝卡·韦斯特的私人书信（© 丽贝卡·韦斯特，1974年），供我从中摘录。

在这类小说作品中，引用书信的内容往往非常有用。因为书信不仅揭示了人物的个性和动机，而且还为读者提供了叙事真实性的事实依据。然而，一些时候，我出于无奈，不得不杜撰一些书信或是其中的部分内容；要么是因为无法获得原件，要么是因为，这似乎是将信息从一个人传递给另一个人的最合理的方式。所有这些情况都以一定的传记类素材为基础；它们都不属于H.G.威尔斯。具体如下：罗莎蒙德·布兰德致H.G.的信，告诉他她母亲发现了一封引起她怀疑的信（第254页）；西德尼·奥利维尔致威尔斯的信，提醒他休伯特·布兰德指控他放荡（第256页）；多萝西·理查森致威尔斯的信，告知他流产一事（第279页）；伊迪丝·布兰德致简·威尔斯的信，抨击她纵容H.G.追求女色（第287页）；莫德·里夫斯致威尔斯夫妇的信，询问安珀1908年复活节假期能否在他们家度过（第312页）；丽贝卡·韦斯特致H.G.的信，一封信讲述他到访后家里的情况（第453页），另一封是他告诉她亨利·詹姆斯对《婚姻》的评论后，她对此的回复（第452页）。

我还要将感谢致以下列图书馆的工作人员，他们的资源为我的研究提供了帮助：伦敦图书馆，伯明翰大学图书馆（及其特别藏书部），福克斯通图书馆，伯明翰参考图书馆，大英图书馆（及其声音档案馆，我在那里收听了BBC电台对安珀·里夫斯1970年的采访录音），以及伦敦城市大学妇女性图书馆。H.G.威尔斯的原住所、位于桑德盖特的黑桃别墅现已成为一个老人护理中心，其现任所有者保罗·伯恩斯好心地为我放宽了日常规定，允许我在房子外部和花园里观察、拍摄。安德烈·林恩和迈克尔·谢尔伯恩在调查引用素材的著作权方面给予了我宝贵的帮助。我非常感谢那些在本书创作过程中试读并给出有益的评论的人们，他们是：伯纳德·贝贡齐、莫里斯·库特里尔、乔尼·盖勒、约翰·希克、杰夫·穆里根、克莱尔·托马林、保罗·斯洛伐克、汤姆·罗森塔尔、迈克·肖，以及一如既往的我的妻子玛丽。

戴维·洛奇
2010年10月

译后记

本书是戴维·洛奇晚年一部倾尽心力之作。在最近与译者的通信中，洛奇称其为自己最好的小说之一。

本传记小说的传主是《时间机器》和《世界史纲》的作者，也是一位在世界科幻小说、英国社会主义思潮、"世界政府"概念以及性爱自由说等诸多方面扮演过开创者或者举足轻重角色的文坛宿将。

本书展现了H.G.威尔斯文学生涯的荣辱沉浮，但它远不只是一部威尔斯传记，它也是两次世界大战前后的英国文坛浮世绘，它以毫不留情的真实，揭开半个世纪英国文坛若干风云人物（除了传主威尔斯，还包括文豪亨利·詹姆斯、萧伯纳和高尔基等人）错综复杂的关系以及他们隐秘的私人生活世界；还还原了中国读者并不陌生的政治团体"费边社"一些鲜为人知的真相。

这部作品也是惊世骇俗的三角家庭乌托邦实践及其所经历的悲欢、挫折的实录；作为一部小说，其故事峰回路转，读来惊奇不断；简、罗莎蒙德、安珀、丽贝卡、穆拉等五位威尔斯生命中的女性，分别在不同阶段引领着叙事走向高潮，完成本传记小说最重要主题的建构；作者对威尔斯既有基于相同背景（出身于伦敦南区中产阶级下层家庭）的同命相惜，又有对有关威尔斯充满争议的私人生活和其政治、美学思想的灵魂叩问……

本书翻译由三位译者合作完成，其中罗贻荣担任第一部第一、第二章，第二部第一、第二章，第三部第一、第二章，以及封面、扉页、封底文字的翻译；山东大学博士研究生王旭担任第三部第三、第四、第五章和第四部第一章的翻译；程卓担任第四部第二、第三章，第五部和"致谢"部分的翻译。统稿由三位译者共同完成，其中罗贻荣和王旭对整个译稿进行了细致切磋、修改，尤其是王旭做了大量卓有成效的工作。

感谢新星出版社编辑孙立英女士和李文彧女士为本书出版所做的努力！感谢曾来中国海洋大学访学的剑桥大学学生纽纳美（Naomi Newell）小姐（她是我的翻译课上的优秀学生）热心解答书中部分疑难问题。

由于水平所限，本译作难免还有瑕疵甚至错误，敬请读者批评指正。

罗贻荣
2021年青岛初稿
2022年修订于绍兴浙江越秀外国语学院

A MAN OF PARTS
Copyright© 2011 BY DAVID LODGE
Simplifed Chinese translation rights arranged through BIG APPLE AGENCY, INC.
All rights reserved.
Simplified Chinese translation rights 2022 by New Star Press Co.,Ltd.

图书在版编目（CIP）数据

天才的私密 /（英）戴维·洛奇著；罗贻荣，王旭，程卓译 . -- 北京：新星出版社，2022.10
（戴维·洛奇作品）
ISBN 978-7-5133-4900-0

Ⅰ.①天… Ⅱ.①戴… ②罗… ③王… ④程… Ⅲ.①传记小说－英国－现代
Ⅳ.① I561.45

中国版本图书馆 CIP 数据核字（2022）第 162286 号

天才的私密

[英]戴维·洛奇 著；罗贻荣，王旭，程卓 译

责任编辑：李文彧
责任校对：刘 义
责任印制：李珊珊
装帧设计：冷暖儿

出版发行：新星出版社
出 版 人：马汝军
社　　址：北京市西城区车公庄大街丙3号楼　　100044
网　　址：www.newstarpress.com
电　　话：010-88310888
传　　真：010-65270449
法律顾问：北京市岳成律师事务所

读者服务：010-88310811　　service@newstarpress.com
邮购地址：北京市西城区车公庄大街丙3号楼　　100044

印　　刷：北京天恒嘉业印刷有限公司
开　　本：889mm×1194mm　　1/32
印　　张：20
字　　数：377千字
版　　次：2022年10月第一版　2022年10月第一次印刷
书　　号：ISBN 978-7-5133-4900-0
定　　价：108.00元

版权专有，侵权必究；如有质量问题，请与印刷厂联系调换。